U0558149

城里的阳光

——东莞劳动者文学优秀作品选（2018—2022）

东莞文学艺术院　编

花城出版社
中国·广州

图书在版编目（CIP）数据

城里的阳光：东莞劳动者文学优秀作品选. 2018—2022 / 东莞文学艺术院编. -- 广州：花城出版社，2023.5
ISBN 978-7-5360-9979-1

Ⅰ. ①城… Ⅱ. ①东… Ⅲ. ①中国文学－当代文学－作品综合集 Ⅳ. ①I217.1

中国国家版本馆CIP数据核字(2023)第091831号

出 版 人：张　懿
责任编辑：林佳莹
责任校对：李道学
技术编辑：凌春梅
封面设计：林　希

书　　名	城里的阳光：东莞劳动者文学优秀作品选（2018—2022） CHENGLI DE YANGGUANG：DONGGUAN LAODONGZHE WENXUE YOUXIU ZUOPIN XUAN（2018—2022）
出版发行	花城出版社 （广州市环市东路水荫路11号）
经　　销	全国新华书店
印　　刷	佛山市浩文彩色印刷有限公司 （广东省佛山市南海区狮山科技工业园A区）
开　　本	787毫米×1092毫米　16开
印　　张	26　1插页
字　　数	520,000字
版　　次	2023年5月第1版　2023年5月第1次印刷
定　　价	88.00元

如发现印装质量问题，请直接与印刷厂联系调换。
购书热线：020-37604658　37602954
花城出版社网站：http：//www.fcph.com.cn

代序

"打工文学"与"壁橱"
——在东莞打工文学高峰论坛上

李敬泽

刚才发言的几位老师,都提到了一个词,叫作"感恩",认为打工文学作者应该对社会感恩。"感恩"当然是美好的词,有一年我去尼泊尔,人家告诉我,在这个国家,一年三百六十五天,有四百多个节日,每个神的生日都是节日,印度教的神又多,所以差不多天天忙着过节。好不容易不过节了,一心烦又要罢工,天天有某个企业或行业闹罢工。所以,尼泊尔的GDP不高,但幸福指数很高。现在,中国人也喜欢过节,什么节都过,别人的节也拿来过,美国的感恩节,和我们一毛钱关系也没有,到了那一天,大家也狂发短信,感恩一番。但是,我读本尼迪克特的《菊花与刀》,美国人观察日本人,对他们的感恩很是诧异。美国人的感恩是感上帝之恩,上帝也不会来要求你回报什么,烤个火鸡也不跟上帝意思一下,直接就自己吃了。日本人的感恩可就麻烦了,一个人欠着全世界的情,从生到死就是忙着报恩还人情,当然,同时也施恩于人。所以,总的来说,日本人活得比较累,一辈子忙着还债。日本人是这样,传统的中国人也是这样,"养儿方知父母恩",这种说法日本有,中国也有。本尼迪克特很纳闷,不知这"恩"从何而来,但对我们来说,这是不言而喻的。感恩确实是东方文化中最深邃最牢固的情感,我们就是在这样的恩义关系中感受生命的意义。所以,不管美国人是否诧异,我们还是应该感恩,对我们的父母、对大地、对社会深怀感恩之情。打工者当然也是这样。但是,我们也要警觉这种感恩中包含某些等级制的东西、某些权力机制,这个问题，本尼迪克特旁观者清，看出来了。大家都知道，中国机场的书店都有一台电视，里边放着培训课程，声音很大很铿锵，油头粉面的培训师对着匆匆而过的行人宣讲真理。我有一次忽然听见，电视里边那位正在大声疾呼，应该感恩，每个员工都应该向老板感恩，没有老板就没有工作，就没有什么什么。总之，老板不容易，扛着闸门，放我们去幸福。我当然也知道老板不容易，闸门掉下来很容易被关在里边。但我纳闷的是，为什么这位先生就想不到，老板也应该向员工感恩？为什么一定是小向大感恩、弱向强感恩、在下者向在上者感恩？看来这里边有一些根深蒂固的东西，马克思主义教育多年也没改变过来。我想，打工者们固然应该感社会之恩，但是，不要忘记，绝不能忘记，我们更要感打工者之恩。中国三十多年来的发展进步，根本动力就在于千千万万的打工者，没有他们，一切都无从谈起。我们都在分享他们用价格低廉的劳作挣来的红利，而这个世界对他们并不是很好。所以，与其说他们要感谁谁谁的恩，不如说，我们首先要感他们的恩，这个社会必须对千千万万的普通劳动者报以真挚的感恩之心。

十多年来，我本人作为编辑编发了一些作品，包括郑小琼、王十月、塞壬、肖相风等等，多少算是和"打工文学"有些渊源。最初看到这样一些作品的时候，我并没有从学理上仔细考量，我只是凭着直觉说，哦，这个世界上，有人这样生活着，而以前我们都不知道。通过他们的写作，我们意识到那些人、那些事是和我们息息相关的，就是我们现实的一部分、生活的一部分。这些作品让我重新认识和调整我与现实的关系。从这个意义上，我觉得这些作品是好的。

至于"打工文学"这个词，刚才有很多争论。各有各的道理。我看半天不够，需要开一个礼拜的会来讨论，一个礼拜的会开完了恐怕还是没有结论，谁也说服不了谁。有朋友认为，"打工文学"这个概念损伤了文学性。有道理，但是，窃以为还有另一面的道理不可不察。最近莫言去领诺贝尔奖，全民围观，闲着也是闲着，总要找个话题争论一下，比如他要不要穿燕尾服。有一次，一群人坐在那儿，大家都说，不该燕尾，该穿民族服装。问我的意见，我说我没意见，不过我请在座的先生们注意：你们此时穿的都是西装。他们想都没想到他们是穿着西装维护民族服装，这就是意识的盲区。当然，关于什么是民族服装，恐怕又要吵，而且吵不出结果。总之多大个事啊，既然是人家请客，自然要客随主便，穿西装是中国人，加个燕尾就不是中国人了？这是题外话，我想说的是，我们大家都看到了授奖典礼，那样堂皇那样高贵，文学的价值得到了有力的彰显。社会和公众由此感觉到，哦，原来文学是这样体面。这很好，但是我们不要以为文学所追求的就是这份高雅体面，文学，从本质上说，和高雅体面没多大关系。文学和诚恳忠直有关系，和人的眼泪、痛苦有关系，和人在梦想和困境中的奋斗以及人在生命中所经历的一切有关系，这一切不一定是高雅的、不一定是体面的。一个人在疼痛的时候体面吗？一个人锥心刺骨地哭泣时高雅吗？所谓文学性，根本的前提是众生平等，尽可能忠直地容纳广博的人类经验。我们不要变成公共汽车上的"上等人"，农民工让个座他还要擦一擦才能放下屁股。"打工文学"这个概念是十几年里无数打工者一点一点写起来的，它不是书斋里推敲出来的，也不是文坛上立起的旗，它就是民间草根长出来的，我们不要叶公好龙，平日里言必称民间，真碰到民间又看不见了。所以，"打工文学"，已经这么叫起来了，不准确不高明也没什么要紧，伤痕文学、寻根文学、知青文学，有多准确多高明？这种叫法起码是有鲜明的身份关切，一开始就在问我是谁。

刚才有人谈到《少年派》，现在很火的一个电影，我建议大家去看看小说，小说比电影好。这是一部探究身份问题的作品，那个派从小生活在印度的一个法国飞地，他是印度人，但又深受法国和西方影响，基督教、伊斯兰教、印度教，全在他一个人身上，他就像一座小小的万神殿。每一重身份就是一个看世界的视角，所以，他是在多重身份中、交叉纠结的视角中思考世界、思考生命。我们每个人其实都有多重身份，这些身份界定着我们和世界的关系，由此形成了错综的自我意识。80年代以后，有鉴于过去的文学把人简化为一种身份，大家都在努力发现身份的混杂，比如你是一个打工者，但又是个九头鸟湖北人，还抽烟喝酒，还是个多情种子，还爱看武侠小说，还是个"80后"，等等等等。在这种混杂中，文学力图从整体上把握人，力图还原出生活复杂性。这当然是对的，实际上，一些"打工文学"作品的问题就在于只看到一种身份，就是一个打工者，很多时候，人没有自己的名字、自己的血肉，他不属于自己而只属于一个群体。但是，这并不是说，在人的诸多身份中，每个身份的重要性都是一样的，我是个烟鬼和我是个文人，哪一个更重要一些？总有某种身份更具根本性，确立着一个人与这个世界的关系和位置，烟可以戒掉，但有些东西像"红字"一样沁到骨子里去不掉，你喜欢也好，不喜欢也好，一辈子都要和它纠缠。打工者可能就是这样一个身份。就像王十月刚才说的，如果你曾经因为没有暂住证而被收容过，这个是不可能忘的，它会在暗处持久支配着你的生命。有些人听到"打工文学"这个词马上觉得不高级，这是受了80年代以来文学思维的控制，觉得这种单一身份不够复杂，但是，我们还要看到，有的身份确实具有本质性，你抓不住它就抓不住要害；这个要害抓起来，作家才有可能打开这个时代的经验中某些深邃的、极为复杂的层面。所以，既要见树木、也要见森林，西瓜和芝麻是不等量的，打工者这个身份就是西瓜。你抓住这个不一定写好，但丢了这个一定写不好。

但是不是抓住这个本质性的身份就够了呢？当然不够，这个身份不是一件武器，而是一个场所、一片原野，需要我们警觉地探索。今天我听着这些争论，忽然想起两个月前，中国作协召开了一次汉学家文学翻译国际研讨会，把世界各国的汉学家请到北京。世界上研究中国文学的人很少，搞翻译的也很少，他们很寂寞，假设一个人在埃及研究和翻译中国当代文学，他可能连一个说话的人都没有，所以作协每两年把他们请来说说话。在和这些朋友交谈的时候，我问，行程是怎么安排的呀，他们说在北京两天，然后去上海，然后回家。我说很好，但是如果一个人多年不来中国，来一下只去了北京和上海，我想他很容易形成错觉，很容易觉得中国就是这样的：高楼林立，令人眩目。就像最新一部007里面的上海，几乎是一个未来世界。平心而论，我们北京和上海的都市景观与欧美相比已是有无过之而无不及，欧美一些城市比起北京上海、比起广州深圳，那其实土得很。但是如果你据此形成对中国的印象和判断的话，那就一定包含着幻觉，包含着偏差。某些很重要的东西你没有看到、你没有意识到。外面的人，他们对中国现实的丰富性缺乏体认，同样的，他们也常常忽视了中国文学的丰富性。所以，我提醒那些朋友们，你们除了注意莫言、余华等大作家之外，也应该留意到中国还有很多很有意思的作家。我记得我还特意提到了今天在座广东的、东莞的作家，比如王十月、郑小琼、塞壬。我不知道我的提醒是否有效，今天我想说的是另一种提醒：无论是外国人还是中国人，我们在面对这个世界乃至面对自己的时候，或多或少都会被我们自身的偏见、幻觉所支配，或多或少都会只看到什么，而看不到什么，都会受限于自己在这个世界上、在社会中的身份和位置。现在是互联网的时代，千百万人成天在网上说啊说，这是不是意味着我们对世界的看法就比较真实准确了呢？千万个臭皮匠是不是就顶一个、一百个诸葛亮了？我看也未必。我有时觉得，互联网时代也是偏见和幻觉大行其道的时代，由于能够召集起众多的人数，偏见或幻觉可能更为强大和自信，很多时候变成集体性的，变成集体有意识或集体无意识、集体撒娇或集体发昏。在这个时代，一个人独持己见并不比以前容易，我看可能倒是比以前难了。就文学而言，我们要不断地去看破那些遮蔽我们的东西，包括那些在去蔽之后形成的新的遮蔽。文学追求真实，什么是真实？真实并非像石头一样等着我们去拿的东西，真实可能就是我们视而不见的东西，我们有意或者无意不去看的东西，它在社会的某个地方或者人心的某一面暗自存在着，但是在我们眼前等于没有。或者说，真实不是某种被意识到的东西，而是在意识与意识的缝隙之间，悄悄流逝的东西。

昨天北京大雪，一点半的飞机，一直等到六点半才起飞。所以来东莞的路相当漫长，比去德国还长，几乎花了十个小时。我是一个经常飞的人，这个身份有独特的意义，如果你经常旅行坐飞机的话，你会逐渐变成一个脾气很好的人，接受天气和人事的无常。虽说大雪，但三点的飞机都飞了，你还被关在飞机里，这时你知道，急也没用，问也没人告诉你，只好睡觉，睡醒了看小说。昨天我看完了一本小说，很薄，名叫《长崎》。长崎是日本的城市，但这书是法国作家埃里克·法伊写的。很小的一个故事，在长崎真实地发生过，被日本的报纸报道过。讲的是一个中年男子，在气象台上班，独自住在一所房子里。这个独居的男子回了家总感觉不对劲，比如打开冰箱发现果汁被人喝过，明明记得没喝啊。于是就在面包、奶酪上做个记号，结果发现还真是有人吃了。于是他就在屋子里装上了摄像头和监视器，每天上班的时候，一边关注天上的风云，一边看着他空旷的厨房和卧室。终于有一天看到有一个女人在他的房间里。赶紧报警，这个女人被抓起来了。原来是女人失业了，没有工作和居所。长崎的社会治安大概比较好，一般是不锁门的，女人在街上转来转去，发现男人是独身，于是进去了，转了一圈，发现一个房间是客房，从来不用。客房里有一个很大的壁橱，上下两层，于是这个女人就在这个壁橱里和男人共同生活。当然，男人不知道。这件事到此为止，都是社会新闻，还不是文学。如果我们看报纸，这些信息完全够了。但是小说家还要往下写。首先写这个男的，他把女人送到了警察局，审了判了，但不知道为什么他总有一种不踏实的感觉，回了家站在那间客房里，看着女人住过的壁橱，看着看着男人爬了进去，躺在里面……然后，法伊放下这个男人，写这个女人。这个小说比较短，四五万字，最后大概用了三千多字来写这个女人。女人给男人写了一封信，解释了她为何要住在这个壁橱里。随着这个女人的叙述，我们逐步知道了一些我们在社会新闻的层面上永远不会看到的事情，原来这所房子正是女人童年时住过的房子，在这所房子里，她经历了生命中的第一次失去，失去了父亲母亲，由此开始了在社会中的一系列失去。作为一个失败者，她后来参加了日本赤军，赤军是日本20世纪70年代激进的左翼组织，但是后来赤军也失败了。这个一无所有的女人，有一天重新回到这里，看见了这所房子，于是进去了，她就躺在那里。

任何小说的复述都是很乏味的，我复述这个小说是因为我觉得它可能与我们今天讨论的话题有些关系。这个小说探讨的是，人可能永远不知道他的房子里、生命里是否有那么一个壁橱。比如那个男人，他忽然发现，他竟然和另一个人有着那么密切的关系，原来不是别人闯进他的家，而是他住在别人家里。小说的名字为什么叫《长崎》？因为长崎几百年前就是日本的一个通商口岸，幕府时代奉行锁国政策，外国人去日本只能住在长崎，相当于1840年前的广州，所以那里到现在中国人还特别多。小说在谈到这段历史时写道："长崎很长时期一直就像日本这个大公寓尽头的一个壁橱，这个公寓拥有一长溜四个主要房间：北海道、本州、四国和九州；而帝国在这长达二百五十年的历史时期，可以说就这样假装不知道。"所以，这个小说是从历史到个人生活，探讨我们的"不知道"，我们是否知道我们生命中、心灵里的"壁橱"？是否知道世界上、社会中的"壁橱"？人和社会如何在勘探中扩展和深化他的自我意识？这也正是文学要探索的问题。打工生活曾经是一个"壁橱"，"打工文学"的说法因此是有意义的，不管是不是令人不安，它打开了这个壁橱。但是，进一步说，当一个写作者，体认和坚持他的打工者身份时，他也应该警觉，他自己、他的生命内部是否存在一个或很多个"壁橱"？一种身份意识向着人类心灵和存在敞开，它在文学上才是有效的。刚才我听到那位朋友对大家发出呼吁，说对打工文学不要苛求，对打工文学作者不要苛求，这种呼吁中必定包含很痛切的个人体验，说明不公平的"苛求"是存在的。但是，我还是要说，作为一个写作者，必须对自己苛求，必须警觉地寻找和勘探自己心里、生活里的那些壁橱。——在这个意义上，我想，尽管"打工文学"已经取得了很大成就，但前边的路还很长。

2012年12月13日即席发言
2013年1月13日据录音稿改定

目 录

小 说

春潮（长篇节选） / 莫华杰　002

向上生长的城（长篇节选） / 吴诗娴　022

落下的都很安静 / 李知展　049

东城女孩 / 吴向东　059

旨亭街 / 陈柳金　087

幸福无期 / 谢松良　117

兄弟（外二篇） / 夏阳　147

摘花（外三篇） / 刘帆　153

一份爱的保险（外一篇） / 秦兴江　163

牙模（外四篇） / 叶瑞芬　167

来事儿 / 白茅　177

散 文

无尘车间 / 塞壬　182

劳动者的黑夜与凌晨 / 丁燕　218

进城去种田 / 詹文格　231

余生悲凉 / 张喆　242

突围 / 刘庆华　261

白月光 / 庞锋　271

1998年的望远镜（外二篇） / 周齐林　275

诗 歌

地理课（外三首） / 黎启天 308

我热爱那片土地（外一首） / 莫寒 313

蚂蚁之歌（外一首） / 易翔 315

在南方（外两首） / 许泽平 317

在工业区里走过一段田园（外一首） / 池沫树 319

一个快递员的微笑（外四首） / 杨华之 322

生存书（外二首） / 朝歌 326

莞香树（外三首） / 青铜 329

城市与故乡之间（组诗） / 曹启冰 333

漂泊（组诗） / 孔鑫雨 339

亲爱的厨房（外一首） / 郝小峰 351

当年的街坊（组诗） / 彭争武 353

评 论

女式单车、香港衣服与南方乡村认同变迁 / 刘志珍　申霞艳 360

今天，我们如何讲述乡村？ / 袁敦卫 371

丁燕：由诗意到现实的笃定与伤痛 / 王晖 383

让人捏一把汗的小说 / 王童 387

双重文化视阈下的微观痛感叙述 / 晏杰雄 389

在场的思索与言说 / 李德南 404

小　说

春潮（长篇节选）

莫华杰

1

还有几天就到中秋节了，秋风变得绵长起来，带来了野菊、桂花、木槿还有九里香的气息。阳光少了夏日的灼灼感，但照在身上依旧让人感到闷热。毕竟是南方，要过寒露时节才会秋高气爽。富江大桥的桥头两边是枫树林，高大的枫树枝繁叶茂，树冠层叠出来，长到高处时簇拥在一起，把桥头上空给遮蔽住了，从远处看，大桥就像一道峡谷。在阳光的关照下，枫叶尚未变色，仍带着浓浓的绿意，鸟儿们正在枝头叽叽喳喳，一片欢腾，或许它们正在议论迁徙的日子快要到了。

三个孩子从大桥中间飞也似的跑到桥头，像猴子一样迅速攀爬上一棵高大的枫树。站在树冠上，能眺望到远方，那些山峦、村落、农田、菜园，正被和煦的阳光擦亮，透出时光的宁静与祥和。不过，三个孩子并没有心思眺望远方，他们的眼睛正往机耕路的两头张望，等待骑单车的人经过大桥。

这三个孩子都只有十岁出头。一个长着尖脸，额头高耸，小眼睛，看上去像老鼠精投胎的，名叫罗祥兴，是同花街最顽皮的孩子，总能发明一些鬼点子整蛊他人，叫人哭笑不得。

例如有一次，罗祥兴异想天开，给癞蛤蟆打针。他抓住那些拳头大的癞蛤蟆，用注射器刺入蛤蟆的肚子，将水一点点打进去。可怜的癞蛤蟆，肚子里灌满了水，胀得像一只气球，身上的疣粒也撑得像水痘一样大，舌头都吐出来了，模样极恐怖。入夜，他将注水的癞蛤蟆放到别人家门口，或是丢在街上，看到的人都吓一大跳，以为是妖怪；看不到的人一脚踩下去，像踩到深水炸弹一样，汁水四射，能把人吓个半死。要是姑娘家，发出的尖叫声不亚于夜里撞鬼。后来，罗祥兴还用红黑两种墨水注入癞蛤蟆的体内，踩中的人更是惊骇不已，想不通癞蛤蟆何以会像乌贼一样喷出一身黑水；踩中红墨水癞蛤蟆的人，双腿被墨汁溅得一片殷红，还以为犯了天煞，吓得双腿哆嗦，回去找巫婆跳大神，挥着桃树枝驱邪。那一段时间，整条同花街的人因为这个恶作剧而蒙上了阴影，人们以为这是天降凶兆，要暴发地震或山洪，所以才会滋生这种怪胎。于是纷纷跑去兴龙观拜神，祈求龙王保佑。有人拿着变异的癞蛤蟆去询问兴龙观的柴叔，连见多识广的柴叔也一时费解，摸出《易经》来起卦，并无异兆。后来，还是卫生站的刘见章医生掀开了谜底。

最近，罗祥兴又发明一个新的恶作剧。他用织渔网的胶丝线，横拉过大桥，绑在大桥两边的护栏上，像一根紧绷的琴弦。胶丝线纤细透明，仿若蛛网，被刺眼的阳光覆盖，肉眼根本看不见。这个恶作剧主要针对骑单车的人。大桥是水泥做的，桥面平坦，好骑得很，人们都会不由自主加快脚踏板的速度。线条刚好高过单车龙头一尺多，会勒在骑车人的手臂上。车子冲过去那一瞬间，胶丝线被绷断，但线条的韧性会勒疼骑车的人的手臂。夏天都是穿短袖的，手臂冷不防勒出一条细小的血痕来，陡然间像被刀片刮伤，骑车的人不免大吃一惊，仓皇之间反应不过来，吓得手忙脚乱，单车龙头摇摆不定，十个或有两三个会摔倒，搞出洋相来。

这天是礼拜日，罗祥兴和两个小伙伴闲着无聊，又跑到大桥上搞恶作剧。他们在桥面拉了胶丝线之后，就爬到枫树上守株待兔，等待第一个倒霉鬼的出现。这天不是同花街的赶集日，秋风习习，正是木薯和水稻除草追肥的季节，人们都在田地里忙活，没什么人到同花街游逛，机耕路上人影寥寥。不过，三个孩子耐心十足，他们下了赌注，如果第一个骑单车的人穿过大桥时被线绊倒，两个同伴就请罗祥兴吃冰棍；如果不被绊倒，则由罗祥兴请两个同伴吃冰棍。

三个孩子坐在粗壮的树权上，垂下双腿，在半空中悠闲地晃动，议论着吃绿豆冰棍还是花生果仁冰棍。罗祥兴眼尖，大老远看见一个姑娘正骑着一辆女式单车，从同花街的方向往大桥徐徐而来。罗祥兴吹了一声口哨，如同鸟儿啼叫，清脆响亮。那是他们之间的暗号，另外两个孩子立即收住嘴巴，像猴子一样往树冠上蹿去，把身子藏在浓密的枝叶后面，居高临下地盯着路面，看着那辆单车顺着机耕路缓缓地驶上了大桥。

踩单车的人叫欧阳娴，是同花镇中心小学的老师，趁着周日到街上买花布，准备回去做秋装。她骑着一辆女式单车——这还是1993年，农村人骑的几乎都是带大梁的男式单车，那种没有大梁，车架是一个漂亮弧形的女式单车在乡下还很少见。欧阳娴的父亲是中心小学的校长，托了供销社的关系，好不容易才搞到一辆，而且是粉红色的，特别打眼。

欧阳娴是同花镇出了名的俏姑娘，瓜子脸，大眼睛，眸子里蕴藏着一泓秋水，看上去明亮有神；鼻子高挺，耸起的颧骨对称，使得两边的脸颊立体；她的嘴巴小巧，却线条分明，嘴唇紧闭时下颌稍显尖削，有些高冷气质，让人知道她生气了。但她极少生气，是个开朗的姑娘，笑起来露出两排整齐洁白的牙齿。她不像别的女孩，笑起来时两腮的肌肉会往上脸堆去，将原本立体的颧骨给填平了，显得臃肿；她笑起来分外柔情，两腮的肌肉却是往脸颊伸移，因为脸瘦，脸部轮廓并不会因笑而增大，反而把鼻子和颧骨之间的线条变得更加深邃，翘起的下巴也更有弧度，嘴唇闪现皓齿，像幽静的山谷野百合盛开，令人感到一阵清爽。

这样的姑娘，无论走到哪里都会引来后生仔的注意，何况她还很会打扮。这天，她穿着一件淡藕色的连衣裙，裙摆绣着白色的月季花瓣，踩单车时裙摆随风轻飘，上面的花瓣像水花一样涌动；她戴着一顶粉紫色镶着花边的布帽子，帽带是一条很宽却又柔软的波纹绸，宽绸带不会把脸颊勒出印痕，而且带子系在下巴上，可以绑成漂亮的蝴蝶结，看起来更有美感。她骑着粉红色的女式单车，配上这样的裙装，远远看去，就像仙女踩着云彩掠过一样。她的单车龙头前面挂有篮子，篮子绑了一架小风车，风车迎风转动，像一朵盛开的红花。不仅后生喜欢看欧阳娴骑单车，就连小屁孩也都喜欢。同花镇的姑娘，都以此为时髦，谁都想拥有一辆这样的女式单车。

因为要赶回家吃午饭，到了桥上，欧阳娴便骑快了许多。那时的乡村道路全是碎石和泥沙混合铺成的，被拖拉机碾得坑坑洼洼，颠簸得厉害，很不好骑车。只有大桥这一百多米全是用水泥做的，平坦舒服，一到桥面上，谁都会忍不住加快踩车速度，让清风拂面，带来清爽的快感。女式单车的轮胎比较小，座位也低，那条横在桥面上的胶丝线没有勒在欧阳娴的手臂，而是勒在了她的脖子上。

遽然之间，欧阳娴感到脖子一阵疼痛，像有刀子割在喉咙上。她不知道发生了什么事，慌乱中下意识把身子往后仰。因为车速太快，身子向后仰时幅度过大，惯性中失去了平衡，车龙头猛地一晃，一瞬间人就从单车上仰面摔了下去，后脑勺磕在水泥地面上，竟然昏厥过去了。

这下可将三个淘气鬼给吓坏了。这样的恶作剧他们玩过几次，虽然常有人从单车上摔下来，但都只是皮外伤，没什么大碍。摔倒的人不知道是谁搞的鬼，也只是咧嘴骂几句就走了。把人摔昏迷，这还是头一次，而且是学校的老师——欧阳娴教的是三年级，罗祥兴和两个小伙伴已经读五年级，虽然不是她的学生，但毕竟是学校的老师，又是校长的女儿，他们也知道事情的严重性。

三个毛孩子从树上溜下来，走过去看，只见欧阳娴躺在地上，双目紧闭，脸色苍白，一动也不动。他们以为将人摔死了，一个胆小的孩子顿时吓得双腿哆嗦，放声大哭起来。

富江大桥下面，有一个叫冯源的后生，正在江里摸石螺。石螺是兴龙观的柴叔要的。柴叔吃石螺很挑别，只要长尾螺，长尾螺吸在岩石上吃青苔，不仅肚子干净，没有泥腥味，而且肉质富有弹性，口感紧致，是顶好的下酒菜。长尾螺炒起来也简单，用钳子一夹，尾巴就断了，不像一般的石螺，尾壳短，而且吃淤泥长大，一股泥腥味，比长尾螺要差好几个档次。

摸长尾螺是需要功夫的，它们生活在深水区的岩石层，需要潜水才能摸到。冯源水性好，肺活量大，一个猛子扎下去，可以憋一分多钟的气，是摸长尾螺的高手。

罗祥兴跑到江边，惊慌失措地大喊救命。秋风将他的哭腔传得很远，江边的竹丛在秋风中哗啦啦地抖动着，仿佛也在为他感到着急。

罗祥兴是冯源的表弟。冯源知道表弟时常在大桥上用胶丝线搞恶作剧，曾经警告过他，说要是被人发现了，挨打可别作怨。罗祥兴却不听劝告，他们躲在树上，谁会发现呢，反倒觉得冯源多管闲事。

冯源把身子浮出水面，左手拿着一个网兜，右手抹着脸上的水珠，问他怎么了。罗祥兴哭着说把人摔死了。

一听说搞出人命，冯源也吓坏了，飞快地从水里游上岸，把装石螺的网兜往地上一扔，就往桥上跑去。因为心急，他连衣服和裤子都没想起穿，就光着脚，穿着一条湿漉漉的大裤衩向前冲。

到了桥上，冯源看到躺在地上昏迷不醒的欧阳娴——他没想到表弟绊倒的是一位姑娘。冯源当然认识这位漂亮的女老师，他也像其他后生一样，对欧阳娴存有爱慕之心。但他从来不敢有非分之想，毕竟身份悬殊摆在那里，八竿子都打不到一起。在冯源心中，欧阳娴是天仙般的人物，自己一个深山野汉，是不可能有缘分接近的。每次看到欧阳娴骑单车路过，冯源也像别的后生那样偷偷瞄上几眼，望着她的背影暗自感慨。他以为自己这辈子都不可能与她有交集，没想到此时此刻，欧阳娴就倒在他的面前，不知死活，而这娄子却是表弟捅出来的。

冯源也是第一次经历这种事情，又惊又怕，一时不知所措。愣了一会儿，他想起电视上看过的剧情，于是伸出手指放到欧阳娴的鼻子下试探。还有呼吸，他心里略安。当务之急，自然是送去卫生站救命。情急之下，冯源不假思索，抱起欧阳娴就往同花街卫生站跑去。罗祥兴和两个小伙伴扶起欧阳娴的单车，慌慌张张地推着走，跟在了冯源身后。

富江大桥离同花街很近，不到两里地，平时蹭蹭脚跟就过去了。但此时怀里抱着一个姑娘狂奔，体力消耗大，脚下的路也变得漫长起来。幸好冯源平时干惯苦力活，又是一名游泳健将，敢在发洪水的时候到江里打捞从上游漂下来的木头，身上攒着一股蛮劲。他咬紧牙关向前冲，倒也能坚持住。

还是晌午时分，尚未吃午饭。这天不是同花街的赶圩日，街上只有一些闲人瞎逛，冷清得很。女人都去洗菜做饭了，男人们坐在自家店铺门口乘凉，和街坊邻居抽烟吹牛。他们看到冯源穿着一条大裤衩，抱着一个花裙子姑娘狂奔而来，那架势就像旧时新郎迎接新娘入门时，从花轿子里将其抱出来一样。人们认出来了，那姑娘是欧阳娴，刚才还在街上买布料呢！人们像看到什么新鲜事一样，顿时来劲了，兴奋地问冯源是怎么一回事。冯源哪里顾得上说话，紧紧地咬着牙关，怕一说话身上的力道就岔了。他像火烧屁股一样只管向前冲，丝毫不理会别人的叫唤与议论。

人们知道有好事看，像苍蝇闻到了腥味一样，一窝蜂地跟在了冯源的后面。

卫生站的医生叫刘见章，长着一张圆圆的脸，额头很宽，眉毛却很淡，说起话来慢条斯理的，一看就是一副好脾气的人。刘医生今年有五十出头了，但看上去却只有四十岁，皮肤白皙，连女人见了都要忌妒，怀疑他是不是吃了千年的灵芝或何首乌，才会有这种不老之功。刘医生以前是学中医的，为了分配工作，后来进修西医。不过在治病上，他一向喜欢用传统的中医。除了开草药方子，他还会针灸、拔火罐、刮痧、艾熏等治病手法。最神奇的是他懂得一些民间偏方，能医治各种疑难杂症。

有一次，一名高烧不退的病人被抬到同花街卫生站。那病人先是喉咙疼，说不出话来，后来发起高烧，一连几天都退不下去，到县人民医院打针也不见好，病得奄奄一息，快要去跟阎王做亲戚了。家属把病人抬到刘见章面前，将最后的希望寄托在他身上。刘见章给病人把了一下脉，皱起了眉头，坐在诊桌上拨弄着算盘。那时的计算器还是稀罕之物，乡下人都是拨珠盘算数的。每当遇到疑难杂症时，刘医生就喜欢拨弄他那把褪色的老算盘。没人知道他在想什么，只听得算珠碰撞出嗒嗒的声响，像僧人敲木鱼一样。过了半刻钟，刘医生才对病人家属说："去买二两老姜过来，再去河边挖一个反鬼芋，越老越好，记得把泥洗掉。"

反鬼芋是一种野生芋头，有毒，吃不得的，叶子常年碧绿，连虫子都不敢咬。芋头剥皮后，会溢出一层黏糊的汁液，碰到皮肤立即过敏，奇痒无比，就像无数小虫子在毛孔里爬进爬出，痒得让人恨不得把皮剥下来——所以叫反鬼芋，就是连鬼都能策反。据说古代官府逼供时，将反鬼芋的黏液涂在犯人的命根子上，痒得犯人受不了，都当了反骨仔——只好招供。

家属很快挖来一筐反鬼芋。刘见章冷笑一声："挖那么多干吗，又不能吃。"说罢，让家属将病人按住，他戴着一副做手术用的胶手套，拿一个削皮的刨子，将反鬼芋的皮刨掉，把黏液涂在病人脖子的喉结处。病人顿时觉得喉咙奇痒无比，像有一窝蚂蚁正钻到喉咙里面啃噬。他想抓痒，但是被人按住了手脚，动弹不得。刘见章又将二两老姜捣碎，加入酒精做成姜泥，用纱布包住，捆在病人的喉结上。姜汁辛辣，更是把皮肤的瘙痒渗透到喉咙深处，整个喉管和嘴巴都发苦，像浇了硫酸。病人哀号起来，如同被鬼掐住脖子般，呼吸急促，几乎快要喘不过气来了。

刘见章让家属按住病人，等病人口吐白沫再说。他洗了手，坐在一边悠闲地抽着烟，像看戏一样。过了不久，那病人果然口吐白沫，刘见章将病人脖子上的姜泥包解开，让家属将病人扶到门口。那病人双腿跪在地上，捂着肚子呕吐起来，空气中顿时充满了腥臭味。刘见章给病人把了一下脉，说死不了。开了三服草药，就让家属将病人抬回去。

当天晚上，病人竟然奇迹般地退烧了，第二天喉咙也能开嗓讲话。家属感激不已，决定送刘见章一面锦旗，以表谢意。锦旗上需要写字，家属不知道要写什么，于是买了一匹红布到兴龙观求助柴叔。

柴叔叫钟柴书，比刘见章大几岁，因为名字谐音，地方上的人惯称为柴叔。柴叔出生于战乱之年，又遇上灾荒，才两岁大，父母就双双过世，被兴龙观的庙祝收养，成为接班人。后来地方办学，兴龙观被征为学堂，柴叔有幸跟着读书。那时的教书先生都是老秀才，柴叔与先生同住檐下，不仅学会吟诗作对，还学到书法和绘画的妙处，老先生们都夸柴叔是个有慧根的人，将来必有大才。做庙祝毕竟只能图温饱，因为穷，连自己的窝都没有，只能赖在庙观里。加上柴叔的相貌也不好看，从小营养不良，长得矮小，脸瘦额头大，又有些秃顶，下巴生得过于方正，整个轮廓都不协调。算命先生说，这是奇人异相，虽有大智慧，却无大福分。果然，从来没有女人看上柴叔。柴叔心里愁苦，只好将心思放在读书和书法绘画上，聊以解闷。后来找来佛经学习，竟然断了俗念，剃了光头，像个和尚一样，不再想着娶妻生子。"文革"时兴龙观被毁，柴叔进入公社，负责下乡写标语，还有画毛主席的头像。他写字好看，在墙上写标语，就像印刷上去一样；画工也妙，用工笔画或小写意描绘出来的毛主席头像栩栩如生；他还擅长大写意，画《祖国山河一片红》的时候，前面几张人脸用小写意手法，后面的群众与旗帜一片大写意，影影绰绰，与山河融为一体，气势逼人，线条和构图上都显出潇洒不羁的性子。县里的领导看到了，颇为震惊，立即将柴叔调到县里工作。改革开放后，人间复苏，人们的日子渐渐好了起来。兴龙观是明朝的老庙，几百年流传下来，地方的人们对其感情深厚，信奉者于是带头提议，重修庙观。家家户户都捐了钱，也都出了力，不到一年时间就修好了。柴叔本被安排在县里的文化馆上班，是吃国家饭的人，但不知为何，他却执意辞掉工作，要回兴龙观当庙祝。

回归庙堂，柴叔扮起了僧人，长年剃光头，每日捻着一串檀香珠子默经，虽不穿僧袍，却有高僧风范。当然，他是当不了和尚的，因为他喜欢吃肉喝酒，连大肉（狗肉）也不忌讳。因会写字作画，农村人逢年过节或红白喜事要写神台、对联，贴观音、仙女、八仙过海等神图，都来找柴叔。柴叔广结人缘，来者不拒，拿出自己的真本事，从不糊弄人，深受地方百姓拥戴。一些村寨遇到棘手的纠纷事件，例如两村因为地界相争，或者修路时不愿意让步，难以调解，只要柴叔出面，都会各让一尺。

柴叔也已听说刘见章用反鬼芋头治病之事——同花镇这小地方，任何一件风吹草动的事情，很快就会传开的。柴叔于是泼墨挥笔，在红布上用行楷写上"千年老烧，不敌一痒"，落笔小楷写"敬妙手神医刘见章反鬼转世"。家属便拿了鞭炮，将锦旗送去给刘见章。刘见章一看是柴叔的字，哈哈一笑："这柴老怪，回头也给他涂点反鬼芋，让他尝尝千年老痒的滋味。"

却说冯源抱着欧阳娴冲进卫生站，将她放在病床上。刘见章看到昏迷的欧阳娴，不禁吓了一跳。

刘见章和欧阳娴的父亲欧阳才华是多年好友，经常在一起喝酒，论交情辈分，欧阳娴算得上是刘见章的侄女，刘见章是看着她长大的。

在同花镇，欧阳才华也是一位排得上号的人物，不仅因为他是同花中心小学的校长，而且人如其名，是个极有才华的人，能写文章，且有不少发表在省或市的报刊上。两年前，县政府启动新的县志编撰工作，欧阳才华被邀请去当主要编委，县电视台的记者采访他，录了两分钟的专题片，插入晚间新闻播出，使他成为家喻户晓的名人。只是欧阳才华平时为人严肃，不苟言笑，总让人联想到那些古板的老先生，不像柴叔那么和气通达，也不像刘见章那样平易近人，因此很多人都怵他，说他是托塔天王投的胎。民间神仙画像中，托塔天王的表情最为严肃，能镇住河妖海怪。不过一旦喝起酒来，有了几分醉意，欧阳才华就变得洒脱好玩儿，说今时笑话，或吟唱古诗旧词，喜欢念"一生大笑能几回，斗酒相逢须醉倒"的诗句；有时还用横笛吹《梅花三弄》，颇有魏晋之风。柴叔说欧阳才华是个怪人，怪人有怪才，因此给他取了个"欧阳怪"的绰号。欧阳才华也回敬了柴叔一个"柴老怪"的绰号，说他长得一副怪相。后来，刘见章也得了个"刘见怪"的绰号。刘见章性格倒不怪，人长得也不奇怪，但他喜欢用偏方给人治病，不走常道，也算是个怪人。刘见章、欧阳才华和柴叔三人经常聚在一起喝酒，自称"同花三怪"。时间一久，欧阳才华觉得这个称号传出去有失身份，在农村乡下，"怪"是带有贬义的。因为仰慕古时的竹林七贤，欧阳才华于是将"同花三怪"改为"同花三圣"。

这天上午，欧阳娴到同花街买布料，刘见章见到她，还留她吃午饭，但欧阳娴说要趁着太阳还不是很辣，早点赶回去。刘见章也不挽留，毕竟从同花街到欧阳娴居住的渡水村，不过六七里地，踩单车不用二十分钟就到了。刘见章托欧阳娴传口信给其父，让欧阳才华明天晚上到兴龙观喝酒。柴叔一早就来同花街打酒，和刘见章约好明天晚上开坛，并让刘见章找人带口信给欧阳才华。柴叔叫冯源到江边摸几斤长尾螺，也是为明晚聚会做准备的。

怎么也料不到，欧阳娴才离开同花街不久，竟被人抱着送回了卫生站。刘见章看着冯源，这个浑身湿漉漉的后生仔，只穿一条裤衩跑过来，这也太怪异了。而冯源身后跟着一大帮好事者，探头探脑地看热闹，叽叽喳喳地议论着，搞不好要闹出流言蜚语的。刘见章深知这个小镇的风气，有时候一件鸡毛蒜皮的小事，经过几个人的口，就能抹黑一个人的名声。

冯源将欧阳娴放到病床上，退到一边，背脊紧紧地贴着墙壁，身子像要镶在墙上一样，背上的湿汗在墙上留下了一个很深的水印。他捂着胸口不停地喘粗气，因为体力消耗过大，此刻如同虚脱般，说话上气不接下气："刘医生，她……她骑单车摔倒……不知道有没有事……"

刘见章皱起眉头，给欧阳娴把了把脉，脉象正常，知道是短暂的昏厥，并不碍事。他说："人没事，只是昏过去。"却又疑惑地问："你怎么穿着短裤送人家过来？"

冯源这才意识到自己穿裤衩的事情，刚才一时情急，脑子混沌，只想着救人要紧，哪里想到这个细节。后面跟来看热闹的人听到刘见章这么问，都笑了起来。冯源脸一红，顿时困窘起来，忙说："我刚才在江里……摸石螺呢，她……她是在大桥上摔倒的，我只想着救人要紧，就这样跑过来了……"

刘见章看出了冯源的尴尬，走过去拍着他的肩膀说："你这是做好事，没事的。"转头看着门外围观的众人，大声地说："别堵在门口围观，把空气都搞坏了。人家冯源为了救人，光着脚跑过来，你们要向他学习。救人如救火，哪有什么讲究的。"说罢，朝冯源使了个眼神。

冯源是个机灵人，当然明白是怎么回事。小镇的人喜欢嚼舌头，就算自己穿戴整齐，抱着一个姑娘家跑到卫生站，也会成为重大新闻，何况只穿了一条裤衩——虽然裤衩是粗布缝制，宽松合体，只比短裤短了一些，看上去并不显猥琐与突兀，许多农村汉子天热耕田下地时都会穿这样的大裤衩——但毕竟是穿裤衩抱姑娘，情况不一样，闹不好流言蜚语会炸开窝的。

冯源一时懊丧不已，怪自己当时脑子怎么烧煳了，只顾着救人，没有想到这些个细节。刘见章看到冯源的脸上露出后悔与不安的神情，像做错事的小孩，便说："我替校长感谢你，你先回去吧，救人的事情我来处理。"一边送他一边将围观的人驱散了。

冯源忐忑不安地走出卫生站，只觉得脚底板一阵刺痛，像被玻璃碎片割伤了。他才想起来，自己是赤脚跑过来的。乡下人都习惯夏天打赤脚走路，平时并不觉得如何，但怀里抱着人一路狂奔，脚底被路上的石头硌疼，不免有磕破的地方。此刻，冯源的身心从紧张中苏醒过来，才突然感觉到脚底下传来阵阵刺痛。

好事者纷纷围住冯源，追问事情的起因。冯源不敢乱讲，只说欧阳娴骑单车摔倒在大桥上，昏迷过去，自己正好在桥下摸石螺，就把她送过来急救。人们立即怀疑事情的真相，毕竟谁都会骑单车，摔倒是正常的，没有听说被摔昏迷的。就连小孩学骑单车摔倒了都不会轻易受伤，何况欧阳娴一个大姑娘，骑的又是女式单车，女式单车的车架矮，座位低，双腿一伸就撑着地了，怎么可能会摔倒呢？而且在大桥这样平坦的路面，没有坑陷也没有洼地，不可能无缘无故出事的。

罗祥兴和两个小伙伴将欧阳娴的单车放在卫生站的门口，像做贼一样跟在冯源的身后。有人看到罗祥兴手中拿着一卷胶丝线，立马明白是怎么回事了。罗祥兴在大桥上用胶丝线搞恶作剧，是一件好玩之事，早就在同花街的后生群中传开了，也有后生曾前去凑热闹，还夸这小子鬼点子多。

立即有人质问罗祥兴："是不是你拉胶丝线将欧阳娴绊倒摔晕的？"

罗祥兴毕竟还是少年，做贼心虚，吓得脸色一变，一句话也不敢说，扭头跑掉了。那两个小伙伴也知道闯下了大祸，慌里慌张地跟着一起跑掉了。

刘见章将欧阳娴戴在头上的布帽子解下来，取出银针，往她头上的人中、少冲、合谷、内关四个穴位刺进去。过了片刻，银针拔出来，欧阳娴便苏醒了。欧阳娴摔得并不严重，有布帽子垫在头上，没有磕破皮，只是刚好撞到后脑勺的穴位，一时晕厥过去。欧阳娴像做了一场梦，但梦到了什么却也不记得，醒来时只觉后脑勺隐隐作痛，感觉供血不足，仍有些晕乎乎的。刘见章说她骑单车摔倒了，被一个叫冯源的后生仔送到卫生站来。

刘见章问欧阳娴头痛不痛，有没有恶心想呕吐的症状。欧阳娴说头有些痛，但不觉得恶心。刘见章给她把了脉，又量了血压，一切正常，就让她先回去休息，如果第二天觉得头疼，或有恶心呕吐的情况再过来就医。

回去的路上，欧阳娴心底一直存有疑惑：骑单车怎么会摔晕呢？简直是见鬼了。经过富江大桥时，她才猛然触景生情，中断的记忆一下子苏醒过来。她恍惚记起自己是被一条线勒住脖子，一时慌张才从单车上摔下来的。欧阳娴心里产生了阴影，害怕再次中招，骑车过桥时放慢了速度。但是穿过了大桥，并未发现有异状。她摸了摸仍有些隐隐作痛的脖子，心想，难道一切都是幻觉？

2

两天后，关于冯源和欧阳娴的流言席卷了整个同花镇，欧阳娴才知道，她那天是被一个穿着大裤衩的后生抱在怀里，送往卫生站求医的。从富江大桥到卫生站，可有一段距离，想到自己竟然被一个光着上身的男子一路抱着走，真是羞死人了！

20世纪90年代初，乡下消息闭塞，人们的观念仍很保守，一个后生光着身子抱一个姑娘家去卫生站，本身就是难得一遇的新闻，加上一些因素的存在，使得这件事情迅速发酵：一是欧阳娴长得漂亮，家境又好，有不少人嫉妒她；二是欧阳娴有男朋友，许多爱慕她的人因此吃醋，见她落水，便有人幸灾乐祸，要令她难堪；三是欧阳娴的男朋友是梁坤健——这大约是她被人们攻击的主要原因。

所谓"事经三张嘴,白蛇长大腿,神庙也闹鬼"。在纷纷扰扰的谣言中,事情出现了各种不同的精彩版本。有人说,冯源占了欧阳娴的便宜,他抱着欧阳娴从富江大桥跑到卫生站,这一路有两里多地,途中,冯源多次亲了欧阳娴的脸;又说,冯源是故意穿短裤去抱欧阳娴的,想跟她亲密接触,他抱起欧阳娴的时候,已经摸了一遍欧阳娴的身体;还有人说这一切都是冯源故意下的套,唆使罗祥兴拉线去绊倒欧阳娴,他借机占欧阳娴的便宜。还有更离谱的说法,冯源想得到欧阳娴的身体,埋伏在桥头的枫树林里,等欧阳娴一出现,他就冲出来,像土匪一样劫走欧阳娴,扛到江边的草地上要弄她,把欧阳娴吓得晕过去——欧阳娴不是从单车上摔晕的,而是被冯源脱衣服吓晕的……

无论是哪个版本的谣言,对欧阳娴都是一场灾难,她又气又恨,却又无可奈何,一时羞得上吊的心都有了。梁坤健也被谣言中伤,他是个极要面子的人,哪里容得下别人如此恶意造谣玷污女朋友的清白,气得像发了疯的公牛,恨不得一头撞入那些制造流言蜚语的人群中。

在同花镇,梁坤健也算一位小有名气的人物,主要是他的风头很盛。梁坤健家境极好,父亲梁锐是同花劳改农场的副监狱长,母亲是同花镇政府的科员。在父亲的规划下,梁坤健的人生走得一帆风顺,先是以优秀的成绩考上了警校,毕业之后,即被招入农场当警官。梁坤健的工作不是看守犯人,因为劳改犯每天要出工干活,狱警也跟出去风吹日晒,是一件极苦的差事。梁坤健被安排在办公室,做的是行政工作,现在已经是办公室副主任,同时兼任了同花街管理处的常务副主任。同花街并不是自然村落形成的街道,而是从同花农场衍生出来的,街道管理处的职务皆由农场的内部行政人员兼任。

梁坤健长得人高马大,一米八五,从后面看就像一块门板,身形看似有些发胖,但从正面看就不胖了,因为他身子的骨架大,能撑得起肉,看上去一副魁梧的样子。他出身警营,身板挺拔,走起路来雄赳赳气昂昂的,给人一种威猛感,颇有气势。身板是一块好料,但梁坤健的模样却算不上英俊,眉毛很浓,眼睛却小,还是单眼皮,一笑就眯成一条线,眼皮褶起皱纹,看上去像被针线缝住了一样,因此他天生不爱笑;他的鼻子很大,鼻翼厚,但鼻梁却不够挺,缺少一点男人味;脸型端正,却过于方正,失去了轮廓感,略显平庸。因为不爱笑,加上这样的方脸,再配一身警服,一股严肃感便扑面而来,有着威风不可侵犯的气场。他走路习惯性地昂首挺胸,眼睛居高临下,一般人跟他打招呼,他只是斜视一下,高傲得像一只公鸡。他确实是有高傲的资本,自小家境好,自己也是高才生,又分配了好工作,加上父亲的关系,前程远大。一系列的优势,让他觉得自己高人一等,几乎不跟一般人结交来往,身边也没有几个朋友,农场的同事们私下里给他取了个绰号,叫"冷面大侠"。

同花街的租户们都害怕梁坤健。每个月初，梁坤健和财务一大早就到街道管理处的办公室喝茶抽烟，等着租户们来交租金和电费。如果租户缴费来迟了（规定是在上午交租），不管是谁，哪怕年纪比他大一倍，梁坤健也不会客气，黑着脸，狠狠地训一顿，因此租户们私下里叫他"催命鬼"。每逢同花街赶圩，梁坤健没事便到街上巡逻，他穿着警服，戴一副蛤蟆镜，背着双手走在人潮中，高大的身影特别惹人注目。那个年代，蛤蟆镜还是十分拉风的，像打领带一样，属于城里人或干部子弟才有的风头，农村人即使买得起也不敢用，会遭人笑话。与其说梁坤健是出来巡街的，不如说是出来抖威风的，年轻气盛的他想让同花镇的人都知道，他是这条街的王者。他喜欢驱赶那些乱摆摊的农家人——但遇到漂亮的村妇或年轻的姑娘，便假装上去盘问几句，让她们遵守街道秩序摆摊，却不斥责，也不驱赶——倒不是他怜香惜玉，毕竟是年轻人，对自己的形象还是很在乎的，心肠再怎么硬，也不可能去驱赶姑娘家。久而久之，同花镇的人们便掌握了这个秘密，到街上摆摊做买卖，就派自己的女儿或年轻的媳妇过来。于是促成了一道风景，一到赶集日，后生们都纷纷拥来街上瞎晃荡，为的就是观看摆摊的姑娘和嫂嫂们。当然，他们也只是看看，或者借买卖的幌子上前问价格，搭讪一下，谁也不敢有过分的行为。没人敢在同花街闹事，这是劳改农场的地盘，连小偷都不敢来。有一次小偷来行窃，当场被抓住，没有送去派出所，而是直接押到农场里面剃了光头，和犯人一起劳改了三个月，才转交给派出所。那小偷被送到派出所录口供时，哭得一把眼泪一把鼻涕，说打死也不敢做小偷了。

　　同花街的人都看不惯梁坤健，觉得他是个没有教养的人，总是装出一副牛皮哄哄的样子。拽什么呢，地盘是公家的，又不是你梁家的天下，有必要这么盛气凌人吗？何况，我们又不欠你家的钱粮，凭什么心高气傲，摆出一张臭脸给人看。那时乡下的娱乐节目少，人们无聊时就喜欢凑成一堆扯嘴皮，梁坤健一副鹤立鸡群自命不凡的样子，自然成了人们谈论与打击的对象。有些脾气不好的后生喝酒之后，扬言要把这狗崽子打一顿，看他还敢不敢这样子走路——梁坤健本来个子就高，还喜欢仰着头走路，把鼻孔对着别人，在后生仔的眼中，这副样子实在是欠揍。

　　梁坤健把欧阳娴追到手之后，更是成为后生们的头号公敌。这也怪梁坤健过于高调，为了炫耀自己有个漂亮的女朋友，经常开着摩托车，载欧阳娴到同花街游逛或看电影。虽然他开的是一台小嘉陵，排量小，声音很吵，但在农村乡下，这已经是非常了不得的事情。要知道，那时的农村乡下，连女式单车都还是稀罕品，摩托车更是稀罕至极。每次梁坤健拧着油门载着欧阳娴招摇过市，总会引来一些人的嫉恨，朝摩托车的尾气吐口水。

　　自分田到户之后，人们渐渐过上了温饱的日子，也攒了些余钱，不少农民买来了电视机。

因为山区偏远，天线信号弱，只能收到三四个电视台，电视剧少得可怜，为了不浪费电，很多时候电视机只是一个摆设。晚上没事做，附近的人们就会到同花街瞎逛，聊以打发时间。平日里的同花街夜里比白天还热闹，几家消夜店生意好得很，卖油茶、糍粑、炒粉、田螺、烤串等食物。价格并不贵，糍粑两角钱一个，油茶也是两角钱一碗，再买一角钱的米酒，便可以过一把嘴瘾。要是再舍得掏五角钱，便可以买一盘鸡蛋炒粉或田螺，吃得美滋滋的。乡下人都不舍得花钱，逛几回夜街，才咬牙掏出五角钱，装出老顾客的样子，大叫着先端一碗油茶上来尝尝味道。消夜档主要做狱警的生意，农场很大，关押着上万名犯人，里面有几百名狱警。狱警们下了班，成群结队地聚在一起吃消夜，喝小酒，有时会猜拳，声音大得很，把一个小镇的烟火嚷出了城市的喧嚣。中心小学离街道也不远，过了富江大桥，再走几里地便到了，学校的外地老师大多要寄宿，晚上无事做也会来街上玩耍。

最吸引人的是每个月底的赶圩日，同花街就有露天电影看。电影机也是农场的，逢年过节时犯人休息了，就放教育片给他们看，让教育和娱乐同时进行。除了教育片，其他的电影农场一概不准放，看战争片或武打片，怕点燃犯人的热血；看爱情片吧，这里头收押的全是男犯，显然是不适合的。教育片有限，反反复复就那么几个，放的次数多了犯人也受不了。大多时候，电影机都是闲置的，梁坤健于是提出建议，每个月底将电影机搬到街上，免费放电影给群众看。同花街是农场的地盘，与人民群众打成一片是十分有必要的，而且放电影能带动人流，给街上的商铺带来生意。这个提议很快就获得了领导的批准，于是每到月底，同花街便有免费的电影看。

电影胶片是从县城电影院借来的，资源颇为丰富，不会重复播放一个片子，而且经常能看到新片。每到月底赶圩那天，夜里的同花街便格外热闹，像逛庙会一样。梁坤健坐在场中最好的位置，摆出一张小桌子，放一壶茶，还有一盘瓜子或点心，悠闲得很。他的桌子前面是不能坐人的，他说谁要是敢挡住他看电影，以后就不把电影机拿出来播放。在娱乐匮乏的时代，人们对电影还是很迷恋的，因此形成了规矩，谁都不能坐在梁坤健的桌子前面，仿佛那是一片禁地。

自从追到欧阳娴，梁坤健更是耍宝，故意摆了许多零食在小桌上，除了瓜子蜜饯，还有人们没有见过的巧克力，以及健力宝饮料和各种饼干，堆满了小桌子，仿佛炫耀自己的家境好。两人坐在小桌边上，喝着汽水嗑瓜子，盯着银幕看；电影看到一半，梁坤健又让消夜档的伙计送一些油茶和糍粑过来。在那个时代，这种情调当然是令人羡慕的。原本一对郎才女貌的情侣，却因此惹得许多人眼红与嫉恨，暗地里早就有人说他们的闲话了，想搅黄他们的恋情，苦于一直找不到机会。

没想到半路杀出个冯源来搅局，闹出了这么一桩"惊天动地"的事情，后生们终于抓到了把柄。虽然那是欧阳娴的把柄，但对于打击梁坤健同样有效，他们纷纷制造谣言，想要气死梁坤健，打掉他平日里那些嚣张气焰。

假如欧阳娴的男朋友不是梁坤健，人们顶多只是当笑话传传，不会如此取笑一个姑娘家。欧阳娴为人友善，平日里走在路上看到相识的人，不管熟不熟稔，都会打一声招呼，并不高傲。而且她还是一位老师，平时教学好，颇受家长们的尊敬，不至于出了这么点事情就被人们落井下石。此事因为能辐射到梁坤健，故而闹得沸沸扬扬。

先说说同花镇。这是一个位于桂北山区的小镇，在桂湘粤三省交界处，翻过两座大山便是湖南的江华县，往西北走一百多里就到广东的怀集县。旧时，因三省交界，加上山野荒芜，历来招惹土匪盘踞，势力混杂。解放后，一支军队驻扎下来，花了整整五年的时间，把附近几座大山用炸药夷为平地，修了一条如城墙般的石头围墙，将大片大片的荒山野岭围起来。当地人以为要修军区、建兵工厂，觉得这个地方将来要发达，没想到却围了一座劳改农场。农场围好之后，开始从全国各地押送犯人过来开荒劳动（主要以桂粤湘三省犯人为主），硬是把这蛮荒之地改造成了良田肥土，不仅种上了水稻、苞谷、大豆、花生等农作物，还种柑橘、梅子、桃子等果树，并植有养蚕的桑林以及养猪和喂鱼的长叶草。有人胆子大，爬上农场的围墙，俯视农场内部，能看到农场一片生机勃勃，像一个与世隔绝的部落。

农场占地面积很大，霸去了同花镇的半壁江山。用本地话来讲，放一头怀胎的母牛进去，把牛胎跑掉了也跑不出去。因为有围墙隔着，人们看不到犯人在里面的劳动情景，只能听到他们每隔一小时就有报号的喊声。地方上有人在农场当狱警，说起里面的场景，无非是狱警每天押着犯人出去干活，除了插秧、割稻、锄草、施肥、修剪树木，犯人也要养鸡、喂猪、放牛，跟农民一样忙碌，只是比农民要辛苦得多，而且没有人身自由。

农场的大门设在同花街边上，挨着富江。以江为界，东边是农场，西边是同花镇的村寨，一共有十八个村寨，旧时的同花镇也叫十八乡。大的村子有两三百户人家，小的寨子只有十几户人家。十八村寨以前同属一个公社，搞革命活动时，所有的生产队人马都会聚在一起，人与人之间没有什么陌生感。那时的男女相亲，主要依靠各生产队的媒婆互相搭桥牵线，这种就近原则的娶嫁方式，使得村寨之间都有亲戚往来，地方上一旦有什么风吹草动，很快就能传遍乡野。

同花街并不是什么老街古巷，是农场1981年投建的，不过十来个年头。当初修这条街道，是出于乡镇建设的整体规划考虑：一是要重新规划同花镇的中心位置，让地方乡民以农场为中心；二是要对外出售农场的农副产品，带动农场内部经济；三是因为里面关押的犯人有许多来自外地，家属从外地赶来探监，没有落脚的地方。县城离这里还有四五十里地，那时的公交车极少，探监十分不便，修建街道可以增设旅馆，让远道而来的家属有落脚之地。

同花街有两里多长，铺面一律用红砖瓦房建造，没有什么雕梁画栋，也没有什么飞檐翘角，就是老老实实的土房子，和旧时的乡村老街一个模样：一条三丈宽的水泥路从中间劈开，两边是连体的门对门商铺，大门朝东的店铺后门临富江，大门朝西的店铺则背靠通向农场的柏油路。同花街的尾处有一个很大的广场，可容纳几千人，专供地方上的人们摆摊，逢年过节有时也会搭戏台唱戏或放映电影；广场过去就是镇政府、派出所、农村信用社、供销社等国家单位，还有农场狱警的宿舍楼。楼房不再是红砖瓦房，而是水泥青砖，但也只有三五层高，并没有高楼林立的感觉。这片区域的楼房被宽阔的广场隔开，不跟同花街连体，属于独立区域，人们称之为政府区。

同花街是农场出资修建的，产权归农场，不对外出售，只对外出租。租铺面的人有些是农场警官的家属，有些是本镇居民，也有些是从县城过来的客家商人，还有一些是湖南那边过来的贩子。同花街逢新历的一五十赶集，正如老话说的"十个大寨也不如一个烂圩"，每到圩日，聚了乡里十八村的人气，自然是人山人海。

冯源的姑父罗正旺租了同花街居中的铺面卖酒，挂牌为"罗家酒铺"。同花街的店铺都很大，房子的格局一律长方形，临门的大厅便是铺面，穿过铺面进去是一间大厢房，供主人居住，厢房的侧廊出去是天井，天井过去是两间小厢房，再穿过去就是后院了。后院很大，两边有平房，一边是厨房，一边是厕所。罗正旺利用空间，在后院建了一个酿酒坊和一个磨坊。除了做卖酒生意，也搭着磨豆腐。乡下人喜欢数手指上的罗圈，并通成了歌谣唱，"一螺穷，二螺富，三螺酿酒卖豆腐，四螺骑马上大路……"因为酿酒又卖豆腐，加上姓罗，人们于是给罗正旺取了绰号，叫罗三圈。时间一久，人们便以为罗三圈是他的大名了。

冯源并不是本镇人，他是隔壁百山镇的人。顾名思义，那是百山环绕、峰峦层叠的地方。冯源的老家就扎在山窝子里，山高地窄，有时放个雷，整个山谷都传出滚滚声音。穷人的孩子早当家，冯源从小便是个干活的能手，七八岁就能上山打柴。因山穷水恶，田地极少，山里人的家境向来贫寒，冯源虽然读书聪明，初中毕业时考出了好成绩，本可以去读中专或高中的，但实在是凑不到钱，只好辍学在家务农。冯源的姑妈从百山镇嫁到同花镇的三塘村，三塘村在同花镇也是个山窝子，本地人都不愿意嫁到那旮旯之地，只有外地山区的女人才肯过门。罗三圈祖上是开酒坊的，用山泉酿出来的米酒清香甘洌，味道醇厚，但在山里酒路没办法打开。同花街成立之后，罗三圈卖掉了家里的猪和牛，卷着所有家当来租铺面开酒坊。做了几年，终于打响名头，生意渐渐好起来，时常忙不过来，就把冯源叫过来当帮手。

冯源是个热心、机灵、勤劳又能吃苦的后生，人长得也中看，虽然比梁坤健矮了半个头，但相貌却比梁坤健英俊许多。冯源一张瓜子脸，脸颊消瘦，饱满的额头通过颧骨的弧度，和下巴形成一条线，显得立体，按照"小脸当道，大脸当家"的说法，长这样一张弧形瓜子脸的人，是有些门道的；他的眉毛不浓，但很修长，看起来和气，不是那种顽固之人；眼窝子很深，藏着一双大眼睛，加上挺拔的鼻梁，一眼看去有着山里少数民族的风情。但他并不是少数民族，或许祖上有少数民族的血统，毕竟是山里人，祖上和瑶族、壮族、苗族通婚的可能性很大。人长得好看，手脚勤快，品行端正，同花街的人都喜欢他，有好事的妇女要给冯源做媒，说愿意将自己某个亲戚的女儿介绍给他，但是一听说他是百山镇的人，又犹豫起来，毕竟那是个穷地方。

就连兴龙观的柴叔都夸冯源品行好，是个可靠的后生，又说他的名字也取得有寓意，左右逢源，以后能出头的。在同花镇，能得到柴叔夸奖的后生并不多，这相当于认证一个人的品质了。

那天，冯源回去之后，跟姑父和姑妈讲起了表弟用胶丝线绊倒欧阳娴的事情。罗三圈听了后，气得两眼瞪直，二话不说，扬起巴掌就要打罗祥兴。姑妈爱子心切，家中只得这么一个独生子，哪里舍得他受罪，就护着，只是骂了几句。罗三圈却不肯罢休，怒气冲天，说要是搞出人命或是把人摔残了，倾家荡产也赔不起，天天这么顽皮，不打断他的手，他怎能改？——硬是冲过去，狠狠地甩了罗祥兴一个响亮的耳光。罗祥兴从小受父母宠爱，第一次挨打，吓得一屁股坐到地上，哇哇大哭起来。

如果是一般的事情，冯源也不会去告表弟的状。他已经预感到，自己穿着裤衩抱欧阳娴求医之事，将会成为人们津津乐道的新闻，肯定会传出闲言碎语，只怕到时自己压不住。那天，他从卫生站走出来，许多好事者耐不住性子，死死扯住他，要他把事情的起因经过说出来。有些人当场拿他开玩笑，问他光着身子抱美人，是什么心情，有没有要进洞房的感觉。尽管冯源用诚恳的语气，甚至做出哀求的样子，希望大家不要拿这件事情开玩笑，这关乎人家姑娘的名声。所谓失命是小事，失节是大事呀！但人们才不会听他的话，好不容易遇上这样一件有意思的事，哪里会善罢甘休。

人们用调侃的语气说："阿源，你可能会成为同花镇的名人了，小心点，两大鼻孔肯定会揍你的。"——"两大鼻孔"是梁坤健的另外一个绰号。梁坤健鼻子大，走路喜欢拿鼻孔对人，因此后生们给他取名"梁大鼻孔"，因为谐音，就叫成了"两大鼻孔"。

谣言的凶猛超出了冯源的预想。走在街上，人们看他的眼光都不一样了，像看到一只长着六条腿的牛或三只脚的猪。人们脸上都泛起诡异与欢快的笑容，一起调侃他："阿源，光着身子抱这么漂亮的姑娘，那是要入洞房哟！你老弟可真有福气，抢吃了个新鲜。"甚至有人不叫他阿源了，直接叫他欧阳女婿，问他什么时候和欧阳娴办喜酒。这可把冯源急得求爷爷告奶奶的，央求他们不要乱说。人们越是看到冯源那惊慌无措的样子，越是觉得好玩，谣言也就传得更厉害了。

罗三圈夫妇也听到了各种版本的谣言。事情由罗祥兴惹起，没想到焦点全都涌到了冯源身上。欧阳娴的男朋友梁坤健是同花街管理处的常务副主任，手里握着租客的生杀大权，可以无理由地收回任何一家店铺的租赁权。如果梁坤健追究起来，罗家酒铺就无法开下去。既然风向转移，为了保住家业，那么黑锅就由冯源去背吧。罗三圈让罗祥兴以及参与事情的两个小伙伴必须闭紧嘴巴，无论谁问起，都不能说在桥上拉线之事，要是被查出来，就要抓他们到农场当劳改犯，关一辈子。吓得三个孩子面色苍白，发誓就算被人打掉牙齿，也不会透露半个字。

罗三圈让冯源回老家避一避风头，等风声过了再出来。但是冯源却倔强起来，他本着救人要紧的初衷，并没有对欧阳娴做出任何冒犯之举，问心无愧，跑回去避风头反而显得做贼心虚，让别人以为事情是真的，坐实了非礼之名，以后更加难以抬头做人。人们越是造谣，他越要站出来面对，以示自己的清白。罗三圈只得苦笑，说："要是惹出事了，你可要受着点。"

欧阳娴无端地蒙受了羞辱，心情格外压抑，特意请了一周的假，没去学校上课。让她难以接受的是，尽管谣言传得有些夸张，但有一个事实是不能否认的，那天她是被一个只穿着大裤衩的后生仔抱到卫生站的，这是千真万确的内容，人们只不过是在事情上面加工话题而已，她无论如何都绕不开。那天摔倒昏迷，她的身上并没有受什么伤，休息一晚就好了，没想到最大的伤害来自摔倒之后的是是非非，她毕竟是少女心灵，敏感脆弱，如何经得起谣言摧残。有时气极了，心里就生出一个念想，宁愿那天摔死在富江大桥上，也不愿意被一个穿着裤衩的后生仔抱去卫生站救命，将一生的名节给毁了。

那天是怎么摔倒的呢？欧阳娴已经完全回想过来，她确认是被一根线勒到脖子，导致一时慌乱才从单车上摔下来磕晕的，也就是说，这是人为事故，不是她的失误。而且，她脖子上有一条被胶丝线勒伤的细痕，过了几天才消失，足以证明这是一场恶作剧。

欧阳娴将事件的原委跟父亲说了。欧阳才华气得跳起脚来，一反平日严肃端庄的面孔，气呼呼地拍着桌子骂娘，要彻底查清这件事情，还女儿一个清白。随后他又破口大骂那些造谣的人，说蛆从粪生，嘴巴不积德的人肚子里也没好货，恨不得用胶水粘住他们的嘴巴。

欧阳才华之所以生这么大的气是有原因的，他有三个孩子，欧阳娴是大女儿，遗传了他的良好基因，聪明伶俐，长得又俊俏，品行学识是一流的，在学校当老师，教出来的学生也聪明，很受人尊敬，给欧阳才华增添了许多光；二女儿欧阳慧小时候调皮，跟一帮孩子四处野玩，没事就爬树摘野果、扒鸟窝，把鸟蛋掏出来用火烤了吃。那是80年代初，零食匮乏，小孩们掏鸟蛋摘野果解馋，也是常见之事。有一次欧阳慧爬树摘桑葚，不小心摔下来，把脑袋磕伤，昏迷了三天才醒过来。由于当时医疗条件落后，无法治愈，因此落下病根来，今年二十岁出头，身材与相貌都已长成姑娘，但脑子却发育不健全，智商仍停留在八九岁，成才是没有指望的了，日后能不能嫁出去还是个问题；儿子欧阳阔今年十五岁，在县城读初中，是个叛逆少年，读书不用功，还惹是生非，有次和别人打架，头破血流，额头上留下了抹不掉的疤。三个孩子当中，唯有欧阳娴是欧阳才华的骄傲，没想到自己最喜爱的女儿却遭遇飞来横祸，无端地受到玷辱，他如何能坐得住。欧阳才华让梁坤健必须彻底追查此事，还女儿一个清白。

不用说，梁坤健也会主动站出来，为女朋友讨一个公道。

梁坤健和欧阳娴谈恋爱已经有大半年，他本想着中秋节到欧阳家提亲，把事情定下来。眼见中秋节就要来了，没想到关键时刻，却出了这样一个娄子。女朋友被谣言恶意中伤，辱没得像被玷污一般，梁坤健如何咽得下这口气。他本是心高气傲之人，又深爱着欧阳娴，面子上遭受了打击，内心就像扎了许多钉子，发誓不把肇事者抓出来决不罢休。

经过一番走访调查，梁坤健从谣言中找出了根源，是罗祥兴和两个小伙伴搞恶作剧，用胶丝线将欧阳娴从单车上绊下来摔晕的。而且，他听说是冯源暗中主导这件事情，为的是要占欧阳娴的便宜。

梁坤健找来此四人问话，可都被他们一口否认了。罗祥兴和两个小伙伴知道事情严重，经大人的训导，不管是谁来问，打死也不会说出真相。而冯源问心无愧，反倒理直气壮地说："我救你女朋友一命，你反要来查我，良心何在！"

梁坤健咬牙切齿，满腔怒火无处发泄，他双眼死死地盯着冯源，就像盯着杀父仇人一样。就是眼前这个人，毁了他女朋友的清白，打乱了他的提亲计划，他恨不得变成一只老虎，将冯源撕成一片一片的。

事情虽然闹得轰动，但根本没办法查。主要是没有证据，就算事情真如人们所言，但没有人证和物证，如何追究责任？不可能有人站出来作证的，一是大家都不喜欢梁坤健，本来制造谣言就是针对他，他越着急，人们就越兴奋；二是谁也没有看到冯源或罗祥兴用线绊倒欧阳娴，谁敢站出来作假证呢，那可是要结仇的。

同花街做生意的人来自各村各寨，还有湖南贩子和客家商人，说得好听是乡里乡亲，说得不好听其实是一群乌合之众，做起买卖来一个比一个精。他们一天到晚闷在街上，少有新鲜事件渗入生活，日子平淡乏味，缺少乐趣。尤其是后生仔，一个个精力旺盛，无处消遣，总想惹出一些是非来热闹一番。现在好了，终于逮到了这么个大事，后生们唯恐天下不乱，看见梁坤健来追查事情，他们更是兴奋，把谣言当成了泥巴，一块块地往梁坤健身上扔去，希望借此拆散这对鸳鸯。后生们已经听到风声，梁坤健打算中秋节去欧阳家提亲，哪个后生愿意看到欧阳娴嫁给梁坤健呢？都巴不得将一潭清水给搅浑了。眼见离中秋节只有几天了，正好发生这样的事情，大家都有意火上浇油，要烧死梁坤健才肯罢休。

这也怪梁坤健不会做人，平日里风头太盛，引人嫉妒。自古枪打出头鸟，一旦惹上了什么事情，肯定要被人狠踩的。有人甚至站出来现身说法，说亲眼看见冯源抱着欧阳娴亲了一下。这样的谣言流传到下一个人的嘴上时，就变了个版本，说冯源没有亲欧阳娴，而是给欧阳娴做人工呼吸，并且双手放在她的胸口压气。于是就有人跟着感叹，说真是便宜冯源这条狗崽了，一边亲嘴还一边摸胸，快活似神仙呀！

谣言如同轰炸机，不断地掠过耳边，扰得梁坤健片刻不得安宁。但他也实在没办法，毕竟嘴巴长在别人身上，想堵也堵不住。他放出狠话，要收拾冯源，收回罗三圈的店铺，让他们滚出同花街。并且，他决定从此之后不再放电影给人们看，他觉得街上的人都是白眼狼，自己每月辛辛苦苦跑去县城电影院借胶片回来，放电影给他们看，然而却没有一个人站在他这边。

人们听说梁坤健从此不再放电影，同花街便少了娱乐，那可是一大损失。但是风向并没有转变，人们更是生气，权力掌握在梁坤健的手中，而且电影机确实是农场的，他们无权过问，只好将那种不满的情绪放到谣言中，说一些难听的话，令梁坤健更加难堪。

罗三圈听说梁坤健动了大怒，要收回他的店铺，这可将他吓坏了，他好不容易在同花街打响招牌，要是店铺被收回去，他回乡下酿酒做豆腐，根本没有出路。罗三圈于是去找梁坤健求情，希望他大人大量，不要被谣言中伤。但梁坤健正在气头上，摆出铁面无私的样子，说他是个无良商贩，往酒里掺水，往豆腐里掺石灰，要将他清扫出去。那时的店铺租赁虽然有合同，但合同上面并没有写租期是多久，只是按月算，店主不想租了就和管理处说一声，或是管理处不想租给店主就提前告知，让其打包走人。管理处曾经清退过几家不良商贩，那是分分钟的事情，没人敢跟管理处的人理论，这是农场的地盘，惹怒了他们没有好果子吃。当然，要是不惹出什么乱子，按时交租，管理处是不会乱赶人的。

罗三圈的儿子确实踩了地雷，闯下大祸，惹怒了梁坤健。罗三圈知道自己有错在先，他不敢和梁坤健争论，赶紧去农场找来另外几位相熟的警官，让他们帮忙说情。

罗家酒铺在同花街是受人认可的，虽然他家的豆腐做得一般，但酿酒却是一流的。罗三圈得到了祖上的秘方传承，酿出来的米酒味道柔顺，入口齿留清香，舌下藏甜，不像一些小酒坊酿出来的米酒，既苦口又冲脑。同花街餐馆的米酒都是罗家酒铺供应的，农场许多警官也喜欢来买他的酒喝。最重要的是，罗家酒铺是同花街唯一的酒坊，要是他搬走了，换一家味道不好的，这可不妙。于是有警官站出来帮罗三圈说话，劝梁坤健消气。事情很快就传到了梁坤健父亲梁锐的耳中，梁锐并不是滥用职权的人，他不想儿子闹出负面新闻，影响仕途。梁锐训了儿子一顿，说他不站在人民群众的立场上想事情，并叫他不要因为谣言小事而破坏警民关系；又说一个人的身子正，哪怕影子歪呢，谣言就是一个影子而已。

梁坤健遭父亲训斥之后，一时无奈，但他毕竟年轻气盛，不搞点事出来，心中难以解恨，面子上也下不了台。于是他给罗三圈下命令，说不收你的店铺可以，但是必须辞退冯源，不能让此人出现在同花街。

罗三圈没办法，只得劝冯源回家暂避风头，等事情过去了再请他来当帮手。这可把冯源气坏了，他不是任人宰割的羔羊，也是有自己的性格的。他恨恨地想："我又没做什么错事，要是被人赶走，人们还真以为我做了见不得人的事情，以后哪里还能抬起头来做人！"

罗三圈知道冯源性子有些耿直，再三相劝。冯源虽然气不过，但终究是懂事的人，为了不影响罗三圈做生意，也给梁坤健一个台阶下，他搬出了酒铺子。人们以为冯源会回老家避风头，但冯源却偏偏不肯离开同花镇，背着铺盖去兴龙观，和柴叔住在了一起。

柴叔和冯源关系极好。整个同花镇，柴叔最喜欢的后生仔就是冯源。柴叔喜欢喝酒，尤其是喜欢喝中酒。农村人酿米酒用的是蒸馏技术，将酒娘放到锅里煮，酒气在蒸馏甑中逐渐聚集，到一定浓度，经过冷凝，酒液就从管道中慢慢流出。刚出来的头酒度数很高，有六十多度，蒸馏到一半时，称之为中酒，只有三十多度，这个段位的酒水物质比较均衡，口感最好。再往下蒸，酒精度就越低，最后变成了酒尾水。农村人酿酒不分段位，从头到尾都装在酒缸中，一直混稀成十几度的米酒，也称为水酒。每次酿酒到了中段，冯源就会装出几斤，放到酒坛里拿去给柴叔喝。柴叔打开酒坛的木塞，吸了吸鼻子，两眼放光，说这才是真正的好酒啊！冯源喜欢看书，没事就去兴龙观找柴叔借书看，闲时跟柴叔学绘画。柴叔尽心尽力地培养他，虽然没有收他为弟子，但也把他当成徒弟点拨，将自己的心得倾囊相授。冯源知道柴叔喜欢吃长尾螺，闲时就去江里摸几斤上来，用青椒丝和紫苏一炒，出锅时撒些萝香（荆芥），那就是一流的下酒菜。

柴叔喜欢冯源，除了冯源为人聪明热络，还有另外一方面，他觉得这个后生颇具慧根，是个可造之才。

每年的腊八节过后，柴叔就要写对联，一写几百副，叠放在书房里。进入腊月，兴龙观的香火一天比一天旺，地方上的人们到兴龙观拜神时，就会顺便找柴叔求对联，并带来大米或鸡蛋、腊肉、糍粑等东西赠给柴叔。

有一年腊月二十，冯源奉姑妈之命，拎了两斤米酒，外加两斤豆腐干去找柴叔求对联。那时，冯源到酒坊做事还没满一个月，对同花街刚有一些了解，与柴叔打过照面，但并不熟稔。柴叔对酒铺新来的伙计也没有太多印象，见他上门来求对联，就从写好的诸多对联中，抽了一副给他。

冯源打开那副对联，写着"门迎春夏秋冬福，户纳东西南北财"，是做生意常贴的福对。他摇了摇头说："这对联太俗，没意思，帮我改个字吧。"

柴叔一听这话，来劲了，这副对联从古流传至今，不曾有人说出这样的话，这后生仔难道还能搞出花样？于是就问："你要改什么字？"冯源说："把'福'字改成'客'字，我们做生意的，只有'门迎春夏秋冬客'，才能'户纳东西南北财'。"

柴叔听了，不胜欣喜，一个字竟把整副对联里的老气横秋给挑开了，有了人气与生机，还真有点意思。柴叔哈哈一笑，帮冯源重写了一副。就在柴叔重写对联时，冯源随手翻看柴叔写好的那堆对联，翻着翻着，就笑了起来，说："柴叔，你家的锦是铁做的吗？"柴叔愣了愣，没回过神来。冯源说："你这锦绣山河，变成铁锈山河啦！"柴叔走过去一看，果然是错别字，他一天要写许多对联，偶有一两个错别字也不见怪，每次送人对联时，他都会再细细过目，偶尔也能挑出错字来。柴叔说："你小子懂得挺多的，喜欢看书吗？"冯源却说："听说你有好多书，能借给我看吗？"柴叔很少借书给别人看，他知道一旦打开了这个口，以后借书的人会很多，难免丢书。然而，当冯源开口询问时，面对这个并不相熟的酒铺伙计，柴叔却没有任何犹豫，欣然一笑："只要你愿意看，那还不容易。"

于是，两人结为好友。后来冯源要拜柴叔为师，学习绘画，但柴叔却不愿意，说和你做朋友最好，你想学什么我就教你，做了师徒反而不好玩。冯源觉得也是，两人亦师亦友倒也洒脱，遂不再提起拜师之事，只是一有空闲就钻到兴龙观去学绘画。时间一长，两人情谊愈深，冯源走投无路了，自然就想着去兴龙观避风头。

向上生长的城（长篇节选）

吴诗娴

　　年关之后，杨仙坡便开启了它追赶时代的快节奏，将那些家庭摇晃着赶向前、再向前，不知道未来，也没想留住过去。那些往事也不再被人需要了，就像人们六七十年代过往的许多东西一样，都不再被需要了，只有匆匆走过时，他们才感觉到，原来记忆中的那个庭院始终停留在那个地方，透过它们的阳光永不沉落。

　　有时候，人的精神故乡其实就停在一个院落里，那里有栅栏，那里冷暖自知，足可以安放曾经无知无畏的爱情。

七分也是分

1

　　1975年深冬，远郊。十几棵参天榕树绕城而生，庇佑着章州无限生机。大雁北飞，鱼群落寞，十里河滩偶尔传来孩子的笑声。那些笑声从石阶处滑向沼泽和芦苇丛，顺着冷风钻进了郭怀明的耳朵。哪有什么鱼？临岸的河面已结薄冰，供销社里有人传言说在河里钓到了大鱼——是很大很大的鱼，足足可以吃个几天。屁！有个毛线，害他跟向一龙足足守了几个下午，雷鹏这大老爷们今天也跟来凑热闹。这雷鹏是革委会办公室主任，章州县城无人不知无人不晓的响当当的人物，贫农出身，根正苗红，正儿八经从一线公安锻炼上来的干部。

　　他瞅瞅雷鹏，那大鼻子冻成了红蒜头。

　　"啊啊，你揪我鼻子干什么？"雷鹏揉着鼻子。

　　"饿了。"郭怀明哼哼着。这一带，没什么人来，也没什么鸟来，更没什么鱼来。河一空，城就空了，城一空，心就空了。

　　"听说了吗？章州的几个村子都跑了人。"雷鹏吸了一口烟说。

"当然,灵活机动的总是基层,化零为整,化整为零,咱们成立新中国走的就是农村包围城市。郭怀明怼道,要不你带头,咱们也跑,革委会办公室主任带头,全城都往南跑,举国轰动,章州出名了,带劲。"

向一龙还没睡醒的样子,迷糊着,伸出两指头,跟郭怀明说:"哥,给点烟丝。"

郭怀明从衣兜里掏了烟盒,掂量着给了一点。

烟头一闪一闪,向一龙眯着眼。你信不信,这河要是冰封了,我也跑。前阵子,保卫科领回来我们单位的一个小子,猜他怎么写的检查——那是血淋淋的血书!上书:我要吃饱饭,下书:我要讨老婆。横批:给条活路。

我生做共产党的人,死是共产党的鬼,党说怎么干,我就怎么干。雷鹏眼一瞪。

切。郭怀明闷着气,起身要走。

雷鹏问,你去哪儿?

报告雷主任!老子尿急,嗞一下。郭怀明瘪瘪嘴。

同去,同去。向一龙跟上。

"此山是我开,此树是我栽,要想从此过,留下买路财。什么人,到我的河里来钓鱼?"一个小男孩突然冒出来,手上拿着一根大树枝直指他们。

头戴鸭舌帽的雷鹏转过头,忍俊不禁。军军?怪不得说这里出了个小土匪,生意不错吧?

今天还没开张。天太冷,生意难做。

嘿,屁拐子,你爸知道吗?雷鹏瞅了一眼军军身后的郭怀明,问。

军军嘟着嘴,叉着腰,很不高兴,有谁捣蛋会让他爸知道的?

我偏偏就知道了!我说怎么半天了,人都快冻死了,也钓不来半条鱼,原来是你们这帮小鬼在捣蛋。郭怀明气不打一处来。

军军一看他爸,赶紧朝芦苇丛大喊:"有敌情!"一个一个孩子从芦苇丛里滚出来。"嘘……"军军吹起尖锐的口哨,四散的孩子得令,悉数跑至他身后,到齐之后,他再往斜坡上一指,那片黑乎乎的小脑袋又齐刷刷地往坡上跑。

一阵寒风吹来,吹白了章州河对面杨仙岭的山头,将章州城里的人都吹进了屋子,吹亮了杨仙坡的十户人家。郭怀明拍拍身上的霰雪,走进偌大的庭院。陈之音赶上前来,关心地问:"钓到了?"

"哼,你问你儿子去。"

"你袋子里装的是什么?"

"死鱼，天冷，没臭掉，拿去做腊鱼。"郭怀明放低声音说，"路上捡的，做成腊鱼后，分成三份，给雷家和向家各送一份。"

"嗯。"

关上门，屋子里暖暖的，再回头看屋外，黑漆漆的一片，匆匆入了夜。

夜色荒凉。章州县城里只有杨仙坡上的十户人家闪烁着章州县城里最整齐、最明亮的一排灯光。

郭家厕所墙的缝中漏着两只黑枣般的眼睛。远处，城关小学的后门，大红标语被风撕扯了一大块，近处，突兀着一个大坟包，显得鬼魅，坟包旁边是密密麻麻的桑林，再近点，有一方很小的菜地，不知道种的啥，不敢吃，怕挨打，想到吃，军军的喉咙管吞了一口口水。

有人来了，拎着一桶水，冒着热气。离眼睛近得不能再近了。是个女孩，长发，脱了上衣、接着是裙子、接着是内衣……刚想好好瞅瞅，没料到在百米远的地方一个黑影突然冒了出来。那黑影在大坟包的旁边，刨着刨着，不知道在搞什么鬼。黑影越来越清晰，军军怎么看都觉得这影子特熟悉，定睛一瞧，原来是老爸。军军心里直犯嘀咕，他郭怀明黑灯瞎火地，跑去坟包干什么？！

小凯到后院撒尿，冷不丁给军军的脑袋瓜子来了个大栗子。"哎哟！"军军一扭头："你妈的×。"待看清了脸，就泄了气："哥……"

"没听见妈叫你睡觉。这么臭，看什么呢？"小凯拉完尿，抖了抖，也要凑到缝隙处。

军军索性走开了，鼻子里直哼哼，带挑衅地丢下一句："你要敢看，你就是我爷！"果然，小凯跟着他的脚后跟来了："军军！你在看人洗澡？"

"你肯定？"

"那你为什么不敢让我看？"

"……可惜不好看。"

小凯赶前一步问："真的？你真看了？谁啊，谁？"

"你自己去看嘛。"

"我不敢……谁啊？燕子？"

"切！想知道？一颗珠子弹，纸板也行，要盘古、女娲的。"军军向他哥明码要价。

"给你个龟毛。"小凯推门进屋。

切，军军恨得直痒痒，扯了脖子冲邻居后院喊：有人偷看洗澡啦！

隔壁后院一阵慌里慌张，燕子："谁谁！谁这么王八！"

两个孩子冲进屋里。冷风一阵往陈之音脖子里灌，大喊一声："军军，你又捣蛋！"

灯光下，两张充满稚气的少年的脸，红扑扑的，见到妈妈一脸的喜色。陈之音摸着他们乌黑的头发，拍拍肩膀："快，水都准备好了，洗了就睡。我给你们暖被窝呢，赶紧进来，暖。"

洗脚上了床，妈妈暖好的被窝真是暖。妈妈身后甩着长长的大辫子，高挺的鼻子，大大的眼睛，洁白的皮肤，比画报里的人还好看。"妈，我刚才看到我爸了。妈，我怎么会这么讨厌我爸呢？不是父子连心吗？等我长大了，我可不可以六亲不认啊？"军军问。

"也不认我？"

"那肯定不行，你是我妈！"

讲起郭怀明，陈之音心里烦着呢。郭怀明转业回来才半年，就隔三岔五地吵，也怪，人不在的时候，想得要死要活的，现在好不容易在身边了，又巴不得他滚远点，滚得越远越好。陈之发最近老打发人问她去广东的事，这事，她怎么会知道，总以为郭怀明会有办法，上午刚开了个口，这个郭怀明点着她鼻子教训了一番。

军军支着脸问："妈，你说我爸当年是不是真的打死了一只熊？"

"你管他打没打死熊，你只管他别打死你就成了。"

"哼哼。"

尹凤珠踩着她那双小脚，匆匆进了孩子的屋，紧张地摆摆手让军军别说话："快睡，快睡，都九点了，你爸回来了。"随手拿走了陈之音的针线盒，还关了灯。陈之音没好口气地说："妈，你怎么老跟老鼠见了猫似的，我不走。""走不走？"尹凤珠眼一瞪，陈之音只好跟着她出来了。果然，一抬眼皮就见到了郭怀明进了前庭。两人一对眼，说什么呢，也没什么好说，上午刚因为陈之发闹着去香港的事大吵一架，于是，沉默着，各自忙活。

十几年的军旅生涯，习惯了部队生活的郭怀明和貌美如花的县剧团台柱子陈之音，歪打正着，一不留神成了一家子。曾经十几年的分居，相聚少别离多，倒也相安无事，如今，柴米油盐，屎尿巴巴，只落得大眼瞪小眼，你不是那满脑子除了雷锋就是革命的解放军叔叔，我也不再是满眼都是戏的漂亮女戏子，不到半年工夫，两人刚刚进入夫妻角色，又匆匆离了戏，爱情的成本怎敌得过现实的支出，以往的相念相思打了个包都丢进了章州河，恨不得不相见。

杨仙坡的十户人家，只有郭怀明的家门口墙上贴了大红标语："外树形象，内强素质！"三间房梁上分别贴着"严肃""活泼""紧张"，厨房门上贴的是"团结"。知道的，这是一个家，不知道的，还以为这是个军事训练基地。

生活像什么呢？像吃了过量的阿司匹林，肚子里老不舒服，一天到晚叽里咕噜地，要正儿八经去拉，却拉不出什么东西，看起来处处不适，却又拿不出什么治疗方案，只能等自然愈合——吵架太多也是会消耗能量的，本来肚子里油水就不多，省点精神也好。

搞点训练基地也就算了，可他郭怀明每天五点半，就带着两个孩子天不亮就出操。大清早的，不让人好好睡个觉，"一、二、一，一、二、一……"陈之音不知道有多少个美好的早晨就被他的军哨声吹得灰飞烟灭，把人恨得头皮发麻。转业回来的郭怀明就像个外来入侵者，硬把原本好好的一家子生活整成了一地鸡毛——好比柔和的屋里，突然装了个二十瓦的灯泡，以为给了温暖，其实是晃眼，以为添了热闹，到头来还不如平静。

怕听见第二天清晨出操的军哨声，陈之音用棉花塞住了耳朵。前几天肚子痛，她以为要生产了，住她隔壁的薛姨是妇产科医生，好好帮她检查了一下，孩子在肚子里好好的，没什么毛病，让她别紧张。那天老郭把那把枪从他的箱底摸出来的时候，将她着实吓了一跳——现在是什么时期？这事要透露出去，那就是大祸临头。郭怀明出去一晚上了，还好，总算没什么问题，也不知道他把枪处理到哪里去了，反正，枪不在家里，这事就算撂下来了——肚子痛可能就是那一刻紧张了一下。

还没完全睡下，有人敲玻璃窗。她打开窗，向一龙的老婆九九从窗外伸出来一个小包。给你，甜酒药。

跟郭怀明赌了一晚上气，她都忘记这事了："说好去你家拿的，你看我都忘了。"

"没事没事，我走了。"

"我要不会做。我回头再问你。"

九九点点头。

第二天一早还要去丁阿姨家学怎么磨豆浆、做包子。磨豆浆容易，就是还要选个好磨盘，听说菜市场往河边方向走有户人家打的磨盘不错，也不知道叫什么，还有学校那边让她去一趟，估计又是军军做了坏事，是打架了？还是把虫子放进人家衣领？下午佳佳压碎了一个蛋蛋，说是军军教她的，可以孵出小鸡来，一个蛋呀！一两粮票才能换二十个蛋……就这么思思想想睡着了。半夜还说梦话："你怎么不孵点大米。"

见主卧关上了灯，尹凤珠赶紧起身把尿倒了。没听到郭怀明的鼾声，不敢洗缸，怕水的声音闹醒他。于是，又站在院子里等了片刻，直到每晚十点必到的时而如火车般节奏明快铿锵有力，时而又念经般如悲如诉，或海浪般排山倒海，或播音机般发出回声共鸣……这才安心洗盆。

只求明天别多事。

2

晨光微启，郭怀明的军哨吹醒了整个杨仙坡。"一二一、一二一，不许说话，一二一……"

杨仙坡，一条约500米的长坡在杨仙坡的正中间，与十排房子呈T字形。坡的两旁本是密密集集的树林，一年四季鸟语花香，郭怀明转业回来的时候，已经有百货公司和五交化等一些单位在那里建宿舍。

坡下是章江县城的主街道，那是县城最有生机的地方，副食品公司、菜市场、东风商店、供销社供应门店、人民医院、县政府机关单位都在主街道两边。主街道往南是绵绵十里长堤，沿着美丽的章江，十几棵参天大榕树依水而生。江边一带也住着些农户。采茶剧团和县剧院也在这附近，早晨起早一点，就能听到一群豆蔻年华的少男少女吊嗓子的声音。依江远望有个岛，在视野中若隐若现。这里没有摆渡船，若要过河上岛，还要到清梅镇才有渡口。

清梅镇产清梅酒，县城单位特供时，会标上三朵梅花。南方到了梅雨季节，喝二三两清梅酒是最快意不过的事，找个闲时，把酒满上，什么也别说，我不为你，你也用不着为我，更不用为这世道，只为处在这美好的地方——恰有风光有仙气又有酒味的地方。

端上一盆稀饭，一碗梅菜炒辣椒就算是早餐了。小佳佳团着一张肉乎乎的脸，看见爸爸的脸上还黏着半粒饭，直乐，笑得前仰后翻，一口粥也喝不下去。陈之音卷起袖子准备收拾碗筷，冷不丁也看见那粒饭了，笑着骂了声："挨千刀的。"唯独郭怀明还蒙在鼓里，一大碗粥，从左到右，从右到左吱啦吱啦地埋头喝着。军军说"我来"，一把抱着郭怀明啃下了那粒饭，留下一脸的哈喇子。

郭怀明抹了一手的口水，红着脸，指着两个孩子吼道："兔崽子！你们两个听好了，我跟隔壁的宋教授说了，明天晨练完就去他那里背功课，过关了才可以吃早饭。"郭怀明乱扒拉了最后一口稀饭，戴上军帽，走了。

军军气鼓鼓地问陈之音："妈，再这么被郭怀明整下去，我们会被整死的。""哼，要死你们不会抱着他一起死啊，真没用。""妈，我要报告雷叔叔，哪里有压迫哪里就有反抗！"

郭佳佳一口稀饭喷了出来，正喷到小凯的脸上，手一动，小凯手上的一碗稀饭全泼了，桌子上、身上到处都是。一阵忙乱，咒骂声、叫喊声、哭声，还伴着尹凤珠老太太的咳嗽声……

反正，郭怀明听不到了，他点上烟，走在杨仙坡上，享受暂时的云淡风轻。

这个年代，夹杂着政治气候的混沌，新鲜空气不足，阳光还有些短缺，家家的生活品质都一样，院墙里外始终堆放着煤球和干柴，四下飘散的，除了晨间的饭菜香，还有阳光下的年味香、坡上的野花香，那些滴油的腊肉总会打到人的头顶。味蕾跟随着走过这一路，到此也算是总结陈词了。

　　家里也该添点肉了。郭怀明想。肉票仅存几张，田溪村老家要送，妻弟陈之发家里要送，他媳妇的预产期比老婆还早。要送的话，还要准备点油、米。这点票，这么一分，绝对不够。还好，昨晚跟老林吃了一顿肉。

　　到了上班的点，大人们都扒拉完早餐出来了。像是约定好的，从这排房子，最先走出来的总是老林副县长，走路的频率很快，不愧是当兵出身，身材高挑，结实硬朗，一股子杨仙坡最高领导的气场，尤其是两道浓浓的剑眉，很拉风。然后走的是商业局的莫局跟副局长老谢，一前一后背着手，这两人身材太像了，头发都有点中年谢顶，郭怀明有一次在单位上碰见老谢，叫成了莫局，真尴尬。后来，经过观察之后，他发现了规律，老莫是局长，走路是背着手仰着头走，老谢是副局长，走路是背着手低着头走。一正、一副，还有这差别？

　　供销社业务股油水最多，向一龙的肚子也日日见挺。一见到郭怀明，向一龙就把耳朵根上的那支烟递给他："来一根。"

　　郭怀明接了，对上烟，幸福地吸了一口，见向一龙带着包，问道："今天出差？"

　　"去趟唐江。"

　　"还是你走的地方多，章州十八个乡都跑遍了吧？基层人民生活都靠你滋润呢。"

　　向一龙从郭怀明这句话里嚼出点嫉妒的味，他知道郭怀明肯定不甘心做个人事股股长，那个空缺已久的供销社副主任位置还等着合适的人呢，有竞争力的也就是他跟郭怀明了，他在供销社的资历深，但郭怀明转业回来的级别就是副主任的级别，混个一年半载，这位置铁定就是郭怀明的——现实很残酷，不过，向一龙还是准备蹚出一条血路来。"为人民服务嘛，不能光靠嘴，还要靠腿。"向一龙挤挤眼，开着玩笑说，"什么时候带你去吃唐江的土匪鸭子？"

　　"别想腐蚀我……还是田溪的鸭好。"

　　"哎哟，宋教授早。"郭怀明看到宋明勋提着几块老豆腐从坡下走上来，赶紧打招呼。遇到宋教授，他的语调、语速明显做了些调整。

　　宋明勋其实只有三十五岁，但看上去有五十三岁，头发半白，精瘦精瘦，深度眼镜底下两眼深陷如渊。杨仙坡唯有宋教授不是商业系统的人，他却是最早的住户，他和老婆"上海阿拉"同是上海下放到赣南"老边穷"地区的知青，听说他在上海就是大学老师，杨仙坡的人都叫他教授，是在章州中学的老师，平日很少与同排房子的其他人交往。他们家与郭怀明家是紧挨着的邻居。宋明勋有个儿子，杨仙坡的孩子们成天跑来跑去，唯独很少见到那个孩子，郭怀明到现在还不知道这孩子的名字。

"我们家那两个屁拐子每天晨读怎么样？"郭怀明关心地问。

宋明勋推推眼镜，很认真地回答："业精于勤，荒于嬉；小凯是个勤奋好学的孩子，军军三天两头说头痛。我倒不担心他说谎，可是天天说头痛就太没有创意了，说明他连说谎都懒得动脑子想。"一番话说得郭怀明甚是没脸。宋明勋拍拍他肩膀："不急，教育是个长期的过程，我们从长计议。"

向一龙也象征性地跟宋教授点点头。等宋教授走远了，郭怀明问道，你说，他这么说话会不会寂寞？

我看你才寂寞！寂寞、孤独、冷。向一龙一脸不屑，从上到下打量他，哼，哪像你，从头到脚都是布尔什维克。

"军人嘛，四个字：坚持到底！"

向一龙马上来了个立正敬礼："向郭达柯夫斯基敬礼！"

"党外分子跟我敬什么礼？"

"行，俺不是党员，俺爸是党员，你看，瘫痪了。"

就冲你不是党员，就别想跟我争副主任。郭怀明没把这话说出来。

九九追上来，递给向一龙一个黑色的绒帽子，你去几天啊？向一龙一脸的不耐烦："三天，三天。昨天没跟你说吗？老是不记事！"九九马上闭了嘴。

随着一阵雪花膏的香气，跟上来的是商业局财务股的吴海清。她级别不算高，但她老公是雷鹏。

供销社主任刘世纪也出门了，正好跟郭怀明和向一龙打了个照面。于是三个人一起走。郭怀明细心地留意到主任没烟，于是悄悄把烟放下，见到树，把有火的一头冲树上一顶，灭了。向一龙还吞云吐雾享受着。

十排房子目前还空着一套房，这几天都在议论说是要搬来新住户。路上，郭怀明提起这事，刘世纪说："那肯定谁的关系硬给谁嘛。"

郭怀明不解："不按级别？"

刘世纪一脸不屑："以前是陈克清当头，现在陈上调区府了，这块地盘是第一书记吴正当头，当然要先考虑自己的人马。"

向一龙有点不乐意："那铁定是李建了，李建他妈是吴正老婆的嫡亲老大姐。"

刘世纪不以为意："我们这小地方，谁跟上头不沾点亲、带点故？要说亲，吴正跟我们家是一个族谱下来的，他辈分低，还要管我叫……叫叔。"

十排房子的尽头便是老书记马东家。马东老婆满头银发，梳理得一丝不苟，拿着碗勺站在他们家门口。三人不约而同地往马东家里瞅，马东跟往常一样，只留一个背影坐在摇椅上听收音机，收音机的声音开得很大：12月1日至4日，美国总统杰拉尔德·福特应周恩来总理的邀请，来中国进行国事访问。邓小平副总理等领导人前往机场迎接……

马东已退居二线，他儿子马修顶了编，以前在革委会办公室做秘书，据说犯了点男女错误，如今在供销社的食品公司做经理。马修比郭怀明他们几个都小几岁。

杨仙坡占地面积最大的是东边的老林家和西边的马东家，马东家门前没有梧桐，所以看上去比其他八间房前面多一块十平方米的空地，利用这块空地，马东家围起来种了些菜。向一龙指着菜地低声下气地讨好马东老婆，说："春莲嫂，这菜地种得可真好，不长虫。"

马东老婆白他一眼："长！怎么不长？你找个没长虫子的白菜给我看看。"

向一龙一脸无趣。郭怀明差点没笑出声来。

军军跑来："爸，我们老师说了，今天就宣布我做班长。"

"切，你能当班长，母猪都能上树。"

"哼！"军军大拇指往下一插。这是什么动作？郭怀明一路撑军军。军军一跑，一群小屁孩子都跟着跑了起来。马亮亮还小呢，比他们俩小一两岁，还没上学。马东老婆，见他跑了，赶紧追："亮亮，你跟着跑什么?！跟我上幼儿园去。"

郭怀明看见宋教授的老婆上海阿拉挺着个大肚子，赶紧去扶——之音也大肚子了，没见他这么小心扶过。提醒着："你小心点，小心点，买菜呢？"

阿拉慢慢下了阶梯，一脸神秘地跟郭怀明说："侬晓得那个事吧？"

"什么事？"

阿拉指指已经走出去老远的老谢："我们坡的老谢从商业局调出来了嘛。"

"调去哪里？"

"哎呀，你怎么都不晓得啦？来我们统计局做局长了的呀，我的顶头上司。蛮好嘀啦，我是蛮高兴的呀，我们是一排房子的邻居，总算是有靠了呀，以后我的产假也可以叫他多给我几天了嘛。"上海阿拉戴着厚实的红色绒帽，底下藏着的眼眉全是活的，上下翻飞。

"那是，那是。"

阿拉像摇摆的葫芦转一圈，走了。他想，上海女人就是别样一点。

下了阶梯，远远地，从城关小学门口传来一阵童声歌谣：

> 归归路，归得姐门口过；
> 姐姐叫我歇，涯又哇学打铁；

打铁难牵炉，涯又哇学打屠；

打屠难磨刀，我又要学熬硝；

熬硝难剁壁，我又要学打锡；

打锡难拍扇，我又要学开店；

开店难推磨，我又要学做勺；

……

走过一个大马路，就到了章江县的商业楼。楼后面是很大的一片空地，平时堆放一些供销物资，还有一辆废弃不用的大板车、水泥管子和两个坟包。楼的右侧是篮球场，每天都有人打篮球。郭怀明忍不住多看了一会，他喜欢篮球，在部队他打的是前锋，最强得分手。抬头便见商业局的左右两块红色单位门牌：左边是"章江县商业局"，右边是"章江县供销社"。回到地方跟部队就是不一样，工作不多，喝茶、看报纸、读文件、聊聊是非，跟领导多聊点政治，跟下属布置点任务，顺便指出点错误。

剩下的呢，剩下的就是一片空白。那些空白像个巨大的球压在他身上，挥不走，赶不掉，让他玩不起浪漫，也顶不起严肃，无法乐观，也不能悲观。这些空白总有一天会变成糨糊，把他埋了。所以，他只能往这些空白处吐烟圈。在部队不抽烟的他，现在一天至少一包。不然，能怎么样呢？老婆一看到他抽烟就如临大敌，开门开窗，恐惧什么？烟不恐惧，空白才恐惧。他想。放低点报纸，就看到远处城关小学边边的那处大树林，坟包呢？视线上没有。

他寻思着，昨晚去坟包放那个东西，应该没有人看到吧？要是看到——大祸临头啊。

3

一上班先学习，由供销社的科室各自组织。郭怀明不想让大家闲着，安排每个人轮流读一天。今天轮到新小刘读《人民日报》，扭扭捏捏站了起来，一开口，郭怀明差点没喷出水来，尖细的嗓子戳得脑仁疼，尖细就算了，她还拿腔拿调，拿腔拿调就算了，她还摇头晃脑："中国人民的伟大的无产阶级革命家，光荣的反修战士康生同志永垂不朽……"

这么严肃的政治消息谁也不敢笑，要不是楼后面的空地传出大动静，这帮人都该被笑憋死了。郭怀明喊了一声："等等。"往楼底下瞅，不知道什么人在大声喊叫。几个人大吼着追一个男子，那男子在一堆水泥管子中上蹿下跳。什么情况？郭怀明定睛一看，逃窜的男子戴着手铐，心想，好家伙，出大事了。他第一个冲出了楼，跟着跑下楼的是农资股股长李建，随后跟来了几个供销社的年轻人。

"406，给我站住！"带头的抓逃者大声呵斥。

郭怀明一股热血直冲脑门，抓人多容易，比得上抓熊吗？抓个人，抓个蹲了监狱的人，抓个蹲了监狱还戴着手铐的人，那不跟捡粒豆子一般。他追着逃犯跟猫捉耗子一般跑了几个来回，逃犯索性钻进了水泥管子里不出来了。

抓逃里带头那个大声地吼着："出来！你还想再坐几年牢？"其他人也跟着喊"出来""出来""出来！"却没一人敢进去抓他。于是，只好在水泥管的另一头堵着。水泥管子太高，好几个人没攀得上去，郭怀明两手一撑就上去了，便见到了那个逃犯，却不是正脸，头发披肩背对着他，一股污臭味扑面而来，听到他的声音，这人悚然一惊，猛一回头，一双惊惧莫名的眼睛瞪大了盯着他，很快，成串成串的眼泪流了下来，把郭怀明倒是生生吓了一跳。

"我要见我妈，我要见我妈，他们说过，春节前一定会让我回家的，是他们说话不算数。"

少年哭得声嘶力竭，郭怀明却顾不得许多："犯法就要服法，有什么事上公安局说去。"

少年到了抓逃人手里就不一样了，直接按倒在地，带头的还喊："站起来！"少年慢慢起身，那带头的粗鲁拽起他的手，少年一阵惨叫。

郭怀明赶上几步跟带头的说："这样不行啊，还是个孩子。"

"孩子？都逃了几次了！！我们还要不要这工作？！"说完又对着少年呵斥："……我叫你逃！叫你逃！"郭怀明再次把他拦住："算了，算了，抓都抓住了。"

"兄弟，你不知道，抓了他整整两天两夜，我们连茅厕都钻了，这一身臭。"

李建见了这人，神色有些不对劲，问："是五里镇二监狱的？"

带头的没有正面回答："唉，丢人啊！"

李建又问："只跑了这一个，还是一伙？"

带头的这才打量了他，有点警觉："这一个已经够受的了。"带头的叫其他两人把他扛了。少年身体瘦削，两人也没费什么力就拖上了一辆重型自行车。绳索已经备好，往少年身上绕了一圈紧紧地绑在车上，少年已经直不起腰，耷拉着头，看不见脸。带头的狱警脱下自己的外套盖住了少年的手铐。

见这一幕，李建心里的恐慌感越发强烈，他有个同母异父的哥哥也关在二监狱，叫李辉，以前是个年轻有为的老师，入狱之后，就没好好蹲过牢房，因为逃港被抓回来几次，刑期一再叠加，从三年到十二年，逃到最后，连监狱长也来找李建：你叫你哥以后能不能换条路线逃？一抓一个准，多没成就感。

这下手真狠，郭怀明也有点看不下去，扭头想走，随意瞅了一眼，恰好那少年也在回头找他,两人一对视,少年的目光像枯萎已久又遇朝阳一般,千万句话凝固了,只说了一句:叔,我妈……叫……叫谢丹萍。

众人都看见了这一幕,郭怀明身不由己地回了一个字:哦。哦完,他也不知道该说什么,看着少年那双逐渐黯淡的目光越来越远。李建嘀咕着:不知道是不是二监狱的。郭怀明随口说了声:"要不要帮你问问?"只是随口说的话,没想到李建马上极为友好地拍了拍他的肩膀说:行行,就等你消息。

一帮人返回办公室,楼上居然还传来一片掌声,有人带头喊:"打倒坏分子!勇斗坏分子!郭主任是英雄!李建好样的!"

快进人事股了,郭怀明才回过神来问李建:"对了,你让我打听什么消息?"

"问问这人是不是二监狱的,跑了几个。"

"你有亲戚在里头?"

李建声音低了八度,在他耳边轻声说:"逃港,被边防抓了。"他还特意强调了一句,这事你要是说出去,就别叫我兄弟了。

"你对我就这么点信任?"

"这么多,够不够?"李建伸出小手指比画了一下。郭怀明一拳挥过去。

电话响起,那头一阵急急令:"郭怀明,你王八蛋!我弟不是你弟?你不把我弟弄出来,我回家喝农药去!"平时在郭怀明面前总会压着点火气的陈之音这回是真的生气了。

"好,好,我再想想办法。"

陈之音的弟弟陈之发在老家被村干部抓了,说他参与了良才一拨人的逃港行动。他不是帮不了,是真的懒得帮。他看人很准,以前在部队,那些兵往他前面一过,他就知道哪个兵存在思想问题,哪个兵骨子里就透着犟。单靠帮,改造不了陈之发。

最近冷成这样,这天也老不下雪,连云都憋着,如今的世道的确有点那个……就像今天刚出门,转到巷子口,见到一个老婆子,平时也不怎么熟,竟对他说:"你老婆一准是怀的女孩!"想起这事,郭怀明就吐了一口痰——个呸!生女儿又怎么了?我郭怀明还就要一个女的,要不是女的,我叫老天爷干脆还我一颗精子得了。切!

郭怀明看时间,上午十一点。差不多可以下班了。阳光很亮,但气温是着实降下来了。

"当年这架势,我怎么跟你说呢,你就往1967年章州市南门口那事上想,都是一些脑瓜子不对味儿的人,我他妈准备了两把铁榔头,我保卫啥?我保卫我家俩小子和我娘们,都来我家掏窝子来了……"下班路上，向一龙跟郭怀明讲起雷鹏抄他家的事。"你看，你看俺像汉奸吗？老子他爹当年是从黑龙江一路跟解放军打过来的，雷鹏他算个屁！俺告诉你。"向一龙声音降低八度："他爹就是老土匪，什么章州抗联，他们那片的抗联早死光光了，不信你去查……"两人正好走在新修的水泥阶梯上，向一龙指指这路："……就这路，你就知道他底细了，雷蒙摔折了腿，咱们眼皮底下马上就修了一条水泥路，那叫一个深藏不露啊！郭司令。群众的眼睛是雪亮的，总有一天，会用铁的事实证明一切。正义事业终将胜利。阿哩叶啦咪里司机哇。"向一龙拍拍前胸，冒出一句俄语。

"聊什么呢？"宋明勋从他们身边走过随口一说。郭怀明眼尖，一伸手把宋教授夹在大衣底下的一张东西给捋了。拿出来一看，好美的女子，"《何日君再来》，乖乖，新唱片！"

晾衣物的陈之音恰好听到，一阵激动，探出头来："宋老师，新唱片？"

宋明勋点点头。虽然他戴着眼镜，陈之音也能明显感到他眼中映射着跟自己同样的光芒。确实，全杨仙坡，在音乐上能有点共鸣的，也只有她了。

郭怀明刚要踏进自家的门，刘世纪隔了老远喊他。又有什么鸡毛事。刘世纪说："今天的事，你写个事情经过，总结一下。"他最怕的就是写材料，尬笑道："这个有什么好写嘛，一个逃犯，抓了就抓了。""写一下，缺的就是这种典型，正好报上去，让其他同志也开悟开悟。"

早知道就不抓了！没事找事。他心想。

隔壁的饭香已经飘过来了，郭怀明估摸着自己家的饭应该也差不多做好了，巡视了一番，三个孩子跑了两个。兔崽子！从墙上拿了军哨，朝后院那片桑林吹。果然，跑出来好几个孩子。

"佳佳呢？"

"哼！"军军把书包一丢，翻白眼，没有理他。"你妹呢？"还是翻白眼。"我问你妹呢？"又翻白眼。"怎么长的，长成白眼狼了！你妹没跟你去林子吗？"

军军急了："她又不是我身上的尾巴，我管不着！"

"把你妹叫回来，吃饭了。"

"我要做作业。"

"早干什么去了？"

"玩啊。"

"你还有理了？"

"我们是祖国的花朵，为什么不可以玩？"

"你……"郭怀明嚼着几枚茶叶干，只落得干瞪眼，一时语塞，真想一把掐死他。

"爸，我们考试了，老师让你签字。"小凯从房间走出来。卷子上红色的100分很醒目。郭怀明笑了，"这才是祖国的花朵嘛。"签完字，扭头找军军："你的卷子呢？"喊了半天，军军背靠着墙挪了出来。一拍桌子，拿来！

"拿就拿，我们老师说了……这次我有进步。"

郭怀明拿起军军皱巴巴的卷子，看到了"66"，脸上露出了喜色，总算及格了，再看数学，噢，噢，有个"7"字，心里一惊，这回数学不错啊，有七十多分。进步很大啊。

尹凤珠听到这成绩也高兴了："我看看，哎哟，我就说军军这孩子不笨。"卷子转到了尹凤珠手上，她左看右看，看了又看，前翻后翻，又放到电灯下看，满脸疑惑："这是多少分啊？"拿起卷子睁大眼睛瞧："哪有七十几分，我的个乖乖，七分！七分啊！这跟零分差不远了。"小凯急急地喊：爸，饭快好了，要不要摆碗？

"啊？七分？！"郭怀明再一看分数，果然是偌大的一个"7"字，一时血冲脑门，眉毛直竖，差点没爆血管，"你还真能考啊！"回身就找大扫把。郭怀明推开后院，冷不丁看见陈之音站在院子中央，闭着眼，与世隔绝一般仰望着天空。"你儿子考七分……都学成什么了……考七分，咦，你看，你这看什么呢？"郭怀明忍不住也往天空看——天空中除了寥落的几颗星，什么也没有，"鼻子……流血了？"

难得宋教授放一放好音乐。到处是《白毛女》《沂蒙颂》《洪湖赤卫队》，偷偷听点别的音乐，搞得自己很不要脸似的。陈之音瞅了一眼郭怀明的背影，闭上眼，又听了一阵，实在也有点肚子饿了，这才听见军军被他爸打得满屋子地号叫。

"别打了！你别打！打有什么用，你教了吗？"跟郭怀明折腾一番，总算把军军揽到了身后。陈之音一顿饭也吃不下，搓了个饭团拿在手上吃，担心军军留下来会招打，于是拉着军军去找妹妹。

生活的简陋和乏味愈发让人觉得入夜快。杨仙坡的一排房子只安了一盏路灯，隐隐约约见到一个小人，走近一看，原来是马亮亮这个小胖墩站在家门口举着板凳，眼睛直勾勾地瞅着他们俩走过来，见到军军一脸喜色："司令，司令！……陈阿姨，你跟我爸求求情。"

军军："亮亮，你先站着，回头我给你送点吃的，放心，有哥。"

五交化的办公室在改建，要扩成三层，空地上到处是建筑材料。叫了半天，也没有一个人应。这段时间，来了一股从山东、河南一带过来的盲流，穿着经年破烂旧得不见颜色的夹衣挨家挨户讨饭吃。有人说，他们会带不经事的小顽童走，打折腿、弄瞎眼帮他们乞讨。陈之音一点也不相信这番话，但此刻也担心了起来。

陈之音身体不方便，本来腿就浮肿，转了几圈，回到家就瘫软在床头，一脸苍白。

军军拿了个小红薯揣在兜里，给顶凳子的亮亮备食，扒拉了几口饭就溜了出去。没多久又见了鬼似的大喊大叫地跑了回来："不得了了，妈，佳佳死了！她掉井里啦！妹妹死了！"梗直了脖子喊，差点没被自己的口水呛死。

陈之音惊到一碗饭摔碎在地上，张大了嘴巴，问："在哪里？"尹太太怵得打了个踉跄。

"五交化，有个洞，她掉进去了。"

"谁说的？"

"谢雪华说的，大人都去了。"

小凯的脸也吓得铁青，提着门后的红缨枪就冲出去了。陈之音和尹凤珠跟在后面。留下军军一个劲地号啕大哭，边哭边喊："我妹妹没啦！"声音一停，整个家里一片安静。他猛然想起妹妹最喜欢的玩具——那个塑料小鸭子。翻找之后，也呜咽着往五交化走去。

五交化，对杨仙坡的人来说，就是个上公共厕所的地方，杨仙坡的十户人家和坡两边的单位及集体宿舍就靠五交化里头的男女厕所来解决问题，厕所后面是两个大粪坑，定期有人来掏粪。厕所少，人多，屎急的时候，两三个人蹲一个厕所，若没人打扫，就让它们在里面自然风干——若这都挤不进去，那只好借露天场地使使，光着个屁股，还要防虫叮鼠咬。谁家若建了私厕，保管全城人都羡慕：人家都可以把屎拉自己家里，你们家可以吗？

厕所离单位有百米远，一边杂草丛生，一边是杂乱的建筑材料。如今四下黑暗，只一处光亮，一大群人拿着手电筒围着那个洞。

"都不要慌，都不要乱动，一切行动听指挥。"杨仙坡最大的官——副县长老林喊道。

人的确在洞底下，照得到人，但看不真切，也没回音。陈之音的哭声很响，影响了郭怀明的判断。郭怀明让人把她带回去。陈之音死活不肯回，于是苏九九去家里搬了张竹椅子给她坐着，安慰着，陪着流眼泪。

谢局长的老婆，在城中幼儿园当老师，身材偏胖，爱八卦，嘴巴下还有粒豆大的黑痣，天天嗑瓜子，嗑得门牙缺了一小块，小孩子叫她缺牙婆。缺牙婆见洞底下一点声响也没有，心里嘀咕，八成是没希望了，苦着脸走到陈之音边说："在五交化上厕所时，我蹲在那里就听到有个小小的声音，我还以为……以为是鬼。每次来上厕所，天一黑，我都不敢来，这里以前很多坟包，九九，是不是……"

九九人纤细，声音也跟糯米团似的，软软的，张嘴的普通话还带着浓浓的清梅镇口音，咬着唇，轻声说道："有哇。"

陈之音睁开泪眼，抓着缺牙婆的手，直愣愣地盯着她，要问个清楚："你听到了？佳佳在哭，还是喊了救命？什么时候？你看了？后来呢？我问你后来呢！！！"

"我……我回去吃饭了。我听说掉了孩子，这才想起来的。"

一番话招来陈之音的号啕大哭。边哭边责怪："你怎么就没去看看？你为什么不去看！"

洞口太小，建筑工地的负责人带着一帮工人迅速赶来了，副县长老林叫县府的司机开来了专车。发现佳佳的是五交化的老门卫胡老头子，他说里面一直有声，说痛，还直哼哼。可是郭怀明自从来到出事点，就没听到孩子的声音。"三四米深的洞底下，情况很复杂。"郭怀明跟老林说。

"放心，不会出事。"老林拍拍他肩膀。

尹凤珠跪在地上朝着东南西北拜菩萨。

好像听到大人们在找可以下洞的高瘦的孩子，军军硬挤了进去，在老林面前跳着脚举手大喊："报告，我可以！我可以！"声音很大，但影响很小。还好，一干人等最终把晕死过去的佳佳拉了上来，生死一线，佳佳全身冻得发紫，一上来就被送上了老林的专车，赶往医院。

为了能钻进洞去，那下了洞的孩子都把衣服脱得只剩内衣，其他人也搞得一身乌七八糟，老林见此景，总想说上几句，于是扯直了嗓子喊道："这打的还真是一场战役呀，事实证明，我们的孩子表现都不错，都是经得起考验的无产阶级战士……"本来还想讲几句，一看，周围也没什么人听，一大群杨仙坡的大人孩子都跟着车往医院跑。他反而落了单，走在后头。

陈之音也没人管了，挺着大肚子，想走快又怕伤了肚子里的孩子。小凯看见妈，跑回来扶着她："妈，没事，他们说妹妹还有气。"

见到老大，陈之音气不打一处来，一巴掌抡了过去："你看住你妹了吗？你怎么当哥的！"一巴掌扇得自己的头发散了大半，回头一看，军军一手提着家里的红缨枪，一手抱着妹妹的塑料鸭子从坡上一路狂奔而来，到了她跟前。她一声顿喝："下午你不是跟你妹一起出去的吗？……说啊！我问你话呢！"

军军愣着两眼珠子瞅着他妈，左指右指，支支吾吾："是啊，她这，那……我……不知道。"下午的记忆凭空消失了一般。母子仨走到马路上，一切声音都消失了，变得异常安静，只有几个骑自行车的路人，链条发出的咯吱声异常刺耳。天在这一刻愈发地冷，树丫和房子的黑影支在那里，一动不动，昏暗的路灯渐次亮起，先是不见了老林，再后来连自行车的链条声都没了。

这才几点，一座城的人都跑哪儿去了？她突然想起，今晚政治课学习——每周二、周四每个单位都搞政策学习，主要领导亲自挂帅，那可不是开玩笑。

军军把手伸到裤兜里，一掏，一手的糊糊，红薯都成泥了。裤子是一条用尿素袋子改装的大棉裤子，裆口处写着"尿素"，左屁股上写着"日本产"，右屁股写着"纯重20公斤"。

那风呼啦啦地吹，把人吹得很历史、很肃穆、很逼逼。

七分就不是分啦。军军自语道。

4

"炮兵，不打炮怎么行？你放，你放，你放我立马轰你回老家。"郭怀明一条腿站在凳上，一手拿着小酒壶，吆喝声在医院一楼就能听见。旁边小凳上，一支钢笔压着一张纸，上面只写了两个字：总结。多一个字都没有。

"俺会怕你炮？当年在厂里，俺搞的就是安全生产，专整你个危险品。俺的车，送你一程。"

"我不还有马吗？你敢来？娘嘀个熊。"

向一龙推上了"象"："毛主席说，走一步看十步，才能取得战争的最后胜利。"

郭怀明料到他这招，一个事先备好的"马"重重地一击，吃了"象"："事实说明，做什么事都要步步为营，毛主席的话要活学活用，教条主义是行不通的，意气用事又志向远大的最后都要跑出去打游击……"

向一龙愣了一下，笑了笑，摸着络腮胡子说："一切都是刚刚开始嘛……"

从早上开始，一直阴霾的天空渐渐沥沥地下起了雨，傍晚时分，转成了雨夹雪，气温骤降，冷得骨头疼。医院里没有暖气。陈之音一推门，一股冷风灌了进来。向一龙便起身告别。郭怀明拉着他在门口又聊了一阵子，这才回病房。

"开着门，满屋子烟味，臭死人了。"

陈之音一进来，脾气就不对，尹凤珠要回农村，陈之发生了个女儿，她得回去帮带孙女。"我妈要回去。"

"那怎么行？"

"怎么不行？"陈之音接下郭怀明的碗，一口一口地喂佳佳，"之发生了崽。"

"不要跟我提之发，那年，我托关系给他在村上找了个活，好好的一个月八块钱工资，他偏偏要打架，找谁打不行，非跟村主任的儿子打，还把人打残了，谁敢要他。现在好了，到处跟人学武功，到处找人打架，什么田溪村四大金刚之首，瘦得跟道闪电似的，四大神经差不多。娶个女人，还非要娶个比他大八岁的，这人脑子坏了，眼神还不好。"

陈之音气得干瞪眼。她什么也没说，狠狠地略带愤懑以及悲悯地丢了个白眼。

郭怀明对女人的眼神永远看不懂。这时候白我一眼干吗呢？话说对了白一眼，话说错了也是白一眼，惹你笑了也要白一眼，惹你哭了也要白一眼，姓什么陈，干脆姓白，叫白一眼得了，上梁不正下梁歪，妈妈白眼，儿子白眼，整个一窝白眼狼。本来嘛，你弟天天学武功有什么用？在政治强悍的时代再强的武功也就是虚晃一招，我说错了吗？

两人又半日无话。郭怀明抽着烟，望着陈之音，烟云中的女人分外好看，小唇噘起吹着米粥，五官精致，眼眉如画，皮肤尤其好，两条大辫甩在后面。郭怀明不由得吞了口水。他们俩好久没同房了。忽然想起一个老战友说的话：若不辛苦劳作，哪来一池肥田。扑哧一声，笑了。

见他离魂的样子，陈之音又轻声咒骂了一句。郭怀明乘机碰碰她的胳膊："喂，今晚走一个？"

都快要生了，你还有心思想这个。陈之音又白了一眼。郭怀明好是没趣。被佳佳听见了，眨着眼，很认真地说："爸爸，我也要走一个。"

5

这是不是你写的？郭怀明指着材料纸上面的字——"总结"两字后面跟着两个歪歪扭扭的字——"个屁"

"不是我！"军军气得脸红脖子粗。

郭怀明一巴掌抡了过去。等他走远，军军的鼻血才流出来，军军到妈妈跟前说：妈，知道我为什么老爱出鼻血吗？

"为什么？"

"全给我爸气的！"

小凯帮妈妈递上一团棉花，也忧心忡忡地问："妈，爸爸是不是有病，得给他治治，动不动打人，一点都不懂得以理服人的道理。"

军军一翻白眼："已经是绝症了，治什么治！死了算了。"

几个人都放肆地笑了。

雷鹏的儿子雷宇，外号肚皮，说城关小学的后山有个洞，有人在里面藏了宝，谁敢跟他去探险就选他当学习小组长。内人叫上了向一龙的二儿子向海兵，外号老肥，还有邮电局局长的儿子外号叫癞癞的，活蹦乱跳一群蚂蚱似的去了，结果，没两个时辰，就听到有人在杨仙坡上喊："雷主任，赶快啊！肚皮出事啦！"先冲出来的是吴海清，然后是雷鹏、向一龙、郭怀明。

人是扛回来了，肚皮一身的血，也不知道哪里出了问题，吴海清上上下下查了个遍，将肚皮扒了个精光，连小鸡鸡都查了，还好就是碰了鼻子，流了一身血。雷鹏气得脸色铁青，一拍桌子，儿子叫到跟前："谁让你们去的？那地方是解放前的防空洞，废了多少年了，一塌方，你们全都要死。"

吴海清翻着白眼："这个还用问？这排房子还能有谁？"

军军面对郭怀明，顶着一副死犟到底的模样，任凭他爸怎么问，都只拿下巴对着他爸。军用手电筒摆在桌子上，已经散了架，郭怀明更是来气。一个巴掌以泰山压顶之势盖了过来，一顿狠揍，家长们赶紧把他拉开，混乱之下一不留心一脚踢在了陈之音的肚子上。坏事了。

"哎呀，见红啦，不行不行，这是要生了！""快，快扶她上床。""在我们家生？""难道生外头？""不行啦！要出来啦！怀明，快点！头！哎呀我的妈，头，头！头要出来了！""军军，愣着干什么，快去叫薛阿姨，你他妈还瞅什么，还不快去！""小宇，倒盆开水！""海清，我们……""男的出去，快出去！雷鹏你去拿酒精，一瓶！"

"之音，你使劲，再使点劲……我的妈，头出来了！之音，你可真行，站着都能生。"

婴儿的哭声响彻杨仙坡。

那天，郭怀明的两个战友结伴来看望陈之音，其中有一个是二监狱的，郭怀明顿时想起李建那事，问："白和，二监狱是不是前阵子逃了犯人？"那个被唤作白和的人果然有点白和，老顶着一副笑脸，也不知道笑个什么，嘴巴两边一说话便起白泡泡，还是个结巴："呵呵，那，那没有……逃，逃走了人……那，那事大、大、大了去了……那，不，不，不可能。"

"怎么不可能，都跑进我们供销社来了，年纪还小，也就十五六岁，还劳改？"

"那……那……那……"没等白和"那"完，另一个战友插嘴道："听说去年年头因为这个人又抓了一些人。"他比画了一个"9"字。

"那就是一群人啰？"

"可……可不？"

"我们单位有个叫李建的，不知道怎么也操心这事。"

"李……李……李建啊！哎哟，我知道，就是李……李……李辉他叔，我看也大……大……大不了他几岁。他小叔……"白和神情有变。

"怎么？"

"没……没，也没怎么。"白和凑到郭怀明耳朵根放低了声音，小心翼翼地讲，"还没……没，没抓回来，听说……"

"什么？！精神分裂？！"郭怀明这句话一出，把自己都吓坏了。郭怀明分了两支烟给他俩，自己也点上，想了想对另一个战友说："我们不谈这个，二毛，你在钨矿，保卫工作一定要做好，钨矿三千多人，可是我们地区最大的厂，白和，你就管好自己的孩子和老婆，对了，你老婆进了小学吗？"

白和点点头。

罗二毛羡慕地说："别看白和天天白和，他门道多，比我们都强。"

白和傻咧咧地笑："还、还、还不是靠战友。以、以前……友、友好……部队认识的……一个、个、个老乡……当官了！"

"你老婆呢？"郭怀明关心地问罗二毛。

罗二毛一声长叹："唉，她还在乡下代课呢，就这么分居着，好多年了，两头跑，顾不上孩子。"

"哪里？"

"唐江。"

"找机会吧，有机会我们还是要往县城调，我帮你留着心。"郭怀明安慰着。

"可不是要靠连长，我们都没什么出息，都靠着连长，指望连长帮帮忙了。"

有件事郭怀明也一直放心里，说了声："那个谁……"却没说下去，照旧猛抽了几口烟。罗二毛知道他心思，说："连长想问伙房的老五叶波？"郭怀明看了他一眼，也没答。罗二毛继续说："叶波有个老婆，听说住在五里亭，这几年也不知道有没有改嫁。"

五里亭？那个少年不也说是五里亭人吗？五里亭大了去了，郭怀明留意问了一下："姓什么？""那不知道，她又没来过部队，哪像嫂子一两年还能见上十几二十天。嫂子可太漂亮了，军中一枝花，我们连长最有福气。""她算什么，土样。"郭怀明笑得可开心了，一脸幸福。

两人走的时候，郭怀明偷偷塞给罗二毛五斤粮票，他们家老母七十多岁，还有一个有残疾的妹妹跟着他生活，孩子仨，确实困难。"你老婆的事，我放在心上。"罗二毛红了眼，也没说什么，收了粮票走了。

战友一走，他便骑着车出门了

陈之音在身后喊："喂，要吃饭了，你还去哪儿？"

他心里有事，撂不下。"铃……铃……铃……"一个急转弯，下了杨仙坡，向五里亭方向去了。

门外敲门声，陈之音以为是郭怀明回来了，打开一看，是一老一小两个要饭的，衣衫褴褛，蓬头垢面，小女孩冻得脸发紫。陈之音一阵心酸，问："多大了？"

女孩没听懂，怯怯地回："没大。"

老人家一口河南口音，声音沙哑，眼睛迷迷瞪瞪睁不太开，带着哭腔求她："女菩萨，给点饭，我们是良民，我有证件，我是复员军人，是党和政府给开的……"

红本正面写着：中国人民解放军军官复员证书。还有一本证书是陈之音看不懂的一种语言。翻开破旧的红本，里面写着名字：陈××。

"我是四九年在河南固始参军入伍的，后来几次整编，编入华东联军一纵队……"

"爷……饿。"小女孩瞅着桌上的饭，眼泪已流了下来，却没有伸手去抓。陈之音忍不住抹了几把眼泪水，对孩子们喊："吃完了就回屋写作业去。"小凯懂事地带着弟弟妹妹进了屋。

"来，上来吃，我给你们拿。"

老人家拉着孩子跪下来："不敢啊，女菩萨，我们讨点饭就走，马上就走。"

陈之音接下老头带来的钵子，又拿了个大点的盆把剩下的饭菜全部倒了进去，装了一小袋面粉递给老人家："拿去，能管个三两天。"

老人家又要跪，陈之音赶紧扶起来："今年怎么样？"

"年年不是这灾就是那灾，今年又遭蝗灾，没粮食，饿死了一半，走空了……只要娃能活着就行，还是南方好些，有些地方也不行，唉，能活一个是一个。"说得陈之音一个劲地流眼泪。

小女孩一直盯着凳子上的小发夹看，是佳佳用旧的一个，陈之音便帮她夹在头上："给你了。"

也不知道为什么，每每遇见这样的人，她总想起妈妈当年，一想到那个流浪的苦，就忍不住流泪——心里也会发誓，我的孩子们，我绝不让你们再这么受苦。

"妈，你一定不会让我受苦的，对吗？"军军来到屋子，见妈妈抹眼泪。

陈之音一把搂过他，说："嗯，妈妈就是再怎么省吃俭用也不能苦了你们。"

伸过来一张白纸："好。妈，那这篇作文你帮我写吧。"

一记爆栗子打在头上，好不干脆。

6

五里亭，很久以前是章州县到区里必经的一段乱葬岗。后来在这里建了化工厂，人越来越多，周围的一些村子也渐渐聚集而来，五里亭便成了一个小镇子。五里亭的人一出口便是脏话"你××的……"那已经是五里亭人的日常用语，化工厂的子弟都被家长教育千万别跟村民来往，但那股习气已传染开来，所以听到开口闭口都是脏话的差不多都是五里亭的人。化工厂的子弟在外面特别不爱被人叫成五里亭的人，仿佛阶级属性和家庭身份一下子降低了许多，但他们却又不改掉开口闭口"你××的"的语言习惯，别人若分辨不了，他们更是用"你××的""你××的"来骂你，被骂的人越骂越晕，心想你不是五里亭的，为什么开口闭口是"你××的"？这话还不能真的问出来，你若这么不懂事将这话问出来，他们骂得更凶：你家妈的××！说了我不是五里亭的！——好了，只能到此为止。

这里听说在早几年闹过鼠疫，郭怀明往镇里骑的时候，还能看到沿路边设置的卫生隔离标识，断了破了，有的被农民用来分隔稻田。五里亭有个精神病医院，离镇中心很远，不过这里的人们从没听说过有精神病人跑出来，倒时不时会遇到抓逃犯，所以那精神病医院是否真实地存在还是个疑问。五里亭的二监狱倒的的确确是章州地区最大的监狱。

郭怀明没往监狱方向骑，他的车骑进了五里亭派出所。

"你说那个人叫叶波？"老所长抽着他的烟，感觉不够劲儿，拿出了大前门，"烟还是大前门最好。"老所长从袖子里伸出鸡爪一样的手，就像食蚁兽的舌头一样，不紧不慢，寻思了半天，才不紧不慢地说，"对啊，是有这么个人，我还帮他找过事，打点零工……他自杀了？我怎么没印象？前几年，老是死人，唉……他老婆叫什么不知道，要查一查……是你的战士？"

"是。还有一个人，能不能帮我一起查。"郭怀明从桌上撕了一小片纸，用桌上半截的铅笔手写了一个名字：谢丹萍，"都在五里亭。"

"跟你什么关系？"

"这个人的儿子从二监狱逃到供销社，我抓的。"

"不好查哟。"

少不了请老所长在外面喝点酒，吃两三个盘子，半醉而归。从小馆子一出来，郭怀明才发现偌大的一个镇子，已经埋没在了夜幕深沉中，只有化工厂里还有些灯火，胆子再大也不敢往深处走。想着这里曾是乱葬岗，不由得有点发怵，骑着一路狂奔。遇了个大坑，还摔了一跤。

逃命般骑进了有灯火的杨仙坡，恰好遇到雷鹏，跟他说：找个时间坐坐。说话口气很硬，像命令。郭怀明嘴上应着，心里不太舒服，琢磨着：按级别，虽然你高我一级，不过，我们没有上下级关系，我也是贫下中农，根正苗红，还是立过军功的部队转业干部，虽说没拿上劳模，但也不至于有什么事犯你手上，凭什么趾高气扬？

章州县委办公室主任雷鹏一直有两桩心事：

老林副县长的大儿子虎子，本来是红卫兵里鼎鼎有名的小头领，有一天跟一个女的在山上过了一夜，有人告他强奸未遂，最后被判了三年。老林在垦殖农场，当时薛医生找他帮忙，跪在他面前，他一点情面没给，回绝了。还有一件：1968年，马东最小的妹妹马小梅下放到边远的杨布乡，用一张破旧的标语抄写了一篇描写爱情的文章，被定性为对毛主席大不敬——当时抓走小梅的正是雷鹏。小梅虽然很快被放出，招工回城后，这一年精神状态一直不好，用马老书记的话说，人差不多已经废了。

他没想到有一天，他们家会搬上杨仙坡，与马老书记和老林副县长为邻，一头一尾俩老虎，他们家夹在这排房子的最中间，前面是下坡，风水怎么也觉得不太好，晚上睡觉也不踏实，老梦到两只老虎在他身边徘徊，一觉醒来一身汗——顿感岁月催人老，纵使身体已经岁月百炼成钢也经不起这明里暗里的终日窥视呀。

——其实雷鹏的这两件事，郭怀明都知道。

没几天，雷鹏就踏进了郭家的门。郭怀明一看是雷鹏来了，心里已猜到七八分：雷鹏的不安是因为老林家的老大虎子要出狱回来了。

搬了两张凳子，两人坐在前厅。前庭开阔，除了一堆整齐排列的黑煤球以外，就是一小部分柴火，这些柴火是为了方便家里起两个灶台时用的。坐在这里，可以看到坡下的街景，有种居高临下之感——这种感觉可以让抽烟时分外惬意。心本是轻松敞亮的，只是偶尔能瞥见街上的大红标语在街灯下招摇，就少了几分安定。看到这些，像有生理反应似的，雷鹏的耳旁就有无数的口号在回响："深入开展批林批孔，搞好上层建筑领域里的革命！""毛主席的革命文艺路线胜利万岁！""伟大的中国共产党万岁！"……

"我们冤枉军军了，那天去探险的事是我们家肚皮召集的。"雷鹏轻声说。

"管他，小兔崽子，成天给我惹事，不冤枉他冤枉谁，活该！"

两支烟忽明忽暗，与冬夜的星光交相呼应。郭怀明二郎腿抖着，还哼着采茶调。他反正不急，等雷鹏什么时候想开口了再说。远远地，剧团的那一处灯光最亮，像是有一帮人在整个什么新戏，果然，渐渐地有二胡的声音飘来，然后是鼓声。细细一听，都乱成什么了！想想自己两男两女、加个漂亮能干的老婆，还是科长，人生果然自在。采茶调儿又高了八度。邻居莫局长家里吵架声传来，这对夫妻都是广东人，嗓门都大，百分贝的嗓门带着脏话跟摔得七零八落的碗碟来了个混合音，在头顶盘旋。生活哪可能处处都是抒情呢？家里一旦有孩子了，吵架就是家常便饭，前不久，老莫还跟他讲老婆一年多没跟他过过生活——个呸！三十多岁的女人，都活得有点不像话。陈之音以前大着肚子居然还在日记里写诗。哼哼，我也能写诗嘛，上了床，我就写诗嘛。

"来，杀一盘吧。"

郭怀明回头一看，愣了："哟，什么时候摆上的？"

"你回仙的时候。"

来来回回杀了几盘，又来来回回讲孩子的这事那事，雷鹏的心思不在棋。郭怀明心想，既然你不提，那就我提吧："虎子要回来了，你知道吧？听说就是这三两天。"他指指老林家，"老林向我借了两斤肉票。上周末炸肉丸子，香都飘我们家来了。"

雷鹏眼皮跳了好几下，问："你跟老林是同个部队的？"

"不是……也算吧，友好部队，他以前待的那个部队离我们就差一片海，坐船要……要大概一小时。"

"唉，虎子这事吧……老林都跟你说了？"

"也是道听途说。"郭怀明又给雷鹏递上一支烟，深深吸了一口，"其实部队也闹。我们的岛里有座大山，山里有熊，渔民穷啊，打了熊，把熊掌、熊皮拿来部队伙房换粮活命，那是犯政治错误的，部队有个伙房的勤务兵，小伙子心地好，偷偷就给换了。后来说他破坏农村公社，最后被打成反革命，再后来，被部队开除了，回到家就自杀了。就我们连出的事，本来我可以压一压，我怕呀，不敢，人心难测，你保他了，谁知道哪一天谁会把你给捅出来……只能斗争到底，好长好长一段时间看见那个姓，心都是虚的。"脑子里突然想到自己藏在坟包里的那把枪，心顿时乱了。长叹一声，吐出四个字："如履薄冰啊。"

空气一下子沉重起来。仿佛两人现在就走在薄冰的荒原上，黑幕的四周，冰光闪烁，寒气逼人。此时，从后院传来隔壁薛姨的声音："明明嘞！明明嘞！回家啦！睡觉啦！"接着是老林的革命大嗓门："猪脑袋！回家吃饭！""睡觉！不是吃饭！""猪脑袋！回家睡觉！"似被这猛然发出的声音惊到，两人差不多同时打了个激灵。

雷鹏走的时候，郭怀明顺便跟雷鹏讲了老部下罗二毛的老婆在唐江代课的事，雷鹏说，他会找机会问问小学校长，如果不行，城关幼儿园也可以考虑，先代课开始，如果有指标还找机会转个正。郭怀明心头一热，照雷鹏这意思，搞不进小学，也至少可以搞进城关幼儿园。切，原来跟老林关系走得近还有这等好处。

九九拿着个铝盆子在离郭家不远的地方徘徊，看见雷鹏在郭家，便踱了回去，估摸着雷鹏走了，趁郭家还没熄灯，赶紧又厚着脸讨点米面。杨仙坡里，就数九九家最困难，向一龙他爹是个瘫子，向一龙吃喝赌抽，九九娘家在农村更是人多穷苦，为了给向海兵（老肥）治病，头几年没少借钱，向家这日子因此过得分外艰难些。

陈之音没等九九开口，看见铝盆子就知道一切。

打开大米缸，偌大的米缸也快见底了，想起面粉还有一些，于是勺了几勺面粉，掂量了一下，觉得少了，又用报纸包了两勺干玉米粒，这才给了九九。九九想说点什么，陈之音最不爱听这尴尬的话，岔开话题："九九，那个鞋底的样，你又忘记带给我了。"

是哟。

今天太晚了，明天啊！

行。九九笑了，露出一颗可爱的虎牙。

7

军军的冤情终于有一天昭雪了。肚皮受伤的事，郭怀明的确冤枉了军军，他给了军军一毛钱和一个冻梨——一种圆圆的黑色的梨，结实得跟个铁球一样，就算解冻了，它里面也半烂不烂的，一咬可以怀疑人生。

冤案结了，自己平反了，总该有点仪式吧，军军想来想去想到了——酒。"哥，郭怀明的酒在哪儿？"

向海军和雷蒙都在屋子里，小凯烦他，用脚把门一关。

军军生气了，推开门，大声说："郭小凯偷看燕子姐洗澡呢！哼！"

话一出，在同学们面前，小凯顿时涨红了脸："你有证据吗？"

"你告诉我酒在哪儿，我就没证据。""好你个奸诈小人。""好你个卑鄙之徒。""好你个顽固分子。""好你个地主反右。"

雷蒙摸摸军军的头："都是自家人不要搞自相残杀嘛，你要酒干什么？"

"我们要去狂欢。"

雷蒙跟小凯使使眼色，然后跟军军说："马亮亮他们家做了一个三轮车，他不给我玩，你去拿，我们一起到河边和坡上玩。"

军军眼睛一亮："好。"一声令下，麾下顿时招来七八个孩子。

军军到马家门口，偷了三轮车就跑，一路上喊："国民党的军队吊儿郎当，臭鞋子、臭袜子、臭军装，洗了脚的水去泡萝卜干……"屁股后头跟着马亮亮，拼了命地喊："这是我们家的车！"

"好东西就要拿出来大家分享。"

"那你有五分钱可不可以给我一分？"

"可以……"

"那你给我一分。"

"行,给你撒泡尿行吧,值一分钱。"

"呸!"

十几个孩子冲下杨仙坡,冲过街道,在大榕树之间穿梭,一冲到底,来到河边,伫立风中,单纯而茫然,却个个都有冲出牢笼之感。七十年代的河边民居,没有暖气、没有马桶、没有砖房,只有几个妇女,用冰冷的水洗刷新年后的锅碗瓢盆,那些油花顺水瑟瑟飘走。听到河边有孩子在反复唱着歌谣:"新年新头,驮把斧头,砍倒一棵烂树头。拿来破,破到三担零一头。拿去卖,买到三块豆腐头。拿去煮,煮到三锅头。拿来烹,烹到三碗头,爷佬一碗头,姆妈一碗头,自家一碗头。新年新头,驮把斧头……"

"那里有只死猫。"痢痢指着河里一黑物。

那只猫漂在河面上,小脑袋夹在污水加杂物的缝隙中,鼻子紧贴着一寸空气,它似乎清楚地知道自己很快会窒息,求生无望,所以并不动弹,只等完全淹没的那一刻。

海军说:"挑上来,剥了皮,把肉割下来,烤了吃,正好有酒。"

不得不承认,人天生就有向往恶的本能。它们是往来反复的、欲去还来的、此起彼伏的。那只猫被挑上来的时候,佳佳看见它的眼睛还眨了一下,鼻子也在抽动。然而,没人给它生的希望,几乎就在佳佳大喊一声"它眼睛还在眨"的同时,众志成城、群情振奋之下,几脚就把它踏死了,没有流一丝血。

有人向农家借了火柴,火很快生起来了,寒风中,不知道是该为死悲哀还是该为燃烧的火而兴奋。总之,他们不可言传地快乐着,胡天野地地剥皮、割肉、烧肉,刺啦刺啦的,香味孜孜不倦地安抚着久违肉味的味蕾。年龄大的喝了点酒,年龄小的吃点肉——虽然都只是一点点,但足以成全自己轻佻的味蕾。尤其是军军,站在大榕树粗壮的根系上拿着树枝打起了拍子,脸上已泛起了酒红,扯着嗓子唱:今日痛饮庆功酒,壮志未酬誓不休……

"着火啦!""着火啦!"最先看到火的是痢痢,鬼喊鬼叫地往外跑。那火点着了沼泽地上的干草,迅速蔓延,小凯赶紧让大家往后退,带着海军拿树枝拼命地打火,谁知火反而越打越大,愈发蔓延得快了。

"你们快走啊。"小凯一点也不迟疑,叫军军把小的那帮人全往大街上撤。自己和海军分头喊:"救火啊!""救火啊!"喊来的人越来越多,尤其是附近采茶剧团的人,老的少的、男的女的、拎桶的、拿扫把的、提铲子的,有几个穿着戏装脸上还挂着油彩也跑来了。一路有人狂喊,那阵势简直把肺都要喊出来了。小凯来不及细想,转身就跑。突然一声惊天的爆炸毫无征兆地炸响了,临河道某处冲出十几米高的水柱,小凯看呆了。

"你敢跑,火就是你们放的吧?"一个声音道。

小凯被人一把抓住。一看，噢哟，好俊俏的一张脸，描的是花旦的脸谱。粉彩下的脸看不真切，应该也秀美可人，只是凤眼迷人，脾气也吓人，跟妈妈一样……一想到妈妈，惨啦，妈妈肯定也从剧团跑来了。那他更要逃了，管你是凤眼还是鸡眼，反正不能被我妈的火眼看到。

那小姑娘好大的力气，挣扎了一番小凯才逃了出来。跑出没多远，听见有人在喊："兰芳，快回来，别站在那里，被火熏了，对嗓子不好！"

正是妈妈的声音。小凯蒙着头往坡上冲。

坐完月子，陈之音今天第一次去了剧团。

陈之音生完第三个孩子佳佳之后就再没登台。这两年文化气候似乎在好转，八部样板戏外，又开始出台了一些不算样板却也准许演出和传播的剧种。章州县城虽小，辖地却有十八个乡，虽然文艺政策窘迫，政治第一，但基层人民群众中热爱文艺的青年始终层出不穷。剧团从去年就开始向四乡八里大规模招生，这帮后起之秀里，她便看上了一个叫兰芳的小姑娘，从她的扮相和个性中，总能找到她年轻时的影子。

就这样不知不觉，冬去春来，兰芳当上她的弟子一年有余。

剧团要新排的剧叫《模范山乡》，说的是第二次国内革命战争，戏好，内容正，全是历史上有明鉴的东西，音乐用的是兴国的山歌，赣南乐谱，老区民俗，从文化角度，上级是支持并推广。那兰芳恰是兴国人。陈之音想用这部剧把兰芳推出去，十二三的妙龄，豆蔻年华，一尘不染，正好点缀芳华，再加上有一部好的剧，从姿态上，就高出了好些人，然后四乡八里这么一巡回，县剧团台梁子的韵味足了去了，就跟她当年一样。

想想这小姑娘也有点淘，这边还跟她学练习着小碎步，一听到河边着火，就火急火燎地冲了出去。一个戏子，定力不够，很要命。不过，回想起来，她那时候十二岁在乡里的文艺联合宣传队里，其实也一样。毕竟还是个孩子。

回到家里，静悄悄地，妈妈已经代她收拾了一切，亚楠熟睡在她的小床上，小脸蛋泛起一股奶香味，她忍不住多贴着婴儿脸闻了闻。只听到郭怀明的鼾声还在路上，风尘仆仆长途跋涉一骑绝尘而去，一旦停下脚步，便是尘埃落定挥挥衣袖归了佛门清净。

陈之音笑了，轻轻哼着歌：大海浪花，闪烁银光，风儿翩翩，海鸥飞翔……

等孩子睡了，她轻轻地拉开抽屉，翻出一个红包，揭开红纸，里面包着一块、两块的纸币，她数过，加起来正好十块。重要的不是钱，而是上面的名字：王方平。一时百味杂陈。

陈之音每生一个孩子，他总能知道消息，也总能想到办法给她将红包送过来。他这人啊……

落下的都很安静

李知展

1

晚上的银丰路有着这个城市生动的烟火风景。一条街上，两边是数不清的酒店、餐馆、烧烤店、沐足城、糖水店，中间是穿行的人流，三五成群，吃点烧烤，撸个串，唱个K，灯火璀璨，人置其间，如坐顺水之船，霓虹、灯光、酒精是催动的帆，浮生若梦，借着晚风，人们轻易收获半晌的放松。即便疫情压顶，这里仍活色生香。城市的人白天各种人模狗样，入夜了，总得有个松弛的地方，卸下伪装，吃吃喝喝，吹吹水，扯扯淡，无伤大雅地放纵一会儿。

走在霓虹和灯光铺就的街上，满山草的腿有些打飘。前些天他还在家里收麦子，脚底板说不定还有泥垢残留，这灯红酒绿摇曳的幻影，伴随着喧闹声，让他惯于踩在土地的双脚，有种踏空的感觉。灯火乍现，有点晃眼，他问兄弟："斌娃，你这是带哥去哪里呀？"满文斌三十六了，风光时在这岭南海城闯出一片天下，回到家说个话呜呜喳喳的，气势非凡，可在大哥眼里，还是那个小小的牵着他衣角的斌娃。

"莫问，走嘛，哥。"满文斌懒得多说。停车位不好找，下车离陈小莲的店面还有点距离，他搀住大哥的胳膊，"饿不饿，要不要先搞个夜宵？"

"不是吃了晚饭吗，你忘了，哥吃了两大碗。"晚餐，满山草说什么也不去满文斌订好的酒楼，他吃过两次，坚决不再去了，一顿饭，几百块，他心疼，吃啥也不香，就随便在一个路边小店点了碟最便宜的攸县香干，嘱咐多放辣椒。大哥以为米饭是收费的，盛了满碗，又用勺子压平，满文斌实在觉得难为情，大哥身上深刻的农民性，这两天暴露无遗。满文斌敢怒不敢言，要不大哥一句话甩过来，就能让他噎住："人活一世，要惜福，知足，有钱就能浪费？你忘了小时候咱家粮食不够吃，咱娘为借点面，那是跟人作揖啊……我看你小子是有点钱，就忘了出身，烧包。"满文斌没法，兄弟俩现在说不上几句，就能吵架。他咳嗽了一声，指指旁边纸条：米饭、例汤免费添加。大哥"哦"了一声，放心了，吃完又结结实实来了一碗，吃得嘴角流油脑门冒汗，到现在肚里还仓廪丰实。在大哥意识里，夜宵算哪门子事呢？

满文斌笑笑，他知道，拗不过大哥的。电话来了，他接起，随即破口大骂："滚你妈的，还涨价，老子不租了！"满山草刚要劝他一句，在外面混世界，要对人客气礼貌嘛，哪能满嘴爆粗呢。还没说出口，电话又接着，这回满文斌低着头，扭着肩膀，眉眼里挤挤挨挨都是笑，语气温柔得像刚吃了蜜："张哥，您放心，再缓我五天，就五天，兄弟连本带利，一并还你，放心，哥，一定的，一定的！"可放下电话，满文斌又啐出个"操"，嘀咕道："妈的，不就几十万，还催，催你爹呢，敢威胁我，老子砍你两刀！"他过于丰富的戏剧化演绎，大哥实在摸不着头脑。想小心问问："有事啦，斌娃？"满文斌估计也不会搭理，最多仍旧大大咧咧地循例说一句："屁事没的，大哥，你就吃好喝好玩好，听弟的。"

终于到了。门口竖着个镀金的巨大招财猫，爪子一动一动地，机械地打着招呼。满山草迷瞪进来，也没看清门上方闪烁的是什么招牌，只见一个三十岁左右的丰腴女人笑盈盈地迎着，热热切切地道一声："来啦。"满山草手足无措，忙回应："嗯，妹子，嗯，来了。"却余光瞥见，女人转身时满文斌在她旗袍包裹的臀部轻轻拍拍，他说："我哥，陈老板，给伺候好喽。"

陈小莲打他一下，招呼另外一名衣着简约的女子，从满文斌手里接住大哥，引往楼上包间。满山草被两个女人贴身架着，样子像被绑架似的，不断扭过头回看兄弟，期待他能救场。满文斌挥挥手："哥，放开消费，她们是服务你的。"满山草仍犹疑，姿势僵硬，眼看要来脾气，满文斌只好祭出撒手锏："哥哎，花钱啦，已经付给人家啦，她们狗日的都可黑心，你不消费她们也不退。"满文斌每次要让大哥心安理得去些像样的场所，都得用这一招。果然，满山草叹口气："斌娃，你说你没和哥商量，瞎花什么钱嘛。"

"下次，哥，下次提前向你请示。"满文斌哭笑不得，一屁股坐在沙发上，回丁零作响的微信，就这，还不忘调戏新来的前台迎宾，吹了个口哨："小妹，见你这么眼熟，过来，给哥倒杯水。"

那姑娘倒了水，浅浅一笑，复归原位，虽然是第一次见满文斌，但早就知道，这是老板娘专属的男人，她不敢轻薄接招。

满文斌回完信息，腿跷在茶几上，烟雾缭绕地抽烟，眉毛扭成一道线，半响不出声。忽然，他由胸腔内，喟然长叹，吓了姑娘一跳，问他："咋啦，哥，和莲姐置气了？"

满文斌反应过来，又没个正经："想啊想啊，就想不起在哪里见过你，莫非梦里？"这个女孩伶伶俐俐，身材着实惹火，一对花瓣耳环，摇摇曳曳，满文斌心痒痒的。踱在前台，撑着腮，和小姑娘聊天。

正逗得小女生开怀，楼上扔过来一条毛巾，砸在满文斌头上，一看是陈小莲，满文斌偃旗息鼓，笑眯眯地说："我帮她看看手相，今年多灾多难，可不得看看流年运势。"又说，"不是让你伺候我哥吗，怎么下来了？"

"满文斌，你要点脸吧。当着她们小孩，不想骂你。"

满文斌笑嘻嘻的，赶到陈小莲跟前，低头哈腰，将喝了一半的水借花献佛到她嘴边："这不心里烦，犯贱，和小姑娘破个闷，你吃啥醋嘛。"满文斌的本事大半在一张嘴上，说话跟不要钱似的。

陈小莲踹他一脚："我吃你×的醋，还喝酱油呢，德行！"她说，"你将你哥弄到这儿，是几个意思？"

"服务好他不就得了，他能来几次，这辈子估计也就这一回。"

"什么叫好，怎样才算好？"

满文斌嘿嘿笑："就按服务我的那种就好。"

这回，陈小莲真有点生气了，照他肩头给了一巴掌。

满文斌堆出笑，手脚并用，百般安慰："我喝多了，说胡话呢，别生气啦，我不就这一点，嘴欠，要不你再扇几下？"他说，"对嘛，有什么好生气的呢，今年，能平平安安活下去，就值得笑。"

"真是你大哥？"陈小莲不和他计较，问道，"怎么看着像你爹似的。"

"亲哥，真的，要不我会舍得让你去跟他按摩？"他说，"我哥大我十来岁，大半辈子在老家农田里忙活，土里刨食，风吹日晒的，显老。"

"怎么突然良心发现，把他接来了？"

"不是接，接不来的，他的心思被那片狗日的烂田给拴住了，你三天不让他干活，他浑身不舒坦。没办法，各有各命。"满文斌说，"过年回老家，见他脖子、腋下肿大，这次是逼他来，带他去广州做检查，结果出来了，初步判断是淋巴癌。"他说，"还没敢告诉他。不知道他是不是感觉到了什么，这几天一直嚷着要回去。"

2

"大爷，您别客气，满总花了钱的，我们理应提供服务。"

满山草坐在按摩床上，手脚没处摆放，他搓着手，虽露羞态，但训起兄弟来，还是得心应手："别听他瞎说，我弟就那个样子，人倒不坏，就是嘴赖，爱指摆人。"满山草抹抹额头，说，"哪有让你这小姑娘家给我老头子洗脚的道理，使不得的。"

"那我没法交代啊，大爷，这是我的工作，"洗脚的小姑娘杨柳指指旁边玩手机的陈小莲，"要不待会儿老板娘会骂的。"

"给人洗脚还是工作？"满山草非常疑惑，咧嘴一笑，"我大老粗，没啥见识，你们别笑话。闺女，老板真会骂你呀？"

杨柳眨眨眼睛，点点头："骂得可厉害啦！"小姑娘冰雪聪明，看得陈小莲停下手机，要驳斥，她连忙反应，"不过，我们老板可好啦，年后工资没缩减一点，这一段，也不怪莲姐，顾客少，你看这水电房租人工，都要开销，她心里难免上火。"

"既然她那么好，就不会骂你。"满山草说，"待会儿我跟她说，是我不让你洗的，没事。"

"别呀，大爷，求你啦，别让我们为难嘛。"说着，就要捉满山草的双脚。他的脚似被烫住了，不停地闪躲，却无处可藏，被杨柳摁住，脱了鞋。满山草几乎羞愧难当："闺女，俺汗脚……可臭呀，你别……我自己泡，我自己会泡脚。"满山草三下五除二脱了鞋子袜子，卷起裤腿，插在药水里。屋子里立时弥漫着一股酸臭味。满山草做了个双手捂脸的动作，花白的头发一览无余，倒将齉着鼻子的杨柳逗笑了。她开大空调风速，还好，没那么强烈了。这确实是她接待过的一双浓度饱和的脚，可她态度真是好："不算啥，大爷，常有跑车的司机，味更大。"

满山草这才拿开掩在脸上的手，豁着牙齿笑了。

陈小莲在旁边，忍住笑，发微信给满文斌："你哥真可爱哟。"她说，"要有你哥十分之一的老实，你也就算个人了。"

"要像我哥这么老实，那我肯定也在老家修理地球，恐怕和美丽的陈老板打了照面，你也不会瞧一眼。"

"真该向你哥学学，至少改了你的油嘴滑舌。"她说，"换个医院再复查下吧，看着这么健康的人，怎么会得绝症呢。"

满文斌发了几个号啕大哭的表情。"我都不敢想，想了也没用，听天由命吧，天天嘻嘻哈哈的，也是怕我哥多想，看出破绽。"他说，"能挨一天算一天，我还得笑着。"

陈小莲的心，猛地颤了一下，隐隐掠过一抹疼。这个男人，嬉皮笑脸，向来没个正经，未尝不是他权衡后的处世策略。

"陪我哥聊会儿天，"满文斌说，"我俩不行，说不到三句正事，就能扛起来，拗得很。一和他吵，我就想起小时候他对我的好，有多好能吵得多厉害，吵完了我又蛋疼，没办法……拜托了。"本来陈小莲挺感动，她坐在包间里监工，就是想着随时能照顾上满山草。可满文斌又贱兮兮地追加一句："要是我哥有那个啥的想法，就让杨柳满足他，我多给她钱。"他说，

"我哥打了大半辈子光棍,没挨过女人,说起来可怜。"

"你妹哟,你以为别个都像你这么醒醒。"

"要是没治了,我真希望他能醒醒点,至少最后有点快乐。"满文斌说,"你不知道,他半生操劳,我爹死后,他先是在建筑队砌墙,供我上学,后边我在外瞎忙,他又在老娘床前侍奉,给她养老送终,本以为这几年他可以放松点了,他不,还要种地,十来亩地,麦子、玉米、西瓜、山药,养了猪、鸡、鸭,比以前更累了,我说你都奔五十了,何必还这么辛苦啊哥,弟弟现在虽本事不大,但替你养老还绰绰有余吧,他不听,说闲不住。他一年在老家还真不少挣钱,怎么也得有小十万,什么也不用我管。"他说,"现在想,他这个病,应该是年轻时在县城小铝厂做工,辐射大,给伤住了。"

"那还不是为了不给你增加负担。"

"去年,我回老家住一段,发现他不时地去邮局汇钱,我还替他开心,行啊,哥,深藏不露,还包了哪个小老太婆呢。谁知道,结果他是资助了邻村的两个大学生……"

"你真该扇自己两耳光。"

"嗯。我就有一点想不通,他一个人,在老家,其实无拘无束,我还定期给他钱,他怎么却像一棵树似的,就能守住自己的方寸呢?"

陈小莲思忖良久,心底想,也许是,大哥他没有我们这么多贪嗔痴的欲望。

3

"大爷,脚泡得差不多了,你拿出来,我帮你修修,按摩下。"

"不用,"满山草又呵呵笑,"我自己擦就好。"杨柳无法,递给他毛巾。"这么雪白,是擦脚的?"

"柳柳你歇会儿,我来。"陈小莲落座,"大哥,你随意点,就当自己家,不愿意修脚就不修,你躺那儿,帮你按按摩,松松骨,"她说,"到大哥这个年龄,辛苦了这么多年,也该歇歇,享受享受啦。"

"嗨,俺们乡下人,一辈子劳碌命,一闲下来呀才不行,容易生病。"满山草说,"你是老板?这么年轻,真厉害。"

"哪还年轻哟,属牛的,比满文斌小一岁,35了。听文斌说,大哥也属牛?"

"可不是嘛,比妹子大一轮。"满山草松弛了些。

"怪不得见了大哥,觉得亲。"陈小莲说,"大哥,你的名字可真有意思。"

"嗯,我爹他爱唱戏,豫剧,有个名角叫牛得草,牛得了草,一辈子旺发,他受到启发,俺们姓满，就给我起了个满山草，可惜我公鸭嗓，唱不了戏，白搭我爹一番心意。"他笑，言语密了起来，"其实，细论下来，这名字也不好，满山都是草，没粮食嘛，寻食难，果然，我爹死得早，顶梁柱塌了，俺娘拉扯俩孩子，我十来岁就下了学，帮着家里干活。"

"我觉得很好的，这名字和你属相挺相称。再说，文斌被你带得多有出息，开个厂子，百十号人跟着他混，年产值上千万，虽然这两年利润低点，熬过去，还有一番好光景呢。"

"他呀，"满山草欣慰地摇摇头，"其他都好，打小顾伴，讲义气，就有一点，认死理，心气强硬，说话冲，不知根底的人，看不惯他那做派。"

满山草想起庙会的事。那时，满文斌最多九岁，一年一度的庙会，他带着弟弟凑热闹，主要围绕各类小吃摊打转，买不起，闻闻气味也好。山脚下有个烧烤摊，人气尤旺，他们眼睁睁地看着有个城里打扮的小男孩，从兜里掏出一把零钱，抽出一张，买了串烤肠，却一转身，被他妈妈发现。他妈妈正扯着件新衣裳找他比量，哄他："乖宝不要吃哦，垃圾食品，脏，扔了吧，我们去选衣服。"在他关心新衣的空当，母亲自作主张替他将烤肠扔了。满文斌和大哥随着烤肠划过的弧度，都咽了咽喉咙，他们没吃过。更让他们讶异的是那位母亲的语气，实在超出他们的经验范畴，三十多年前的庙会上，他们第一次听到没吃过的香气迷人的肉肠，在别人眼里，竟然是"垃圾"。满山草也不是买不起烤肠，是觉得花一元钱买一串，不划算，鬼使神差，满山草随手也往垃圾那里扔了下钥匙，装作去找钥匙，顺便将沾染了尘土的烤肠攥在手里，拉着弟弟到没人的地方，吹了吹烤肠，送到满文斌跟前，想让弟弟尝尝。满文斌一巴掌将哥哥的好意打落地上，但同时咽了口唾沫的，他高声大气，斥责哥哥："就算饿死，我也不会吃别人丢的东西。"当时哥哥还很生气，羞得满脸通红，却不舍得扔，自己负气塞进嘴里，咬一口，真香啊，香得让他心酸，几至落泪。

山脚下溜达完，满山草要带弟弟去爬莽山。莽山不高，海拔不到两百米，却是这广袤的豫东平原上唯一的名山，王侯将相陵墓甚多，顶峰的观音庙尤其著名。没想到满文斌无动于衷，摇摇头，小小年纪，竟然望着远处，眼神迷离："哥，这山，太矮了。"他要爬的山，不在这里。

满山草感慨地笑："从小，他就志气比山高，不像我，畏畏缩缩的。"满山草很为弟弟骄傲。这些年，满文斌在外面闯荡，他没其他本事，家里的田地、老屋、父母的坟冢，他就好好守着，满山草定时修葺老屋，勤苦耕作田地，在父母坟墓前种上桑树和花草，他想，不管弟弟哪天回到老家，炊烟未凉，总还有一方鲜活的故乡。

"大哥，你自己在家里，苦不苦？"陈小莲说，"为什么不找个老伴，文斌说，他经常劝你，有合适的……"

满山草羞赧地笑："一个人过惯了，到这把年纪，哪还有那心思，让人耻笑。"

陈小莲调笑："大哥是不是在家里有什么相好呀？"

满山草笑得更羞涩了，咧着嘴角，眼里漾着温柔，一个老汉，羞红面皮，透着可爱，却连忙摆手，急于否认。

陈小莲让他躺倒，想帮他按按腰部。可说什么他也不愿意。看着他因年轻时出力太多而静脉曲张血管凸起的小腿，她只好说："大哥，帮你松松腿吧，要不，待会儿满总会发火，怪没伺候好您。"

"他不敢的。"满山草似乎很有把握，这些天他看到了，弟弟只有和陈小莲打电话视频时才言语和气，他大约能猜出他们的关系。他想说，你知道斌娃在手机上把你备注成什么吗？——阿媳妇儿。阿是为了显示在列表里第一个。觉得不合适，就没说，不过他呵呵笑了。说："妹子，他脾气倔，你多劝劝，在外面混世界，可不能跟人乱发脾气。"

"就是。可人家是做大事的老板，主意大，哪会听我的。"陈小莲笑，"不过他倒是常念叨大哥您，一直记得您为家庭的牺牲，当年供他上学的恩情，点点滴滴，他都记得。"

"他真这么说的？"满山草不由得坐起来，眼睛里汪着光，黧黑的脸上抬头纹舒展。得到陈小莲再次郑重地点头确认后，他笑了，轻轻叹口气，说，"长兄如父嘛，换作他是当哥的，也会这么对我，没啥好说的。"满山草眯着眼，似是陷在遥远的记忆里，"不过那时候斌娃可真乖，什么事都和我说……"

"现在呢？"

"早不说啦。他长大了，有自己的事做，回去也匆匆忙忙的，我说什么，他都觉得土里土气，动不动粗声豪气地给我钱，让我花。我要你的钱干吗呀，好像给了钱就什么都解决了，老实说，有时候，他说的做的我也看不惯，说不到一起了。"

"那是他的错，以为自己混出了点样子，比以前厉害，要我说，还得大哥揍他一顿，让他知道自己是打哪儿来的。"

满山草嘿嘿一笑。"当然，他一个人在外面，总归背井离乡的，做点事不容易，我帮不上忙，心里瞎着急，也不敢问他。说起来，还是怪我，没啥本事。"满山草叹息一声。

她发信息给满文斌："真该和你哥好好聊聊，他挺孤独的。"

"我又不是没催他找个女人，他不找，怪我吗？"

"你真是不可理喻。"陈小莲说。

"再者说，我带他去个好点的餐馆，他都要上纲上线，批判我，还怎么聊？他那老一套，自以为可以放之四海，没法沟通。"满文斌对大哥的做法很不认同，比如，满山草总爱提小时候的生活艰苦，以此教训满文斌惜福，满文斌不愿意回忆那些艰辛的过往，他想，过去忍耐着艰苦，不就是为了将来的幸福吗，现在有条件了，我为什么不要找补回来呢？

"我一个陌生人，都能和他聊这么多，他可是你哥，随便你吧。"陈小莲说，"脚洗了，他不要按摩，躺在那儿，整个人都是硬的，他受罪，我也没法按摩。底下咋办，满总？"

"杨柳呢？后半夜交给她自由发挥。"

"满文斌，你带大哥来我这儿，就为了这个？你以为这样就是对他好了？日你先人，你侮辱了杨柳，也侮辱了你哥。"陈小莲怒说，"你算一回人，行吗，拜托。"

4

给你讲个故事。

在豫东，村里有个小伙子，他十二岁之前都很开心，无忧无虑。他父亲是乡里电管所认证的电工，在十里八村挺受尊重，谁家电闸坏了线路有问题，他随叫随到，以一己之力守护一个片区的光明。他的母亲，漂亮贤惠，将里里外外收拾得温暖整洁，更可喜的是，母亲去年又给他生了个弟弟。父母缴了不少罚款，以为会是个女儿，因为当时四邻八舍有生育经验的妇女，结合母亲孕期的反应和腹形，都说必是女儿无疑，虽然生下来又是个带把儿的，不过一家人还是都很开心。他刚上初一，下了学，回到家，先要亲亲褓裸里的弟弟，再帮母亲生火做饭，为父亲整理好电工包，一家人，和和美美。他觉得自己真幸福。

可他父亲耿直。邻村还有个私下里的电工，在外省习得一样绝技，能让电灯长明而电表指针不动。村里有几户上头有关系的，倚仗权势，办了养鸡场、磨面厂、石子厂，每月用那么多电，电表显示的度数却屈指可数，等于盗用国家电力，他父亲看不下去，往上面反映了几次，也没人处理，毕竟那几个大户都有关系。他父亲就借着检修线路，将设在电表上的诡计解除，再去抄表，一月几千度，要收费的。如此几番来回，大户们生出一条恶计，这天，风雨过后，线路出了故障，叫他父亲来修。他父亲切断电源，爬到电线杆子上去检查高压线，也是自恃业务熟谙，未做任何防护，正在专心修理，忽然电闸推上，过了一道电，父亲当场电死……查来查去，结果却不了了之，乡里不过赔了一点抚恤金。母子三人，失去遮蔽，从此，凄风苦雨，自不必说。

他初中没毕业，就下了学，担负起养家责任，种田之外，做泥瓦工、运煤、贩粮之类，挣下些辛苦钱，治疗母亲因常哭而蒙砂的双眼，供养弟弟上学零花。这些也都不说，且说一件，他上学时喜欢过一个女孩，青春无忧的年纪，也曾幻想过将来非伊人不娶，等家里经此变故，不敢再做他想。女孩其实也对他有意，可架不住家庭势力，终究嫁作他人妇。他就默默付出，后来，他弟弟上了大学，有工作了，又自己做生意了，开厂子了，有出息了，能给他钱了，家里情况好转了，可是，他也老了……这些年里，他也一直观望着女孩的生活，女孩也老了，有了自己的家庭，有了儿女，过得不算如意，但也还能过下去。他执意待在老家，有一部分原因，就是想继续守望着他那苍老了的女孩儿。

"你知道他为什么不找老伴了吗？"陈小莲说，"知道你今天带你哥来这儿的想法多龌龊了吗？"

满文斌埋着头，再抬起脸，仍要笑嘻嘻，眼角却有水意，他说："后边的故事他从没说过，但是，当初陷害我父亲的那几家，我都报了仇了。"他说，"我为什么很少回去，就是不想回那个伤心之地。"他又说，"谢谢你，小莲。"他又说，"我买了烧烤，你的酒呢，陪我喝点儿。"

陈小莲给他斟上一杯，问："你那厂，还能撑下去吗？"

"本来能撑下去的，六月份恢复了一些电子元件的订单，可上周台风，天气预报也没预测到那么迅猛，哗哗的强降雨，一层的设备全进水了……没办法，签了的合同，要赶订单，从老张那里借了一笔高利贷。"他喝了一杯酒，"搞了十几年的厂，虽然小，也有百十号兄弟，不甘心解散，再撑撑看。"他说，"滨江的房子已经抵押银行，给那帮狗日的缴了社保发了工资。"他似是被酒辣住了，龇牙咧嘴地笑，"没事，还有一套。我就不信，能将我难住了。"他虚虚地点一下她的鼻尖，"早几年，喝醉了，借着酒劲给你表白，你倒好，还拿架子，好了吧，现在嫁我，你可亏大了。"

"前几年追我的海了去，我哪知道哪个是真心的？你清醒的话我都不信，何况醉语。"陈小莲敲他手指，"现在我也没说要嫁给你。"

"你呀，你呀。"满文斌握她的手，被她打了一下，还是被他攥在手里。

一时无语。

他还没说和朋友合伙从福建收的一批茶叶。他们是从网上看到的，某地茶叶滞销，茶农心焦，那里的茶叶他们喝过，确实不错，满文斌联合几个朋友，收购了一批，既是助农，也指望囤点好茶，将来市场好了，能赚一把。六千多斤，也浸了水。陈小莲不敢问，想想都心痛。满文斌还不当事似的，说："真破产了，你得养我。"

"想得美。我这一摊子，还不知咋过呢。"

"那我俩手拉手去讨饭，我学过要饭调、莲花落，唱得可好听了，保证饿不着。"

"要去你自己去，老娘貌美如花，再不济，也能勾搭仨俩本地土豪，才不跟你，一个濒临破产的电子厂小老板，跟你，我傻呀……"

"我看你是屁股痒了，还土豪，哪个敢招你一指头，我跟他拼命。"满文斌想抱抱她，却扑了个空。

"切,你算我什么,我又算你什么呢,"她说,"不要以为睡几晚上就谁跟谁了,我们,两无挂碍。"陈小莲故作轻快地起来,掩住笑意,上楼去看满山草被杨柳服务得怎么样。

满文斌知道,这是怪他拖延,他笑笑,是他不敢,这浮华城市的真心,谁不是沿着边角敲敲打打,逐渐试探。他自知轻浮,哪敢轻许。满文斌心说,等等我,这一段处理好了,厂子步入正轨,男女之事,再议不迟。他却忘了,女人辛苦悬望他这一枝,要等到几时?

5

到了下半夜,下弦月隐隐地挂在天上,像只独眼,望着夜幕笼罩下的烟火人间,不悲不喜。这时候,银丰路才算安静了些。

"你哥睡着了,让我把这个交给你。"陈小莲拿着一个包裹,给满文斌。

是一包钱。

一张红色邮政存折本,还有六万多现金,存折上是他这些年回去时给大哥的,他都一笔一笔存着,现金应该是这次来这边,满山草将猪羊卖了,还没来得及存上,加在一起,五十来万。

是大哥所有的积攒。

"我说这么热的天,他总穿个长袖呢。"满文斌喝了口急酒,擦了擦眼角。

"你这一段生意不好做,你借钱,他都知道,"陈小莲说,"这个钱,就是给你解燃眉之急的。"

"……"

"你知道你哥说什么吗?"陈小莲眼睛红红的,"他快睡着时,像在说梦话:'麦子熟了,麦叶就悄悄落了;果子熟了,树叶就静静落下……都很正常,我知道,我也快该落了,我得回家,落在熟悉的地上。'"她的声音已然有了浓重的泪意,"你还以为他没发觉呢,大哥他心如明镜,应该都感觉到了。"

满文斌来到楼上,满山草还在睡着。大哥睡着的样子像是收割后的麦田,坦然、安静,带着收获后的疲倦和欣慰。满文斌悄悄给大哥盖上毛毯,来到天台上抽烟。陈小莲跟上来,他们并肩站在天台上,随着她的话,残月已悄然落下。陈小莲说:"再复查一下,过两天,我们一起送大哥回家吧。"

(原载《小说月报》2020年第11期)

东城女孩

吴向东

1

阿宝失踪了。他走的头几天,还有电话联系,后来就断了音讯。

阿宝算是个不大不小的老板,承包了一间有几千工人的鞋厂食堂。这种赚钱的营生,对阿宝来说,既是来之不易,也是来得有点蹊跷。

阿宝经营食堂算是精明。无论刮风下雨,每天凌晨他就守在食堂门口。送货车一到,他就率先爬上货车,挤挤这块牛后腿,攥攥那团猪大肠。再结实的猪牛肉,也能让他挤出一盆子血水。几年下来,阿宝算是挤出了几十头猪、十几头牛,可也把自己弄了一身杀猪佬的腥味。

我是最早喊阿宝为杀猪佬的。阿宝听了起初不高兴,说其祖宗八代皆信佛,从未宰过一头猪。阿宝祖辈干啥的我自然不知,每次和阿宝聊起他老家的事,他总是躲闪回避。我对阿宝说,你一混江湖的,却生来身子薄,骨头轻,还是叫杀猪佬为好,能助你添些分量。阿宝听罢这话,才遂了我过嘴瘾的心愿。

我来东城不久便认识了阿宝。那阵子,他在鞋厂附近开了家胡辣汤面馆。阿宝做的胡辣汤内容实惠,佐料又足,一碗下肚就一身汗,烦心事也就没了多半。阿宝看出我是个读书人,端给我的胡辣汤分量特别足。如此一来二去,阿宝和我便熟稔起来。

阿宝人不错,发财后依然念旧,每次和朋友聚会,多半会叫上我。可酒酣耳热之际也喜好篡改我的身份。今日说我是大作家,明日说我是北大毕业的教授,唯独极少说我在文化馆做事。看样子,对于文化这行的轻重,阿宝还是拎得清的。

阿宝肆意篡改我身份时,我脸臊得挂不住,还装模作样地推辞。可回数多了,便晓得那并非全是在吹捧我,食肉饮酒也就心安理得了。

阿宝失踪的这阵子,该数我最想念他。阿宝在,我不费银两,便能饮酒食肉,偶尔还可嚼品山珍海味。阿宝一去,我也觉得日子少了点滋味。我来南方近十年,一直在文化馆供职,接触的不是广场舞的大爷大妈，就是满脸挂着苦逼二字的文艺青年。女青年尚可悦目，男青年则惨不忍睹，就像看到十多年前镜子中的我。有时我觉得文化馆如太监的家伙，没了它，小城反倒清静。可有时它又像块膏药，哪有跌打损伤，糊上便能遮住些瘀紫，让人觉得少了点伤痛，这样想来，我的薪水也算没白拿。

其实阿宝临走前，同我打过招呼，说是出去散散心。我瞧他穿了一身考究的西装，还罕见地打上领带，便觉味道不对，问他要去哪儿。他狡黠地冲我笑笑，没回答。

即使阿宝不说，我心里也清楚。他是去找一个人了。此人姓黄，我称其为台巴子。老黄是一台商，就是阿宝做食堂的那家鞋厂的老板。一个月前，老黄扔下自己的鞋厂跑了。阿宝说，老黄欠他三个月的伙食费，近五百万。

老黄跑路前，阿宝有预感。他买通了一个仓库主管，每天向他通报出厂货柜的数量。主管起初不干，说除了银两，还要找妹子陪睡。阿宝说，你这是顶风作案。东城扫黄刚过，到哪儿去找陪睡妹子，就是找到了，临门也会疲软。主管听这一说，方才收钱作罢。

其实阿宝手里有十几个熟络的姑娘，都是鞋厂的妹子，脱去工服，或妖艳，或野性，还有几个是黄发碧眼的西域妹子。这些妹子知道阿宝有钱，人也厚道，个个像花蝴蝶，围着阿宝转。有些妹子并非图钱财，只求有个大哥在身后撑腰，偶尔还能外出K歌快活。这样的日子久了，妹子们和阿宝倒有了些真情。若阿宝确实遇到公关难处，偶尔也愿出场应酬。可不是紧要之处，阿宝还真舍不得使唤。

那几天，主管递过来的信息是：厂里一切正常，出厂的货柜并无明显减少。阿宝便觉工厂生意尚可，宽心不少。后来又闻老黄还在大批招募管理干部，说要去东南亚办分厂，便愈发放心。国庆大假，主管给阿宝的电话格外勤，让阿宝心生疑虑，暗忖：工人都放假了，怎么可能还有货出？他亲自跑到工业园门口蹲了一天，果然看到大货柜出进得不亦乐乎，当晚便吆喝着妹子们K歌至深夜。

次日中午，阿宝被一通电话铃声吵醒。电话是那个主管打来的。主管说，他此刻在咸阳机场，说老板今早和他一起去的深圳机场，此时肯定已到台湾。阿宝当时还有点懵懂，问老板几时回。主管呵呵一下，骂了一声"傻逼"后说：叫你掖着妹子不给我，便按了电话。

阿宝扔了电话就带一帮伙计往工厂奔，发现老板把库存和原材料都贱卖了。阿宝吩咐伙计们立刻卸机器，却发现，公安已经包围了厂子。政府变卖了老黄剩下的固定资产，但所得款项安抚了暴怒的工人，阿宝却一分未得。供货商们都忙着托追债公司要款。有的竟嚷，倘若寻到台巴子，可分文不取，只求台巴子一条胳膊即可。

阿宝没有去凑这份热闹。阿宝说，他一个苦娃子，大字不识得几个，只因老黄说，老黄祖上和他是一个县的，赏识他做的胡辣汤，才使他有了这份肥差。这几年，从老黄处挣的钱，远不止老黄欠他的数。可此话说罢没几天，阿宝就独自找老黄去了。

2

冬至的那天，阿宝终于自己回来了。我记得那天天色很暗，北来的寒风，吹得满街是落叶。当时我正匆匆低头往家赶，抬头忽见阿宝立在我面前。

阿宝斜靠在一棵老榕树下，身着一身黑皮夹克，衬衣领口雪白，胳肢窝里夹着一个皮包，皮包的一端露着亮亮的"BOSS"标牌。叫人最感突兀的是：阿宝的嘴里竟叼着一个硕大的雕花烟斗。

阿宝看我瞅见了他，就一直冲我呵呵傻笑。阿宝的模样，没了一个月前的焦灼，倒是多了几分诡谲和兴奋，只是身体有些哆嗦，该是等我许久了。

阿宝由不得我扭捏，拉着我去了以前常去的酒馆，撩起酒馆的布帘，就拽我进去。两人依旧坐在临窗的老位置。隔着玻璃，我能看到窗外低垂的灰云和街上稀疏的人影。

阿宝缩着脖子，哈了口气，半起身，在空中甩了一个响指。老板娘便滚着一身肉颠过来。阿宝瞅了下老板娘的肚皮，嘿嘿了下，伸出二指敲了敲，指下立刻蹦出肥肠的回响。

又胖了！阿宝仰脸看着老板娘说。

老板娘红着脸，晃了下腰：近来生意不好，为你备好的酒肉都被我吃了，哪有不胖的理。

阿宝乐了：好，今天我多喝点，先来两瓶糊涂仙。

我忙按住阿宝扬起的胳膊，说：瞧你这德行，钱该是讨回了，烫壶绍兴黄酒吧，再蒸四只阳澄湖大闸蟹。阿宝说：日你的，老子要干牛逼大事了，钱得省着点。我说：你走一月有余，老子整日琢磨如何写你悼词，损脑子呢，喝你点好酒，尝两口河鲜不该？再说，你除了会捏两把注水的牛肉，还能做啥牛逼事？

阿宝听罢哈哈笑了起来，说：亏你还读过书，活脱一泼皮。要写悼词肯定是我替你写。

我说：你一个小学毕业的杀猪佬，识得几个字。

阿宝听罢我话，脸忽地黑了。他低头沉默了会儿，冲老板娘无奈摆摆手说：就照这泼皮的意思办。

以后别再这样叫我。阿宝瞅了瞅我说：老子真要牛逼了呢。

阿宝目光中多了一道玩意儿，究竟是啥，我还真没看懂。

阿宝见我有些诧异，便咧嘴笑笑，朝一边歪斜着身子，从兜里掏出个雕花烟斗，又朝另一边扭了下身子，摸出个满是洋文的盒子，在我面前晃了晃：

瞧，古巴烟丝，都是黄花闺女腿上辗出来的，还卷着洋妞汗毛的味；这烟斗也是海柳做的，别以为海柳是海底的柳树，它可是黑珊瑚，是动物。如今文化人都好整这，送给你。

阿宝嘴里蹦出的不是字，是一个一个苍蝇。我强忍住肠胃的翻滚，长吐口气，身体仰在靠背上，冷冷瞥了一眼桌上的烟斗说：和你使的一样？

阿宝羞赧地说：是，我买时就觉得你需要。

我说：那就算了，文化馆创作员，不算文化人。

阿宝瞅出了我的心思，哼了下，凑近我跟前，压低调说：你现在肯定觉得我恶心，以为老子只配操杀猪刀。咳，和你这酸文人没法说。没人理你啊，你觉得失落；有人理啊，又觉得委屈。我考你，如今什么行当最赚钱？

我笑说：自然是抢银行吧。

别瞎扯。阿宝欠了欠身子，左右张望了下，压低声音说：告诉你，我已得一高人指点：一军火、二毒品、三电影。

狗日的，这是哪路高人？

我意识到话说得太响，便也压着嗓子说：一个杀猪的，想卖军火？没资格；贩毒品？你过了拿命赌钱的时辰；拍电影？你掐指头算算，你祖宗八代加上你，看过几部电影？

你又骂老子是杀猪的。阿宝恼道：你再说，老子和你急。别以为你认得几个破字就不得了。我娘也有文化，还喜欢看电影。

我又冷冷地瞥了阿宝一眼，说：你胡咧咧啥，你一岁时娘就去世了，你怎知道。说起阿宝的娘，我觉得刚刚话说得有些欠妥，便抬眼瞅了瞅阿宝，果然见他睁满了红红的眼睛。

为了缓和气氛，我低头把装烟丝的盒子拧开，捏了把烟丝塞进烟斗了，又瞅了阿宝一眼，说：可是你先提及你娘的。阿宝叹了口气，从口袋里掏出防风打火机，替我将烟斗点燃：真他妈是文化人，模样就是像。老子怎么整都不带劲。

我没理会阿宝的唠叨，深吸了口烟斗，脑子却在盘算阿宝说的牛逼之事。阿宝比我晚来东城，却在东城有三套住房，海边还有套别墅。阿宝每次买房，就令我难堪一次。我一直寻思和阿宝搭伙做事，却始终没好意思开口。有时我真后悔认识阿宝这个杀猪的土豪，让你看他吃荤啖腥，却不敢沾边。我佯装漫不经心瞥了阿宝一眼，嘴里吐出一串长烟：

说说你的牛逼大事？

阿宝一听我的问话，小眼珠忽地变得贼亮贼亮的：老子要拍电影，还是拍院线电影。

阿宝姿态上是压低了声音，可话一出口，声音依然绕梁，酒馆的客人都诧异地看着我们，弄得我一脸燥热。我凑到阿宝的耳边，低声道：

你小子，出息了啊，晓得"院线电影"了。这逼可装大了。你分得清导演和编剧的区别吗？你辨得出制片人和出品人吗？你是找到了台巴子，被钱烧晕了头吧。

不知为什么，阿宝一提要拍电影，我就想跟他急，一种本能的急。阿宝见我恼了，反倒乐了。阿宝是个聪明人。他一乐，我就愈发羞恼了。

肥硕的老板娘带着一个服务员来了。她把烫好的黄酒摆在桌上，服务员也把蒸好的螃蟹端了上来。老板娘抖了抖肉说：两位兄弟红脸了？阿宝捏了回老板娘敦实紧绷的屁股说：男人在说事，女人别多嘴。老板娘说：哎哟，偷听到你的话呢，要拍电影了。恭喜恭喜。记得带明星来小店吃酒啊。阿宝听罢，满脸开花，朝眼前晃悠的肥臀推了一把：去，去，肥猫，见到点腥就扑，少不了你的。

我不忍见阿宝的做派，也许文人的风骚只由我来耍才好。阿宝一摆弄，倒像在羞辱我。我懒得再瞅阿宝，扯断螃蟹一条肥腿，闷头吃了起来。可嘴巴在吃，脑子却咕噜噜转着，一条蟹腿下肚，却觉满嘴是腥，没丁点儿鲜味。

阿宝见我不语，替我斟了杯酒，又将自己的杯斟满，看我没举杯的意思，便独自举杯一饮而尽，然后说：

我刚从省城回，下车就在这儿等你，脸都冻青了。

阿宝掰开一只螃蟹壳，用嘴吸吮了下，继续说：我们是兄弟，你又是文化人，好事要分享。我去找老黄，原本就不是为钱，就为一个说法。没想到却得了一宝。

我将手中刚啃了一半的蟹腿扔下说：欠债还钱，没的可说。除了女人，他那里能有什么宝贝？

阿宝一听我的话，呵呵乐了，说：你的话还真说对一半。我拿样东西给你看。阿宝说罢，掏出手机，在手机上划了几下，便递给我。我接过一瞧，竟是阿宝和几个当下算是熟脸明星的合照。我好奇地冲阿宝瞄了一眼，他正朝我露着两行参差不齐的黑牙。我按捺住心里的起伏，说：臭杀猪的，难怪不见一月，原来是泡明星去了。阿宝故作一沉脸：你又违规了，娘的，不同你计较，你就剩下过嘴巴瘾的能耐了，等老子拍的电影进了电影院，再去北京国宾馆搞首映式，看你还有脸活不。

我没见阿宝进过电影院，可他大嘴里蹦出的都是行话，着实让我费解。山中一日，世间千年。这省城真是瞎掰奇迹的地方，难怪房价居高不下。

阿宝看我疑惑，便品着黄酒，吸着烟斗，喜滋滋地和我说起他在省城的经历。

原来，老黄跑路后，阿宝料定他不会去台湾。老黄在台湾有个老婆，年轻时和老黄一起在大陆打拼。在一次工厂安装设备出的事故中，女人为了护着老黄，弄成了高位截瘫，回到了高雄乡下。老黄在大陆发达后，将世界许多名牌都塞到老婆手里，却也在省城电影制片厂养了个女人。阿宝知道他们两人感情算是深厚，就去电影制片厂大门守了几日，果然逮住了老黄。老黄见是阿宝，并无慌乱，晚上大大方方约上情人在五星级酒店请阿宝吃饭，还叫上了一帮徐娘半老的演员。席间老黄的情人提出了拍电影一事。

老黄的情人叫张雅，早先也算是南方电影圈内一名角。实话说，如今经济维艰，拍电影算是一个挣钱的行当。都市里的年轻人谈恋爱，去哪儿逛，都不如去电影院节省，弄得随便一部烂片，动辄有过亿的票房。可话说回来，每年烂在制片人手中，让出品人倾家荡产的电影也不少。我抬眼瞥了阿宝一眼，阿宝的眸子里正跳着光亮，让我好熟悉。我皱眉细细想了会儿，不由得乐出了声。阿宝问我乐啥，我呵呵了一下，冲阿宝摆了摆手。

一年前我去市图书馆办事，经过一拐角时，忽闻一声：能给我一支烟吗？我扭头一看，只见一个长发蓬乱、满身污垢的人靠在墙角，伸出污黑的二指，冲我做了个夹烟的姿势。我犹豫了一会儿走上前，发现对方竟是一个年轻人，和阿宝年岁差不多，也就二十七八，大热的天他竟然还穿一身脏兮兮的羽绒服。年轻人盯着我手中的烟，将伸出的二指往嘴唇碰了碰。我递给他两支烟，他便冲我露出一口黄牙。

年轻人身边有个敞开的文件袋，看上去里面该是一大沓A4纸。年轻人弯曲的膝下还放着一本卷了边的书，唯独不见讨钱的物什。我心生好奇，便问他在此干什么。他舔了下枯燥的嘴唇，说在午休。我又问他做什么工作。他说他正筹钱，准备一个亿，拍一部玄幻大片。他说完后瞥了我一身的装束，便一个劲追问我在哪儿高就。我羞于说在文化馆，便搪塞他，可他还死咬不放。我拗不过他，便说了实话。他的目光顷刻黯淡下来。他说如果我是老板，定会将他最优秀的企划方案说给我听，他现在就靠这本事筹钱。我冷冷地说，你还是先解决生存问题较好。他听罢，毫无羞涩，说生存没问题。往前走三个路口有个小食店，早上施粥。往后走，左拐弯处有个老板，晚上免费供应馒头。一日一干一稀足矣，还说但凡干事业的人都要求不高。

此刻我很想将这个笑话说给阿宝听，好结结实实耻笑他一番，却没想，阿宝忽然起身凑到我耳边说：告诉你，老子要拍的电影名叫《东城女孩》。

我着实被阿宝说的电影名字震住了。东城刚经历过扫黄，正是全国的热门话题。无论《东城女孩》是何许内容，都该占尽了噱头。我打消了继续调侃阿宝的想法，静静地听着阿宝在我耳边唠叨他对《东城女孩》未来的期待。当然，最让我感兴趣的是阿宝说，张雅晓得他身边有我这个人，也知晓我在东城生活了十多年，希望我先写个故事，作为文学剧本原创的作者。

作为文人，尤其是我这类没混出头的小文人，一般皆不太讲情谊。平日我在文化馆最多就写个小舞台剧，能有一次为院线电影写剧本的机会，自当要牢牢抓住。我没必要关心电影的票房。不论电影是否赚钱,只要电影能进电影院,我这辈子就有了牢靠饭票。即使最后没进电影院,那也是投资人没本事。文化馆有个小伙子,写了部网络小说,被不知道什么名头的影视公司相中,大张旗鼓签了合约。电影后来自然没戏,可馆长走哪都将这当IP成果吹嘘。有人嘀咕,说签约之事纯属自导自演,馆长听罢大为光火。

我问阿宝如何向张雅介绍我的。阿宝说,他没介绍,是老黄推荐的。我说,真奇怪,我和老黄并无私人交情,何以会举荐我。阿宝笑说:我和老黄说起过你的故事。我说:我一介酸腐文人,有何故事。

阿宝见我认真了,坏笑一下,凑到我耳边低语道:过去我带客户去酒店桑拿,叫上你,你都不去。可我知道,你是个闷骚货,私下没少去发廊干坏事。我说:你狗嘴胡咧咧啥?阿宝半起身说:我可没胡咧咧,我有一厨子,有次在发廊见了你,他出门,你进门。你不认得他,他却认得你。他见是你,便偷偷回身瞅了一眼,你要睡的女人刚刚被他睡过,可把那小子给乐坏了。张雅听了这事,当即拍板,说这个故事非你写不可。

听罢阿宝的话,我满脸涨红,嘴里在骂阿宝瞎咧咧,不是东西,心里却一阵子发虚。我偶尔去过阿宝的食堂,却不认得一个厨子。也许阿宝又吹嘘了我,让厨子们觉得我是个人物,便记住了我,难怪把那厨子乐的。

阿宝见我面露愠怒,起身坐到我身边,搂着我的肩说:兄弟,你太见外,不将我当哥们儿。以后一起在电影圈混,美女一大堆,要在兄弟面前施展不开,不吃亏吗。我说,你别逗能,听说你去酒店,也只是在大厅坐着。阿宝听罢,低头想了会儿,长叹口气说:唉,都是虚情假意,的确没意思。

阿宝说的话确有几分道理。我并非没去五星级酒店玩耍,可我断不会和阿宝们一起混杂。那是我在他们面前剩下的唯一尊严。也许阿宝和我一样,不喜欢那程式化的服务。那些五星酒店的客房虽富丽堂皇,却少了些野性。有些新来的女孩,一边做,一边喃喃念叨下一个程序,让你顿觉索然无味。当然,让我最过不去坎儿的是那些卑贱式的举动,卑贱到你自己都觉得揪心。我喜欢劣质的脂粉味,还有发廊里暗淡粉红色的灯光。它们低俗、粗鄙,没有迎合,却是一种挑战。我想,倘若张雅真让我写个小妓女,她算是找对人,可我料定张雅绝不会蠢到如此。

我问阿宝:张雅究竟想拍什么故事,我必须心中有数。阿宝说:张雅要为东城正名,获得政府资助,票房过亿。阿宝费力咽了口唾沫,手舞足蹈地又说:还要冲击什么表奖……嗯……哦……是华表奖。

我有些明白张雅的意思。她是想打快球,打擦边球,整体该是个正剧,但题材又和特殊行业有关。两边皆讨个好，借正名的名义，捞足银两。这样想来，这故事还真难写。

3

第二天，我按阿宝给我的号码，拨通了张雅的手机。

应该说，我对张雅是有某种想象的。当然我可不会像阿宝那样没见识，见了一个银幕人便不知道自己是谁。这几年过气的演员常来文化馆，或做评委，或指手画脚一番，然后拿着红包颠颠走人，再高大的银幕形象也给毁了。我自然知道银幕上下是两回事，可终究还有些许做文艺青年时那份情怀。

作为南方人的张雅，普通话相当纯正，字正腔圆里夹带着少许妩媚，让你既不觉得疏远，又保持了某种矜持。张雅见我谈及《东城女孩》故事内容，便说：你来省城一趟吧，有些事还是当面说好，况且我还没见过你，只是听了阿宝一面之词。

张雅的话让我感觉编剧一职还是有未确定性，忙说：我明天就来，到时候请你吃饭。张雅听罢咯咯笑了，说到了省城，自然她就是东家。我问：要叫上阿宝吗？张雅说：一个杀猪的，懂什么艺术，出钱就好。张雅称阿宝杀猪的，我有点难受，像一个亲人受到伤害，可转眼又觉得心里舒坦，好像和张雅有了某种天然的共同语言。

张雅是个风姿绰约的女人，也许她往日净演苦逼的村妇，刚见面时我有些错愕。我和张雅是在"两岸咖啡"见面的。她笑说，老黄就是在这将她勾搭上的。我问：老黄没来？张雅说，老黄正和一帮台湾影视圈朋友聊电影发行的事。我问，老黄何时对影视着迷了。张雅拍了下我肩膀说：你太小看我老黄了，他国立成功大学毕业，标准的文化人呢。我从未听说老黄读过大学，在阿宝嘴里，老黄过去就是高雄一混混。不过深究这些太无聊，男人都有自己泡女人的方式。

我和张雅都要了杯卡布基诺。张雅一边呷着咖啡，一边好似随意地看着周遭。张雅和我岁数差不多，该年过四十，可眸子里依旧有着少女的流盼。面对这种流盼，我陡然有些拘谨。张雅察觉我目光刹那的躲闪，就说：你果然是个酸腐文人。哎，别介意，我喜欢酸腐，酸腐的文人才敏感，或者说因为敏感才酸腐。敏感是作家的财富，老黄就不敏感，不过还算是蛮懂女人的。

张雅幽幽的语气，加上咖啡馆的灯光和音乐，让人体味到些许暧昧。尤其是她把我和老黄并论，让我的目光不觉非分起来。张雅该是见惯了这种非分，笑了笑，伸出粉白的胳膊，将手放在我的手背上说：如果说拍电影也是一场戏，你可是这出戏中最重要的角色。

张雅的话让我有点惶恐，我喃喃道：我不一定能写出好本子，至今都不知道写啥。张雅笑笑说：看你，太较真，难道我真需要你写本子？这部电影将由张凯做导演，海涛亲自把剧本关。

我一听，立马将手抽出。

张雅捂着嘴呵呵笑了：看，又急了，没城府，我喜欢没城府的男人，率真。编剧肯定有你，我想好了，你作为第二编剧，挂在海涛名后。

听罢张雅的话，我的心窝立马燥热起来。张凯是南方著名的老导演了，专门执导主流片，获得过政府大奖，虽说近几年很少接戏，可余威犹在。海涛更是近几年崭露头角的热门编剧，如果能挂在海涛名下，那今后岂止是在文化馆混饭吃，简直是祖坟冒青烟了，这般好事会落到我头上？

张雅明显洞察到我的心思，继续说：阿宝信任你，这是你的重要性所在。你要成为阿宝的推手，推手，明白吗？拍电影投入大，是非多，倘若阿宝稍有犹豫，这出戏就演不下去了。我蹙紧眉问张雅：你是让我忽悠阿宝？张雅一听，脸色马上沉了下来：说什么哪，阿宝不懂电影，我是想让你常指导阿宝，看清这部电影的市场前景。按理说我没必要找你们。省城的资金和人才多的是。可老黄说得有道理，阿宝就是翻身的农民工，你又是混在泡妹子前线的文人，有现场感。这些都是娱记们极为热衷的点。还有，你们都是东城纳税人，影片拍完后，东城政府有丰厚的扶持资金。

张雅的话，终让我明白了自己的价值，内心虽难受，可毕竟张雅说得直率，在理。我慢慢摸出一支烟，若有所思地点上，忽想起刚刚张雅说起泡妹子之事，便笑问张雅：你真觉得我喜好泡妹子？张雅半起身，凑到我耳边说：男人不泡妹子怎成男人？那是练兵，要不我怎会离不开老黄呢。

此时的张雅，已无初时的贤淑，竟露出一丝女汉子的豪气。我喜欢女人这种汉子气。我说：真奇怪，初次见面我们就聊这些。张雅笑笑说：我确实瞅你顺眼。有些男女演员，一场戏后就钻一个被窝。张雅说罢，仰脖大笑起来。

我和张雅虽说聊得畅快，却总觉得眼前有些不真实。我问张雅：老黄为何能断定阿宝会热衷拍电影，这转型也太突兀。张雅说：我也觉得蹊跷，一个含辛茹苦的成功杀猪佬，为何一听拍电影，就手舞足蹈的。张雅低头沉吟片刻，便劝我别纠结这些事，说阿宝没了老黄的食堂，也没啥可做了。老黄是阿宝的恩人，阿宝信得过他，倘若片子真按老黄的设想进行，也不会让阿宝吃多少亏，兴许赚得翻番也说不定。

我对张雅说：作为文人，面子还是要有的，我写个初稿，供海涛参考吧，毕竟手里素材是丰富的。张雅说：初稿自然是由你写，其实海涛才多半是挂名，真正操刀的是他工作室的人。

我说：聊了半天，尽聊男女之欢了，忘了正事，你究竟需要个什么故事。张雅将身子凑近我跟前，压低声音说：老黄早已想好大概线索，就写一个山里姑娘来东城打工，因为喜欢看电影，便爱上一个电影放映员。后来放映员出了车祸，她为了拯救爱人，做了发廊妹。可放映员伤愈后，嫌弃她，离她而去。女人回到家乡，受尽乡亲们的讥讽，最后嫁给了一个瘸子。结婚后瘸子整日虐待她。女人受不了，服毒自杀了。这里有个细节要注意，女人自杀当天，走到镇上看了一场电影。

我说：这个故事并不太新鲜，阿宝会感兴趣？况且按这思路，故事的一半场景不在东城，有点文不对题，故事也不算是正名，倒是有抹黑嫌疑。

张雅听罢，身子往后一仰，靠在沙发上，长嘘口气说，要你写你就写。为东城正名也只是一个噱头。如果政府不方便赞助，那更好，我放开手脚拍。我说：你该知道，这种片子很难拿到龙标。张雅又凑到我耳边说：别和阿宝说，你一人知道就行。其实通不过更好。我问：为什么？张雅坏笑了下说：拿不到龙标，就更增添了获金马奖的机会。老黄的公司也是投资人，可作为本土影片参与角逐。

奶奶的，这下玩大了。我心想：这是走文艺片路子啊。金马奖的编剧，那是什么范儿啊！我有点坐不住了，想站起来，却又怕遭张雅耻笑。这老黄也太能整了。不过可别叫好不叫座。倘若那样，阿宝可就血本无归，唯独便宜了我。

可我相信，我不会让阿宝失望。我来东城十多年，见证了这座城市的崛起，也熟悉生活在这座城市的各种妹子，肯定有着比海涛那帮人更多的感悟。我和妹子们都是异乡漂泊之人。我们可能会突然操相同的方言叫床；我们脱裤子时，思念的也许是同一座山，同一条河。可要实现老黄的宏伟目标，凭阿宝的实力是远不够的，他总得为自己留下点饭钱。我试探性问起资金的事。张雅怪我多事，说电影已工业化，各有分工。资金的事，交给老黄和阿宝，我和她的重点是把好艺术质量关。

那一天，我和张雅分手时，天色已近黄昏。路边店铺的霓虹灯不断从车窗外闪过，远处黛色的天空飘着一缕粉红的云彩。那是我来南方后，最美的一抹晚霞。

4

随后几天，我调动浑身的细胞写本子。我希望集自己全身之力，让海涛不至于轻视我，使我少点嗟来之食的羞辱。我不是傻子，张雅却更是精明。我唯能仗义的，就是尽力回避大场面，替阿宝省点银子。

一日，我接到阿宝的电话，催问本子写完没有。我说，你妈的，以为文字饭很好吃？便挂了电话。可不一会儿，他又打来电话，说拍电影的事在老家都传开了，村主任说，都备好了银幕，要热热闹闹放大侄子的电影了。我说，你真是个大漏粪勺，兜不住丁点儿屎。

那次电话后，我倒是安静了几日。可几天过后，阿宝又打电话过来。我接过电话刚想怒吼，阿宝说，兄弟，别动怒，伤胎气，你怀里揣着我的娃呢。老黄够意思，已经将五百万打到我账上，说是作为电影的启动资金，也算他第一笔投资。我想说，傻逼，那几百万本该是你的，如今倒算他的投资了。可想起张雅的嘱托，我终究还是把话咽到肚子里。

原以为我的本子会一气呵成，可当真落笔时，却发现杜十娘般的妹子很难写。我算是了解妹子的。文人行风流之事，总好表现出几分温情和悲悯，经常会问妹子为何会卖身之类的问题。明知是做蠢事，却也乐此不疲地重复。可每个妹子答案都差不多，不是父母病重无钱医治，就是供弟妹读书，再狠一点的说父母双亡，无依无靠。仔细回忆，我好像还真没有遇到过我笔下要写的人物。写作的人都知道，正剧是极难写的，弄不好就假了，就是弄好了，在圈内也不一定就能讨好。可我平时都是尽力去写正剧的，因为我知道，作家若是琢磨苦逼之事太久，也容易把自己整成苦逼。

烟抽了几条，茶喝了一大包，终于在一个天色熹微的早上结了稿。我顾不得休整，先把电子稿发给了张雅，然后又按张雅的意思打印了剧本去了阿宝处。张雅曾嘱咐，阿宝对剧本的态度很重要。

阿宝的公司，在农贸市场背面的一条街上。可我来回走了几次，却终未见他公司的招牌。我拨通他的电话。电话里，阿宝的声音震耳：去文化公园对面，找银海文化传媒公司的招牌。老子转型啦。

我去了文化公园，果真看到阿宝说的公司招牌。招牌夸张，占了小楼的一半，镏金的大字喜滋滋立在阳光下，却扫了我不少兴致。我推门进去，前台居然还有个胖墩墩的女孩。这女孩定是阿宝拣的。阿宝生得奇怪，一个矮小的男人偏偏喜好肥硕的女人。

女孩热情地要替我带路，我说了句不用，就照着挂有总裁牌子的房间走去。

杀猪佬，又在装逼。我一边喊一边破门而入。

阿宝见我进来，费了半天力才从椅子里站起。那是张硕大的大班椅，阿宝个子小，陷在沙发里，倒像是一个偷入总裁办公室玩耍的小毛孩。

阿宝察觉到自己的慌乱，嘿嘿笑了笑，冲我走来，搭着我肩膀说：教授，俺整得还行吧。我说：行，就是好遗憾。阿宝问：遗憾啥？我说：往后不能叫你杀猪佬了。瞧你，穿起了米色西裤，还整了一身紧身的黑衬衫，裹住了一身的横肉，你出门臊不臊？阿宝说：臊啥子？见惯了就好了。说实话，这一转型，兄弟更离不开你了。

我一屁股坐在沙发上，冲阿宝招招手，让他坐下，说：近日闲下来时，老想你。于我而言，本该鼓动你才是。阿宝狡黠笑了笑：你就使劲鼓动吧，我可以带着你出名呢。我推了阿宝一把，说：别打断我！我常骂你是杀猪的，可内心还真当你是兄弟。你这些年吃了不少苦，我是怕你把家败光了。阿宝说：有张雅啊，你不知道她多牛逼，我亲眼所见，影视圈上上下下的人都给她几分面子呢。

阿宝的口水，喷到我脸上，他瞧见了，伸出手指，朝我脸上按了下。我推开阿宝的胳膊，自己抹了下脸，叹口气说：拍电影最要紧的是有资金。兄弟我算得上仗义，本子可以一文不取，还参考了《疯狂的石头》，可估算下来也得上千万。你得想好咯。

上千万？眼窝子太浅，老黄和我准备五千万呢。阿宝站起身说。

我说：你吹什么牛，哪来那多钱？阿宝说：众筹啊。我说：这是老黄的主意？阿宝说：是的，老黄精着呢，那网络诈骗的都是台湾人。我急忙说：咱这可不是诈骗啊。阿宝哈哈大笑说：瞧把你吓的。咱这是拍电影，又不是往自己兜里揣。你以为老黄为什么找我合作？我盯着阿宝说：你说为什么？

阿宝拿出烟斗，悠然地点上。他又坐回沙发上，跷着二郎腿，吸了口烟斗，缓缓地说：我怎能是傻子。张雅知道我不懂电影，她好操纵。另外我敢花钱，也能找得到钱。老子是东城膳食协会的副会长。膳食协会？都是一帮你说的杀猪佬，如今工厂越来越少，谁不想找个出路。再说拍电影那是添文气，去煞气的行当。协会有个人，白天操刀杀猪，晚上回家握笔画猪，还真画出了名堂，获了什么奖。

我说：你别扯远了，老黄准备投多少？

张雅虽让我不关心资金的事，可我却不能。我可以不关心影片是否挣钱，可投入的资本我要知道，这决定我是否会白忙活一场。阿宝听完我的话，情绪稍微有点低落，深叹口气说：张雅不让对你说，老黄没钱了。他在越南刚弄好的工厂被那帮猴子砸了，钱全败光了，否则鞋厂也不会关门，这五百万是他最后家当了。

阿宝的话，出乎我的意料。如此说来，阿宝是主要投资人，那风险可就大了。

此时的阿宝面色黧肃，细算起来阿宝才不到三十岁，眼角已爬上了皱纹，额头上还有块深深的伤疤。这道伤疤让我想起了那个大雨滂沱的早上，阿宝浑身湿漉漉来我家借钱，说今早他小货车翻了，刚出笼的馒头全掉到水沟里，再做已来不及。他要去别处，买齐馒头给厂里送去。我见他额头裂开个口子，用药棉替他擦拭，竟见到生生白骨。我劝他先去医院，他执意拿钱后要走。那时他刚接手鞋厂的早餐，一次失信，便可能失去往后做大的机会。

我掏出阿宝给我的雕花烟斗，缓缓塞了些烟丝点上，吸了一口，说：阿宝，算了吧，把那五百万揣起，也算没丁点儿损失。

五百万？阿宝又忽地站起说：只剩一百万了。我问：怎么了？阿宝说：前几天张雅拿着钱，请大牌去了，听说准备让寒梅演东城女孩，要不我天天催你呢。

阿宝的话，本该使我亢奋，但我内心却愈发充满疑惑。能由寒梅出演东城女孩，就算是脑残片，也能票房可观。可按张雅的路子来走，区区几百万只够塞牙缝。

我对阿宝说：兄弟，这玩得太大了，你玩不起。

阿宝听罢我的话，本想跟我急，可又坐下了。他眯眼瞅了我一会儿后说：你有文化，可钱为什么总躲着你？

我说：这很简单，你一介草民。无尊严，无是非，无大脑，无底线，啥事都敢做。

阿宝微笑着冲我摆了摆手说：文化人凡事想得太明白，太明白便知道后面可能的恶果，容易畏缩。我不想那些，也想不过来。生在大山里，已是此生最落难的事了，山里人做啥事，都是背水一战的心态，放心，老子有办法呢。

我说：除了忽悠杀猪佬，你有啥办法，况且就凭你去忽悠电影，谁信哪。

阿宝听罢我的话，仰面哈哈大笑起来，说我这人就是没商业头脑。我笑问他的商业脑子在哪。阿宝掐着指头同我算计起来。他说东城有几百万打工仔，每人出一元就是几百万，每人出十元就是几千万，每人出一百元就是……

我打断阿宝的话头，我问他如何能让别人掏钱。阿宝说：简单啊，让他们当明星。在本子里安排个火把节，再搞一个类似《好声音》的海选场面。一个特写镜头一万，还享受最后的分红。在镜头面前晃一下也要一千，参加活动的每人一百，外带免费送一张光碟，你算算这该是多少钱。

阿宝的话让我惊诧，真他妈异想天开。我告诉阿宝：你好久不坐公交了吧？那些人为了几毛钱，会吵翻天，他们会贪图在镜头前晃一下？阿宝呵呵一笑说：你呀生在城市，全不了解农村的娃，哪个不是巴不得有露脸的机会。前几天我就和几个打工仔聊过，他们都说，一千块做回明星，回到村里有的吹，划算啊。我问：这狠招是你想的？阿宝羞赧地笑笑说：是老黄。

阿宝的话引起我警惕。老黄是冲着金马奖去的。好的文艺片，画面里绝不可有一粒烂花生，就是晃个人影，也须相当专业。阿宝见我又低头不语，便不耐烦地说：难怪老黄说你这人没大出息，最多搞个剧本，快说你剧本写的故事吧。

阿宝的话，伤我不浅，看着他无知无畏的模样，我心里又开始诅咒他，诅咒他栽个大跟头，倾家荡产，打回原形。可又一想，那样于我有何好处。

我收拾起愤懑的情绪，终于开始向阿宝叙述我写的故事。

整个叙述中，阿宝的表情是错愕，迷茫，甚至还有质疑。看得出，阿宝想说什么，可又碍于面子怕伤到我，他越这样，我越羞愧。我想对阿宝说，有什么屁就只管放，可我终究没有，我胆怯于被一个杀猪佬否定。

往日和阿宝在一起，有快乐，却也常心生哀叹，可这种哀叹，很快被食物和酒精冲淡。可这一次，阿宝是在质疑我的专业能力。我期望他能说什么，我好痛快反击。可他始终就是一言不发。我实在有些恼怒，起身准备走人。阿宝忽然问我：这是你写的故事？我说：你啥意思？难道是天上掉下来的？说完我把门用力一摔就走了。

当晚，我和张雅通了电话，忐忑询问她看过本子没有。张雅说看了，本子很好，老黄也说本子好，不愧是本土作家写出的故事，接地气，足以吸引大腕来。

张雅的话让我几乎飙泪。我按捺了好一阵唏嘘的情绪后，对张雅说：阿宝似乎对本子不满意。张雅哈哈笑了，说我误会阿宝了，说我走后，阿宝就打电话来，一把鼻涕一把泪的。我诧异地说：不会吧，他听完故事好像在生闷气呢。张雅叹口气说：亏你还是阿宝的兄弟呢，真不懂他。

没过几天，阿宝拿着一份关于编剧的合同找我签字，身边还跟了个年轻人，说是老黄的私人律师。我看了合同上分红的比例比张雅过去说得多，便问为何。阿宝说是老黄的意思，老黄说我本子写得好。

我把签了字的合同递给阿宝，想问他对本子究竟有何看法，可阿宝却没正视我的目光。阿宝身上忽然没了杀猪的匪气，却多了初来东城时的青涩。我以为是阿宝压力大，便扶着阿宝的双肩说：很少有人自己掏钱拍电影的，能不掏就不掏。阿宝一听，拨开我的胳膊说：要都你这样，市面上哪来电影？

我无奈地摇了摇头说：好，好，算老子没说。

5

从那以后，阿宝和我很少见面。我只是通过阿宝的微信，掌握阿宝的动态。阿宝的微信，天天刷新，尽是和各类明星合影的照片，其中竟然有张凯、寒梅，偶尔也出现海涛。微信的文字也流畅，用字准确，颇有艺术气息。这些微信，显然不是出自阿宝之手，看样子，他身边有了帮他整理文字的人。那一瞬间，我既有失落，也有愤懑。我好像成了局外人，甚至和阿宝也似乎没曾做过兄弟。

张雅偶尔发微信给我，那多半是在夜深人静的时候。微信里很少主动提及电影之事，尽发些撩骚的自拍照片。倘若我问及筹募资金之事，张雅则嗔怪我，说剧本合同都签了，海涛也认可署名，还瞎操什么心。张雅说，特别想和我在深夜聊些风花雪月之事。我说老黄没在你枕边啊，张雅说，自从看了《东城女孩》剧本后，老黄就像神经了一样，每晚都和影视公司聊到深夜，都顾不得她了。张雅的话，让我心里很舒坦，我也不失恭维老黄两句，说老黄才是大男人，干大事。张雅说，那也不能不顾自己女人啊。我说，我想顾女人，可没资本。张雅说，有了资本叫什么风花雪月，那是商女不知亡国恨了。

这种状况持续时间久了，我开始怀疑张雅和阿宝要甩我。我拿出那份合同又仔细看了一遍，合同上并无漏洞。我觉得事情有些蹊跷，可又一想，反正我一文未出，就当是练练笔，没啥大损失。这样一想，我的日子也就正常起来。

一日深夜，忽然接到阿宝的电话，说是要我去公司一趟。我暗自得意，却佯作打着哈欠，推说太晚，有何事明天再聊。阿宝说，你装啥球，你巴不得看我笑话呢。来吧，有笑话说你听。

还没走到阿宝办公室门口，就闻到走道里散发着一股浓浓的烟味。我寻思这小子定是遇到难事了。

办公室的门是虚掩的，坐在大班椅上的阿宝衣衫却是敞开的，露出油光溜圆的肚皮。阿宝见我来，立刻满脸堆笑，起身搭着我的肩膀说：教授，这回兄弟牛逼了，牛逼了。我把阿宝搭在我肩膀上的手撸掉：又牛逼啥了？一个月了，也没看你整出啥名堂。阿宝乐呵呵推着我坐在沙发上，然后转身拉上窗帘，按了下投影仪的遥控器。

投影屏幕徐徐下落。阿宝像个授课的学者，满面放光地站在屏幕旁边。

喇叭里逐渐响起哀婉的音乐，随后"哗"的一声，《东城女孩》几个大字推到了屏幕上。屏幕上快速闪过东城几个标志性建筑，随后大批明星相继登场祝贺。这里面有张凯、寒梅、海涛，还有全国不少明星前来助阵，算是阵容庞大。片子音乐旋律特优美，寒梅几个大尺度镜头也颇为吸引眼球。阿宝作为出品和策划人，名字单独占了一个屏幕，我的名字也出现在银幕上，本土作家的头衔给了专门一个特写。

看完宣传片，我不由得赞叹片子不错。阿宝说：那是，张凯亲自操刀编辑的。我把U盘寄给村主任，让他在村子里放了，村里人那个高兴啊。阿宝的唾沫又喷了我一脸。

我躲到阿宝对面的椅子后，用复杂的目光凝视着阿宝，忽然问他：不是让我来听笑话的吗？阿宝听我这一说，神情一下子蔫了，叹口气说：这帮狗日的，脑壳被驴踢坏了，一月下来，一分钱没筹到。我说：从别人口袋里掏钱，哪那么容易。阿宝脖子一拧说：那也不能倒给钱呵。我问：什么意思？阿宝气呼呼又站起身说：今天我去"康爱"医院，说要替他们植入广告，在他们医院拍几个镜头。他们人倒是很热情，可最后竟然反问我，一天能给他们多少钱。

妈的逼，老子都还没开口朝他们要钱呢。

我瞅着阿宝愤愤的模样想笑。我说：如今以拍电影为名，忽悠钱的人特别多，脑壳被驴踢坏的该是你。阿宝说：什么意思？你是说我还是老黄？我说：咳，只是顺口而已。哎，那个律师呢？阿宝说：别提他了。他和我一起拉赞助。起初跟人说他是律师，别人都躲，说如今律师都不是什么好货。弄到最后，只能说他是项目经理。当时真不如找你和我配合。我忙说：得，饶过我，我会惹钱烦的。哎，你那帮杀猪的兄弟呢？阿宝挥挥手说：吃饭喝酒都是大嘴，一旦让他们掏腰包，比谁都小气。我说：你没给他们看宣传片啊？阿宝说：看了，专门包了个放映厅看的。我还使劲介绍张凯、寒梅。可他们说不认识，说要能把成龙搞来差不多。妈妈个逼，什么玩意啊，连"华表奖"都不知道，下里巴人啊。

阿宝嘴里能蹦出下里巴人，着实让我呵呵乐了好一阵，我问张雅在干什么。阿宝说：张雅也没辙，急啊，说摄制组已备好，演员的档期也排好了，就等米下锅。说等东城话题凉了，拍出了也是废片。没办法，我已委托那个律师，将四处房子抵押给银行。我说：你都办好了抵押，叫我来干啥？替你打气？我都说过，筹不到钱就别拍。

阿宝冲我神秘笑了笑说，别替老子着急，我心里有底呢，是那帮杀猪佬不识货，透露点内幕给你，前几天，张雅请了北京一家影视传媒的CEO和我吃饭，把宣传片子放给他看。那大佬当场拍板！我忙问：是拍板投资？阿宝叹口气说：要是投资就好了。他是要花一个亿，把整个项目买去。我说：那还不快点卖？

那怎么行？阿宝脖子一扭继续说：卖了，那电影就没我的事了。这回我必须做出品人。

阿宝执意要做出品人，虽说虚荣得可恶，却让我开始清醒。我写的剧本我知道，它怎么会值一个亿？是戏言，还是张雅又在忽悠阿宝呢？老黄可是欠了一屁股债，要真有这机会，肯定不会客气。

从阿宝那儿出来，我就拨了张雅的电话，冷冷地问她电影进展状况如何。张雅高兴地说，阿宝的款项已到，她正准备和演员签合同。我说：有人要出资一亿买这个项目，是酒后戏言吧？张雅听罢，说：还真不是戏言，那公司还真觉得《东城女孩》有市场。我问：那为什么不出手？张雅懊丧地说：我何尝不想？劝了阿宝几次，他就是不愿意。我问：那老黄也不会容阿宝胡闹吧。张雅说：我也觉得费解，老黄一向嗜钱如命，却没想他会支持阿宝，也许男人们野心更大？

张雅可能觉得此话不妥，忙说：哎，教授。我没说你不是男人啊。不说这了。如今有了钱，我准备孤注一掷。我要动用一切媒体关系，海陆空全方位播放宣传片，还要组织大型娱记团，去北京国宾馆，开影片新闻发布会，同时举办开机仪式。张雅说罢又强调，说我是会上的重头戏，让我充分准备下，到时候作为原创编剧在发布会上有重要发言。

阿宝也曾同我提过北京国宾馆，我以为那是戏言，如今张雅说真要干，我依然认为那也是信口开河。如今片子都没个影，就要去国宾馆？那可不是谁都能去的地方。我不敢奢想此类好事发生，但内心却多么渴望能成真。来南方这多年，我也吃了不少苦头。记得第一次从省城汽车站搭车去东城，就被售票员扇了两嘴巴，就因为我对票价稍提出了异议。售票员是个又黑又瘦的小伙子，要是放在老家，老子非踹死他。可如今人生地不熟，抓到看守所，除了大麻蚊子来叮你，没一个亲戚朋友能来捞你。我曾暗自发誓，要发达！发达后，一定要去找扇我嘴巴的小伙子。那张黑瘦的脸我永远都记得，因为就是现在，他也偶尔在深夜里扇我，而我依然胆怯，没敢反击他。

说实话，张雅的热情和宏大的计划还真感染了我。有些人天生就具有号召力。由她折腾吧，只要折腾，我就有收获。如今同事间已经有人在传，说我在写院线电影剧本。我的馆长也试探过我几次，而我都面带微笑，不置可否地应对。

6

张雅放出去国宾馆的话后，就常来电催我，要我一定认真对待发言稿。那架势，让你觉得还真有回事。与此同时，在坊间，《东城女孩》的事正在发酵，有些小报已经刊登出，要去国宾馆搞新闻发布会的消息。同行们纷纷向我打听详情。我也不好再遮掩，只说是投资方确实看重我的本子，至于能否去北京搞新闻发布会，是出品方的事。

令我惊诧的是，半个月后，张雅真的将去北京的电子机票发到我手机上，同时发来的还有酒店的名字和房号。我打电话给张雅核实真伪。张雅不回答，却笑着将她的房号告诉了我。我说老黄不去？张雅说，老黄是台商，怕那里。我心想：妈的，连战都去过那儿，老黄算个球，他是怕那些追债之人吧。

和张雅通完话后，我又拨通了阿宝的电话。电话那边的阿宝显得很匆忙。他说不能和我同行，他要提前去北京，和那边的宣传公司对接，许多事非要他拍板才行。阿宝现在满嘴飙的都是行话，语气也有那么点气势了。

在小城住惯了，对首都宽阔的街道，熙熙攘攘的人流还真不适应，直到看见世纪坛的标志，才知道离酒店不远了。张雅曾说，这间酒店十年前可是明星们的首选，你随便睡一张床，可能都留有巨星的体香。我把行李放好后，才倏地发现和我同住的竟然是上海一个著名的老演员。我是看着他的电影长大的。老艺术家的容颜已今非昔比，神态疲惫，白发苍苍，可听说我是《东城女孩》的编剧时，立马从床上爬起，戴上老花镜要和我谈本子。让我诧异的是，他所说的《东城女孩》和我笔下的故事差异很大。我找了个理由匆匆溜出房间，出门就拨了张雅的电话，张雅在电话里咯咯直笑：我不是把房号告诉你了吗。

推开张雅的门，才知道张雅住的是总统套房。房间空间宽大，家具奢华，窗外清晰可见蓝天白云下的世纪坛。张雅大白天穿了件白色的睡裙，她无意避讳我，在我面前晃来晃去。她说我该知道狸猫换太子的故事，可能不知道太子也可再换狸猫。听罢此话，我立刻明白了张雅的意思。张雅又说，国宾馆之行，以务虚为主，是想在东城造声势。东城是个小地方，小地方的人就喜好官方。他们可以不知道"华表"奖，可首都国宾馆万万不会不知道。

从专业的角度说，张雅的说法极是。我想，新闻发布会后，东城甚至省城的媒体都会竞相报道。可这毕竟是忽悠之举。张雅说她可不在乎，事实上媒体的记者也不会在乎，大家只在乎效应，至于事后谁还管片子的内容呢。我焦急地说：我写的发言稿可是全不搭。张雅呵呵乐了，从皮包里掏出一张打印好的A4纸递给我，说她已经为我准备好了发言。我粗粗看了下发言稿，便顷刻肉酸起来。我说，这能量太正，正得虚假了，我说不来。张雅笑眯眯看着我问：你真说不来？嘿嘿，料定你不会。现在就是一堆狗屁，你也照念不误。我想反驳，可一寻思，还真启不开嘴。张雅瞧见我嗫嚅的模样，上前拍了拍我的肩膀说：放心，你只是编剧，只有写剧本的权利。至于导演如何拍，和编剧无关，无须任何担当。得了奖你有份儿，砸锅了，那也是导演的责任。

张雅是一个气质儒雅，举止得体的女人，可每次和你说话却又那么直接和实在，这可能就是张雅在圈子里玩得转的原因。当我还在玩味张雅刚才那番话的时候，张雅忽然扭过身子独自走到窗台边，背对着我，口气严肃地说：据我了解，你不但没有推动阿宝，还是阿宝的负能量。

我说：我总不能见到阿宝把全部家当押进去了。

张雅听罢，目光依然看着窗外，冷冷哼了一下说：你他妈真虚伪，又当婊子又想立牌坊。你扪心自问，如果阿宝不愿抵押房产，《东城女孩》就得流产，你心里会高兴？你能像现在这样，人模狗样地在国宾馆发言？张雅的话越来越粗鄙，却也戳中了我软肋。我又羞又恼，扭头要走。张雅却忽地上前，用胳膊挡住我的去路：

去哪儿？还真没种了？你就是委屈受得少。男人的胸怀都是委屈撑出来的。在这点，你真该学学老黄。

第二天，《东城女孩》新闻发布会如期在国宾馆举行。

刚进国宾馆大门时，我还有些失落。本以为国宾馆不是随便可入的衙门，指望着进门时士兵能拦我，让我享受掏证件的快感。可门口俩士兵目不斜视，如同雕塑。后来一想，这也许是好事。当年那北海也是皇家园林,如今老百姓却也可以随地撒尿了。

阿宝的本事真是长进不少。他联系的宣传公司把国宾馆的会场布置得着实气派。大厅堂皇,灯光耀眼,帷幕朱红。舞台上有四架蒙着红布的摄影机,舞台下几乎座无虚席。张雅昨天告诉我,为了省钱,许多座位包给了一个豪华老年摄影团,弄得会场全是明晃晃的"大炮"。

前面几排座位倒都是货真价实,坐着许多我们熟知的演员。他们虽然大多都过气,但足以糊弄小地方的人。摄制组的张凯,寒梅都到场了。海涛没到。张雅说,这是她安排的,就是想突出我本土编剧的地位。我一听,内心着实欢悦,真的好感激张雅。张雅还朝后台噘了下嘴说:你找的人在后台呢。

我走到后台,终于见到阿宝,只见他躲在一块大幕后,不停动着双脚,一脸焦虑的样子。我问他怎么了,他说等会儿要发言,心跳得厉害,他平生第一次见到如此场面。我说:你不是牛逼吗,要我替你拍照发朋友圈吗?阿宝说:你那水平我信不过,我找了《珠江周末》的记者呢。

我说:好,你就嘚瑟吧。你把发言稿给我瞧瞧?

阿宝说:没发言稿。

我问:"为什么?"

阿宝说:是张雅的意思,显得原生态。

我听罢呵呵笑了,心想这女人真毒,明摆着是要阿宝出丑,充当噱头。

也许谁都没想到,整个新闻发布会的高潮出现在阿宝身上。阿宝的憨厚、腼腆及执拗,他所叙述的卖房子拍电影的故事,使见惯了财大气粗的记者们耳目一新。他们一致称阿宝是影视圈的许三多。尤其令大家没想到的是,阿宝讲了一个动人的故事。他说他拍此部电影是为了怀念他母亲。他一岁那年,母亲得了重病,医生告知看病要花很多钱,母亲为了不拖累家人,偷偷喝农药自杀了。可现在看来,母亲当年仅仅可能是得了痔疮。阿宝说,母亲一生最喜欢看电影。自杀前的那晚,母亲走了十里路,去隔壁村子看了一生中最后一场电影。他说等《东城女孩》完成后,会在母亲的坟头连放三天。

阿宝母亲的事,我从未听说过,某些情节却和我的剧本有些契合。我猜想,这肯定又是张雅在后面策划捣鼓出来的。

发布会结束后,一行人在众目睽睽之下,奔赴北京火车站,拍摄东城女孩下火车的镜头。我质疑张雅,说东城女孩怎会在北京下火车。张雅笑我太迂腐,说中国的火车站哪儿都一样,人山人海,谁分得清。

我们一行人还没回到南方,全国各大门户网站就发布了《东城女孩》的消息。省内各大报纸，电视台都做了详细的报道。《东城文化》还对阿宝做了专访。阿宝的照片上了《东城文化》娱乐版的头条。那几日电影局的领导专门来到东城看望阿宝，市民们街头巷尾闲聊的话题全是《东城女孩》。不久《东城文化》又刊出爆炸性新闻，说北京一家有神秘背景的发行公司正在和出品方银海影视传媒接洽，商议以一亿做底价，包销未来的《东城女孩》。东城是个闻名全国的经济强市，却从未拍过一部院线电影。他们看好电影《东城女孩》，说这是部具有里程碑标志的电影。

此消息一出，东城又沸腾了。许多企业纷纷和阿宝联系，希望在《东城女孩》植入他们的产品。那些阿宝曾找过的企业和投资人也忙向阿宝表示歉意，嚷着要出钱。张雅见状，忙和阿宝商议，更改了过去的合同。把所有植入和投资都改成赞助。即使这样，资金依然像疯子一样涌向阿宝公司的账户，账户的资金出现几何级数的增长。那几日，我也忙得不亦乐乎，每一个植入，都需要我找到合适的场景，然后征询厂家的意见。开始厂家还挑三拣四，后来见来的厂家多了，也就只能依我瞎掰活了。

忙过赞助商的事情后，我刚稍微清闲下来，省城一个有名的公众号又搅动了东城人的神经。主持这个公众号的大咖一向以为农民工的权益呐喊闻名，号称有上千万粉丝。此公众号发表了一篇关于《东城女孩》的评论文章。文章中说，全国有百分之七十的打工者都有在东城打工的经历。东城见证了他们的汗水和泪水，记录了他们青春的青涩和激情，他们虽在东城有过伤痛和屈辱，但东城是他们人生成长的第一道风景，如今他们虽散落天南地北，但是他们在东城学到的技能和管理理念，却在各地开花结果。东城的意义不仅是每年能向全国汇出上千亿的存款，更重要的是为全国培养了几千万合格的技术工人和创业者。

文章发表不久，立刻获得了东城各界人士的认可，阅读量近千万。

就在这时，阿宝打电话给我，说要增写一段东城广场火把节的戏。我对阿宝说，账户资金已经足够，就别动那些普通工友的脑筋了。阿宝骂我糊涂，说他们参与的不仅是钱，还带着噱头和观众，你自己算个账吧。

阿宝口气全是亿级大老板的口吻，完全没有了过去的谦卑。细想一下，他也没说错。几场火把节倘若有10万人参与，意味着全国可以多出几万个村子的观众，每张票卖三十元，那是多少票房。我想提醒张雅，金马奖可是讲艺术品位的，可一想到白花花的银子，还是作罢。

我把新增的戏文发给张雅后，就再没见到张雅和阿宝了。我全靠从微信中了解他们的行踪。实话说，我也不在意张雅和阿宝了。我获得了足够的声誉，我的馆长开始请我喝早茶，套近乎，还说要提升我做创作室主任。我则哼哈应对，心想：我大红的时候还未到呢。那天和张雅在机场分手，张雅说，开机仪式上阿宝出了风头，电影的首映式，必将重点策划我。

命运真是格外垂青阿宝。火把节如他所料,想上镜头的打工妹打工仔们在购票处排起了长龙,一张一千块的票,在广场外已炒到了两千。伴随着这种热情,众多媒体又一拥而上,干脆把《东城女孩》说成是打工者集资拍的电影。互联网上,天南地北的打工者都在为这部电影欢呼。

面对这种疯狂,我着实睡不着了。我回家悄悄翻出合同,掐指盘算着我该有的票房分红了。过去我从未看过分红的条款,它让我有吃嗟来之食,沽名钓誉的羞愧,可从张雅现在发的微信看,别人看不懂故事所云,我却知道《东城女孩》的拍摄一直在按我的套路走,这让我很欣慰。我一直没见到过海涛,可显然,他是认可我的本子的。

那段日子,我一直沉浸在这种快乐之中。我天天在微信中能收获到亲戚,朋友,甚至是曾暗恋女人的恭维。我内心开始钦佩阿宝和老黄,他们不愧是商人:视野开阔,能把握住社会的潮流。不像我和张雅,小富则安。我开始大胆买自己喜欢的物品,还给老婆买了一个钻戒,那是老婆在结婚时就有的心愿。

这样快乐的日子半月有余后,我发现情况有些异常。过去阿宝和张雅的微信是各自嘚瑟。可如今阿宝的微信,全都截的是张雅的图。我感觉阿宝离开了拍摄现场。我打电话问阿宝在哪儿,阿宝说,他回老家已有几日了。我说,紧要之时,你怎能离开。阿宝哈哈大笑,说我悲观多疑的毛病又来了。阿宝说,承销的发行公司在筹备巡回路演,张雅建议在阿宝老家安排一场,替他长长脸。他现在正和老家文化部门联系路演的场地。我劝阿宝办完事还是快回,剧组每天花钱如流水,他不盯着可不行。阿宝要我放心,说钱都由张雅管着,摄制组用钱必须张雅签字。阿宝还说,张雅真是个好制片,钱攥得紧,剧组人都怕她。

阿宝的自信让我少了忐忑,再加上张雅手拿对讲机,每日劳累疲倦的模样,也令我自觉内心阴暗。

又过了几天,阿宝不发微信了,也没看到张雅的微信。起初我以为是剧组因劳累在休假。直到有天,我的馆长气急败坏冲到我的办公室,将一份报纸扔到我桌上。

翻开报纸,一行黑体大标题进入我眼帘:《东城女孩》摄制组集体罢工。再细看报纸的内容,才发现张雅一直以各种理由拖延合同该支付的费用。最为紧要的是,记者联系张雅的手机,手机却一直关机。我看罢,立刻慌忙拨打阿宝的电话。可怕的是,阿宝的手机竟然停机了。我离开办公室,匆匆往阿宝家赶,老远就看到有警车停在阿宝屋前,还围着一大群喧嚣的人群。我不敢走近,轻轻问一个街坊,街坊告诉我,这家人早在两天前已离开,至今不知去向……

7

我是《东城女孩》唯一留下的相关人员。老婆劝我出去躲避两日，说阿宝的公司已被参与火把节的人砸了，所有办公器材被抢劫一空。可我心里坦荡。我为人谨慎的行事风格，使我有心规避了所有筹款事项。我所有的活动都只涉及剧本，最紧要的是，我至今一分报酬未取。

我被公安传唤到派出所。我从酒馆见到阿宝的那一天起，详细描述了电影筹划的过程。我同询问的同志说，你们该知道，阿宝一岁时母亲就去世了，他是真想拍一部电影，以纪念他母亲，同时阿宝也是诚心想生意转型。

诡谲的是，在我说这些时，我脑子里倒没阿宝什么模样，眼前晃动的却是一个癫狂痴妄的乞丐。直到离开派出所，我才倏地想起，那是我在图书馆拐角处曾遇到的一个人。他说干大事的人，喜欢一天一干一稀的饮食。如今阿宝他们卷走款项，在我看来可是天文数字。这些款项多得可以买唐僧肉来吃。

公安传我的第二天，馆长便找到了我。令我意外的是，馆长没了愤懑，倒比往日多了些宽厚。他递给我一杯龙井茶，捋了捋稀疏的白发，说：多好的事，弄砸了。我说：事情起始就不好。馆长听罢，别有意味地摆摆手说：本子还是写得很好嘛。我说：你也没看过本子。馆长说：我是没看过，却听省城电影圈的人说，张凯一群人完全是冲本子而来的，说得我们东城文化馆面子上都有光。

初听馆长的话，我很是欣慰。可事后一冷静，便不自信起来。我毕竟是个文化馆的小文人，第一次写电影剧本，能有张凯说的那个高度？我和张凯在国宾馆见过，留有他的微信，我带着侥幸的心理发微信给张凯，说倘若本子真好，可否继续合作。张凯回了一句：本子狗屁不通。我回信说：本子不好你拍个球？张凯说，本来就没拍，那臭婊子说先拍些花絮，看市场反应再谈下一步，哪知道包藏了歹心。

我感谢馆长，也许他在安慰我；也许张凯对外也怕丢人，这倒让我在东城文化圈依旧获得了些虚名。可我内心的世界依然坍塌了一半。我知道，阿宝这回是真的走了，何时能见，谁也不知道。此刻我才真正发现，阿宝于我并非饮酒吃肉的朋友，而是藏在我心窝一个隐秘角落的兄弟。我的生活需要他的憨淳来温暖，我的那点虚荣只有他才会仰视。

在夜深人静的时候，我偶尔会拨阿宝的电话。电话里响起的总是女人冰冷的声音。时间久了，我竟然有点恍惚，觉得这个女人和阿宝是一伙的，也许哪天她会告诉我：兄弟，阿宝开机了。

派出所有个喜欢文艺的干警，算是我的熟人。有次搞社区演出碰到她，问起阿宝案子的进展。她告诉我，老黄和张雅的通缉令已经发出。从银行监控系统看，并未有大笔款项进阿宝私人的腰包，可能阿宝也是个受害者。

得到这个消息后，我心里很是欢悦。我决定去阿宝老家一趟，兴许阿宝就藏在老家哪个犄角旮旯处。

阿宝从未说过他老家具体的位置，幸亏十多年前，他托我办特区边防证，将身份证交予我，我还依稀有个印象。

阿宝的家虽说是中原，却在大别山深处一山坳里。村庄破落，与世隔绝，好像置身于久远的年代。刚进村子，身后就有几个少年跟着我。他们或在我身后嬉戏，或走我前面，用好奇的目光看着我。我问他们是否认识阿宝。他们齐声说，当然认识，就是拍电影的阿宝叔叔嘛。我问他们，阿宝叔叔来过吗？孩子们说，回来过呢，还去他妈妈坟上上了香，添过土。

孩子们的话，让我忽然想起了阿宝的母亲。关于他的母亲，阿宝一直是讳莫如深。我央求孩子们带我去坟地。孩子们警惕地看着我，问我是干啥的。我说我是记者，要宣传阿宝叔叔。孩子们听罢愉快答应了。

我随孩子们爬过一道山梁，穿过一大片一人多高的茅草，终于来到一座土堆前。孩子们告诉我，这就是阿宝母亲的坟。坟的表面铺了一层新土，坟的顶部还有新种的植物，定睛一看竟是一束芝麻苗。坟堆后有一石碑，擦得干净，却是无字的。我问孩子们，一路过来没见一座坟，全是秃丘乱石，阿宝妈为何单独埋在这里。孩子们听罢，低头不语。我拿出准备好的小礼物送给孩子们，一个年纪稍大的孩子才吞吞吐吐地说，有……有些大人说，坟里埋的是个坏……坏女人。

孩子们的话，让我愣了。我脑子里猛然跳出剧本中那个发廊女孩。我扭过身，仰面长抽了口山里的寒气，却发现离石碑正面十多米处有块空地，突兀地立了两根木杆。我问孩子们那木杆有什么用，孩子们说，木杆是阿宝立的，说是电影拍好后，要挂银幕，放电影。

我默默地看着木杆许久。我闻到木杆表面飘过来的桐油味。听到木杆上缠绕的绳套经风一吹，发出窸窣的声响。我的视线渐渐变得模糊，可头脑里阿宝的面庞却越来越清晰，从未有过的清晰。

我让孩子们带我去阿宝家。孩子们说，千万别去，阿宝的爸爸是瘸子，脾气臭。阿宝不喊他爸，阿宝的爸是村主任，是村主任将阿宝养大的。孩子们说罢，便带我去了村主任的家。

村主任家的房子是二层楼，红砖碧瓦，颇为气派，算是村里最好的建筑了。我去时，村主任正要出门，看到我这陌生人，村主任立刻显得少许慌乱。我告诉他，我是阿宝的哥们。他的表情才略微松弛下来。

村主任带我进客厅坐下。我没有和村主任过多寒暄，直接问阿宝何时离开村子的。村主任没有回答，而是瞅了我一眼说：你就是阿宝说的作家朋友？

我说：是的。

哦……村主任自己点上一袋旱烟，猛吸了几口后说：阿宝是从我家走的。当时他接了个短信，看到短信后，小脸煞白，拔腿就走了。县里有传言，说这孩子骗钱，可我不信。这些事，没告诉村里的孩子，要是娃们知道了，该有多伤心。

村主任神情黯然，不一会儿就把一锅儿烟丝吸没了。我犹豫了下，还是问：那墓碑为何无字？村主任瞥了我一眼，说：你去过了？我点头称是。村主任闭目想了会儿说：是阿宝娘的意思。她是外乡人，村里没人知道她的真名。张瘸子捡回时，她肚子里就有了娃儿。她身上啥都没有，只有一张火车票，起点就是你们东城。

我又问：她的病真是痔疮？村主任摇摇头，长叹口气说，咳，要是痔疮就好了，那分明是脏病啊。我问：阿宝妈真是那种女人？村主任没有立刻回答我，而是又抠出一撮烟丝点上，独自吸了很久，才说：

谁看见过呢？只是传言而已。

我用期待的目光看着村主任，村主任瞧见，从嘴里抽出烟杆说：你看我做啥呢，故事你都写了，你该比我更清楚呢。

我说：我以为这事，是老黄为票房杜撰的呢。

说到老黄，村主任摇摇头，长叹一声道：

阿宝一岁时，他娘就走了。一岁的娃儿，还不懂娘的滋味，更不知道亲爹是谁。阿宝初中没读完，就外出打工。他不知道娘的老家是哪，却知道东城是他娘待过的地方，他是寻他娘的味道去了。在他最难的时候，遇到了老黄。他一直把老黄当恩人，当亲爹看，什么都同他说。却没想到最后还是被老黄耍了。

村主任说完，情绪一下子变得低落，低头只顾吧嗒抽旱烟，不再出声了。

那电影放映员的事也是真的？过了许久，我还是忍不住问。

村主任听罢，呵呵笑了笑说：这就更没听说过了。这事不是你这作家编的吗。我说：我哪编得出来，是老黄编的。村主任冲我又笑了笑说：这狗日的老黄，还挺会挠人心。村主任说罢，把旱烟摆在一边，伸了伸腰说：过去的事了，没啥聊的，你说说东城那边的情况吧。

我把知道的情况如实告诉了村主任。村主任也听得格外仔细。后来，我见天色不早，便起身告辞。村主任一把拦住我说：你这作家是来寻阿宝的，还是来替公安做探子的。我说：我当然是来找阿宝的。村主任说：既然找阿宝，怎么这样没耐心。在这多住几日，四处逛逛，也许没几天,阿宝就回了呢。

8

第二天,村主任一早就叫我起床,说是带我去二楼吃早饭。我说,你家可真气派,餐厅设在了二楼,像酒店一样。村主任笑笑说,农村的房子,哪有什么餐厅?就是个吃饭的地方。

我随村主任上了二楼。村主任没带我进屋,却用手指了指二楼的阳台,让我过去。阳台上撑了一把硕大的太阳伞,伞下有一张桌子几把椅子,其中一把椅子上坐了一个人。此人下身穿了一条西裤,上身着了一件紧身的黑色衬衣,戴着一墨镜,嘴上还叼着一个雕花烟斗。待我走近时,他摘下墨镜,竟然是阿宝。

我想过无数次阿宝躲藏的样子。我替他担心,担心他躲藏的日子也会是每天一干一稀,却没想过阿宝会有眼前的模样。此刻我心里很复杂,你说是高兴却谈不上,你说是愤恨也不至于。阿宝一直冲着我傻乐,我却没理他,独自坐到他对面,说了一句:你行,验证了那句话:死了也装逼。

阿宝听罢,哈哈笑了:瞧你,文人的酸味又来了。我就知道,你巴不得看老子亡命天涯,好取笑我。

我说:放你的狗屁。你栽了,老子去哪儿吃山珍海味去?不过,瞅你这德行,离坐大牢不远了。

说到大牢,阿宝脸上还在笑,嘴角却僵硬了。他说:你昨天的话,我在楼上听得清楚。公安不是说我可能是受害者吗。我说,那只是人家美好的愿望。你看你现在的模样,像是个受害者?阿宝叹了一声说:你问村主任,我平日穿的就和村民一样。这是要见你,才重新找出这身行头,想好好气你。我就喜欢看你急的样子。可你才是个大漏勺,兜不得丁点儿屎。唉,不说了。我要怪你,昨天你可是去了我娘的坟,却没磕头。

我回味了下阿宝的话,仔细一想还真是,便拱了拱手说了声抱歉。

阿宝似乎没理会我的歉意。他拿出火机,把已经灭了的烟斗又点燃,吧嗒吧嗒吸了几口后说:我本不想见你。可想了一夜,这件事还得你帮我办。嗯,你带银行卡了吗?我说:带了,你想干什么?阿宝说:我想汇笔钱给你。我说:你别害我,赃款我可不要。

阿宝眉毛向上挑了下,耸耸肩说:你这辈子真是和钱有仇。

阿宝说完,拿着烟斗,起身在阳台上来回踱了几步,然后说:老黄还算仗义。

他还仗义?我不由得站起身说。

阿宝用拿烟斗的手,做了一个让我坐下的手势,然后继续说:他走时,将我公司账上的钱，通过公开渠道，一分不剩地转到了香港他个人的账户上。起先我还骂他，最近才想明白，他这是在撇清我的嫌疑。

听了阿宝的话，我是又生气又无奈，我说：你可真是个贱货，简直把老黄当成了爹。他把你的钱都骗走了，你还说他是在为你？

阿宝拍了拍我肩膀说：兄弟，我谢谢你的情义。可我想说，过去我还真觉得文化人牛逼，可我这次和老黄、张雅混了一圈后才真知道，你们这帮半吊子文人除了犯酸，没其他毛本事。你去京城、省城看看。牛逼的文化传媒公司，都他妈是没文化的人搞的。你真该改改你的性子。老子现在和你说这些，是想要和你一起干一番大事呢。

一听阿宝说干大事，我忙拱手道：行，行，打住。你就当我这半吊子没来过，老子现在就回东城。

阿宝上前用力按住我的肩膀，有点生气地说：你急个球。老子都没把话说完。阿宝说着，向我身边挪了挪椅子：

我准备汇500万给你。记住，不是给你，你不值那多钱。我是想你替我把那些工友的钱还上。昨天见你来了，我就和那个公众号的大咖商议了下，想托他在公众号上发一条退钱的告示。他一听高兴坏了，嚷着说这又是一个头条。

我说：还钱的事我愿意做。可你哪来那么多钱？阿宝说：这你别管，你把银行卡给我，我现在就让村主任去镇上转钱给你。我说：你不说清楚，我可不做这事。

阿宝见我说话没一点余地，感叹一声后说：

实话告诉你吧。前几天，老黄用地下钱庄的渠道汇了两笔款给我。一笔是500万。我想那该是他第一次跑路欠我的钱。另一笔款的数目和我房子抵押出去的款项差不多。那意思很明显，这两笔款本身就是我的，不算犯法。

我说：这也许是你一厢情愿的想法。如今凡是老黄汇出的款就是赃款。他是汇到你名下？

阿宝说：没有，是汇到村主任的户头上的。老黄可是深谋远虑，老早就借口路演一事，要了村主任的账户。不是老弟我又说你。你赚钱没胆，这还钱也怕？弄不好，你又要出名了。

我说：你瞎扯啥，我如今可真不稀罕出名。当然还钱是积德的事。就是替工友们分掉赃款也是积德。这事我替你做了。

阿宝听罢我的话，高兴了，马上叫来村主任，让他去镇上转账去了。

村主任走后，阿宝的神情真正看上去是轻松了。他去楼下把村主任的旱烟拿来，让我试试。我说，昨天村主任抽时我在旁边，我这抽烟的人都闻不了那味。阿宝呵呵了一声，说：实话说，我现在都烦抽烟斗，还是旱烟抽得痛快。

我说：你这倒是后现代派，穿着西裤和紧身衣，却拿着大旱烟袋。哎，那帮企业赞助的款你怎么处理？那可是一大笔钱。把你所有房子卖了你都还不起。

阿宝鼻孔哼了一下说：我根本没想还。你好好看看张雅最后改的合同，那是心甘情愿的赞助，没任何附加条件。

我说：你又一厢情愿了。别人确实是赞助，可别人赞助的是电影《东城女孩》，如今电影不拍，那两人就是私吞赞助费，犯了贪污罪。除非花点小钱，随便拍一个，哪怕是拍网络电影也行。

阿宝听了我的话，不但没有恼，反而笑眯眯看着我。

我说：你是不是痴癫了？

阿宝说：我开始欣赏你了，你头脑变灵光了，我们一起真可以干成牛逼大事。

我说：去你狗日的，你他妈还欣赏我，我要你这个杀猪佬欣赏。

阿宝一听我提杀猪佬，哈哈大笑起来：好久没人这样叫我了，亲切，真亲切。阿宝说完，下楼拿了一把枣来，递给我几个，也塞了一粒到自己嘴里，边咀嚼，边说：

我会用剩余的钱，重拍《东城女孩》。这回咱不嘚瑟。就找你们文化馆的文艺青年演。编剧是你，导演也是你。我不为了赚钱，院不院线也无所谓。只求拍个我娘的电影，在她坟头放一放。

阿宝开始说话时，眼睛还放着光，可说着说着，眼睑却垂了下来。

我起身走到阿宝的身边，挨着他坐下，说：既然是兄弟，我有话也不掖着。我老早就想告诉你，你娘也许不喜欢你拍她。

阿宝听了，若有所思地点点头，过了一会儿又摇摇头说：我明白你的意思。可老黄和张雅已经走了，这回我要按照我脑子里娘的模样拍。要是真有在天之灵，我娘看了，就会知道，这……这么多年我是多么想她，我过得是多么难。我也要让她知道，无论别人怎么……怎么说她，我从没有怪过她，我……我只有想她……

9

那个上午，我和阿宝后来都没再说话，我们一直肩靠肩坐着，望着远处的山峦。树林里有鸟在鸣叫，几个农妇还在田里唱起了乡野情歌。直到村里许多屋顶冒出了炊烟，我才意识到，去转账的村主任还没有回来。

就在我疑虑的时候，通向阳台的门口走进来三个人：一个是村主任，另外两个是公安。我的心猛地一沉，侧脸一看，却见阿宝相当淡定。他都没有看那三个人，眼睛依然盯着山的那边。

阿宝临走时嘱咐我，说他不久肯定能回来，还说要我抓紧筹备工作，《东城女孩》一定要拍。只有拍了电影，老黄才可能抹去或者是减轻罪名，他才可能再回内地。我哽咽着骂阿宝，说他死到临头还想着老黄。阿宝说，他的确挂念老黄，因为有一件事要找老黄核实。我问他什么事。阿宝说，剧本里关于放映员的桥段他原本不知道。本以为是老黄虚构，可他心里过不去那个坎儿。那个年代东城就一家影剧院，他便找到了剧院的老人，有个老员工告诉他：

二十多年前，是有一个姓麦的放映员出了车祸。当时他伤势很重，如果不马上动手术，生命会有危险，可手术费是相当大一笔数字。后来是一个鞋厂女工背着他交了这笔钱。不过从那以后，那个女工就再也没有出现。

阿宝说罢冲我苦笑了一下，又说了一句：

兄弟，你说，我能不把老黄找回来了吗？

（原载《芙蓉》2018年第4期）

旨亭街

陈柳金

1

从凌晨一直睡到下午三点,起床后接续昨天未完的画,提着劲终于画成一幅。下楼绕过横街,走到近邻的画像店。每次步入店里,那些高悬墙上的众多黑白画像,都给郭丽芊一种不祥之感,似乎是来祭奠这些熟悉或陌生的灵魂。还没递上画,鼻梁上吊着一副老花镜的罗秋远咋咋呼呼地说:"早上起了一场大雾,连街对面的人影都看不清,好几年没看过这么大的雾了!"

郭丽芊没有去想象这场大雾的惊人场景,在她老家,雾像地里的白萝卜一样稀松平常。她没做回应,把画像递上去,罗秋远用满是褶皱的手接过,眼睛越过镜片。少顷,说:"五官搭配好了很多,就是眼神画阴了,人显得沉!"这话反而让郭丽芊听着高兴,她不正是画出戴维峰的特点了吗?改天带他到店里,罗秋远一定会夸她将人画活了。但她嘴上没有辩驳。

罗秋远在旨亭街上画了三十多年画像,三教九流、贫富贵贱什么都画过。他的画论让刚开始学画的郭丽芊很受用——画虎画皮难画骨,人像最难画的是眼神。五官画得再好,眼神不对,整个人就走了样。把握了这点还不行,还要学会做减法。那种眼神凶的,要适当去点戾气;神情猥琐的,宜减掉一些浊气;长着一副匪相的,得隐去一点痞气;官宦之人生来跋扈的,要砍削几分官气;财大气粗的,应削点铜臭气;对生活抱怨太深的,得收敛一些怨气;骨子里低眉顺眼的,需删减媚气和俗气。这点照相店做不到,P图软件只可美容,不能修改精气神。画像是留给子孙后代的,怎么也得看着舒服一些,但又不能失了本来的神貌,这就考验手下的画笔了!

郭丽芊凭着扎实的铅笔画功底,跟年逾六旬的罗秋远学了两个月画像,罗秋远夸她功底和天资都跟得上,容貌技巧掌握了,就是眼神没处理好。经过反复揣摩和临习,郭丽芊意外把眼神阴鸷的戴维峰画成了,她按捺住心头的兴奋。在戴维峰的眼神上,郭丽芊不想做减法,她就是要把这个活死人的精气神不加修饰地画出来。

一抬头,满墙多是已故之人,也夹杂着一些脸部特征奇异的明星,也许是师父做教材用的,但看着总有一点憋闷,于是拔腿要走。罗秋远眼神从镜片上方越过,压低声音说:"昨晚那个开老莞城特色小吃店的尹婆婆走了,听说冲凉时中风,倒下后再没起来!"说着把头抬向左边那面墙,尹婆婆的黑白画像端端正正地挂着,一定是师父上午紧赶慢赶画出来的。

郭丽芊躲开尹婆婆平和的眼神,说了一声:"尹婆婆做的糖不甩、东莞大包味道最正宗!"这话怎么听都有点像悼词,再说不出第二句,便抽身走出店门,阴气从脚底往周身漫开,兀地一个趔趄,西斜的阳光正好照在店门口,好歹稳住了脚跟,她看到影子委顿地吊在身后,随时要挣脱而去。

阳光从旨亭街一角斜照过来,刺着郭丽芊的眼睛,白花花一片,眼前像起了弥天大雾,看不清那些骑楼、老街和行人,甚至找不到老莞城特色小吃店的准确位置,她这才惊疑起早上那场来路不明的大雾。

本想着买几个东莞大包打发一下肚子,毕竟把早餐、午餐都不着痕迹地省略了,晚餐再不能简掉,不然怎么去对付漫漫长夜?晚上八点后,她得走进几百米远的木兰坊,开始她一天中正式的点卯上班,直至凌晨三四点打烊。

她真的不敢相信昨晚一个灵魂从这条老街上走远了,说不定就是自己下班回家的时间,有可能跟尹婆婆擦肩而过,只是方向不同而已,一个走向回家的路,一个离家越来越远。

不知怎么,突然有点想念戴维峰,他出去一周了,说去西樵山影视城取景。这次不知又得"死"多少回,再蹊跷的死法,灵魂也会跟着他回来,这点郭丽芊很放心。倒是觉得这样没完没了地"死"下去,何时是个头。又不是自己什么人,居然在心里替他忧虑起来,她朝地上呸了一口。

有时郭丽芊觉得世事就像演电影,连自己都不敢相信,怎么会跟一个活着的僵尸住到了同一屋子里?

2

大门右侧玻璃墙里的水车彻夜不停转动,水花流溅的光影被灯光投射到一米远玛丽莲·梦露拂起的白裙子上,泛着莹彩的波光,成了这个幽暗酒吧最让人心动之处。郭丽芊不得不佩服老板娘,总是能准确地捕捉到年轻人的小心思。比如镶嵌玛丽莲·梦露照片的镜框之下,挂着一个LED发光黑板,"留言栏"几个字熠熠生光,下端是一行行让人脸红的留言。

——黑啤忘了加冰块,喝着没有你身上冷冰冰的味道!

——这几晚你安静得像林黛玉，我们注意你很久了！

——我们愿意为你傻，我们愿意为你疯，我们愿意为你跑断金华火腿！

——主啊，救救我们吧，一个女人让我们失眠一个多月了！

……

店里有几个员工，但这些闪光的留言几乎都是冲着郭丽芊去的，她总感到危机四伏，好像这一个个会发光的字是那群夜猫子躁动的眼睛，随时会从里面伸出变异的手来，把她这个孱弱的女子紧紧缚住。而老爱穿连衣裙的老板娘呢，心里却无比高兴，她的小心思起了大作用，能表露小年轻们的心迹，一箱一箱的酒卖得忒好。蓝色碎花连衣裙裹不住她欢喜到颤动的肚腩肉，郭丽芊想起房间里栽种的多肉植物，一嘟噜一嘟噜肉看着精致，老板娘却让她找不到合适的词来形容，反正心里憋得慌。

她去倒酒时，那些夜猫子在木兰坊幽暗氛围的掩护下，手伸到她的腰臀上摩挲，还有搞恶作剧的，在她徒步走过时故意伸出一脚，一个趔趄倒在了酒气刺鼻的陌生人怀里。郭丽芊厌恶极了，又不敢当面呵斥，只能干瞪眼。老板娘总是说，牺牲一点尊严算什么？能换来钞票比什么都值，你的回扣还不是从消费额上来的？郭丽芊不当面顶撞，心里却嗤之以鼻。

每每都是凌晨三点才关门，木兰坊离出租屋几百米的距离，在郭丽芊眼里成了一段遥远而惊险的畏途。

那晚郭丽芊的确心情不好，大概酒吧当晚盈利下滑，老板娘没给她好脸色，收拾完桌子，还叫她拖地。将近两百平方米的地面，拖完后骨头都快散了架，大门玻璃墙里的水车却依然嘎吱嘎吱转得欢。她一度怀疑这是老板娘拿来为店里员工们做表率的教具，恨不得用拖把击碎玻璃，让水车见鬼去。

走出酒吧时已是凌晨三点半，突然不知从哪儿窜出几个人，把郭丽芊团团围在圈子里。他们淫邪的笑如几勺油浇在火上，郭丽芊屏着浑身怒气，却在那些人眼里增添了几分冷艳之美。

"美女，我们今晚在木兰坊消费五百多，完全是冲着你烧的钱！"

"俺大哥看上你了，是你的福分，只要顺着大哥，以后在旨亭街上天入地也没人敢管你！"

一个络腮胡子走前来，喷着酒气，两眼不容置疑地噙住郭丽芊的眼神，手抚在她的左颊上，慢慢摩挲到右颊，忽地一下托住她的下颌，嘴巴如一块硬铁凑近磁石。啪！一巴掌甩在络腮胡的嘴角。那几个喽啰扭住郭丽芊，又是撕扯头发又是反转手臂。

砰！一声枪响吓愣了他们。圈外那人高举着冒烟的手枪，呵斥道："识相的话放你们一条生路，这枪可是不长眼的！"朝上的枪口瞄向他们，几个人的肩膀颤了一下，颓然地松开郭丽芊。那人举着枪一步一步往前走，那群人一步步退后，他作势要开枪，络腮胡手一挥，他们终于作鸟兽散。

戴维峰就是这样与郭丽芊认识的。那时戴维峰挤在一个朋友的单身公寓里，正忙着四处找出租房。郭丽芊租的房子正好还空着一间——她没有找到单个房间的出租屋，房东急着要租出去，便以单间的价格租给了她。事情就是这样凑巧，就像戴维峰参演的这场电影，一个又一个巧合推进了故事情节。这晚他演了几次死人后，无意间碰上眼前这一幕。他早就想有机会饰演一次英雄豪侠，不要老是重复"人为刀俎，我为鱼肉"的命运，毕竟成为别人枪口或刀口下的"鱼肉"不好受。于是戴维峰果敢地当了一回"刀俎"，以一把道具枪吓跑了那群混蛋。他不仅俘获了一位美人的芳心，还戏剧般地与她合租到了同一屋檐下。

是旨亭街上背街小巷里的一栋三层旧楼，站在门口左右望去，几条老巷子横竖交织，让人想起北京城里的老胡同，连风都会迷了路，何况人呢？有一种好，就是万一贼盯上你，你完全可以凭着四通八达的巷子甩下他！郭丽芊跟戴维峰逗了个哏。

周围全是此种结构的楼房，背靠背地挨着，墙与墙之间形成了天然奇观"一线天"。要是晾晒在窗台的衣服不小心掉下去，几乎不可能捡回来，除非你练就了缩骨术。住进来的那天，郭丽芊第一件事就是提醒戴维峰不要把手机钱包等贵重物品放在窗台上。其实戴维峰在走进巷子时就看到了"一线天"的险峻，那些仿佛开在崖壁上的窗户，为租客提供了一项练习胆魄的免费服务。

推开玻璃窗，戴维峰还意外看到了对面房子的那扇窗——虽然不是正对着，稍微错开了一些，但仍然能看到对面房间的一张单人床、一个易拉式衣柜和一张木桌，这大概是出租屋里的三件套。如果窗户足够大，趁着对方不在，悄悄把自己屋里的三件套与对面房里的对调过来，也是能瞒天过海。这样想的时候，戴维峰发觉自己的生活暴露在了光天化日之下。他把那面透光的窗帘扯了下来，想着去家居店做一块厚窗帘，好歹为自己遮蔽多余的目光。

戴维峰不知道郭丽芊为什么会喜欢画那种过时的手工像，现在人人都是摄影师，手机自拍、相机拍照，想怎么拍就怎么拍，何苦费劲巴力地一笔一画勾画？再高的画技也不如拍照逼真。郭丽芊不喜欢用化妆品，总是以一副素颜示人，不加伪饰的脸看着却养眼、清亮、干净。而那些黑白画像，怎么看都少了点颜色，像人的一团阴影。戴维峰实在有点犯迷糊，就像他搞不清她为什么要在窗台上种多肉植物，桃美人、乙女心、黑法师、蓝石莲、露娜莲、芦荟，全都是肉嘟嘟的，看着与郭丽芊的苗条身形完全不相配。他当然不知道它们的名字，郭丽芊毫无保留地告诉了他，就差把自己的心事也敞开了跟他说。郭丽芊才不傻呢，虽然戴维峰算是她的救命恩人，但至少得保持一个女子的矜持。

他也说了自己的爱好——扮演死亡，已演过二十多种不同的死法。戴维峰还给她示范了几种，郭丽芊笑得前俯后仰，收拾好表情后，说："我看过村里有人得狂犬病死亡的，能演不？"戴维峰还真没演过这种死法，略微迟疑了一下，匍匐在地，又是瞪眼又是挣扎吠叫，忽然朝郭丽芊扑过去，做出一副撕咬的动作，吓得她大喊大嚷。戴维峰说："此处省略一个小时的挣扎。"最后口吐白沫，两眼圆瞪，手脚蜷缩气绝身亡。

戴维峰回到正常状态时，郭丽芊还没回过魂来。他揽住她，往她的耳垂上哈着气，说："我就算真得了狂犬病，也舍不得伤害我的美人姐姐！"

她靠在他怀里，说："人总会死的，我们村有个说法，死的时候有家人在身边，灵魂就能上天堂！"

在死这个话题面前，两人紧紧地相拥着。戴维峰想吻郭丽芊，她没有挣脱，浑身绵软地迎合他，但他还是克制住了。

他附在她耳畔，说："你长得像我母亲！"

郭丽芊猛地推开他，这才发觉戴维峰凹陷的眼眶愈发衬托出难以掩饰的阴冷，有点像电影演员徐锦江，浓眉下一双鹰隼似的眼睛，看着脚底直冒寒气。

3

郭丽芊也搞不清为什么会厌恶手机自拍和美图秀秀，感觉自己跟不上这个世界的节奏，宁愿花一天半日在卡纸上勾画自己的仪态万千，也不想用手机摆拍。在这一点上，她和罗秋远高度一致。罗秋远在心里瞧不起那些用P图软件的人，认为那是未经美学训练的权宜之计。郭丽芊怀疑自己守旧的审美是不是跟租住在这条有几百年历史的旨亭街上有关，年龄虚长了几岁，体腔里游荡着几丝苍老的气息，就连说出的话、脑子里蹦出的想法都与青春渐行渐远。她才二十八啊，怎么感觉已到五十岁的年纪了？幸好遇上比她真实年龄小三岁的戴维峰，好歹终止了一场关于年龄的谋杀案。

没想到表面阴鸷的戴维峰，却是一个"恋母症"患者。

那天凌晨三点半，郭丽芊从木兰坊回来时，推开门，听到戴维峰时重时轻的鼾声。她没觉得烦躁，反而有一种安全感，在这带着活死人气息的鼾声里步入属于自己的夜晚。

郭丽芊冲凉后穿了一袭淡黄色睡衣进了房间，本来惺忪的睡意被温水冲到爪哇国去了，便掏出手机刷微信。十几分钟后，听到隔壁房门拉开，半响，洗手间传来马桶抽水声。郭丽芊只顾刷屏，没注意一个人影出现在眼前，猛一抬头，戴维峰只穿着一条裤衩愣愣地站着。他看见郭丽芊脸贴面膜，在手机荧光下露出淡蓝的"鬼脸"，先自惊了一下，怔怔地说："姐，我走错门了！"扭头便走，才到门口又折回来，"姐，我想在你怀里躺一会儿，就两分钟！"郭丽芊能说什么呢？他在床沿坐下，头仰靠在她腹部。

一股欢畅的水流从郭丽芊周身漫过，在腹部打了个漩涡，往一个未知的方向流去。两分钟很快过去，戴维峰嘘着气坐起来，说："姐，你长得像我母亲，真的！"郭丽芊听到水声逆流而去，枯枝残叶漂浮在上，刚到嘴边的话又咽了回去。她气急败坏地关了微信，却怎么也睡不着，身上蠕动着无数只蚂蚁，噬咬得她体无完肤。她很后悔自己忘了把门锁上。

下半夜的灯光打在对面墙的窗帘上，有一种电影幕布的效果，人影放大了一倍。郭丽芊盯着幕布上的影子，往上伸出一只手掌，另一只掌向下，腰肢扭动，朝左三步，向右平移，立定蹦跳几尺高。意外出现一个男人的身影，舞步移动间一手前伸，忽然转了个圈，不拘地抖着身体。两人跳了几个回合，终于交缠到一起。躺在床上的郭丽芊被黑暗一点点吞噬，对面的光影却把一个电影观众的孤独放得无限大，她真想跳进两墙之间的"一线天"，用近乎自残的方式排遣心里的郁结。

戴维峰也许又打起了呼噜，这个没心没肺的，在我这里安了魂儿，却把失眠留给我。她暗暗恨起他来，虽然仅隔着一堵墙，失眠却像涨潮的海水，能从门缝里钻进去，她用意念淹没他，然后淹没自己，两人一同沉到海底，成为下半夜的两具僵尸。她就这样想象着被海水呛着，挣扎—抽搐—呼吸窒息—失去意识—直至死亡。没有办法，她只能用假死的方式进入睡眠。但是，对面墙的两个影子却一把拽醒了她，郭丽芊又成为孤独世界里顽固的电影观众。

被黑暗绑架的郭丽芊干躺着，海水从隔壁溢出，漫向深不见底的"一线天"，水位越升越高，一些纸屑、布片、餐盒、饮料瓶、枯木枝纷纷死而复生地浮上来。她甚至很羡慕它们，一夜之间改变了命运，从生活的低处升到了高处。当然，她不愿它们漂到墙这边，而是顺着意念漂向那扇窗。电影幕布给她提供了免费观影的机会，却将她推往无底深渊，在一个接一个的漩涡里浮浮沉沉。她当然很怀恨对面窗，决心要弄清楚那是一个怎样的女人。生活垃圾便一股脑儿漂到那边去了，两个人在海水的漫溢中正在上演一场欲死欲生的夜宴。那些垃圾可以佐证。

自那晚开始，郭丽芊一连几天被失眠折腾得够呛。她怀疑戴维峰是故意走错门的。认识戴维峰，也许是一个错误。属于她的夜晚被无限度地拉长，紧绷得如同一条行将断裂的橡皮筋。她想把手松开，但戴维峰那头却死拽住不放。郭丽芊便只能奉陪到底，否则手一松，伤到的不仅是戴维峰，自己的安全也将受到威胁。

此后下班，总会有一个男人等在木兰坊门口。两人肩并肩地走着，凌晨三点多的路灯光把两个身影拉得异常狭长，四只脚变成了两把圆规，在这夜色迷蒙、空空荡荡的旨亭街上画着一个个不规则的圆。

这就有点像《西游记》里的孙悟空，为了保护唐僧，化斋前用金箍棒在他周围画了一个圈，那些妖魔鬼怪便近前不得。郭丽芊的安全就是这样受到保护的，酒吧里一双双焦红的眼睛只能望梅止渴。

LED发光黑板上又多了几条锋芒毕露的留言。

——虽然你口味重，但阴郁的男人不适合你，阳光男孩才是生活的希望！

——茫茫人海里你为什么不多看我一眼？我的眼睛早已看穿黑夜！

——加的冰块太多，倒酒时能否用微笑暖和一下？

——你近来憔悴了，节省体力，别伤了大伙感情！

……

4

危机出现，是戴维峰跟着剧组去了西樵山影视城之后。

木兰坊的夜晚总是被抻面师的手拉得很长，味道却一点都不筋道，混沌凝滞，涩而微苦。下半夜，一群人暧昧地呷着酒。若换个年代，准会被怀疑是便衣或地下党。有人睒眼望过来，几个人扭头看向吧台后的郭丽芊，好像她是一个女特工。郭丽芊佯装没看到，一个人举起手打了个响指，她只得走过去——他们又要了几瓶黑啤。郭丽芊离开时感觉到后面滚烫的目光，如芒在背。也不知过了多久，一个愣头青打了个长长的哈欠，好像会传染似的，隔几分钟又一个哈欠在人群中响起。几只空瓶子盛满灯光，把桌前的这些蔫头耷脑照得五官变形。一群扭曲变异的魔兽！站在吧台后的郭丽芊愤懑地想，却不敢形之于色，一旁穿花格连衣裙的老板娘正一脸甜腻地按计算器。她不想因为某些细节失去这份工作，至少现在还得靠它过下去。

哈欠不断在人群中传染，但还没有谁要拍屁股走人的意思。谁又用起子撬开一瓶黑啤，往几个空杯子里倒满，他们一咕噜喝下那黑不溜秋的液体。一群有病的人，迟早毒死他们！郭丽芊心里阴郁地想。

终于谁说："太晚了，走吧！"这群东倒西歪的家伙立马还了魂，一个个挺直腰杆站起来，拖着脚步从玛丽莲·梦露飘拂的白色裙子下走过，她猩红的唇欢送他们走出木兰坊。

郭丽芊用最后几分残存的热情收拾好酒瓶和盘碟，擦了桌子后，老板娘也算好了账，并没有叫她干其他杂活。看来今晚进项不错，要不然肯定得叫她干这干那来弥补缺损。

走出木兰坊时，玻璃墙的水车还在不知疲倦地旋转，水流声带着几分自然界的幽秘。郭丽芊的哈欠只打了半截子，她张着空洞的嘴，出现在空荡荡的街上。

拐弯处，几个人鬼魂似的闪现，郭丽芊脑子嗡地一响。那群人形成了一个包围圈，把一个凌晨回家的弱女子围在了中间。郭丽芊眼前浮现电影《狼图腾》里流着涎水眼露凶光的狼群，浑身汗毛直竖。这三更半夜的，街上一派清冷，只有那些悬在骑楼边的老广告招牌还在坚守岗位。即使戴维峰立马启程，就算他有《水浒》里天速星神行太保戴宗日行千里的独门本领，也远水救不了近火。郭丽芊绝望地闭上双眼。

一个贼眉贼眼的说："小娘儿们够犟的，就算长了翅膀也飞不出我们的掌心！"

一个噘唇塌鼻的说："你那死人男朋友能飞也来不及救你，今晚就乖顺一点，俺大哥不会亏待你！"

一个大耳歪脸的说："旨亭街是俺大哥的地盘，在这儿揾食就得听话！"

络腮胡挥手喝住他们，把嘴凑近郭丽芊耳畔，轻缓却果决地说："给你两条路，要么顺从我们，要么今晚从旨亭街消失！"

郭丽芊在木兰坊上了两个多月班，老板娘只给了一个月工资，另一个月工资还压着，除去生活费和房租，兜里仅剩几十元，今晚离开连车费都不够。但是，不走的话不是往狼嘴里送吗？她顿时感到自己处境的可悲，就像出租屋两墙之间"一线天"里的爬虫，想挣脱夹缝，竭力往上爬，但只要竹竿轻轻一拨弄，便又重新掉回地面。

一阵被夹缝挤压的疼痛感尖锐地传遍全身，她用力挣开，闪出狼群，朝路灯光晃亮的地方跑去。络腮胡却食了言，那群狼龇牙咧嘴地奔上来，扭胳膊的扭胳膊，抱腰的抱腰，郭丽芊歇斯底里的叫嚷声，在这条空空的老街上瞬间被浓稠的黑暗淹没。

横街急匆匆地走着一个女人，超短裙，挎包，双腿修长。她侧头看了过来，惊愕地张着嘴，迟疑了一下，掉转方向往前走来，从挎包里掏出手机拨了个电话。走近时打开视频，用软糯却很镇定的声音说："放开她，我录了视频，你们谁也逃不掉！"她抬了抬头，又说，"那个摄像头也会保留证据，你们要是敢胡来，就等着蹲牢子！"骑楼顶上果然有一个摄像头，俯瞰着整条旨亭街。

不知谁说："少在这儿掺和，小心砸了你的脑袋！"

那女人说："呸，天底下没有王法了！"

"在旨亭街我们就是王法，感兴趣的话跟我们一起寻乐子！"

"半夜里欺负女子算什么男人！"

…………

女人跟他们斡旋了好一会儿，街头驰来两辆治安巡警摩托，警示灯闪闪烁烁。络腮胡见势不妙，直眉瞪眼地说："看你以后还要不要在旨亭街混！"随即手一挥，这群狼迅速撤退。

郭丽芊感激地看着眼前这个女人，她手里的视频无异于一支火把，狼群最怕的就是火，这个叫筱筱的女人神奇而果敢地用视频帮她解了围。

两个女人站在凌晨的旨亭街头。郭丽芊一时不知怎么表达心里的感激，她加了筱筱的微信，说："有空发一张照片过来，我给你画一幅像！"

筱筱笑了，说："好呀，我最喜欢手工画像，比手机拍照有感情多了！"

5

戴维峰是在第二天上午回来的。郭丽芊四点多回到屋里一直睡不着，这几天的失眠把她折腾得够呛，脸上起了痘痘和褐斑，折了窗台的芦荟涂抹也不管用。凌晨的一场惊吓加快了脉搏和心率，全身的血液像涨潮的海水，蓄着劲拍打体腔。耳畔总是响起络腮胡的那句话——给你两条路，要么顺从我们，要么今晚从旨亭街消失！一阵海浪呼啸袭来，郭丽芊的耳朵装满了桀骜不驯的浪涛声。她痛苦地躺在凌晨的海边，困意糊在眼皮上，而梦境深处又砌筑起一堵又厚又长的堤坝，生生地阻挡了她进入梦乡的脚步。

一把钥匙在锁孔里转动的声音，让郭丽芊听到了海鸥的鸣唱，她从床上翻身而起，拉开门，看到戴维峰和一只拉杆箱立在门口。她一把抱住了他，两只手勾在他的脖子上，红唇贴了上去。

两人激烈地吻着，戴维峰的手从她腰间一路抚摸而上。经过一条芳草径，两旁开着香气扑鼻的栀子花，还夹杂着青色的常春藤，缠缠绕绕地依附在长长的竹篱笆上。几只蝴蝶和蜻蜓翩翩飞舞，附近瓦屋里猝然蹿出一只狸花猫，跳上篱笆喵了一声……

戴维峰的手一下子泄了劲，推开郭丽芊，说："我给你带了好吃的。"把被冷落的拉杆箱拉回屋里，取出一包西樵山大饼，足有葵花扇大，表面被白色淀粉覆盖着。郭丽芊心里不知是什么滋味，好像这几天失眠，就是为了等待这几张大饼。她掉转头，擦了擦熊猫眼圈，那咆哮的海浪声又不可遏制地传来。

一只有力的手扳了扳郭丽芊，她看着他，发现眼角有一条未结痂的伤疤，她伸手轻轻触碰，戴维峰颤了一下。这条疤为本来长得阴的戴维峰又增加了几分阴气。郭丽芊从房间找来一瓶云南白药，把他按坐在凳子上，往伤疤上均匀地撒着。

"怎么受伤了？"

"这次演到高潮了，黑鹰帮和震龙帮互相残杀！"

"为什么？"

"为了争地盘，争一个码头，剧组说过几天还要在旨亭街取景，我们之前在这儿拍了几组镜头，喏，就是认识你的那个凌晨！"

"旨亭街？这条老街有什么好拍的？"

"你不知道，旨亭街后面有一个码头，那条河涌一直连接到附近的东江，民国之前货物都是水运到这条街的。你看那些骑楼、街道和商铺，就能想象当年旨亭街的繁华。"

"最后黑鹰帮还是震龙帮霸占了码头？"

"听说后来和解了，一个女人平息了没完没了的残杀，两个帮派轮流管理码头。演到那儿，基本就没我的戏份儿了！"

"这辈子没想着演其他角色吗？"

"把一个角色演绝，能红遍演艺圈。听说过李明吗？他是演坏蛋出的名，那叫一个绝活儿！"

6

戴维峰参演的这部电影叫《榕湾旧事》，是一个香港老板投资拍摄的，据说已耗资五百万，保守估算没上千万杀不了青。像戴维峰这种跑龙套的，哪里需要演员便跑去哪里，竖起招兵旗，便当吃粮人。相对于建筑工地上的泥水工，做一些不起眼的活，付出的苦累与报酬不成比例，而高楼大厦建起来几乎没人会在功劳簿上记他们一笔。

但戴维峰最大的优点是不认命，心野，即使扮演死人也发誓要混出个名堂来，做李明第二。大概在所有的演员中，李明是他不可缺席的偶像。出演过《黄河绝恋》的李明，当初也是名不见经传的无名小辈，靠演坏蛋被冯小宁导演看好，后来出演《举起手来》《反恐特战队》等多部高票房电影，在全国观众中"坏名"远扬。

当郭丽芊说为他画了一幅像，与几个明星像挂在一起时，他心里有几分难以抑制的激奋。跟着她来到罗秋远画像店，罗秋远越过镜片的眼神看到一张阴沉的脸，脸色为之一变，往鼻梁上推了推镜框，再不想正眼看他。戴维峰在墙上看到黑白的自己挂在几个当红明星一旁，唐国强、徐锦江、计春华、倪大红、黄宗洛、杜旭东、李丁……内心起了滔天巨浪，仿佛看见前方大海扬帆的恢宏图景，一位创写下搏浪传奇的水手凯旋，码头上站满了列队欢迎的人群，礼炮齐鸣，彩带飘飞。

戴维峰在心里暗暗感激郭丽芊，这显然是她对自己的期许和祝福，怎么能辜负一个跟母亲长得有几分像的女人的心呢。郭丽芊下班时戴维峰便又准时等在木兰坊门口，充当这位夜美人的护花使者。

这天，郭丽芊扎扎实实地睡了个好觉，从凌晨四点一直睡到下午五点。起床后阳光正好照在对面窗上，给墙壁和窗帘涂了一层酒红色。她对着窗前的镜子梳着头发，看到自己的脸颊也起了苹果红。郭丽芊伸了个懒腰，一副餍足的模样，想着晚餐做什么菜。戴维峰最喜欢吃麻辣水煮鱼、酱猪手和红烧茄子，出去一周，怎么也得犒劳犒劳他。起身去看冰箱，返回时手里多了几只提子，对面的窗帘刷地拉开，出现一个酒红色的女人，郭丽芊登时傻了眼，那不是昨天凌晨用手机视频救了自己的筱筱吗！

郭丽芊满脸笑靥地喊道："筱筱，没想到我们是邻居！"

筱筱看过来，惊讶道："真是巧合，原来你住对面！"

两人聊得亲热，若不是两墙之间的"一线天"隔着，简直就像在同一个屋子里。郭丽芊伸出手递去两只提子，筱筱只轻轻踮了踮脚便接住了，两女人边去皮边倚窗唠嗑。

郭丽芊说："喜欢吃什么，报个菜名，等会儿过来一起晚饭！"

筱筱说："谢了，我晚餐很简单，快去做饭吧！"

说话间，夕阳的余晖已黯淡下去，对面墙恢复了原来的灰白色，有几处还浮现大块的霉斑。筱筱在窗前消失了，握着手机的郭丽芊将头伸出窗台，几拃宽的"一线天"谷底堆积着红红绿绿的垃圾。手心一滑，手机差点离掌脱落，她心里一惊，庆幸没有掉下去，否则就是缩紧身子骨也会将人压成西樵山大饼。

7

这天，戴维峰前后"死"了三次。第一次是被震龙帮爪牙用手枪射中后脑勺，脑袋往后剧晃一下，身子配合着抖动，干脆利索倒地而亡。第二次是被黑鹰帮手下挥刀刺中心脏，戴维峰的脸痛苦地抽搐，五官易位，两手挓挲想抓住什么，却两腿一软，终究仰脸摔在地面。第三次是被人用手掐死的，那种死法很不厚道，但他得入戏，满脸涨红，嘴角夸张地往两边扯，使劲翻白眼，两手扳住对方胳膊，终于嘴角溢出血迹，脖子一歪，眼珠圆睁，两手虚晃着在夜风里飘成两个感叹号。

就这样，戴维峰几乎每次一出场还没说上话就走到了人生尽头。

戴维峰没白"死"，导演终于看上了他，指定让他演晚上的一个特写镜头。剧情是这样的：震龙帮帮主余笑岳和千金余莲珠坐船在码头附近与黑鹰帮爪牙不期而遇，余笑岳叫莲珠藏在船舱里，自己握着手枪跳上船头射击。一时子弹穿梭，余笑岳手臂被击伤，一气之下射中一个爪牙心脏，这时莲珠从船舱里走了出来。

这个爪牙角色便由戴维峰饰演。

戴维峰演得极投入，自认为很入戏——身体猛地颤了一下，两眼圆瞪，向后慢慢倾倒，手却死死握住枪，拼死一搏，射出的子弹终于打偏了，死不瞑目地盯着震龙帮帮主余笑岳。

但导演没有做出"OK"的手势，脸无表情，剧组的人都提着心。戴维峰回想自己的每一个动作，感觉天衣无缝。导演站了起来，说："你们每一个演员都要吃透剧本，把感情融入情节中。比如刚才的死亡戏，是整个故事发生逆转的前奏。这部电影的核心情节是因为震龙帮帮主的千金余莲珠和黑鹰帮帮主的儿子钱世杰产生爱情，钱世杰发誓要娶美若天仙的余莲珠为妻，使两个帮派之间没完没了的恶斗得到平息。那么，刚才的这个死亡戏就显得异常重要，因为黑鹰帮爪牙中弹的时候，刚好余莲珠从船舱里走了出来，她的美貌惊若天人，即使是将死之人看见了也会眼前一亮，一笑泯恩仇，所以这笑要有力量感！"

导演这番话深深说服了戴维峰，死亡戏不一定都要演得深仇大恨，有时笑更能表达艺术效果。戴维峰领会了导演的意图，在余莲珠走出船舱时，瞬间实现了从仇恨到释然的表情转换，死死握枪的手松开了，枪掉在船板上，眼睛放出一股亮光，脸上恰到好处地隐露笑容。

"好！就是要这个效果，今晚演到这！"导演高喊一声。临走时，还拍了拍戴维峰的肩膀，说："年轻人，好好干！"

这话相当于给戴维峰打了鸡血，他亢奋地走在旨亭街上，感觉正昂首阔步迈向铺着红地毯的金鸡奖颁奖台，台上站着笑容可掬的李明。成为李明第二的梦想变得越来越清晰，真想打个电话给郭丽芊，想着是上班时间，还是别为难她，便在微信上发了一朵玫瑰。

皎洁月光洒满街道，成了一条波光荡漾的河，戴维峰能听见水流声欢快漫过。抬起头，天上高悬一轮圆月，戴维峰觉得这月亮是如此近，宛若一伸手便能揽在怀里。他转而走到步行道上，骑楼的廊柱一字儿往前铺排，如一支迎宾队列。在方形街砖上大踏步走过，那种踌躇满志让戴维峰脚下生风。

突然，脚步慢了下来，一旁的盲道往前笔直延伸。把脚踩上去，闭着眼，黢黑一片，两手微微张开，使身体保持平衡，不让脚步逸出盲道。一棱棱突起的条块和下陷的凹槽为两脚找到了方向，他就是凭着这种脚底的摩擦感往前走。没有光亮的路走得实在累，手不由得垂了下来，碰到裤兜里硬邦邦的手机，猛地睁开眼，掏出来拨了个号码。

响铃，挂断，过五分钟重拨过去。几年来，戴维峰都是这样拨打这个电话的。但是，这一次还没重拨，微信响起提示音，打开，是郭丽芊回复的啤酒和勾手表情，接着发来一句话：心情好，来木兰坊；心情不好，也来木兰坊！戴维峰回了一句：郭小姐要扮花木兰，岂能不以酒壮行？对方一阵坏笑，戴维峰装了个大兵，叼起一根烟。

他呼出一口气，很清爽，却感觉唾液有点寡淡，真的想喝点啤酒，不去喝两杯怎么能对得起导演的表扬呢，再说他也不想让郭丽芊失望。拐个弯往右去，顺着长街走几百米，再穿过一个Y形路口，便看到霓虹灯闪烁的"木兰坊"几个字，玻璃墙里的水车哗啦啦转，不知是水花照亮了灯光，还是灯光照亮了水花。推门进去，里头却像电影院，黑乎乎的。

他坐在靠角落的一个位置，郭丽芊为他开了一支黑啤。在喝什么酒的问题上，她纠结了一会儿，后来还是决定开黑啤。虽然她很讨厌那些男人没完没了地喝着中药似的酒，但不喝这种，感觉又少了什么，具体是什么呢，她也说不清楚。

戴维峰只呷了一口，一拍脑袋，这才想起那个没打完的电话，便掏出手机走出木兰坊，郭丽芊以为他有什么事要说，便跟着走了出来。

拨号，才响铃一声，便接通了电话那头的母亲。

"阿峰，阿嬷在这儿等了快半个钟，以为伲发生脉介（脉介：客家方言，意指"什么"）事了！"

"阿嬷，一个大男人，能有脉介事！"

"外面坏人多，要多提防点，阿嬷就伲一个儿子！"

喵！戴维峰听到了家里狸花猫的叫声，心里一热，怎么听都有点二黄的唱腔。

"阿峰，这么晚了，在做脉艾？"

"喝酒！"戴维峰看了看郭丽芊，又补充说，"跟女朋友喝酒！"

"哪天一定要带女朋友回家认个门！"

母亲显然很高兴，郭丽芊白了他一眼。

他很想告诉母亲今晚演死人被导演肯定了，以后极有可能受到重用，但话到嘴边还是生生地咽了回去。之前他骗母亲说在剧组演主角，是那种跺跺脚连城墙根都会震颤的角色。

8

木兰坊的幽暗把各色人等的面孔很好地遮蔽起来，所有的喜怒哀乐都交付给这浓稠的黑夜。相当于把醋盐糖酱姜葱蒜椒撒进大骨汤里熬煮，酸甜苦辣俱全，这夜晚便有了不一样的味道。那些年轻人大概就是喜欢用这五味杂陈的汤下酒，让舌头接受味蕾的轮番攻击，看人的眼光便与白天明显不同，特别有灼伤力。郭丽芊就是在这样的目光中来回穿梭的，感觉一只只萤火虫向自己飞来，她总是侧头巧妙躲开。当看到络腮胡几个人出现在酒吧时，她并没有惊慌，戴维峰就坐在近旁的位置。

他们点了酒水、芥末鱿鱼丝、手撕牛肉、辣萝卜、炒蚕豆。在郭丽芊送小吃过来时，伸手在她的手腕、细腰上挑逗，说一些让人耳根发红的话。

"美女，你身上的味道很好闻，可惜你是一条辣萝卜！"

"哈哈，俺大哥迟早要把你变成手撕牛肉，一块一块撕下来！"

"在旨亭街这地盘上，学乖点，大哥会把你当炒蚕豆品尝！"

不知谁推了郭丽芊一把，不偏不倚倒在了络腮胡怀里，郭丽芊挣扎着站起来，压着声骂了一句，却不敢让老板娘听见。

戴维峰提着啤酒瓶走了过来，说："各位兄弟，不打不相识，今晚我陪你们喝，不醉不归！"

满脸阴气的戴维峰往人堆里一坐，几个人的锐气先泄了一半。他举起杯，说："各位大哥，我戴维峰是个电影演员，专演死人，前后演过二十多种死法，今天死了四五次，导演说我一次比一次死得好。演坏蛋成名的李明是我的偶像，也许有一天我会一死成名。认识你们高兴，来，走一圈！"

几个喽啰看着络腮胡，嚼着鱿鱼丝的络腮胡两腮滚动，迟疑了一会儿，还是端起了酒杯，众人也纷纷举杯，全都见了底。

半小时后，一箱黑啤干完了。

一小时后，两箱黑啤喝干了。

两小时后，地面摆着五个空箱子。几个人已经喝得晕晕忽忽，有两个趴在了桌面上。

大概一直喝了五个多小时，十几个啤酒箱两堵墙似的砌在旁边，只剩下戴维峰和络腮胡还在不紧不慢地喝着，那几个喽啰喝趴下的喝趴下，去洗手间呕吐的呕吐，像没脊椎的蚂蟥，浑身软趴趴地失了人样。

穿着紫花连衣裙的老板娘巴不得他们把店里的酒全喝干，不停地叫郭丽芊往桌面送小吃，就差叫她过去陪酒了。

将近凌晨四点，络腮胡终于也没扛住，酒杯从手里滑下，掉在地上哐当摔了个粉碎，心服口服地败在了戴维峰手里。戴维峰搀扶着他走出木兰坊，络腮胡大着舌头说："兄弟，我把……你……当兄……弟了，以后……在旨……旨亭街……没人敢……敢欺负……你们，结婚时……得请……请我们……喝喜酒！"他把重音落在"喜酒"两字上，说完还用手臂朝头顶抡了一圈。

双脚虚飘的戴维峰说："你当我兄弟，我当你大哥，一家人不说两家话！"

络腮胡几个人被出租车接走后，一阵浓重的酒意袭来，夜风一吹，戴维峰有了眩晕感，郭丽芊扶着他往家走。在戴维峰眼里，这几个人全是吃硬不吃软的货色，只要你比他们强硬，他们便跟你穿同一条裤子。

路灯下的旨亭街也像喝醉了酒，跟着戴维峰趔趔趄趄，街面歪到一边，骑楼的店铺则倒向另一边，而天上的那轮明月和街上的路灯全变成重重叠叠的影子，晃得戴维峰两眼生疼。

就在戴维峰上半夜走过的那条街上，出现了几个人。

郭丽芊心里一惊，定神看去，是几个男男女女在扭动腰肢跳舞。全都穿着很潮的衣裤，男的戴一顶瓜子帽和一副墨镜，黑色上衣的白色骷髅图案很刺目，下穿一条紧身牛仔裤；女的戴白色帽子，灰上衣齐胸高，露出性感的肚脐，粉红色裤子系着一条白腰带，刚好悬到胯部。这些夜精灵在音乐声中节律一致地摆手划腿，向前扭着腰走几步，忽然掉转头往左用手转圈，又往右转圈，再高高伸出头顶，之后把两手抚在曲弓的双膝上左右摇动，直立后朝右甩出一只手。

自由的舞姿吸引了两人的目光。戴维峰从郭丽芊手里挣脱，晃动着身子闪进舞队里，和着他们的动作歪歪倒倒地跳起来，有几次眼看要倒在地上，身子一扭又直起了腰。郭丽芊笑得前仰后合。

一个女人从舞队里走了出来，摘下帽子，说："嗨，我是筱筱，一起跳舞吧！"郭丽芊终于认出了筱筱，被她一拉，便走进了舞队。

筱筱说："这是嘻哈舞，自由灵动，随心而跳，我们刚拍了个MV，回去睡不着，舞友们就留下跳通宵！"

郭丽芊学着他们的舞姿跳动，说："你们职业跳舞吗？"

筱筱说："差不多吧，我在旨亭街开了一间舞蹈教室，教嘻哈舞、街舞、机械舞、曳步舞、鬼步舞，总之是比较现代的舞类！"

郭丽芊感觉跟不上他们的舞步，说："经常这么晚上街跳吗？"

筱筱说："跟一个影音公司签约拍MV，这大半夜街上没人，白天达不到这样的效果，舞友们可放开了跳！"

也不知跳了多久，郭丽芊已经气喘吁吁。她虽喜欢这舞的青春活力，手脚却有点僵，跟不上节律。尤其是戴维峰，简直是自编自导了，完全不按节拍跳，看着像李连杰打醉拳。尽管有点大瓢虫飞进蜂蝶中的意味，但他们全都很开心，筱筱还给郭丽芊示范。突然戴维峰一个侧倾失去重心，摔在了街道波光浮泛的河流里。他挣扎了一下，便不动了，就那样卧着，感觉自己的身体漂在水波上，一股巨大的浮力托举着他。戴维峰很惬意，看着他们自由的舞姿，几个人变成了一群人，一群人变成了一大群人，一大群人又变成了无数跃动的身影。头顶的那轮圆月也虚化成无数光片，在大上跳跃着一场大亮之前的黎明之舞。

谁拉开了黑色天幕的一角，放进一缕光来，旨亭街上的天空便有了朦胧的亮色。晨运的脚步陆陆续续从步行道上走过，他们让开那些略显苍老的身影，年轻活力的舞步慢了下来。

扑啦啦……一群鸟扑扇着翅膀从旨亭街上空飞过，在街尾转了个圈，又气势夺人地往回飞，扑啦啦，扑啦啦，乍听有点像手指拨弄书页的声响。啊，是一群白鸽！

有些店铺先后拉起了卷闸门，在清晨的街头异常有穿透力，哗的一声，把一天的精气神都迸发了出来。照相店、棉花铺、单车行、五金店、榨油坊、中药铺……让郭丽芊感到不可思议的是，就连老莞城特色小吃店都开了门，尹婆婆不是几天前走了吗，难道这么快就盘给了别人？

筱筱几个人收拾好音响，各自消失在清晨的老街。郭丽芊走去老莞城特色小吃店，待弄清开店的是尹婆婆儿子时，心里如释重负。这感觉奇怪地盘踞着，对这个老字号的小吃店有了感情，是阿甲还是阿乙接手自然很在乎。尹婆婆的儿子，手艺想必有老人的家传，玻璃橱柜里的糖环、油角、眉豆糕、碌堆、麻橄便全都有了神采。于是，郭丽芊买了三碗糖不甩和几个东莞大包。

经过罗秋远画像店时，一旁的花鸟鱼虫店热闹得不行，一笼笼的鹦鹉、白鸽、仓鼠、灰兔、花猫、玉米蛇发出叽叽喳喳、嘈嘈切切的声音，就连那些面包虫也拼命蠕动，把聚敛了一晚上的声息爆发出来。这与隔壁的画像店形成了强烈对比，怎么看都像是对那些静穆画像的不敬。但有什么办法呢，大家都要生活，就连恪守着几十年老本行有点不食人间烟火的罗秋远也需要靠微薄的收入安顿日子。

9

郭丽芊给师父递去一碗糖不甩和两个大包，罗秋远越过镜框的眼睛眯成一条线。大清早的，那些高悬墙上的黑白画像透着一股子不祥之气，郭丽芊不想逗留，而戴维峰却望着墙上的自己，须臾间变成了很多个，宛若一只多头兽。他使劲擦了擦眼，郭丽芊正要拉着他往外走，罗秋远叫住了她，说："昨天一个翟婶娘来店里，盯着你男朋友的画像看了很久，指定要你帮她画。她就住在旨亭街上！"

郭丽芊大感意外，学画以来可是第一次有人要自己画像，便说："好啊，现在就带我去她家！"

三人草草吃了早餐，来到背街的城中村，一栋三层旧楼很压抑地挤在巷子里，大门前一个小院落却是绿意婆娑，一丛板桥竹沐着晨光轻轻摇曳，有星星点点的光斑在枝叶间跳跃闪动。角落里簇拥着龟背竹，可着劲儿长到齐腰高，残旧院子难以掩饰蓬勃绿意。靠另一面墙种着白纹阴阳竹，叶片上的白色条纹与众不同，仿佛一个头发花白的老人守住了一院子的绿光阴。

师父把郭丽芊介绍给翟婶娘后便回店里去了。客厅摆着本地人一贯供奉的神龛，到底是什么神，不好说。墙上挂着六个脸谱，是京剧、豫剧还是粤剧、潮剧，也估摸不准。翟婶娘大约七十岁的年纪，方形脸，五官平和，几个老年斑铜钱似的镶嵌在脸上，虽满脸皱纹，却透着几分肃穆之气。郭丽芊正在忖度如何表现脸部特点，端坐在竹制靠背椅上的翟婶娘说话了："真是奇缘，把你男朋友也带来了，果真跟画像上的一样。他这人阴，长得阴的人多是奇相，要么有大出息，要么是大恶棍！"

郭丽芊笑了，说："婶娘会看相？"

戴维峰也觉得有意思，说："那你看我是大恶棍还是有大出息？"

翟婶娘卖了个关子，说："天机不可泄漏！"

郭丽芊摆好纸，手握铅笔以黄金分割法勾勒出轮廓，头发、耳朵、眉眼、颧、鼻、唇，重要部位框定好后，用工笔画法精描慢绘，每一条线都赋予生命力。罗秋远曾说，画像有时会与人的运数巧合，奸佞之人画起来总是磕手，良善之人则运笔随心，真是奇怪！郭丽芊用观察者的眼光看着翟婶娘，满头银发，却精神不减，那股子温润而简穆的神韵，被郭丽芊灵光一现地读懂了，也许老街的晨光、院子里的竹子、墙上的脸谱给了她灵感，画起来笔随心动。一个多小时后，画像便脱稿了。

翟婶娘看着眼前的自己，没说好，也没说不好，眼里透出一束亮光，说："过着过着，一辈子就快到头了，再不画，寅时不知卯时的事，就像尹婆婆，好好的一个人，说走就走了！"

郭丽芊说："翟婶娘是个福寿之人，日子还长着呢！"

翟婶娘绕开话题，说："还是手工画像好，看着像个人，我给你们唱一首粤剧！"

翟婶娘回房间穿上青色戏服，两只水袖左右一甩，用老迈而清丽的嗓音提声屏气地唱道——

梦回莺啭，乱煞年光遍。人立小庭深院。炷尽沉烟，抛残绣线，恁今春关情似去年？晓来望断梅关，宿妆残。你侧着宜春髻子恰凭栏。剪不断，理还乱，闷无端……

不知道为什么，这段粤剧触到了戴维峰的痛处，恍惚间两眼噙泪，竭力忍着，泪水还是不可遏制地顺着脸颊流淌而下，戴维峰用手抹了把脸。郭丽芊对此百思不得其解，多逞强的一个男人，怎么会被一支曲子唱哭了？

临走时，翟婶娘告诉他们，墙上的那六个脸谱是文武生、小生、正印花旦、二帮花旦、丑生、武生，现在没多少人演戏，也没多少人看戏，说不定再过十年八年，粤剧演唱和手工画像、编竹器、纸扎花灯这些老行当会在旨亭街齐齐消失。说完，沧桑的脸上留下一抹苍凉。

回到屋里，戴维峰说："哪天为我母亲画张像！"

郭丽芊说："那得多收两倍的钱！"

戴维峰说："钱不是问题，我母亲也会给你唱戏！"

郭丽芊说："粤剧？"

戴维峰说："汉剧！"

两个人各自回房间补觉，不知到了几点，睡得天塌地陷的戴维峰做了个惊悸的梦——凌晨三四点，骑楼的大瓦数灯泡把整条旨亭街照得无比空荡，隐约能看到飞蛾和大水蚊飞舞的影子。风穿街而过，拂开积蓄了一天的热气，一丝凉意扑面而来，却带着老街特有的衰朽之气。戴维峰加快脚步逃离，那阵枪声是在闪过廊柱时响起的，他还没来得及反应，却发现前面出现一个人影。啊的一声，那人挡住了子弹，鲜血洇红了灰白的亚麻布上衣。隔着几米远的距离，戴维峰看见是一个女人，乱发遮住了半边脸，她盯着戴维峰，双脚失去重心，全身向地面斜倾，身子和脚部形成一个弧度。戴维峰跑过去，稳稳地接住了面前的女人。捋开头发，面部一览无遗——汤爱珠！她的嘴角露出微笑，说，峰，我走了，这辈子你要好好的！戴维峰看着她慢慢合上的眼睛，泪水大滴大滴地掉在母亲脸上。

10

戴维峰准时在下午四点起了床，郭丽芊为他的酒量感到惊讶，以为他会睡个一天一夜，没想到他心里记挂着晚上的演出任务，再困也不耽误正事。他掏出剧本，上面这样写道——

> 手臂吊着白绷带的震龙帮帮主余笑岳啪地把枪摔到桌上，对身边的几个手下大声呵斥："危急关头你们一个个逮鸟去了吗？幸好爷命大，从阎王爷手里夺回一条命。今晚你们去端了钱万仓的老巢，给爷报这心头大恨，看他黑鹰帮还能逞强多久！"众人把手一拱，响亮地说了一声："是，为帮主效命！"月黑风高之夜，一伙人潜到黑鹰帮蹲守的院落，枪声打破了深夜的阒静……

这晚上，戴维峰又"死"了几次。因这段戏主要体现震龙帮的仇恨，并没有特殊意味，不需要像上次那样深入分析思考，戴维峰演得很顺利，十点多便回到了屋里。

冲凉后光膀子穿裤衩躺在床上，实在睡不着，上午那个梦浮现眼前，心里惴惴的，想着至少一年没回家了吧，母亲实在让他揪心。

屋子里憋闷，戴维峰翻身起床，想出去透透气。敞开的窗帘让他看到了惊喜，一张熟悉的面孔出现在对面窗的灯光里，那个跳嘻哈舞的女人正拿着口红站在窗前抹唇。他迅速转身套了一件T恤，穿上一条休闲裤，拧亮灯，把自己扎扎实实照亮，喊道："嗨，不是演戏吧，你住对面？"筱筱看了过来，一惊，口红失手掉进了"一线天"。她的嘴张得奇大，两个人尴尬地对视了一下，戴维峰马上说："等着，我帮你捡！"说完风一样跑下楼，也不知道他打算怎样挤进那两墙之间几拃宽的墙缝。

路灯打在"一线天"里，形成了一块会发光的压缩饼干。筱筱在上面提心吊胆地看着，眼皮底下的这个男人好像真的会缩骨术，双肩高高耸起，猛地一提臀部，头向上仰着，本来有点单薄的身体又瘦削了一圈，踮起脚尖艰难地往前侧移，但墙壁跟他过不去，只冲了一米便停下了。戴维峰全身往上提劲，身子再次压缩，终于冲过一道瓶颈。剩下几米的距离变得漫长起来，筱筱不忍看下去，眼眶里有晶亮的液体在打转。当她再次低下头时，戴维峰下了个侧腰，全身往一边倒去，手吃力地伸向地面，一寸一寸、一寸一寸，还有半米的距离又停下了。戴维峰调匀了呼吸，手继续侧伸，一只脚高高地向上提起，另一只脚杵着保持身体平衡。看去有点像人头马的标志。

筱筱忍不住喊了一声："算了吧，别挤坏了身体！"下边没有回应。狠狠地用了一道力，戴维峰终于捡起口红，紧紧地攥在手心。脚慢慢往回收，腰杆跟着回正，手终于并拢到了腿部。头还是仰着，提溜起身子骨，反方向侧行。

筱筱飞快地跑下楼去，看到戴维峰的双臂、两腿和脸部都擦伤了，鲜红血迹撕开一道道裂口。筱筱马上叫了一辆滴滴车，把他送到隔两条街的医院。医生用双氧水处理伤口，创面上起了一层泡沫，看起来有点像煎鱼，筱筱扑哧笑了。

戴维峰说："早知道用你这口红擦伤口，省得费事！"

筱筱又笑了，说："知道这口红什么牌子吗？圣罗兰，一个朋友送我的！"

戴维峰说："其实你素颜更好看，抹口红反而盖了你的韵味！"

筱筱以为他在开玩笑："按你这说法，美容护肤店不都得喝西北风去？"

戴维峰说："一种人，需要化妆品掩饰；另一种人，用化妆品反而显得假，像你和郭丽芊！"

筱筱见他说的是认真话，问："郭丽芊是你女朋友吗？她挺漂亮的！"

戴维峰说："不，我们合租！"

医生征询戴维峰的意见，用云南白药还是碘伏，戴维峰二话不说选择了后者，擦拭时连眉都没皱，站在一旁的筱筱眼角却皱起鱼尾纹，好像疼的是她。身上所有的伤口都涂上一层黄色液体，戴维峰已不知道是哪个部位在疼了，浑身被食人蚁啃噬似的，肌肤火烧火燎。戴维峰站起身猛地往上蹦了几下，想要甩下什么来，却疼得他龇牙咧嘴。

筱筱正要联系滴滴车，戴维峰止住了，说："就两条街，我们走回去吧！"

筱筱笑着说："能行吗？别弄个终身残疾！"

戴维峰说："这样最好，你得服侍我一辈子！"

筱筱说："你们城里人套路可真深！"

两个人半说半笑走出了医院大门，绕行到运河边上。绿化灯的光影给一棵棵行道树涂抹了浓妆，把树的青翠烘托得颇有层次感，忒招人眼球。说实话，戴维峰不喜欢化妆的女人，也不喜欢眼前上了妆的树木。大晚上的，这不是有点像桑拿店和卡拉OK厅里的女人吗？跷着又白又细的腿等着唐伯虎点秋香。戴维峰嗅了嗅鼻子，使劲往外喷气，实在受不了钻心入肺的脂粉味。

筱筱似乎看穿了他的心思，说："给你讲个事，也许可以减缓你的疼痛。"

戴维峰没有吱声，筱筱便说开：

我们舞蹈店几个人参加了市里的义工服务队，认识了一个叫韩巧的女义工，她这人喜欢化妆，整天把自己拾掇得无比鲜亮。化妆品倒不是要用多好的，过得去的牌子都用，像画画那样对待自己的脸，眉是眉，眼是眼。有一次我们义工服务队去了一间孤儿院，十几个孤儿穿着破旧，神情萎靡。韩巧最看不惯的就是他们的脸，不是长着疙瘩，就是留有污迹。便从手提包里掏出随身携带的化妆盒，一个一个给他们化妆。我们当时忙着打扫房间、拆洗被子，对韩巧的这个举动很不以为意。收拾停当后，那些孩子个个换了样子，精神劲冒出来了，脸上露出阳光般的微笑。你还别说，我们慢慢认同了韩巧的这一做法，此后每次去孤儿院，我们负责做杂务，她负责给孩子们化妆。韩巧是最受孩子们欢迎的，我们心里也舒坦，虽是孤儿，谁又能剥夺他们爱美的天性呢？他们也应该和生活在幸福家庭里的孩子一样，有张干净好看的脸蛋！

谁知好好的，韩巧体检时查出了异样，深度检查后发现心脏的动脉血管旁长了一个瘤。分析报告出来了，是良性肉瘤，可通过手术摘除，但有风险。手术前两个小时，我们去医院看她，她正在病房里化妆，阳光穿过窗外的树叶照在她身上，光影游移闪烁。她说很可能进去就出不来了，我可不愿你们看到我死后难看的样子！我们全都说不出话，心被什么压着，眼里蓄着一汪泪。也许是命中注定吧，手术不成功，韩巧的心脏永远停止了跳动。

殡仪馆里，韩巧静静地躺在鲜花丛中，我们和那十几个孤儿都去为她送行。当看到化妆师粗劣地给她化妆时，那些孤儿走前去，说："阿姨，我们来为姐姐化妆吧！"像当初韩巧给他们化妆那样，他们很仔细地给她描眉涂唇。在场的人全都看哭了。

你帮我捡回的那支口红，就是韩巧手术前送给我的！

戴维峰心里被刀锋划过，一阵痛感盖过了手脚和脸上的疼痛。还有什么比爱的传递更能让人心潮澎湃呢！哪怕这痛深入骨髓，而且一直痛下去，他也觉得值；即使再为此挤一次"一线天"，他也会在所不辞。泪水在眼窝里打转，他强忍着，还是溢了出来，顺着脸颊，流到嘴角，一股淡淡的咸涩味漫进了口腔。他没有擦拭，觉得这味道很真实，一直沿着喉管传到了心脏。

11

第二天晚上，导演看到他斑鱼似的脸，脸色阴了下去，不温不火地说："这几天先不要来！"

戴维峰心里一惊，两眼瞬间黯淡，他嗫嚅着嘴试图挽回："导……导演，我……我还能……"

导演打断了他的话，恼怒地说："到时剧组会联系你！"

这句话貌似有回旋的余地，但要是剧组不联系呢，岂不是叫停了他的出演？导演不再理他，走到拍摄现场去了。

戴维峰感觉整条旨亭街塌陷了，那些方形砖全都翘出地面，凹凸不平地往前走，一脚踩到了什么，身体一歪，差点摔在地上，他狠狠地踢飞了一个易拉罐。伤疤莫名地发作起来，每一寸肌肤都生疼，穿过所有的血管组织和骨骼关节，一直疼到心里去。

月光依然洒在街上，这条河一夜之间被严寒封冻了，银白冰块覆盖住长长的河流。头顶的月亮也发出凛冽的寒光，像碎裂的冰碴子，从天幕上咣当咣当往下掉。戴维峰冻得浑身哆嗦。导演好不容易看上了他，却因为脸上的伤痕引起了导演的反感。听剧组的人说，导演可是取得国家一级资格证的，知道一级吗，相当于正教授。他人脉广，跟张艺谋、冯小刚、陈凯歌几个大导演都有联系，还时不时聊微信呢。他看中的苗子，要走红还不是迟早的事！

戴维峰这么卖命地演死人，不正是为了有一天能像李明一样实现从奴隶到将军的华丽转身，风风光光地进入全国观众的视线吗？终于祖坟冒了半缕青烟，导演的眼里有了他的影子，偏偏出了这档子事，导演能不火吗？简直失望透顶。能不能重回剧组，是一个悬在头上的问题。听说这导演脾气不是一般的怪！

他很想找个人说说话，摸出手机，拨了个号码。响铃，挂断。足足等了五分钟，重拨过去。

那头响起了母亲疲弱的声音。

戴维峰心里哽着，许久说不出话。

"阿峰，出脉介事了？"

"……"

"阿峰,外头不愉快,伲就回家来!"

"……"

"阿峰,把女朋友带回来认认门,说不定阿嬷哪天就不在了!"

"……"

"……阿嬷,涯明天回家看伲!"

戴维峰终于迸出一句话。空空的旨亭街刮过一阵风,把这话卷得满街兜转。戴维峰突然小跑了起来,寻找什么似的,拼命追赶。那句话的后面还有一个附加句,他没说出口,但母亲自己接续上了,挂线之前说了一句:"女朋友一定要带回来啊,阿嬷心里才顺气!"

他不知不觉跑到了木兰坊,愣愣地站在门口,看着玻璃墙里的水车转着五颜六色的水花,很魔幻,也很虚假。透过玻璃门,还能看到那个LED发光黑板上写着的几句留言:

——你是盛开在黑夜里的昙花,微笑转眼不见!

——即使从不化妆,你也素淡如仙子!

——听说你还会画像,给我们画,我们每晚给你撑场子!

…………

又有几个人进了酒吧,戴维峰独自站在门外,影子在霓虹灯下变得很缭乱。他不知怎样跟郭丽芊开口,万一她不答应呢?凭什么?就凭他们合租吗,或者凭她长得跟母亲有几分像?这些理由很牵强,完全经不起推敲。他在门外拖泥带水地磨蹭着。

还是郭丽芊看到了戴维峰。里面像电影院的观众席,黑乎乎的,而霓虹灯闪烁的大门口却有点像正在上演的银幕,戴维峰成了一个形象模糊的主角,在幕上足足出现了十几分钟。郭丽芊看到他时,也有点捉摸不透,一个轰轰烈烈扮演死人的演员,怎么会换了一副扭捏面孔?也许只有郭丽芊才能把他从危局中解救出来,推开玻璃门,戴维峰却躲开了她的眼神。

"咋了,不开心?"

"……"

"遇到啥事了,跟我演哑剧吗?"

"……明天能不能跟我——回老家?"

"回去干啥?到底发生啥事了?"

"看看我妈,她想见见你!"

两个人都愣怔了,接着是好长时间的沉默,旨亭街一下子进入了冰河世纪,天苍苍野茫茫的。如此漫长的冬寒料峭之后,终于看到一轮边界模糊的太阳从地平线上升起,冰消雪融,燕语呢喃，草芽破土而出，鱼儿跃出水面。暖暖的风从某个角落吹来，把郭丽芊吹醒了，她说："我……我看……能不能……请到假……"

她转身闪进门，戴维峰重新回到银幕上，他羞愧于自己的演技，也许这是当演员以来最蹩脚的一次演出。他盯着自己的影子，被霓虹灯光照得红红紫紫，有点像翟婶娘家墙壁上的粤剧脸谱。

不知过了多久，郭丽芊终于推开了玻璃门，用微笑的眼神说："老板娘……同意了！"

似乎全在戴维峰的预料之中，平静地说："下班后收拾一下，明早我们坐车回！"

12

戴维峰的老家在粤东客家地区，离东莞三百五十公里，不远不近，坐车得五个钟。戴维峰在车上补觉，呼噜打得山响，邻座的人不时用眼睛瞟他，但看到他脸上的伤疤时，却全都大气不敢出。郭丽芊怎么也睡不着，想着见到戴维峰母亲后得说什么话，是称呼伯母还是阿姨。这第一次见面可不能大意，更不能说错话。

郭丽芊很怕母亲从山东老家打来电话，每次都往那个话题上绕，缠缠绊绊的电话线似的，紧紧勒住郭丽芊的脖子，她真想把手机摔了。铃声响起，只要看到是母亲的来电，心里先自怵了。她又何尝不想找到自己的另一半？但这个城市的男人像新城区的广告招牌，鲜亮夺目却暗藏心机，而自己租住在旨亭街上，慢慢被老街的气质浸染同化，对华而不实的男人一概敬而远之——她怕一不小心便赔了自己的青春。虽说已接近青春的尾巴，但谁说得清呢？上帝不会亏待每一个人。

深夜里，看着酒吧里那些把酒言欢、轻佻浮荡的男人时，她站在吧台后感到无比孤独和落寞。热闹是他们的，自己只不过为他们的热闹打开一个出口。此时，她便会想起戴维峰，那个男人到底与他们不同，骨子里有自己的追求，尽管他在演艺圈无疑属于底层，但谁又能断定他一辈子就不能出人头地呢？听他说过，那个蹿红演艺圈的李明，就是靠演坏蛋出的名。就连成龙大哥，一开始也是演死人。

戴维峰用一把道具枪把她从魔爪中救了出来，她当然没齿难忘，但在感情上，他们之间更像姐弟。是年龄还是"母亲"那个词，一刀划清了彼此的界限？昨晚戴维峰的一句话，却一下子扭转了局面，横在他们之间的那堵墙轰然倾圮了，两个人跨过墙垣，演戏般站到了一起。

戴维峰家住五楼，是那种老式楼房，没有电梯，郭丽芊忐忑地跟着他爬楼梯，见到他母亲时，才发现她根本看不清自己，两眼使劲翻着眼皮，伸出枯瘦的手往戴维峰脸上摩挲，大概摸着了伤疤，母亲痛心地说着什么，戴维峰拿演电影当理由轻松地糊弄了过去，久别重逢的喜悦让母子俩忘记了郭丽芊。倒是那只狸花猫朝她喵了一声，把她领到客厅。墙上挂着七个脸谱，跟翟婶娘家的脸谱有点像，郭丽芊定定地看着，走过去把一个脸谱套在脸上——能把自己掩藏起来该多好。

戴维峰搀扶着母亲走过来，老人家手脚发颤，走得很吃力，短短的几米用了两分钟，郭丽芊迎上去，迟疑着叫了一声"伯母"。戴维峰母亲竭力把笑堆在脸上，面部肌肉却绷得紧，扭成了一团麻花。她的客家话郭丽芊听着费劲，只好一个劲儿地说："伯母您坐，伯母您坐！"待三个人坐定，郭丽芊听老人絮絮叨叨地说着什么，一句也听不清楚。她端详起老人家来，惊讶地发现自己跟老人真的有几分像，瓜子脸，瘦癯，两颧略高，却透着清秀之气，只不过她的脸苍白得像一张纸。

厨房里煲着什么，咕嘟咕嘟响，一阵香味飘了出来。正在这时，大门开了，走进一个五十来岁的男人，戴维峰没叫他，他尴尬地站在玄关处，换了拖鞋，说："回来就好，回来就好，我去买菜了！"拎着塑料袋进了厨房，响起锅碗瓢盆的哐当声。

戴维峰母亲老是叫儿子给郭丽芊搛菜，自己干坐着，脸上堆满笑，却显得干瘪，眼睛一眨一眨，频率比常人快很多，恍若从来就没有睁开的时候。戴维峰的父亲闷葫芦似的吃饭，只象征性说了几句不冷不热的话。汤喝的是核桃煲鸡，一只核桃如大脑浮在汤碗里，使这顿本来就味同嚼蜡的饭很倒胃口。那只狸花猫蹲在地上啃着一块鱼片，老是朝郭丽芊看，眼里露出一道阴阴的光，嘴角的白须一晃一晃。

饭后，戴维峰扶着母亲回房间，两个人叽里呱啦说着什么。郭丽芊靠在简易沙发上睡着了，戴维峰把她抱到房间休息。他在车上睡了几个小时，现在睡意全无，一个人在客厅里喝着浓酽的单丛茶。客厅墙上的七个脸谱盯着他看，他也失神地望着它们。

母亲大概是在他读初中时患上怪病的。开始时腿脚不听使唤，双手微微颤抖，在县人民医院没查出病因，吃大量药后仍不见好转，之后视力和听力均出现问题，两腿用不上劲，走路只能扶着墙慢慢试探前行。后来去广州大医院就诊，医生说这种病的比例在全国为一百万分之一，之前吃错了药，已无可挽回。一纸诊断书等于给母亲判了缓刑，她只能从工作单位请了长假，整天把自己囚禁在巴掌大的家里。过去那些车水马龙的街道一下子变得无比遥远，不要说外出散步，就是从五楼摸索着走到一楼，都要用一个小时的时间。

如果没有汉剧、核桃和狸花猫，母亲的日子无疑罩在巨大的黑洞里。她以前喜欢唱汉剧，常跟着汉剧院的几个发烧友同台演出。母亲最拿手的是《八珍汤》，讲的是孙淑林千里寻夫寻子的故事，受尽艰辛，幸得春兰救助，捡回一命，最后夫妻母子团圆。母亲哀怨的唱腔很能打动人，催泪效果极好。得病后母亲基本靠唱汉剧和剥核桃打发时间。唱累了，便把核桃放在夹子钳上，两手轻轻一按，壳咔嚓碎了。她说听着这声音，生活就不会那么绝望。家里还养着一只狸花猫，母亲给它起名"戴安"，大概是寓意"平安"吧。这猫通人性，简直成了母亲的眼睛，能引着她走路、上洗手间、下楼，在母亲唱汉剧时，还会喵喵地伴唱。

父亲戴树良在外处了个相好，每天回家都满嘴抱怨管母亲的几顿饭，恨不得她一夜之间从人间蒸发，好跟相好安安稳稳地过小日子。戴树良曾有几次和母亲发生口角，有次还差点把她给掐死。母亲在这命悬一线的时候亮出儿子这个护身符——俺死了，戴维峰不会放过你！戴安伸出锋利的爪子，使劲抓挠他的裤腿，戴树良只得松了手。

戴维峰打心眼儿里喜欢郭丽芊，她长得跟母亲有几分像。这却成了两人正常交往的心理障碍，况且她比自己大三岁，"恋母情结"把他卡在了欲上不得欲下不能的"一线天"里。

他很想念母亲怀里的核桃味，干香，恬暖。郭丽芊不仅长得跟母亲有几分像，而且腹部也有一股熟悉的味儿。他怎么能侵犯她呢？一看到她秀气而沉稳的脸，便会想起母亲。虽然病痛这把无情剑砍削了母亲的年轻貌美，脸上刻下苍老和枯瘦，但她来自骨子里的清秀，哪怕只剩最后一口气也不会湮灭。

一个小时后，郭丽芊从房间走了出来。两人相对无言地坐在沙发上。

戴维峰说："帮我母亲画张像吧！"

郭丽芊说："大老远叫我回来就是为了给你母亲画像？"

戴维峰忙说："不，母亲说身体比以前更差了，说不定什么时候就见不到我了！"

戴维峰低垂着头，十指插在头发上，沮丧地接着说："即使她不在了，我也要让母亲活在眼前！"

郭丽芊语气缓了下来，终于同意给老人家画像。

戴维峰将备好的画纸和铅笔递给郭丽芊，又将母亲从房间搀扶出来，端坐在客厅的亮处。

最难画的是戴维峰母亲的眼神。她几乎睁不开眼，总是一眨一眨的，郭丽芊要在这眨眼之间捕捉到她犯病之前的正常眼神，为她恢复神采和活力。

约两个小时后，郭丽芊停了笔，犹豫着叫戴维峰过来。戴维峰看到一个十年前的母亲出现在画纸上，五官匀称，那眼神分明就是点睛之笔。他拿着画凑近母亲面前，她使劲眨着眼，眼角的微光也许看清了画上的自己，满脸绽开了清隽饱满的笑。

她说了一句什么，戴维峰翻译道："我母亲说这画让她看到自己年轻时的样子，她要给你唱一曲汉剧！"

伯母吃力地站了起来，收腹吸气，调匀呼吸，狸花猫跳到茶几上猫咪了一声。她用哀婉的腔调唱了一曲《八珍汤》——

问苍天我欠下何人孽怨,为什么孙淑林苦海无边?风呼啸雪飘飘泪痕满面,发蓬乱衣单薄骨冷身寒。举目望白茫茫大地一片,饥寒交迫伤痛钻心苦受熬煎。叫一声儿父文达今何在,一双娇儿在哪边?夫妻母子难相见,我冻死异乡恨绵绵……

郭丽芊心里一阵酸楚,泪水模糊了双眼。那只狸花猫和着调子喵喵地低叫,也是一副肝肠寸断的神情。

看向墙上的脸谱,郭丽芊始终弄不清粤剧的六个脸谱和汉剧的七个脸谱有什么不同。戴维峰母亲白纸似的脸有了一丝红晕,皱纹舒展开来,说这七个脸谱分别代表小生、旦、丑、老生、婆、红净、乌净七大行当,声腔主要是西皮和二黄。广东汉剧的戏班有四大班:老三多、荣天彩、新天彩、老福顺。清末民初时很兴盛,几乎都是随外籍官员携带到粤东的,一直流传至今。现在流行歌曲满街飞,年轻人都不喜欢唱汉剧,也不知还能留存多少年……

13

戴维峰就是在这时接到剧组电话的,电话里说导演叫你尽快赶回来,那些演员都没你演得好,明晚的特写镜头必须得你出演!戴维峰兴奋得抱了母亲又抱郭丽芊,说:"剧组有任务,导演叫我马上往回赶!"

本想带郭丽芊去看看客家围龙屋的,没有办法,计划只能取消,他得今晚回到旨亭街,决不能再让导演失望。他想起了电视剧《潜伏》中的一句台词:"有一种胜利叫作撤退。"这次离开,反而让导演看到了他的能量,他得好好抓住机会,让导演真正对他刮目相看。

戴维峰迫不及待地在大巴上看起了剧组用微信发来的剧本——

钱万仓儿子钱世杰也握枪疾奔在人群里,黑鹰帮已事先刺探到余笑岳带着手下偷运一批军火。因行踪绝密,他们只能埋伏在余宅附近,只要击中余笑岳,震龙帮便树倒猢狲散了……一时枪声大作,双方死伤多个。这时,从余宅大门走出一个亭亭玉立的女子。钱世杰认出了她,原来上次在戏楼上看到的女子正是余笑岳的千金。他马上不顾危险奔了过去,用身体护住了心中的女神。正在这千钧一发之际,黑鹰帮一个弟兄挺身而出,挡住了飞来的子弹……

不用说,戴维峰负责演那个挡住子弹的黑鹰帮弟兄。他一路上反复咀嚼台词,扮演着多种表情，让郭丽芊当临时导演。郭丽芊说应表现得既仇恨又凛然，戴维峰却说要有讶异中带着欣慰的神情。两个人公说公有理，婆说婆有理。

第二天晚上，剧组对戴维峰的伤疤做了特殊处理。导演提醒大家：这段戏至关重要，钱世杰与余莲珠在戏楼有一面之缘，对她倾慕已久。他这次冒着生命危险去保护余莲珠，为后面剧情发生逆转做了有力的铺垫。挺身而出的黑鹰帮弟兄中弹后被钱世杰抱在怀里，这个中弹者的眼神大有文章，要表现出对这场残杀的怨恨，又从钱世杰和余莲珠两个人的爱情里看到了和解的亮光！

场记一打板，"余莲珠"从余宅大门翩然而出，"钱世杰"一脸错愕，穿过巷子向前奔去。戴维峰这时出场了，一颗子弹从后面飞来，他毅然用背部替"钱世杰"挡住子弹。戴维峰全身颤了一下，慢慢倒地，被"钱世杰"接住，戴维峰的眼神里有恨意、无悔、坚毅，眼睛在合上之前看了看"余莲珠"和"钱世杰"，瞬间出现一丝欣喜的笑意。

导演对戴维峰的表情很满意，又拍了拍他的肩膀，说："不错，吃透了剧本，明天接着演，你会有前途的！"

戴维峰浑身是劲地走在旨亭街上，月亮向他投来明媚的清辉，流泻在长长的街面，他又听到了河水的潺潺流响，很生动，很抒情，宛若一支悠扬的小提琴曲。

手机铃声响起，是筱筱打来的——哥，救救我，有人砸我房门！

戴维峰提起脚飞跑，穿过横街，跑进巷子，直接奔上对面楼。两个喷着酒气的男人高举拳头擂门，戴维峰猛然一喝，他们横眉瞪眼，一个挥拳迎面袭来，一个扬起脚朝他裆部踢。戴维峰迅疾闪到一边，伸脚横扫，两个人失了重心匍然倒地……

他们抱着头走下楼梯，一个回头说："叫她删了视频，否则俺大哥不会放过她！"

筱筱打开门，惊弓之鸟般钻进戴维峰怀里。他问是什么视频，筱筱说那天凌晨郭丽芊下班回家时被一群恶棍围住，她用手机拍了视频，还吓唬说只要把视频送到派出所，他们全都跑不了，他们这些天一直在找自己，生怕真的被举报……

戴维峰说："删掉吧，别引火烧身！"

筱筱说："已经删了，但我怕他们报复，他们是旨亭街的地头蛇！"

戴维峰叫筱筱收拾东西，先搬到对面跟郭丽芊睡一个房间，等找到安全的去处再说。

有些事真的像演电影，没想到自己跟素不相识的郭丽芊住到了同一个屋子里，本来住对面的筱筱又如此奇巧地搬了过来。两个单身女人跟一个单身男人同居一室，得发生多少故事。

有戴维峰在，筱筱感到安全多了，她忽然好兴致地说："哥，我们一起跳嘻哈舞吧！"

筱筱打开手机音乐，没有喝酒的戴维峰跳得反而拘束，怎么也跟不上筱筱的舞步。他几乎成了一个可有可无的陪练。筱筱跳得实在好，一颦一笑一投足一扭腰都吻合旋律，把自由轻灵的嘻哈风格表现得淋漓酣畅。

戴维峰索性坐在客厅沙发上当忠实粉丝。筱筱正跳得起劲，猛然一失足歪倒了，戴维峰眼明手快地把她抱在怀里，筱筱深情地看着他，说："哥，别放手，抱紧筱筱！"

戴维峰用手揽住她的细腰，情不自禁地俯下了头。两个人激烈地吻起来，恨不得把对方嵌到自己身体里去。可最终，戴维峰还是推开了热得像团火的筱筱。

14

戴维峰又演了两个晚上。钱世杰深深地爱上了余莲珠，余笑岳坚决反对女儿跟仇敌的儿子好，余莲珠以死相抗，甚至用割脉威胁，余笑岳一时无计可施。震龙帮和黑鹰帮的残杀在降级，戴维峰的戏份儿越来越少。导演已非常认可他，有时外出应酬也叫他陪同。到后来，两个帮派因为钱世杰和余莲珠的爱情进行和谈，对码头实行轮流管理。一场秦晋之好终止了冤冤相报的恶斗。

这天傍晚，戴维峰意外接到戴树良打来的电话。听他吞吞吐吐的语气，戴维峰就知道出了事。戴树良结结巴巴地说了事情经过，戴维峰眼前一黑，差点倒在地上。母亲下楼时不慎踩空，从五楼滚了下去，等送到医院已断了气。

戴维峰连夜往老家赶，五个钟后到了站火速奔往医院，母亲已被送到了殡仪馆，静静地躺在玻璃棺柩里。戴维峰呆呆地看着眼前的母亲，化妆师为她化了一脸的浓妆。戴维峰跑出门，拿了一条湿手巾要为母亲擦拭。

戴树良拦住他，说："就让伲阿嬷漂漂亮亮地走吧！"

戴维峰怒目圆瞪，大声说："阿嬷最讨厌化妆了！"

戴树良嗫嚅着："别好心当作驴肝肺！"

戴维峰呵斥道："伲整天巴望阿嬷早点走，以后跟伲的相好过好日子吧！"

戴维峰终于号啕大哭，他不明白父母亲走过的这几十年，爱情究竟在生活中扮演着什么角色。《榕湾旧事》讲的是民国期间的事，钱世杰和余莲珠因为一场爱情，挽救了震龙帮和黑鹰帮众多弟兄的命运，而父母的爱情，却让母亲悲惨地走向了死亡。他不知道这是时代的退步，还是人性的无良。

安葬了母亲，回到家里，戴安哀怜地蹲在地上。它恼怒地盯着戴树良，用鼻子朝他喷气，又猛然跳起，伸出爪子抓他。戴树良赶紧躲到房间里。

戴维峰拿走母亲的画像，还带走了戴安。要是把它留下，说不定成了戴树良魔爪下的冤魂。

　　回到旨亭街，已经是下午三点。戴维峰把镜框里的母亲挂在罗秋远店里，罗秋远看在郭丽芊分上，给他母亲在墙上留了脸谱大的一块地方。

　　打开出租屋门，戴安喵一声跳到地上。郭丽芊的房门紧闭，她正在属于她的黑夜里做着梦。筱筱呢，也许去舞蹈教室了吧。他失魂落魄地跌坐在沙发上，看到客厅的画架上有一幅画像，是筱筱！她微笑地看着他，戴维峰伸手摸了摸她的脸。

　　房门打开了，郭丽芊揉着惺忪的睡眼走出来，说："回来了？"

　　戴安喵一声蹿到她身边，她一把抱起，用脸腮蹭它的白胡须。

　　戴维峰说："就你一个人在？"

　　郭丽芊说："那帮人砸了筱筱的店，她昨晚离开东莞回山东老家去了！"

　　戴维峰低垂下头，闭上眼。

　　郭丽芊揭下画像，拿到房间，说还没画好，得修一修。窗台那边亮一点，她要再揣摩揣摩。早就答应筱筱给她画张像……

　　房间里传来郭丽芊的一声尖叫，戴维峰跑进去，见画像失手飘进了窗台下的"一线天"。戴维峰连忙打开门跑了下去，郭丽芊在他缩起身子挤进墙缝时，似乎意识到了什么。抓起桌面上的那支口红，是筱筱临走时送给她的圣罗兰。她顺便告诉郭丽芊，这支口红曾掉进墙缝，是戴维峰帮她捡回来的。郭丽芊拧开口红，对着镜子一丝不苟地抹唇，抹完了，戴维峰已捡回画像挤了出来。郭丽芊用力把口红扔进了"一线天"。

　　戴维峰的旧伤刚好，又擦出了新伤。他把筱筱的画像送到罗秋远店里，掏钱让他制作了一个镜框，并叮嘱挂在自己画像旁边。

　　那天凌晨，戴维峰陪导演拍了一个通宵。他没有戏份儿，导演叫他现场观摩，这当然是导演的良苦用心。戴维峰是在五点多回到屋里的，发现郭丽芊的房门开着，桌面的东西不见了，推拉式衣柜空空如也，床上只剩下肋骨般的木板，就连戴安也没了踪迹。他不知道它是自愿跟着郭丽芊走的，还是郭丽芊带走了这只通人性的猫。

　　仰靠在沙发上的戴维峰欲哭无泪，他受不了这屋里的空，感觉自己坐在被抽空了氧气的玻璃罩里。他大口大口地喘着气，脸上、身上的伤疤像蝎子咬着一样，五脏六腑也隐隐作痛。他龇着牙站了起来，走下楼去，旨亭街却一片朦胧，两米远的街面都看不清，那些照相店、棉花铺、单车行、五金店、榨油坊、中药铺全隐匿不见，就连罗秋远画像店也不知藏到了哪个角落。

　　好大的雾！

头顶响起一阵扑啦啦的声音,无数只白鸽的翅膀扑扇而过,似乎要掀开这幕布一样灰蒙蒙的雾,把古老的旨亭街从幽深的梦里唤醒。

戴维峰跌跌撞撞地往前走,眼前浮现一群男女跳嘻哈舞的身影。他喝醉了酒似的,甩着步子闪到人群中,笨拙地扭起了腰。隐约看见母亲、郭丽芊、筱筱、戴安的面孔,他笑了笑,挥手打了声招呼。又转身卖力地跳了起来,真的好些天没好好放松自己了……

(原载《清明》2019年第1期)

幸福无期

谢松良

1

从老家回来，我病了一个多月。每天懒懒地，不想动不想说话，除了上班就把自己关在屋里，就算开早会，我也会沉沦于自己的心事。

业绩飙升的同时，我的情绪跌落到极点。

两个月后，兰兰打来电话说她跟那个人订婚了。我冲着电话哭了好大一会儿。我想着他吃饭呼啦响的声音，想着他用手背擦嘴，想着他的满口自高自大的污言秽语，我的心都凉了。兰兰怎么会嫁一个这样的人？

我问兰兰："你确定你会幸福吗？"兰兰无语，或许物质的保障比感觉来得更重要。

挂掉兰兰的电话，打了一个电话给赵叔叔，我只说："叔叔，听说兰兰订婚了，我不知道她以后是否能幸福，但是如果她跟我在一起，我能保证她一辈子开心。"

不等赵叔叔应声，我就挂了电话，没有给他任何说话的机会。我相信他也是长眼的，他应该看得到我对兰兰的一片真心。

那晚我没有回家，一个人走在街上吹着冷风，感受着自虐的快感。

走到步行街看到一家酒吧，我就进去了。

我喝光身上所有的钱，然后一个穿蓝色紧身短裙的女子向我走来，她请我继续喝。

喝完之后我们接着跳贴身热舞。后来，她把我带到一个黑暗的角落里，拉下我的皮带，捞起自己裙子……我看清楚那是一张陌生女人的脸，不是我的兰兰，而我不能对不起兰兰。我一阵恶心，提起裤子就往外跑，她大概没看到过，有箭在弦上还能收回的男人，愣在那里反应不过来。

我跑回家，关起门来哭得很厉害，二十七年的人生中，这是我最感到耻辱的一天，相恋的女友成了别人的准老婆，面对另外一个女人的身体，我居然还想着她，裤子都脱下了，却什么事都没发生。

第二天早上，姜遥来看我。

我没跟她说话，自顾自往公司去。

我下班回来，她在我家里，玩我的电脑，我本想把她赶出去，可是却开了一瓶饮料给她。

"你失恋了？"她问。

这是我一直都在逃避的问题，到目前为止，我还不愿意承认兰兰飞离自己的生命轨迹。

我面无表情地说姜遥，我跟你很熟吗？我跟她认识了几年，她经常在我身边，可我却说跟她不熟。她居然也不生气。

姜遥痛惜地说你骗不了人，你太爱她了！所以才痛苦成这样。

我受不了她的关心，我说滚，可是她并没有走的意思。

"再不走你会后悔。"我说。

她挑衅地看着我，意思就像在说就不走，你能拿我怎么样？你是个男人吗？

我忽然把她按倒在床上，昨天在酒吧，跟那个不知道谁谁的女人没做完的事，今天全补上了。

然后，我给兰兰打电话，我说："兰兰，我会证明给你爸看的。"

挂断电话，我跟姜遥说饿了，她起身去给我做饭。

之后，我开始头疼了，每天下班姜遥都会做好饭菜等着我。

一段时间后，忍受不了她的好，我对着她吼："请你以后别再来烦我。"可是她依然来。

我下班回来，看到窗口亮着的灯，便转身去酒吧喝酒到天亮。

再下班回来，她还是没走。

我继续去酒吧，很晚的时候跟不知道叫什么名字的女人离开。

早上起来看到女人，一阵恶心涌上来，我在洗手间站了很久，一直到我能忍住吐为止。过了一会儿，女人也起来了，她站在洗手间门口，我拉开门冲她笑笑，她向我靠过来。我说了句天亮了，然后蜻蜓点水地吻过她的脸，拿起包离开。

一个有月亮的晚上，姜遥找到我的时候，我正在吧台跟几个长发女子说笑。她们喜欢我大雾朦胧的眼神，她们说我是个让人怜惜的男人！然后，就用她们的方式安慰我。

姜遥打掉女子搭在我肩上修长的玉手。

"舍得离开我家了？"我摇着高脚酒杯冲她说。姜遥把我拽出去，哀其不幸，怒其不争地踹我一脚说："你不能这样子！"

看得出她已经找我很久了，疲惫的眼睛里装满无限的疼惜。

我别开脸，漫不经心地说："你是我的谁啊？"

"你告诉我，刚刚在你身边的那个女孩是谁啊？你了解她有多少？"姜遥质问我。

"一次偶然的碰触无须了解。"我的声音没有温度。不知从何时开始，变得如此麻木，我心里一阵难过。

"那你告诉我，你手臂上的伤痕是怎么回事？"她歇斯底里。

我穿着长袖外套，不知道姜遥是怎么看到我手臂上的伤的。没错，每次跟这些女人在一起，我都会难过，都会在手臂上划一条伤口，企图用疼痛让自己清醒。但是，空虚就像涨潮的河床，越填涨得越宽。

姜遥扑过来抱我，将我的脖子勒得好痛。勒得我无法呼吸时，又突然咬我的耳朵。我一声尖叫。

"知道疼了吗？"她问。

"请你不要再来我家，如果你不想我流连于酒吧的话。"摸着滴血的耳朵，我说。

以后一段时间里，我没有再碰到姜遥。我养成不收拾屋子的习惯，但我的房间总是一尘不染。她每天都趁我不在的时候过来帮我收拾，顺便补充冰箱的食物，我不会再为半夜找不到东西吃而饿得吐黄疸水了。

姐姐总是忙着工作，她见我这样，开头还劝过几回，慢慢地就懒得理我了，姐跟我说："成长的过程，一些碎片总是难免的。"也正是姐说的这些所谓的碎片，使得我成长。

兰兰生日那天我喝得酩酊大醉，然后去拍姜遥的家门。她把我拖进屋，打来热水帮我擦拭。我把她往怀里一扯，她就扑到我身上。毛巾掉在地上，我的嘴里叫着"兰兰"的名字，一滴滴液体掉进我嘴里，我尝到咸咸涩涩的味道。

我醒来的时候，姜遥坐在电脑前敲文字，我才知道她竟然是位知名度很高的网络作家呢！在林叔叔的电子厂当助拉那会儿，她刚大学毕业，她本可以在家过她大小姐式的生活，但她坚持要进工厂体验一下真正的打工生活，而且不能在自己家的公司。于是她爸也就是姜叔把她送进了林叔的电子厂，于是我们就像上天早已注定的一样就认识了。

姜遥给我放冲凉水，在水里放很多姜花，从那以后我的身上就有跟她一模一样的味道。她说要让我即使跟别的女人在一起，闻的也是她的味道。我想的却是另一个女人，她也有这种味道。那一刻，我明白，这个世上有一个人，我永远都不可能忘了她。

"以后别再放这种花。"我干脆挑明了说，"你让我记得她。"

半夜里，我起来解手，看到她泡在大浴缸里。

"三更半夜，冲什么凉？"我问。

"我要把这个味道漂掉。"她低声说。果然，我闻到浓烈的漂白水的味道。

我回到床上，片刻后她也进来，肩膀一颤一颤的。我翻个身往里睡。

她挨上来，用手抱着我的手臂，我想说："容易受伤的人不该玩感情游戏。"可是她说能说说她吗？我什么都没说。

我以前经常跟姜遥说我想兰兰，我爱兰兰，但是我从没跟她说，我是怎么认识并爱上兰兰的。

"就说一次好吗？你是我的初恋，我不想输得这么不明不白。"她的声音很低，带着哽咽。她是姜氏集团的千金，把她整成这样，我真是罪大恶极！

我心里一软，不知是不是"初恋"那个词击中了我，兰兰也是我的初恋。我跟姜遥说自己和兰兰属于青梅竹马的那种，读大一的时候，我们正式开始恋爱，可就在三个月前，她跟别人订婚了。

姜遥没再讲话，大概她也意识到对于一个既是我的初恋，又是我的童年伙伴的女人，她不可能赢她。

由于业务出色，我晋升主任，有了自己的工作团队。可是我不高兴。拿着一月两万来块的工资，不知道能做什么用。我发现人最大的痛苦不是失败，而是成功之后你却发现这份成功根本就毫无价值。

有一次发了工资，我把它丢给姜遥，说："拿去，买化妆品去。"

可是她没买化妆品，她帮我办了一张信用卡和一张银行卡。

姜遥换了一种花香。我想学着去记住另一种味道，可是后来我发现记不住。她要的我给不了她，所以我说："姜遥，别爱上我，现在，女人在我心里只有一个功能！"

她笑了笑。我不知她为什么要笑。

破罐子破摔，堕落了一段时间后，我觉得这样做其实也很没意思，与其整天迷迷糊糊地，还不如顺便做点业绩，即使钱对我来说已经不重要，但是我就想这么做。

我在抽屉里找到一份计划书，前年为了促成我做第一单，师父介绍给我的那单，我当时丢到垃圾桶被姜遥捡回来了，她说那是我第一次正儿八经谈下来的单，尽管只是计划书还没变成真正的保单，但也值得纪念。

我给那个女人打电话，没想到她居然存了我的号码。接到我的电话，笑得很放肆，说她等我多时了。

我说："你怎么就知道我一定会给你打电话？"

她说："那当然，老地方吧！"

我说："不！我没兴趣跑那么远，我在书城旁的天桥上等你，给你一个钟头时间，如果你能到我面前，今晚我陪你玩。"

我算好时间的，她从城南到这里，如果不塞车，四五十分钟可以到得了。当然，如果有的路段塞车，那她就只能在不塞车的路段玩命跑。曾经，我为兰兰玩命，现在，我要别人为我玩命。

我换衣服的时候，姜遥问："你又要出去？"

我没回答她。她又问我："你今晚回来吗？"

我还是没回答。

出门前，我又一次郑重其事地对她说："姜遥，别爱上我！"

我学会漠视姜遥忧伤的眼神，用一副冷酷到底的表情，伪装自己。可是我的伪装被姜遥看穿了，她一眼就能看到我的脆弱。所以她一直纵容我，安静地陪伴着我。我却不知道，当我放纵自己的时候，她在为我受着苦。每个晚上，我不回去，她都会用刀划伤自己，我们的手臂上有着一样多的伤痕。

站在书城旁的天桥上，我看着桥下奔流而过的车流，看着她跑台阶上来，因为紧张而狼狈地喘着粗气，当她站在我身边的时候，我对着脚下的车流发笑。我感到作践别人的快乐！

说到做到，既然她准时赶到，那我也应该履行承诺。我毫不犹豫地跟着她走，不知道她要带我去哪里，总之上车后，我就什么都不管了。

"你是不是失恋了？"在车子里，她冷不丁问我。

是不是每个女人嗅觉都这么敏感，还是我把"失恋"两字写在脸上？我沉溺在自己的痛苦里，本身就忧郁的脸更是乌云密布。我看到她的车子闪了个弯，她说："你不要这样子好不好？"

我才知道原来女人也会把持不住，于是丢给她一抹沧桑的笑容，抱着双臂睡觉了。

她也不叫醒我，开着车子带着我在路上转悠。

当我醒来的时候，太阳已经落山，世界沦入一片苍茫的黑幕里，是妖艳霓虹灯照亮了这个城市。我感到疲惫，感到空虚，我又没出息地想到兰兰，我渴望一份温暖，渴望家的感觉。

她看到我睡醒，问我饿吗。我没出声，掏出烟盒，却发现里面只有一支烟。一个人，连续开几个钟头的车，应该很累也很无聊吧，我想我真该感激她。我把烟递给她。

"我不抽这么浓的烟！"她说，我抽的是520。

她带我来到城南的一间酒吧，打电话叫了一大堆人出来，我们在酒吧里拼酒玩游戏，玩得热火朝天。

这里再待下去，我会狂掉。我要回家，回到有姜遥的地方去。

女人的那帮朋友不让我们走，我假装喝高了！借着酒意，我耍酒疯，一定要回去，那些人只能放我们走。

坐上车子之后，我从假装的醉酒状态醒来，对她大笑。她愣了愣说："原来你装醉的啊？"

我说："姐姐，不装，我们能跑得掉吗？"但是我是真的想回家。我告诉她我可以自己打车回去，她却坚持送我。

没过几分钟，我已经睡得呼啦呼啦地像三年没睡过。

她带我到酒店，开了个房，让服务员把我弄进去，帮我盖好被子。

早上七点半，我被她叫醒了。她站在床边说："该去公司开早会了。"

我迅速爬起来，连再见都没说就走了。我身上没有放荡之后的痕迹，但是我记住她了，一个长了张娃娃脸的单身女人，陪我疯了一天。

打了指纹卡，走进办公室，我掏出手机，给姜遥发信息：中午，我回来吃饭！

开完早会十点半，我在街上转悠着，要不是那个信息已经发出去了，还真不想回去，但是我为我的现状高兴，高兴得几乎要哭出来。我的心里至少能有感情色彩了，这是不是代表我有重新活过来的希望？

在一家超市门口懒懒散散地坐着晒太阳，十一点半进去提了一篮水果。我不知道要买什么，意外地发现，自己居然不知道姜遥喜欢吃什么类型的水果。这个女人，在自己身边待了那么久，我却连她喜欢什么水果都不知道，最后每样都胡乱买了一点。

十二点多到家，她已经做好饭。我们吃着饭，刻意不提昨晚的事，好像那根本就没发生过。但是她看我的眼神太浓烈，让我窒息，让我想逃离，她给我的不是我所需要的温暖，而是一种牵制。我想昨晚之所以会想她，是不是因为她一直存在我的生命里，只是一种惯常？

我开始努力工作，从天亮到天黑，不停地奔跑，从城东到城南，只要有目标就会去争取。我企图用工作来消耗自己的体力和精力，企图让自己变成工作狂，可是我还是很没出息，每当疲惫不堪地回到家的时候，都会情不自禁地想兰兰。

哦！她已经不是我的兰兰了。可我还是习惯这么称呼她，我想我忘记不了她。我的努力和奋斗都是以她为方向的，忘记了她，等同于否认了自己的人生。

有一粒种子开始在我心里发芽，我不能就这么失去她。她只是订婚了，对！她还没结婚。鹿死谁手还不一定呢。我要抢……抢婚！对！我一定要抢婚。把她抢回来。是我的，她只能是我的！

2

我做了很多课件，对我的团队进行全方位的培训。诚恳的业务员，我教他们维护客户关系的绝招，并一路给他们打气，适当的时候，会出手帮他们一把；对滑头的业务员，我教他们怎么去抓客户的偏好和心理……谁的团队最强悍？我的团队。谁的团队最活跃？我的团队。

成绩很明显，兄弟姐妹们都挣了些钱有饭吃，但是我觉得这种没有难度的工作，好无聊啊！站在大厦前，面对着头顶上的太阳，我不知道该怎么消磨时间。青春怎么这么漫长呢？这日子如何是个尽头啊？

我长叹短叹地，忘记了这个月光顾着帮手下的人，自己还没出单呢！

不出单，这对我来说，是少有的事情。师父在大厦门口逮住抬头望天的我，问我怎么回事；是不是遇到什么麻烦了？我莫名其妙。看我不明就里的样子，师父说："你这个月还没出单啊！"

是吗？我这个月还没出单？我是师父最得意的弟子，怎么可能没出单？看师父一副认真的样子，我跑去问我们经理的助理，她反问我一句："你出了吗？"

郁闷！自己家没米下锅都不知道，我赶紧掏出手机，翻遍号码簿，找个人来帮我。翻到小茉莉的时候，我的手停下了，小茉莉是我半个月前认识的一个网友。约过我好多次，我的回答一直都是：妹妹，我忙！

我一个电话打出去，在一花一世界，一杯咖啡过后，一个小单签下来。四千块的保费，想想以前，我踩单车来到这里，也是在这张桌子上，可是我灰溜溜地逃了出去。如果那时，拿到这个保单，我会多兴奋啊！但是今时今日，这么小的单，我已经没感觉了。

签完单，我准备撤，小茉莉突然问我："你们公司现在是不是推出一款叫'富贵平安'的险种啊？"

我说是，分三期付款，效益逼近投资，但是收益太高，估计很快会被保监部门叫停，如果你有兴趣趁早。我没想过她会买，所以我是用公式化的口吻说这句话的。我还真不信她有那么多钱。

她眉毛一挑说："如果我买十万呢？"

我从烟盒里抽出一根烟点燃，抽了一口后问她："保额还是保费？"如果是保额，那就没必要再谈了，那么小的单，懒得打计划书。

她吸着咖啡说："保费，三期，一期十万。"

他妈的，十万，那我该有多少佣金拿啊？我眼睛发亮，手一抖，烟差点拿不稳，心里却想：妹妹，你是不是来真的？

我赶紧坐回位置上，心欢快地跳动着，血管里面在开运动会。

我打开手提电脑，坐到她那边去，很认真地为她讲着"富贵平安"，她听得很认真，后来就不安分了，总心不在焉。

当我讲完的时候，她说要考虑一下。我看时间已经是下午四点钟，我才发觉自己被耍了，她并不是有意想买，而是瞎找个借口把我扯在这儿跟她聊天而已。

我也不点破，过了一会儿借口有事，起身走出酒店，我拒绝她开车送我的好意，在门口跟她挥手。为了避免骚扰，哥的住处向来保密。

我没有打车，带着一身的疲惫走路是一件痛苦的差事，但是我却愿意这样。疼痛的感觉能让我的灵魂渐渐地清醒。我开始在心里数落自己的堕落，嘲笑自己的龌龊。所有以前我看不起的鄙夷的事，现在只要跟钱有关系，只要我觉得别人给我的数字值得，我都会想方设法。我开始有点恨兰兰，是她像丢垃圾一样丢了我，也是她把我变成像现在这样的垃圾！

以前我楼下的发廊妹说我太单纯、太纯净，不适应这个社会，现在我变坏了，我开始去适应并利用一切可以利用的环境和手段，这是代表我成长了，还是退步了？如果是成长，我为什么会彷徨？为什么会心痛？如果是退步，我为什么会活得越来越像个人样？

生活到底是怎么回事？为什么我总看不懂？

我突然把刚和小茉莉签的那份小保单扔到天上，纸张飘飘忽忽落地，像是昙花一现的雪飘。我突然悲哀地想到，兰兰她爸爱钱，我能赚钱了，可是兰兰已经飞走了。我这么努力赚钱，又有什么意思？

我坐在花坛边抽烟。这包金装芙蓉王，我不知道是谁给我买的。是我下面的业务员，还是哪个客户？或许是姜遥？

姜遥，我突然又想到姜遥，想到姜遥，又开始新一轮的思念兰兰。我不知道是因为想姜遥，才想兰兰，还是因为想兰兰，才想到姜遥的。我被自己搞晕了！但是脑子里有一个意识是清醒的，就是我不要沉沦！我渴望有人可以救赎我！没人能救我，我只能自救，把兰兰抢回来的想法，是我生存下去的意志和念想。

抽完烟后，我捡起地上的保单，伸手拦下一辆的士。我已经想通了，拿了钱后往哪里花了。

回到家，看到停靠在楼梯口的单车，已经蒙上了厚厚的一层灰，突然很怀念以前踩单车满街跑的那些日子。

我把单车推出来，找来块布抹干净，蹬上去在附近的街道瞎转，经过骄子酒店，跑到黄牛埔水库，停下单车，在长堤上走了一会儿，走到我和姜遥曾经跳舞的地方，伸展双臂做出在空中飞翔的姿势。我现在才明白，我对姜遥是有愧疚的，但是愧疚不等于爱情，我的爱情在兰兰那边。我怀念和姜遥走过的地方，那是因为，那些地方，是我带着为兰兰拼搏的信念所洒下汗水的路程。直接说，我只是在怀念那个争取爱情努力上进的自己。

无聊的日子，我总在想着找点花招玩玩，后来我觉得独乐乐，不如众乐乐，于是我决定搞一场联谊活动。

我让下面的业务员，联系准顾客，每人两个名额，如果业务员拉得到人，费用算我的，如果拉不到人，跟我一起分摊费用，我就是要逼着他们去成才。

看着他们无奈又充满激情地忙起来，我感到一阵快乐。我越来越发现人是好玩的东西，我开始喜欢上玩人。

来联谊会的客人，我让业务员对他们每人做一份关于他们个人及家庭的详细资料，报告给我。在活动之前，我仔细地看过那些报告，并告诉他们的突破点在哪里，告诉他们活动当天该如何抓住时机。

这次活动我们计划请十二个人，但是来的人数超标了，居然来了十八个人。很多不知是谁的客人，像姜遥的哥哥姜帆，我很意外他怎么会出现在我团队的联谊会上。他告诉我是姜遥让他来的。

姜遥，我已经好久没见了，快一个月了吧。我问他："姜遥，这阵好吗？"

他说："你应该去看看她。"之后我们就没再说话，我的注意力在业务员和客人身上。

活动搞得很成功，一个星期内，有四个人交了保单，我想自己的付出值得了。可是太容易的事，我又感觉无聊了。

我听了姜帆的话，去看姜遥。

那天开完早会，我去菜市场买了很多菜，买了茶树菇和大骨。姜遥喜欢喝茶树菇大骨汤，这是姜帆告诉我的。真是悲剧，居然要她的哥哥来告诉我她喜欢吃什么。

姜遥应该没想到我会一大早来访，并且提着那么多菜。她开门看到是我，站在那里失去了反应，我问她："怎么？不欢迎吗？"

她醒悟过来，赶紧把我让进屋说："你怎么大白天来了？"

我说："刚好忙完就来看一下你。"

我在厨房里将茶树菇剪掉头洗干净放进砂锅里，将大骨洗好放在架子上滴干水……姜遥一直倚在厨房门口看着。

做好饭，我帮姜遥打饭。姜遥说："想不到你会做饭！"

我很早就会做饭了，并且有一手好厨艺，但是姜遥从来不让我做。可是她今天却看着我做饭，为什么呢？我打一长串问号。

我突然看到姜遥脸上很痛苦，我问她："怎么啦？"

她说没事，一会儿就好。

看她憋得脸都红了，我问她是不是肚子痛。她还是跟我说没事，一会儿就好。

我想起一件事，问她是不是例假来了。她点了点头。

我帮她打一小碗热汤告诉她先喝点热汤会好一点。

她喝了，过一会儿，似乎脸色有所缓和。于是我们继续吃饭，我也没太在意。痛经，十个女人九个都有，我就曾看到兰兰疼得从床上滚到地上，后面没办法，我把手伸过去给她咬一口。但是我没想到姜遥并不是痛经，她潜藏多年的病因扩散了，这阵子一直在做化疗，化疗使她很痛苦，原本羸弱的身体更像风雨中飘摇的小草。而我还该死的不知道，以为她只是情绪不好，只是想我，所以才瘦下来的，竟然还道貌岸然地教育她要多吃饭。

现在想想，那会儿我真是傻，怪不得姜遥要骂我傻大个儿！

喝了汤，我问姜遥："味道怎么样？"

她点着头，很惊诧很害羞的样子。

刚吃过中午饭，我不想走，一直赖着不动。后来电话响了，姜帆在那头催得急，而姜遥也说她要休息，强行把我推出门外。

走在街上，我在纳闷，怎么第一次被姜遥像送瘟神一样推出来。我急急去找姜帆，却不知道刚才的电话其实是姜遥发信息让他打的，因为姜遥刚做完化疗，陪我吃一餐饭，已经是硬扛着，如果我再待下去，她铁定穿帮，她不想我知道她的病情。

我和姜帆同是天涯沦落人，他也有过一段内伤，他在广州上大学的时候，恋上他们的系花。小年轻热情似火，火辣辣的激情投进去，爱得天翻地覆，地动山摇！后来两人有一点小误会，打冷战。那个女的为了报复他，跟另一个男的在一起了。从那以后，姜帆对爱情绝望，再也不相信女人。

我跟他差不多，我也被兰兰打击得快绝望了。从小到大，我们那么久的感情，她可以一转身就成别人的未婚妻。现在你别跟我谈爱情，否则我绝对跟你急。除了我姐和姜遥，我也几乎不再相信女人。

女人，都是风和云！

3

  无聊的日子继续无聊地过着，但是我有事情做了，我姐要结婚，为了给姐筹办婚礼，我开始奔跑在东莞和湖南两地之间，我一定要她风风光光地嫁人。

  回到老家，我又去找兰兰，但是我没去她家，我跨坐在摩托车上，在离她家很远的地方，一直从黄昏坐到上灯，从上灯坐到她母亲出来关门。我看到她房间的灯光灭了，再抽上两支烟，估计她应该睡着了，然后推着摩托车过去，坐在她家大门外的台阶上默默地流泪。

  姜帆一直骂我是柳下惠，我想他骂对了，看我多没出息，这一刻，我还不能够放下兰兰。人到她家门口了，可我只敢远远地瞭望，泪水无声无息地滴落在她家的台阶上。曾经这里几乎是我家，可现在我已经没有任何理由来这里了，望着天上的明月，我想到一句台词："自古多情空余恨，此恨绵绵无绝期！"

  有爱就有恨！可是我恨不起兰兰，我只能恨我自己。不！我尽力了。不！兰兰，不可以放弃，她只能是我的。对着兰兰的窗口，我发誓，失去的一定要夺回来，我就算豁出自己的命来宠她，都要把她留在身边。

  下半夜回家，然后爬到屋顶吹风喝酒，喝醉了在屋顶睡着了。第二天，被姐用竹竿打醒，我在晨雾里抱着姐跳舞。姐说我是个浪漫的人，跟我在一起的女孩肯定是八辈子修行得来的福，但是我把这福分送到兰兰身边，她却不要，看来再多的爱也赶不上金钱来得直接。我还是该努力赚钱！

  我去了银行，把所有银行卡的钱转到同一张卡里，买了个利是封，封起来。

  送姐出门的时候，我很不舍得。姐从小宠我到大，记得小时候去上学，没有单车，路面很冻，姐为了怕我冻着，总是把我背在背上。每次我调皮捣蛋，父亲要教训我的时候，姐总是挡在父亲的棍子前，不让他打我。

  我抱着姐姐说："姐，以后有了姐夫，你会不会就不宠我了？"

  姐说："那我不嫁一辈子陪你好不好？"

  当然不好！我没那么自私，我要姐嫁，还要她嫁得幸福。娘家是姐姐永远的靠山，我会尽我所能，为姐的幸福生活保驾护航。

  母亲把姐从我怀里扯出来说再不出门就要误吉时了。

  我弯下腰，帮姐穿上她的红色高跟鞋。

  我把怀里的利市封掏给姐，她愣了愣，她应该没想到，她的嫁妆，我们已经给她办得很丰厚了。办嫁妆的时候，姐一直在想着不要买东西，将钱直接给她就好了，她想跟姐夫在外面开店，目前资金还不够，可是我坚持一定要办，不只因为这是娘家的面子，她不在家里住，可是公公婆婆在家里住，给点东西老人用，总是好的。

姐问我："什么东西？"

我说："银行卡，密码是你的生日，足够你开店，记得一定要幸福哦！"

姐很感动，不是因为钱，而是她看到我的成长。她说我真的长大了，学会保护照顾家人了。

我低下头，为姐打开她的红雨伞，看着她被陪嫁的姐妹们扶着出门。

姐出门后，我也拿着车钥匙出门。

我又开着摩托车，来到兰兰家附近，坐了好大一会儿，然后回家。今天我姐出嫁，她是知道的。我姐出嫁，我不可能不回来，我想看到地上的烟头，她应该会知道我来过。

吃过中午饭，我急匆匆地回东莞，才进家门，姜帆就闯进来，将我吓一跳！

姜帆瞪着眼睛问我："这段时间去哪里了？"我离开东莞，没有告诉任何人，没想到他居然会知道。

我说："回老家了。"

他似信非信，用眼神质疑我。

我解释说："我姐结婚了，你说我要不要回去？"

他往我胸口捶了一拳说："你是回去送亲还是回去看兰兰？"

虽然那一拳，他已经是掂量着用力，但我还是承受不了。他是练家子，从小就习武，相对于他的强悍，我只能算是小女生式的花拳绣腿。

他用眼神逼着我回答他的问题。

我说："都是，我姐真的结婚了，我送她出门，我也去看兰兰了，并且到了她家附近，只是没勇气进去。"

我看到他清澈的眼眸里升起一道寒光，那代表着他在生气，他的火气越来越大，他握紧拳头咬紧牙根，继而一巴掌又一巴掌猛地掴过来，一边掴一边骂着："这掌掴你的不争气，这一掌掴你的没出息，这一掌掴你枉费姜遥的一片痴情。这一掌……"他没说，但是我知道，他是掴我辜负他对我的真心呵护。当他知道我和兰兰的事后，他几乎处处呵护我，可我就是不争气，他做得再多都没有用。因为我的心里、我的眼里、我的脑子里，只有兰兰。

我被他掴得七荤八素眼冒金星，就像看到满天的萤火虫，像老家每年夏天收割完早稻的地里，萤火虫成群结队飘呀飘呀地飞过。

我受不了他的巴掌，嘴角有甜腻的滋味，嘴角有液体流出，用手摸了一把，血啪嗒啪嗒地滴下来。我求他停下来,可是他停不下来,他像一头被激怒的雄狮,一巴掌接一巴掌如狂风暴雨般打得我东倒西歪。

发泄过后,他慢慢平息下来。

我终于可以逃离苦海了。我说:"姜帆,你吓到我了,以后别这样。"然后他问我:"你到底爱她有多深?到什么程度?"

我说如果可以,我想倾尽天下把最好的给她。我告诉他自己想抢婚。

我以为他又会揍我,可是没有,他犹豫了一会儿后问我怎么抢。

怎么抢我还没想过,我一直想着抢婚,却一直不敢贸然行动。

他说:"像你这样子,难道要等人家嫁了再去抢?"

他还鄙视说:"我终于明白你为什么会失败了,你是只敢想,不行动的家伙!"

我也知道我为什么会败,真的怪不了兰兰,是我自己太优柔寡断,兰兰曾经好几次表示要跟我走,可我都没带她出来。女人的青春是有限的,她等不及了。

我和姜帆一起讨论,婚礼上抢婚,那不太现实,我们丢不起那个人,现在也不是旧时代,可以武力解决。他为我谋划了抢婚策略,正确地说是诱惑兰兰悔婚。他好兴奋哦,好像要抢婚的是他一样。

幸好他肯帮我抢婚。兰兰快回来吧!他踹了我一脚,我的心思还真都让他给看透了。

我问他:"你的眼睛是不是X光?"

他反问我:"我刚才有看你吗?"然后,我彻底晕菜了!

这时电话响了,像个顽固的孩子,摆出不接起誓不罢休的姿态。

还响,还响!断了三次,还在响。姜帆恼火地跳起来,从桌上抓起电话,我捏了一把汗,心想着电话那头的人要倒霉了,可是他一看电话上的来电显示,将电话递给我,我看都不用看接起来,这个世上能让他在这种情况下有如此表情的只有一个人,那就是他的妹妹姜遥!

姜遥在电话里说很久不见我了,叫我过去。

我说:"我这段时间没在东莞,我姐结婚了,我回去送亲,刚从老家回来,正累着。你好些照顾好自己,我明天去看你。"

姜遥一听不干了,她说:"我要你马上过来!"

我只好答应立马赶过去。姜遥是个偏激的人,我明白她的偏激,就像她明白我的忧郁。

我跟姜帆成为朋友,不完全因为他是姜遥的哥哥,而是想要利用他!利用他的能力帮我抢婚。我不是富二代,但是可以利用富二代来打击富二代。这是我的私心。

他冷冷地说:"告诉你一句,多行不义必自毙!"

我猛地抬头，原来他一直都知道我想利用他，可是他既然知道，为什么还要"上当"呢？

他抱着双臂像看猴戏一样看着我说："你要的，我会帮你去做，但是我警告你，不许对我妹妹不好。"

他像我肚子里的蛔虫一样，我想什么他都知道。

到了楼下，他发动车子，我不想坐他的车。奥迪！我总觉得好丑，像一只蛤蟆。我趴在车窗旁对他说："你知道不？你跟这车子一样。"然后，我睁大眼睛，把手竖起来，吐吐舌头，学青蛙冲他呱呱叫几声！

可能他从没被人这么骂过，脸都绿了。我很得意。

4

姜遥家的门打开着，她正抱着啤酒，坐在阳台的栏杆上，两个脚丫挂在外面。猛一看，像要跳楼。

"如果我跳下去，你会不会跟着跳下去？"她问。

"不会。"我说。

兰兰把我的爱情带走了，现在别跟我提爱情！谁跟我提我跟谁急。

我也坐在栏杆上，从这里往下看，下面的人就像蚂蚁一样。

"蚂蚁也有蚂蚁的快乐，人不一定比蚂蚁强。"姜遥说。

我站起来，今晚的夜很深，月亮像个昏暗的铜盘悬空挂着，像个寂寞的行者，孤独地走向石头风化的未来。

她发现我脸上的伤痕问我怎么回事。

我恼怒地说："还不是拜你哥所赐！"

说完我知道自己说错了，只是我没想到，她会因为我被打的事，居然找姜帆吼了一顿。从那之后，姜帆打我，总打在看不到伤的地方。

我们喝着啤酒没有交谈，好像她叫我来就只是要我来，事实上也是这样。大家都是明白人，不用交谈彼此都明白。

苍白的路灯把我们的影子拉得老长，我想到那惆怅的望夫崖，可这里不是悬崖峭壁，这里是十八楼。

我把喝空的瓶子摔下去，听到玻璃碎裂的声音，心里升起一种破坏的快感。

我兴奋地告诉姜遥，我的兰兰很快就会飞过来。

"你要干什么？"姜遥的睫毛覆盖在我鼻子上。幸好她不是我的敌人，否则我一定会一败涂地,她跟她哥一样能看透我的想法。

"抢婚!"我直接说。

姜遥欲言又止犹豫了一会儿,最后还是问了一句:"你别这样行吗?"

我没理她,越想越没劲,就跑酒吧去。我坐在吧台喝着酒,有个女人跑过来打招呼,我头都不抬说:"滚!"

我的手机响了,是姜帆打来的,我把它甩在吧台上懒得理会,爱响就响去吧!过了不大一会儿,我身边突然坐过来一个人,我扭头一看,是姜帆。

见鬼!我心里头居然闪过一丝害怕,但是很快我就叛逆起来,心里想着:我为什么要怕你?我又不是你的谁。

我故意跟我身边的女人说话,可是很奇怪,明明这个女人刚刚还主动跟我打招呼,现在她不理我了。不理我,我找别人去,我刚站起来,就听到姜帆说:"你挨个找,今晚你找遍这个酒吧,要是有女人搭理你,我倒贴!"

看他说得那么绝对又霸气,我心里头想着:这酒吧是你家的产业,怪不得以前我泡吧,无论在哪里,姜遥总能找到我。

大家都在看着我们,姜帆笑容干净得像天使,还一副谦卑淡定的样子,而我气得就像一只掉进水里刚被捞起来的斗鸡。

行!这里是你的地盘,老子换个地方去,我还不信他全都管得着。

我刚走出去,姜帆追上来说:"你就这么不喜欢我妹妹吗?"

我气不打一处来,怒不可遏地说:"我喝个酒,你也跟过来烦人!姜帆,你想绑我去跟你妹妹在一起吗?"

他抽着烟说:"今天就绑你,你能怎么样?"

我气短!看到治安巡逻员路过,心头窃喜,我说我要报警。我还没说完他已经拿出电话说:"要不要我帮你拨号码?"然后,我看到治安巡逻人员跟他客套地打招呼。他是本地人,还是有名望的贵公子,到了派出所,估计那个被拘留起来的会是我,到时我在里面过的什么日子、什么时候能出来,那还得看他的心情。我又气短了!

我拿出手机准备向姜遥求救,电话还没打出去就被他抢了。我冲着天空叫,姜遥,你不是幽灵吗?你这会儿怎么不出现了,你快来救我呀!

哈哈!姜遥没出现,我姐出现了,我大老远就叫:"姐!"

我姐走近了,问:"你在干吗啊?"

我说:他抢我手机。然后我记起姐姐并不认识姜帆,赶紧向姐介绍:"姐,他是姜帆,姜遥的哥哥。"

姜帆彬彬有礼地叫一句："姐姐好！"就像一乖乖仔，跟刚刚的嚣张判若两人。

看姐手里提着虾，我问："大半夜买虾干吗呢？"

姐说："我回去煮夜宵。"

肯定不能让姜帆绑了去姜遥家，我要回自己的家。我灵机一动，接过姐手里的东西，拉着姐的手一起走。

不要脸的姜帆居然也跟着来。

我姐在厨房里煮夜宵，我特意挑了一张压缩碟，二十集的连续剧，放在影碟机里看。

吃完夜宵，坐了一会儿，我姐说想睡了，我假装看电视看得超入神，说："好！你去睡吧，我看完一会儿就去睡。"

我姐说好，就闪进卧房。

我冲姜帆挤眉弄眼，在我姐的家，你想怎么样啊？有种，你打我呀！打呀！我气得他捏得拳头吱吱响。

十二点过，我开始撑不住，好想念床啊！

姜帆跟我杠上了，我不走他也不走。

耗着总不是办法，我给姜遥打电话，虚情假意地扯了一会儿，我说："遥遥，你过来好不？我想你了。"

姜遥说："不是吧，你会想我，那你刚才还要走？"我说："想你还需要理由吗？这会儿真想了，你不来会后悔的。"我故意吓唬她，坚持要她过来，并不是我没绅士风度，我只是怕走出门就被她哥绑架了而已。看他那副样子，今晚要是落到他手里，不被打死，也会被打残。

过了一会儿，我就听到姜遥跑上楼的高跟鞋的声音，当敲门声响起的时候，我拉开门，见到救星的感觉真好！我感觉姜遥可爱极了。

姜遥一见她哥在我身后，就知道我们两个肯定斗嘴了，她让我不要老惹她哥生气。我说，你应该叫你哥不要老打人，要不，说不定哪天你就看不到我了。

姜帆一下楼，她就趴到窗口，看着姜帆发动车子离开才说："啊！我哥换车子了？"

我跑过去一看，嗯，是真的！不过刚才过来的时候，他没有开车啊，原来他是把车停在这里，走去酒吧的？

我不再看，直接扑到床上睡觉，当姜遥回头的时候，我已经假装睡着了。她站在床边看着我，吻了吻我的睫毛，帮我盖上被子，然后到客厅里码字。她居然带了笔记本电脑过来。

我一直在错着。像这一会儿，她在客厅里码字，她就是在抓紧最后的时间，书写生命。可是我不懂！这个女人，我认识她那么久，可一直到她死后，我才懂她。

第二天起床，我看到手机里有一条信息，是姜帆发的，打开了是一条空白的信息，这家伙也会有无语的时候。

我在部门开完早会出来，带着我的助手林兰等几个人直接去了广州。我们去会一个客人，谈一个团体险，这条线是我耕耘了很久才搭上的。如果谈成了，今年下半年，我都不用做了。为了有财力抢婚，我必须成功，现在我不想利用姜帆了，我不想欠他的情。那个家伙，我要离开他，能闪多远，就闪多远！

我们的财神爷是一个香港老男人，大概五十多岁，我准备了几个方案，不拿下誓不罢休。

我跟香港老男人在咖啡厅里谈了二十来分钟，他没什么兴趣，我觉得开诚布公谈，此路行不通，于是我起身去洗手间。

我去洗手间后，有一靓丽少女，从我们坐的位置缓缓经过，隔着大老远，我注意到香港老男人连头都没抬，女色他不感兴趣。

我掏出手机给姐姐和姜遥各打了一通电话，有时候我需要冷静，姐和姜遥的声音可以让我安心。

我一边打电话，一边打了个手势，然后我那个暗藏在角落的助手站起来，缓缓从我们的位置经过。在进咖啡厅之前，她已经被化装成一个近四十岁的女人，因为我查过香港老男人有个大陆妻子，感情很好，但是几年前意外身故了，我的助手跟老男人死去的老婆有点像。利用一个死人，打感情牌是件很不道德的事，但是为了保单，我打了。

这个单，我是志在必得的。

我注意到香港老男人的头从玻璃窗边转了回来，并且望着我助手的背影发愣。

搞定！突破口找到，他在怀念妻子。

离开得有点久了，我回到座位上向他道歉，他还没从刚才的惊鸿一瞥中回过神来。我跟他打过招呼后，留下再联系的借口道别离开。

站在街边，我的嘴角露出满意的笑容，我想他今晚肯定会睡眠不好。哈！太棒了！

我和助手们回到酒店，吃过饭后，我给他们讲关于香港老男人和他太太的故事。

晚上，我打电话约了一个人——颜艳，她是香港老男人的秘书。我约她去广厦。一打电话，她说已经等我好久了，一句话立马出来。

我到广厦，她已经在等我。直接买观光票去顶楼看夜景。远处的街灯和近处色彩斑斓的霓虹灯组成繁华俗世的一幅温暖夜景图，高楼如多姿的舞女，物欲横流，酒香四溢，整个城市食色生香。

我们一起吹着风，吹着吹着她整个人吹进我怀里了。我把手抱在她腰上，让她伸展双手，闭上眼睛，然后问她什么感觉。她说像飞起来一样，我想她的灵魂也会飞起来。睁开眼睛后，我问她有没有一种整个城市都在脚下的豪迈，她很用力地点头。

然后，她告诉我明天香港老男人的行程路线。

从广厦出来，她不肯走。

我告诉她自己晚上得回去策划明天怎么钓鱼，她笑了笑，我伸手拦下的士，帮她先付了款。

第二天早上五点半，我把助手林兰叫醒，然后帮她化好装，让她去东方广场。按颜艳的说法，香港老男人早上六点钟会出来晨练，我让林兰穿着晨练的衣服在他晨练结束的时候跟他擦肩而过。如果他有打招呼，可以回应，但不要停留过久，认识一下即可。

我买了杯豆奶，坐在北门，看着林兰和香港老男人擦肩而过，他走出很长一段路后，又倒回来，跟林兰打招呼。我大喜！耶！又赢了！

第三天还是晨练，这一次，他们攀谈上了，我已先叮嘱过林兰，不允许说与工作有关的事，她做得很好，跟老男人半个钟头不到就很熟络。

第四天，我带着几个助手去爬白云山。

第五天，我带着他们去游珠江。林兰问我怎么不去找那个老男人了，我告诉她：明天，他会找你，如果他问及这两天你怎么没去晨练，就跟他说工作忙，顺便透露个信息给他，你是做保险的。透露即可，不可说其他的，更不要表现出要他向你购保险的意图。

我太高估林兰的把控力了，第六天，当他们谈及保险的时候，老男人试探性地透露出有买团体险的打算，林兰立即向他表示了自己的意愿，隔着耳机，我在这头骂了句："该死！"

郁闷！居然敢不听话，自作主张。

林兰听到我骂人，知道自己做错了，而老男人也在犹豫当中。我知道他在考虑是不是该相信我的助手，我立即让林兰谦逊地对他说："你在哪个地方买都是一样的，你也不用那么急，可以先了解一下。"

这样一来，就成了是在建议他，并且扬言在哪家买都一样，不一定要向我们买。

第七天第八天，我们都没联系他。第九天，在晨练中，香港老男人主动提出关于保险的事。

第十天，我们把保单签了。

中午签单，下午本来可以回东莞的，但是我没有回，我把助手们都打发回去了，自己却继续在广州逗留。

其实，在我来广州的第三天，我就接到了姜遥的电话，她是替姜帆来问我在哪里的。因为姜帆的电话，我要么没接，要么说上几句匆匆挂了。我总说忙，却不告诉他在忙什么，姜遥说姜帆正掘地三尺要把我挖出来。

我哈哈大笑！我不在东莞，任他挖吧，掘地五百尺都不怕。

看着保单，看着上面的数字，我快乐得想从广厦上飞下来，但是我还是选择乘坐观光电梯下来，毕竟我没有飞翔的能力！

我拉着颜艳去夜游珠江，买了莲花灯去放，看着那些远漂的花灯，她笑得比那些花灯还妖，在她的笑容里，我真有点乐不思蜀的感觉。六月份的大夏天，泛舟河上，凉风习习，举头望星，美女在侧，钱财不愁，我不知道世界上还有什么比这更好的，我简直就要醉生梦死了。相比之下，我一点都不想回去东莞。颜艳人如其名，无论是脸蛋还是身材，都艳得我想拍手叫绝，看着她，我就想到有一个词语叫倾国倾城，真想一辈子拥有这样的美人。

但是很多事情都是只能想想而已，当天亮，颜艳问我能不能带她一起走的时候，我理智地告诉她："乖！我会常来广州看你的。"

她送我去车站，哭哭啼啼地扯着袖子，不让我走，最后我只能说："你先转身吧！等你走后，我再走。"

她转身后，走出一段距离，又回过头来，看她双目噙着眼泪，梨花带春雨的样子，我的心里顿时涌出许多的酸涩。

坐到车上，旁边的一个女乘客说："你真狠，她哭得那么伤心，你还能走。"我就笑了，哭本来就是女人的武器，可我差点中招了。不过她刚才那一回头，还真是百媚生啊，我沉溺了！

女乘客说我这么冷血的人，是不可能懂得爱情的。我闭着眼睛假装睡觉，或许我真不懂得爱情，所以我才会留不住爱情，但是不管爱情是什么样子，生活还要继续，回到东莞，我还要面对姜帆，还要想办法抢回我的兰兰。

颜艳，只是一个驿站，不经意间在这里休息而已。如果两个人真在一起，说不定也会合不来，有一些东西，还是让它永远成为遗憾好一点，这样生活才会多一份美丽。

闭上眼没多大一会儿，倦意就上来，我决定小睡一会儿。醒来后，我突然想起了什么，问身旁的女乘客，这个世上有没有鬼。因为我刚才梦到一个女子为情所困最后跳江了！

女乘客被我逗笑了，大白天说什么鬼？接着，她给我讲关于鬼魂之类的传说。她还没讲完，我又睡了过去。

汽车到站的时候，女乘客摇醒我，呵呵，十来天的时间过得真快，东莞，我回来了！

我去公司把保单交了，去了姜帆办公室。一见面，他便问我给兰兰打电话了没，我说没有，他嗖地站起来，一拳打过来，凶狠狠地说："你是不是想等到她出嫁了，再行动？"

我捂着被他打得发疼的胸口，骂着："泼街！你能不能不要老打人？你是练过的，我会被你打残的。"

他说："不想被打，你就长记性！"他一句话说得我没话说了。

我一直在想他为什么那么积极于抢婚，那么积极于纠正我平时只说不做的德行。后来，总算明白过来，他那么积极帮助我去抢婚，是想让他妹对我早点彻底死心，他不忍心看着姜遥爱得这么辛苦。

我要走的时候，姜帆带我去看他的新车，保时捷豪华版。

我问他原来的车呢？他很随意地说送人了。

我倒吸一口凉气，送人了？一部车子就这么送人了？姜帆也太大手笔了。败家子，见鬼。我居然有点妒忌那个受赠的好命人。

他问我新车怎么样，我看不得他高兴，鄙夷地说："青蛙和蛤蟆没两样！"气得他七窍冒烟，他踢我一脚说："你还真是傻大个儿！"

骂完，他愤怒地转过身，一摇三晃地走了。

5

傻大个儿？姜遥也曾这么骂我。那时，她拿我和林叔做交易，我被利用了还对他们千恩万谢的。今天又怎么了？谁又利用我了吗？

想不明白就不再想，我一边走出姜氏集团，一边给兰兰打电话，我问她过得怎么样。她说幼儿园已经放暑假，好无聊！她不想在家乡教书了，想出来外边哪怕在流水线当工人也比现在强。我接过她的话头，以建议式的态度对她说："既然决定跟人家过，就要多接触了解，如果在家真没事，就过来东莞，和你的未婚夫好好沟通交流一下，进一步增进你俩的感情。"

听到我说那个富二代，兰兰有点尴尬，但是听我口气那么坦然，她也就释然。

我坦然才有鬼，我只是要把她骗过来，骗过来再说，来了她就走不了。姜帆已经张着一张五彩纷呈的大网，在等着她飞蛾扑火。

一周后，兰兰就给我打来电话，她要来东莞了。

我好开心哦！我的兰兰终于要飞过来了。

我建议她第一站先到她父亲那边去，来我这里，不合理，去富二代那边，我不愿意让她去，并且我买定了，她一过来，那个富二代肯定会去接她去他那边。

我打电话告诉姜帆："兰兰要来东莞！"

姜帆很兴奋，像是要玩一场很刺激的游戏一样，跃跃欲试。

果然，兰兰到她父亲那里的隔天，富二代就去接她，把她带回家。他们一家生意忙忙碌碌的，富二代忙得没时间带她出去玩，兰兰跟他们一家人谈话的内容也无非是开店做生意之类的。

那些问题都不是兰兰关心的，一天时间，兰兰熬得像一年一样漫长。

晚上六点钟，我给她打电话，故意问她都去什么地方玩了。兰兰气呼呼地说哪儿都没去，就在家待着了。听口气，就可以想到她噘着嘴巴委屈的样子。我在心里偷笑！哈哈！太好了！

我建议兰兰，天黑了，该回家了。当然是回她老爸那里，她也不想在富二代那里待着，于是就提出一定要回家，富二代没办法，等到晚上九点多，生意忙过高峰时段，才送她回去。

得到这个消息的时候，我正和姜帆飞车在外环路上游车河。

不知道怎么回事，一下班，姜帆就跑过来，抓着我跟他一起去飙车。我不想去，但是看到他拉着脸阴沉沉的样子，还是答应了。

他一直没出声，只是专注地开着车。后来我说了一句："兰兰，也喜欢飙车！"他突然一个急刹，要不是系着安全带，我肯定已经飞出窗外了。

"你想死啊！"我捂着后脑勺说。

他冷冷地问："撞疼你了吗？"

我在想我没得罪他吧？

"你为什么总是这样，想生气就生气？好歹你得有个理由啊？"我厌恶地说。每次他生气，受罪的都是我。

"你来开吧！"他命令。

我答应了，至少这样，我可以把握自己的生命。凭他现在的情绪，我真怕他会把车子撞到防护栏上。

我们没有说话，车子在我手里平稳地奔驰在公路上，从环城路到东部快速……我载着他漫无目标地在公路上转着，哪里的人少、哪里的路宽，往哪里去。

我真的很想问他怎么回事，是不是二次失恋，如果是，我肯定要放鞭炮，要是真有哪个女子能让他伤心成这样子，我真要打着灯笼也要把她找到，赶紧促成他们的婚姻，但是想想还是忍住了。

车子开到一条偏僻公路的时候，他突然让我掉头，送他回家。车开到半路，他已经睡着了，微闭着眼睛，纯净得像个孩子。我不由得想起姜遥曾经说过的一句话：微闭着眼睡觉的人，基本上都是没有安全感或是孤独的人。

姜帆看似青春飞扬，华衣锦食，身边的人熙熙攘攘，可是没一个人能走进他内心，陪他笑看繁华俗世，他就像一个孤独的旅人，站在边上，观看自己的繁重生命。

我庆幸自己只是贫苦人家的孩子，兰兰飞走了又怎么样？我可以争取。我穷又如何？又不会饿死。至少我可以我行我素，按自己的意愿活着，可是姜帆不行，他肩上不只扛着姜氏，扛着姜氏的几千名员工的生存，更扛着以姜氏为首的姜氏商业联盟的命运。

我曾经听姜遥说过姜氏家族，那个家族大到她也说不清楚。据说是他们父辈们组成的一个相当于商业联盟的商会，各个成员都有独立的企业，却又相互控股，形成各自经营、独立核算、相互扶持的坚强堡垒。如果外界有谁想攻击其中的一家，除非你能同时把联盟的企业全部拿下，这个方式是姜帆建议并付诸执行的。年仅三十岁的姜帆在商业界已经是一颗瞩目耀眼的新星，姜叔叔现在只是挂名董事长。

到了姜帆居住的小区，我停好车把钥匙丢给他，并顺便告诉他："兰兰明天下午到。"

我还没走远，姜帆的电话就打过来，居然提醒我："不要忘了给你家兰兰打电话，确定一下她明天下午具体什么时间来。"

不过，还真多谢他提醒，不然我肯定会忘记了。虽然我刚才在跟他说兰兰明天下午到，但事实上我还没打电话叫兰兰过来。姜帆，真太了解我了。

我给兰兰打电话，她说她已躺在床上准备睡觉了，因为她不知道干什么好。

我和她东拉西扯聊了一会儿，切入正题："兰兰，要不你明天下午过来我这边玩吧。既然出来了，就到处走走。"

她想了一下，答应了。

第二天下午两点钟，兰兰打电话说她出发了。从樟木头到黄江约半个钟头的车程，我一接到电话，立即跑到书城等她。

兰兰一下车，我就看到她了，穿着一件无袖白色纱布裙子，纤维料子，看样子不会超过八十块钱，只背了一个小包包，里面估计就一包纸巾一个钱包，她压根儿没考虑在我这里住。

我先带她去吃东西，坐在必胜客欢乐餐厅里，她显得有点拘谨，我确定她肯定已经被她老爸灌输了已经是有主儿的人，不能再跟别人来往之类的传统文化观念，而我就是那个别人中最重点的那个。

我刻意地跟她聊一些无关紧要的话题，态度百分之百的纯洁，一副既然你选择他，我就尊重你，大家好聚好散，他日再见依然是朋友的大方态度。

后来她似乎对我没那么警惕了，我们回到老同学、好伙伴的状态。

我邀请她去我家里看看，她有些紧张。我骗她说："我跟我姐住一起。"她才放下心，跟着我走。

我心里凉飕飕的。真是物是人非，以前亲密无间的人，转眼就对我有防备之心了，负心的女人真是比水凉！

我们刚到家，姜帆的电话就打过来，问我兰兰到了没有。我说到了！于是半个钟头后，姜帆和姜遥就同时出现。

他们是来看兰兰长什么样子的。因为我一直以来所表现的痴狂，已经在他们心里注下一个肯定是倾城倾国的意念，姜帆更是把兰兰想象成貌胜西施、才胜虞姬、舞比飞燕、肤如合德，剔透聪慧五官玲珑！乍一看是个村妇，村妇也就罢了，村妇不被世俗所污染，单纯。可兰兰还世俗。

我理解姜帆的失望，他这一刻的心情就像我见到富二代情敌时没两样。

遇到这样的情况只有两条路，要么把污染环境的不良因素移走，要么自己离开，以免受污染。姜帆和姜遥知道不可能带走我，也不可能赶走兰兰的，于是他们选择赶紧闪人，可是我不给他们闪的机会，我说："我老家同学来了，不如大家一起去吃个饭。"

我们去了潮大食府，那里的虾仁超棒，饭后的小点精致迷人，服务更是皇室档次的。

一顿饭，兰兰吃得很开心。

姜遥很单纯，既然我喜欢，她就接受，她只希望我可以开心。而姜帆很会装，他演技一流。不知演得对兰兰有多热情，把兰兰捧得飞起来，但是我从他的眼睛里看到的却是愤怒，他还生气地在桌子底下，狠狠踢了我一脚。

兰兰私底下跟我说："你那兄弟真好！"

我说："那是！他是我在东莞最好的兄弟。"

吃完饭，姜帆和姜遥一起走了。

我带着兰兰去逛街，告诉她不要急着回去，一起玩几天。她想了想，表示同意。于是我就带她去专卖店，说是买一套衣服等会儿冲凉可以穿。

我们去了年前姜遥带我去的店，因为以前陪姜遥经常去，所以导购员对我特别有印象，都还认识我。我靠在柜台边跟她们聊天，让兰兰自己去挑衣服。她挑中一套裙子，可是一看价钱，吐吐舌头又放下。

她转了一圈，对我说："走了！"

我知道她并不是没挑到喜欢的，而是觉得价格太贵了。是的，这里最低价格的一件打底衣，都要二百元以上，拿二百元买件打底衣，在我们老家来说，是疯子都不会做的事情。

我让导购员帮忙推荐几套，导购员推了几套，一套比一套贵，她都没要。

我自己去给她挑衣服，挑了一条浅绿色的吊带裙，外搭一件浅绿色的小披褂的两件装。我让她试试，她指着价钱给我看，我微笑着说："衣服不都是这个价吗？"我有意这么说，言下之意告诉她，自己之前给她买的那些在她眼里所谓不值钱的破东西，也是这个价的。

她试穿出来，证明我的眼力的确不错，导购员也会说话，说她穿上后轻飘飘的，就像春天里的兰花一样纯洁而美丽。

我问她喜欢吗，她没回答，脸上的表情却告诉我她好喜欢，只是价钱太贵了。一个男人，如果无法给女人买她所喜欢的东西，这个男人就不是标准的男人。我直接去刷卡，她扯着我的衣角说："不要啦！太贵了！"

我说专卖店都是这个价。她晕了，问以前给她买的那套多少钱。我随意地说两千几，忘记了。

然后，我有意问导购员记不记得。

导购员说："好像是三千块，不太记得了，反正你买的都是好的。"

兰兰一听三千块，似乎有些不相信，对她来说，拿三百块买件衣服都算很可以的啦。

导购员见她将信将疑，又说："可以帮你查一下，电脑里面有记录的。"

查了之后，导购员告诉兰兰是2888！还说了一堆拍马屁的话，什么你男朋友对你真好，你男朋友真宠你，你真幸福，等等，说得唾沫横飞，羡慕得一副花痴相。兰兰低着头，心里甜甜地美着。我顺势把她搂进怀里，物质和阿谀奉承的轰炸下，她已经忘记自己姓什么了。

买完衣服，我提醒兰兰给她爸打电话报了个平安。

回家冲完凉，我帮兰兰按摩泡脚，舒服得她像仙一样。她磨蹭着不肯上床，我知道她在磨蹭什么，不由得心里一阵酸。

"你睡床上吧！"我说。

我抱着一床毛巾被睡到客厅的沙发上，脑袋像烧糊了一样很疼，睡不着，半夜里爬上床，兰兰条件反射般坐起来。

"将就一下，沙发真不是人睡的。"说完，我竟然倒头睡着了。

第二天清晨，阳光照进来，把我唤醒。临去上班前，我让兰兰再睡会儿，中午饭自己去外面搞定，不想出去的话，床头有外卖的号码。

下午两点钟不到，我就赶回来了。

我猜到她压根儿就不会去煮东西吃，也不会叫外卖，顶多就在冰箱里找些水果吃，真被我猜中了。

我一回来，她就问我："你不是说晚上回来吗？"

我说回来带她去吃饭。

我带兰兰去吃麦当劳，看她快乐地啃着鸡腿，我真想如果能一直这么宠她，让她一直这么快乐，多好。

吃完饭陪她逛街继续购物，从天虹逛到书城，从服装市场逛到步行街，从嘉荣逛到南康，我又在专卖店里给她买了一个两千多块的包。

兰兰幸福地依偎在我肩膀上，像午后懒洋洋的波斯猫，把她的那个未婚夫忘到九霄云外了。

我带兰兰熟悉附近的生活圈，哪里可以看电影，买什么东西应该上哪里。黄昏的时候，我带她去菜市场，买了很多的菜。

曾经，我的厨艺是专门为兰兰学的，所以我一定要露一手给她看，就算她根本不可能吃得了那么多，就算做出来给她看，我都要做。我要让她知道我可以为她做些什么，而我为她做的事，是别人所做不到的。

吃完饭我收拾屋子，兰兰要洗碗，我说："我洗。"

我把她推到客厅里，丢一袋零食给她。

洗好碗我给兰兰放水冲凉，她冲完凉，我挽起袖子去给她洗衣服。

晾好衣服，我也坐下来看电视，意外地发现兰兰正为电视剧情掉眼泪。我有点难过，兰兰为别人的爱情伤怀，但却总看不到属于我们自己的，就像我用自己的体温给她取暖的时候，她只知道自己不冷了，却没想过我会不会冷。

6

兰兰准备周末回去，在她离开前，我决定再带她出去逛逛。

带她去松山湖，我是有私心的，一个鲜花盛开的爱情胜地。我希望花香鸟语的浪漫能帮我留住伊人的脚步。

兰兰从没见过这么多花，一进入松山湖景区，就不停地大呼小叫。抬头是花，低头是花；远望是花，近观还是花。兰兰问我怎么会有这么多花，我说因为这里的名字叫"松湖花海"。

我带兰兰去看松湖烟雨的浪漫，去看睡莲开花，去湖边放风筝。我们背靠着背坐在花丛底下，她问我东莞怎么可以有这么美的地方。我告诉她还有更美的，可是你就要走了，不然我可以带你去看。

我在给她下毒，我想要她不舍。这是我留住她的办法。

听到"要走了"三字，她似乎心头一阵沉重，微风稍稍吹乱她的刘海，我趁抚顺她头发的机会吻上她的额头、睫毛、鼻子、耳朵，我故意把温热气息吹到她耳朵里，我感觉她的身子在颤抖，一个含带着花香的长吻，悠长得像天涯浪子和长衣舞女的舞蹈。

我们一直玩到晚上才回家，兰兰在冲凉的时候，姜帆突然打来电话，我接起来听到两个字："下来！"

我立即跑到窗口去，他正靠着保时捷站在楼下朝上仰望。我对着冲凉房门口叫道，兰兰，我出去买包烟，就飞快地下了楼。

姜帆扯动嘴角一笑："你上去陪她吧，我就是来看姜遥，顺道过来看下你。"

他分明是在撒谎！我也不揭穿。转身没走几步，就听他说："你忘了烟呢？"

他是提醒我买烟，别让兰兰看出破绽。我立马又想往小店去，他上前把烟塞到我手上。我接过道声谢，嗖地一下蹿到楼上，急忙跑到窗口，看着他钻进车里慢慢地离开。

夜里，跟我同床不同梦的兰兰已经睡着了，可是我睡不着，并且越睡越清醒。

好痛苦！我站起来披了件衣服站在窗前抽烟。金装芙蓉王，姜帆今晚给我的。我的头一直往下望，可是我在望什么呢？我明白了，我在找保时捷。可是已经没有保时捷了，姜帆这个时候不会出现了。闭上眼睛，一滴眼泪掉下来。

周六上午，我打的把兰兰送到赵叔叔那里。

兰兰忙碌地飞进飞出，给她爸讲述在我这边的奇闻趣事，快乐写在脸上。

赵叔叔无奈地叹气。他为女儿未来的华衣玉食着想，但又开始怀疑自己是否做对了。

兰兰回她爸那儿以后又去富二代那里待了一个星期，他没带她逛过一次街。兰兰的眼睛空洞地望着人来人往的大街，想着未来长长的几十年就这样过，眼泪无休止地掉下来。

兰兰跟富二代说不上话，除了赚钱，他什么都不懂，不会陪她看肥皂剧，不会为她洗衣服，不会摸着她的头说："傻瓜，别怕，有我呢。"兰兰跟所有女孩子一样，喜欢追星，喜欢小饰品，喜欢衣服、美食，更喜欢有情趣的帅哥。

兰兰哭着给我打电话诉苦，我说兰兰，要不你过来我这里，等结婚后你就没自由了，我想尽量多陪陪你，哪怕是一秒钟。你过来，我带你去虎门看炮台，去东莞逛女人街。

兰兰破涕为笑，第二天就飞过来了。

我让兰兰去学插花，学化妆，隔三岔五地带她去旅游。

我忘了姜遥，也忘了姜帆。

有一天夜里，我接到姜遥气若游丝的电话。手机从手中脱落，我拉起兰兰夺门而出。

"师傅，快！快一分钟，我多付你十块钱！"我喘着气对出租车师傅喊。师傅一听加钱，把车子开得像发射出去的火箭。

我用钥匙打开门。姜遥躺在浴缸里，血混合着水漫出浴缸染红整个浴室，我用毛巾被裹住她的身体抱着往医院跑。

"病人失血过多要输血。"医生说。

"输我的血！"我脱口而出。

医生说："不用紧张，不是什么特别血型，血库里有充足的血源。去办手续吧！"

在医院待了六个多小时，姜遥总算醒过来。看着憔悴的姜遥，我的心里像被人慢慢地撕成两瓣。我有那么好，值得她为我如此吗？

"我只是知道想一个人的时候在手臂上划一道口是什么滋味，没想到一没把握好就……"她说。

我为这个女子倍感心碎，如果我爱的是她而不是兰兰多好！

姜帆接到电话后，匆忙赶到医院。医生确认姜遥伤情稳定后，他拍了拍我的背，示意我出去。我对兰兰说："我们出去会儿，你在这里等，不要走开。"

到停车场，他打开车门的瞬间，我抢先一步挤到驾驶员的位置，以他现在的情绪开车，不撞墙就该有别的车主陪我们倒霉了。

开车，他坐上车命令我，可是没说去哪里。于是车子开出医院大门后，我就不知该往左还是往右了。我刚一停下，姜帆眼睛里就闪过一道寒光，令我不寒而栗。于是我只能继续发动车子，往左边拐，顺着车流走着。

我想，该面对的始终是要面对的，于是把方向盘打个弯往郊区去。

在一条僻静的公路边，他叫停车！我立即刹住车子。他下车，我也立即跟下来并站到他面前。

我闭上眼睛等着他的拳头。从见到姜遥那刻开始，我就已经知道会有这一餐了。还是那句话：姜遥是宝，我能让她开心，我就是他们家的座上宾。我让她难过了，我就是罪人，何况她是因为我而自杀的。

"睁开眼睛！"他命令。我睁开眼。

他继续命令："看着我！"

当我把目光转过去，鼻子上就迎来他的一拳。我一声惨叫捂着鼻子摔到地上，带着温度的液体从手掌缝里流出来。我流鼻血了。

我捂着鼻子，勉强站起来。他又是一拳！我再一声惨叫，再一次扑倒，又再一次爬起来！

再又一拳……

我不知道他打了多少拳，我要爬起来，可是，我站不起来了。我站不起来，他跳过来，在我身上补上几脚！

我嘴里流着血，身上是他的脚板印，在地上爬着。他在我前面，背对着我。我想爬过去，可是爬不动，然后失去了知觉……

而当我晕过去后，姜帆对兰兰做了安排。他给一个下属打电话："那个兰兰，在医院，带她去玩，小林子忙完会去接她。"

女职员接到任务，招呼一声，一大群女孩子响应号召，她们带着兰兰购物、美食、K歌，兰兰两个钟头不到就跟人家成了姐妹。

不知道昏睡了多久，反正我醒来的时候已是万家灯火。

这时，听到他的电话响了，女下属说："我们搞定兰兰了，你们不要来接了，她人已经醉倒，我们直接送到小林子家去了。"

一个电话把我们拉回现实，因为放心不下姜遥，我还是跟着姜帆来到医院。但我没有进入姜遥的病房，我不能在这一刻见姜遥。我一身狼狈，姜遥要是知道是她哥把我打得这么惨，非跟他操刀不可。

姜遥出院没几天，我就病了！很严重的感冒，兰兰像后知后觉一样，给我买了一盒感冒药。我那个高兴哦，她终于知道关心我了。

兰兰说："钱是赚不完的，你就别去上班了，好好休息几天。"

看看，兰兰现在变得多懂事啊！或许真是该停下来休息了，好累！我给姜帆打电话，让他帮忙照顾兰兰几天。

吃了兰兰买的感冒药，我于是打着感冒的旗号呼呼大睡。我不用收拾屋子，不用做饭，反正每天姜帆都安排好了。我吃了睡，睡了吃，不管天下俗事。

姜帆那群女下属白天带兰兰去玩，午夜十二点之前会把她送回来。兰兰有时会跟我说谁谁买什么东西给她，或是哪个人又带她去干吗干吗的。

听得出来，她很开心，乐不思蜀！她已经忘记还有一个月，就是她的婚期了。我就想着耗过这段时间，兰兰就是我的了。一个月很短的，只要兰兰继续开心地玩下去，成功就在眼前。

我对兰兰说："她们送给你的东西，如果喜欢就拿，不喜欢就不要，你有时也要买点东西给人家，我们不白拿人家的。"

说完，我又教训她一顿，女人只管花钱，如果一个男人，连自己的女人都宠爱不起，那还算什么男人，该自己去撞墙。

在我的一番歪理邪说下，兰兰就心安理得地接过我的一张银行卡。

几天后的一天晚上，都过十二点了，兰兰还没回来，我正纳闷她怎么这么晚了还没回来，却突然有人擂门，我想着她是不是忘记带钥匙了，爬起来开门。

门口站着姜遥。我有些不悦地问她："这么晚了，你来干什么？兰兰马上就要回来了，给她看见了不好。"

姜遥也不管我愿不愿意，她径直走到我的电脑桌前，坐在椅子里抽烟。一根接一根，抽光她带来的520后，又抽光我桌上的一盒茶花，幻化散开的烟圈如丝如雾，诉说着她的寂寞和无奈，还有她心里的纠结。

抽完最后一根烟的时候，姜遥站起来准备离开，似乎她来这里，就是来抽烟的。

我苦笑着朝她挥挥手，然后走到窗前，看着她走出楼道，钻进车子离去。

数了数烟头，总共十五个，她来我这里，坐了一个来钟头，抽了十多支烟。虽然姜遥一句话也没说，但是我知道她在痛苦。

不多时，我的手机响了，兰兰说晚上喝多了，反正她们明天还要继续一起玩，就住朋友家了。

整个晚上睡不踏实，虽然我不爱姜遥，但也不想让她痛苦。第二天，我主动联系她，让她陪我去理发。姜遥一大早就匆匆赶来，带我去美容美发厅理发，然后又去酒店洗浴、按摩。

怪不得兰兰越来越喜欢钱了，钱真是好东西。看看，付出钞票后，我变帅，变得精神多了！

兰兰的婚期越来越近，我以为她会忘记，可实际上她记得特别清楚。她准备走的前一晚，我帮她放水冲凉，一直靠在浴室玻璃隔断外面跟她说话，我几乎用哀求的口吻说："你嫁给我吧，别回去了。"

兰兰沉默了一阵，柔声说："不行，我俩只适合做好朋友。姜帆说你就一个打工仔，打肿脸也充不了胖子。我在你这里所有的开销，他全帮我解决了。再说了，姜遥那么爱你，你不可以辜负她的。"

我的泪水奔流而下，自己跑到阳台哭了一阵。

兰兰见我真伤心了，连忙过来安慰我，也表现出了不舍和依恋。然后，我们情不自禁地拥抱接吻。

她靠在我怀里，泪水滴在水里。

我说：兰兰，不要走，你飞了他。我去跟你爸说。

兰兰犹豫了，说她可以重新考虑一下。我乐了，一狠心，把她抱到床上，把之前所有没做的事、该做的事和不该做的事都做了。

完事后，我才发现自己并不是兰兰的第一个男人，我问她要个解释，她不回答。我听到一种东西掉落地板破碎的声音，那是心，是我的心碎裂了。这一次，她的泪水没有融化我。我想知道真相，一定要知道真相。如果只是一次过错，或是在他们订婚之后，我可以原谅她，我一样会珍惜她。可是……真相是：我被骗被耍了。

这些年来，我这么卖力，原来只是在给别人演一场戏，只是陪她跳一曲风花雪月。一直以来，只是我一厢情愿。当我辞去工厂写字楼的白领工作，当我踩着单车，顶着烈日，通街拉保单……当我被人放狗咬，汗水顺着裤管滴在异乡的街道，当我在台风里，衣服湿了又干、干了又湿，当我抱着自己孤单入眠、心中孤苦无依的时候，我心中的神，我的公主皇后早已跟另一个男人在一起了，而我只不过是她吃惯山珍海味之后，偶尔换换口味的一道小野菜。

这时，我感到一阵恶心，扯过旁边的垃圾桶吐到黄疸水都出来，心里愤愤不平：你可以不爱我，你可以移情别恋，你可以飞了我，但是你不能欺骗我你不能脚踩两只船。你的答案既然早就出来了，又何必把我当玩具拿在手上耍，你既然已经决定不要我，为什么还要跟我在一起，还要给我希望，因为我是傻大个儿吗？因为我好耍吗？还是因为我是柳下惠？哈哈哈……我的笑声震响整幢楼。

第二天醒来，我发现兰兰已经走了，她把我给她的银行卡放在了床头柜上，我打银行的服务电话查了一下，里面的钱一分也没少。而我给她买的东西，她一件也没有带走。

想想兰兰干的事，我气愤地打电话给快递公司，下了寄件订单。业务员很快上门，按我的要求将兰兰的日常用品，以及我为她买的所有东西一起打包寄走了。

而随着寄走的东西，我的心也变得空落落的，无助的我一边哭一边给姜帆打电话诉苦。我说："我被骗了！我是傻大个儿！我眼光不好。兰兰是感情骗子，是婊子都不如的货色。"

姜帆说："兄弟，不爱就不爱了，干吗要诋毁别人？这样不是很好吗？我看好你和我妹妹姜遥。"

我一时竟无言以对，默默地挂掉了电话。

足不出户宅在家里难过了些日子，半夜里我又去酒吧买醉，却意外地见到了姜遥，她浅浅地笑着，给我点了一杯名叫"幸福无期"的鸡尾酒。这酒初入嘴甘甜，最后残留的是涩涩的酸楚。

（原载《雪莲》2020年第5期）

兄弟（外二篇）

夏阳

临进村时，他的心情很不好。

一路上，哥催命一样，左一个电话右一个电话，打起来没完没了。唉，有钱人就是任性。开始，他还耐着性子解释车胎扎钉了，正在补胎，很快的。哥听了，却说，不是我说你，一分钱看得磨盘大，走高速你会死呀！他仿佛看见哥在手机那端一副幸灾乐祸的嘴脸，不由嗓门大了起来，李总，请注意你的素质，清明节别动不动咒我死，行吗？嚷完，他把手机使劲扔在副驾驶座上，站在马路边烦躁地抽烟，嘴里却对补胎的师傅说，慢慢来，不急，我有的是时间。紧接着，他又忍不住在心里对哥骂道，哧，五十公里还跑高速，钱烧的吧？

一个小时后，他看见哥时，哥正坐在村口和几个村民聊天。一双油光锃亮的皮鞋旁，摆着几个硕大的竹篮子，整整齐齐，满满当当，有香蜡纸炮，有金箔纸银箔纸折成的各式金银元宝，还有猪肉、鸡和鱼等三牲祭品。一见面，哥嘴里还是不依不饶，一个劲地埋怨他身为人民教师，怎么连一点时间观念都没有？

他听了，皱了皱眉，不吭声。他知道，倘若自己再顶几句，兄弟俩说不定会在众目睽睽之下干上一仗，那样笑话就闹大了。他嘴一咧，下车将装祭品的篮子拎进后备厢，然后拉开后座的车门对哥说，我亲爱的大老板，既然时间值钱，那就抓紧时间，赶快走吧。

乡间的道路坑洼不平，他不敢开得太快。兄弟俩坐在一辆车里，一年未见，却彼此无话。说是亲兄弟俩，但除了一年一次的清明祭祖，平日里没多大来往。虽然没有过多大矛盾，也没红过脸，但他确实看不起哥的言谈举止。哥常年在外面开超市，钱是赚了不少，但在他眼里属于暴发户洗脚上田，动不动显摆，动不动谈钱，好像生怕别人不晓得他有钱一样。他也知道，他看不起哥的同时，哥也看不起他。哥看不起他，无非他是一个中学穷教书匠，口袋里没多少钱呗。唉，他就不明白，自己双职工，有房有车，虽然比起哥这样的老板来说是寒酸了点，但人生在世短短几十年光景，生不带来，死不带去，要那么多钱干什么？

望着一路上和自己反向行驶的车辆不断地从山上下来，他才意识到今天确实来得有些晚了。

晓志还好吧？沉闷了好一会儿，他主动挑起话题，聊哥的儿子。晓志在一所名牌大学读研究生，是哥一辈子的骄傲。用哥的话来说，人财两旺。果然，哥来了兴头，说晓志最近又拿了一笔奖学金，还换了一个有钱的官二代做女朋友。哥说得有些眉飞色舞，瞬间，车里的气氛融洽了许多。

坟地不是很远，七八里路，在一个向阳的山坡上。一个小村庄的祖坟，世世代代长眠于此，一排排，蔚为壮观，像族谱上记载的那样井然有序。还真来晚了，整个坟场空旷无人，鞭炮的硝烟味还未散尽，混合着附近油菜花的芳香，在空气中弥漫开来。不少坟墓被修葺一新，白色的花圈簇拥在坟头，经幡一般迎风飘舞。偶尔，有黄色的纸钱刚刚熄灭，从黑色的灰烬中腾起一缕青烟。像往年一样，兄弟俩站在祖坟前，并无多话，各自忙开了。拔草，培土，焚香，点烛，烧纸钱，烧金银元宝，最后点响一挂鞭炮。鞭炮声中，两兄弟默契地站在一起，肩并肩，向墓碑鞠躬作揖。

六簇坟祭奠完，也就是一个多小时。临走前，哥在父亲坟前停了下来，问他要了一支烟，点燃，抽了两口，蹲下身将烟倒插在坟上，自言自语道，老头子死得不值，做牛做马，劳碌一辈子也没享过几天清福，因为穷，他一生都被人看不起。说着，哥转过身来看着他，继续说道，1977年，你那时还小，肯定还没记事，那年我们家穷得揭不开锅，缸里一粒米都没有。过年前的三天，老头子被逼急了，找熟人赊了一担麦芽糖，扒拉煤的火车去了萍乡，来回两夜一日，挣了十二块钱。要不是这十二块钱，我们家也许都饿死了。

他默默地望着哥，发现有泪水在哥眼里打转，一时不知说什么为好。哥摩挲着父亲的墓碑，长长地叹了口气，动情地说，如果老头子现在还在世，该多好啊。

从祖坟到停车的马路上，有一段距离，不远，三百米而已。离开时，哥走在前面，他跟在后面，一前一后，沉默不语，像两个行脚僧。这景象，让他不由想起了小时候的一幕，不知道那时自己有多大，但记忆在脑海里突然变得格外清晰：冬日傍晚，红薯地上空旷萧瑟，哥在前面领着，一边走，一边用脚踢着土坷垃，不时用手里的木棍敲敲打打，期盼从中找到半块红薯或者几根幼小的茎须。他空瘪着肚子，踩着哥的脚印，一步一步，机械地跟着。低垂的天幕下，他们瘦小的身影，像两条无家可归的狗。

现在，他默默地望着走在前面的哥的身影，发现哥虽然穿着一件翻领的皮大衣，却依然掩饰不住他有些佝偻的背影。他犹犹豫豫地站住，在后面哽咽地叫了一声，哥。

哥愣了一下，定定地站在原地，没有回头，轻声问，怎么啦？

他抹了抹眼泪，说，注意保重身体。

这时，哥才转过身来，微笑地看着他说，没事，我还硬朗着呢。

（原载《山西文学》2020年第1期）

审判

他是个小偷，但心地善良。当然，我们也可以这样理解，他心地善良，可惜是个小偷。虽然两者语气不一样，表达情感也有差异，但无论如何也改变不了他做小偷的事实。

是的，他就是个小偷。小偷与小偷之间不应该存在差别，偷了就是偷了，没偷就是没偷，头上三尺有神明。

不是这样吗？

那天一大早，他一上公交车就得手了，很顺利。车到了下一站，他匆匆下车，拐过两条街，猫腰进了一家公共厕所。没想到钱包里有一千多元现金，这真是意外啊。他心花怒放，暗喜又可以歇上两天了。然后，他查看了钱包里另外一些东西，有身份证、驾驶证，还有两张银行卡，这些对他来说没有什么用。但是，有一张准考证引起了他的兴趣。原来失主正准备参加一场非常重要的考试，时间是后天。

这个时候，他面临三种选择：

一是置之不理。除了钱，其他都可以丢进厕所门口的垃圾桶里。作为一个职业小偷，既然偷了，就不能有同情心。甚至为了免除后患，他还会将这些东西一股脑儿塞进马桶，一泡水让它们永远消失。这多好呀，举手之劳的事儿。但是，我们知道，他心地善良。心地善良的人肯定会想，这些东西对失主意味着什么？钱是身外之物，失去倒无所谓，证件、银行卡可以补办，时间早晚而已，只是这准考证一旦进了下水道，就意味着一个人的命运即将改写。

当然，他还有另外一种选择，完璧归赵，当然是钱得留下。对，钱得留下，否则一大早白干了，他心想。至于如何还给对方，这对于他来说是小事一桩。按照身份证上面的地址，他可以快递给对方，或者亲自送过去，趁无人注意时扔在失主的楼梯口或者院子里。然而，这样做似乎也不保险，万一中间有什么差池，不就前功尽弃了吗？比如快递延误，比如失主没有捡到钱包。

其实，他还有一种选择，为了确保万无一失，他可以隐身在暗处，按照准考证上面提供的手机号码，用公用电话通知对方去某某地方取。

结果呢？结果他都没有选择，而是亲自登门拜访。他胆大妄为地坐在人家客厅的沙发上，架着二郎腿谎称自己在路边偶然捡到这些东西，按照上面的地址前来贵府归还。遗憾的是，他很快就被人家戳穿了，他就是那个真正的小偷。于是，全家人把他制服在地，五花大绑扭送进了派出所。

法官审判他时，他内心极为委屈。然而法律历来铁面无私，法官不会因为你上门归还了一部分失物而赦免你无罪，顶多是酌情轻判而已。为了排遣他的委屈，我们不妨请宽厚仁慈又无所不知的上帝来审判他。当然，我们也可以将话说得委婉一些，安排他们坐下来平等对话。

他说，我虽然是小偷，但和别的小偷不一样，我偷东西只是为了填饱肚子，从没有发财的想法。

上帝说，你不贪得无厌，是为了保护自己，这是你的慧根。但是你忘了，一天偷一百次，和十年偷一百次，本质上有区别吗？伸手必被捉，迟早的事儿。

他说，你不知道，我知足常乐，每次适可而止，收获稍微丰厚一点，我会歇上好几天的。

上帝说，你休息，不是为了赎罪，不是为了忏悔，你从不进教堂，取而代之的是在大街上闲逛。说到底，你是贪恋正常人的自由生活，不用神经高度紧张，不用战战兢兢，而是可以站在阳光下，像正常人一样大模大样。

他说，可我还是觉得委屈，我因为心太善良而将自己搭进去了。

上帝说，你既然这样认为，那好，我帮你将整个事件复盘一下，看看到底是怎么回事。本来，你早上从不作案，但是头一个晚上你打麻将输得身无分文，连买早餐的钱都没有，只好改变自己的习惯，对吧？

他点点头。

上帝说，那天早上在公交车站，你开始锁定的目标是一个肥胖的中年妇女，当看到王美美出现后，你改变了主意。你明明知道那个中年妇女比王美美有钱，更容易得手，但你宁愿跟随王美美坐下一趟车。上车以后，如果不是你趁着拥挤猥琐地贴王美美太紧，让人家敢怒不敢言，估计她也不会记住你这张嘴脸。

他面红耳赤，无言以对。

上帝继续说，你下手时，完全可以用刀片划开她的小坤包，但是你没有，你觉得她的坤包和她的连衣裙很相配，你舍不得破坏。你后来收回了刀片，用手拉开她包的拉链，费劲地取出了里面的钱包。临下车时，你又帮人家将包的拉链拉回去了。你如此嚣张，是不是有点违背你的职业道德？

他张了张嘴，欲言又止，最终还是没有说话。

上帝又说，我知道你想说什么。不就是王美美长得像你初中一个女同学吗？你曾经暗恋过人家，对吧？所以，你面对那么多选择不顾，特意冒险去王美美家里，不就是想博取她的一份好感吗？其实你不知道，这年代准考证丢了，可以在网上重新打印，你的善举没有多大实际意义。

他低着头沉默了半天，突然说，我发现自己喜欢上她了。

上帝呵呵地笑了。

（原载《小小说选刊》2019年第24期）

瞬间

看不等于看见。

丰城每天在变，日新月异，他却视而不见。是这样吗？当然。举个例子佐证一下，比如从他居住的地方到市政广场，有一条公交线路，每天十几趟中巴车来回穿梭，一块钱坐几十公里。他每隔两天进一趟城，坐过很多次，却不知这条线路起点在哪儿，终点驶向何处，什么时候开通的，还有早班车和末班车的起止时间。对于身边的事物，他向来漠不关心。

每次进城，他都会采购一些生活必需品。其实，他不一定非要这样折腾，绝大部分东西在住所周边都可以买到，但他依然我行我素，乐此不疲。今天，大概下午两点钟的光景，和往常一样，他从市政广场旁边的粤客隆超市溜达出来，手里提着一个购物袋，里面有两斤米、五两猪肉、一个茄子、四粒青椒、一小盒蘑菇，还有三瓶二锅头。和往常一样，他当然吃过中饭，一碗磷肥厂下岗工人炮制的重庆酸辣粉，让他吸溜了好一阵。生活于他而言，无所谓好与坏，只要肚子不闹腾，那么一天就被正确地打发了。

和往常一样，他先是坐在超市门口的台阶上，心满意足地抽了一支烟，然后穿过半条街，来到紫云大道一侧的候车亭。站在站牌下，他面无表情，望着马路对面的国贸大厦发呆。他身后的不锈钢长椅上，一对恋人正抱在一块儿亲嘴，旁若无人，接连发出孩子没吃饱似的咂嘴声，让他皱眉不止。刚好，脚下有一个矿泉水空瓶子，他狠狠地踢了一脚，然后向一旁走开，远远地离着，一副眼不见为净的凛然神情。当那辆上白下红的公交车靠拢候车亭后，他发现那对恋人居然捷足先登也上了车，便脸部抽搐了一下，一抬屁股，从车后门退了下来。他宁愿等。

半个小时后，又一辆车来了，同样上白下红，人却拥挤不堪。他一手拎着购物袋，一手吊住扶手，钟摆一样夹杂在车尾部的一群人中间。

车开了不久，他突然感到异样，分明觉得有一道灼热的目光在追踪自己。同时，空气中弥漫着一股诱人眩晕的栀子花开的香气，取代了他曾经熟悉的汗臭味，正朝他无遮无掩地袭来。海风？对，就是海风拂面的感觉。这种感觉，让他耳朵发烫，身体绵软。他几乎是来不及思考，抬起头循着那道目光勇敢地望过去。穿过几道人墙，眼睛和眼睛迎面对上了。那是一双女人漂亮的眼睛，仿佛一直在那里等候着他。她的目光，勾人魂魄，饱含着如他一般的寂寞、等待和讶异，以及一种立即准备烧成灰烬的奋不顾身的饥渴。

他惊得转过脸，停了几秒钟，又禁不住去看那女人。那女人仍一动不动地站在老地方，牢牢地盯着他。两个人的目光再一次越过好几道人墙，在空中相遇，谁都没有要挪开的意思。这一次，完全是眼睛与眼睛的接吻，犹如热恋中的情侣，如胶似漆，难舍难分。他的心突突地跳到嗓子眼儿了。时间似乎凝固，如同他的血液已凝结，周围的一切喧嚣完全消失了。他的面前，只剩下那大胆热烈的目光，漆黑的瞳仁和长长的睫毛，其他天地混沌，一片模糊，如同幻化在雾里一样。

最后，他迎着她鼓励而赞许的目光，朝她走过去。他想主动告诉她，这些年他内心隐秘的委屈与悲伤，甚至他还想拥抱她，只要她愿意。他挤过人群，就像穿越这千重山万重水的阻隔，快马加鞭，日夜兼程，向她飞奔而来。遗憾的是，当他站在她面前，他既没有开口说话，也没有热烈拥抱，而是杵立在那里，像一截木头。他发现，她只有上半身。他发现，她的手边有一行字，"风情万种，你也可以"。他还发现，这是一幅广告海报，某某女性口服液的广告海报，被贴在司机驾驶座背后的隔离板上。

他不知道自己是怎么下车的，四肢无力，充满虚脱感，像刚刚完成一次长跑。他站在路边，目送着公交车渐行渐远的背影，直至那上白下红、瞬间消失在视野里，他依然站在那儿，恋恋不舍。

天很蓝，地很绿，远处有两只狗在草坪上交媾，他走过去观瞧了一会儿，突然觉得生活很有奔头。

（首发于《梅州日报》2018年8月29日

原载《微型小说选刊》2019年第3期）

摘花（外三篇）

刘帆

说起来，若离的心里"腾"地升起一团火来，脸上布满冬日里的桃花，心情快乐，又闹又笑，都是因为向游。

什么人儿摘鲜花？什么鲜花永不离？什么鱼儿争上游？什么水面像若离？

向游哼着小调，肩上担着两个刚从广东带回来的袋子，拐过一个山口，就沿着一条小河走。若离跟在向游的后面，听向游讲段子，亮晶晶的河水，像什么？向游居然说这河水就像我们的爱情，亮着呢。我就喜欢滑溜滑溜的，在你的溪水里游。

向游说这话的时候，故意眼睛坏坏地看着若离。那挑逗的样子仿佛随时会偷袭她。

"什么在你的溪水里游？向游你害不害臊？"若离盯着清清的河水，看着两岸长满的树，树后面是否藏着人在偷听两人的恣意调笑？

羞死人了。若离捶了一下向游，脸红红的，像花一样。

尽管天气冷了，但是暖暖的爱意给人特别的温馨。

顺着河床逆流而上，若离的村子就在河上一处山崖边的溪水口。

二人结伴回娘家的消息，早就像风信子一样传到老溪水口的若离娘家。

若离的老爹盼这一天很久了。为此，他将圈养的一头已经一年多的家猪喊村里专业的屠宰员喜喜上门来宰杀了，大铁锅冒着热气，肉香味飘出老远老远。这种香味引来村里很多看热闹的人，大家都说，若离老爹张罗的宴席，从这宰杀的原汁原味的肉香就可以看出对新姑爷的看重。

从广东回娘家，一对新人，如今回家来，自然是贵客。

向游准备了厚厚的双份"吉祥如意"红包，准备了烟酒糖茶之类的老礼，一律是双份的。

老爹推托不过，就接了，那红包实沉，一看就知道女婿女儿一家过得不错。老爹也不是贪婪之人，他知道女婿懂礼数。

老爹给女婿也封了红包，向游坚辞不受，若离老妈正好端上来两个刚出锅的焦黄油亮的荷包蛋，她说这是娘家的嘱托，不能推托，还有，得把双荷包蛋吃了，以后好运连连，好事成双，我们就盼着你对若离好。说着说着，若离老妈的眼泪差点掉下来了。

宴席摆了好几桌。若离这一桌，她老爹坐上首，向游忝陪，若离呢，紧挨着向游坐，她生怕向游不习惯家里的风俗，似乎想在旁边有个照应。若离老妈，瞅着若离，眼睛似乎在说，这闺女，见世面了，有了姑爷，连老娘都不理了，变得不听话了。不过，她脸上洋溢着满满的笑意，看得出，她对新姑爷很满意。

门外放着长长的鞭炮，两大串，又红又响亮，噼噼啪啪，若离透过大门，喧嚣的人声丝毫没有打断她的幸福指数，她觉得，日子真的过得响亮了起来。

所有人都说向游把我们村最美的花摘走了，若离她爹福气好，女儿上了大学，如今女婿孝顺。

若离老爹听了，更是笑。

这顿饭一直吃到下午。向游终于要返程了。

返程并不是要返回广东，而是回向游的老家。

走出溪水口，路边的花儿，在冬季还有开着的，虽然不多，委实也亮了一块天。

若离怀揣着心事，这个男人，总给人难忘的时刻。

在南方的椰林城里，向游和若离是一对出了名的恩爱金童玉女。两个人从高中开始依稀互有好感，到南方椰城水到渠成，日子就在你总是对我好的曲子里定了蓝桥会。

若离是一名老师，在南方一所私立小学教书。那些学生一半以上是异地创业或务工的外乡人的子女。若离教书关注心灵，她要求孩子们用稚嫩的笔，写内心深处温暖的一刻。

高中后各奔前程，若离和向游两人并未在一起。直到一年前的一天，一个女孩写的故事，引起了若离的注意，那里有一个人的名字叫向游。

女孩的文章写道，我也不知道是什么缘分遇到向游叔叔的，那时候，爸爸妈妈打工离婚了，谁也不管我，向游叔叔住在我们租住的房子对面，有天我实在觉得伤心，就大声哭了起来，都说有妈的孩子像个宝，为什么我感觉不到呢？向游叔叔下班听到我的哭声，安慰我别怕，那一刻他抱住我，好温暖。他给我做饭，烧好吃的菜，带我玩，陪我做作业，很多日子了，他既像爸爸，又像妈妈，我觉得我也是幸福的。

若离让女孩将她的叔叔找来，没想到是失联很久的向游。

幸福的花儿就这样悄悄地盛开了。

老师们都说，向游你把我们学校最好的花摘走了。

女孩说，老师，你把我心目中最好的爸爸娶了吧？

向游听到后，眼睛盯着若离："不，孩子，是我把若离老师娶了，若离老师，你同意吗？这样，她就又有一个妈妈了。"

若离咬着嘴唇，羞涩地轻轻答道："我答应你。"

女孩后来又写了一篇作文，末尾说，那天我的老师好美。

向游的父母，也是这样，夸了无数次若离，好美，好美。

"很美的若离老师，我们回家吧？"向游不知何时摘了一朵路边的鲜花，捧着献给若离。

若离幸福地嗅着花儿。

"其实，我摘的最好的花是若离。"

"要告诉孩子们，以后要像若离花一样美。"

"向游，你坏。"

"若离，你美。"

这样说笑着，不知不觉，两人相跟着回到家。

意象

向南走。

向南走。在南岭的大山上穿行，大秦的古驿道与盘山公路相距不远。

那是军道，蜿蜒曲折，向南。

夜晚，人在山上，脚下是火龙一样的阵势，透过车窗往山下看，爬山的车，都打开车灯，一个接一个，连成串，红而黄，黄而红，曲曲弯弯，绵延不断，直到火龙消失在苍茫中。

南方。据说有金黄隧道。在晚春的季节，很多情人去那里。道路两边种着一排排的风铃木，很多人到了后都会将梦幻留在隧道里。

黄色的花，如梦如画，隐隐灼灼，幻想家曾说，那是一条时光通道。

因此，我选择向南走。

如果向北走的话，其实也可以找到金黄隧道。皇城脚下，蛐蛐儿叫，红墙碧瓦，伴随高高的城墙，高贵的黄色，是那样耀眼，耀眼。

一切都是美好的，比如琼林宴、打马御街……

但是思绪从相信时光那天起，就在军道上翻滚：目标向南。

"谁有南下的地图？"

不知谁喊了一声，我被拽了回来。车上的人互相都不认识。所以，有一刻，空气似乎凝固了。

"你们都不相信我。"喊话的人改变了问话的语气,"回答我的人,我将带你们到金黄隧道。"

听到这个说法,许多人眼前一亮,心里蠢蠢欲动。

看来有很多人知道金黄隧道。

"东西南北中,发财到广东。你可以帮我们找到好工作吗?"

"我说过,带你们到金黄隧道。"

"那是什么地方?是深圳特区吗?"

"我再说一遍,是金黄隧道。"

很多人沉默了。都以为遇到了骗子。曾有一个年轻人,第一次出远门,他的妈妈给他缝了一个厚厚的袋子,将钱缝在袋里,绑在皮带下,再三告诫他不要被人骗,小心被劫匪抢。

钱缝在袋里,的确,这样是比较安全,神不知鬼不觉,保险,让人意想不到。

车上有人嘀咕:这人是不是太不正常了!骗子!

最后,没人搭理他。

他啐口唾沫,说道:"不是我胡言乱语,实际上是你们太傻透了!"

他自嘲一声。

我说:"那我跟你去吧?"

"确定?"他看着我,"我有个朋友叫马疯,他说我是个好人。"

"我相信。"说这句话时,其实,我分明看到他十有八九是个流浪人。

但不知怎么的,脑洞里瞬间显过的,却是我们之间好像没有间距。

车子在盘山公路上颠簸,后来说着说着,竟然迷迷糊糊睡着了,依稀记得他最后说了一句话:"你不该相信我。"

在那样的路途上,我相信你什么呢?不,他是个意象家。夜深人静,意象家帮助我睡眠,一路上让我进入了梦乡。

等到了南头检查站,车子要下车换乘,也就是那个中转,人流密集,车次不同,后来居然我们各奔东西了。只记得意象家匆匆一笑,说了一句,大意是当你见到黄花风铃木,通向遥远的天际,看到金黄隧道时,那就是我们距离缩短的时候。

这些年来,他的话让我坚信,他在某个地方,为建设他的"金黄隧道"孜孜不倦。

他的眼神有对金黄隧道的渴望,我完全注意到他的自信。

当然,就算我的判断不对,他的金丝眼镜也不会骗我。

尽管这是一种判断,但是,年复一年地,二十年过去,在我走过的乡村和城市,那条香榭丽舍般璀璨的黄花风铃木金黄隧道，一直没有出现。

我归结于他的夸大其词和不守承诺。

南方遍地色彩缤纷。我寻找意象家。我找过马疯，他说他向南去了。

去年夏初，住所东门的马路中间绿化带，有一天，突然栽上了一种新树。

叶对生，叶面粗糙，掌状复叶，五叶轮生，卵状椭圆形，全缘或疏齿缘，全叶被褐色细茸毛，先端尖。那天新栽树时，我驱车正好路过，放下玻璃，问园林师傅，他说这种树是会随着四季变化而更换风貌的树，春华、夏实、秋绿、冬枯，赋予季节以色彩。

我想，园林师的脑洞里，一定是色彩斑斓的。

树随季节而色彩不同，有意思，只是不知道春天呈现一种怎样的芳华。

很多日子，加班到深夜，总是从西门回家，没注意东门这一条路发生了显著变化。元月二十六日上午，甫一出东门，抬眼处，金黄的花，在路中间特别刺眼，艳黄艳黄的，一眼望不到头，仿佛一条黄色的长龙，通往绿色的山边。

黄花风铃木隧道！

急急翻看园林报道，黄花风铃木真的栽种在这条路上。

那金黄色的贵气，立马盖过我的思绪。

我突然想找到那个被马疯唤作好人的意象家。

马疯说他向南了。

我也向南，直到在这里定居。

左东右西。面朝大海，春暖花开。远处，还是南方。

南征的大秦将军翻越西京古道时曾说，王的目标是不断向南。

向南！向南！

我匍匐在大地上，聆听土地宽广的声音。

泥土温热，马蹄还在嗒嗒。

红与黑

离开能量集团的前几天,关于初春的草木芳香、夏日的炙热清波,内心已经在红与黑之间徘徊。

万小荷说,白天是红,静夜是黑。远方是红,摆不脱的命运是黑。

在接触的职工中,他们游离在城市与农村的边缘,在彻肤的离合中,能量公司总是另一番景象。

在微信上,不止万小荷一人。

能量集团,让自己觉得丰富起来的,在于它的山水之间。

那里有布谷鸟的动听叫声,也有乌鸦的不合时宜。在职工宿舍,既有嘈杂的声音,也有关怀的细心。在厨房,有切菜的刀法,也有油烟的呛味。在空地,白天可以听到机器的鸣叫,晚上也有静夜的流水。

最好与最坏的诗,孤独与温暖,在微信及邮箱跳荡。

"下雨的时候,我们无法送别;天晴的时候,我们无法回到家乡。"

"老实说,有时候喜欢逃避,有时候喜欢忧郁。"

"以前不管做什么,错误的总是我一个;现在呢,不管做什么,决定的就是我自己。"

"因为我的脆弱,所以我流泪;因为我思念,所以我操心。"

这些流浪者,打工族,卷起打工潮。外出是一种不可逆转的潮流,但回去也是一种无法左右的力量。

"写你们的生活,但不会写真实的名字。"

"尽管偷看了你们的日常生活,却永远无法偷走你们的内心。"

网络往来,这样的回复,尽管苍白,但是对于红的向往、对于黑的拒绝,最终目的和想法都是一样的。

鸿雁们把农业部落的生产生活方式,在工厂只是换了一番体验。如果蜜蜂知道他们内心情感的秘密,那么变成一只蜜蜂又有何妨?

万小荷告诉同室的兰采荷,虽然自己活泼麻利爽快,有男孩的性格,但是内心有时候比女生还要敏感。看到男朋友与其他女生在一起,她就会情绪失控。

与万小荷相处,结果她常问的一句话竟是:今天几号了?

恕多嘴的过错。万小荷的秘密,最终被成功挖出来,昭之于众。

"男朋友想发财,迷上了彩票和赌博,越输越多。爸爸妈妈常常电话打过来,邻居的某某又回来了，你们何时回家？女伴让自己的身体某一处要常常保持挺立，但另一处必须适时保持敏感。"

三月杨柳春风。河边垂柳吐露出嫩绿的芽儿，和风让柳枝变化轻扬的婆娑角度。在迷人的能量集团风景里，陌生与熟悉，纠结与徘徊，好多次，不知所措的反倒不是他们和她们中间的某一人。

释放信号的唯一方式是保持与他们联络。

张贴纸条的最好方式是回到宿舍的一楼。

"欢迎与我联络。"微信号码、邮箱地址、QQ账号、二维码等等，有释放就有沟通，是的，信号彼此都互相接收了。

在计算的日子里，震撼和忧虑、快乐与焦躁，在一个个空间出现原始的初衷。或许他们在机台边，或许她们在公路旁，或许他们在省亲的旅途，或许她们在婴儿的身边。

暑假来临，转悠成为继续交流的方式。团聚季有沸腾的亲子戏、旅行，计划终于派上了用场。

"你的梦想是什么？"

"与老人和孩子在一起。"

这样应接不暇的询问、千篇一律的回答，是他们或她们不了解询问者，还是问题的核心是不了解他们或者她们？

"我是单亲，我渴望家公家婆成为真正的爸爸妈妈。"

"暑假到了，我不想成为不回家的妈妈。"

"田里的稻谷，再不回去，它们就不认识我们了。"

"我的孩子，连红领巾都没戴过，我愧对成为一个父亲。"

"现实就是现实，对视尽管只有三秒，但那是温暖。"

没有声音的语言敲打着神经。雨东东的租房已经到期了，工资还没发，房东已经在催租金了；马大江的儿子过来半个月了，至今还没有带他出去痛痛快快地玩耍；叶之莹的女儿和公公婆婆过来了，他们的问话似乎只有一个中心，就是：礼拜天也要上班吗？

信息驿站互动，能量公司群情汹涌。

夏阳比春天更炙热，远山也比春季更多葱绿。

散落在能量集团的这些飘浮的云朵，在夏天的一场雷雨中，可能是一对青年夫妇教孩子发出了疑问：

"红红的未来，黑黑的雨。何日是归期？哪天不留守？"

谁能教教如何回答吗?

（原载《精短小说》2017年第11期）

狗运

"你哥还钱来了。"

彩陶见我进屋，连忙接过我的包，一边对我说话，一边对我使眼色。

"啥意思？哥呢？"

"走了。"

"咋不留他吃饭？"

"他说村里有事，急着赶回去。"

瞅着桌子上一大沓崭新的钞票，我想起哥连饭都不吃，这个时候一定大步在村里穿过，衬衣上露出大块汗渍。阳光的村里，嫂子老远就大声喊着哥吃饭，心里荡漾着温暖。

炊烟袅袅，绿树婆娑。我心里忽然觉得很堵。

哥当年一句不经意的话，改变了他的人生。

我看着茶几上的一份通讯，思绪不由得走了神。刚刚撰写的"引导土地流转，建设新型农村"经验材料，可能会被推广。

然而哥走了，哥不是村里有事，而是不想见到我。

为啥呢？

当年，哥说我，三子啊，不是我说你，你真的有狗运，好好念书。

他说，自己太硬，不会曲意逢迎，做不了场面上的事，而三子，也就是我，柔软转折，像条泥鳅，心眼儿不坏，适合为人民守门把关、忠诚护主，有狗运。

哥的话很粗糙，但看人的眼力不差。这些年过去，哥说中了，我顺风顺水，还真的走了狗运。金榜题名，不错的工作，升官，娶了城里的媳妇。

社会上许多成功人士喜欢回忆往事，我也一样，回忆，就想起我哥。

哥的事我得说出来，否则，我真的对不住我哥。

哥多次说过，他读过一本叫《当代英雄》的书，俄国人写的。他说这本书让他喜欢上了莱蒙托夫，也喜欢上了毕巧林这个角色。通过毕巧林这个人物，哥说找到了明朗希望和不败意志。哥说别看我读的书没有你多，但是在这个社会，我并不是一个多余的人。

不是多余的人，就得做多余的事。哥的事业首先是从辍学开始的。在他那个年龄阶段，他想的居然是为什么有些人生活得很好，有些人为什么很有钱。像我们家，两个人读书，很拮据，他想不通。因此，开放的浪潮一来，他说让弟弟读书吧！我去挣钱。

哥做的第一份事是去挖煤。离家不过三十里就有煤窑，邻近县市的人都来我们这里买煤运煤。在煤山，他练就了一身硬朗身板，也捞到了一些钱，不但改观了我们的家庭状况，而且直接给我提供了上学的保障。我拿着他挣的钱，从县城读到省城，又从省城回到县城工作，我得说哥那句"你会读书"的话，让我至今走上了一条坦途。

但哥的路不是这样的。他捞到一点钱后，有了新的思维。他在运煤的车流如织的道路边开了一家饭店，本来刚开张的时候，门前的土地是黄的，后来呢？变成黑乎乎的一片，连屋子里的地板，也跟着黑。

哥总算没有白费劲，家底和借来的钱终于换来了收获，嫂子也有了孩子，正当小日子不差的时候，哥却干了一件我想不到的事，就是脑袋一歪，盘了一间别人的大院子，办起了一个幼儿园。我得说，东西南北中，发财到广东，别人外出了，屋里就空了，光是老人还好办，自给自足，但是孩子不同，需要教育需要托管。哥，就一个脑袋，咋就那么想到别人的心窝子里去了？来托管的家长很多很多。

看到不断刷新的钱的数字，哥又开始新的折腾，他说想把钱花出去。

哥把想法对嫂子说了，我不知道嫂子如何想的，反正他们一家搬回到乡村。我的妻子彩陶是个城里人，她对我哥的做法嗤之以鼻，她至今没有搞明白，为什么城市化的今天，我哥要回去做个乡巴佬？另外，她可能耿耿于怀的是，我哥也不是差钱的人，上次居然跟我借了五万元，她心里想我哥是不是亏了钱破产了。对彩陶的思维方式我无可奈何，但这次听说哥过来还钱，饭也没有吃就走了，觉得不是滋味，加上很久没有回村了，因此，我决定回家一趟，事先也不跟哥打招呼。

还别说，回乡的感觉就是不一样。好多人跟我打招呼，似乎每个人见过我当局长似的。回到老屋，没有见到我哥，就嫂子和侄女在家，于是我就问起哥的事情来。

没想到嫂子说你哥的想法就是把钱花出去，为老家父老乡亲做点儿事情。

我问做什么事情。

嫂子说农村荒田荒地很多，很多人外出不愿意种地，于是就想到回乡承包荒田荒地。我问哥是不是缺钱，资金流不够？嫂子说你错了，不是钱不够的问题，而是现在是电子钱包时代，身边现金越来越少，偏偏乡村要的现金多，那天跑到银行正好下班，取不到太多现金，听说你有就过去借来应急。

正说话的时候,哥回来了。

"不要以为会做材料就是个人物了!你回来看看是对的,反正我不能当农村的逃兵,父亲一辈子是农民,我怎么能做父亲帐下的逃兵呢?"

我怔怔地望着哥,欲言又止。

"我啊,那年说你会念书,辍学是想让你交上狗运,脱掉农村这身皮,现在来看,不是你交上狗运。"

"哥,你是不是有什么意见?"

"哈,弟啊,我哪有闲工夫跟你家过不去?我交上狗运啦!你看啊,这里荒田荒地的,马上要变成粮仓了,我都忙不过来,哪有空在你家吃饭?"

我讪讪回家,跟彩陶说起哥。

"听你一说,你哥啊,还真是交了狗运,新农村,我也得回村看看去。"

(原载《山西文学》2019年第12期)

一份爱的保险（外一篇）

秦兴江

那年冬天，我下岗后走投无路就去跑保险。

万事开头难。那段日子，我每天迎着凛冽的寒风，串亲戚，走朋友，约同学……恨不得把保险贴在每家每户的门上。一个月后，我跑遍了所有的关系，也没有签下一个保单。眼看春节快到了，我的心情渐渐沉落到晦暗的极点，感觉人生之难难于上青天。

苏大林就是这个时候突然出现的。苏大林是我下岗之前的上司，说是"上司"，其实就是一个带班的。说到这儿，大家都会明白，苏大林其实就是一个平常人。

那天，我出去逛游了一天，照样一无所获。当我拖着疲惫的身子回到家，屁股还没粘到凳子上，苏大林来了！

"兄弟，我找你找得好苦啊，嘿嘿。"

苏大林露着两排大白牙瞅着我笑。他很瘦，长着黑黑的眼睛黑黑的脸，和雪白的牙齿形成了鲜明的对比。我茫然地看着苏大林，面对他的笑脸竟然热情不起来。说实话，这段时间我都把他忘了，就连拜访的客户名单中我都没有把他列上，因为我在他手下干了没多长时间就辞职了。今天他突然找上门来，不知有什么事。

"兄弟，听说你现在跑保险啦？"

真是哪壶不开提哪壶，苏大林单刀直入让我窘得无地自容。想当初自己走得是那么豪壮，现在竟沦落到这般田地。我感觉脸上燥热得不行。

苏大林看出我一脸的茫然和失落，没等我开口，忙说："兄弟——我就是来找你入保险的呢！"

这时，我不知道自己是多么吃惊——苏大林，我跑了一个月啦，别人怎么劝都听不进去，你怎么会主动找上门来……我知道他一直都在那个小厂混日子，闺女儿子都在上学，收入并不丰盈。

"兄弟——我是怕……反正我就想买份保险！我相信你——"苏大林又重复了一遍。他的话把我一天的疲惫一扫而光，我以最快的速度开始为苏大林办理保险手续。原来，自从我甩袖而去后，他也辞职不干了，自己买了一辆三轮摩托，做点小买卖。

"整天东窜西奔，车多人多，感觉路再宽还是走不开——你说，没有份保险能行吗！"

苏大林像是问我又像是问自己。

我为他推荐了一款集健康、意外和分红于一体的新险种，当填写到"保险受益人"这栏时，苏大林执意要填上媳妇的名字。

"苏大哥，别怪我不提醒你——人家可没有给媳妇的，要是媳妇到时不跟你了呢！"我开玩笑地说。

"哪能——不会的！"苏大林不好意思地笑了，"都给儿子也不行啊，到时要是儿子不当家，他娘可咋办呢？这样吧——媳妇儿子，各占一半！"

"你还怪疼嫂子！那女儿呢，女儿是嫁出去的姑娘泼出去的水——不管啦？"我不由得问。

"闺女是娘的小棉袄，当娘的有了能看着闺女受罪不管吗？"苏大林反过来问我，眼睛里充满了深深的牵挂，但没有一丝犹豫。"有我在，我照顾他们，万一哪天出事了——这份保险就算我送给他们娘儿几个的礼物吧，呵呵呵……"

没想到，一份小小的保险，竟然寄托了苏大林这么多心思。

"老兄，还是你有远见——你这是为嫂子和孩子储存了一份沉甸甸的爱啊！"我发自内心地佩服苏大林的"保险意识"，在刹那间我深刻领会了保险的真正意义。

那天晚上，我和苏大林结结实实喝了几盅。虽然天气很冷，但我们越聊越投机，越喝越有劲，直喝得热气腾腾，浑身冒汗。

我把苏大林这份保险称为"爱的保险"，到处讲给人们听。每次听完苏大林的故事，大家都仿佛明白了什么，随即也会为自己或者家人买上一份"爱的保险"。

后来，我的业务越来越多。苏大林的生意也越做越大，现在已成为本地响当当的一个大老板。当然，我们成为很好的朋友，经常相约聚会，结伴出游。有时趁着酒意，我会一脸真诚地戏称苏大林是我的贵人，我会一杯又一杯地和他碰杯，还会紧握着他的手不放。

"我可不是为了帮你，当时穷嘛！越穷越害怕，我是替自己担心啊——你说上有老下有小的容易吗，我总要给家人一份念想吧？"苏大林每次说到这里，总喜欢把深邃的目光转向窗外广阔的天空。

跟着苏大林的目光，我看见天高，路远，爱长长……

（原载《微型小说选刊》2018年第3期）

打 劫

电影散场了。大宝摸出兜里的手机一看，竟然有十二个未接来电！大宝吓了一跳，十二个未接来电都是"她"打来的。

"怎么啦，有事吗？"跟在身旁的阿霞眼尖，马上问他。

"没，没事——是她，打来的！"

大宝声音很轻很轻，特别是说到"她"的时候，声音更轻，好像不曾发出声。但是大宝知道阿霞还是听出来了，那个"她"就是他的老婆。"你不是说她从来不给你打电话吗？"阿霞问。是呢，这可是从来没有过的事情啊！

几年前，大宝刚出来深圳打工的时候，为了省电话费，老婆不给他打，也不让他老给家里打。没事打什么电话呢，有什么好说的？这是老婆挂在嘴边的一句话，所以他们顶多就是相互之间发一个短信问候一声，吃了吗？回家了吗？睡了吗？就这三句话。而且，这三句话还不是一起问，有时一天只问一个问题，或者三天都是问同一个问题。

老婆只上过小学，文化低。后来智能手机虽然普及了，可老婆说不会用，因此他们还是保持先前发短信的习惯，每次都是他问吃了吗，老婆又转发过来问他，吃了吗？他回两个字，吃了，老婆也发回两个字，吃了。

这天晚上下了班，本来工友们是喊他一起喝酒的，可阿霞约他看电影。阿霞是他新带的徒弟，阿霞最喜欢看电影了。到了电影院，阿霞一把扯住他的胳膊就往里拽……没想到看一场电影的工夫，竟有十多个未接电话。难道家里有事？不然的话老婆突然打这么多电话干啥呢？他不敢往下想了，急忙把电话回拨过去。

"大宝，你在哪里？在干吗？给你打了这么多电话也不接急死我了！"电话刚接通，老婆就打机关枪似的一连声问他。

"刚才有事，没带手机。"

大宝第一次撒谎，还没说完，额头就冒出一颗颗豆大的汗珠。

"没事就好！我寻思你出事了呢。大宝，我刚才梦见你被坏人绑去了，把你往死里打，还要好多钱……"老婆急促地喘着粗气，在电话里听得清清楚楚。

"怎么会呢？怎么会呢？"大宝一连声地安慰着老婆。

"真的，我梦见你被人家绑架了！那个人跟你要五十万。"老婆还在喘着粗气，在电话那头说得有鼻子有眼，活灵活现，"我还梦见，绑架你的是个女的……"

"这深更半夜的，你瞎说什么？瘆人！快睡觉去……"大宝忍不住提高了音量，对着手机瞪着眼睛喊，结果一喊就把阿霞喊没了。

　　醒来的大宝愣怔了半天，开始使劲想，想阿霞，想梦里的事情。前几天晚上，他是跟阿霞一起看电影了。阿霞比他小几岁，刚来半年，在他手下学徒。看得出阿霞也喜欢跟他在一起，偶尔会约他一起看电影，阿霞最喜欢看电影了。记得那天晚上阿霞说要跟他说一件事，可电影散场以后他们就回去了，他忘记问，阿霞也没有说。当然也没有发生什么事情。一起看场电影有什么呢，难道老婆有第三只眼睛？大宝摇摇头，不由得自己笑自己。真傻，这只是一个梦啊。

　　谁知，刚隔两天晚上，阿霞又约大宝看电影。

　　这次看完电影，阿霞说："咱们散散步吧。"大宝说："好。"两个人顺着小街默默地往前走，走了一会儿阿霞开口说："大宝啊，我这两天一直想跟你商量一件事呢。""啥事啊？"大宝转过头看着阿霞。阿霞含情脉脉地说："大宝，我好喜欢跟你……"

　　大宝瞪大了眼："怪不得家里那个说梦见我被一个女的打劫了，原来你就是那个——打劫的人啊！"

　　"你神经病啊——"

　　阿霞骂他一句，转身跑了。

　　大宝没有去追，他知道阿霞真生气了，他觉得自己有点过分，有点对不起阿霞。他想打电话道歉，阿霞不接。再打，还是不接。大宝独自徘徊在异乡的街头，路过一个小超市，买了一包烟。平时他是不抽烟的，他不会抽烟。

　　点上一支烟，他开始往家里打电话。响了三下，通了。

　　"半夜打什么电话！不是说好不打电话吗？啥事？"老婆开口就责问大宝。

　　"老婆，我梦见你打电话给我，说我被打劫了。"

　　"我是梦见你被打劫了，可我寻思着就是个梦，我没打电话给你啊。"

　　"打了，你打了。"

　　"我什么时候打的？"

　　"在梦里，你在梦里打给我的……你真神，你是怎么知道我被人家打劫了啊？"

　　"啊？你真被打劫了吗，丢了多少钱？"

　　"没丢，没丢，一分没丢！"

　　大宝说着，竟然有点激动起来，一滴眼泪悄悄地从眼角滑落。

（原载《微型小说选刊》2019年第16期）

牙模（外四篇）

叶瑞芬

  鲁汉在失业的第77天，终于弹尽粮绝了。趁着房东上厕所的当儿，偷偷背上挎包带上行李袋，鲁汉匆匆逃离蛰居了一年多的出租房。对扣除押金还拖欠的半个月房费，他是心存愧疚的，可是他没有钱。兜里仅有的6块钱，连买个盒饭也不够。

  他不敢走大路，路边那些店子仗着是路边店，价钱总要比别处贵一些。他选择走内街，人流越少越好，走啊走，不经不觉就来到了吉祥街一家豆腐花摊子前。

  肚子饿得直冒酸水，三块钱一碗的豆腐花，他很想一口气吃两碗。可是下顿呢，下顿在哪里？

  温热的糖浆注入雪白的豆腐花中，激起了鲁汉几许生存的欲望。

  豆腐花摊子生意寡淡，守摊的是一个六十多岁的老大娘，看见鲁汉，像见到亲人一样热情。"红豆补血，"她盛情推荐鲁汉尝一尝红豆豆腐花，"后生仔女出门在外，吃这个补补身子骨最好了，又便宜又好吃。"

  鲁汉瞧瞧墙上"红豆豆腐花五元一碗"的纸牌，喉头蠕动几下，没吱声。他的眼睛顺着纸牌四周望去，只见对面一家名叫"赵钱孙"的牙医诊所，生意似乎比这豆腐摊子还要清淡，半天没个人影儿，只剩墙上一副白晃晃的牙齿穿过广告海报冲他咧着大嘴巴笑。

  "你的牙齿比那张海报还要白。"老大娘的女儿路人叶说，她是来帮母亲收豆腐花摊子的时候认识的鲁汉。

  挎包的人造皮革已经磨破了几处，露出了白花花的骨头和灰不溜秋的骨灰。鲁汉把挎包里的物什一一掏出来。皱巴巴的纸巾，跑掉了纸袋的牙签，空心的红包皮，还就剩下了几个证件：身份证、下岗证、离婚证。除了身份证能够证明他还算是一个有身份的人，其他都只能是多年前离开老家前曾经发生在他身上的故事留下来的纪念品。

  与其说是故事还不如说是事故来得妥帖一些。工作十年的国企，在客气地赏给他一个下岗证后，终于光荣地结束了自己的使命，不再给他开大锅饭和一毛钱工资。

老婆在红杏出墙后，毫不犹豫地跟他签署了离婚协议。失去了温香满怀、高床暖枕的鲁汉从此把自己扫地出门，携着一纸离婚证漂移在北回归线上，由西往东，由北向南，终于来到了南方沿海的这个小城中。

别人是武装到了牙齿，我是失败到了牙齿。鲁汉叹息一声，跟伴随他十年之久的人造革挎包，暗暗在心里举行了一个简单而隆重的告别仪式，然后悄悄地将挎包放在了垃圾桶旁边。他想让它发挥余热，给拾荒人捡去用。他好心好意地对挎包挥手告别后，咬了咬牙，反身来到豆腐花摊子对面，毅然走进赵钱孙牙医诊所的大门。

"卖时装的有时装模特，卖汽车的有车模，卖鞋子的有足模，而我，"鲁汉停顿了一下，张开嘴巴粲然一笑，露出上下两排白晃晃的牙齿，"我有一副非常坚固的牙齿，我可以为您的诊所充当牙模，招徕客人。"

牙医从惊讶到怀疑，又从平静到惊喜，脸上的表情一个接着一个，像走马灯一样精彩。终于，牙医慷慨地说道："好吧，就像你说的，每介绍一个客人来我这里，我就给你10块钱介绍费。"

鲁汉将唯一的行李袋放在牙医诊所，让牙医绝对放心，就义无反顾地离开了吉祥街，奔赴各大医院。他要把那些准备在大医院花大钱的病人挽救过来，让他们随他奔赴吉祥街，省下他们即将被正规医院掠夺去的大钱，来这里让他赚上个10块小钱。

鲁汉和赵钱孙牙医的合作十分顺利，第一天，他为赵钱孙拉来了两位客人，得到了20块钱，让自己吃上了一顿饱饭。第二天，他为赵钱孙拉来了4位客人，得到了40块钱，让自己吃上了两顿饱饭。第三天，他为赵钱孙拉来了6位客人，得到了60块钱，让自己吃上了两顿饱饭外加睡了一夜平价旅馆。鲁汉觉得第四天，他必须拉来8位客人，才能报答幸运之神对他的无限眷顾。于是一整晚，他摩拳擦掌，对着镜子锻炼自己的笑容和口才，争取每说完一句话，都能让对方看得到自己白晃晃的漂亮牙齿。

为了完成这个宏大的目标，第四天一大早，鲁汉就来到了最靠近吉祥街的人民医院。物色好目标对象后，迎着一位捂着腮帮子正排在队伍尾巴上的男病号，鲁汉鼓起了他的如簧之舌："俺从前的牙齿比您的还要黄还要差，可是如今你看俺——"鲁汉张开大嘴，露出他的招牌牙齿来，"是不是很白？是不是很整齐？"

可是，还未等他合拢嘴，一个拳头就塞了过来，"你这坏人，都是你害的，我找的就是你！"鲁汉定睛一看，原来这个病人不是别个，正是他昨天介绍到"赵钱孙"的6个病人当中的一个。

"你们这些骗子错把我的好牙齿给拔掉了，我也要你来尝尝没牙的滋味！"

鲁汉躲避不及，门牙应声而落。

自从"赵钱孙"关门大吉后，豆腐花摊子坐大，直抵诊所门口，五元一碗的招牌直接覆盖住那张红口白牙的海报。鲁汉天天守在豆腐花摊子上，坐等赵钱孙出现，他想为自己的门牙讨个说法。

在听完鲁汉的经历后，路人叶忍不住张开樱桃小嘴哈哈大笑，关键是她口中正满满含着一口她母亲做的红豆豆腐花，呵呵之下朝着坐在矮桌对面的鲁汉直喷过去……画面太美，请恕我不便赘述了！

（原载《羊城晚报》2018年6月11日）

木头开花

拉开玻璃门，迎面扑来蒙蒙的细雨。看看雨势渐大，张伟反身回到了一楼的铺面。他惊奇地发现手下员工阿木居然还在这里，已经是晚上九点多了，商场晚上是不许留人住宿的，而这个来自四川大山的男孩正在灯下默默地画着图纸。

"伟哥！"阿木见到张伟进来，连忙支起身子。

"对不起，我知道这个时候我不该在这里，可是……可是……"阿木语带尴尬地说道。

张伟过来人一般理解地笑笑，他认为正值青春年少的阿木，肯定是跟女朋友吵架了才会下班后留下来不走的。

门外的雨越下越密集，张伟不禁也暗暗发起愁来，原以为挺过了去年的那场金融危机，手中的这家家具店能够幸存下来必定能交上好运，然而眼下店里的生意却每况愈下，再不升级转型恐怕只能坐以待毙了，怎么办呢？

"为什么想要买房子的人买不起房子，想要卖房子的人卖不出房子啊？商机无论大小，从经济意义上讲一定是能由此产生利润的机会。旧的商机消失后，新的商机又会出现……机会机会，我的机会又在哪里？"烦恼的张伟抛开手上的《经商厚黑学》，忍不住从橱窗里拿出留着款待客人的红酒，还有一盒留着迎接中秋的月饼，细细切开，邀阿木一起喝酒解愁。

"别涂抹了，"张伟斜睨着阿木手中线条笔直的工笔画，带点嘲笑的语气，"再怎么画，也画不出钞票来！"

阿木憨厚地笑笑："伟哥，俺这画不是给别人看的，是给自个儿看的，外人还真看不懂哩。"

"什么道理？"张伟好奇心大发。

"俺这是图纸，只要按着上面来，木头也可以开花的。"

"这么神奇？"张伟立马找来工具箱子，扔到阿木面前，"你这就叫木头开花给我看吧！"

奇迹发生了，不消片刻，阿木手上的边角木料经过一番锛刨锯斧后，居然成了一朵玫瑰形状的花儿，在那里娇娇俏俏地盛开着。张伟大喜，拍着阿木的肩头问："你怎会懂得这个？"

阿木又憨憨地笑道："我打小就喜欢侍弄木头，所以我老爸才把我名字改为阿木，这些木头也确实跟我有缘，别人要侍弄很久的活儿，我依着自己画的图画，不用多会儿就能摆弄出来。我那女朋友正是看上了我这一点，当时我凭的就是这样一束盛开的木玫瑰把她哄回来的。本来咱俩谈得好好的，可是她父母非要我买房子才肯把女儿嫁给我。"说着阿木的脸又红了。

"那怪不得你女朋友父母要你买房子了，单凭这手绝活，你不用三年肯定就可以买大房子了。"张伟连声赞叹，"这样吧，我出店铺，你出技术，咱们试试合伙经营，你看看我满店铺四四方方的家具，为什么都不好卖出去，我想欠缺的正是你的这些别具创意的装饰吧。比如这张大床，要是床头加上一圈永不凋谢的玫瑰，你说结婚的人喜欢不喜欢买它来做婚床？比如这张书桌，配上一个同样质地木料做的台灯灯座，会不会更吸引人一些？比如……"张伟说不下去了，他立马从锁着的抽屉里取出一瓶茅台，张罗着就要打开来与阿木痛饮，阿木赶忙拦住，劝张伟道："咱们留着庆功的时候再喝吧，时候不早了，我代您开车送您回去吧！"

张伟惊奇："你还懂得开车？"

阿木又憨憨地笑："趁着年轻得多学些技能，我哪敢偷懒啊？"

果然不出张伟所料，不到半年，他和阿木联手开办的家具店生意红火，客人源源不断地涌来，只为弄一个带着花朵的木头家具回家去，甚至不少房地产开发商也慕名而来，与他们签订协议，大批量订购家具，以满足越来越多客户的需求。

阿木日夜不停地赶工，他的锛刨锯斧用坏了一批又一批，每天一门心思想着：木头木头，快点儿开花吧！

在阿木忙活的时候，张伟也没闲着。有一天，张伟高高兴兴地将一套三居室大单元的钥匙放到阿木面前时，阿木知道，他的木头真的开花了。

（原载《辽宁日报》2019年2月20日）

糖画

傍晚的虎山街头人头攒动,正是摆摊子的好时光。

"糖糖,我想吃糖糖!"一把脆生生的童声响起,尹哥抬起头来,看到一个梳着娃娃头的小女孩儿飞奔到他的面前,后面紧跟着一个步履蹒跚的男人。女孩儿笑起来弯弯的大眼睛、白白的兔子牙,长得很是好看,尹哥不由多看了一眼。后面的男人一脸疲倦,问了价钱后,嫌费钱,扯着女孩要走。

又有三两个小孩围上来缠着父母讨钱买糖画。尹哥用小汤勺从煤炉上舀起熔化了的糖汁,往石板上飞快地来回浇铸,不消片刻,一只只兔子、蝴蝶、大公鸡被牢牢地粘在竹签上递到了孩子们的手中。

女孩在一旁看着,在父亲的呵斥声中,大眼睛滴溜溜转着,渐渐蒙上了一层雾,然后化成雨滴滴答答地落了下来。尹哥看着男人长短不一的两条腿已经转过身去,猛然用小铲铲起一片弄废了的糖片儿,拿过竹签,迅速粘了塞到女孩儿手上。

女孩接过这幅不成形的糖画,止住了眼泪,一边跟着父亲离去一边回过头来看着尹哥笑,像一朵带露珠的花儿。尹哥也回报女孩儿一个微笑,还从脖子上取下搭着的毛巾,朝女孩挥了挥。

过了两天,女孩儿忽然一个人跑来了,摊开小手板露出两个一元硬币,脆生生地央求道:"哥哥,给我弄一个妈妈好吗?"什么妈妈?尹哥傻眼了。原来女孩儿的妈妈去了南方打工,剩下她和弟弟跟着残疾的父亲生活。"弟弟又想妈妈了,正在家里闹着。"女孩儿想捧一个像妈妈一样的糖画回去哄弟弟开心。

尹哥弄明白了,略微思索了一下,从玻璃瓶里取出红糖、白糖,又用竹筷子从陶罐里卷出少许饴糖,一并投进温在煤炉上铜制的锅里。躬身拉开煤炉子下面的小铁门,用扇子把炉内的火焰升起来。尹哥支起身子用竹筷不断搅拌糖浆,直到筷子牵出长长的丝来,在阳光下熠熠发亮,才开始做糖画。

很快,一个眼睛圆圆、嘴巴弯弯的人脸糖画就大功告成了。女孩儿接过去,高高兴兴地说道:"哥哥,你咋知道我妈妈长这样子的?"尹哥拍拍女孩儿的头,"去吧。"把两个硬币重新塞回女孩儿的手里。

看着女孩儿远去的背影,尹哥忽然后悔了,我应该做两个送她的,他决定下次见到她时一定要这样做。

可是,再次见到女孩儿的时候,尹哥却来不及做糖画了。女孩儿的小手被一个瘦高个女人紧紧攥在手里，两人走得很匆忙。女孩儿被扯着磕磕绊绊地快速行走着，但经过尹哥摊子时，不忘告诉尹哥："阿姨带我去找妈妈呢。"尹哥手里正忙活着，只嗯呀了一声，也顾不上搭话。

傍晚又来了，街上人不多，尹哥有点奇怪，却见长短腿男人满脸惊慌地挨个儿问街上的人：可曾见过我女儿。尹哥心里咯噔一声，仿佛糖画碎裂。

寻找瘦高个女人并不容易，尹哥摊也不摆了，陪着长短腿男人去报案。但落后的小山村没有摄像头，人海茫茫，警察似乎有点无能为力。女孩家附近有几户人家婆姨也长得高瘦，但一句打工去了，也无从找起。尹哥一个人一家一家小孩问去，被人抓着了，反倒成了被怀疑的对象，说他专门用糖画诱惑小孩子方便拐带。

大人们鲜少带孩子前来帮衬了。不得已，尹哥背起煤炉子和瓶瓶罐罐辞别长短腿，离开虎山，开始朝着南方走去。他知道女孩儿名叫黄栀子，跟那种经年在风霜雪雨中翠绿不凋的白色花儿同名。他想找回她，他抹不去黄栀子最后留给他的那个笑容，纯真、可爱、无辜。

每到一个地方，他都会摆开糖画摊子，若无其事地跟村民们聊天，会刻意去打听谁家新添了人口，谁家有跟栀子年纪相仿的女孩儿。他刻意用心观察村民们谈话时的眼神和动作。

一年又一年过去，尹哥变成了尹叔，眼看就要变成尹大爷了。但他的黄栀子却仍然只能在记忆里，偶尔在梦中对他眸一笑，手里好好地拿着糖画儿，令他泪目。

没有人知道他这么多年孤身一人到处流浪为了什么，只有那朵黄栀子牵引着他，四海为家。

直到这天，300元买来的智能手机推送的新闻告诉他，通过全国打拐DNA数据库，他心心念念了30年的黄栀子回家了。

那是一个怎样的黄栀子呢？他挑起糖画摊子，打算再去虎山瞧瞧。

瞧瞧就好，他对自己说。

（原载《羊城晚报》2019年2月18日）

三婶的秤

这天,素来恩爱的三叔三婶忽然吵起架来,一怒之下的三叔还把三婶逐出了家门。我们一家连忙赶过去劝架。

原来因为肚子里有点儿墨水的三婶,前些年被选上村委会委员,今天竟然在村委会游说下,当上了村党支部副书记。三叔闻讯气不打一处来,责备三婶不安分守己,偏要出头露脸,竟敢去当这空壳村的出头鸟。

想当初三婶高中毕业后没舍得离开父母,又回到了村里,种田耕地,直到嫁给了我三叔。小两口承包了一口鱼塘,还圈养了鸡鹅鸭。养殖场每天开门纳客,吸引了附近农贸市场的小商小贩,生意盈门,很快成了远远近近有名的养殖户。而三婶手上那杆秤,更成了十里八乡人人称羡的标配。

然而,困难也随之而来。村子经济发展缓慢,房子普遍破破烂烂,连通往市集的路也是凹凸不平的,每逢雨天泥泞不堪,前来进货的商贩总是抱怨连连,三叔三婶心里也很不是滋味。

"你这头发长见识短的,你知道不知道那个劳什子村委会1毛钱都没有,还欠着10多万元外债呢?就连屋里的火炉都只是摆设,根本无煤可烧!"三叔不顾众人围观,对着三婶咆哮道。

"村再穷也是咱们的家啊!你不管他不管,咱们村民怎么办?"三婶人好,是村里有口皆碑的事实。邻居李婆婆病了,三婶亲自骑着摩托车把李婆婆用背带绑在身上送到医院,垫付了500元的医疗费。村头的聋哑人赵叔公女儿出嫁,三婶出钱帮他们置办了嫁妆,主持了婚事。村尾的王寡妇家婆去世时,三婶帮忙操办了丧事。8岁的小敏敏父母遭遇车祸去世,三婶不仅送她奶奶去养老院,还把小敏敏接到自己家中照顾。

眼见三叔三婶两人僵持不下,心眼儿活络的二婶忽然排众而出,附在三叔耳朵根上如此这般地说了好大一会儿,三叔的脸色这才从红转白,慢慢平和了下来。

平静下来的三叔和三婶定下了协议,然后三婶就全副身心轻装上阵了。上任第一天,三婶就从家里背着煤去,把一个村委会办公室烤得温暖如春。没钱买纸和笔,她也自掏腰包。

刚一上任,三婶就处理了两名向群众索贿的村干部,劝退3名群众反映差的村干部,通过竞争上岗和考核推荐组建村干部队伍,对有能力肯干事的村干部各用其能。经过一番整顿后,村干部作风切实转变,为村民办了不少实事。

村里有个沙场,每年都只是象征性地收取承包人1万元钱承包费,并且20年不变。"咱们买沙子还要50元一方呢",群众意见很大,村委会却慑于承包人与村党支部书记千丝万缕的关系而不敢换人。三婶在会上一而再再而三地提出动议,村里终于同意通过投标的方式转换承包人。

这下三叔家可就热闹了，天天人来人往，明里暗里都争着打听承包价格。二婶也不甘人后，她的儿子我的二堂兄正好在外面沙场打工，对村里这一块肥猪肉早就垂涎已久。我这才悟出原来当初二婶帮三婶在三叔面前说好话的目的。

为了彻底撬开三婶的嘴巴，二叔还专门设了家庭宴会，邀请我父母和三叔一家到他家里吃饭喝酒，席间二叔二婶趁着酒酣耳热就对三婶说了很多关照拜托之类的好话。

三婶也不含糊："当村干部我不为钱，就是想让全村人都能过上好日子。"三婶的话掷地有声，一下子把二叔二婶和各路人马给镇住了。

因为投标事宜保密功夫做到家，最后，沙场以50万元的承包价被邻村一名早年外出发家致富的土豪中标了。

村子有了钱，三婶的底气一下子充足了，接连举办起了系列技术培训班，一心帮着村民早日脱贫致富。

可是，面对空空的报名名单，三婶急了，不惜饿着肚子，趁饭口逐家逐户上门游说："先富脑袋才能富口袋啊，放心把孩子交给我吧，我会让他们改变你们一家人的生活的。"

在三婶的努力下，开班那天，课室里黑压压来了30多个年轻人。在请来的专业老师指导下，村里的耕种和养殖技术都获得了质的飞跃。家家如获至宝，争相效仿。不到三年，村里的新房子竞相出现，道路也全修好了。二叔家的房子还是村里率先建起来的新房子。

而三叔更成了村民免费的技术顾问，因为早在三婶履职前，三叔就在协议书上承诺，倘若三婶三年内让空壳村变富，他定必无偿为村民推广养殖技术。

三婶，我们村的骄傲，更是以全票当选为新一任的村党支部书记。"她心里有杆秤，我不得不服输啊！"三叔幸福地感叹道。

（原载《辽河》2019年第8期）

新房子

墙上的灰掉了一层又一层，一屋子油漆斑驳，住楼下的同学兼邻居小南嘲笑8岁的小通："你家的房子比老街上所有的房子都要老，都要旧。"

小通的爸爸在陶瓷厂打工，可以买到质量上乘的陶瓷，而且价钱相对市场上便宜一些，爸爸答应小通最多再等上一年，等钱存够了就会着手重新装修老房子，给小通一个贴满漂亮陶瓷的新房子。

可是，这个梦结束在一天清晨。厨房里猛然传来了一声闷响，接着是爸爸的呻吟声。小通无法相信，看上去体魄健壮的爸爸怎么突然变得像布娃娃一样柔弱无力，明明身体向前行进，却蓦然间头往后仰，一摔不起。

因为多次无端跌倒，爸爸不得不被送到医院接受检查。

妈妈就在那家医院上班，那天妈妈回到家中脸色苍白如纸，浑身抖得像风中的树叶，把小通吓得哭了起来。

妈妈说爸爸病了，得了一种名叫"遗传性共济失调"的遗传性家族病。小通这才明白爸爸为什么连走路也变得十分费力的原因。

没多久爸爸就不能行走了，就连上厕所在无人帮助之下，也无法自己走出卫生间。在卫生间里日复一日待上一天又一天的爸爸哭着对小通说："儿子，爸爸给不了你新房子了，爸爸连工作都失去了。"

小通也哭，特别是看见爸爸一次又一次自残身体，挣扎着想要离开这个充满痛苦的世界，离开他和妈妈的时候，他就难过得想哭。

爸爸好久没有见识过外面的世界了，虽然一家人居住的老房子离地面只有20级楼梯，但爸爸走不下去。

每日忙于工作的妈妈曾试过把日渐萎缩的爸爸背下楼，然后用轮椅推着他上医院接受治疗，但是随着时光流逝，瘦小的妈妈越来越没有力气带爸爸出去了。小南的爸爸也来帮过忙，但毕竟长贫难顾。

看着爸爸日渐呆滞的眼神，小通看在眼里痛在心里。他利用放学后帮母亲做家务剩余的零碎时间画画，画街道上的商店，画走路的人流，画美丽的风景，把外面的世界一点点呈递到爸爸的面前。

然而，无论怎样挽留，小通和妈妈终于都留不住爸爸离去的脚步。10年后，在爸爸的葬礼上，小通捧着重点大学的录取通知书告诉妈妈："爸爸无法给予我们的新房子，我会通过努力争取到的，放心吧，妈妈！"

可是，不到半年，小通在校园里一次又一次摔倒了，就像当年爸爸一样，他像个布偶一样连站立的力气也逐渐丧失。小通明白，自己跌碎的不只是大学梦，还有所有关于新房子的美好理想。

妈妈搂着日渐无法行走的小通，哭着说："那一年，我遇上你爸爸，我们没想过要去参加婚检，因为我就是婚检员。我没想到你爸爸会有这样的病，还遗传给了你。儿子啊，你一直想要的新房子，妈妈现在就算拼了老命也要给你。"

说完这番话，妈妈拿出她所有的积蓄10万元，请求住在楼下的小南爸爸帮忙重新装修老房子。小南的爸爸跟小通的爸爸曾经是同事，一起把陶瓷厂的宿舍买下来成了各自永久的家。

小南考上了小通那所大学，并且即将毕业。每个假期，小南会带教科书回来教小通画漂亮的陶瓷画。

小南爸爸接过了10万元，却没有动小通家一砖一瓦，甚至连门都没再踏进来一步。每天下班归来的小通妈妈脸色凝重，与小通一道仔细谛听楼下传来的砰砰啪啪声。一天过去又一天过去，一个星期过去又一个星期过去，一个月过去又一个月过去……小通的心里充满了绝望，他恨自己无法为自己和妈妈讨回公道。

终于，整整半年过去了。久违的小南和他爸爸终于跑上门来，邀请小通和他妈妈移步到楼下。小通奇怪小南和他爸爸怎么都变得又黑又瘦了。

只见小南家里焕然一新，宽敞的过道、明亮的卧室，还有一个舒服的工作室，甚至屋顶还贴心地装上了"天花导轨"，吊着一个帆布做的兜子。小南帮小通坐到布兜子上，从后面轻轻地推着他从一个房间进入另一个房间，直至来到装满了固定扶手的厕所内马桶边。

"这里就是你们的新家，咱们把房屋互换吧。这样你们每天都方便出门去，到咱们的陶瓷厂，那里有你们的股份，咱们的天下！"

原来陶瓷厂改制后，下岗的小南爸爸成了老板，接过了陶瓷厂的生产车间，也接收了不少原来的老同事。小通的陶瓷画已预定成为陶瓷厂新一批产品模板，小南爸爸相信他们的产品必将无敌于天下。

小通笑着流泪了，妈妈也流着泪笑了，他们梦寐以求的新房子，终于以令人惊喜的模样来到了他们身边。

（原载《小小说大世界》2019年第4期）

来事儿

白茅

新年开工第一天，厂里来了条小狗，怎么赶都赶不走。

小狗可爱，小王很想收留，却不敢擅自做主，就去请示老板老张。

老张在看裁员名单，正窝着一肚子火，张口就喷："人都吃不饱还养狗？养个屁狗呀！"

小王只见过老张的苦瓜脸，从没见过老张发火，边退边嘟哝："不是说'猫来穷，狗来富'吗？我还不知道厂里难哪？我这不是——"

"回来！"老张压住火，想了想，不期然眼前一亮，赶紧冲门口嚷。

小王折回来，却不进门，梗着脖子睬老张。

"去带来看看。"老张边说边挥手。

"汪！汪汪！"

"它在给您拜年呢！"小王满眼含笑，欣赏着小狗对老张说。

"你好！"老张从他那坐了十多年的藤椅上弹起来，冲小狗欢叫，"啊！真可爱！你看这眼睛，炯炯有神！这耳朵，挺展有力！还有这身皮毛，金黄金黄的，多喜庆！"

"那给它起个名字吧！"小王说完，不停地挠脸。

"好哇！"老张笑着问，"起个啥名儿好呢？"

"就叫来钱吧。"小王脱口而出，"吧"出了一张又大又圆的荷叶嘴。

"不……不行，太……太那个了。"老张略思片刻，说，"来……来宝吧？不行，还是那个。"

"来事儿！这小狗看上去很机灵，一定会来事儿！"小王嘴奇快，两片瘦唇又忽地夸开。

"嘿，行啊小子！好好好，就它了，来事儿！来事儿好！"老张看一眼机灵的小狗，又看一眼机灵的小王，使劲儿拍了小王肩膀一巴掌。

小王顺势弯下腰去，轻声唤："来，来事儿，过来。"

老张也眯着眼唤："来，来事儿，过来。"

员工们都这样唤。

这狗东西聪明，才两三天，无论唤"来，来事儿"，还是"过来"，它都直起身来应和。

老张似乎有了盼头儿，心情一天比一天好，听啥话都悦耳，看谁都顺眼，只象征性地裁了几个实在不中用、不听话、要求还特多的员工。

员工们都说老张变了，动不动就夸人。员工们越干越带劲，业绩月月都在升。

久不谋面的友人，见老张精神抖擞，更是惊讶，都禁不住要开个玩笑："老张你捡钱啦？""老张你二春呀！"等等。

微信朋友圈也有人感叹："老张你陀螺呀，一天到晚不停地转，一会儿北上广，一会儿云贵川。""老张你艺术家呀，一个个包装盒闹得比艺术品还艺术品。"等等。

人家再提"小微企业今年很难熬，明年更难受"，老张嘴上说是，心里却不以为意。

那边，小王按老张要求悉心喂养、精心调教，来事儿可谓一天一个样，不到半年就长大了，标致得很。

小王想到来事儿长大了，不能白养，就在每一间办公室门口贴上一张不同颜色的纸，再在快递物件上贴一张与各办公室对应颜色的纸，让来事儿衔着物件，按颜色分送到各办公室。

访客初来乍到，不熟路，也让来事儿带。

夜里访客极少，小王偶尔外出相亲，开门、关门、登记等日常事务，来事儿从没出过差错。

为此，小王要表彰来事儿，就问老张："给来事儿戴个袖章，打上'超级保安'，可好？"

老张把双眼瞪到溜圆才答："这……这不好吧。"

"只要你同意，钱我自己出。"小王气鼓鼓的，他以为老张想省钱。

"我不是这个意思……哎，明说了吧，你就不怕人家把你骂成狗吗？"

"呵，狗就狗吧，有的人还不如狗呢。"

"啊，哦，那……那什么，那就按你的意思办吧。"

这样一办，员工和访客都要求同来事儿合影。之前从没合过的，必须合；之前合过的，重新合。"来事儿那'破势'摆得一个比一个上档次，那×装得一次比一次有格局。"这是小王的原话。照片们飞到网上翻来覆去一晒，来事儿就成了"网红"。

小王的门卫室很快热闹起来。有慕名前来谈生意的，也有只为好奇，啥都不谈，纯玩的。

转眼到了年底，一盘点，全年营收比去年翻了一番。一时间，厂里到处都在传："这等功劳非来事儿莫属，来事儿真是个招财宝……"

老张很高兴，年终奖跟着翻了一番。员工们更高兴。

可出人意料的是，厂里干得热火朝天的第二年二三月间，来事儿突然不见了，小王也速速离了职。

留不住就送一程。这是老张做人做事的原则。老张设宴为小王送行。席间，老张只忆过往喜乐，绝口不问小王何去何从。小王很感动，但感动归感动，这职还得照离。

小王投奔的那家公司是新开的，同老张的公司一样，也做包装盒，老板是个毛头小伙子，据说还是小王的亲戚呢。

老张得知小王去向后，每每想起小王曾走投无路跪求自己收留的情景，心里就隐隐作痛，偶尔也焦虑："他不会真以为是来事儿的功劳吧？"

之后不久，老张就更加焦虑了——来事儿独自回来了。老张一大早在他办公室门口发现来事儿时，来事儿瘦成了猴子样，脖子上的绳子显然是蹭断的。

（原载《百花园》2019年第6期）

散 文

无尘车间

塞壬

  岭南的春天似乎被时光折叠过。它了无痕迹地跳进这万物吐纳旺盛的初夏。黄铃木、三角梅、木棉把花开得到处都是，尽显荼蘼之美。穿单衣，趿塑料拖鞋骑辆共享单车在花丛里穿行，后背微微地出汗，和煦的风将人的骨头吹得酥软。黄金般的时节，只是太短。我是都虚掷了啊。回忆过往的春天，居然没有值得记住的人和事，眼前浮现的不过是花花绿绿的皮囊之乐。年后一上班，单位就开始改制，目前的归属未定。手上的事，做与不做都不太打紧了。似乎只能宅在家睡觉，读闲书，写诗，看电影，打《王者荣耀》。潜意识里，我还是非常焦虑的。我还是找不到生命之重。我是说，我与这世界隔离得太久了，以至于没有了切肤感。看网上的新闻，瘟疫，失去亲人的悲恸画面，都没能让我有椎心的痛感。不知道这是从什么时候开始的，我知道这很危险。不论是灵魂的质量还是写作生涯，这都是致命的危险。
  洪水猛兽般的新冠病毒似乎并没有影响世界工厂。在东莞，很多工厂从来没有停工。因为封闭式管理，整个工厂，既无人外出，也无人进入。病毒似乎是另一个世界的事情。
  逃避着，混着，将它扔进内心的角落。日复一日。可是它竟越长越大，郁结于心。现在，已经没有单位工作这块遮羞布了，于是，一个颓败、虚空、麻木的人就赤裸在面前，避无可避。我竟接连读到三位打工作家的作品。一位是东莞作家莫华杰的散文《苦涩年华》，另两位是深圳作家程鹏和顾启淋，一本诗集《装修工》和一本散文集《小人物》。前面说过，我已然丧失了共情的能力。让写一个推荐语竟让我有些无措，我实在说不出什么。我甚至羞愧得无从下笔。广东二十多年的打工文学，其关键词依然是铺天盖地的底层苦难，卑微的人，他们形同草芥一样的命运，那种无力的抗争抑或绝望之喊叫依然是这类作品的主流方向。我知道，对这个群体的书写，作家们远远做得不够，不论是内容还是文本，其丰富性还远远不够。尤其，打工这一时代命题还在发展和变化中，如今的工厂流水线，00后已经登场了。我的恐惧在于，面对三位作家所写的底层苦难，我竟然不为所动。这些年，我的灵魂已然干枯了，它已荡不起一丝血性的风暴。是因为我没有身在其中吗？我为什么不能真正地"身在其中"一次呢？忽然间有一种醍醐灌顶般的开悟——趁着手上富足的大好春光，我为什么不去工厂流水线？给报社跑工厂这条线的记者朋友在微信留言，让她想办法将我塞进一家工厂。对方的回复是：塞壬，现在东莞的工厂大多都缺人手，工厂门口就有大把的招聘信息，进去非常容易，我用关系帮你反而对你不利。然后她发了一个坏笑的表情，并祝我一切顺利。

我不知道这件事能够给我带来什么，但是，在决定的那一瞬间，一种久违的振奋与激情流遍全身。

1.危机重重的面试

我一年四季都喜欢穿裙子。记者朋友给了我几个建议，香水、红指甲、口红、细高跟鞋都要戒掉。脸必须素颜。穿普通牛仔裤和衬衫、帆布鞋。眼镜最好换成隐形的。她还告诫我，最好将苹果8P手机换成一千多块的旧款OPPO，除了换眼镜我觉得没有那么必要外，其他的，我还是能够毫无障碍地接受。毕竟，于我，这件事太重要了。我能否重新归来，从颓败、钝化的人生中醒来。当我几天后正式进了工厂，我发现，几千人中，唯独只有我一个人戴着眼镜。多么惹眼的败笔啊。这个眼镜带给我的祸害还远不止是外形上，我后面会慢慢写到它。

突然发现，我生活的周遭被工业园区包围。除了镇中心广场的商业步行街那条主干道外，星罗棋布的五金模具厂、电子厂、塑胶厂、玩具厂、鞋厂、印刷厂密密麻麻地将城市的缝隙填满，它们充塞在万达广场、万科广场、青少年宫、行政办公厅、沃尔玛、电脑城、街心公园以及长途客运站，无处不在。有时，我站在自家阳台上眺望，那些成片的、外墙漆成深蓝色的、嵌满纽扣般窗口的建筑里面到底有些什么，它们在那里很多年了，毫无表情，一片死寂。仿佛存在于另一个世界，尘埃将它们覆盖。在此之前，一直生活、工作在镇中心的我从来都没有意识到，它们才是这个城市的主体和主场。一百多万人口的城镇，那些我们平常看不见的人，那些隐身在这些神秘厂房里的人，才是这个城市真正的主人。

我突然领悟了东莞制造是一个什么样的概念。全部的声音是一个声音，全部的意志是一个意志。它是一个绝对的存在，笼罩着整个东莞的天空。制造业的帝国，它将向我徐徐敞开大门。等待我的是耳光，还是一种回炉重生般的脱胎换骨？

小区旁边就有一个大的工业园。大型电子厂伟达电子在园区的外面有一个醒目的蓝色路标。出了小区的大门，横过马路，对面的公交车站牌就是伟达电子。每天上下班打那里经过，却从未留意过它。我去的那天上午，厂门口的保安亭外摆着一张长条桌，一个中年保安坐在那里，桌上有一摞入职表和一支水笔。一张大大的红底黑字招聘广告牌支在工厂的门边，几个年轻人围在那里看，保安桌边也围着几个咨询的人，他们应该都是过完年刚从家乡返回这里重新找工作的。我简单说一下工资待遇。我得说，我们时常抱怨的每天工作的八小时制，相比工厂那简直就是人间天堂。伟达厂长年无休，包食宿。工作从早上七点半到晚上九点，午休一小时，晚休半小时，每天工作12小时，含加班4小时。每小时工资10元，平常加班是1.5倍工资，双休日算全加班，是平常工资的2倍，法定节假日是3倍，也就是每小时30元。我算了一下，一个新工人不缺勤、不迟到早退，一个月下来刚好能拿到5000块钱（加上全勤奖70块），每月15号准时出粮（发工资）。

这是东莞普工的薪资水平。10块钱一小时，而且极少有工厂会高于这个金额。这5000块钱并不好拿，它很重很重，像命运那样重。凡是能熬过三个月的人，工厂就会给予一千块钱的奖励。站在广告牌前，我仿佛就感受到了一股重重的力量猛地往我的身子骨压下来，我战栗了一下，这意味着，每天，我最多只有三个小时属于自己。其他的时刻，我只能是一个机器。可怕的是，对我来说，成为一个机器是一件非常痛苦的事情，我知道那意味着什么。我身体的每一个细胞都是不安分的，它充满了质疑、冒犯和对抗的基因。即使我全程只需要演戏。有那么一瞬间，只是一个闪念，我想抽身离去。然而，我还是径直走到了保安的桌前，拿起了入职表。

总算，那股一直伴我多年的狠劲还在。

我能感觉到保安的目光整个地覆盖着我。我在学历那一栏犹豫着，是填大学好呢还是填个高中？突然一根被香烟熏黄的食指猛地戳进我的表格。头顶一个不容置疑的声音说，这里，填上初中。呛人的烟味袭来，我抬起头，别过脸去，然后站起身不知所措地看着这个保安，他把头歪了一下，盯着我，瞬间，仿佛明白了什么：哦，你小学是吧？没有关系，就填初中，没人查的。放心。

我感激地朝他笑了笑，复又坐下填表。那双眼睛依然在头顶注视着我的笔尖。突然，他一把把我拉起来，你74年的？今年45岁啦？我有点紧张起来，心里嘀咕：糟了，年纪太大会不会不要我。那保安又歪着头盯着我：不像啊，顶多三十七八吧，不像啊。他突然向我伸出手掌，以制止我继续填表：你等会儿，我打个电话。

几分钟之后，一个微胖的中年女人走过来。她穿一身半旧的黑套裙，西服领子镶有两条白筋，袖口那里也是，梳着一个矮马尾，一丝不乱。面色黑黄，两颧有黄褐斑。浓黑的眉毛中间连在一起，目光凌厉深邃，仿佛能洞穿人的心底。薄唇，嘟着。这一看就知道是个狠角色。保安说，她是人力资源部主管武姐，还兼管女工宿舍。

女人上上下下打量着我，那仿佛就是把刀子在我身上比画来比画去。令人窒息般的局促。我从未被人这样放肆地盯着看，那目光露骨地针对着身体的每一个部位反复翻拣。那感觉，就好像我不是一个人类，而是某个物品。最后，她将目光落在我的手上，说，将手伸出来。我只得照做，将手掌面朝上伸在她面前。

她一把抓住。那是一双冷硬而有力的手。她那大大的拇指反复揉捏我手掌，然后又查看了每一根手指。我的手柔若无骨，小巧白嫩。你以前是干什么的？她一直盯着我的眼镜看。我早已准备好了标准答案，回答说，在一家工厂负责仓库领料。这是记者朋友教我的。那为什么不干了？听说这里工资有5000块，我在那里只拿2200。理由充分，她不再说什么。紧接着，她掏出手机，啊，是45岁没错，手脚还是蛮灵便的。她又扫了我一眼，对着电话那头说，头脑也还清醒。干活没有问题。

这是对我的描述。纯物理性的。我先前觉得自己像被当作了某个物品，此刻，我被当作了一个劳力。就像在市场买牛买马，看牙口，看蹄，看它的体格够不够壮。此前，我待价而沽，现在，我具备了每小时挣10块钱的资格。

明天带着你的身份证和两张一寸照片一起去门诊体检。女人说，上午九点在厂门口等，别迟到。如释重负，这么容易就进厂了？不，我得多挑几家看看。于是我跟她扯了个谎，说是要处理一些私事，只能后天上午过来体检。她脸上有些不情愿，横了我一眼，用鼻音说，行吧，别耽搁太久。她转身离开，我注意到她肉色丝袜下那粗壮有力的小腿肚子。

保安的脸一直挂着笑容。看上去，他在为我的顺利通过而高兴。"有合适的老乡帮忙多多介绍进来，介绍一个奖励800块呢！"我没有回他话，看了看他胸前的厂牌，他的名字：李银火。他应该比我年纪小，四十上下，五官，不必细说。这就是在尘世中我们必然会遭遇到的那一类人，友善，好相处。但是，一旦离开，我会迅速地把他从记忆中擦去。相反，武姐，却留在我的记忆库里。我跟她的故事注定不会这么早早收场。

当天下午我去了美泰。美泰是全球最大的玩具厂，它在长安的工厂依然还有五六千人之多。产品是芭比娃娃，就是那种衣着华丽、性感，大波浪卷发、长睫毛、大眼睛、粉红唇色的女郎。在国内卖场看不见它的踪迹。我记得第一次去香港，我的女同事突然指着橱窗里的一个芭比娃娃惊叫起来：看，那些芭比娃娃是我们东莞长安生产的！那语气，满满的自豪。相比伟达电子，我更倾向于去美泰这样的大厂。想想光是五六千人的午餐，那个场景该有多么壮观。

填完入职表，交了身份证，我被带进了一个宽敞的培训教室，里面有四五十人已经候在那里了。大多是女性，中青年都有。只有我一个人是独自前来的，她们都三五成群地结伴而来，女人扎堆就是一群麻雀。教室一片嘈杂。她们把行李箱、红蓝大胶袋、装着洗漱用品的塑料桶放在座位边的过道上。

美泰一个月休四天，晚上加班不到九点，赚个狗屁的钱。

电子厂工资高，累死人，还不让辞工。

这是我听到的旁边两个女人的对话。这话里，我听出居然还真有人嫌弃加班时间不够长的。百无聊赖，起身走向饮水机，不料一次性纸杯没有了。忽然墙角喇叭喊出我的名字，让我去一下招聘办公室。

人事部消息，让我停掉现在正缴纳的社保。因为我没有辞去图书馆的工作，所以身份证可以查出图书馆在给我缴纳社保。我还在职。跟我交接的办公室女人目光越过金丝边镜框向我投射过来，意味深长地说，现在很难钻这个空子喽。

我被揭穿了，沮丧而归。同时，我也清楚地意识到，大的正规工厂，诸如OPPO、加多宝、劲胜，如果我不辞掉图书馆的工作，那就根本进不去了。而且，即使是已经通过面试的伟达电子，我也最多只能待一个月，一旦涉及缴纳社保，我就会露馅。幸好，我请了一个月的假。

仿佛在心里听见一扇扇大门向我重重关闭的声音。我身子往后倒退了两步。

我只得去工业园碰碰运气。工业园里面是多如牛毛的小厂子。园区门口有一个大大的电子显示屏，上面滚动着工厂的招聘信息。三两个年轻人在那里驻足观看。我也凑了上去。因为文字滚动太快，还没读完一条完整的信息它就跳走了，我只好拿出手机拍下一整个页面的文字。忽然听到旁边的年轻人说，不用拍啦，直接进工业园挨家挨户去问就行了。我收起手机，扭头朝年轻人笑了笑，然后走进工业园。

有一家玩具厂门口聚集了十来个人，想必是一家不错的工厂吧，吸引了这么多人。这家工厂很特别，它并没有要求填入职表。一个年纪三十多岁的女人站在他们中间，说着一口广东话。她说，先进工厂试试看，真心想留下来再填入职表，做工作牌。

因为省去了面试，没有门槛，也因为好奇，我们十来个人一起进了车间。整个车间是一个大通间，大概有三四百平方米。有六条作坊线，拼起的长条桌有十几米，一字排开，上面堆满了产品和材料。五颜六色的塑料材料堆成小山，一垄一垄地延绵在长条桌上。整整一面墙层层码起的大塑料筐有一人多高。空间充斥着报警的鸣声。呜呜的声音此起彼伏，那声音比嗡嗡的蚊蝇声要大，颇让人心烦，感觉身边的一切都是乱糟糟的。产品是一种蓝色的塑料小汽车，巴掌大，里面有一个小电池，小车拼好后，按下红色的钮，它就立即发出呜呜的鸣声。屁股那里的红灯还一闪一闪。

工作很简单，就是将三块材料拼成小汽车。那女人为我们做了简单的示范，她啪啪两声，两只手往拢一并，就把车拼好了。最后检验是否鸣叫，按下红钮。这些材料之间是有卡槽的，只要一对准往里一并就成。质量标准是掉到地上不会散架，衔接处的线条摸起来不割手，外形流畅完美。我看了看车间，有一百多人，那些埋头工作的女人，有的可能有五六十岁了，头发已经花白。只有几个中年男人，他们像一尊雕像那样坐在那里，岿然不动，双手机械地拼着小车，目光呆滞，面无表情，匀速地往筐里扔着成品。

我身边的一个男孩，应该不足20岁，染着一头黄发，左手腕文着一朵红玫瑰。他站在那里，拿起拼材，咔咔两声就拼好了，接着又拼了一个。他拼完第三个的时候，看着手中的小车，它呜呜地鸣叫着，后面的小红灯一闪一闪。他愣在那里，片刻，把小车扔进塑料筐，然后头也不回地走了。从进门到他离开，整个过程，他连坐都没坐下来。

我这笨手笨脚的人，拼好第一个足足用了两分钟。但我很快就掌握了，一连拼出十几个。一回头，发现一同前来的人竟走了大半。只剩下两个年纪大的中年妇女和一个个子矮小长相黑丑的男子。我看着手中呜呜呜鸣叫、闪着红光的塑料小车，听到车间此起彼伏的、乱糟糟的嗡嗡声，忽然觉得这一切非常荒谬。不，准确地说，我突然看见了自己人生的荒凉和悲凉。对于这个技术难度近似于白痴的工作，我丝毫没有歧视的意思，它清澈如水地照见了众生，我看见我也身在其中，我跟他们一样，卑微地为揾食而活，这可怜的肉身。

是的，我是有选择的人，不必留在此处。可是，我去任何一个地方能改变低伏肉身只为谋得一口饭食的命运吗？

走出工业园，忽然对再试试其他工厂的兴趣已灭。明天上午九点，我将随伟达电子的新员工一起去门诊体检，然后入职。

晚上失眠了，凌晨三点还在床上"煎饼"。我被患得患失的情绪左右。在流水线，如果我陷入了另一种人生的荒芜与麻木，那会不会比现在更糟？我一遍一遍地回忆白天那劳作的场景，巨大的沉默、压抑的空间、耳边挥之不去的嘈杂，而人只是机器。忽听得外面下雨了，点点滴滴打着窗玻璃。探起头往外看，街灯在雨雾中昏黄暗淡，周遭一片宁静。这样的春夜是温柔的，我也安静下来，慢慢合上眼。早上九点的体检，我绝不能误了。

2. 有人在体检中离开

面包车一行有十几个人，我们去一家社区门诊体检。只有正规的大工厂才会有体检这一项。体检查三样、血液、胸透、照CT，体检费40元自己出。武姐坐在前面，与司机并排，她刚点了名，清了人数，这会扭过脸来大声呵斥那些不满自费40元体检费的人：谁不想体检现在就滚，马上滚，做个体检反而是害了你们？

我听见底下一堆激烈的回应：老子健康得很。我打小就没生过病。这叫白白浪费钱。声音虽不高，但表达的语气很绝对，而且充满不屑。我笑了。环顾了一下这十几个人，大多年轻，95后，他们来自乡村或者是小县城。有几个染着黄毛、红毛，黑沉的脸，头发很油很脏。他们低头玩手机，从后面看，那露出的一截脖子也是脏黑的。他们中有人在看视频，车厢里嘈杂一片。我听见视频中传来岳云鹏的声音。

坐在我前面的女孩不停地跟她的邻座聊天。她的侧影很美，眉毛细而拱，鼻翼两边有淡淡的雀斑，皮肤有点黄，没有擦粉。奇的是，这么一张素脸，她却涂了桃红色的口红，口红看上去很劣质。这种直接往素脸上涂口红的，我以前还真没有见过。但是她在笑的时候，鼻翼在微微地抽动，月牙儿般的眯缝眼，笑意从眼中流泻出来，亮晶晶的。我竟被这无遮无拦的笑容打动了，虽然她只是被刚才车厢里男人们的黄段子逗笑的。她叫赵妮，湖南人。她有我喜欢的直性子，身上透着一股打工生涯的油滑历练。邻座女孩跟她年纪相仿，肤白，馒头脸，肿眼泡，也跟着笑得打战。上车前，我们几个在厂门口等车，那个时候，赵妮就搭讪了我。她说我不像是来打工的人。

我听赵妮说，她在伟达干了一年多，春节前从伟达辞工的，这是她第二次进厂。伟达厂有一种福利，第一次进厂的新工人，干满三个月有一千块钱的奖励。所以，她一直都在惋惜。我心里暗想，我也领不到，顶多一个月，我就得走人。这女孩眼里跳闪着莹莹的异光，一接她茬，她就问东问西停不下来，她突然将目光停在我手腕的绞丝银镯上，要我撸下来给她看，我试了试，假装镯子很紧，撸不下，我心里很担心她要求加我微信。好吧，即使真要加，我也只能屏蔽她。半个多小时的车程，赵妮就已经加了五六个男孩子的微信了。

我其实不愿意为了一个什么目的去靠近一个人。这是底线。或者说，我可能更害怕自己暴露给别人。

乌沙社区门诊。武姐将我们当幼儿园的小朋友，在那里喊要我们排好队，就差要求我们手拉手进去了。我有两个朋友在这个门诊工作，希望今天不要碰到。体检很顺利，不到二十分钟就查完了。我们回到车上等着回工厂。

"李明凯，你下来。"武姐站在车门口，朝车厢里喊，她手里拿着一摞体检表。一个三十岁左右的男子应声走出座位，下了车。我们都好奇地把头伸出车窗外。

这个男的肯定得了病。他完了，工厂不会要他的。旁边的赵妮嘀咕着。

果然。这个叫李明凯的人最终没能跟我们一起回工厂。我们看到他的哀求被一只手无情地甩开了。武姐上了车，吩咐司机开车。车启动了，它将那个叫李明凯的男人扔在了医院门口。我至今没有看清那个男人的样子，但是，我却无比清晰地记住了现实的残酷是如何伤害了一个人。赵妮觍着脸笑问武英姿：哎哎，武姐，那个男的得了什么严重的病啊？武英姿瞪了她一眼，没有作答。

伟达厂也是怕了，听说以前有个女的猝死在岗位上，赔了好多钱。赵妮压低了声音跟她的邻座聊着，她做出夸张的表情表示吓得要死。作为看客的我和她，包括车上所有的人，除了冷血，我们没有其他选项。而我似乎只能在心里将武姐的称呼改成武英姿，在她拂下那双哀求的手，转身离开的时候。

如果我在武英姿那个位置，我也一样，绝不会将有病的人招进工厂。面对一种悲剧，没有人是错的，我们不知道该恨谁。可是，就是有人被损害了，就是有一块巨大的东西梗在胸口，它让人那么难受，说不出话来。

3. 培训中的小插曲

我先前以为培训是针对工作的技能，好让我们熟门熟路地上岗。我们被带进了一个大教室，一个胖保安坐在黑板前的讲桌边，见武英姿进来忙站起身，把她迎上讲台。武英姿坐在讲台上给我们讲她的个人打工经历。

并无特别之处。但她表现出的得意让人不适：相比你们，我是成功的。她摆出的那种所谓高级蝼蚁的嘴脸，我太熟悉了，那些文化人的文章里头称它为：底层互害。二十多年的打工经历，四川人。十几年前在一家鞋厂打工，工厂搬去福建莆田后，她就进了伟达。但她说了一句有点信息量的话：别看我今年48岁，已经做了奶奶的人，一旦厂里缺人手、活太忙的时候，我也时常会顶上流水线。在我年轻的时候，一个女人过了35岁就很难找到工作，现在，只要你健康，手脚灵活，50岁还有工作的机会。这话听起来也特别让人讨厌，仿佛工厂给了50岁的女人多大的恩典似的。原来东莞招工已经到了如此严峻的地步。我还知道，劳务市场的中介引进了很多越南人。

在工厂听到一个说法，全世界最能吃苦、最聪明、最有效率的是中国工人？他们是全世界最优质的工人。我想起我们的父辈，我们这一代，以及当下中国的年轻人，最根深蒂固的一个品质是勤劳。这也是中华民族的优秀品质。一听到这话，眼泪就要来了。我们的工厂什么时候招了这么多越南人？

紧接着，她开始讲劳动纪律和福利待遇。她突然提高了嗓门，这表示下面要讲的内容会十分重要。纪律严苛，我后面会专门提及。但有一条我觉得有意思，值得一说。辞职得提前半个月申请，否则算自动离职拿不到一分钱，工资是第二个月的15号发。难怪先前就听到电子厂辞工难的说法。理由是，你得给出时间让工厂招到顶替你位置的人才能离开。

突然，我后面一个女人站起来问武英姿，可否放弃社保的缴纳？她的话一说完，竟有一干人站起来附和，表示不愿意交社保。

赵妮冷笑一声，社保每个月扣两百多块，扣得肉痛。谁想缴啊？

这是我万万没有想到的。如果不是亲眼所见，我不知道天底下居然有这种事情。了解其缘由后，我只能沉默，我忽然觉得自己活在另一个世界里。

谁能不知道缴纳社保是自己的福利呢？谁愿意放弃福利呢？是他们短视吗？

"我只想现在多拿点现钱，我父亲一直有病，在吃药。"

"家里两个孩子读书，重要的是多拿钱回家。"

"以后受益，以后的事谁知道呢？两百多块钱够我回趟老家的车费了。"

"扣两百多块钱是我孩子两个月早餐奶的钱。"

……

那么多人站起来，他们要求放弃社保。理由让人心酸，他们甚至具体到这两百多块钱可以用在何处。我已经很久很久没有意识到，两百多块钱居然这么重要。我曾经熟悉那样的日子：放在枕头下面的几百块钱，一百一百地打开，打开后，它就十块十块地消失，直到为零。我熟悉那样的感觉：那种像是被扼住咽喉的生活。武英姿双手拍着桌子，大声呵斥着让他们坐下：你们以为工厂愿意缴啊？工厂缴的比你们多得多，你们以为企业的压力不大吗？

再一次面对那种无奈，不知道该恨谁。唯有心里的难受是真的。

只得怏怏地坐下。接下来，我们做了一张奇特的考卷。我说奇特，是因为，这张考卷的主要意图是想知道我们是不是文盲，或者白痴。有一道四则混合运算的算术题，问我们从东莞去郑州是往北还是往南，火锅在广东叫什么，辨认禁烟标志，毛主席是哪里人，端午节是农历什么日子，写出几个英语字母的大写，最后，要求我们写出工厂的全称，可是这个全称就在试卷的抬头上。

教室一片混乱，众人交头接耳。让人难以置信的是，这个考题大部分人都拿捏不准。武英姿也不管。想来，都没有什么太大关系吧。招人，已经到了饥不择食的地步了？我后来才知道，的确有不少轻微的智障者、残疾人在工厂。

接下来，就是登记住宿。我是一定要住宿舍的。见我登记，赵妮就笑我：凡是住宿舍的女人是没有性生活的哦。这句话，非常精辟。我反问她，你住吗？这女人扭出一副风骚的表情，吐着舌头说，我男朋友一天都离不了我。我笑了，这算是整个上午稍稍愉悦的一个时刻了。这个上午，居然这么沉重。

下午拿到了工卡，我的工号是：39336号，光学部无尘车间。宿舍非常简陋，而且肮脏。四张铁架子床，上下铺。已经住进了三个人，上铺堆满了杂物，地上的蟑螂见有人来吓得四处逃窜。一张大长桌摆在正中间，上面摆放着各种洗漱用品和塑料脸盆，还有两桶没有倒掉的吃剩的方便面，上面浮着红油。充电器、镜子、梳子、雨伞、食物保鲜盒还有一些不知名的药瓶也全堆在桌上。墙边立着一个没有门的破木柜，塞满了衣物，从柜子牵了根绳到蚊帐，那上面也挂满了厚衣服。一股方便面味夹杂着洗漱用品的气味，瞬间使我清醒。地板有陈年的老黑垢，后门通着晾衣的阳台，地上有块砖头别住门脚，以免门哐的一声关上。铁架子床裸露出锈迹斑斑的床沿和扶手，上面就一块木板，一端还翘起来了。我铺上棉褥子和浅蓝色小花的床单，被套是白底同色蓝花，粉红的荷叶边小枕头。白色提花蚊帐拉好后，看上去倒有几分朦胧的温馨，竟有一股小闺房的味道了。洗澡堂跟厕所是一起的，洗脸台那里常年提供热水，用桶接了热水后，提到蹲厕的位置，关上门洗，这厕所有八个蹲位，女工们结伴洗澡，偶尔还能听见有人唱歌、打闹和喧哗。她们还会趁着充裕的热水顺手洗完内衣，这大概是一天中最放松的时光吧。接热水的管子很粗，一拧，热水一股脑儿涌进桶里，发出巨大的声响。我家就住在对面的小区，仅七八分钟的距离。但是，我还是选择住进宿舍。

下了场雨，春寒侵体，我看见隔壁床位上只铺了张苇席和一条起满了球的薄毯。

武英姿反复强调，一旦住进了宿舍不可以夜不归宿，更不可以带陌生人来宿舍过夜。东西被盗概不负责。这可不是校园的宿舍啊，这里有底层成人世界的欲望与混乱、黑暗与孤独。

4. 我进入了无尘车间

（一）三分钟，我顶进了线位的坑

所有的新员工都被安排进了新厂区的无尘车间。带着好奇，带着体验另一种人生的亢奋，我满面春风地随着上班的队伍打了卡。嘀的一声，7：25，我的指纹显示在打卡器上。一切都是那么簇新，我像是刚踏进大学校区的新生，心里充盈着清澈的阳光。保安亭的入口很窄，工人们鱼贯而入。一个大大的篮球场，一溜长长的自行车棚，绿化带种着一圈矮丛的四季桂和三角梅，四周围着七层楼的白色厂房，临街的是高高的白色围墙，铁门是关闭的，正好形成一个巨大的矩形。我看见那些如工蜂般拥进各个楼层的工人，他们都渐渐消失在那些方格子里。四千人，我仰望环绕着操场的厂房，感到不可思议。有四千个活人无声无息地在这毫不起眼的建筑里，每一天。

在外面，我们很少有机会能够看见他们。一个百万人口的城镇，人口，绝大多数都隐在这沉闷、压抑的方格形建筑里。我忽然觉得头顶在响彻一种巨大的合唱，像大海，淹没着一切。我感受到了一种绝对的意志：你必须从属这里。

你发什么愣啊？我一回头见是赵妮，她催促道，快点去领工服。赵妮分在二楼，我在三楼。还是挺遗憾的，我其实很想跟她在一起工作，毕竟她是这里的老员工，可以听她说说八卦。今天，她没有擦口红。

我领到了一套白色的无尘衣，外加鞋帽。号码是297，印在左袖的胳膊处，两只鞋的后跟写了一个名字：郑秋香。用圆珠笔写的，非常醒目。这套行头的前主人是一个叫郑秋香的女子，她应该跟我差不多的体型，瘦小的身体，还有小小的脚。这无尘衣是用特殊的材料做的，防静电、防尘、无菌。洗的时候用的是纯水及专业的设备烘干消毒，所以不论它曾经有多少个主人，一旦洗过之后，一切的过往归零。可是，因为看见了那个名字，我就没法把它认作是我的了。

无尘服是蛙式连体的。从中间开链，先套裤子，然后再从袖里伸直双臂，拉上拉链，竖领直顶下颚。鞋是连袜式，侧拉链，它包住裤腿，在小腿肚那里绑紧。长发要盘起，箍上发网，这东西很像浴帽，其实是一张极薄的半透明纤维丝网。浅蓝色的口罩是一次性的。接着套上无尘帽，帽平顶，连肩，戴上后很像修道院的嬷嬷，它还遮住额头、下巴和半侧脸颊。最后用嘴从反面吹鼓橡胶手套，然后把五指伸进去，用腕口的橡皮筋扎住袖口。一整套上身后，只有眼睛露在外面。

我是郑秋香还是黄红艳或者是别的什么人，根本没有区别。我们没有性别，没有性格，没有体型，唯有一个抽象的轮廓，我们只是高高矮矮的轮廓。我第一次试穿的时候花了近六分钟，而正常工人穿、脱总共不到五分钟。我先前听说，要适应无尘衣至少要三天，主要是口罩的不适。可怕的是，直到辞工的那天，我都没能适应。这是后话。我穿上的那一刻，感觉到一种疾速融入这宏大整体的力将我拉伸、压扁、压薄，直到个体的我完全消失，直到我成为那一堆轮廓的一部分。

更衣室的门被拉开，一个高个子男人走出来，他是拉长助理。拉，是英文Line的中文读音，流水线，拉长即线长。在进入车间之前，他跟我们讲无尘车间的纪律。纪律最严苛的有两条，手机不准带进无尘车间，上班时间只能出车间两次。上午一次，下午一次，每次不能超过15分钟（你可以上厕所、喝水、打电话），超时以迟到论处。

我已经有很多年没有让手机离身片刻。

男人说话的声音低沉而纯净，他的话听起来就像是为你一个人说的。他长着细长的单眼皮眼睛，目光温柔。虽然看不见他的脸，但是在最初的印象里，这个声音让人有信赖感，仿佛是，你有任何问题都可以找他。拉长助理在车间实际上充当着"搭子"的角色，所谓搭子，就是随时可以顶替任何岗位的人，只要车间突然有一个人没来，他就得顶上去。搭子必须熟练操作每一道工序，正常情况下，他充当普工、不良品的修复和技术故障处理。而拉长，只是监工。

他把我们带进车间,去见拉长。车间是一个大平层,可能有七八百平方米。不锈钢工作台像庄稼一样一字排开,目之所及,应该有十垄,放眼望去,一大片低伏的白色脑袋,像是被整齐安放在固定的格子里。工人们低头忙着手中的活,专心致志,听不到人说话,他们跟机器一样。车间异常地亮,那种亮不是阳光的亮,它不刺眼。工作台上面、左边、右边全都装着三根并排的细长LED防尘灯管,因为手中的产品器件非常精密,一个小小的污渍、毛发、折痕、小气泡必须照得它纤毫毕现。可是,面对这样的强光,我只觉得头顶像是被凿开了一样,光,一泻到底,从头到脚,无一处可以隐藏,仿佛我的脏器、肠子、骨骼全都暴露于他人视野中。我定神之后才意识到,在这里,没有人关注你的身体,你不存在,你是流水线的一个岗位,是机器的一部分。每个人都有清晰的岗位描述。

工作台的下面通着压缩空气的管子,这十几条流水线同时开了气,它发出嗞嗞的声响,无处不在,很像是管子破裂了,强烈的气流从那里喷出来的声音,但又似乎被一种力量摁住,变得暗哑。我后来才知道,习惯了的人,是听不见这声音的,它已经融进了一种环境的背景中,剥不开了。无尘工作室的禁尘程度的要求是空气中的微粒子、细菌每立方米将小于0.5微米粒径的微尘数量控制在3500个以下。我虽然不懂这个数据意味着什么,但我已然清楚女人化妆的粉底、口红、睫毛膏已不再是尘埃,它们是巨大的固体颗粒。头皮屑,说话产生的唾沫,手与手的接触传递产生的菌、汗,全都被这一身无尘衣挡在门外。最变态的防尘防菌莫过于此,靠墙的地板约半米宽处涂了一种深蓝色的胶,为的是掉到地上的尘埃,它再也没有机会扬起。至于每天的紫外线杀菌、酒精消毒,以及保洁人员全天候拖地只是日常的防护。绿色的油漆地板发着光,在灯光的阴影处,它就变成了黑色。头顶,是一堆奇奇怪怪的装置,粗大的弯管子、像油烟机一样的大罩子,它们全都被包裹成银白色,看上去有一种太空的效果,也很像达利的超现实主义的绘画,这些怪物在头顶俯视着我们。

我看了那么多的打工文学,却没有发现有人写清楚他们的工作环境。我认为除了人能够造成压抑的场景之外,环境也一样,尤其当呼吸都不能够随心所欲的时候。感冒和拉肚子的人是不准进入无尘车间的。因为请假无薪,所以得了轻微感冒的人舍不得请假,拉长助理就经常帮助他们隐瞒病情。我们车间有近两百人。

见到了拉长。她的大眼睛有着浓密的长睫毛和很宽的双眼皮,它几乎不眨动,一动不动地盯着你,时刻充满质疑和问责的语气。这眼睛看上去不年轻了,眼珠发黄干涩,但眼神专注严厉。她看了新工人一眼,然后将嘴一努,示意助理安排线位。待到看我的时候,她盯着我的脸,说了一句,口罩要遮住鼻子。然后对着我做了一个往上拉的动作。我只得照做,可是,我心里叫苦不迭,因为从口罩呼出的气往上走,居然喷到眼镜上形成雾,让我视物不明。所以,我刚才因为难受，偷偷拉下来了，瞬间就觉得呼吸顺畅，空气清新。

从未在无尘车间工作的人，习惯口罩最快需要三天时间。

可是她并未像对待其他人那样放我走。她继续盯着我的脸，问道，你以前是干什么的？我按事先的答案回答：仓库管理员。不像！她当即果断地否决这个答案。她并没有挪开目光，我只得再编：我先前在老家的民办小学当过老师。读了大学？不，我只读了中专师范。只因我太好奇了，一进车间就东张西望，甚至一个人走到了工作台那里，弯着腰看人家工作，还问东问西，是助理把我喊过来的。这已经引起了她的注意。

她迟疑了片刻，最终还是信了。我如释重负。只因今天是第一天，工作柜没有安排到位，所以手机还在身上，我突然掏出手机跟她说，这是我第一天进工厂，特别有意义，我们合个影吧，以后请多关照。她猛地扭过脸来看着我，表情特别震惊，一瞬间，她可能明白这是文明人交往的基本礼仪，只是在这样的环境下显得很怪异。但她还是同意了。我挨近她的脸，左手举高手机，右手比了个V，笑脸盈盈，就这样，我跟这个叫张淑云的女人合了张影。我，的确表现得跟其他所有人都不同。这里面没有一丝刻意的成分。

我身上关于性情的东西在自然流露，我属于另一个世界的特质也在发散出来。在这里，实际上是最不需要的。它显得特别惹眼，像一股刺耳的杂音。我感受到了，同时暗自下决心：谨言慎行，我现在是女工黄红艳。

助理把我带到一个女工面前，跟我说，你就跟着她吧。这算是我的师父了，我上前打招呼，她抬起头，眼带笑意算是回应了我。她放下手中的活，让我坐在她的对面，然后过来跟我讲活怎么干。她说话的声音很细很轻，还时常干咳几声清嗓子，唯恐别人听不见，但她眼波流转机灵，是一个瞬间就能意会他人眼中之意的聪明人。她比我小，大概35岁。

我们这个厂是日本人开的，做的这个产品叫背光源，供货给日本的索尼、佳能、东芝这些大品牌。我跟师父的岗位叫看外观。意思是从外观上检查产品是否合格。目前就我们两个人。这个叫背光源的东西具体的原理我至今没弄明白，它是一个不到巴掌大的长方形塑胶薄片结构件，厚度不到两毫米，很轻，正面是一层闪着七彩荧光的彩虹膜，边缘拖着一条细细的尾巴，它叫FPC柔性线路板。我上一道工序的人负责组装这个结构件，实际上具体的操作就是贴膜，贴各种我叫不出名字的膜，顺序、正反面、朝向皆不能弄错，如果装倒了就算是废品。这个工作需要细心、熟练、手快，不能出丝毫差错，膜片有折痕、污迹、出位的现象都要返工。到了我这里，最重要的检测指标就是查看增光膜和扩散膜是否装倒了。从外观上看，如果装倒了，它的背板就看不到一个白点。

一板无色透明的模具盒里装有九块背光源的结构件。我的速度要求五秒钟扫完一板。除了背面的白点，还有看正面的膜和FPC板是否有歪斜、溢胶的现象。装倒的废品拣出来直接交给拉长张淑云，其他仅有小小毛病的拣出来送给助理修复。

非常简单。我师父三秒看一板。她跟我解说完毕之后，眼睛露出叹气的神情，仿佛在说，远不止如此简单呢。这是我第一次读懂眼睛的这个表情。等到我们看完500板之后，还要将产品用手推车拉去扫尘，扫一次要二十多分钟，用手举起扫枪，打开压缩空气的阀门，抬高手臂，一板一板地扫，用强大的气流将产品的尘埃扫走，原理很像洗车用的高压水枪。这才是这份工作最累的环节。每天，我跟她至少要各扫六趟。扫枪有两斤重，枪管是铜做的。

我先前觉得手工装一个塑料小汽车的工作很荒谬，然而，我现在手上这份活的难度丝毫不比它大，奇怪的是，我却没有荒谬感。我想，这应该是缘于整个环境带给人的那种仪式感和压迫感，直白地说，那种煞有介事和不容置疑的气氛将人唬在一个电子高科技的幌子里。实际上，整个工作流程是贴膜，以及看这个膜是否贴得合格。无尘车间的任何一个人都只是在做着简单的手工活。但是，它的产量要求，你必须手快，并且不能停歇。我一回头，发现拉长张淑云坐在一个高两米的操作台上，上面的高脚圆凳可以旋转，隔着玻璃她俯视着下面的每一个人。像一只敛翅的鹰。

导光板、FPC、五金结构件、反射盖，这些名字我都是第一次听到，它们散发着一种性冷淡的工业气质，整个无尘车间都散发着这种冰冷而残酷的气息，身着无尘衣的人其实也很像做外科手术的医生。我没有料到的是，仅三分钟授徒，刚坐到那个位子上，我就顶下这个坑，正式的、跟所有人一样，肩负着严格考核标准的工作开始了，没有给我们任何缓冲的时间。它们像一个庞大的、饿极了的怪物，迫不及待地把我们这些新人吃了进去。

墙上挂钟指向早上八点五分。我开始了我的工作，看外观。反面一扫，一板九块外盖皆有白点，正面端正、干净。看好后，在右手边一板一板地往上码，二十格为一组，然后贴上货单，那上面有我的签名和日期。

这个工作只需用眼。但是稍一分神，手就会按照惯性的机械操作，把没看过的也一板一板往合格的右手边码。它要求你注意力绝对集中。就好像是，有时候在家择扁豆，可心里边在想事情，我们就会把没有剥筋的扁豆往筐里扔一样，等醒过神来，那些有虫眼的都逃过了。

可是，这么无聊、枯燥、无休无止的工作，谁能做到整天不分神呢？我试了一下，仅五分钟，我都无法做到聚精会神，我的思想里充满着各种纷扰在奔窜，耳边仿佛有蝉在叫，而且它们不以我的意志为转移，要我彻底地将意志定在这么乏味、犯困的活上面，那简直是不可能的。可是，每天12个小时，我重复着这个动作，必须心无旁骛。坐在我对面的师父，她是如何做到的？她在想什么呢？

我看了三分钟，脑子里突然想到微信里跟我暧昧的那个男人是不是又给我发信息了，他会发什么内容？发了他的航拍照片？还是截图我书里的某个段落，说他反复看了好几遍。我又跳到自己未写完的文章，被卡在一个别扭的细节里，找不到解决的办法；淘宝的购物车有单品今日减价；我心仪的电子竞技战队RNG在春季赛的糟糕战绩，偶像选手UZI面临退役；美剧《曼达洛人》更新了，我还没有追；我甚至在心里还惦记着一个已入围的文学奖还没有揭晓……

在不知不觉中，我往右手边码了七八板产品，我，根本没有细看，只是机械地重复那个动作。回过神来的时候，我将它们全部拿到左边返工重看。

因为是第一天，我看过的产品，师父会复检。两个小时以后，她的眼睛已经开始横我了，满满的嫌弃和鄙夷，毫不掩饰。

你知道这些没有白点的产品落到拉长手上会是什么结果吗？她没有抬头，扔给我这么一句话。

是炒掉我吗？我挑衅地问。对于第一天上班才工作两小时的人就给这样的脸色，我心里颇为不满。

要不你试一下？她依然没有抬头，但我相信蒙着口罩的嘴角一定有一丝冷笑。我偷偷地抬头去寻找俯视我们的那个人，此时，她的方向没有对着我这边，但它正在缓缓旋转，马上要转到我们这边了，我低下头，心里对于落在她手上的那个下场非常好奇。我告诫自己，这个想法已经不是女工黄红艳的心态了，没有哪一个女工会对找抽这件事情好奇。

如果我不能成为一个为了谋生只能出卖体力的女工，不能是那个在艰难揾食的人生中别无选择的女工，那么，我根本就没有办法干好手中这份简单的工作。

可是，作家塞壬就这么一直干扰着此时的我。我要解决的是，必须成为一个纯粹的、每小时价格10块钱的女工，简单、空白，人生没有别的妄念，安于此，服从这既有的规则。我知道，坐在我对面的师父，以及无尘车间里的所有人，他们，皆服从于此。因为，他们的人生不会有任何变数和奇迹。

这是一个令人心碎而残酷的认知。他们是作为这个巨大的分母而存在的。他们隐身在这个国家那一串串亮眼的数据背后，隐身在大国正在崛起的背后。此时，我看见了他们，并成为他们中的一员，我突然觉得这里的所有人一下子变得庄严起来。我为自己的种种怠慢感到羞愧。

我清空了自己。现在只剩下了女工黄红艳。直到耳边听到嘈杂的声响、工具的叮当碰撞，还有人伸懒腰的声音，我抬起头，师父说，下班了，看墙上的挂钟，十二点。时间居然过得那么快，我竟毫无察觉。有人关了压缩空气的阀门，整个空间陷入了巨大的寂静中，灯也灭了，我们站在黑暗里，各条线排着队，依次往外走。犹如蚁群流向出口。

在更衣间脱无尘衣。那浓烈的脚臭，避无可避。玩笑声起：同样的配方，这酸爽！换好的无尘衣挂在墙边的架子上，鞋柜在另一边，排得密密麻麻的鞋，我发现，所有人的鞋后跟都写了名字。我的叫郑秋香。因为第一天没有来得及准备拖鞋，我只好赤脚下到一楼。整栋大楼，地板、墙、窗口、楼梯、扶手皆一尘不染。

在保安亭打完下班卡，我们去饭堂就餐。

凭借脖子上的工卡，我打了一份青椒炒肉、一小份青菜和一点米饭。米饭盛在一层一层的铝屉里，木勺铲，不限量。汤盛在两个白铁皮的大桶里，木柄长勺斜躺，紫菜蛋花汤，上面漂着星点般的油珠子，打汤的人拿起勺子都要搅上一搅。午餐和晚餐皆是免费。也有私人入驻的小炒窗口，品种很多，有鸡腿、扣肉、烧鹅、牛肉和红烧鱼，还有面食窗口，有水饺和各种面食，这个得付钱。

饭堂很大，能容下两千多人就餐，就餐分两批进行。三排大吊扇，呼呼地吹着，墙上还有摇头风扇。连椅桌，能坐四个人。不锈钢套餐餐盘、筷子、汤匙从一排排消毒柜中自取，这场面，有茫茫人海的壮阔与虚无。我没有伴，独自一人默默就餐。

忽然觉得肩膀被人撞了一下，是赵妮。她惊呼：你怎么吃这么少？

她在我对面坐定，我看她的餐盘，分量足足有我三倍还要多，满满一盘，米饭堆成一座大山，除了青椒炒肉和青菜，她还打了西红柿炒鸡蛋。也就是说，赵妮将免费标准中能打的全打了。

我颇为不屑。这种恶意报复式的伎俩，是品格的下作。

赵妮看懂了我的表情，她冷笑道，你以为工厂会给你浪费粮食的机会？没什么油水，只能多吃饭而已。我看了看邻近的女工，扫了眼远处黑压压低头用餐的人，无一例外地，所有人都将头埋在堆成大山一样的餐盘里，男人用筷子快速扒食，呼哧作响。赵妮从老乡处弄来两块腐乳和一匙黄豆酱，她分给我一点，然后熟练地把它们拌在米饭中，就着西红柿的酱汤，拌了拌，大匙大匙地进嘴，鼓着腮帮子大幅度咀嚼，十几分钟，她的餐盘干干净净。她是一个身架纤细的女孩，锁骨高突，肘弯尖削。她将一顿简陋的工作餐吃得如此豪华，没有放过一粒米饭。

三天之后，你也会像我这样吃饭的。她说。

这里的每一个人都给予粮食足够的尊重，一块肉、一粒米、一滴油，刮干净全部吃光。我想起一整天12小时那心无旁鹜地劳作，粮食在他们心中的分量。对肉的渴望，对肉的舍弃，在他们的生活里，也许都要反复掂量。赵妮告诉我，厂里有几个特别厉害的大神，他们从来没有花钱吃过一次小炒。

我已经忘了对肉的渴望是个什么滋味。

我们打完上班卡，离上班还有四十分钟，赵妮说去四楼走廊眯上一会儿。我跟着她赤脚上楼。四楼是仓库，楼道和走廊里坐满了人，他们靠着墙，坐在地上伸直双腿，有的玩手机，而更多的人闭着眼睛打盹儿，还有一些情侣，女的枕在男的大腿上。我毫无睡意，忽然记起手机整整一上午未看，待我打开时，看到那些无聊的、荒谬的闲聊，微信群里的种种链接、视频，有人拜托我帮忙转发他的公众号，有人让我点评她的新作，市作家协会的活动邀请，还有一两个男人不明就里的搭讪，我摇了摇头。我已经没有兴趣回复他们任何一个人了。一瞬间，我感受到了生命之重。

赵妮挨着她的工友睡着了。墙两边的女工们也都歪倒着睡着了。四处静悄悄的，我也试着闭上双眼。可是，我听见巨大的轰鸣冲击着耳膜，静不下来，茫然四顾，依然寂然无声。我为自己此行的动机感到羞愧。我羞辱了这里的每一个人。

打铃了，突然的巨响，仿佛整栋楼都颤了一颤。被惊醒的工人们缓缓站起身，挨挨挤挤下楼去到各自的楼层。

（二）可怕的遭遇

我是最后一个穿好无尘服的人。在手忙脚乱中勉强跟上了工友进了淋吹间。这是进入无尘车间最后的一道除尘工序。20秒，人立在那里，任四面八方吹来的劲风淋透，轰鸣震耳，我们不能把一粒尘埃带进车间。一时间，好奇心顿起，心想，这么好玩的东西，如果是裸体接受淋吹，那肉体会不会被吹得皮肉开绽？

师父已经擦好工作台，准备工作了，她见我姗姗来迟，轻声地说，以后尽量提前五分钟到。这句话是不能够容她说第二遍的，我深感它的分量，尽管那是一种非常轻柔的声音。

上午积压的产品没有扫尘，她为我做了示范之后，就把活扔给了我。扫尘的动作很像是画符，横三下竖三下，连起来一气呵成，一板就扫好了。可是，铜管枪是有点重量的，一趟活，要扫半个小时。幸好，扫尘的地方刚好在拉长视线之外的角落里，无论张淑云在头顶怎么旋转，她也看不到我。发现这一点后，我立即把口罩扯到鼻子下面，清新的空气瞬间灌进鼻孔，我感到每一个毛孔都振奋了一下。

扫尘可以机械地凭借惯性去操作。这意味着，我的内心世界可以神游。解除了神经的紧绷咒，这种释放妙不可言，仿佛肉身轻灵起来，有一种欢快的旋律在血液里流动。

那个身躯轮廓笨拙的清洁工蹭到了我的身边。她来接水洗拖把，水龙头就在墙角。她跟我们一样每天要在车间工作12小时，不停地用宽幅的湿拖把拖地。在这近一千平方米的车间，她的活漫无边际，没有尽头。她动作迟缓，从这里到那里，没有人留意到她的存在。

这日复一日的枯燥生涯足以磨灭一个人所有的尖锐与激奋。我看到，她的每一个动作，仅仅只是推着时间缓缓地挪动。那种慢，放大了生命的荒谬。

她把拖把巾拆下扔进桶里。我的目光一直停留在她身上，这时，她将目光迎向我，仿佛在说，啊，我总算可以歇会儿了。

你哪里人啊？她问。

湖北人。我应道。同时我瞬间意识到她很清楚，这个地方是拉长视线的盲区。她还知道我是新来的。

许晶晶让你扫这么多啊？她可真够坏的，欺负新来的。她瞥了一眼推车上的产品，足足有一千板。原来我的师父叫许晶晶。我笑了，跟她说，我倒是愿意扫尘呢。这角落里自由很多。

她把眼睛睁得老大，充满惊异和不解：你说什么？自由？这里哪里还有什么自由？扫尘比看板累多了，你还真是傻，我好心提醒你，以后有你受的。说完一副好心没好报的懊恼表情，扭过脸，不再想跟我聊下去了。

这笨拙滞重的躯体原来藏有如此活络且斗气充盈的灵魂。她的眼睛是往里抠的，有深黑的潭，此刻它处在一种她是唯一正确的坚定认知里：你觉得在这个角落自由放松可以偷懒吗？不，你所有产品必须在规定的时间范围内扫完，你偷不了这个懒。她看透了我对角落自由的肤浅理解，并且在内心嘲笑了我。

我呼吸的自由、我内心飞翔的自由她怎么会知道呢？但我不想放弃跟她聊下去的机会。当我们屏蔽了整张脸，我第一次发现，一个人的声音也是有表情的，用眼睛交流已经足够了，甚至意会得更准确。

我还是应该做一下妥协，让这个天聊下去。

哎，你知道吧，这个地方张淑云监视不到，我可以边扫边哼着小曲儿，还可以跟你聊会儿天呢。我近乎是赔笑的表情了。

她眯着眼看着我，一副"你就这点出息"的不屑表情。然后问我是正式工还是中介工。我回答说，我是自己应聘过来的正式工。在这里，我简单说一下中介工。

中介工是劳动力中介公司输送给工厂的工人。他们的工资由工厂转包给中介代发，钱一旦经了中间环节，那少不得要拔毛的，所以说，中介工的工资比正式工要少，还有，他们的身份证全部扣在中介那里，也就是说，你混熟了，翅膀硬了，也没有办法转成正式工。中介公司也不给他们买社保。这里面有多少猫腻和肮脏的勾当暂且不表。

这位清洁工告诉我，整条线，绝大部分都是中介工。

你凡事都要顺从一点，许晶晶她们都是中介工，你工资比她高，要是哪儿刺激到她了，那你少不了要吃闷亏。

她的谆谆劝导我报以频频点头以示受教。她看上去十分满足。最后我们聊了一些私话。她是江西赣州人，正式工。姓沈，两个孩子在家乡读书，跟老公一起在东莞打工十五年。由于她劈头问我有几个孩子老公在何处，我一时间蒙住了，考虑到如果回答至今未婚，恐怕会显得更加古怪，甚至可能引发不必要的舆论枝蔓。于是，我选择了最普遍最安全的那一类答复：老公在虎门一家模具厂打工，儿子在读大学。她不再说什么，推着拖把走了。我觉得，我跟这位沈女士，仅用半个多小时，几乎说完了一生所有的话。

整个对话里，她多次提到我的师父许晶晶，那个善于耍滑藏奸的女人，让我务必要有所戒备，因为我看上去是个老实人。作为正式工的她，即使是个清洁工，面对许晶晶，她也有明显的优越感。在这样一个世界里，我看到了熟悉的人与人之间那种咬啮性的烦恼，一股子酸臭味。这一点跟我先前认知的精英阶层没有不同。

终于扫完了，手臂酸麻。我把口罩拉上来，推着手推车经过师父的身边，她抬起头，看了看墙上的挂钟，然后叫住我，柔声说我足足慢了十分钟。我抱歉地笑了笑，诚恳地表示下一趟一定会加快速度的。我看到她的眼睛流露出一种欲言又止的表情。显然，我诚恳认错，及时止住了她正要进一步指责我的意愿。沉默片刻，她淡淡地说了一句，我第一天扫这么多产品只用了半个多小时。

一瞬间，我感受到这个女人的锋利。

我回到位置上看板。我的师父许晶晶推着满满一车产品走向扫尘处。拉长已从高处的旋椅上下来了，此时她趴在工作台上写着什么。我终于发现了一个废品，像是收获的第一枚战利品，好生兴奋，是膜贴倒了。按照要求，我将它交给拉长张淑云处理。

她把结构件拿到手上正反两面看了看，确认这的确是一个废品。

"你去把刘倩叫过来。"她说，第三排倒数第二个线位的女孩。我依言走过去，把那个叫刘倩的女孩带到张淑云的跟前。

我永远也无法忘记那个场景。公然出卖、侮辱、霸凌、傲慢这种粗暴的人性足足上演了五分钟。这个叫刘倩的女孩子一直低着头默默忍受。我也是。

"又是你，你已经瞎了为什么不给我早点滚？你这粒老鼠屎要祸害我到什么时候？你长记性了吗？你要脸吗？这里不养猪，再出错就给我滚蛋，见不得你这样的蠢货，碍眼……"

这可怕的声音持续了五分钟。那语调，那利刃般的谩骂足以成为一个人的噩梦。它形成一种暴力的场，扼住你的喉管，令人恐惧、窒息。我从来没有见过这么赤裸的当众羞辱。

更可怕的是，我被当成了一个告密的功臣，当着刘倩的面，她这么表扬我：你看看人家，才第一天上班就这么用心，要不是她发现得及时，这废品流到下游，被质检投诉，我的脸就被你丢光了。可是，这刀锋般的侮辱，打得人脸生疼，我一样是一字不落地受了。我不明白的是，张淑云处罚刘倩，完全没有必要暴露我，她为什么要用这么下作的手段？太无耻了。整整五分钟，我全部的思想、全部的意志、全部的身心、每一根毛发都在愧疚，对刘倩深深地愧疚。

她的声音很大，有一两句像炸雷一般在空气中炸开，整条线的人都听见了。奇怪的是，没有一个人感到讶异。人们都在忙着各自手中的活。这是司空见惯的场景吗？

终于放我们回线位，我避开拉长张淑云，追上刘倩跟她道歉。她扭过脸来，居然是笑着的：没什么的，你第一天来吧？让她骂骂就完了，只当她放屁，又不扣钱。她再次笑笑，还拍了拍我的肩膀。她眼里的笑意很温柔，流溢着明媚的光，完全是一副没有受到过伤害的样子。

我僵住了。我不相信有人面对刚才那地狱般的五分钟会毫不动容。

下午的时光好像要慢一些。一阵浓浓的倦意袭来，我想打哈欠，可是口罩蒙住了嘴。无休止地重复同一个动作加重了困意。我想上洗手间，可是瞥了一眼挂在工作台边上的白色墙板，离岗证还没有归还。墙板上显示10分钟前，一个叫伍唯唯的人签的动态，她还没有回来。无尘车间只能同时允许三个人离岗上厕所。

终于轮到我了。伍唯唯在墙板上写了她回来的时间，我看着墙板，上面写满了工人们离岗的时间动态，歪歪扭扭的字，用粗黑的水笔写的。我拿过离岗证，迅速写上自己的名字和离岗时间，15分钟，我必须返回，超时以迟到论处。迟到一次扣除全勤奖70元。

火急火燎地脱无尘衣。偌大的更衣室只有我一个人，臭鞋的气味依然浓烈，但此刻我如此雀跃，迫不及待想要冲出那致密压抑、束缚身心的无尘车间。洗手间在走廊的尽头，蹲式的，关好门，马上给记者朋友打电话。

我迫不及待地讲了刚才的那一幕，语气很夸张地说，如果我是刘倩肯定第二天就辞工。电话那边先是劝我不要激动，关于拉长骂人，最近几年普遍收敛了很多，就是害怕有人辞工。以前都是雷霆之势，绝对压制。小姑娘小伙子被拉长用手指戳额头，直戳得人往后打趔趄，现在至少不敢动手了。最后，她反复叮嘱我，你是女工黄红艳，千万，身份不可僭越，不要做奇怪的事情。

聊完。时间很紧，我翻看了一下微信的留言，基本来不及回复。我突然感觉到，原来，有太多的事情在人生中并不是必要的，就像这些可以不必回复的留言。如果面对的是生与死，我想，可以删除的还会更多。

返回车间,我的师父许晶晶已经扫尘归来。有一个问题我必须请教她。

如果您发现了不良品,把它交给张淑云处理,那要如何避免背负告密当面被戳穿的尴尬?

师父的眼里是盈盈的笑意,显然她已经知道了我历经了那场劫难。

本来我想明天再告诉你的。她说,这也是我必须交代你的东西。你听好。

我从来不会将不良品交给张淑云。一旦发现了我自己会修好它。如果难度大,我就将它交给拉长助理小莫。她眼里依旧是笑,但是,你刚来,你得要让她知道你掌握了这个技能,而且是认真地对待工作。明天或者后天,张淑云会安排人故意做出废品流到你手里,如果你没有看出来,那才叫真正的恐怖。所以,你最近几天看到的废品必须拿给她。

背脊一阵凉意。我对故意做出废品来试探我感到震怒,这手段好下作。

如果我没有看出来,她会炒掉我吗?我问。

不会,现在缺人得紧,哪能炒人啊。这么简单的工作你都不会,她就在每天早会上当众羞辱你。

明白了。我领教过,非常可怕。仿佛是,有人用言语在脱你的衣服,当众。

许晶晶幽幽说道,你习惯就好,其实她再怎么羞辱人也只是徒劳,又不会扣钱。时间长了,你会知道,没有拉长是不骂人的。你做了拉长,也会是那个样子。

我很震惊,对于这种当面羞辱居然可以做到毫不上心。这是徒劳的。我反复琢磨着这句话,有这么多人活在这世上,被迫丢弃了伪饰的尊严,仅保留着最后的价值底线。扣钱才是天大的事,分厘必争。我看到人性的强大、坚韧,那种紧紧握实命脉永不撒手的力量。我抬眼看着整个车间,一大片低伏沉默的头颅,我看到了真正的尊严。劳动兑换金钱,这种事情才是不容一丝让步的尊严。

不同的是,我做拉长,绝不会是那个样子。

但我要成为那样的人,活着只坚守自己认定的价值,不受干扰。其他的可以全部删除。而事实是,在我生活的世界里,太多人为鸡毛蒜皮大打出手,一言不合就翻脸。想来,那都是太闲的缘故。下午余下的时光在我无奈地慨叹且更为熟练的操作中迎来了下班的钟声。

(三)致命的试探

晚餐在饭堂我看见了拉长助理,他有一张白净的瓜子脸,瘦削,眉眼小巧,却长了个直挺的大鼻子。只是眼神活泼了很多,大抵是年轻人。无尘服敛了他的性情,他很爱笑,说"我X"的时候声音依然温柔。说话间,正看见他招呼另一个同伴前来与我和师父同席。出于礼数,我在小炒部给师父许晶晶点了爆炒猪肚、牛肉炒蒜苗、红烧福寿鱼和一盘饺子作为答谢,她喊来了拉长助理一起分享。助理姓莫，他说，以后就叫他小莫就好。师父许晶晶说，小莫，这是新来的黄姐姐请你的，有什么事你多担待些。那边一连声说好，也不抬头，正用筷子大把大把地夹肉吃。末了，小莫突然跟我说，我提醒你一下，你将口罩拉到鼻子下面千万别让张淑云发现了。

我也吃了一大碗饭。明显有了吃肉的欲望，这是一个特别好的感觉。

打完卡，正往车间走。许晶晶从后面追上来告诉我，明天和后天留意一个叫梁维栋的人送过来的产品，试探我的废品就出自他手。她诡异一笑，不再多言。啊，我才回过神来，这是小莫的人情啊！我被一种善意的温暖围绕，它汩汩地在心底涌动。我并不认为这是一顿饭买来的。

晚班开始了。一切与白天并无不同。唯一的敌人依然只是时间，唯有忘掉它，专注手中的活它才不会静止。我已经很熟练了，甚至找到了属于自己的经验。我让眼睛在视觉上习惯一整板有九个白点，扫一眼，只要缺一个，它就会特别醒目地自己跳出来。

晚班，我扫了两次尘，数量比师父许晶晶要多得多。我是徒弟，多做一点是应该的。只是连连的哈欠让我的手越来越疲软。清洁工小沈从我身边走过，我耳边飘过这样一句话：扫尘这个活，别那么认真，即使没扫的也没有人能查得出来……啊，所有取巧的、偷懒的、懈怠的智慧，我相信，早已被人摸了个透。即使高空有旋转椅的鹰眼，依然阻止不了那些暗地里的种种小把戏。张淑云的气急败坏，缘于她深知这一点却苦于无法彻底获悉，一旦被她发现，那种狂怒，那种被噎住且无处发泄的愤懑就找到了闸口……

在昏昏欲睡的倦怠中听到张淑云拍了拍手掌，说是下班了，要开始清洁桌面。我听见对面师父许晶晶轻微的叹息，我听见整个车间如潮的叹息，仿佛如释重负，一直紧绷的弦终于可以松弛了。有人开始捶肩膀，人群的嘈杂声起，助理小莫拿来蘸了酒精的湿巾，我们要把桌面、椅子，包括桌腿、椅子的扶手，每一个背面都要擦到。压缩空气的阀门和壁上的一圈大灯关掉了，空间陷入巨大的寂静，夜，涌了进来。

打最后的一道卡，指纹显示在绿色的指示屏上，嘀的一声。一天，我要打六次卡。

回宿舍。工业园区的路灯如同白昼一般。夜宵的摊子占满了整整一条街，我闻到了烤鱿鱼的香味。姑娘小伙子结伴走向那里，吃烤串或者麻辣烫。小超市都还没有关门，里面贩卖着大量的伪劣产品。做促销活动的司仪往路人手上塞着广告传单，拿话筒的主持人站在临时搭的小舞台上声嘶力竭地喊着抽奖。穿着超短裙、涂着口红和眼影的厂妹像鱼群一般穿梭在这明黄的街边，她们把欢笑洒了一地。这个时候的园区仿佛刚刚醒来，在夜色中，蓝紫的霓虹灯招牌交替闪烁、劣质的街边音响鼓噪着低档生活区的审美。

四万多人的工业区，他们生活的全部都在这里。你在其他地方见不到这个群体。严格来说，真正属于他们的时间，每一天，也就只有三个小时左右。就像现在，九点多了，我回宿舍，要洗澡洗衣服，如果十二点上床睡觉，每一天，我只有三个小时真正属于自己。

　　这意味着我没有机会走出园区。我是一个隐身人。这里的每一个人，都是隐身人，他们活在另一个世界。三个小时，没有人能够想象这里面的巨大深渊。它包含着太多的关于人的欲望、孤独和放纵。混乱的出租屋、地下麻将室、三无小门诊、女人和酒、彩票、老虎机，人群伴随着震天的叫嚣。有一些漂亮的厂妹兼职站街，还有一些人，那种铁打的人，居然骑摩托车去外面拉客赚外快，他们干到午夜时分才回宿舍。所有这一切，全部充塞在这短短的三小时里。

　　宿舍又搬来了一个女工。她睡我上铺，我进去的时候她已经睡了，和衣，没有盖被子。现在有五个人了，有两个上夜班，要早上才回宿舍睡觉。这是我在宿舍的第一个夜晚。疲惫。此时我渴望家里那张柔软、舒适，有薰衣草香气的大床。想在浴缸里泡澡，想喝冰箱里的柚子茶。如果步行回家，只要十分钟。

　　我上铺的女人在咳嗽，她没有盖被子。下过雨的春夜，还是有些寒凉的。

　　她醒了，翻身坐起来跟我说话。她告诉我今天晚上才来报到，没有想到今年都三月中旬了，晚上还这么冷。然后她问我是否有手机充电器，我从包里拿给了她。女工不到40岁，看上去憔悴，一脸的黑斑，这黑斑连嘴唇上都是。贵州人，姓王。她从上铺跳下来，一阵风，我闻到她腋下刺鼻的馊臭味。她的床只垫了一大张打开的纸板。这应该是一个走投无路的人。她床尾的那个帆布大黑包就是她全部的家当了吧。听她说话的语气，潜台词有这样的意思：兜来兜去的，最终还是这里好啊。伟达厂有一个特别有意思的地方，即使你三番五次地离开过这里，只要你再来，它依然欢迎你。武英姿肯定对她不陌生。

　　我庆幸，工厂一定收留了很多这样的人。一个食宿有着落的落脚点，一个可以让人喘息的安身地。工厂，它也许是你最坏的选择，但是，你可以在这里缓过来。这里有充沛的热水，饭菜管饱。不依靠任何人，以小时取酬，人人平等。你可以身无分文地来到这里，过往所有的失败、落魄都归零。你的人生，在这里可以从头再来。

　　我忽然觉得有了一种底气，我畏惧什么呢？即使遭遇再大的厄运与失败，我最后依然有一个去处。我不会流落街头，更不会乞人脸色过活。当我置身于几万人的工业园，当我的人生以每小时10块钱的价格出售，我却有一种无边的安宁与自在，在没有人认识我的地方，过着安静、简单、近似于零的生活。就像刚才回宿舍的路上，一个人在内心盘算着：啊，今天，我这140块钱就这样到手了呀。那种瓷实的成就感是可以触摸的实物。它清澈、纯净，也特别久违。

我大可不必同情上铺的舍友。明天，她就会好起来的。只是，我如何能够绕过那一声一声的咳嗽，去装聋作哑？我得回家一趟，为她取一床毛毯。

一回到家我就后悔了。我面临那诛心的选择，巴西花梨木的大饭桌上，晓芳窑茶器，养得玲珑可爱的小薄胎朱泥紫砂壶，20年的冰岛生普，沉香暗浮，炫酷的电脑游戏桌面闪着光影，玩家向我发出邀请的信息在右下角汩汩地涌出来。还有，我柔软舒适的大床，它们，都向我伸出魅惑的钩子，紧紧地攫住我。再次走向那脏乱粗陋的宿舍是一件多么艰难的事情。我想喝一杯红酒、听一曲爵士乐再走。我的手停在空中，忽然一阵难过。这就是我吗？看看，多么可怜，这生命之轻，沉溺于此，已然感受不到的痛感的人生，已经脆弱到经不起任何试探了吗？把心一横，我决然地拿着毛毯走出家门。

我对面的宿友也回到了宿舍。两个女人在说着话。姓王的贵州女人说起她春节前的一次旅行，第一次坐飞机去的云南大理，说到飞机起飞时的眩晕和耳鸣。语气很是兴奋。我看着她，一个连铺盖都没有、落魄到几天没有洗澡的女人，她的谈笑风生是在演戏吗？不，完全不是，人的笑是无法掩饰的。这正是我要弄懂的地方。也许，你觉得落魄的境况在别人那里恰恰是一种常态。40岁才第一次坐飞机，谁又可以说，她的快乐就会比别人的廉价？

她推辞我的毛毯，说是明天去超市买。可我很坚持。她最后接受了，很隆重地说了声谢谢。我对面的女人来自四川古蔺，姓邹。南方人发音不太讲究卷舌，她怕我不认得这个"邹"字，反复跟我强调不是周总理的周，还拿出工卡给我看。我笑了。她的床拉了布幔，遮得严严实实。三十几岁的年纪，体格健壮，滚圆的腰腹，长着一张扁平的宽脸，厚嘴唇特别惹眼。她从床底的纸箱里拿出一件旧棉袄递给我上铺的女人当枕头。她们，即使在年轻的时候都没什么姿色。正因为如此，她们的经历才真正具有代表性，而非戏剧性。

我加入了聊天。两个女人皆有孩子在老家读书，私事没有聊太多。但她们说起以前待过的工厂，居然还在同一家工厂干过。工厂太大，人多，如果不在同一个车间那有可能完全不认识。听她们说的这些，有一个共识，加班越多越好，低于四千块的工厂现在不好招人。我插话，钱少，人没那么累啊。结果我被反击：出门在外，你图轻松有个啥子用嘛，在车间日不晒雨不淋的，还有空调，累啥？我赶紧一叠声地应和：那倒是，那倒是。显而易见，她们热络得非常快，跟我，似乎总有一丝隔阂。关于我私人的那部分，我说的全是谎言。

洗完澡上床快十二点了。手机，整整一天，我几乎快忘了它。上面的所有信息对我来说，其实都没那么重要。这是一个惊人的发现。我曾经沉迷于它不能自拔，一刻都不能离身的。连《王者荣耀》这样的毒品都可以彻底戒掉。作为女工黄红艳，哪会有那么多外面的信息通向你呢？一天就这样过去了。这是一个模板。以后的每一天都将跟今天一样。这么多人都是这样活着的，我一定也可以做到。那么，塞壬，加油吧。

5.我和拉长张淑云吵了一架

　　她是矮壮的，而行动敏捷、迅猛，然而更快的是她从远处就劈面而来的声音。她那一连串的叫嚣停止后，余音依然在很长一段时间盘旋在每个人的头顶。它制造了恐怖的场，压抑，令人窒息。我不知道人们是如何习惯了它，并无视了它。对我来说，那种语言的当众羞辱是一场噩梦，我要跨越怎样可怕的内心地狱才能做到去无视它？人说这叫佛系，但一个群体的佛系是如何练成的？

　　她的眼睛露骨地表现出这样的意思：你们这些人每时每刻都在想着偷懒，在混工时，被我逮到那就死定了。她在高空旋转着鹰眼，高度戒备。我必须在一种变态的心理中去理解这种快感：迫切等待一个倒霉蛋撞进她的视野，然后享受一场豪华的语言暴力。

　　每天开工前都有近十分钟的训话。几十个人站成六排剪着手站在进门的小黑板前，她用左手掀开口罩的一角，好让声音更有效地散发出去。但那只手一直架在那里，这个姿势怪异极了，脖子扯在一边，梗着，让人觉得她说出的每一个字都加重了偏执的力量。

　　先是通报昨天个人产品完成的情况。鸦雀无声。一片阒寂。紧接着十分钟是暴风骤雨般的雷霆之怒。拉长张淑云似乎没有对谁感到满意过，即使产量超过预计目标的人也依然在她的怒骂中。理由是，比二楼的差远了，比她当年差远了。

　　没有完成的，她会挨个拎出来——上演她的语言狂怒表演。我们每一个人都身穿着只露双眼的无尘衣，然而，我却感到最赤裸的语言暴力。每一个人都没有面具，无法伪饰。我非常震惊，在我认知的人际交往里，即使想用语言打人耳光，那也只能是在心里，而面上，我们彬彬有礼，握手，甚至谈笑风生。真正的野兽，我们都会将它摁死在灵魂的深处。文明和教养，它需要虚伪的体面。

　　不想干了都给老子滚，想混工钱，门儿都没有！你们这样跟小偷有什么区别？

　　食堂的饭倒是喂饱了你们，这个月比二楼差得太多，你们丢我的脸，让我抬不起头，那谁都别想好过。

　　×××，叫你滚蛋你还厚着脸皮赖在这里，连续几个月拖后腿，我要是你早就一头撞死在墙上了。

　　×××，别以为我看不出你偷偷化了妆，在这里你化妆给谁看啊？你想勾引谁啊？就你返修得最多，你这样的效率还得专门配个人给你擦屁股，你以为你谁啊？你趁早给老子滚蛋

×××，小聪明耍多了以为我是傻子？哪一次上厕所你没超时？给你宽容你还蹬鼻子上脸，这半年你都掉在后面你还有脸？别以为你低着头发呆偷懒我不知道，像你这样的小混混到哪里都让人厌恶，不要脸。

这是地狱般的十分钟。问题是，这在流水线是一个普遍现象。我师父许晶晶曾说，你要是当了拉长也是一样的。言下之意，她当了拉长也不会有任何不同。这是一种传承已久的丑陋文化。即使我真当了拉长，也无法凭一己之力去改变。我印象中，在很多年前，一所乡村小学，有一位女老师也是这样在课堂上咆哮。她时常蹲到一个调皮学生跟前揪着他的耳朵，把他提拉出来，站定后，又让孩子卷起裤管露出小腿肚，然后她用竹条做的教鞭用力往上刷，一道道血印子赫然在目。这么多年了，过往的人事纷繁，但我依然清晰地记得她那张丑脸。

现在，我再一次看到了这张丑脸。每一天。

我曾经问过许晶晶，张淑云有没有将这些汇报给办公室，然后工厂就扣了谁的钱？许晶晶怪异地看着我：那当然没有，都是血汗钱，扣钱人家找她拼命。

那也就是说——

一瞬间，我似乎懂了。这仅仅是一个人的脱口秀，自我高潮，狂怒表演，以及俯视众生的幻觉所产生的高烧式口嗨。因为一切都未涉及根本。

我跟她的正面交锋出现在上班的第三天，也就是测试我能否合格的那一天。虽然我提前已经得到信息，但我对这种方式的测试并不认可，它有一种上不了台面的卑劣气息。我不喜欢这样的阴谋。要测试，大可明着来，为什么要用钓鱼的手段？但其中有一个小小意外令我震惊。那天上午十点钟的光景，那个叫梁维栋的小伙子将他做好的产品送到我手上，他说，你新来的吧，我今天做的产品你可要看仔细了，千万千万。他的眼睛始终没有看我，话说完就速速转身回到了线位。

我师父许晶晶也轻轻扔过来一句，你看完我复查一遍吧。我回她，不用了，复查的话今天上午完不成任务。

最终，我查到三个废品，把它交到张淑云手中。她确认后看着我笑了，她笑的时候眼睛有一丝挑衅的成分：不错，你还可以啊。可是，我忍不住了。因为我知道如果没有查出来我将要受到什么样的羞辱。

"这三个废品出自梁维栋之手，我去把他叫来。"我失控了。可是已经来不及，我身体里，塞壬这个人在这个时候跳了出来。

"不用了，这次不用。"

"为什么？上次发现废品你不是让我叫人了吗？"我不依不饶。

"我说不用了，你没听明白？"她显然有点恼怒了。

"那为什么梁维栋出三个废品就可以不用挨骂？"我准备死磕到底。因为在我看来，那种当众揭穿告密的丑陋行径，那种钓鱼测试新员工的下作伎俩都让我无法沉默。

她一听这话有所指，腾地站了起来，用一种极轻蔑的眼神看着我说，是我让梁维栋故意出的废品来测试你，你满意吗？

我毫无畏惧地直视她的眼睛，一字一句地跟她说，因为你这丑陋的规则，上次我成了揭发刘倩的小丑，这个规则在挑拨工友的关系，非常恶劣。张淑云，你要测试我，就该光明正大地来，背后搞小动作，我瞧不起。还有，早上的训话，你像一个泼妇！我拂袖而去。

回到线位，我的师父许晶晶都吓傻了：你疯了吗？你搞什么幺蛾子？顶撞她有你好果子吃……我不想理她。我知道我对抗的是什么，这种由来已久的流水线文化，不会因为我的一两句顶撞就会改变。我甚至做好了跟张淑云在车间打一架的准备，用女人的方式？撕咬，扯头发，在地上扭滚。

然而没有。我所想象的那种更为恶劣的激烈后续都没有发生。只是第二天早上的训话加了这么一句，有的人自命清高嫌弃这里的规矩，适应不了就给老子滚蛋。然后眼角余光扫到我脸上，仿佛在得意地说，在这里你必须服我管，有本事你去告我啊。她连续贬损了我五个早上？这气也算是出够了。

那么，塞壬的这次灵魂出离并没有起到任何效果。各种制度依旧，我依然是女工黄红艳。但是，做与不做我必须有选择。我要有态度，这很重要。

此后，她当然没那么便宜就放过我。比如我把口罩拉下来露出鼻孔透气，比如扫尘的时候我替换左手，再比如上厕所超时了一点点，归还离岗证，在小黑板前写动态作假被她逮个正着……她的反应都异常激烈，那白眼都横破了，说话直接打脸毫不留情。羞辱完了之后还会来这么一句：我就是一个没有文化的人，您看，您不照样在我手上打工吗？这话是附在我耳后根说的，阴森得可怕。看来，关于文化素质这个点，的确是刺激到她了。

我终于练就了不怕烫的死猪。而她，渐觉无趣，也不再死啄我。只是，我们相看两厌。

在这样的环境中是鲜有人迟到的。因为，你就没有离开过工作的环境，你没有机会迟到。我师父许晶晶说，车间有超过一半人五年下来从来没有迟到和缺勤，除了年假（也叫探亲假）。这些人生活在工业园，每天生活只有三个点，车间、饭堂和宿舍。每个月全勤奖是70块。绝大部分人都拿到手了。用他们的话说，这个钱简直就是白给的。

然而，经历了懒散的办公室制度的职业生涯，零迟到、全勤，于我，相当于就是地狱了。此刻，我的定力、我的意志、我全部的身心都被要求遵守这严苛的纪律，我发现，真正去做到却并没有想象中那么难。当我的人生减至零，切断过去和未来，只是保留活着的状态：吃饭，在于饱；衣，在于蔽体；屋，在于栖身。那么，太多的所谓难，皆是一个伪命题。

难道我从这里出去后不是一样可以这样活着吗？如果这算是人生困境的底线，那么，此刻我已经触到了。这一个接一个的工业园，成千上万的人都是这么活着的。你的难，你的困境，是他们人生的常态。他们隐身在此，却是这人间最为坚实的底部力量。

有一天中午，我在手机上看一篇文章入了神，碰巧那天上班的铃坏了，没响，打卡迟到了七分钟。走进车间的时候，我觉得所有人都抬起来头来看着我，仿佛我是一个异类。

我师父许晶晶眼神全是焦灼：你70块钱没了。她看着我，仿佛这是一个天大的灾难。我耸耸肩，觉得小事一桩。她跑到另一个女工那里，两人嘀咕着什么。可是，整整一个下午，跟我在工作上有接触的人，全都是那句话：你70块钱就这么没了？尤其清洁工小沈，她露出一副仿佛剐了一块心头肉的剧痛表情：70块钱就这么没了，这本来就是白捡的钱呀。

一时间，仿佛整个世界都在窃窃私语：你70块钱没了，你怎么就弄丢了这70块钱呢？这怎么可能？我不知所措起来，区区70块钱至于这样吗？看到所有人都在痛惜白白丢掉的70块钱，我如果再表现得无所谓，那更像是一个异类。

是的呀，太可惜了，有什么办法呢？我只好一一赔笑着。

拉长助理小莫来到我身边，他四处看了看，然后压低嗓门悄悄地跟我说，拉长张淑云有一个权限，她可以出一个证明——证明你的迟到是因工，那么这个钱就不会扣掉。所以……

"你让我去求她？我才不去，扣就扣吧。"一想到我跟她的相处，一点就着的僵局，近乎白热化。真开口求她，那难免是劈头一阵羞辱和嘲讽。不要说70块，就算是7万块，我也绝不会开口求她。

"被她说几句有什么关系呢？拿到钱才是最重要的。她说一万句无非是废话，又不会让你有真正的损失，你计较这个有什么用？"小莫都跟我急了。

真正的实处是钱，钱才是最紧要的事。唯有钱才是一个人的尊严和底线。在这里，唯有钱才是绝不能妥协的正经事。扣钱，是多大的事啊。工友们在窃窃议论的应该就是拉长张淑云有权限免单的事。

见我毫不动容。他摇摇头走了。我看见我师父许晶晶也对我摇摇头。

后来，那些窃窃私语都消失了。我周遭，也都安静了。在快下班的时候，张淑云把我叫到她跟前，递给我一张便条，她说，你把这个条子交给人力处的武英姿，迟到的事她会处理的。

我一时蒙了。

"再怎么着，我也不能看着你被扣钱啊，要不然，你不恨死我？"她这回居然用一种恳切的眼神注视着我。对,是恳切。

这到底是个什么鬼人啊?啊,真是的。不过,我可是不会轻易跟她和好的。

然而,撇开那些遮蔽的枝蔓,我似乎看到了一些事物的本质意义,一块肉、70块钱、一盒牛奶、一个烧饼,它们都在自己的位置上有着沉甸甸的分量,它们对应着工时、人力,凝结着你实打实的付出。它们厚重而庄严,不容轻视和鄙薄。现在,如果再加上一样,我愿意它是一个人——拉长张淑云。我感受到她灵魂的质地。

6.工油子阿坚和他的爱情

23岁的阿坚是唯一给车间带来阵阵快活空气的人,他哼着歌,在车间摇头晃脑,有时走个路,剪着双手,并腿一蹦一蹦,还时常蹭到姑娘们面前做轻薄状,用手托人家下巴:来,给爷笑一个。要不就把口袋里的备用橡胶手套拿一只出来,吹满气,然后摁折四个手指头,只保留竖起的中指,他拿这个中指到处戳人。因为大家都懂得那个竖起的中指意指什么,都笑得直摇头,小姑娘们害羞,缩颈拼命躲它。啊,大家都是那么喜欢他的,连拉长张淑云也很喜欢他。他喜欢不停地说话,笑得很大声。有时来料太多,张淑云也得来帮忙撕产品的外包装,这个时候的张淑云也扎进工人堆里,阿坚就挤到她身边贴近她的脸:淑云姐姐,听说你女儿满十八岁了吧,要不介绍给我得了。滚蛋。张淑云啐他,将他从身边推开,然而他又像牛皮糖一样黏过来,继续嬉皮笑脸。她时常也笑得喘不过气,捶着胸口,指着阿坚,嘴里不停地骂着,你个臭小子,该死的臭小子。阿坚还经常做些恶作剧,比如突然大声宣布大家安静,然后用尽全身力气放一个长长的响屁。趁姑娘们举拳过来打他的时候,他就抱着头大声说,哎呀,刚才不小心蹦出屎糊裤子了。说完,也不拿离岗证,径直往厕所里跑。

也只有他犯些小错张淑云不计较。仿佛是理所当然的事。当然,每天的早会上,未完成任务的名单里从来就不会有他。他活干得漂亮,只是从不肯多干。

我是在饭堂见到他的脸。他有一张好看的脸,眉目清朗,有少年气,眼波灵动,心思活络,倔强的唇角,隐约透着讥讽,他头发茂盛,大鬈大鬈的,有一大撮旋成一个钩子垂向额头。漂亮的厂妹们围着他,争着要跟他坐一桌。阿坚可不像那些勒着裤腰带过活的人,他频繁光顾小炒部,餐盘里时常有烧鸡翅、牛肉,还会有大肘子。人说,这小子大概是不存钱的。还有人压低声音悄悄地说,阿坚的饭票是有女人倒贴给他的。

我后来也变得嗜肉,常在小炒的窗口碰到他。他对我露出不可思议的笑容。因为,像我这个年纪的人,应该上有老下有小,时常额外花钱吃肉太不寻常,尤其是中年女人。从他的笑容里，我突然意识到自己应该收敛。

我是说，他有一种不属于这个空间的外部眼光，他的意识应该探到了厂区的外部世界。他把做好的产品交到我手上，小声跟我说，我做的东西几乎是免检的，绝对不会出废品，这样你就可以看得快一些了。他做的货，先前一直都是我师父许晶晶亲自去交接，没让我碰。我后来才知道，许晶晶留给我的都是新手做的，废品率相对较高。

这个举动，他后来跟我解释说，我是第一个敢正面开罪张淑云的人，而且我那天说的每一句话都让他震惊。他说，你不像是这里的人。你谁也不怕，而且你不在乎扣钱。

我吓得不敢跟他太接近。只是沉默。他后来要求加我微信，我拒绝了。

我的师父许晶晶比我快，跟我搭伙干活，她总是觉得吃亏。但她从不明着抱怨，只是试探性地跟我提出，任务平分，各干各的。我同意了。阿坚把他的货转到我手里，是当着我师父许晶晶的面交给我的。后来阿坚像往常那样去"轻薄"我师父，去挠她的脸，她不再像过去那样娇嗔一句别闹了，这回她突然黑脸，翻着白眼：滚开，一边去。只有我知道，她是真生气了。

这一定会迁怒到我身上的。我后来知道，我师父许晶晶对我，对这件事有一种非常肮脏的判断。她似乎带有一种淡淡的……醋意。

阿坚是第三次进伟达厂。这个工业园区，但凡大一点的工厂都有一个福利，第一次进厂干满三个月的员工有一千块钱的奖励，据说，阿坚把这附近有这个福利的工厂全都干遍了，他待过的工厂有鞋厂、五金模具厂、玩具厂、制衣厂，最多的还是电子厂。他经常做三四个月就辞工，然后消失一段时间，当人们快要忘了他的时候，他又带着他流里流气的笑容出现在车间。

我们管他这样的人叫工油子。他说，还是伟达好啊，漂亮的姑娘最多了，食堂的菜不错。阿坚不住宿舍，在工业园附近租了房。23岁，出来工作快五年了。我觉得，他在车间制造的种种欢快的气氛里，有一种对抗无聊人生的荒诞味道，无奈、嘲讽、无力又有点悲伤。

成为一个麻木的机器，这一事实在年轻的生命中太过醒目了。他不愿意用沉默去放大、去刺痛自己，所以才选择做一个活宝来消解吧。至少在一个短暂的时刻会忘记它，不去面对它。他跟我说，他一直在寻找离开的机会，几次尝试，都失败了，最终还是回到工厂。

有一天晚上八点的光景，因来料不足，我们提前下了班。打完卡，时间尚早，我跟阿坚说想请他吃个夜宵，理由是感谢他在工作上帮助了我。他一听就乐了，搓着手说太好了太好了。我们沿着园区的小吃街走着，最后他选了一家烧烤摊，我们正要坐下，忽然听见身后拉长助理小莫在喊阿坚，你们吃夜宵也不叫我吗？

三人坐定。我往后面看了看，寻思着，如果看见梁维栋也一并叫过来。那个叫梁维栋的小伙子曾经在测试的那天暗示过我。作为一个陌生人，他的善意让我觉得温暖。人群都散了，我没有看见他。

两个男孩子不太好意思多点，我站起身，点了炭烧生蚝、脆骨、秋刀鱼、鸡翅、鱿鱼须、串串虾、烤茄子、玉米，还有炒田螺和水煮毛豆，满满一桌，然后我又叫了六瓶啤酒。才吃一会儿工夫，忽然头顶有隆隆的雷声滚过，瞬间就下起雨来，起初不大，我们是坐在露天的帆布篷里，小雨飘着倒无妨，可是雨越来越大，篷下坐不住了。阿坚说，打包吧，去他的宿舍吃。

三个人冒着雨，提着打好的包一路快跑，几分钟，就到了一栋出租屋的楼下。工厂的附近，全是当地农民盖的出租屋，密密麻麻，楼间距很窄，房子不采光，有的没有阳台，头顶是乱七八糟的电线，墙上、路边电线柱全是性病门诊、夜店服务、工厂招工、赌博秘籍的牛皮癣广告，它们贴得一层压一层。地上有流过的脏水迹，阴暗墙角的潮湿处长着青苔和不知名的蕨类，肥硕的老鼠在人眼皮底下窜进窜出。我太熟悉这样的出租屋了，17年前，广州的石牌，我在那里的城中村住了两年。因为淋了雨，头发湿了，样子有点狼狈，小莫对阿坚说，要借他的热水器顺便洗个头。工厂的宿舍是没有淋浴的。

那是一间十来平方米的单人房。有小小的厨房和洗手间。房间非常简陋，床就是一张旧席梦思，没有床架，床头贴着几张女明星露胸的旧海报。一个简易的塑料折叠衣柜。一张玻璃矮几，上面摆着一台旧的三星显示器和油腻肮脏的黑键盘、半包香烟、两桶方便面、水杯，还有几个不知名的小药瓶子。没有凳子，地上只有一个圆形的棉垫。我环视了一下，总体来说，这样的房间看不出主人有什么样的兴趣和偏好，一片空白。就是一个睡觉的私人空间。阿坚说，这房子每月三百块钱的租金。

我忽然发现墙上的挂衣钩有一件红色的灯芯绒外套，很是眼熟。没错，这是赵妮的外套。很自然地，我把目光投向那张床，虽然被子没有叠，但的确有两个枕头。然而，房间却并没有女性留下的任何信息，没有化妆品，连女式拖鞋也没有。只有一件红外套。正出神，阿坚喊我吃东西。他们已经把电脑移开，将烧烤全摆在玻璃茶几上，地上垫好了报纸。

有意思，这里面藏着一个剪不断、理还乱的故事。

酒喝开了，他们全都说到了家乡和少年的记忆，在他们的述说里，我居然感受到一种朴素的文学气息。小莫是广西贺州人，初中毕业，18岁就来东莞打工，已经七年了。今年春节回家，父母催着相亲。因为喝了酒，他的脸很红，低头讪笑着说，我一直觉得相亲很土，不愿意去，可是，被我妈逼着去了，没想到我居然相中了那个姑娘。说完他抬头，抿嘴，但完全憋不住笑，最后放开，笑得毫无教养，一脸痴相。他还说到家乡，那里的山是别处没有的，平地而起，一座挨着一座，雨后如同仙境，无数的小尖峰在雾气里若隐若现。阳朔算什么，桂林算什么，它们都比不了我们的黄姚古镇。

你们一定要去我的家乡贺州看看。

我读懂了这些话的深情。同是漂泊在外的人，故乡是一碰就会痛，就会让人内心充满深情的一个词。

阿坚在一旁追问他相中的姑娘漂不漂亮，性不性感。小莫喝着酒，带着醉意说，他在东莞见过很多漂亮的厂妹，没有一个能比得上她。只是赚钱太难了，他叹了一口气说，我在东莞打了七年工，只存到一点钱，可是回家乡，我根本找不到一份一个月能挣四五千块钱的工作。种地不赚钱。在家乡贩菜、跑摩托车拉客、做建筑小工，都不如在东莞打工。小莫还说，因为自己在东莞打工，家里才没有被列入村里的精准扶贫对象。那多丢脸啊。他笑了笑。

话题沉重起来。这个大男孩的话传递出太多的信息，他尝试过很多的工作，最终却留在了东莞的流水线。我听出这些话里居然有一丝暗自庆幸的成分，即使是在只有工号没有名字的无尘车间，即使是每天工作12个小时，即使是稍微犯错就会遭到劈头盖脸的辱骂，相比在家乡尝试过的种种可能，那还是要强上许多倍。在相中了一个姑娘后，他开始有了对未来人生的憧憬，带着他的傻傻的醉意。

我陷入质疑中。在我以往读过的那么多的打工文学里，极少有作家提到，选择流水线并不是一种最坏的人生。那些铺天盖地的文字里满是愤怒、屈辱、受虐、怨恨、不公和不甘。我深信，这些苦难是真实的。但是，它同样安抚了太多的人，它有卑微的甜蜜和心安的自足。明码标价的薪酬，无欺，无诈，精确到每一个工时。永远对你敞开怀抱，你可以吃饱饭也可以睡得安稳，你永远不会走投无路。它是一碗干净的饭。而且，理直气壮。

在流水线待久了，最可怕的是，人会对它产生依赖感，养成惰性，害怕去外面发展。你只要在外面稍微一遇挫就会迫不及待地回到这里。阿坚说，他快要撑不住了，这些年，他从来不敢在工厂作更多的逗留，就是害怕失去离开它的勇气。他不断地离开，不断地回来，但最终，好像也只能留在这里。

这是一句非常伤感的话。离开工厂，阿坚尝试过去夜总会当跑堂小弟，去家具城当导购，去做销售，他还替别人开过黑出租车，甚至差一点卷进了传销的黑窝。然而，一次次地，他最终还是回到了流水线。

"我真害怕最后离不开工厂，再也走不出去了。"这句话，让我们三个人黯然。这个工油子，这个宝器，小小年纪，每一次铆足力气振翅，想往高处飞，最终都折翅跌落了。他还会尝试多少次？他会不会累了，倦了，最后成了一个沉默的、规规矩矩的打工者？

"在工厂外面做事，稍有不慎，你很容易迷失自己，去变成一个坏人。成为一个坏人，你就有可能赚到钱。但……我不愿意。"

他的家乡在徐闻。他也谈起了那个地方，产菠萝，整个徐闻就是菠萝的海呀。他双手比画着，土地是红的，种了很多香蕉和木瓜，还有大片大片的盐田。有时台风来了，雨横着打，白天秒变黑夜。徐闻的海是最漂亮的海，我从来没有在别处见过比那儿更蓝的天空。只是——它能给我的机会太少了。"我的同学家里托关系走后门去镇政府当个小职员，每个月不到三千块钱。他们也只是混日子。我瞧不起他们。"

玻璃茶几上已是一片狼藉，酒也残了。小莫去卫生间洗澡去了，我指着墙上的红外套问阿坚，这是你女朋友的吗？

他没有回避这个话题。我跟她分手了。我这么不靠谱的人，现在都无法安定下来，今天都不知道明天会在哪里，什么都不能给她。还是别误了人家。这种话，如果是别的人说，我会觉得有一种很重的外交腔，面上的敷衍。但是，从他嘴里说出来，我能感受到一种无奈和凄凉。

我后来留意了一下，想看看这分手的两个人在同一屋檐下如何自处，直觉是，他们并没有彻底了断。有一天中午，赵妮跟一个女孩子在饭堂打了起来，看热闹的里三层外三层，都在起哄。她们嘴角都撕开了血口子，头发蓬乱，衣裳不整，两个女孩都凶相毕露，彼此咒骂着最恶毒的话：臭婊子、狐狸精、骚货、贱人……你来我往，满天飞。

阿坚茫然地站在她们中间，他劝架无果，那些拳头、飞踢没少落在他身上。我听得旁人八卦，一字不落：听说最近这一楼的肖盈盈跟阿坚睡了，前任小赵捉了奸，两个姑娘开撕，够狠，阿坚这小子有得受了。

保安进来止住了这场架。我陪着赵妮吃饭，她什么都没有吃，只是泪水涟涟：我其实不计较他有钱没钱，也不计较他将来有没有出息，我只要能够跟着他就足够了。他去年说分手，我就辞了工，可是我忘不了他，只好又进了这家工厂。我们明明就要和好了，就快要和好了呀……

她自顾自地说着，可是，听的人却一阵心酸，这分明是爱情的裸露，竟带着贞洁的气息。那个工油子，那个浪子，那个多次离开工厂想要寻找机会却最终失败的男孩，赵妮竟如此深爱着他。我先前以为赵妮肤浅、轻佻、拜金，我其实……挺看不起她的。我没有想到她竟珍藏着如此深沉的爱情。

7. 逃离的尴尬

一个月的假期很快就要到了。我必须离开。原本，我可以不跟任何人打招呼，换掉手机，然后凭空消失。如果不告别，就这样猥琐地离开，那样更坐实我只是一个骗子，这个感觉特别糟糕。还有，我在无尘车间跟一些人相处的那些时光，那些——无法归类的交情（我们也许只是工友，彼此都不算是朋友）。不告别，会显得有点失礼，或者说，会匪夷所思，造成种种猜测。

我得口头告个别。

我先跟师父许晶晶说，两天后我要辞工，家里出了急事，必须走。她震惊得一把拉下口罩，环顾了一下四周，压低声音：辞工？两天后走？你知道这样走就一分钱拿不到吗？

我不要钱了。不不，是来不及了，我只能走。

你说什么？你不要钱？她的眼睛由于过于震惊瞪得老大，僵在那里，一眨不眨。我心里一阵打鼓，完蛋了，我原以为只是告别一下，完全没有料到这一层。上次因为要扣70元钱引起的小小风暴，此刻历历在目。

她缓过来，拉着我的手，不要着急，让我想想。不，你可以请假，你可以请假的，不用辞工，这样你的工资就可以保住。

可是请假超过三天也会被视作自动离职。

三天都不能把事情办完吗，你家里到底出了什么事情啊？

是——是，我支吾着，我家里有老人病危了，要回家护理。（此处，我亲爱的爸爸妈妈，很对不起，在这种情况下，我只能如此撒谎，我希望你们永远健康）我非常清楚，当你撒了第一个谎的时候，你就需要后面无数个谎去圆它。

许晶晶不作声了，显然她的脑子也一片空白。原本，我跟她在工作上还有一些磕磕绊绊，一些小疙瘩还未解开。然而此刻，它们全都烟消云散了。忽然间，我有点感动。

我犯了一个极大的错误，接近五千块钱，我竟然不在意，我轻描淡写，我无所谓。我的这个态度嘲讽了每天十二个小时的劳动，它看轻了每一分每一秒的付出，它无视了每小时10块钱这个价格的重量，不，它贬低我自己，也贬低了这里的每一个人。

这关乎劳动的尊严。我太傲慢无理了。我应该对属于我的报酬据理力争。

我跟张淑云讲了这件事，问她有什么办法可以拿到那份薪酬。她沉默了一会儿，说，像你这个情况以前从来就没有发生过。一般情况下，辞工要提前半个月申请，即使家里有突发事件，三天假回来，到人力资源部销假单，你就可以正常拿到工资。除非……

除非你是被工厂解雇的。被解雇的人可以拿到工资。

那要如何做才能被工厂解雇呢？我问。

一般是做小偷、从事色情活动、传销……总之是一些违纪犯法的事儿吧。她摇摇头，这个不行啊。不对，你明明工作了一个月，干了活就要给钱，这是硬道理啊，到哪儿都得讲这个道理啊。为什么现在讲不通了呢？

她陷入了沉思中，显然没有前例可参考。

阿坚蹦出来，黄姐，我有办法，我向上面去告发你性骚扰我。这个一定行。我白了他一眼，一回头，原来线上很多工友都知道了。他们开始了窃窃私语。

黄姐，你从现在开始就消极怠工，在车间闲逛，什么都不干，或者恶意旷工。助理小莫也发话了，这个一定行的。我和淑云姐马上向上面反映，让工厂开除你。

我双手交叉，做了一个抗拒的动作。这奇技淫巧的伎俩，我怎么能去做呢。

最后，张淑云跟我说，可以先去找人力资源部的武英姿，看她什么意见。她忽然露出一个不可思议的笑，你态度要好一点，那个女人——她顿了顿，然后说道，是出了名的难缠。

我这是真的要走了吗？怎么就这么突然呢？我换下无尘衣，穿过空无一人的长廊，下楼，四处静悄悄的，这是上班时间，从外面看，整栋楼像是空的，它吸走了所有的声音，一片死寂。篮球场，冷冷清清，建筑倾倒的阴影将阳光切成两截。从现在开始，这里的一切将不再跟我有关系，我从未来过这里。我只是一个陌生的过客。从来没有想过，离开会让我觉得伤感。我以为我会心无挂碍地离开。

外面的车水马龙，人声喧嚣，没有人注意到这里面有四千个人。他们隐身在这里，他们有情感、有爱，他们，懂得每一分钱的分量。而现在，我也成为了这样的一个人。关于劳动的尊严，关于那些最朴素的真实人性。

再次见到武英姿。这是多么有意味的会面啊，她是带我进门的人，又是送我离开的人。她听完我的陈述，还没有等我开口请求她就直接打断了我，黄女士，按照厂里的制度，你没有在半月前提出辞工申请，我们只能按自动离职处理。

武姐，您其实可以开除我的。您完全有权限这么做。而且……

而且什么？她突然暴躁起来，显得很不耐烦，我为什么要开除你？你一走了之，我一时半会去哪儿招人填坑？

我一连声地说抱歉，向她说对不起。但我还是怯怯地说出，我是实打实地工作了一个月，按道理，工作了就要付薪酬不是吗？

她果然被我激怒了。因为这是最硬核、最令她无法反驳的一个点。她更加强硬地重申了自己的态度。我知道跟她再无沟通下去的可能。我想，一定有很多人吃过她的苦头。我极力劝说自己相信，她只是按工厂的规矩办事，而不是故意不通融，使绊子。

我万万没想到的是，这件事，张淑云当成一件重大事件去办了。她向日本管理层的渡边课长反映了情况。她告诉我，武英姿不松口是意料中的事。但是，今时不同往日，东莞早就没有黑工厂了，这类事件只要找东莞劳动部门，你最终也会赢回权益。日本管理层也非常清楚。只是有一件事，她非常郑重地拜托我，千万别去网络上吐槽武英姿这个人。因为，最终还是工厂的声誉跟着受牵连。

我转念一想，武英姿——似乎也没有什么值得吐槽的吧。

没有跟他们一一告别，太多的假话，我说不出口。要走的事已经传播开了，至少，已经不能算作不告而别，凭空消失。

从宿舍搬走的那一天晚上，放行单需要宿友签字，证明我的确只是拿走了自己的东西。邹女士和王女士很快就签了，她们没有问我的去向，甚至都没有问我离开的原因。我历经了太多这样的告别，在广州、在深圳，漂泊在外的人，萍水相逢，告别只是人生的常态。

这一场逃离，本质上是一个骗子在配合着表演。然而，这个曲折的过程却让我无比羞愧。这些隐身的人，他们把活着这件事看得如此有尊严，不容一点渣子，生命之重，缘于一种昂扬的精神内质。他们并不卑微。

外面的世界依然在轰轰烈烈。我出来之后觉得恍若隔世。那真是一个雷打不动的世界啊，它在暗处永不停歇地运转，它为国家某些数据的稳定提供着我们看不见的保障。我在五月中旬收到了一笔款子，那是我的工资，4700元。当我走在街道上，我没有看见他们的身影。他们活在城市的另一面，然而，直到今天，我才意识到，正是这成千上万的人隐身在那一面，才稳稳地托住了这个城市，这庞大的底座根系，它源源不断地向上、向四面八方输送着经济能量和永不枯竭的活力。这隐在暗处的传送门，这些城市的隐身人，他们是中国大地上最坚不可摧的一种力量。中国有近三亿农民工，我们的父老乡亲身在其中，我也身在其中。一个多月的流水线生涯，我像一个偷拍者那样描摹出原生的流水线场景，还原他们的生活状态，这种记录是否有意义，我说不好。然而，作为亲历者，我感受到我的精神仿佛掺进了一种异样的东西，它厚重、热烈、激昂，它让我更加强大、开阔。我看到人生的上限有了更多的可能，下限，有了稳当的托底。对于我以后要走的路，要选择的活，我似乎可以无所畏惧，我害怕什么呢，即使是失败，我还有最后的归属地，无尘车间的门永远向我敞开。

（原载《天涯》2021年第3期）

劳动者的黑夜与凌晨

丁 燕

1

出门前她一直犹豫着两件事：一是戴怎样的围巾；二是一个人开车走那段陌生的路她能否撑下来。她让丈夫和儿子帮忙选薄围巾还是厚围巾，两个男人穿着毛茸茸的睡衣正在打游戏，根本没心思正眼瞧她。于是，她便将两条围巾都挂在脖颈后出了门。走出楼道，风即刻让她做出了判断：厚的！厚的！厚的！

——好像她不得不出门。

因为电话里的声音告诉她，奖要现场才揭晓，你要到场。她曾说过"女人出门，地动山摇"，因为每一个女人出门，都是一次"出埃及记"——那些洗面奶、眼药水、口红和睡衣，一样都不能少。更重要的是，选择怎样的交通工具？出租车太贵，顺风车又不好搭，她只能被迫想到自己开车。她可以拒绝这个邀约，但她却没有说出"不"字——她不知是什么原因在蛊惑着她。她安慰自己：高德地图上显示出的距离并不远，时间也不过只一小时左右。

经过一早晨的拾掇，她感觉自己终于像想象中的那个人了。灯芯绒旗袍是早已确定的，但肉粉色似乎太淡，需红围巾来调节。可是，挂上厚围巾和薄围巾后，家里的两个男人回答说：都一样。她叹息："肯定不一样啊。"于是，她就挂着两条围巾出了门。坐进驾驶室，她将薄围巾搭到椅背上，准备开车。已是中午两点过十分——她为选择围巾耗费了十分钟。是青春虽走，荷尔蒙犹在？还是从藏身洞走出后面对外界，她那样心虚、胆怯、拿不定主意，谦卑到简直快成了奴婢？然而，一条围巾就能提高她的身份和自信吗？

从东莞道滘镇的小区开到京港澳高速东莞站，只花了十几分钟。在路口取卡时，她的心里一直懊丧，觉得应该装个ETC。地图上显现有一段路途是酱红色的——原来发生了事故。于是，原定到达的时间又向后推移了十几分钟。她开始浮想联翩——当台上念到她的名字时，聚光灯下空无一人。为什么不早点出发？为什么一条围巾就能浪费十分钟？磨磨蹭蹭地前行中，她想到了那个即将要面临的城市。那个她又爱又恨、满怀复杂情绪的城市，当然是——深圳。现在，她需要拿出双倍的镇定来面对它。

她曾在散文《一个人追赶过的那些城》中，描述过她所经历的城市。她用拟人的手法形容她和乌鲁木齐的关系，说她和它"离了婚"，然后她爱上了深圳，可乌黑坚硬的现实是深圳不爱她，她便委曲求全地"嫁给"了东莞。这样的拟人到了内心中对她怀有敌意的人那里，却幻化成了现实。他们亢奋地散播，说她离过婚，到东莞后又结了第二次。她听了哭笑不得。

2

四十多分钟的高速，几乎一眨眼就抵达了出口。当她的身体与方向盘融为一体时，她甚至体味到了老司机的得意。从高速路口出来，拐入城市街道的那个瞬间，她浑身一凛。这是2018年12月8日中午三点过十分，她和深圳的主动脉劈面相逢。现在，她已彻底从乡村来到了城市。深圳到底是特大城市——路更宽，楼房更密集，行人的脚步更匆忙。她的车挂的是深圳牌照，可作为一名司机，一个人驾车来到这个城市还是第一次。她这样的返回，是怀揣着探望"前夫"的复杂情绪吗？想到那些给她扣上"离过婚"帽子的人时，她的嘴角再次弯了起来。

她是个多么不喜欢机械的人，可被生活所迫，逼着去了驾校，逼着开起了车，逼着上了高速。第一次单独开车时，她的车像蜗牛般慢慢往前蹭；有一次去一个半山腰的宾馆开会，她吓得魂飞魄散，总感觉车要往后倒，即刻会人仰车翻；从山上要下来时，她便央求保安帮忙。人到中年，她其实什么事都不想干，只想窝在床上看小说，顺着原来的轨道安安全全向下滑，可生活总逼着她要干些心跳怦怦的事。

现在，她已来到深圳书城宝安城的门前——那是栋簇新的四方体建筑，墙体上嵌着巨大的玻璃。她向保安解释自己是来开会的，对方显得十分和蔼可亲，语调里充满了尊敬。"来开会的啊！"横栏提起后，她便进入地下车库。负一层没位置，她又开到了负二层。她真怕这个车库还有负三层、四层和五层——她记得在广州，当车开到负五层时，她的手脚已僵硬得像青铜器。面对生活中出现的大多数事情，她都是笨拙的、胆怯的、恐惧的。她是个多么保守、拘谨和小心翼翼的人，除了写作，除了写作。进入写作后，她变得大胆而狂妄，简直像个女霸王——那个妖魔根本不是常人，只见她口吐巫言，行为怪诞，上天入地，呼风唤雨。在速溶咖啡或普洱茶的催化下，她变成了一个被附体的人。

现在，从电梯口进入一楼大厅，她像进入了一个童话世界。人山人海间，她看到硕大的广告牌挂在墙上，那些评委的头像比真实的大出了好几倍；从半空坠落而下的布标上，挂着"十大劳动者好书"的铿锵字样。站在电子屏幕前，在礼仪小姐的指引下，她用手指在冰凉的屏幕上写下名字后,她的签名和头像即刻显现在大屏幕上。她和相熟的女作家头对头拍了美颜照,又进入大厅将自己栽种在座位的坛子里。到处都充满了童话的色彩和生趣。当她看到舞台大屏幕上飞扬着各类图片,听到音响里字正腔圆的男中音时,禁不住要玩个造句游戏——"颁奖仪式都是相似的,可作家各有各的困难。"颁奖的热闹与写作的清寂,恰好是赤道与南极的差别。

来之前工作人员通知她要到场,但并未说明她是否获奖——名单要当场公布。等念到第九位还不是她,她内心的警报拉响了,头皮一紧。钢丝绳让她的胸口隐隐作痛——她想起另一个奖项的波诡云谲。她后悔自己不该来,但经验又告诉她,不必当真。再大的糗事,也不过是偶尔的一个笑谈,一切都会随风而逝。这几年她经历的还少吗?那些莫名其妙的诋毁,神经质的恶言恶语,明里暗里的冷枪,秃子头上虱子般的踩踏。她知道,一切的憎恨皆缘起于她的创作。若她是中年大妈,热衷花花草草广场舞,偶尔写点断章取义的鸡汤文,受欢迎的程度一定胜过现在。可惜,她总是过于执拗。在她的斗室,她日夜敲打键盘。她疲乏、胆怯、惊慌、犹豫、愤怒、烦恼、虚弱、内疚,甚至歇斯底里。她等待灵感的到来,就像等待火箭腾空而起触到天空之顶。她的这种执拗有多么招人烦,她是后来才知道的。

此刻,她拿歌德的话安慰自己——"生活里重要的是生活,而非生活的结果。"挨到最后,她终于听到了:"《工厂男孩》"和"丁燕"。一瞬间,她脑海里的闪电粉碎如溅。她摸了摸红色的厚羊毛围巾,起身施施然往舞台走去。这样的过程于她并不是第一次,甚至,她已非常熟悉这种时刻——成为人们关注的焦点,浑身散发着"成功"的气息。她接过奖杯和证书,微笑着拍照后,离开舞台。然而,她并不认为这是荣耀的时刻,反而觉得这是心酸的时刻。有谁知道万众瞩目的背后藏匿着多少艰难?登上舞台的那六七级台阶所需要的几分钟,要耗费一个作家几年、十几年甚至几十年的时间!聚光灯简直就像一个小写的上帝,只有它知道,只有它知道那些焦虑不安、痛苦不堪、比死还难受的一片空白,她是怎么熬过来的!

返回台下,她感到了一种莫名的危机袭来。她提醒自己,这里不是中国的中心,这里是遥远的南国,她在这里已居住了整整八年。从2014年初到2015年底的两年间,她栖身樟木头镇电子厂的女工宿舍,利用下班后九点半至十一点的时间,去男工宿舍采访。春夏秋冬之后,又一个春夏秋冬。这样长时间浸淫所取得的素材,和那种一堆人闹哄哄的采风能一样吗?这本书是2016年出版的,而现在已是2018年底。现在,她的手里捏着奖杯和证书。难道这就是全部?她想起第一天躺在宿舍的床上,被冷风吹得头皮发麻,好像一把尖锥在不断地刺来时,她哪会想到有奖杯在远处等待。那时她只有一个心思:一定要写好!当80后、90后的农民工已成为新的打工阶层时,他们遭遇的各种疼痛有谁知晓?而她要着力描述的,正是这个痛点。听到评委说她擅长处理劳动者题材她并不反感，但同时，她又觉得这是个危险的信号——难道她就不能在别的领域进行开拓？美誉有时也是一剂毒药，会像诽谤一样让人慢性中毒。她提醒自己要保持清醒，保持难得的自由度，保持那一点萨义德所说的"格格不入"感。

　　她犹豫着是否要回东莞。想到暗夜开车，她的腹部居然有了一丝颤动，像孕妇体会到产前阵痛那般。要瞪大眼睛挺直脊梁，在昏昧的光线中持续一小时……她怎能不犹豫！就在这当儿，她居然接到吃饭的短信。于是，她来到了饭桌上；于是，她和一群人坐成了一个圈，或微笑，或大笑。显然，他们和她一样，都是来自深圳之外，或是评委，或是领奖者。现在，每个人都从他的小宇宙出发，阐释着他的观点，表达着他的文学观，令这个场合像一场矛盾的盛宴。虽然交浅言深，但她仍觉得在饭桌上讨论文学是件极艰涩的事。她坐在椅子上，嘴角挂着笑，但灵魂已飘飘然离场。

　　文学是个小姑娘，每个人都在用自己的方式打扮她——有的人用"学术"，有的人用"活动"，有的人用"网络"，而她用的是最传统、最老派、最规矩的"手工劳作"。每日凌晨，她从床上爬起后烧壶茶，即刻打开电脑，一干就是五六个小时。她就那样僵立着，机器人般噼噼啪啪，好像从不知疲倦。然而，她到底是肉身做的。等坍塌到床上时，如沙滩上的城堡，五脏六腑全然变成了尘埃。她何苦要这样逼自己？对，那个问题就来了——难道你是因为没有吃饭的钱才这样拼命？她不由得苦笑。一个人若有了吃饭的钱，便可以懈怠、闲散和无所事事吗？事实上，对她这样一个没有根基，身处本乡本土之外，不愿循规蹈矩，总试图要改变点什么的人来讲，写作不仅意味着诉说，更意味着全部。

3

　　这场谈话的核心词是"身份"。

　　身份——identity——已是当代中国急需解决的问题。农民工如何成为市民？农民工的孩子如何进入公立学校？迁徙的"外省人"如何融入当地社会？边疆少数民族如何在经济大潮中找到自己的位置？多民族文化在激烈碰撞后如何获得一个平衡点？identity！identity！identity！她根本无须过多思考，便已知这是维系中国结构的核心问题。因她自己就面临着这个困境——你到底是什么人？！

　　2010年8月20日之前，她是个笃定的、拥有新疆户籍的人，之后，她来到广东。看起来她变得更自由，但同时也意味着她离开了故乡，离开了家庭结构，离开了原来的生活体系。到广东生活八年后，她下决心买了个茶台，因为她总被别人暗中耻笑。可在她家的冰箱里，总放着一摞摞新疆寄来的干馕。若哪一天早晨她没喝奶茶没啃干馕，那便意味着哪一天她的创作根本无法达到高潮——这就是认同的奥秘——记忆的替身被埋藏在舌尖上。由此，她深深地懂得，交通工具的便利能加快人们的移动速度，然而，若让一个人从古老的A变成崭新的B，并不像转换电视频道那般轻松，要经过血与火的历练。

她来领的这个奖被誉为"十大劳动者文学好书"，那么，谁是"劳动者"？似乎，为社会进行艰苦工作的人——包括体力劳动者和智力劳动者——都可叫"劳动者"。她甚至欣欣然补充——自然也包括辛苦敲打键盘的作家。然而她知道——她清楚地知道——在整个珠江三角洲，有一群特殊的劳动者，人数众多，生存艰难，他们的流浪命运更值得关注。他们曾被誉为"农民工"，后来被叫作"产业工人"，还被称为"打工者"。有一种文学曾被叫作"打工文学"，在她2010年到达广东前已红红火火响遍全中国。她后来重点描述的，正是这些打工者的生存状态。然而，她却被别人质疑着——因为她并不是以"打工者"的身份进入到这个写作场域的，所以，哪怕她写了打工题材，也不能被归类进打工文学！

她想起2011年自己提着被褥，走进樟木头镇樟洋社区电子厂的那一天，她是亢奋的。从西北来到岭南，她虽生活困顿，但却滋生出一种强烈介入现实生活的愿望。这里是陌生之地，但又不是简单的陌生之地——她在这里看到了故乡的影子。于是，她带着这种"双重眼神"来到了车间，并在那个地方看到了诗意——那独属于她的诗意。那种诗意不是拔高的结果，而是被压缩到最低端后的浓缩，是一个赤裸裸的、貌似枯干的东西——是压缩饼干，是方便面，也是胡杨树干。她觉得自己的眼神就是溪水，浇灌到哪里，哪里就丰腴柔软。她是后来才慢慢知道，并不是所有的人都能真的提着被褥到达现场——因为那些质疑声传来后，让她异常吃惊。一位研究打工文学的评论家反复强调她的学历和工作经历时，其实，并不是对她本人或她的作品感兴趣，而是想旁敲侧击她，她的作品不能归进"打工文学"的理由是——她不是一个真的打工者。

是的，她承认自己不是一个真的打工者；但同时，她又是一个确实创作了打工题材的作家——她的作品和她的身份构成了某种合成的困惑。她一直想在写作上有所突围，但却不知从何下手。2010年8月，当她步入深圳书城时，整个人如泥塑般呆掉。一个新疆女孩的书码成垛摆在那里，高大、惬意、优雅，而对方比她年龄小。她们曾有过短暂的交往——那女孩在她家的灶上做过肉馅饼。一种火辣辣的疼痛从心底浮起。她已临近不惑，可依旧寂寂无闻，不知自己应在哪个题材哪个方向上努力。现在她醍醐灌顶——她虽不知自己该往哪里走，但却已知不该往哪里走——这女孩已写过的素材，使用过的腔调，全都是她应该禁用的。

她无法写官场，她甚至也写不了白领；她已远离校园多时，甚至她连驾驭言情的能力都丧失掉了……所以，留给她的选项实在少之又少。她这样一个人，到底应该写什么？她是在被街景逼得睁不开眼时,才陡然发现了另一条路。时光迢迢,千里万里。作为一个从新疆——开发程度较低的地区——来的人,她在广东的"天堂"看到了什么?她看到樟木头镇的街道上急匆匆走过的行人,手里端着白色塑料饭盒,一边走一边吃;她去超市,发现周边全是穿着工装的男女,厂牌就吊挂在胸前一摇一晃;她发现原本沉寂的大街,在夜里九点半后陡然喧闹,一群群黑发人如潮水般拥挤,简直浩浩荡荡。她被裹挟着向前时,脑海里燃灯般亮起那句话——"也许你可以写写他们。"她迷迷糊糊感觉到自己能理解他们,因为他们背后的乡村,是她多么熟悉的环境;她和他们有着相同的来路,被同一种贫穷所折磨,遭遇到的是同一种不公。她知道他们在那一瞬间为何会显得慌张、敏感和憋屈,她相信自己能解开他们的心魔。

虽然她已置身于珠江三角洲,虽然她知道这里是中国经济生活最炽烈的地方,然而,她总能感觉到一种隔膜——她惊诧于工厂生活和整个当代中国生活的脱节!工厂被围墙圈了起来——那围墙像犀牛身上的厚皮——人们对里面的一切都不得而知。然而,在工厂围墙之外的,是一个有便利店、小宾馆、大排档的世界。这两个世界泾渭分明。然而,那些离家远行的打工者,数量如此之巨大,已是现实生活无法忽视的存在,但在各种文件和文学的描述中,他们的形象含混而暧昧,不为人所知。打工者自身那热腾腾的肉身,和车间里机器的冰凉,构成了一种强烈的张力。正是这种张力,在暗中吸引着她去靠近。

在她的作品中,她特别强调"我"的介入。如果此前的纪实作品强调的是客观与真实,强调全知视角,强调价值评判者的权威,那么她恰恰相反——她强调自己的局限性,强调限制性的视角,强调破碎、不连贯和混杂。她知道,在她的语言易容术中,她更看重个人,看重内心,看重私人化的表达,而不是依附于一个主流话语的宏观讲述。在她的笔下,"我"不仅仅是个被描述的人物,更是个具有"引导者"身份的人物——她试图让纪实文学从传统的"我替你看"到"我带你看"。在她看来,身为作家,要么是一个外在的作家,如托尔斯泰和狄更斯;要么是一个内在的作家,如卡夫卡和博尔赫斯。而现在,她更青睐于托尔斯泰和狄更斯。

后来,很多人都吃惊于她当时的怪念头——拿着身份证,骑着电动自行车去找工作。她是真的去了——要不,她写不出那样的文字。所以事实上,她已跨越了那条看不见的界线,她让界线两旁的人——打工者和知识分子——都感到不爽。她如钻孔机般,试图凿开另一个人群的生活现状的努力,打破了固有的看问题的统一步调,于是,人们低声细语,说她是一个虚假的打工者,一个讨厌的知识分子,总之,是一个"伪君子"。

采撷到素材后,在樟木头宝山上的那间小屋,她进入写作。写到疯狂时,她感觉大脑像高速运转的发动机,令头顶冒出白烟,浑身发热乃至发烫。可惜,这样的高潮时刻可遇不可求。她在写作中找到了自己文学上的"新地理",找到了渴盼已久的腔调,找到了让自己倍感舒适的词语组合方式。为什么不惜一切代价，从五千公里之外的绿洲"盲流"到这"瘴疠之乡"的岭南，她终于在写作中获得了答案。

4

当她去打工的举动被媒体总结为"卧底"时，内心充满了羞耻感——好像心中有一处正在化脓的伤口。"我又不是特务，犯得着去卧底？"她在那一刻的心境，根本不像"卧底"所指涉的那么复杂，那么具有目的性和功利性。当时的她，并不是想要去感染什么、煽情什么，只是觉得应该去补课——她知道那种感觉沉甸甸地存在着，但只靠别人讲述无法深切体会。其实，她的动机简单至极。然而，她知道抗议也没用，因为报纸已白纸黑字地印刷了出去。后来，有个媒体要做视频，也用了"卧底"这个词。她看到后提出抗议，让编辑修改过来，但主编又打来电话，说题目太平淡会影响点击率。她想了想，实在抹不开面子，遂答应恢复原来的标题。但"卧底"却是根鱼刺，一直卡在她的喉咙里。

几个月前的某次座谈会，一位评论家说到她的"卧底行为"时，她感觉浑身燥热，像香槟酒被揭开木塞，突然就炸裂开。拜托，媒体和大众的趣味怎么能是评论家的？原本这个词就是强加给她的"红字"，怎么连评论家也跟着起哄？当她感慨对方并未深读她的作品时，又马上陷入自责。现如今，环绕在人们周围的是电视、电脑和手机，拿起一本书一字一句读下去的人简直就是恐龙。她自己是恐龙倒也罢了，怎么能要求别人？

"卧底"是对她的身份进行质疑的一种方式。然而，为什么要强调身份？也许在很多人看来，身份同时就是一种视角，就是你看到了那些现象后，会怎么理解。他们提出这样的质疑——在一个进工厂为了挣钱而埋头苦干的人那里，工作就是饭钱；而在一个进工厂是为了摄取素材的人那里，工作只是一种途径。

她点头承认——没错。

然而，她并不否认前者中的佼佼者所创作出的文字，与血肉相连，更具直接性、现场性和及物性，但同时，她也不承认后者的行为全然属于伪善与矫饰——一位真正的作家，即使本身不是打工者的身份，仍然会关注打工者的命运；而一位流水线工人所体会到的疼痛，和安娜·卡列尼娜所体会的疼痛，并没有高低贵贱之分，因为，文学是靠"文学正义"而非"单向度的社会正义"来证明自己的意义的。她认为，在这两个群体中都会有人写出优秀的文本。可以有"打工文学"一说，但却没有所谓的"打工作家"，因为对作家来说，只有"好"和"不好"两个标准。只有最具原创精神、表达最杰出的作品会被留下，而这和该作者是否是"打工者"身份关系不大。

后来，她的作品不断获奖，令她有不少站在舞台上的机会，然而，这一连锁反应的最初，还是要追溯到她拿着身份证，骑着电动自行车出门的那一天。上帝做证——她根本不是为了当"卧底"，而只是觉得"与其听别人讲，不如自己去干一干"。她实在是一个头脑甚为简单的人。那一天，她在家里拣了件样式陈旧的夹克衫，配了条牛仔裤，就那样素颜出了门。在她看来，进入工厂的难度系数，比进入哈萨克人家的毡房、进入维吾尔族人家的院落更为轻松——至少对方说的都是汉语。在她看来，一位作家如果只描述自己熟悉的生活，那便无力表现现实生活的复杂和多样性。以往因交通不便、户籍制度的束缚，人们总生活在固定区域，单一而封闭，互不关联，而现在，大量的人口游走在不同的地域空间，互联网和卫星电视又让人们的交流更为紧密，所以，进入到多个不同的场域去观察，将各种人物组合起来彼此参照，才能构筑起一个相对完整的当下生活。因为，没有一座单独存在的岛屿。

在考入大学之前，她是个拥有农村户口的乡下女孩。她的养父母是城郊乡种菜的农民，一亩五分地就在哈密市的周边。她一直生活在城乡接合部的夹缝中。她的童年记忆里充满了饥饿——难得吃到白面，总是以苞谷面和土豆充饥。那个时候，物资异常匮乏，而那种极端状态是今天的80后、90后无法体验的。她最初上的是哈密市城郊乡小学。她记得那时的学生要轮流给学校生炉子。凌晨时分，她提着装好木柴的竹筐来到学校，用报纸引火后，再将煤块压在木炭上。等黑烟冒完后，同学们就陆续进了教室。她喜欢学校，喜欢汉字，喜欢每一天都来临的新知识。从那时起，她就能享受到获得知识后的狂喜——那种狂喜发自肺腑，无以表达。十岁时，写作迷住了她，她在葡萄架下立志要当作家。从十五岁创作出第一部中篇小说起，她一直笔耕不辍。

1990年通过高考，她转为城市户口时，根本无法预知，广东的农村户口意味着能分红。1993年大学毕业后的择业，让她再一次认清了命运的强悍。那时，到处都流传着迟志强的《铁窗泪》，而那首歌的氛围，也好似她困兽般的心境。她的养父母是目不识丁的菜农，她想要找到一条出路，只能靠自己去拼——于是，她只身来到乌鲁木齐，进入一家媒体当记者，以聘用人员的身份。关于农民工内心深处对土地的依恋，总被排斥在社会边缘，总被各种总结和新闻所忽略的状态，她再熟悉不过。事实上，她从新疆南迁到广东的行为，也属于"盲流"——因为在新疆她不过是个自由撰稿人，并没什么单位需要撕心裂肺地抛弃，所以，她抬脚便走开。后来，她发现自己的这种边缘的、外围的、受排挤的状态实在是奇怪——简直和萨义德"知识分子论"中的"格格不入"有异曲同工之妙。

2010年她已临近不惑，但写作依旧无任何突破——失败，失败，失败。她陷入绝望——那么，就按照自己的愿望随便写吧；那么，写到哪里算哪里吧。关于写作的秘密，她是2011年在樟木头宝山的小屋里获悉的——原来文字不仅需要凝练，需要有表现力，还需要敏捷的速度。速度感非常重要——速度就是节奏，就是风格，就是一切。对普通人来说，生活完全是以自我为中心，不必考虑保持前后一致；而对于作家，不仅要让散乱的生活碎片保持前后一致，还要努力维持一种内在的速度。

也许后来的读者会觉得非常惊诧——难道一位作家进入某个领域的创作，还需要一种身份特权吗？然而此时此刻，因"身份"而引发的"卧底"问题，似乎已构成了一个话题。正当大家在争论她的作品是否属于"打工文学"时，另一个词语出现了——"劳动者文学"。显然，"劳动者文学"不仅包括劳动者所写的文学，也包括描述劳动者生活的文学。当《工厂男孩》被纳入"2018十大劳动者文学好书"之列时，显现出坐标系的更加宽泛性。

5

从星铂宾馆走出去时，已过了夜里九点。迎面吹来一阵风，让她的脚步变得怔忪犹疑——她体会到的是凉，而不是冷，更不是冻。已经12月了，她的腿上只套了两层丝袜。她这样在新疆长大的人，抗寒能力非常强。酒店侧旁的路口处，挤着四五辆摩托车，站着几个黑乎乎的人影，看不清衣着和面部。她壮着胆，走向离自己最近的那位，轻声询问——

"我要到对面那栋楼去，怎么走更方便？"

她等待对方冷言冷语，或干脆沉默，因为她并不是对方所期待的乘客。那个男中音在暗中传来，声调里的熟稔好像他是村里的邻居——

"你要往前走，不要往后走，前面就是天桥，过了天桥就到了。"

而此前，她根本不知有天桥，所以走了相反的方向。她一叠声地说谢谢谢谢。她是真心地感谢这个黑乎乎的男人，因为她非但没有给人家带来任何利益，还打扰了别人。"利益"是个多么隐晦而暧昧的词。如果没有利益，很多人的很多行为便无法解释。似乎亮出利益之剑，一切问题都能迎刃而解。所以，她真心地感谢这个男人的热心。

她一步步走上天桥时，迎面的风也一点点强劲起来。她并不想思念什么，可这时，那风里少见的爽脆让她不由得想到了"哈密"。一想到"哈密"，她就要想到少女时代的前尘往事，想到她的养父母。两位老人的逝去，让她痛感自己已是真正的孤儿。葬礼改变了她的泪腺，让她的眼眶从此不再轻易湿润——哪怕遇到诽谤和诋毁，秽语和污言。有什么可以和死亡比拼的？有什么可以和文章比拼的？她的坚强是咒语和打击淬炼而成的。她坐在书桌前像坐在山端，往下一看，除了洁白的巨型云块，什么都看不见，什么都听不见。她只一心一意地在她的王国，敲打她的键盘。一心一意。

现在，她在风中裹紧厚厚的大红围巾，继续向前。她不知书城的工作人员是否已下班，也不知怎么才能找到自己的车。她看到那个年轻的保安——面孔光洁，眼神干净。她朝他走了过去，申诉了自己的困难，而对方指了指四方形黑洞："你从这里走进去吧。"于是，她一步步走进那张大嘴的深处。拐弯后再拐弯，她来到了负二层。看到自己的车时，一阵欣喜涌起。拎起装洗漱用品的袋子时，她真的生出一阵冲动，想一脚油门开回家。然而，她又摇摇头。关紧车门后，顺着通道又走了出来，她向保安挥手致意。他真的非常、非常年轻，也就二十岁出头吧。他的眼睛暴露了他本真的内心，他显得好纯洁。

她又一次站在了天桥的正中心，一个秘密的、充满启示的时刻。独自一人！独自一人！独自一人！她从没像现在这样清楚地意识到自己是——独自一人！在家里有丈夫和儿子，在单位有同事，到咖啡馆写作有服务员……在她的生活中，难得会出现这样的空当。独自一人的她，注目着书城楼顶上璀璨的灯光，注目着路灯上挂着的红色中国结，注目着榕树下稀疏的车流……她痛心地发现深圳如此之美。深圳太美了，美得极不真实。深圳的美不仅包括它的建筑和人群，更包括它特殊的影响力。

和那些从未在此地居住的人不同——毕竟，她和这座城"同居"了一年。听到那些地名时她会为之一振，白石洲、下梅林、华侨城、香蜜湖啊，像是她梳妆台里的珠宝。她在舌尖上反复揣摩着这些地名，像在品味巧克力。然而，她却是深圳的手下败将。她在南山区桃源村只暂住了一年便落荒而逃。那个时候的她，没有勇气接受这个璀璨的蛋糕。这座过渡之城的壮丽和稠密让她眩晕，让她心生胆怯。她是在那种明澈、激情甚至亢奋的调子里，变得越来越低的，最后，简直要低得快要匍匐了下来。

她再也回不到2010年8月20日——那个瞪大眼睛凝视这座城的时刻了。她原本性格刚烈，但却被无奈裹挟，一跺脚一转身，于2011年离开了这个特大城市。作为一个次要的人，她退居到了一个次要的地方。一阵更为强劲的风吹来，令她浑身打了个寒战。她意识到自己的软弱和游移，也意识到自己的天真。她的"深圳童话"早该清醒了。在东莞，她的生活回归到城乡接合部的调子——她熟悉的调子。她那颗乡村少女的心就在这种调子里安稳了下来。她在东莞感受到的，虽然也是陌生，但又是一种熟悉的陌生，是一种更复杂、暧昧和多义的感受。

一个人在宾馆睡觉是什么感觉？在家里时，总是手不停嘴也不停；在这里，手不停，但嘴却完全关闭。虽然和家只隔了几十公里，但她还是怀着天涯孤旅的悲凉朝窗外看了一眼，再钻到蓬头下，让热腾腾的水滴冲刷身体。留下卫生间的一盏小灯后，她钻入雪白的被窝，合上眼皮。睡觉，睡觉，睡觉。心里默念三声后，时间被分割成一秒秒的，之后，脑袋里便塞满了棉花。

天明时分，她从睡眠的泥浆里挣扎着出来，去三楼吃早餐。迎面碰到个陌生的女人，热情地打着招呼：早上好。她一时反应不过来，面部的温度没能调整成灿烂状，只唯唯诺诺地点点头。面对两个装满食物的白瓷盘，她愣怔住。2018年12月9日，在深圳宝安区星铂宾馆1601房一个人度过后，她又要开始吃一个人的早餐。此刻是清晨八点。这样不确定的瞬间，难道不应该被记录下来？难道就没有意义？她知道，她喜欢这种复杂性，她在意这种复杂性，她正享受着一种无所事事带来的闲散，而她为能拥有这样在别人看来没有意义的时间而感动。

6

走出酒店大门时，门口依旧挤着四五辆摩托车，以及一堆黑乎乎的人。其中有一个直愣愣地望着她，好像他认识她。借着早晨的曦光，她看清这人穿的是黄羽绒服蓝裤子和黑鞋，手里捏着个保温杯。他正拿着杯盖喝水。一切都没有问题，但一切，又都有问题。首先，是他的眼神。那不是彻底陌生的眼神——多年来，她对人们投递来的眼神多么敏感：喜欢她的，讨厌她的，仇恨她的，嫉妒她的，埋怨她的……她早已千锤百炼过。而现在，她陡然想起，昨天的暗黑中，她曾向一个人咨询过。

——难道是他？

于是，她举起右手，向那个端着杯盖、秘默如泥俑的男子摇了摇。对方似乎一直僵硬地站立着，但似乎，下巴却微微地动了动。之后，他们便擦肩而过。那个男子的身材倒算魁梧，五官也还周正，可是，他的衣服裤子和鞋子，都黯淡灰旧；他那头蓬乱的黑发，黏成一缕一缕。这就是差别——这就是盖茨比为什么没能融入美国主流社会的差别——这种差别显而易见。她想起那句话——劳心者制人，劳力者治于人。同样是"劳"，然而，此"劳"非彼"劳"也。再见，劳动者。她走过了这位男子，继续向前。

天桥旁的商场正在装修，露天工地上堆着水泥和石板，头戴黄色头盔身穿着黄色马甲的工人们正在劳作。再见，劳动者。她在走过人行天桥的中央时停下脚步。灯光丧失了霓虹后变得黯然失色，整个书城亦褪去梦幻色彩，显现出它不过是栋普通建筑物的本质。走下天桥，她再次看到年轻的保安。这一次，她依然申诉了自己的难题，而对方让她走到书城侧面的电梯，说那里可直接下到负二层。道过谢后，她心里一直犯着嘀咕——其实，她很想咨询一个问题："你们这停车一小时多少钱？"然而，她还是把那个问题咽回了肚中。她已经拿到了奖金，应该给深圳贡献一点吧——她对深圳总是处于爱恨交织的感情中。

和她一起坐电梯的是个小男孩，背着双肩包，穿宝蓝色羽绒服，宝蓝色绒线裤，黑色小皮鞋。那孩子理着黑色小平头，鼻梁挺拔精致，嘴唇红润，眼神滑溜溜的。她忍不住问他几岁。

听说已八岁，她忍不住叹息，"你要快点长高哦。"她想起自己儿子的那两条大长腿。她突然感觉有些对不起儿子——为了这个奖，她浪费了和他共处的时间。打开车门时，她的动作有些急。一脚油门踩下去，她想即刻回到自家楼下。拐弯上行时，她不断地点着刹车。事实上，她的身体还处于僵硬状态。终于到了负一层。看到明亮的四方洞口时，她做好交一百或两百甚至三百的准备。然而，横杆向上一抬，电子显示屏并没有出现价格。她挥手向保安告别，心里默念着：再见，劳动者。

她很快驶到了高速路口。进入闸道时，一个身穿草绿色大衣、戴黑边框眼镜的年轻男子站在路肩上。他费力地从顶部取下一张卡后，再递给了她。那苍白的嘴唇解释说底部的取卡系统坏了。她心里一阵叹息——所以，他就一直一直地站在冷风中，一直一直地按着按钮，把一张又一张的卡递给一辆又一辆车的主人。这个凌晨，岭南的温度骤降，最多也就十度吧。她不知这眼镜男孩站了多久，只感觉他比儿子大不了几岁。离开时，她又在心里默念：再见，劳动者。

又一起车祸发生了。看着交警正在忙碌时，她再次下意识地默念：再见，劳动者。她一路都在飞奔，感觉身体和方向盘又融为了一体。看到"东莞欢迎你"时，她将右手竖成V，嘴里呼喊着"耶"。她的小逃离就这样宣告结束。她试图进行的叛逆和违规，就这样宣告结束。现在，她又重新返回到日常生活。关于昨夜，好像是一场梦。

她停好车。进入小区后，她的脚步变得缓慢起来，她闻到了荒寂郊区的泥土味。那是东莞的味道。她那像开水锅般沸腾的身体，在逐渐降温。那些滚烫和轰鸣、颜色和喧嚣，慢慢地变成了雾，变成了风。啊，童话深圳，再见了。她惊诧地发现，当她从天堂被贬谪到人间时，她那离开已久的灵魂亦归了位，让肉身不再轻飘；甚至，她还听到了自己的心跳。她轻声说：翻篇了。关于这个奖，关于深圳，关于她那些有用或没用的情绪，统统地翻篇了。

终于推门走进了家——走进了蜗牛壳——两个男人穿着她离开时一模一样的睡衣。他们并没有因她的到来而大惊小怪，好像她根本不曾离开。她将厚围巾挂起来，又将奖杯和证书放进书架后，即刻打开电脑。"开始干活吧，劳动者。"她催促着自己。她这样一个出生于菜农家庭的女孩，长时间搁浅于边地，有多少机会要沦落成广场舞大妈，破罐子破摔。她知道呼喊"谁来救我"是可笑的。永远都没有人会来救你——每个人都只能自己救自己。她必须改变她的生活，才能过上她想要的生活，而不是像困兽般等待她想要的生活自动来临。

现在，她敲打下的每一个字，都通过她的手指连接着她的心脏、她的大脑。她是一个生活在文字中的女人。她在写作中找到了合法性、公民身份和归属感。那个敲打键盘的女人，是她一生致力于塑造的形象。手指就那样按了下去，噼噼啪啪，噼噼啪啪。她脑袋里那些灰暗的画面,随着噼啪声的响起,居然变得熠熠生辉起来!她感叹着,兀自幸福着,像坐在被巨型云块环绕着的山端。

一心一意,一心一意。

(原载《芙蓉》2020第4期)

进城去种田

詹文格

1

进城去种田,你信吗?你肯定不信,你不信,我也不信,寸土寸金的城市,哪里有田可耕,有地可种?

但是,于表哥来说,这话并非胡言乱语,制造噱头,的确他是在城里种田。

这些年乡村正发生着前所未有的变化,农民的身份就如山间云雨,飘忽不定,一日三变。有可能早上出门还是搬运工,下午就成了快递员,明天又转为管道工。他们像一支潜伏在城里的游击队,永远捉摸不到下一步的行踪。

漂在异乡的故乡人,只有回家才能相聚。回乡那夜,月朗星稀,我与表哥背倚古樟,盘腿而坐。夜风在耳边蹑手蹑脚地吹拂,像在偷听我们谈话。可惜我们的交谈缺少山风的灵动与率性,反而有点如岩石一样沉闷和拘谨。特别让我难受的是,那些市侩般庸俗的气息,飞蛾一样扑向灯火,暴露出虚伪的内心。

可能是相隔太久了,貌似无话不谈的兄弟,突然间多了一层客气,就是这层客气,阻碍了情感的交流,使我们的夜谈无法深入彼此的内心,抵达那个朴实柔软的部位。我知道这是时间在作祟,悄无声息的时间,不仅会改变一个人的心性和容颜,而且还能消解业已沉淀的情感,淡忘往昔的真情。两个素不相识的陌生人,能在时光中慢慢靠近;而一个熟悉的人,在天长日久的相隔后,有可能重返陌生,重现距离。

在急遽变化的当下,一些曾经拥有的事物,随水而逝,找不到片鳞只爪。这个过程就如悄无声息的个体变化,烟消云散,毫无察觉。我和很多人一样,从乡村出走,进入城市,天长日久,从不回望。已经习惯了被城市喂养的生活,对于那些曾经参与其中的耕耘劳作,早已失去了共同的话题,提不起丁点儿兴趣。

夜晚的乡村,天净如洗,凉风习习,这样的夜晚本该适合推心置腹地交谈,可我们的谈话竟成了夏夜的流萤，随风飘荡，没有方向。虽然夜色包裹了我漫不经心的表情，但无法模糊彼此的内心。在我眼里，农耕的山村还是一个缓慢的世界，山民依然遵循着日出而作，日落而息的节奏和秩序。这里没有连接宽带网络，没有手机信号，只有小桥流水，老树昏鸦。当一个须臾不离手机的人，置身山村，被真空隔离后，那种感觉就如一条嗜水的鲇鱼，扔上了滚烫的地板。

在众生奔跑的年代，只有进入山野才能感觉时间的缓慢。这些年，一直咆哮在声色犬马的城市，就如一尾浮游生物，风里浪里，弄不清时间都到哪儿去了。现在似乎有所察觉，那个潜藏在手机里的朋友圈，把完整的日子撕咬得支离破碎。那是一个永远无法喂饱的饿鬼，是一味上瘾的毒药，吞噬着时间，影响着心智，就连走路、吃饭，甚至开车、蹲马桶也在不停——刷屏、刷屏、刷屏。

人的精神被网络微信肢解，被人云亦云的泡沫所左右。整天沉浸在打情骂俏的润滑剂中，没有增长有用的知识，没有掌握任何的技能才干，收获的只是一地鸡毛。双脚沾满泥巴的表哥，体会不到网络的魔力，他不知道那个名叫微信的小玩意儿能链接一个魔幻般的世界，人们在那个虚拟的世界中，神魂颠倒，乐此不疲。

我知晓玩物丧志的后果，当年小孩夜不归宿，痴迷网吧游戏的教训，至今犹在眼前。那时的家长都葆有局外人的客观冷静，其实那是低估了这个虚拟世界。曾以为自己有足够的克制能力，现在才知道，一旦离开微信，整个人就被掏空了身体，变得失魂落魄，坐立不安。

这些年，无处倾诉的表哥，有满肚子的话要说。这个夜晚，在长时间的磨合后，连通了心跳的频率，表哥终于逮住了一次机会，他认为喜欢舞文弄墨的我，是最佳的倾诉对象。可是处在欲望泛起的年代，随处可见夸夸其谈的狂人，却很少遇上谦卑诚实，放低姿态的倾听者。

我一直认为，换位思考只是一种嘴上安慰，在你心中看似天大的事情，换到另一个人眼里可能立刻就萎缩成一粒芝麻，失去本来的重量。即使是痛彻人心的苦难，也很难如亲历者一样感同身受。

一趟蜻蜓点水式的回乡，还不及一次真实的梦游，既没有记住一声虫鸣，也没有关注一次鸟叫。草木丰盈的山村，竟无物入怀，那草尖上滚动的露珠，瓦屋上升腾的炊烟，全都成为一种虚幻，再也找不回当年的感觉。

原以为表哥对外面的世界一无所知，谁知他不仅出过远门，而且抵达的城市比我还多——广州、珠海、佛山、东莞、深圳、福州、厦门、石狮、晋江、金华、丽水，最后落脚在温州。和许多离乡的农民一样，表哥的远行显得异常匆忙，根本没有一点心理准备。我问表哥，既然进了城，怎么又回来呢？表哥知道我的疑惑，人往高处走，水往低处流，只有进入城市才有发达的机会。现在村里人只要出过门的,无论混得好坏,他们都不愿回乡,城市就如跑马场,一旦进入,心就变野,再也收不回来……

表哥的倾诉浸染着如水的夜色,慢慢往下低沉,原来他的外出经历非同一般,他不如别人那样向往城市生活,而是被逼无奈。这些年,村里女人多,男人少,乡村便失却了阳刚之气。那些内心空荡的留守女人,平时遇到需要男人去干的力气活,总要麻烦表哥帮忙。村居邻里,热心肠的表哥不好拒绝,几乎有求必应。为表谢意,村妇们除了灿烂的笑脸、明亮的眼神之外,还不时以言语感激,以酒肉相谢。无奈男女之事自古就是说不清,道不明,不管表哥行事如何端庄,做人怎样磊落,时间长了,一来二往,也会滋生风言风语。当那些捕风捉影添油加醋的闲话,通过乡村口头文学家的传播,很快便传到表嫂耳里,如梦方醒的表嫂突然间变得疯狂起来。

不可避免的夫妻矛盾出现了,最初只是争吵哭闹,接着摔盆砸碗,最后就动起手来。说来真的让人不解,每次表哥表嫂闹得鸡飞狗跳,扭打一团时,村里不管男女老少,全都站在不远不近的地方围观,极少有人上前开导劝解。表哥的厅堂像个戏台,三天两头就被围观一次。也许是村庄太过沉寂了,大家憋闷得难受,希望出现一点热闹,带来一点刺激,在嬉笑怒骂中出现一次化学反应,让冗长的日子不再乏味。

打是亲,骂是爱,那些聚少离多,甚至长年不见丈夫的女人,看到表哥表嫂在纠缠打闹时,竟然心生羡慕。此时,女人压抑多时的情感闸门被突然打开,不由鼻子发酸,脸上像有蚂蚁在爬动,女人下意识伸出粗糙的手掌,一摸,满脸是泪。作为夫妻,能同床共枕,同桌吃饭,就算整天争吵打闹,她们心里也是甜的。现在她们想哭想骂,想吵想闹,也只能面对虚无的空气,得不到一丝回应。

2

回想表哥这些年的经历,我就有书写的冲动,可是回城多时,始终不敢动笔,因为一直找不到合适的语境。盛夏,如火的阳光在窗外燃烧,此时农民正在争分夺秒地农忙,我想象中,烈日下表哥弓起黝黑的脊背,面朝大地,挥汗如雨。而远离村庄的我,却安坐于珠三角某幢智能写字楼里,整天享受着清爽的凉风。在此并非我故作矫情,用不同的环境做肤浅的对比,只是感觉蛰伏在车马喧闹的城市,用电脑敲打出:农民、种田、汗水、粮食这样的字眼不合时宜。延续千百年的乡村,突然土崩瓦解,已记不清多少年没写过庄稼、种田这些老土的词语了。这些血脉般悠长的汉字,父母一样供养着无数的生命,维系着人类的温饱,可如今在我们视野里惨然消失,这种毁尸灭迹的过程悄无声息,如此重大的背离,无疑是一场情感的叛变。

打开网络，怆然涕泪的农耕词语，与萌萌哒、坑爹、屌丝、小鲜肉、心塞、逼格这些莫名其妙的话语体系遥隔千年，它们似乎不在同一个星球。

对于表嫂的误解和纠缠，表哥一脸沮丧，一个细雨霏霏的夜晚，表哥偷偷地走了。两天后表哥出现在广州街头，他看到密集的城市高楼，丛林一样没有边际，车流如织，人如蚂蚁，立马就晕头转向。他赶紧退出了广州，辗转佛山、东莞、深圳多地。没有任何特长的表哥处处碰壁，被黑中介耍猴一样，欺骗了几个来回。后来兜里的钱也所剩无几了，心灰意冷的表哥差点就要流落街头，万幸的是最后在温州总算有人接纳了他。

表哥问我："你知道我在温州做啥吗？"

我摇摇头："不知道。"

他说："你肯定不知道。"

我问他："怎么啦？"

他说："不怎么，那算不得打工，我在温州种田！"

"——种田？"我一脸疑惑。

表哥嘿嘿一笑，露出烟熏火燎的黑牙。

他说："是的，没想到吧，我属泥鳅的，天生是钻泥的命。在家种地，出门打工还得种地。"

——鹿城、龙湾、瓯海、瑞安、乐清、永嘉、文成、泰顺、洞头，表哥跑遍了温州下属全部市县，一大圈跑下来，还是没有找到合适的工作，最后在瑞安市荆谷乡帮人种田。

那天表哥皱着眉头，在劳务市场漫无目的地转悠，一位操温州口音的老板上下打量着表哥，然后走过来很热情地与表哥攀谈。表哥听不懂温州话，依靠手势辅助，后来知道了个大概，原来老板想让表哥到他那儿去工作。表哥几乎没有犹豫，背着包就跟他走了。

车子出了城区，七拐八弯驶向了一个村子，表哥一脸诧异，在这个工业发达，厂房密集的城市，竟然还有如此乡土的风景。穿过绿树掩映的庄园，表哥见到了熟悉的田野，硕大的鱼塘，成片的果园，碧绿的菜地。老板载他过来，并非让他进厂，而是让他种田。

听说种田，表哥有一种本能的条件反射。自己离开家乡，费尽周折，跑进城来，为的就是当一回工人，现在竟让他重操旧业，在心理上似乎不能接受。可是低头一想，既然是赌气出门，那就没了退路，一个大老爷们儿，莫非还真的空着手回去？那样不仅会激化与表嫂的矛盾，还会遭村人讥笑！跑了那么多地方，没找到合适的职位，如果不愿种田，那又能干啥？身无分文了，不找活干就得饿肚子……

人在屋檐下，不得不低头，表哥只能留下来种田，没有别的选择了。好在老板很随和，没有那种盛气凌人，财大气粗的习性。他姓何，与表哥同姓。既然是本家，老板显得比之前更热情起来,他拍着表哥的肩膀说:"兄弟,留下来吧,能看出你是行家,我闻到你身上的泥土味了。放心吧,不会亏待你的,咱们五百年前是一家呢!"

表哥眺望无边无际的田野,心里突然升起一种温暖和踏实。他点了点头,就这样,留了下来。

被称为中国犹太人的温州老板,素来精明,他们有强烈的市场意识和扩张心理,眼光比别人看得更高更远。家大业大的何老板颇有忧患意识,他在温州、瑞安、义乌等地都有工厂,生产地毯、电器、打火机,手下员工成千上万。当他准确预测到传统制造业因成本上升,优势消失,将遭遇瓶颈时,何老板已率先走上了转型之路。农村土地大面积撂荒,政府鼓励种植大户搞土地流转,让企业家投资农业,让工业反哺农业。何老板正是瞄准了政策方向,决定回归农业。三十年前何老板也是耕田种地的泥腿子,所以他对种田是有感情的,那天表哥见他的T恤上就印着几株颗粒饱满的玉米,那些咧嘴的玉米正开心地笑着。

作为一个要养活成千上万员工的老板,一定会有民以食为天的真切体会,每天用货车拉来堆积如山的蔬菜和大米,很快又以风卷残云般的速度消耗一空。对于吃饭问题他自然要比一般人更清醒,因为他知道,在城里有数以千万的人要张嘴吃饭,却没有一个人在种植粮食,很多水汪汪的孩子,晃动着营养过剩的身体,他们却不认识水稻、麦子这些古老的作物。在重商轻农的当下,很少有人还会惦记农事,担心庄稼。面对物质丰盈,商品充足的市场,大家以为粮食、棉花是永远过剩的商品。正如美国著名生态学家奥尔多·利奥波德所言:"人们在不拥有一个农场的情况下,会有两种精神上的危险:一是以为早餐来自杂货铺,二是认为热量来自火炉。"

其实饥荒就如瘟疫,始终没有走远,它只是用伪装来麻痹人们的神经,它埋伏在众生身旁,伺机而动,随时都将卷土重来。

3

表哥是把种田的好手,他能准确地盘算每亩田地的收益,可是在何老板的农场——表哥的耕作经验一夜归零。这样的农场与一个工厂没有差别,农历日脚,二十四节气全都消隐,几乎所有的耕作环节都实现了机械化。机耕、机插、机收,农民成了操作者和指挥官。

在农场,高新技术的应用,改变了农民劳作的方式,这里的农民根本用不着风雨无阻,披星戴月地扑在地里。他们与工人一样,轻松种田,体面劳作,每天都是八小时工作制。

比如播种、施肥、杀虫、除草、收割这些干得烂熟的活儿,被农场的新方法完全颠覆。原来耘田除草是颇费功夫的农事,需要花去大量的人力物力。现在根本不用人工,每亩只需200毫升的除草剂，稀释喷雾，就能将阔叶草、莎草、稗草、游草、野慈姑、野荸荠、三棱草、鸭舌草、牛毛毡、节节菜、空心莲，这些生性顽强的草类统统杀光。

没人的时候，表哥拿起药瓶，左看右瞄，反复端详，感觉这东西太神奇了，为何喷洒在稻田里，杂草全都枯死，而水稻却安然无恙，这是一种什么魔水？

对于这瓶药水，表哥想找出个所以然来，可只有小学文化的表哥肯定想不明白，但越是想不明白，他心里越疙瘩，越有难言的隐忧。用除草剂、杀虫剂种出来的水稻，产出的大米，对身体是否有害？工余时表哥向其他工友打听，对于他的问题，工友们懒得回应，问多了就说表哥是咸吃萝卜淡操心，老板只让咱们种地收庄稼，有没有害关你啥事?!

在工友们眼里，现在还用老方法种田，那是自找苦吃，如果真有愿意自找苦吃的人那也无妨，可只要头脑正常的，天下从来就没有自找苦吃的人。如此轻松自在的耕作方式，很快就让人变得懒惰起来，农民不再以辛苦劳累而著称。

古老的农业已经面临更新换代，如果谁还老老实实地按自然规律种植，不但赚不到钱，就连生存恐怕都很困难。比如蔬菜，按自然规律种植要三个月，而且种出来的菜还很难看，菜叶上布满虫斑，拿到市场上无人问津；喂猪，正常养要一年才能出栏，而市场上供应的猪全是三个月膨大的激素猪；喂鸡，正常要半年，现在的鸡几乎都是28天长大的速成品。还有海鲜、虾子、王八、鳝鱼、大闸蟹，几乎都是人工饲养，都是激素催大的。无论果农、菜农、粮农、畜禽养殖，还是水产养殖，从业者都成了化学专家、药物专家、保鲜专家、催长专家；杀虫剂、防腐剂、抗生素、激素是他们手里的家常便饭，种养户成了魔术师。

表哥认真分析过，他认为对于农场的新技术不能全盘否定，有些东西还是有用的，比如种植观念。有一天，表哥从报纸上看到一篇报道，标题叫《现代农业要走规模化生产之路》。介绍一个种草莓的村子，早年有人一亩、两亩零星种植，结果根本卖不出去，种草莓的全都亏本，后来很长时间都没人再提种草莓的事了。

有一年，来了几个外地人，他们承包了一百多亩土地种草莓，村里人看见几个其貌不扬的人，感到有点可笑，认为那是几个大傻帽。种一百亩草莓，能当饭吃吗？卖给谁？到时恐怕连哭都没有眼泪。大伙都在等着看好戏呢！

草莓很快就成熟了，百亩生态草莓园的招牌刚挂出，外地采购的大卡车就轰隆隆地开了进来。每天草莓园的人都忙不过来，村里人觉得奇怪，城里人是怎么知道这儿有草莓的？还是记者的嗅觉灵敏，他们扛着"长枪短炮"，追踪过来了，个个都想抢这种有卖点的新闻。记者根据这个事例采写了深度报道，并且还总结出一句非常经典的话："一亩草莓无人买，百亩草莓不够卖。"通过记者深入浅出的分析，表哥明白了其中的道理，原来这就叫规模效益！

通过规模化生产的对比，表哥终于懂了，为何老家那些人都不敢多种地，因为依靠人力耕作雇不起昂贵的人工。现在农村有一个被外界忽视的大问题，那就是劳动力奇缺，说文气点是青黄不接，说难听点已面临断代绝种。在农村40岁以下的农民很少见到，30岁以下的农民极少见到，20岁以下的农民已属罕见。那些父母远去，被爷爷奶奶娇惯长大的90后，成为乡土上的纨绔子弟，虽然辍学在家，但穿着鞋袜，双脚从来不沾泥水。整天无所事事，他们吸烟、喝酒，像个二流子，出没在街头网吧。乡村曾经最廉价的劳动力，如今成为紧俏品，比城市还要稀缺。即使是贫困地区，请一天人工也得百元以上，有些地方甚至高达两百元，与城市的人工成本相比，有过之而无不及。

不可否认，农民向市民转换，是社会进步的标志，但农民一旦少到村庄空荡，田园荒芜，无人耕种的程度，那就有问题了。有些地方死了人，就连抬棺木办丧事的汉子都找不到，自古就是免费义务帮忙的事情，转而变为花钱雇请。

像表哥这般年纪的人，每当回想20世纪80年代的情景，就让人满怀伤感，恍若隔世。那是农村最热火的年代，那是种田人恋恋不舍的岁月，农村率先推行的土地联产承包责任制，释放了农民身上所有的激情。当时我作为一名中学生，周末和假期全都投入到农事当中，一家老小，早出晚归，用真情播种，用汗水耕耘。傍晚，我们放下高挽的裤腿，牵着水牛在田野上放声歌唱，晚饭后，我们这些飘着泥腥味的孩子，守候在满是雪花的电视机前，等候扣人心弦的武打片播出。那个年代，万元户如明星一样，闪烁着漫天的光彩，报纸、电视大量播放农村新闻。人们的目光全都聚焦在农村，每一个家庭都飘散着粮食和汗水的芳香。当时的乡镇干部还保有朴实的作风，他们头戴草帽，顶着烈日，走村串户，在田野上分享着农民的喜悦。

分田到户后，沉睡多年的土地获得了最大的尊重，夜以继日的耕作，让乡村充盈着空前的激情，农民的自豪化作金黄的稻谷与动人的笑脸，成为乡村最美的风景。那时的农民感觉自己是天底下最快乐最富有的主人，可现在却很少有人再骄傲地称自己是农民了。种田不仅辛苦，而且收入低微，看不到希望和前途，传说中的新型农民在偏僻的山村始终没有出现。

4

为了留住记忆，我手机里存着一些老家的照片，拍照时刚好站在屋后的山头上，俯瞰而下，拍的是一片鱼鳞般的屋顶。没事的时候，我会放大那些照片，屋顶上没有炊烟，只有从瓦缝里长出的细碎菜花和嫩绿秧苗。那是飞鸟在播种，它带着情感的种子在乡土上旅行。动物对乡土的依恋比人更深厚，即使是远行的候鸟，也会在规定的季节里按时返回，不像弃土离乡的人们，一转身就遗忘经年。

在农场让表哥找回当年耕种的感觉，可他没想到异乡种田的日子会戛然而止，何老板的农场被政府征用，获得一笔补偿后，将农场拱手让出。何老板是个念旧情的人，当农场关停后，他没有过河拆桥，把员工一脚踢开，而是将他们安排到了自己名下的工厂。表哥不愿去工厂，他已经打消了留在温州的念头。对于这样的变化，表哥自己也感到有点突然，当初那么迫切地想进工厂，可屡屡碰壁，现在进厂的机会一旦降临，表哥却又毫无兴趣了，他只想早点回到家乡。

在温州时，表哥经常出没于工厂周边，对于他来说，工厂已经失去了当初的神秘。那种难闻的气味，横流的污水，强势的机器，展示了工业时代的冷漠与傲慢。他宁可隐居山林，终老茅舍，也不愿靠近工厂。他发现这里的泥土连颜色都被改变，水里见不到野生的泥鳅、田螺、黄鳝，河渠水沟内的小鱼小虾完全绝迹，水坝、池塘的蓄水黄脓一样浑浊，风一吹，散发阵阵恶臭。表哥不想在此地久留了，急着回到家乡，因为他心里有了很好的想法，他相信只有在家乡那片土地上，才能实现自己的人生梦想。

表哥回来了，但他在何老板农场的事只字未提，他担心别人笑话，进城打工，有能耐的在经商，一般的也在做工，像表哥这样给人种田的几乎从未有过。表哥只能把这段不光彩的经历隐瞒下来，好在这些年他积攒了6万元存款，也算挣回了一个男人的脸面。对于手头从没有过余钱的表哥来说，6万元已是一笔不小的数目。

开始表哥准备翻盖房子，1980年建的土坯房已经缺牙少齿，四壁漏风，村里在外挣了钱的人，早就新建了三层的小洋楼，有的还买了轿车。可是回来看到那些半死不活的田地，表哥立刻改变了想法。规模种植，这是表哥从温州学来的模式，对他这种想法，乡村两级十分支持。已经荒芜或半荒芜的田地，终于有人要来耕种了，这是一件大好事，无意中解决了他们一块心病。接下来土地流转一路绿灯，几乎没有遇到任何阻力。300亩连片的土地，在一串公章、私章、签名的确认下，流转到表哥名下。

可以想象，这个时候的表哥是兴奋的，百余户村民的土地，一夜之间就交到自己手上，这样的规模就连当年最大的地主也望尘莫及。

有了温州农场的种植经验，回乡的表哥多了几分底气。从那里学来的种田方法，虽然有些值得怀疑，但机械化耕作这一点在当下农村十分可取，既解决了劳动力紧缺问题，又降低了用工成本，表哥对规模耕种有了更大的信心。

第一个向他抛来橄榄枝的是农村信用社，这扇财大气粗的大门，破天荒给表哥敞开了一丝缝隙，虽然只是春光乍泄，但还是一次性给表哥批了8万元低息贷款。为了让耕作机械尽快到位，表哥又从亲戚朋友处借来了几万元投入，很快耕田机、插秧机、收割机运到了村里。

锃亮的机器让表哥看到了一个崭新的时代。由于表哥不会操作，只好从外面请来师傅，在师傅的指点下，仅三天时间表哥就能熟练操作。坐在高高的耕作机上，眺望无边无际的田野，表哥感觉自己成了检阅的将军。

不知疲倦的机器，给表哥省下了大量的人力。如果仅靠表哥夫妇二人耕作，就算披星戴月，也侍候不了30亩田地。而表哥、表嫂、姨夫，外加八九个雇工，就将300亩水田打理得干净利落，感觉比之前种十几亩田地还要轻松。

出过远门的表哥，看到了家乡的优势，这里虽然交通不便，但山清水秀，空气清新，没有污染。在这里种植出来的蔬菜、水果、粮食是真正的绿色产品。表哥从县里聘请了技术顾问，严格控制化肥、农药、激素的使用，他想将300亩土地变成耕种的乐园。

蓝图已经绘就，生态农业，规模种植，给表哥铺开了一条光明大道。正当他和表嫂齐心协力，往前奔走的时候，矛盾出现了。当初那些流转土地的村民突然反悔，他们看到表哥规模种植的势头越来越好，感觉让他捡到了天大的便宜，于是纷纷要求退回自己的承包地。

白纸黑字，有协议，有签字，但他们不认这个账。开始表哥并不在意，以为大家只是一时头脑发热，闹一阵就过去了。谁知人家是铁了心要来生事，有些人还专程从城里赶回来。他们天天纠缠，天天吵闹，要求表哥收完地里的庄稼，立即归还土地。表哥拿出流转协议，人家根本不看。还说他这协议算个屁！他们在外遇到的流氓包工头多的是，哪个不是耍无赖？再怎么签协议也没用，别人一夜之间就人间蒸发，黄鹤一去不复返，连影子都没留下一个，民工手上的协议等同于废纸。

在外闯过江湖的人，见多识广，能说会道，表哥说不过他们。表哥也不想撕破脸皮，乡里乡亲的，闹起来太难堪。他只好找村委会，可是村干部向来都是和事佬，调解了几次，没有半点作用。表哥只好往上走，找乡政府，乡政府派干部协调，开了好几次会，最后才达成协议：每年每亩再支付流转补偿金100元。让步的还是表哥，300亩土地，每年就要多交3万元，表哥感觉承受不起，他在痛苦中犹豫了好几天，最后还是咬牙应承下来了。

风波虽然暂时平息，但表哥不知道自己的承诺是一种错误信号，他的退让反过来成了鼓动和纵容，为后面的闹剧埋下了伏笔。

5

回乡那段时间，表哥刚刚走出寒冬，残酷的现实把他打回了原形。对于老实巴交的表哥来说，他的希望最后成为泡影，梦想折戟沉沙，日子退回到多年以前。

没事的时候，他端着一根烟杆，独坐古樟底下，晒场地上猫在追逐，狗在打斗，公鸡不停与母鸡交尾。那些耕作机械几乎派不上用场了，如一匹匹被囚困的奔马，失去了奔跑的草原。闲置的机器迅速苍老，红色的油漆掉落一地，裸露的铁皮在日晒雨淋中出现了斑斑锈迹。

表哥像只受伤的倦鸟，懒洋洋应付着自己名下的几亩水田。为了让我知道事情的原委，次日清晨，表哥带我到田野去转了一圈。非常奇怪，我们沿着弯曲的田埂往前走，眼前大片的田野竟见不到一棵庄稼，那些曾经流转给表哥的土地重新长满了杂草。对于这种怪异的现象，我百思不得其解。怎么会这样呢？这可是沃土良田啊！

面对我的疑问，表哥一脸苦笑，望着杂草丛生的土地，他的内心翻江倒海，五味杂陈，不仅有忧伤与失望，更多的是无奈和痛楚。那些外出的农民，争来抢去，又吵又闹，非要弄回自己的土地，可是到头来怎么又把弄回的土地撂荒不管，弃之一边，无人耕种呢？

行走在田野上的表哥，陷落在愤懑的情绪里，他不愿过多地谈论此事。弃土离乡的村民，把土地当成诱饵，他们手握城市的钓竿，逼表哥上钩。每年都要求增加补偿，说城里的物价不断飞涨，瓜果蔬菜一天一个价，现在一斤蔬菜等于一斤肉价，种地的赚大发了⋯⋯

表哥感觉这话太过刺耳，曾经是一个阵营里的兄弟，世代种田，哪个不知其中的辛苦艰难！既然种地那么好，那你们干吗抢着往城里跑？再也不愿回来！

面对这些流转的土地，表哥感觉陷入了一个无底的洞穴，那些曾经在泥土里劳作的人完全变了脸，变得贪婪无度，随处算计。他们既固守城市的阵地，而又觊觎乡村利益，吃着碗里，霸着锅里，他们以为表哥在地里不再是种植庄稼，而是在挖金子。

被反复折腾的表哥只好放弃那些土地，宣布主动退出，并且没有任何的附加条件。此时的表哥还有一丝幻想，他希望把地争回去的村民，从此真的爱上这些土地，甚至告别城市，重返故乡，大家一道耕田种地，重回过去的风光岁月。可那是表哥的一厢情愿，人家根本就没有这种的想法，醉翁之意不在酒，他们惦记的是手里的土地，如何去待价而沽。

中国式农民的特性暴露无遗。时至今日，依然没有在梁漱溟先生的呼唤中清醒："伦理本位，职业分途"的特殊社会形态，必须从乡村入手，以教育为手段来改造社会。所以许多农民仍然活在鲁迅先生的笔下——顽固、狭隘、自私、守旧、落后。他们开始是想提高一点补偿，后来就变成坚决索回，几乎没有商量的余地。原来不知哪儿传来的风声，说有一条高速公路要从村中直穿而过，还听说有个老板要在村里征地，兴建一个大型的生态农庄，这样的话，每家每户都将获得一笔巨额补偿⋯⋯

善良的表哥希望这个消息是真实的，让村民们一夜暴富，变成市民。谁知这个画饼充饥的故事，只引来了表嫂冲天的愤怒。性格泼辣的表嫂第一次痛骂表哥是个窝囊废！胯下没长四两肉！表哥也不还嘴，任由女人骂去。后来证明这事纯属空穴来风，淡定的表哥让表嫂第一次羞愧地低下头来。

这些年一心想改变现状的表哥，不停奔波，可最终被折腾得心力交瘁，没有留下一点积蓄。万幸的是他归还了信用社的贷款，基本收回了投入的成本。表哥恢复了从前的慵懒，再也不想折腾了，他知道靠力气吃饭的农民，光阴短暂，三十不豪，四十不富，五十全靠子来助，进入天命之年的表哥已经折腾不起了。

我知道表哥的心情，表面看去他与从前没有两样，浑身完好，可内心却已经伤痕累累，寒霜满天。面对表哥，我不知该如何去安慰，站在荒芜的田野上，只能回应一声长长的叹息。

面对表哥的境遇，我难过了好几天，但轻飘飘的难过只是暂时的感受，回城后各种泛滥的资讯，迎来送往的应酬，很快让我回到了常态。大约是半年后，我在网上闲逛，偶然间看到一条消息，介绍老家附近的一些山区，有人投资开发观光农业，把荒芜几十年的梯田重新开垦，种上油菜，春天菜花盛开，一片金黄，引来了大量的游人。此时那些抛荒田地的主人突然找上门去，他们手拿长柄镰刀，站在梯田边唾沫横飞，无理阻挠，最后与老板漫天要价。如果老板不答应他们的条件，他们立马就把油菜连根刈除。我盯着电脑屏幕上那些图像和文字，目瞪口呆，久久无语……

我不知表哥是否受了这件事情的影响，他竟然选择再次进城。听说表哥是被何老板请去了温州，何老板在温州苍南新建了一家大型农场，在那里表哥可以找回驰骋田野的快乐。

表哥这次离乡显得异常决绝，他不想再辜负岁月，他相信前面的日子还会有隐隐约约的光芒。于是变卖了牲口，带走了表嫂，孩子也在外面务工。启程的那天，露水湿重，四野迷蒙，他站在田边，最后望了一眼田野，目光荒凉，满脸寂然。表哥锁好屋门，背上包袱，走向村道。

这回表哥没再隐瞒，而是逢人就说，他要去温州，去温州帮何老板种田！村人似乎根本没听懂表哥在说些什么。有人还想打听探问，可是表哥并不停留，面对忧伤漫漶的田野，他内心杂草丛生，只能埋头赶路，急切而去……

（原载《文学港》2018年第10期）

余生悲凉

张喆

站在异乡，当我一次次以回望的镜头，聚焦我生活的乡村，零距离地停留在我父母辈——这些留守老人身上时，我一次次忍不住眼辣心热起来。我的亲人们，住在崭新的楼房里，用着与时俱进的老年手机，守在庞大而空荡的乡村，守着寂寞苍凉的老年，他们，是那么卑微而又无助，是那么朴实而又艰难，没有亲人的陪伴关爱，没有温暖可依。

窥一斑而知全豹。我常常在想，在中国这片广袤的土地上，这些空巢老人或留守儿童，对于物质生活节节上升的时代而言，他们的存在就像是改革路上的一道疤痕，永远都在，无法剔除；好在，这两年异地上学的政策，减少了内地的不少留守儿童。然而那些留守在村庄的老人，有谁在他们晚年时能伸手相扶？有谁在他们病榻前能端水送饭？那一栋栋拔地而起的高楼里，有多少个窗口，在夜间能燃起温暖的灯火？在工业、物质高速崛起的背后，又有多少精神文明的断层？

四十多年来，对于生活，我跟身边的父老乡亲一样，一直处于妥协隐晦的态度。但是我不可避免卷入大时代的车轮下，成为千千万万打工者中的一员，同时也为个人家庭乃至社会遗留"空巢老人"与"留守儿童"，这些不可改变的事实，一阵阵让我愧疚难过。

我脑子里有了这些对社会层面的思索与时代的拷问，源于父亲摔伤之后。

1

下午四点多钟，我大姐的女儿茫茫打电话说姥爷骑三轮车摔伤在公路上，七孔流血，很严重，怕不行了。

那一瞬间，我被父亲的伤势彻底击蒙了，眼泪一下子涌出了眼眶，我感觉天塌了下来。我明白父亲受了很致命的内伤。我从来没想过这场意外会突然降临，我那受了一辈子苦难的父亲为什么命运如此多舛？

我父亲在童年时就失去了父母，他与大四岁的姐姐相依为命。时光飞速地流转着，吃不饱的日子等来了翻页的机遇。随着改革开放，分田到户，日子一步步地好转。然而那些内地的老百姓，一年忙到头，也仅仅停留在解决温饱的层次上，想摆脱贫困走上富裕的道路，只有背井离乡去打工，到开发的城市去，比家里要强得多。于是乎，北上广成为大家的首选目标，而有的人在亲戚朋友的带领下，散落在祖国的四面八方。

这些老百姓，吃苦耐劳，给他们一点雨水，哪怕再恶劣的环境，他们也能够生存下来，能够紧紧地抓住一丁点儿机会，在当地开花结果。

2004年夏天，五十六岁的父母跟着我哥哥去了秦皇岛。此前我哥哥已在秦皇岛干了四年。那时的秦皇岛跟深圳一样，到处都游走着外地人，他们那一片外来人员大多数是我们河南老乡，有的进厂，有的做早餐，有的做夜宵，有的开了小酒店或超市。

人们的生活水平跟以往相比已是大相径庭，然而努力奋斗的脚步却是永不停歇。世俗的欲望，或上进或攀比，随着生活的洪流，都被裹挟着，身不由己地往前走去，这是我们的命运，也是大多数人的命运。

我哥嫂带着父母分成两个摊位，他俩管一个摊是早点，主要卖稀饭油条；我父母一个摊位是夜间烧烤摊，两个地方相隔半里路左右。

春夏日子尚可。然而一到秋冬，逢上冰霜雪雾，有时零下二十多度的天气，我父母每天凌晨很早起床，去鱼肉市场批发新鲜的鱼肉鸡肉等，杀鱼剖鱼洗鸡肉，他们的手上长满了冻疮，天天鼓鼓胀胀，又痒又痛。可以说，那段时间，外出打工的父母饱尝了生活的鞭打与屈辱。有时，不知哪来的一群混混，不是吃一堆烤鱼烤肉扬长而去，就是故意打翻我父母的摊子，身患高血压的母亲一着急就会晕倒在地。

这种情形下，父母还坚持到2006年。这年春天，我的父亲开始咯血，他不敢吭声，怕哥嫂责怪，怕花小辈的钱。

贫困的人家，在家庭刚刚有点起色时，或许会因为一场病，又会重新进入经济拮据赤贫的地步。那时的农村人，一旦得病，总是拖着，小病拖成大病，大病拖成绝症，最后的结果，有一些老人就会选择自杀。没有穷过的人，不理解贫穷。病痛来临时，等死或自行结束，是这些农村老人的选择。

2006年，我们那里的农村没有医保没有劳保之说，加上父母手里也没有积蓄，因害怕拖累子女，父母更没有告诉我们。他一直隐瞒病情，拖着。直到夏天的某一天，我的大侄女宝玉从我哥嫂那里过来玩时，发现她爷爷吐了许多血。她哭了，转过身，跑回出租房偷了我哥嫂的1500元钱，"连拖带拉"和我母亲一起把父亲送进了当地医院，拍了X光片。

父亲的肺里长了个大肿瘤子，不知是良性还是恶性，必须尽快手术取出化验。

历史与现在是何等的相似，2006年，我跟现在一样，慌了，蒙了，我害怕一个转身，不到60岁的父亲就离开我们。

那时，为了摆脱贫困的影子，我与老公踩着20世纪90年代末的节点，跟千千万万个打工家庭一样，抛弃家园，远离故土到深圳打工。彼时儿子刚满一周岁，就成为一名留守儿童，他成长中的点点滴滴，我与老公都一再缺席。

我们这一代的打工者，是滞留儿童在家最多的一代。除去自身打工不能照顾的一半原因，另一半原因就是：那时的各地政府在教育上也都是"各自为政"，各地有各地的保护主义，既不允许儿童异地上学，更不允许进入公立学校。有门路的极少数"精英"，也是踩着高高的门槛，使出浑身解数把孩子弄到身边。即便如此，在小升初，或初升高时，要想进入当地正规学校，分数也要高出本地人几十分才可以进去。

一道道门槛，把许多外来工的子女拒之校门外，这种状况持续到现在依然没有完全改变，上完高中依然得回原籍考试。

回到我2006年打工的现状，白天我坐在枯燥的办公室盘算着各类数据，晚上去给老板的小蜜洗衣服，天天三点一线，工资不高1100元左右，加上洗衣服的150元，每月收入1250元；我老公在车间当主管，有1600多元，我们把日子过得很小心很节省，不舍得吃好不舍得穿好，我常常在地摊上买点生活用品，一想到家里还有一块地皮，已备好水泥沙石，正打算起地基盖房子，我们就恨不得把一分钱掰成两半花，恨不得天上掉下钞票来。

这之前，我一直天真地以为我的父母、公婆，我的家人从来都不会生病，大家天天吃饱就行了，健康安稳的日子就会一如既往地往前走着，没有一丝波澜涟漪；我天真地以为生活就像是我手中的棋子，兵马将卒炮全由我一手调拨，会一帆风顺地不出任何差池地往前行走……然而我一错再错，生活是什么？生活就是一望无垠的大海，随时就有风浪，随时就有漩涡将你裹住，浪头勒紧你的脖子，让你呼吸不能顺畅，让你生死无门。

2006年所重复的一切现在又再重复一次：那时我在内裤上缝了4000元钱坐火车，现在我是怀揣着现金4000元，微信里还有4000元；那时我手上就只有这4000元，所存的钱全部交给公婆盖房子，而现在的我手上还是只有这么多钱，依旧没有存款。平日家里用度与人情往来，每个月要为儿子还房贷还车贷，才毕业的儿子在我们信阳市打工，工资3000元不包吃住。

儿子，经过一系列的相亲后定亲，内地高额的彩礼，等等这一切又掏空了我们这几年的积蓄。

作为"打工二代"，儿子这一代人多少享受了父母积累的所谓"财富"，不再为房子操心；但随着时代的发展与生活水平的提高，他们要玩要吃喝，所以自身也就成为"月光族"。

无意识中，又成了"啃老"一族。似乎，这轮回的怪圈，我们每个人都是这样过来的并认为父母掏钱是理所当然的。

十二年的时间过去了，生活的大山依旧压在我们身上，丝毫没有移位。一切似乎还在原地打转。我们历尽艰辛与困苦，费尽所有的积蓄，却依然像蜗牛一样，没有移动半步。赚钱比起改革前是方便快捷了许多，生活水平也得以提高，可是水涨船高，节节上调的物价、人心的各种攀比、生存压力，始终让我们喘不过气来。

很多时候，我常常在想，究竟是什么原因，让我们一直活得没有满足感，焦躁轻浮又没有成就。我们漂泊在异乡，打工最直接的目的就是赚钱赚钱再赚钱，很少有人想到长远的未来与规划。目光的短浅，致使我们都缺乏创造性与正确的价值观。那种吃饱喝足老婆孩子热炕头的朴素情怀，在现代化经济冲击下，越来越趋炎附势跟风流行。

挂断茫茫的电话后，我就急忙打通母亲的电话。母亲告诉我说，浑身是血的父亲醒来后，怎样都不肯去医院，我知道父亲怕花钱，怕被儿女责怪。此时请了一辆面包车赶来的大姐夫李万竟然让车把父亲又送回村子里。我的父亲让他们扶到床上躺着，七孔的血一阵阵还在往外流，他那时的意识还是清醒的，气若游丝地叮嘱着家里还在插秧的李万："你……先……回去，等过两天……你再来挖个坑，把我埋掉。"

母亲在通话中说起这事，我的泪水在深圳这边，扑嗒嗒地往下滚落，我震惊、伤心地打断她的话，让她赶紧将电话递给李万。

是的，没错，我在母亲的面前直呼大姐夫李万的大名，我们中间隔着近十四年的冰冻河流，我从来未曾跨过这条河流，一直以来，我都是路过他的家门而不入。而今，因为我的父亲，我不得不重新称呼他，让他赶紧把父亲送进县医院。

可李万一再告诉我，父亲不愿意去医院。隔着千里的时空，我带着哭腔吼道："爸爸摔傻了，你也吓傻了？马上把他送医院，越快越好，他若不肯上车，你与司机把他抱上车去。"

"我，我没有钱……"李万终于窘迫地说了出来。这个男人，这个当年是何等意气风发的男人，他用最时兴的凤凰自行车来娶我的大姐过门。趁着改革开放的好时机，他承包了方圆几里的一口大河坝，凭着天天出来的肥美大鱼，助长着自己的财大气粗，他在姐姐养儿育女一日比一日烟熏火燎地生活时，竟然大手大脚地包起了情妇，差点抛弃了他的糟糠之妻……如今却是如此落魄，连个急救的钱也没有。他在五十多岁的现在，捡别人丢掉的田地，拼命地多种水稻油菜小麦，妄想种田再能发个财，好填补那些年养情妇与赌博的亏空。

在李万身上，其实不难发现中国农村一些暴发户的痕迹。这类人，没读过什么书，也没有什么文化，趁着改革的春风，手上一旦有了钱，就不懂得经济的节制与生活的规划，飘飘然不知姓啥，唯我独尊起来，骂老婆打孩子，浮躁自大的情绪，在生活中一举一动就表现出来了。一旦时机成熟，就会换掉老婆，这种现象不是个案，而是相当普遍。我隔壁姓冯的邻居，有一双儿女和老婆感情也好，他在深圳公明打工后当了经理，口袋里钱多了起来，就和工厂的年轻文员走在一起，把留守在家的老婆与孩子抛弃掉。

我顾不得在电话里骂他混成这样，急吼吼地让他先送父亲去医院，我通知二姐送钱过去。这二十多年来，二姐与二姐夫一直在本乡镇，天天倒贩鱼虾鸡鸭送往市区，也吃尽了生活的苦头，风吹日晒，硬生生地将自己整成非洲老太婆。表面看起来，她家里的小日子过得如日中天，天天像个暴发户，大金条子大耳环大镯子晃得人眼睛睁都睁不开。她为大学毕业的儿子，在珠海购了一套房子，去年又供起第二套。

二姐一听说老父亲摔得不行了，马上带着钱请同村的司机一路开车尾随着大姐夫也进了县城。二姐与大姐夫，还有前来帮忙的我们小舅，将父亲送进急救室。在走廊上等待结果时，二姐在电话里一次次叮嘱我："我天亮还要做生意，你姐夫身体也不好，一个人吃不消，要是停掉了，客源会跑掉的，咱哥要是不回来，我也不管了。"她口无遮拦地说着，不管不顾小舅还站在一边。

小舅气得对她翻着白眼。

对于二姐，我曾经以抱怨甚至不屑的视角看待过她，然而当我站在时光的深处，一层层地审视剥落生活时，我又再次原谅了她。或许，我们每一个人，都喜欢看待问题表面，都缺乏一种设身处地地换位思考。她有儿子有孙子，要还房贷，生活对她而言，她也曾饮下过许多的苦水。二姐夫李兵从小没有母亲，他父亲拖着一串六个孩子，像蚂蚱一样，在生活中一下下地蹦跶着，饱一顿饿一顿。自从二姐嫁过去后，他们起早贪黑种田种地也改变不了贫穷。后来他夫妻俩跑到苏州打过一段时间的工，受了一些启发，回家后就开始成了"倒爷"，历经许多艰难，生活才慢慢好起来。

说起这些交织的生活轨迹，其实，我们都不难发现，每个贫穷过的人，都有一种恐惧的阴影在心中，害怕再穷下去，并竭力地想维持目前努力的现状，好好地挣更多的钱。

我哥嫂还在秦皇岛，手机一直处于关机的状态，直到晚上八点多钟才开机，一接通电话，他在电话里很是生气："老头子肯定吃了酒，哪能摔这么重？我的生意怎么办？我一走你嫂子一个人干不成，一旦停几天，客源就会跑走了。"

他的理由跟二姐一模一样的。

这些年，哥嫂依然还在做早餐，卖稀饭豆浆油条。三十多年了，由于哥嫂家只嫁不娶，又没有购楼房，所以在银行里，他们的钱只进不出。可是人的欲望却是永无止境的，他们想到自己没有儿子，没有安全感。一心一意想到养老，所以还是那么节省。

2

铁道两旁的风景很美，可我没有半点心情欣赏。在微信群里，我还在跟哥哥吵，让他快回来。字里行间，都可以看出我生硬的语气。我一行行地敲打着我的理由，父亲受伤卧床，作为女儿天天擦屎倒尿倒是无防，但是我一个女人哪来力气抱着换床？哪有力气推着急救床楼上楼下化验检查？妈妈有高血压，根本不能参与这些力气活，更何况父亲现在生死不明，她的心都碎了，万一再把她累倒了，岂不是雪上加霜？

再说大姐与大姐夫吧，不说田地的农活，两个孙女在学前班与小学，都需要天天接送，怀里还有一个一岁左右的孙女，离不开大人。她家的两个儿子儿媳，一家北京打工一家上海打工，一家卖早点一家是建筑队帮工，为了自己的家，也是累死累活。

"农村人，光靠那一点田地，是无法养活一家人的。"每个在农村的人都知道这是实话。我们每一代人，在生存与贫穷面前，都把小的托付给老人，不可避免地远走他乡。或许，这就是我们农村人的命运，代代成为留守儿童，代代有留守老人。出生在农村的人，每个人都在一种固定的模式下生活，麻木，机械，与世无争，仿佛一生下来就定好了人生的路线。

现如今不分配工作，没有资源的农村人，就是考上大学也是走上打工的道路，同我儿子一样，也就无法改变自身与家庭的命运。那些社会上出现的所谓精英，年薪百万千万，出现的概率只能用万里挑一来形容了。

打工，走向大城市，永远都是我们这些穷人的选择，它像一枚标签，与胎记融合一起；更像是某种基因，代代相传，如果不出现奇迹，家族很难翻身。

每一家都有每一家的理由。不知不觉中，在关于父亲的护理问题上，我们每个人都站在自己的角度变得理直气壮。

当晚，爸爸从急症室推出来时，已是午夜12点，他的诊断结果是：脑壳骨折，胸骨折，脑瘀血。护士一瓶接一瓶输液，并叮嘱我的二姐："你今晚不能睡觉，每隔十分钟，拍打一下你爸，看他眼皮子动一下你就不用打了。"

是的，父亲不能睡，这一睡下去，他再也不会醒过来了。明白了事情严重性的二姐，不敢怠慢，一整晚都在拍打着我们的父亲。

3

下午五点钟左右，我赶回了老家县人民医院。正赶上二姐与母亲，还有好心的贺大叔，帮忙把我神志不清的父亲从七楼推到一楼进CT室。昏迷中的父亲躺在白色的急救床上，脸色蜡黄，身子半裸一动不动，任凭我们将他托在被子上搬来搬去，左转右转。他的耳朵、鼻孔、嘴巴，偶尔还会流出血来，血浆条子糊在他的嘴里耳洞里鼻孔下，很浓的血腥味熏得我差点吐了出来。医生一再吩咐不能扶他起身，屎尿都要躺在床上处理，头三天不能给他吃喝。

二姐的电话一个连着一个响，她说话很不耐烦，总是挂断，而对方较劲似的，挂了又打过来。电话里的声音也不小，很明显是二姐夫李兵在跟她争吵，让她回去。

早上五点多钟时，二姐打电话让住在县城的小舅到医院来顶一下班，说自己的衣服全是血与汗臭，守了一夜，要回去换衣服洗漱一下再来。小舅信以为真，就急忙吃了点早餐，赶到医院，可是直等到中午一点多钟，我那近六十岁的小舅饿得前胸贴后背，也不见二姐前来。小舅这时才明白，我二姐回乡下的集市贩卖鱼虾去了。他打电话把我二姐臭骂一顿后，又喊来同县城的三舅来看着我父亲的输液，他才下楼吃点饭。

父亲或许没有想到，他这一摔倒，让很多亲戚在被动或主动中，正常的生活或多或少地受到了牵扯波及。

下午两点钟左右，二姐从市区赶了过来。

站在CT房门口，跟我絮叨起这些，我母亲直摇头。她双眼红肿，头疼，她昨晚也是一夜没有睡着。从过年到现在，三个多月的时间，没想到我与母亲的这次见面，用悲伤的心情来面对彼此。

推着父亲回到七楼的病房，他皱着眉头依然没有清醒。二姐急急忙忙地把医院的收据、CT片全部交给我。母亲跟她一起离开了医院，乡下的家里没人，母亲不放心。

输液在父亲的手背上急促地流进他的血管，他的呼吸微弱，仿佛还夹杂着叹气声，除了这些，他没有任何言语意识，医生再次拍片的结果，跟昨晚没有什么两样。一句话：父亲还在危险期。

晚上七点多钟，哥哥忽然在微信群里说回来。在哥哥能快速决定回来这件事上，我知道三个侄女有很大的功劳，在日后的电话中，她们也毫不避讳提到这个问题。三个侄女在幼小时都是留守儿童，由爷爷奶奶带大，对爷爷奶奶的感情自然深厚。大侄女读到初二时，因为学习不好，就到秦皇岛给哥嫂帮工，如今嫁给同乡也在秦皇岛卖早点；二侄女作为留守儿童的典型受害者，初中没读完就辍学了，不擅长与人沟通、自卑，长期盯着手机，她17岁那年跟合肥的一个网友网恋，哥嫂差点将她的腿都打断了，然后她直接私奔与丈夫在上海打工，如今她生下的女儿又成了留守儿童；小侄女小学五年级时才到我哥嫂身边上学，目前上高中。

算下来，我们的家族中，已经有三代人进入打工的生存方式，这种谋求生存的方式，并没有得到很好的发展并改变，当然，没有任何资源也无从去改变。

与父亲同一个病房的，还有两个病号。靠门边1号床病人，是85岁的周大爷，前来护理照顾他的是他的二女儿。她退休在家。在晚上的闲聊中，周大姐说她父亲得了老年痴呆，头部摔伤了。已经五天了，一直没有人来跟她换班。她在言谈中不停地抱怨嫁在山东的大姐："一年到头只知道说给钱，我给钱她来照顾试试？"这几天她累坏了，直接把自己的老父亲脱得精光，围上尿不湿，盖上被子，逢上父亲拉了尿，她就重新换上尿不湿，再弄一盆热水，为父亲擦干净屁股。

周大姐还有一个弟弟，在苏州那边打工多年，到现在还没有回来。

说起这些，我们都是一脸苦笑。在生活面前，家家都有一本难念的经，我们每一个人都是诵经者，每一个人却不能感悟并为之修行。

2号病床躺着的是一个年轻男孩，十六七岁的样子，是个留守儿童，他的父母长年在广州打工。他前几天被别人的汽车撞断胸骨，即便是躺在床上，他还总是打着游戏。男孩的护理人是他爷爷，也就是下午帮忙把我父亲弄到一楼的贺大叔。当爷爷的自然管不了叛逆期的孙子，但忍不住时不时地啰唆几句，而孙子通常又会吼了回去。

在这个男孩身上，我看到了我儿子太多的影子。这一代留守的儿童，父母都是局外人，仅仅只是一个称呼而已。在他们逐年长大的岁月中，因为缺少了父母的陪伴、健康的家庭之爱，他们大多数变得自卑、胆怯，不擅长沟通。游戏，手机会成为他们的玩伴，严重者有的学坏，早恋，打架，斗殴，并早早辍学……这些，是有目共睹的留守问题。

所幸后来，这些留守问题的后遗症，在我儿子身上只突显了一部分：早恋、游戏、冷漠。他与我们之间情感的淡漠，血缘的薄凉，曾经让我一再伤心与难过；除了没钱用的时候，他发个信息，平时，他从来不对我们主动问候一声，就连我们的生日，他也常常忘记。

留守的恶果，或大或小，我们这一代人都在自我品尝，吞咽，消化。

凌晨三点多钟，我困得不行，双眼开始迷糊起来，耳边却听到窸窸窣窣的声音，像老鼠爬行似的。我睁开眼睛，借着窗外的光亮，赫然发现周大爷正在颤颤地倚着床栏，站立在床下。

我急忙下了床，打开电灯。这时候，周大姐也醒了，她惊慌失措地冲着她的父亲吼道："你不能起床，你的头没有好。"她忘了她的父亲是个老年痴呆病人。

光着身子的周大爷，嘴里重复地说："我回家了，我回家了。"他并不清楚自己在干什么，腰间的尿不湿散了下来，露出婴儿一样的生殖器，他"嘿嘿"地笑着，是那么纯洁无邪。

我常常在想，我们这一代人，譬如生于60年代或70年代的人，尚且有几个兄弟姐妹，一旦家里老人住院生病，大家还有个商量或期盼；而80年代或90年代的人，属于出生在计划生育政策执行最严格的时期,这两代人,独生子女居多,父母若需要他们的照顾,他们哪来的分身术?把父母送进养老院,似乎隔着一层厚厚的冰冷,孤独的老人,在情感的归属渴求上,也是需要亲人照顾、陪伴的。

将来,我们老了,这4+2+1(或2)的模式下,我儿子这一代的独生子女,同样也是打工者,无论经济还是身体条件都不乐观,又该如何照顾四位老人呢?我一想到这个问题,内心便起了一个纠结。

我知道,没有人能回答我们这个问题。

周大爷并不听他女儿的使唤,怎样都不肯上床,我赶紧过来抓住他的双腿,两个女人,面对一个扯住床边的钢制扶手、没有正确意识行为的高大病人,无论怎样都弄不到床上去。我们一掰开他的手,再来抱他时,他又抓住了扶手。

"爸,爸……你还要不要我活呀?"周大姐忽然带着哭腔,这个外表瘦弱的女人,终于在熬了几天医院后,哭了出来。

这时候,贺大叔也醒来了,见我们两个女人无法制服一个病老头,赶紧走了过来,掰开周大爷的手,抬起他的屁股与腰,周大姐托头,我托腿,三个人一起合力,最终将周大爷抱上了床。

经过这番折腾后,我们几个人又各自坐回自己的折叠床上,睡意全无。说起护理的难处,一时间,家长里短,太多的艰难堵塞在生活的甬路,然而我们不得不背负着它们,继续前进,在迷茫中,又满怀着对明天的希望与期盼。

这时,我父亲抬起右手,嘴里咕嘟道"尿……尿",我赶紧抓起床底下的尿壶掀开被子递了进去,他努力地弓起膝盖,然而尴尬的事却出现了,只听得"扑哧"一声,我闻到了一股恶臭。我试着将父亲的被子完全掀开,可他却把小便壶递了过来,用双手努力地夹住被子。虽然他的双眼紧闭眉头紧皱,但是我知道,这个一辈子跟泥巴打交道的犟老头,是多么羞愧呀,哪怕是他的亲生女儿,他也不想让她触碰自己潜意识的尊严。

我知道这样下去不是办法。把尿壶清洗后,我就站立在父亲的床边,一次次地轻拍着他青筋暴起的手。好在,我再次移开父亲的手时,他没有凌空挥击反抗。我掀开被子,怕再次弄折他的骨头,遂轻轻地托起他薄薄的腰身,褪下他的睡裤,我这才发现他的屁股下也垫了一块尿不湿,这两天医生不让他吃喝,他就拉了一点点屎。擦干净他的屁股后,我用热水为他清洗了一下,再次给他换上一块尿不湿。正在这时,父亲咕嘟着冒出一句:"拖累了你们呀,我怎么还没死呢?"

我惊呆了,父亲的这句话犹如一枚炸弹,令我振聋发聩。坐在昏暗的光线里,我的心被针刺痛了，痉挛许久，眼泪又流了出来。

在父亲的身上，有着他们这一代的鲜明烙印，历经粮食关，"文化大革命"，大集体时代，改革开放，分田到户，北上打工。作为一个农民，他一生中，大部分的时光，都挣扎在生活的苦海中，任劳任怨在大地上刨着口粮，跟天气斗跟灾难斗。才刚刚享受到物质上的甜味，转眼又步入老年，步入了需要人照料的境地。他们心有不甘，如卑微胆怯做错事的孩子，害怕拖累了家人。

4

我一夜没睡，索性坐了起来，刚刚洗漱完毕，一回头撞见同村的张文常爷爷推门进来，他探头探脑地张望一阵，虽然十多年没见他，但我还是一眼认出他来。我迎到了病房门口："爷爷，我是冬华（我的乳名），你这么早怎么来的？"虽然他高我父亲一辈，但是也只大了我父亲几岁。平日里，他们几个孤寡老人在村子里打打小牌喝喝小酒，有事总是相互照应。

文常爷爷老了，头发全白了，跟父亲一样满脸褶皱，他的胡须很密很白，驼着背，颤巍巍的样子，仿佛驮着生活的大山。不料想，他退后一步回转身，却在门外推进来一个轮椅，轮椅上，坐着他的老伴姚奶奶。姚奶奶瘦成了一把骨头，凌乱的头发胡乱地别在耳根后，一双手抖个不停，我赶紧走近一步抓住她的手，眼泪又忍不住流了出来："姚奶奶，你这样的身体，还费心来了……"

这些行将就木的老人，自己身体被风一吹就会倒下来，却还惦记着他们的老伙伴。

姚奶奶很费力地张着口，问候我父亲的情况，她口齿不清，说话关不住风，有唾液溅在她的嘴唇边上。在文常爷爷断断续续的描述中，我才知道姚奶奶身患多种疾病，什么冠心病、哮喘、帕金森病等，一直在这里五楼住院，已将近一年的时间了，平日里都是文常爷爷照顾她。他们本有三儿一女，两个儿子在武汉卖煤多年，另一个儿子在北京做早点，女儿与女婿在江苏。俗话说久病床前无孝子。在这场耗时耗力的护理中，他们的那些子女个个都愿意拿钱出来，却没有人肯放下自己的小家，回到故乡亲力亲为地侍候老娘老爹。

漫长的岁月里，这些留守在家的老人，如果老两口都在，他们尚且能相依为命，但若一个先走了，剩下的那一个便是孤鸟哀鸣，空荡荡的屋子里，哪天两眼一闭腿一伸，死在家里都没有人知道，等到乡邻发现，已是恶臭多日了。想到这些，我的胸口堵上了一块大石，时时地撞击着我的心肺。想起2008年与2014年的新闻，比如蚌埠市，一位六旬的空巢老人独自死在家中，一周后散发恶臭才被邻居发现，最惨的悲剧是，老人家中的狗因为饿急了，将老人的尸首都啃吃了——想到这些空巢老人的遭遇，再看看眼前的留守老人，我就不能为之顺畅地呼吸。

工业革命的新时代，我们远走他乡，貌似收获了不少。但在潜意识中，我一直认为，生活的天平，其实一直都没有发生变化，我们得到多少，同时也正在失去多少，只不过，这种得与失以其他方式转换体现出来。

父母把我们一点点地拉扯大，像机器一样不分昼夜地运转着，为了儿女为了生活，掏空了身体与所有，却到年迈最需要我们这些后人照顾的时候，我们却以不同的方式，不同的理由把他们孤单地抛弃在故乡。

悲凉，顺着我的心窝漫延开来，像波浪一层层地再次席卷，呼啦啦地拍打着我的灵魂，一点一点地吞噬着我的神经与思维。

"姚奶奶，你身体不好，别来了。"我说道。

"我没事的，歪歪一天又一天。"姚奶奶喘着气，歇了一下，仿佛说话是一件很费力的事，她又接着说："人老了可怜呀，你看我都没有人管……活够了，有时我想，我怎么还不死呢？"

她脸上那种迷茫、失落、呆滞的表情，其实满溢着对死的渴求，又有对生的眷恋。

都说养儿防老，可这话分明是弥天大谎。长大的孩子们，一个个走向外面的开阔世界，把年迈的父母留在家中，任老人孤独地住在空荡荡的屋子，任其在家慢慢地生锈，直到有一天油枯灯灭。

字敲到这里的时候，我想起我老公的外婆。她于前年九月下旬孤零零地死在老屋的床上。等到二舅送饭过来时，她的身体早就冰冷僵硬，一双眼睛睁着。她死不瞑目呀：五个子女，两个孙子四个孙女，三个外孙两个外孙女，临了，临了，却没有一个人为她送终。所谓的轮流供养，两个月一轮回。每个舅舅都对她恶声恶气，轮到小舅家，小舅娘不让她睡床，睡在沙发上……或许，舅舅、舅娘们也不容易，一个个在外面打工，老娘轮谁家，谁就得请假回来照顾，损失一笔钱财，对于有儿有女生活不易的他们来说，老娘无疑是一个累赘。

"比起死亡，漫长的孤独生活，没有人陪伴、照顾才是一道活着的硬伤。"我一次又一次在内心，做了这番比较与认识。一个个孤苦无依的老人们，因为这样那样的原因，得不到亲人们的问候关心，得不到社会的温暖，带着深深的遗憾离开尘世。

如何让老人有个幸福的晚年，我们应当制定国策，还有我们这些后辈应该反省自问。

5

11点钟左右，我哥嫂提着包进了病房，一进病房，哥哥就不停地抱怨并解释他不想回来的原因。此时，距离父亲摔伤刚刚第三天，也就是16号。无论哥哥说什么，反正父亲再也听不到，他的双耳在这次摔伤中，完全聋了。

无论我们怎样说怎样吵，他的世界完全安静了。

为停工护理父亲、拿钱出来看病这件事，哥哥嫂嫂背地里吵了几次架，哪怕互相骂着老娘，只要我们没有亲耳听到，侄女传话给我们，我们也装着不知道，最终的结果，哥嫂还是回来了。

平心而论，嫂子到如今这个地步，按我的想法，其中很大的原因，与我夭折的侄儿有关。她多年来对我父母不冷不热，或许，在心底一直怪罪父母没看好孩子。我一直在想，如果命运可以重来，哥嫂肯定再也不会让我侄儿成为留守儿童的。

然而世上没有后悔药，在我们的一生之中，总有许多我们无法预测的生死或意外说来就来了，谁也没法挡住这些命运的玄关，更不可能去改写。生与死就像是两个端点，形成连接尘世与天堂的阶梯，我们在上面攀爬着，悬挂半空左右张望，谁也不知命运下一步会带给我们什么，我们都在茫茫然中一路行着。

中年丧子之痛，让嫂子一夜白头，从那以后，她就变得相当神经质，遇事歇斯底里。

这天下午，父亲完全睁开眼睛，清晰地呼唤着我的乳名。

"还好，没有摔成傻子。"哥哥没心没肺地笑着说。

"总算捡回一条命。"母亲坐在床边，温柔地看着爸爸，如释重负地微笑起来，我嫂子也微笑起来。

无论是嫂子，还是我母亲，她们都学会了隐忍伤悲，面对生活，她们早就熬干了眼泪，她们不再轻易哭泣，也不再诉说。唯有漫长的黑夜里，她们一次次念叨着那夭折的孩子，辗转难眠，低低的叹息声穿过一年又一年的时光，盘旋在生活的上空。

她们的身上，有着中国女性最鲜明的一点，那就是：认命，屈服于现实。这是中国农村不识字女性普遍所存在的状况。

这天下午，我回到杨店镇我家。我婆婆问起我父亲好点没有，我如实地回答了。比起2006年那一次，她得知我父亲的肺里长了个肿瘤后，竟然一张嘴就说："如果我得了这样的毛病，我就一头跳进水塘里淹死算了。"

为这句如此不近人情的话，我当时气得浑身发抖，暗夜里我哭了好久，天亮了，我把眼泪擦干。我不想怪婆婆，贫穷的人家，贫穷得生不起病，贫穷的生活不能有半点意外。否则，谁也担当不起，全家都会深陷生活的泥淖之中。

那时农村还没有实行新农合，医疗费用不能报销，我们的家庭才刚刚有了起色，婆婆生怕我把盖房子的钱拿出来给父亲看病。而最终的结果，我与二姐各拿了4000元给母亲，而大姐那时与大姐夫正在水深火热地闹离婚，手上没什么钱，她也给了2000元，剩下不足的花费，自然都是哥哥掏腰包了。

晚饭后，我与弟媳骑着摩托车，奔向了一条水泥路。这条水泥路通向我们的老湾，通向每户人家的门口。随着改革开放，这几年农村建设越来越好，可是年轻人却越走越远，他们大多数搬离老湾，老湾只留下几个老人，一年又一年，老人们一个个走进泥土里，村子里人烟稀少。

我老公生病的二堂哥杨志还住在老湾，他今年56岁，早年下过煤窑，后来几年一直在北京卖早点，手上的积蓄在前几年盖了二层楼房。前年突然呼吸不畅倒在地上，一检查发现心脏衰竭，不能自主搏动。打个比方，他的心脏就像一台破旧的拖拉机，"突突突"地响了几声，随时都有熄火断气的可能。由于家里没钱，他错过了做心脏搭桥手术的最佳时期。

坐在二堂哥身边，听着他"扑哧扑哧"地喘气，像牛一样的声音，抽打着我的耳膜，而他的父母，我们二伯父伯母，都年近八十岁，也是常年在药缸里泡着；除此外，堂哥的儿媳妇刘惠怀里还抱着嗷嗷待哺的幼儿，手里还牵一个三岁左右的女娃，这种情形下，刘惠自然是没法上班，她天天既要照顾孩子，又要为几个病人做饭洗衣，生活的忙碌可想而知。二堂哥的上面倒是还有两位姐姐，可是都是打工的农民，都不富裕，一家有一家的事，谁也没法帮衬到谁。

年已52岁的二堂嫂，在郑州一家超市当清洁工，每次儿媳妇打电话说公爹快不行时，她都会直接说："我回不起呀，我要回去了家里连下葬的钱也没有，等你爸咽了气再打电话告诉我吧，你爷爷奶奶也一样，不咽气别告诉我。"

二堂哥的儿子，一直在北京一家公司打工，每个月近4000元的工资。堂哥的女儿娜娜专科毕业后，跟我们一样在深圳打工，用她的话说，除了供婚房（首付还是男朋友家凑的），多余的一点钱全部交给家里的病人了。就因为每个月存不到钱的原因，她与谈了六年的男朋友，一直不敢结婚。

一家人，付完柴米油盐生活费，付病人的医药费……总之，每月光光。

生活在他们眼里，与苦难是同名词。一家人省吃俭用，奈何赚钱人少花钱的地方多。这杯水车薪的日子，多像是一口井，一口深渊，永远也望不到尽头。

跟堂哥告别时，我塞给他500元钱，可他死活不要，呼哧呼哧地喘着气说："我这病，算是等死吧，别说没钱，就是有钱也救不了。"

他面带微笑，却是比哭还难看，让人看了心情难受。

一个56岁的男人，论年龄，并不大。可病魔终日缠绕着他，让他日日在死亡的气息里，提心吊胆了一天又一天，生不如死。

他是个没有明天的人。

回想起那段时间，我所接触的亲人，爸爸、姚奶奶、堂哥，他们每一个人，都在命运的河流里漂浮着。如果说爸爸与姚奶奶属于空巢老人的范畴，没人照顾他们的晚年，那么堂哥则属于贫困。因病致贫的人家，穷了几代人，每个家庭的成员都不能抽身而去，除非是个铁石心肠。而政府口中所说的新型农村合作医疗，对于住院犯大病的人来说，多少还能报销一些，但是对于常年需要吃药的家庭，却无法报销。更离谱的是，若跨地治疗本地看不了的病，出院后拿回本地报销，能报销的那部分少得可怜。那时的所谓合作医疗，简直令人到无语的地步。改革医疗，也是水涨船高，治标不治本。

我与弟媳从堂哥家出来，回到镇上还不到9点半。我公公切了个西瓜，一家人正说着我父亲护理的事。这时，家里的电话铃声响了起来，是我小叔子打过来的电话，他说同村的三爷上吊死在后山，要我公公赶紧回老湾，趁三爷身体没有僵硬去帮忙穿寿衣。

按理，这个早年从北方迁徙过来的三爷，不是我们的同宗，他的死轮不到我们家过问，但是由于这些年，他的儿子孙子都在外面打工，村里的其他年轻男人也不在，就我小叔子一直留在山顶上养猪，他在无意中成为全村的"男人"。不管是哪家红白喜丧，小叔子自然而然地成为顶头的人。更何况这三爷好歹五百年前也是一家人，都姓杨呢。我小叔子在三爷儿媳的电话中，从养猪场跑下山，费尽力气抱住死去的三爷，众人一起把他解下树丫。

这三爷在年轻时，其实也是一位能人，他在水利局上班，走南闯北吃香喝辣，在我们村里娶妻生子，为两个儿子盖房娶媳，尽着一个父亲的责任与义务。人类的繁衍和生存，在他这个家族也是样样得到诠释升华。

近两年来，三爷的腿脚不灵活，四肢颤抖，他再也不能照顾体弱多病的三奶。于是乎，他家的两个儿媳妇困在家中，轮流照顾两位老人。每一天，他在指桑骂槐中过着人不人鬼不鬼的生活。他的退休金，两个儿媳妇相互惦记相互觊觎相互攻击，你说我用了，我说你用了，都嚷嚷着老头子对另外一个偏心，都嚷嚷着没有用老头子的退休金，都义正词严地表明自己是"净身出户"。

吃了一辈子"皇粮"的三爷，岂是没有半点自尊？他不能再忍了。趁着夜色，慢慢地上了后山头，一根长麻绳子甩进了树丫，结束了自己八十多岁的生命。

人死如灯灭，一切都像没有发生似的。

身边的熟人自杀，这不是个案。比如我老公的亲姑夫，八十三岁，因前两年中风过，身体行动不便，我老姑妈也是神神道道的人。他们的三儿三女打工的打工，当小贩的当小贩，轮流照顾下，家家有本难念的经，日子久了，有时也会怠慢一下。可能考虑到老了不中用了，又拖累了家人，老姑夫便喝了老鼠药而死。

这些老人，一个个含辛茹苦养大孩子，带大孙子，老了，因身体状况有的自行了断。这既是个人家庭的悲剧，也是社会现象。

有研究报告称，2013到2014年间，我国65岁以上老年人占总人口的8.9%，这个人群的自杀死亡率高达34.5/10万人，农村自杀率是城市的1.83倍，每增加一个年龄段（5岁），自杀率平均上升33%。

近年来，我国经历了社会、文化、经济等重大变迁。老龄化程度越来越高，老龄化速度非常迅速。这使得老年人自杀成为一个越来越重要的问题。在城镇化的浪潮中，大量农村中青年劳动力进城务工。留守老人成为一个突出的现象，他们大多孤独，无人陪伴，也得不到子女细心体贴的照顾，从而悲观厌世，走上了自杀的道路。

6

当大姐夫李万讪讪地出现在病房，我对他十几年来的怨气在这一刻烟消云散。他又黑又瘦，头发乱糟糟一团，往昔的油头粉面不见了，一身西装革履也不见了，活脱脱一个农村猥琐老头。他一只裤腿瘪塌地垂在脚踝，另一只裤脚高卷，小腿上掉了一块皮，鲜红的血往下渗，听说是下大巴车时剐在车门上。

生活与我们何尝不是开个玩笑？走走停停一圈子，从终点又回到起点。当年李张两大家族，惊动四野的"情妇案"，一拖再拖，最终在我们张家女方动了真格请了律师时，李万在乡政府任职的二哥，一脚把他踢在我父母面前跪下了，让我父母看在三个孩子的面子上再给李万一次机会。同时他的二哥动了"官威"，让族人群起而轰，把他的情妇赶走，她最终也去了她老公那里打工。可是，那时李万的钱财早就被情妇掏空。改革开放的潮流下，有许多家庭都有如此类似的原因，最后弄得妻离子散，幸福不再。

反省自律的这几年，李万努力地想弥补亲情。先是曾大骂他"老狗种"的儿女们原谅了他，接着我那心慈手软的父母、二姐原谅了他，再接着我大姐也原谅了他。而今，当他活生生地站在我面前时，目光躲闪愧疚，往昔的锋芒不见踪影。我这个曾经骂过他"禽兽不如"的小姨子，又有什么理由不原谅他呢？

生活，总得要往前看往前走。不知不觉中，我们跟着父母的脚步都变老了。

这几天，我白天待在医院，我哥哥则守夜间，他为父亲端尿擦屎，虽然也颇有微词，但也算是尽了孝心。二姐与二姐夫，依然天天忙着做"倒爷"，到我走时，他两口子都没有前来探望父亲。她跟我在电话里解释，她第一夜照顾爸爸时患上了感冒。

医生通知哥哥去交住院押金，他又去交了3000元，便嚷嚷着再没有钱了，这是他露面的第二次拿钱。第一次他拿出来3100元，用于还给我小舅，这钱，是在抢救我父亲那一晚时，我小舅代交的医药住院费用。我之前一直以为是二姐带钱过来交的，母亲说二姐也有交过2000元，前后8100元，此时才刚刚18号。医院，真的是个无底洞，多少贫穷的家庭，陷进医疗的深渊。

在后面的交费中，我哥嫂盘算着这几天亲朋给我母亲手中的钱，承诺说母亲先拿钱出来，等出院报销时，全归母亲就行了。

1号床的周大爷，他的护理人变成了儿子与儿媳，他儿子的脾气可没有他姐姐好，天天火爆地训父亲，凶狠狠地说："我从苏州回来，天天困在这里，啥工资也没有了，你怎么还不死呢？你怎么还不死呢？活得够久了，你可以死了。"

他的父亲一直傻笑，"嘿嘿"的笑声在病房里回荡着，缠绕在我的脑海中，缠绕到我的字里行间。都说久病床前无孝子，这话其实不假。没有任何一个农村家庭耗得起专门在家照顾老人。

面对我的老父亲，我的哥哥也是脸黑腮鼓，他急着要回秦皇岛，口口声声地说："再不去，摊位让人抢了，客人全跑光了。"好在，我的父亲一点也听不到，那时，父亲隔一天就要楼上楼下地拍片子，推着救护车，我们都难以招架，更何况父亲还不能起床。从病床到急救床，需要多人合力抬起被子，将病人慢慢平移。

嫂子为了照顾还在上高中的小侄女先回秦皇岛了；我工厂这边，替我代班的同事知道我父亲没事了，天天在微信上发脾气催我，说太累了不肯代班。22号我也回到了广东，但我万万没有想到哥哥后面不肯再照顾父亲。到了29号，哥哥执意要走，说父亲能慢慢下地，没以前那么麻烦。他让母亲打电话找二姐照顾父亲，说不行就按法律来，要求轮流照顾。

话说到这份上，亲情似乎变味了。我与父母，打从父亲摔伤住院开始，都努力地试图把这场伤势与大姐一家撇开，最初大姐夫李万也给过我母亲钱，我母亲看也没有看又塞进他的口袋里。母亲知道大姐一家的状况是：还债还债，还不完的债。对于我家情况，我母亲也知道，我们要还贷款。母亲一直以为我们在外面混得不错，有能力，一定能还得清贷款，所以她与父亲从来不担心我什么。看我们还有班上，我们有崭新的楼房车子，父母一直以我为荣。而我，含着一片黄连，无法说出它的苦涩，只能悄悄地下咽。

二姐在电话里，提到大姐，说让大姐先去照顾，她最后轮流。我知道她的意思，她想着大姐再照顾几天，我的父亲也许就能出院了。

我一再提醒她不要攀着大姐，她手上还有一个不会走路的孙女谁来带？她家里经济情况又可怜。二姐张嘴就说："我两个地方的生意，离开一个，就会被人抢走的。"

说实话，那时的我真想敲开她的脑袋看下，里面是不是装满了铜臭？但转眼一想，我不也一样没倾尽全力，没有为了照顾父亲而离职？我跟她有啥两样呢？我有什么资格老是吼她？

我痛苦地敲打着自己的头颅，憎恨眼前这步步紧逼的生活。

"大姐带的那个孩子，可以给她姑茫茫带几天。"二姐说道。那一刻我累极了，想着在这一场护理里，我们每个人都是那么令人寒心，在不知不觉中，都在撕咬对方甚至下一代。可怜的茫茫，被可恨的红斑狼疮终其一生地缠绕着，她丈夫在北京打工，她则被这个病困在家里，天天吞下一堆药片，身材横向发展。一想到这，我就于心不忍，我不想我们兄妹间的义务扯上不相干的下一代。

"其实，这是最好的办法。"二姐以经商的头脑说道，"咱们都说大姐可怜，好，不攀她。轮到我的时间，我请人照顾，我出钱，一天100元，可是请外人你们放心不？这钱我来付大姐行不？我不告诉李兵，偷偷给大姐这钱总行了吧？"

事情的结局可想而知。还在生病的茫茫照顾她的小小侄女，我大姐则天天守在医院里。

似乎，这就是最完美的结局。

7

护理父亲期间，我趁着哥哥陪床，曾抽空回了一趟生我养我的娘家——陈把村。当时，我从村口走到村尾，见过的几位老人全是母亲的同龄人，个个都是七十岁往上。村头的科大妈前几年死了老伴，她孤零零地站在自己家的门口，风一吹，萋萋的青草将她小小的身子淹没，她的两儿三女，有的在武汉，有的在上海，有的搬进故乡的城里。

母亲的邻居陈大嫂与张大哥，头发全白，牙齿掉光，张着一口假牙跟我说着话，他们比我的母亲还大两岁，一儿一女，一个在郑州一个在北京打工。看到我时，他们显得很是兴奋，站在自家宽阔的楼房前，絮叨着："村里就剩下我们这些老家伙。"言辞间是那么落寞无助。

走过去，一户姓汪的人家，除了苟延残喘的老两口，他的四儿一女分散在祖国的四面八方。跟我们一样，除了过年回来看看，平日里也是靠电话联系。这姓汪的人家，本来还有一户弟弟汪老二，只可惜几年前汪老二生病，在武汉打工的儿女不给钱治，他一气之下就上吊死了。这汪老二还有一个老婆姓杨，我们叫她表奶，表奶双眼患了白内障，看得不太清楚，想做手术也是无钱。她在心凉之余，赌气嫁人，六十多岁的人，找个六十多岁的老头，结果对方的儿女死活不接受她。无可奈何之下，她又回到我们村，住在早年做牛圈后来放木柴的瓦屋里，一个冷冷清清的秋天，她喝了农药敌敌畏死在瓦屋里。

她苦海一般的生活，归于时光的深处，走向泥土，化为灰烬。

再往前走，就是在医院看望过我父亲的张文常爷爷的家，他住在小儿子新盖的楼房里，只是，姚奶奶于5月19号下午在县城医院驾鹤西去，几个儿女没有一个在身边送终的。看着她咽下最后一口气的，是陪伴了她一生的老伴。一场丧事办完后，她的儿女们都归位各自打工的地方。从那以后，张文常爷爷一个人吃饱全家不饿。没事时，他背着双手，从村口走到村尾，再从村尾走到村口。或者，来陪着我父母坐一坐，喝喝茶。

接着数下去，是哑巴老叔、刘娘、李伯母……我不能再数下去，数着数着我双眼就会蒙上一层水雾，除了那些年迈的老人，我什么也看不清了。

我曾经生活的村庄，看不见炊烟，也看不到儿童。没有了生机与气象的村庄，仿佛垂暮的老人，终日寂寂并失魂落魄。村庄，它就像一个巨大的坟墓，里面埋葬着几个还能呼吸的老人。

这种情况，无论是我娘家这边还是我婆家那边，几乎都是这样。随着年轻人打工进城，我所见的农村只剩下这些年老病残之人了。

池塘前的那一片片水田，有很多荒在那里。除了冰冷的机器按季节收割播种外，再也没有了"骑牛远远过前村，短笛横吹隔陇闻"的诗情画意了。

池塘的左边，有一块晒场，随着改革开放，社会的进步，工业机械的加入，晒场算是退出了历史的舞台。看着那个大石碌子被青苔、藤蔓缠绕，我的眼前浮现秋收过后的一番情形。这片晒场，不仅晒过五谷杂粮也晒过我们童年的许多欢乐。

曾经吹口号的欢乐劳动场面走进了岁月的深处。

正在历经城镇化巨变的我们，看着我们的村庄慢慢萎缩，消失。到那时，我们的根，我们的灵魂，我们的信仰也都会湮没在历史的长河里。

站在村尾的山岗上，看到一片片明亮硕大的太阳能接收板，整齐地摆放在地上。不知哪来的一群工人，安装的安装，卸货的卸货，车辆来回穿梭。再看看眼前一栋栋没有烟火气息的楼房、那些留守老人……生活的参照对比，一下子铺陈开来。

一边是繁华一边是荒芜，一边是死亡一边是重生，一边是缺失一边是树起，一边是美好一边是丑陋，一边是收获一边是失去……生活，总是令人是非不明，面目不清。狄更斯在《双城记》里写道："这是最好的时代，这是最坏的时代；这是智慧的时代，这是愚蠢的时代……人们面前有着各样事物，人们面前一无所有；人们正在直登天堂，人们正在直下地狱。"

这些年，我们在大时代生活的鞭打下，背井离乡，以农村包围城市的方式谋求了一些进步与幸福；随着科技，经济的一再发展，也获得了一些物质力量。但是最终我们也会发现，与此同时，我们也失去了很多东西。面对日渐萧条，颓废无人的农村，我们最终将走向哪里呢？或许在不久的将来，土地开始允许有偿性流转，年老时回归故乡的我们，也会失去最后的一块菜地。

想到那些年迈无依病恹恹的父老乡亲，他们拖着病痛苟且能喘气的身体，在村庄发不出来一丝声响时，我就沦陷到一种悲凉的情绪之中。

有谁，能陪伴、抚慰他们的余生？

这悲凉的余生，以循环的方式，在不久的将来，又会莅临我们的老年。

（原载《十月》2019年第5期）

突围

刘庆华

1

20世纪90年代初，家乡村口公路每天有一趟长途客车开往衡阳。每当班车停靠小站，村里的女孩便蜂拥而上，隔窗望去，里面满载清一色前往南方打工的女人。班车将她们拉到衡阳火车站后，就像卸下满车货物一样地如释重负，在铺满沙砾的公路上狂奔返程。

村里的男人只要看到这趟班车，都会诅咒它早点烂掉，别再将村里的女孩拉去外面。女人都去了南方，村里的男人只能打单身。

女人们趋之若鹜地在衡阳踏上了开往广州的绿皮火车，许多人出去几年都不回来。更多的女人出去孤身一人，回乡看望父母时却拖儿带女，丈夫是陌生的外地人。这种让家人和乡亲们见了哭笑不得的情况，起初是几个，后来越来越多，发展到一拨又一拨。女人只要去了南方，就没有几个回乡嫁人的。女人的大量流失，使村里的光棍越来越多。

村里的光棍无处不在，怨声载道。

这年，村里的仁木匠相亲无数，却似竹篮打水，一气之下，挤进了那趟开往衡阳的客车。

年关将至，仁木匠竟带回来一个皮肤白皙的漂亮女友。女友说着一口好听的四川话，那浅浅一笑，露出两排洁白的牙齿，将围在一起看热闹的村人羡慕得"啧啧"赞赏。

过完年，仁木匠带着女友要回南方了，村里一些得知消息的光棍早早提着装满衣服、被褥的蛇皮袋，在他家门口等待。仁木匠的女友惊呆了。仁木匠笑着对她说："村里的女人都跑去外面嫁人了，他们要跟着我去南方，像我一样娶个外地的漂亮女人。"女友恍然大悟。

客车来了，光棍们站在公路旁边等待。司机远远地看到黑压压的人群在候车，吓得不敢停下，使劲地按着喇叭，因为车上乘客已满。见这阵势，光棍们知道班车想要赖开溜。仁木匠一声喝令，振臂一挥，大伙齐刷刷地冲在公路中，将班车逼停。司机无可奈何，打开车门，让大家像装猪崽一样地挤上了车。

班车吼叫着吐出浓浓的尾气，严重超载地摇晃车身徐徐前进。

此次乘车行动，打破了村里只有女孩去南方打工，却没有男人去广东闯荡的先例。从此，村里的光棍隔三岔五地在公路边踏上这辆班车远赴南方。

2

眼看一个个童年时代的玩伴走出山村，我无法抗拒南方花花世界的魅力在心底催生的渴望，那种跃跃欲试的离乡念头无时无刻不在敲打心窗。

心动不如行动，在去意已定的思路中，我象征性地征求家人和朋友们的意见。大家都不赞同我去南方，因为我在家乡有工作，不怕娶不到老婆。我说我要去见识外面的大世界，年轻人要有敢闯的精神，即使闯不出名堂，也能切身感受时代的变化。在家人和朋友们的极力阻止中，我大有壮士断腕的气概，义无反顾地背着简单的行囊来到了村口。

确切地说，那是1995年春节过后，天空下着小雨，远处黛黑的山峦升起层层水汽。随着一缕微风吹过，雾气缭绕如纱，缠缠绵绵，欲断还连，一如我离开家乡的眷恋心情，欲去还留。

眼前的村景，让我顿生几分忧戚，如此美丽的家乡竟然留不住山村的儿女，一个个义无反顾地离开家乡远去南方，究竟是为什么？其实，答案在我们每个年轻人的心里！

揣着一纸并不意味着决胜千里攻无不克的烫金文凭，背着舅舅送给我的黑色挎包，在公路旁边一边等车，一边听着前来送行的母亲讲述舅舅的爱情故事。

母亲说，那年舅舅在贵州剑河修建水电站，认识了一个苗族姑娘，两人情投意合。姑娘给舅舅买了一个当时很流行的黑色挎包，虽然不是真皮的，但挎上肩膀，人的气场就会上升几个档次。舅舅感动得拿出几个月的积蓄，买了一台收录机送给姑娘。每当收工，两人提着收录机，来到河边并肩而坐，一边听着《绣荷包》，一边欣赏暮色下的滔滔剑河。姑娘没有兄弟，她父母想让舅舅入赘，可外婆只有舅舅这一个儿子，这种婚姻注定失败。果然，在一个刮着秋风的傍晚，两人依依分手了。舅舅背着姑娘送给他的挎包，回到了家乡，从此不再外出。舅舅不想睹物思人，便把心爱之物送给了我。

母亲撑着雨伞，遮在我的头顶。班车来了，司机见我背着挎包，戴着并不深度近视的眼镜，俨然一个干部，便特意减速慢行，不让轮胎打起泥浆溅到我身上。班车缓缓地停在我身旁，母亲连忙递过雨伞说："伢子，出门在外带把伞。"那一刻，我回眸母亲布满牵挂的眼眶，差点流出泪水。我接过雨伞，一脚踏上了班车。

车开动了，我向母亲挥了挥手。家乡的田野和山林划过我迷茫的眼帘，我不知此去能否找到工作，也不知要多久才能回到亲切而美丽的家乡。

班车在泥淖的乡间小道吼叫着，颠簸摇晃。乘客们东倒西歪，许多人晕车呕吐，露出一副遭罪的可怜相。然而，为了生活，为了寻梦，没有谁叫苦，更没有谁半途放弃。班车一路颠簸，到达衡阳火车站时已是下午三点钟，一百多公里的路程，竟然开了五个多小时。

我不假思索地跟着这一车的同路人走进火车站买票，折腾一番后，挤上了一列开往广州的绿皮火车。

3

清晨，走出人流滚滚的广州火车站，我的头被哄闹声震荡得将要爆炸。难道这里就是我瞄准南方抛物线的终极目标？难道我此来的目的就是要和这里的人一起顶着喧嚣嘈杂与乌烟瘴气的日落日出？一张张陌生的脸孔，一辆辆呼啸而过的小车，一阵阵铺天盖地的喧哗，把我的心挤成了碎片。

此时，我感到失望，这里并没有我想象中的那种井然有序的繁华，以及遍地黄金的千里沃野。这里除了人流、车辆、高楼，我看不见山河的美丽景象，也闻不到乡村的清甜气息。

陌生的城市，如织的街道，形形色色的江湖来客，对于学新闻专业的我来说，理当有太多的新鲜感和震撼力，可我却生出了强烈的抵触情绪。我明白，这是我固守家乡风物人情的定式思维，说白了就是闭关自守的落后观念所致。来到南方就是要挣脱这种桎梏，改变思维模式，融入真正的大千世界，让自己在大海的浪潮中搏击，在热燎的钢炉里淬火。既然选择了这条路，我只能破釜沉舟，背水一战了。

迷迷糊糊中，我顾不上肚子"咕咕"直叫，踏上了一趟去佛山的中巴。到达终点后，我不知道自己究竟要去哪里。走出车站，我来到路边的一个公共电话旁拨通了邻居贺山曾留给我的电话。

贺山比我小两岁，高中毕业后，学了一年电器修理便来佛山打工了。听说他在一家公司负责发电，其实就是一名电工。他接到我的电话后，让我搭乘摩托车去他公司。摩托司机载着我绕来转去，不知绕了多少弯路才到达一个地段偏僻、周边荒芜的"农庄"，最后他横着脸要了我10元钱。

农庄四周都是用钢筋焊成的围墙，站在大门口伸头一看，只见里面的房舍顶上铺满了杉木皮，每间房子的走廊里铺着鲜红的地毯。院子中间有一个巨大的喷泉，上空用绳子斜拉着无数面五颜六色的小旗，微风吹拂，彩旗猎猎，别有一番景致。

这时，一个穿着黄色制服的保安冲过来，对我上下打量了一番，声音裹着几分恐怖："干什么的？"

我连忙笑着回答："我是来找贺山的，麻烦你通报一下。"保安疑神疑鬼地看着我问："他是你什么人？"我说是邻居。保安迟迟疑疑地找了十来分钟才把贺山叫来。

贺山悄悄塞给保安一包香烟，保安向我递了一个眼色，示意我跟着贺山进去。贺山把我带进了员工宿舍，我看到他的工衣上写着"庄园娱乐城"。

站在宿舍的窗口往外看，一栋栋房舍曲径通幽，旁边建有小桥流水的景观，并摆放了绿色盆景，显得典雅别致。透过窗隙，窥视到远处的房间里有许多花枝招展的性感靓女，令人眼花缭乱。在这家娱乐城，她们是干什么的，你懂的。但那时候，我真的不懂，我是一只刚学会飞翔的鸟儿，尽管读了不少书，还不如见多识广的贺山。

我好奇地对贺山说："你们这里有好多美女啊！她们是做什么的？"贺山笑了笑："你问这个干啥，不该问的就别问。"

我不再吭声，也不敢多看一眼那些V胸的裙装女人。坐了一天一夜的车，实在太疲惫了，我转身坐在贺山的床角，想靠着床架打一下盹儿。这时，门口进来一个满脸横肉的男子，他对我鼓起两只金鱼眼，凶狠地叫嚣："你嗨边嘎?！"我听了，一头雾水，木然地看着贺山。贺山连忙用普通话向男子解释："这是我同学，过来看我一会儿就走。"男子横着眼，手臂一挥，伸出一根粗指头："出去！马上出去！"

我赶紧背着挎包，在贺山的护送下，走出了这个充满邪气的山庄。贺山告诉我，这个人是保安队长。我连半点回首的欲望都没有，径直来到公交站牌下，踏上了去南海平洲的中巴车。

4

平洲是一个镇，台资厂遍地皆是，高中女同学丹丹就在这里的一家鞋厂当主管。我和她曾有过书信联系，她常跟我倾诉打工生活的枯燥和麻木，其实是委婉地劝告我不要随波逐流，守着自己的一亩三分地旱涝保收。

中巴车行至平洲镇中心的圆盘处，售票员把我撵下了车。我站在十字路口，望着举目无亲的街市，一丝凉风吹过，一种从未有过的孤独与凄凉感袭上心头。这时，我满脑子都是丹丹温柔的笑脸和灵气的眼睛，我想只要给她打个电话，她就会给我提供一个温暖的驿站。

踽踽走到公用电话旁拨通她办公室的电话，她告诉我她们的工厂就在附近，她让我直接去厂门口等待。

在一家台资鞋厂门口等了一会儿，远远看到里面走来一个秀气的女孩，若不是她喊我的名字，我几乎认不出她来了。丹丹变得成熟漂亮了，脸上的笑靥格外迷人。看到我满脸的憔悴和无奈，她笑着调侃："不至于这样吧，当年在班上冲锋陷阵的老班长怎么会这样颓丧呢？大不了就当这次是旅游，或者说是来看我。"

听她这么一说，我心里宽慰多了。说实话，那时我真的把丹丹当成心中仰慕的情感女人，我想她会解决我面临的一切问题，她更明白我需要她帮助什么。

她只请了十分钟的假，必须马上回厂，她让我等她下班。她转身走了，我就这样原地不动地站着等待。

透过工厂的玻璃窗户，我看到日光灯照得雪亮的车间一片忙碌。一个戴眼镜的男工在车间逡巡，他的每一次举手投足，都折射出一股白领的诱人魅力，让我有一种可望而不可即的羡慕。

静静地望着车间，流水线上的女工像机器一样地运作。一只只灵巧的手，一双双明亮的眼睛，一张张清秀的脸庞，让我想起村里如水般涌来南方的女孩。原来这就是南方的工厂，装满了女人的世界，如果我们村里的男人进入这样的工厂，何愁娶不到老婆？尤其像我这种有文凭的人进工厂，则更不用说了。当然，我知道把事情想得简单的人，是一种无能的安慰，这种想法也只是一厢情愿而已，眼前的这家工厂绝不是那么容易进去的。

丹丹终于下班了，她走出厂门冲我一笑："饿了吧，走，去吃饭！"在一家快餐店，我俩面向而坐。我问她为何这么晚才下班，她说台资厂都是这样的，而且早晨要提前半个小时到岗，还要在地坪排队报数，再跑几圈。打工就是这样，出门在外哪有家里人说得那么美好，麻木无奈，枯燥寂寞，没有自由，忧愁的日子多，开心的时间少。

她问我出来干什么，我说进厂打工，请她帮忙介绍。她摇摇头说："我们厂不招男工。"顿时，我心里凉了半截。我想，我与她同窗几载，友情非同一般，再怎么样她也不至于用这种方式拒绝我的求助，何况她作为一名主管，招收一名男工绝对不成问题。可现实并没有我想得这么美，她一句话竟把我打发得干净利落，让我完全彻底地感到失望。

我认为，她们工厂不招男工是她的托词，她不想让我同她在一个工厂才是她的真实意图。面对她婉言的拒绝，我没有表露出不满的情绪，因为每个人都有拒绝别人的权利，也有接受拒绝的义务。我笑了笑说："那我自己去找工厂吧。"她点点头，没提出任何看法。

然而，摆在我眼前最大的难题是晚上的住宿，因为我初来乍到，是一个真正的"三无"人员。贺山跟我说过，如果没有"暂住证"，被治安队员抓住，身上有钱罚钱，没钱就得脱一层皮。想起这事，我感到不寒而栗。

丹丹看出了我的顾虑，她告诉我，这里有许多老乡租房，她可以带我去跟大家熟悉一下，看谁的租房可以借宿。

餐后，她带我来到一个外来工租房区。低矮的房子阴暗潮湿，走廊和水沟里飘出剩饭和剩菜发馊的难闻气味。暮色已至，老乡们班后轻松的欢笑声在巷子深处传出，熟悉的乡音一下子拉近了我和这里的距离。在丹丹的介绍下，热情的老乡们让我体会到了"回家"的感受。

一个叫明哥的老乡当即让老婆搬去工厂住宿舍，让我和他一起住租房。他给了我一把钥匙，方便我白天找工作，晚上回租房。

丹丹把我的住宿问题解决后，匆匆返回工厂加班去了。

5

揣着文凭在工业区转悠，见一家鞋厂门口贴着招聘启事，兴奋地走过去细看，上面写着招聘主管，要求高中文化。门卫将我放进工厂，我掏出文凭递给人事经理。对方一看，告诉我不招记者。我灰溜溜地离开了。

找了一个多月的工作，仍然没有着落，身上的盘缠已用完，平常从不随意开口向别人借钱的我被逼无奈之下，只得去找丹丹。

丹丹二话没说地借给了我二百元钱，并安慰我别着急，慢慢找，总会找到工作的。果真如此，几天后，我在平西一家鞋材厂聘上了业务员，我带着激动的心情去向丹丹报喜。她告诉我她还在加班，她的脸色并不舒畅，淡淡的容颜裹着猜不透的心事。她让我以后少去找她，工厂不允许。我点点头，自讨没趣地走了。从此，我再也没去找过她。

我进的工厂是一家专门生产皮鞋中底的台资厂，工厂的规矩正如丹丹所说的那样，早晨必须提前半小时到岗，然后在地坪集合报数。工厂不包吃，也不包住。想一想，能招收我这种人的工厂是什么厂？自然是那种差得无人应聘的工厂。但我别无选择，租住了一间当地人不再居住的仄狭而又阴暗的房子，每天在大排档吃着很不卫生的快餐。

上班后，工厂老板给新招的几名业务员上培训课，他向我们传授开发业务的技巧。他说："你们只要厚着脸皮，大起胆子说出我的人名和厂名，去我们台湾人的鞋厂拉业务，他们就会给面子。"

老板的话真有这么神奇吗？培训了一段时间后，业务员各自从工厂出发，像无头苍蝇一样去平洲的鞋厂瞎碰。

在整个平洲，我茫然地寻找需要中底鞋材的工厂。来到平西河岸，我看到了一家大型皮鞋厂。我向门卫介绍一番后，对方满脸疑惑地说："今天是什么日子，怎么有这么多业务员来工厂。"他一边说，一边给我做进厂登记。

走进厂部，一个负责业务的女孩让我去接待室等待。我推开门，顿时蒙了，里面竟坐着我的两名同事。三个新业务员不约而同地在这里碰头了，这叫冤家路窄，我识趣地连忙退出。

跑了一天业务，走得双腿发软，肚子咕咕叫，手头一张订单也没有。我快快不乐地回到工厂，老板一看就知道我无功而返。他郑重地对我说："你要把订单当作一个漂亮的女人，就像你追求喜欢的女人一样，不管对方怎么刻薄你，怎么羞辱你，也不能退缩，更不能放弃。总之一句话，就是要脸皮厚。"

我面无表情地回答："如果是这样，我宁愿打一辈子光棍。"老板铁青着脸说："你要改变清高的性格，你是一个业务员，要明白在对方面前什么话该说，什么话不该说，什么事该做，什么事不该做。当然，即使你不改变，生存环境也会让你改变，否则你就会被淘汰！"

老板其貌不扬，却娶有两个老婆，一个是台北的，一个是湖南的。据说，每当逢年过节，老板的大老婆就会从台北赶来给工厂里的小老婆发红包，感谢她对老板生活的照顾。小老婆给老板生了一个儿子，大老婆视若亲生。我想，老板的两个老婆是他像追求订单一样搞定的。

老板的"教导"，我骨子里就不接受，如果依照我在家里的性格，我会同他干仗。他的话简直有辱我的人格，难道为了拉几个订单就要让我在别人面前低声下气不成？我是一个有骨气和尊严的人，哪怕是饿死也不会用有损体面的方式去拉业务。

我依然如故地跑业务，既不低三下四，也不趾高气扬，对方愿意给我订单就给，不给拉倒，我绝不乞求。如果对方向我说一句挖苦或奚落的话，我就会头也不回地扬长而去。

几个月下来，我几乎跑遍了整个平洲的台资鞋厂，拉到的订单却寥寥无几。订单少，收入自然少，我知道自己不是这块料，向老板递交了辞呈。

结算完工资，几十块钱不够还丹丹。我不好意思向她辞别，悄然离开了平西。

6

辗转深圳后，我进了华侨城一家知名的电子集团当内刊编辑。第一个月发放工资后，我去邮局给丹丹还了钱。

丹丹给我写了一封信，信中"曾经沧海难为水，除却巫山不是云"的诗句让我总算明白了她对情感生活的冷漠与失望。为了不打扰她平静的工作和生活，我一年多没给她打过电话，也没给她写过信。

春节时，留在公司过年的我一时心血来潮，给丹丹写了一封信，字里行间透露出一种诚挚的情谊与牵挂。一个星期后，我收到了她的回信。她引用了辛弃疾的《青玉案》："东风夜放花千树，更吹落，星如雨。宝马雕车香满路……众里寻他千百度，蓦然回首，那人却在，灯火阑珊处。"

这首词，我早已倒背如流。丹丹全文引用，我不知如何解读，只知道她留在工厂过年，有一种充满疲惫的失落和孤独感。我读了无数遍，依然不敢把自己当成她寻找千百度的"主人"。

我揣摩不准她的心理，没给她回信。实话讲，这样的时候，我对丹丹的情感，已被岁月洗刷得纯净如水；我的思想也早已从光棍村突围，不再单纯是来到外面追求一个漂亮的女人。

半年后，让我始料不及的是丹丹竟然提出要来深圳看我。除了迎接，我没有任何理由拒绝。

她来到深圳，我带她游览了华侨城的几个景区。游玩了一天，虽然满身的疲惫，但她的脸上流露出一种惬意与欢乐。晚餐后，我带她回到宿舍，她明白今晚我俩要同居一室了。她没有表露出任何反感与拒绝，洗浴完毕，毫无顾虑也毫不客气地爬上了我的铁架床。

不到几分钟，伏在书桌上写稿的我听到她均匀的鼾声。于是，我轻轻地起身关灯，在地板上铺开一张草席悄然入睡。

一夜彼此相安无事。

丹丹明白，我对她的秋毫无犯，不仅仅是对她人格的尊重，也是对情谊的珍惜，更让她明白的是我对她的感情根本没有升级。她了解我，知道我是一个有责任、有担当的男人，如果我爬上了铁架床，她就会成为我生命的全部。

天刚蒙蒙亮，一阵洗漱声把我从梦中惊醒。丹丹在梳妆打扮，准备打道回厂。我连忙爬起来，洗一把脸，匆忙叫了一辆的士。赶到火车站，我目送她搭乘"和谐号"驶离站台，但自始至终我没向她挥手。

丹丹脸上流露着失意走了，我心里有些愧疚，觉得不该冷漠相待。可我只能这样，在友情与爱情的分水岭上，我从不含糊，也不会留下一丝回旋的余地让她寄予期望。

她回到工厂后，给我打来电话，只说了一句话："我回到厂里了。"从此，我俩再也没有联系过。

7

大雪纷飞的春节，光棍村一片银装素裹。

阔别家乡多年的我带着老婆与孩子从南方回乡看望，母亲的两鬓就像窗外的冬桂，染上了洁白的雪霜。

年仅五十二岁的舅舅肝癌晚期，不到一个月时间便去田场对面的山头永远陪伴外婆了。我为没能回乡见舅舅最后一面感到遗憾，更为没珍惜他送给我的黑色挎包而感到惭愧。那个曾被我用坏了的黑色挎包，被我扔在了华侨城的一个垃圾桶，当时我感觉像扔掉了舅舅的心上人，心里失落了好几天。我真不该把舅舅的黑包扔掉，应该带到他的坟茔，连同纸钱焚烧给他。然而，泪流满面的我除了给他烧一堆纸香以外，再也没什么东西可送给他，他既不喝酒，也不抽烟。在另一个世界，但愿他不再落户光棍村，那样会让他的灵魂失去光泽。我为舅舅的过早离世感到悲伤，也为这种荒藉的慰藉感到悲哀。

乡间的小路结满了冰雪，一脚踩下去，滑溜不稳，稍不留神便双膝跪地。村里人调侃这是真正的拜年。多年没感受这种氛围了，互相走访拜年，外面雪花飘逸，室内炭火温暖，围桌小饮，酣谈叙旧，情意浓浓。

当年走出家乡外出闯荡的光棍们大都在外买房成家，过年时节便拖儿带女回乡团聚。然而，当年那些外出打工置家乡的光棍们于不顾的女人，却没有几人回娘家来，她们已远嫁他乡，乐不思蜀了。

有人告诉我，丹丹嫁给了一个江西男人，已多年未回家乡看望。我听后，默默地叹息了一声，心想如果当年她不执着"曾经沧海难为水"，也许今天我正牵着她的手回光棍村与父母团聚。

贺山是走出光棍村在外混迹发达的代表性人物，据说当年他从佛山辗转深圳后，开了一家空调公司，后来跟着一帮深圳朋友炒房，腰包迅速鼓胀。听说他在深圳、东莞和广州的房子有几十套。他说，光棍村的男人其实没有一个孬种，村里的女人嫁去了外面，村里的男人就去外面娶女人。这正是光棍村的男人和女人的一次大洗牌行动，更说明了光棍村男人潜藏的实力。

春节过后，大家驾车返回各自栖居的城市，山村恢复了空寂。

8

光棍村就像一个苟延残喘的老人，在山风吹拂的季节发出无奈的呻吟，尽管春天已经来临，山中万木复苏，却掩饰不住土地的荒芜和凄凉。

曾经嫩芽吐翠的土地杂草丛生，田野里那绿油油的禾苗在我脑海中已成为远去的记忆，就连青瓦上飘荡的炊烟也稀稀拉拉，诉说着不尽的孤独与寂寞。村中的池塘处处裂缝蓄水不足，山脚的小溪呜咽着送走又一个年老体衰的长者……

更让人痛心的是曾经的春节舞狮活动，像一头被精确打击的导弹击中的雄狮一样轰然倒地，连着倒下的还有春天里的赞米歌谣、花灯表演、插秧山歌、花鼓戏等民俗文化，以及村人习武练功、弹拉吹唱等良风美俗也被时光的河流淘尽，湮没在萧瑟的岁月里。

返回南方的那天，我站在黑褐色的老石拱桥上，看着寂寥的村庄，心里不免生出几分悲怆。远处的山峦就像一条伸出爪子的长龙，抓起雾气缭绕的村子在半空中旋转，仿佛要将村落的灵魂吊去外面的世界。我的灵魂也随着山峦的臂膀,被吊出这个曾经遐迩闻名的光棍村,成了迷失家园的游子。

  此时的我,除了感叹时代的变迁,便只能眼睁睁地看着村子即将从地图上消失,还有光棍村的名字也将灰飞烟灭。

(原载《湖南文学》2019年第8期)

白月光

庞锋

> 白月光，心里某个地方
> 那么亮，却那么冰凉
> 白月光，照天涯的两端
> 在心上，却不在身旁
> 想遗忘，又忍不住回想
> 擦不干，回忆里的泪光
> ——张信哲《白月光》

去年差不多这个时候，我在荔波街头遇见那个叫阿满的女人。那是一个清凉的夜晚，月色倾城，我们贴着地面彳亍，如月的一团影子。对于这座小城，我们只是步履匆匆的过客。她在街边摆了一个凉粉摊，脸上既无笑容也无忧戚，就是一张看不进内里的瓷画。出于好奇，我和妻子在她的摊前坐定，要了两碗凉粉。

"生意还好吧？"我问她。

"一般般吧，现在是旅游淡季，人比较少。"月光下，她的脸上终于露出微笑，像朵浪花轻轻地撞在我的心上。

"听您口音，不像是当地人？"

"我老家是安徽的，嫁到这边来的，老公是荔波本地人。"

"您是安徽的？我有个大哥就是六安的。"对安徽人我有种特殊的感情。

"六安的？我老家也是六安的。我姓周，这里的人都叫我阿满。"她指着身后一排洋房告诉我，家里开的客栈就在广场那一边。荔波这几年搞旅游开发，政府统一贷款给建的农民公寓，收入还不错。她男人是个木匠，经常在外面干活，不怎么着家，自己在家里闲着也是闲着，就晚上出来在这里摆个摊。

其实，阿满是很健谈的一个女人。看见我们，就像看见亲人一样让她欢喜。喧嚣了一天的荔波城，随着灯一盏盏灭去，唯有她的故事，伴着樟江幽咽的流水，让夜色似乎更深了。

阿满原来结过一次婚，前夫在汶川地震中丧生了。现在的男人是在映秀打工时认识的。她说这就是命，这个男人注定要安插在她的生命里。她用了九年时间，把自身的微贱的生命糅进这座西南小城。

那晚的话题是一触即发的事，就像盈盆的水，一碰，水就出来了。一年过去了，我还记得她说话的气息落在我的脸上，柔柔的，绵绵的，连字里的泣音也是幽幽的。我想我们是无意中触到她心底的一些痛了。

2008年5月12日14时28分04秒……汶川，那座古老的县城，是永远地烙印在她的记忆中了。天灾没有预兆，没有任何缓冲的时间，来不及有一个逢凶化吉的期待，生命的指针在时间的轮盘里摇晃，只几分钟就失去了原来的家园，失去数万人的生命。到处都是沉闷的坍塌声，尘土穿过人们的脚掌和裤腿，穿过人们慌张的表情和迷惘的目光升到半空的时候，没有人知道还会发生什么，所有人的思维都凝固了，只有尘土，在汶川县城冉冉升腾。远处大片大片的云朵像受到惊吓的羊群，滚落山坡，落到河谷。米亚罗岷江大峡谷，大地的一道裂缝，由西向东一路撕裂而去，像是一个巨人的目光在不断地撕开它。深谷里，山灰弥漫，全是江水的呜咽，强烈的泥腥味从灰白的水中散发出来，凝固在空气中。余震很频繁，泥石流越来越多，几乎堵住了所有的路。一条马路一条马路地，横着竖着展开，弓起、错开，成了巴洛克、哥特式的建筑。一场地震就这样将城市的外衣残酷地剥去，只剩下一个空空荡荡的黄昏。空气里黯淡的光线，洗涤了一片又一片冰冷的废墟，像一个遥远的世纪被时光瞬间收去。

总有不同的人在相同的场景里哽咽流泪。阿满也不例外，她说生命在5月12日这天来了个"急刹车"，让她措手不及。在她透明的记忆里，一些事物逐渐地显影、浮现、清晰……

男人是为了救她，才死的。当她从男人身下爬起时，才发现一条钢筋深深地插进男人颅内，肉和钢筋血肉模糊地拧在了一起。"栓，栓，你醒醒，醒醒……"阿满将男人拽到门板上，拂去身上的尘土，紧紧抱住他。她用眼睛盯着男人的眼睛，夫妻俩的眼里都包着泪。男人说不了话，脸上的表情已经很少了，枯燥的脸上，偶尔会眨一下眼，大多时候，是没有表情，像风里的树叶。她的眼泪顺着脸颊流到胳膊上，然后从胳膊流到男人的头上。阿满突然觉得生命变得如此渺小、脆弱，破败不堪，自己就像一片挂在枝头将落未落的树叶，在枝头簌簌发抖。世界在那一刻，仿佛静止了，没有了人声，风声，只有伤口撕裂的疼痛还提醒着肉体的存在。

阳光从西南面射过来，东面墙在阳光里，西面墙在阴影里，阳光照不到的西墙比东墙暗了近一半。男人的脸在阴影里,显得更暗了。门口那棵紫薇花古树一如平常静静地开放,它不知道大地上的一切,正在进入最深的黑暗之中。那暗像深渊一样,扔一座山下来,悄无声息地沉了底;那暗里还像是藏着许多山石,一不小心就会砸到头。风把半截塑料布吹得"嘭、嘭"巨响,好像整个黄昏都被它震动了。她感觉天一下子变得好冷,骨子里的冷,如风,号叫不止。

"我本来是要死的人,可我命大,活下来了。"她说完这句并不接着说,而是停下了,也不看我,像自言自语。她很内疚,男人去世时,身上没有一件值钱的东西。甚至连一句话都没说清,就走了。对一位离世者而言,没能说清最后一句话,是痛苦的,没能获知真实的生命走向,是残酷而悲凉的。

缱绻的乡思未尽,泪眼便蒙眬了,飞烟似散去。可"地震"这个词分泌出来的空白,却成了耗时最长的空洞,也成了亲人最大的伤痛。地震刚过去那阵子,她患上了严重的地震后遗症。经常性耳鸣,听到地下有訇訇的巨响;看见光亮中深不见底的黑洞;晚上还老做梦,梦见街上有很多血哗哗流着,从那个小小的门洞里流出来,而她自己的身躯那么单薄,薄得像一张白纸。

在阿满租住的屋前,有两棵树,中间绷着一根铁丝,布满了锈。她隔几天就要将男人的旧衣服洗了,挂在上面。那股暖暖的洗衣粉的味道,是那样宁静,好像世界刚刚醒来,干净得掉渣子。她总觉得男人没走,还活着。可那把男人坐过的黑黝黝的藤椅,坐着坐着,突然就空了。阿满没想到,那年的秋天去得如此之快,她刚刚发现的时候它已尽了。

她跟我们聊天,种种鲜活的细节,顷刻间,毕毕剥剥地,如火星在阿满眼前燃起……地震那年冬天,雪像是疯掉了,一场未逝,另一场又亢奋地飘上。岷江在阳光下,像一根松落的亮白腰带,蜿蜒在峡谷间,周身都在弹射太阳刺眼的光斑。她常常杵在河边,看着夕阳烧尽,落在河里。冷风一吹,河水就皱起了。她禁不住打了一个寒战,风凌厉地从一头扑向另一头,带着狂妄的声音就朝她奔来。这魂归的昏暮、这雪后的清寒,朝着岷江苍茫的上空飘去。"栓——"她哭了,都说河边的冬天更冷一些,只有找不到家的人,才会对着冷白的河水痛哭流涕。

阿满的故事就像月光覆在大地上,说着说着,月色就化了,失去秘密一样。她终于止不住,嘤嘤地哭了……她的哭声有一种刺痛人的东西,像一根荆棘扎在人的心上,想拔又拔不出,一股悲怆登时从我脊椎的底部蹿上,又从咽喉深处、烟雾一样冒出来。

"您跟前夫有孩子吗?"妻子递给她一片湿巾。

"有,是个闺女,在安徽老家跟着爷爷奶奶过。两个老人在家孤单,舍不得我带走。前年,孩子的爷爷患脑溢血,瘫了不到半年就走了。我把孩子跟她奶奶,从安徽老家接过来跟我们一起住了。"

"那不是挺好的嘛，已经过去的事，就不要再想了。"我安慰她。

"是呀，现在的男人对我挺好的，我们又有了两个孩子。"说罢，她终于笑了，从深处，像水波一样，一波一波荡漾开来。

那晚，她坐在月光下，像一棵全身挂满刀口的漆树，在风中沙沙作响；一地白月光，那么亮，又那么冰凉。

一年多时间过去了，我总感觉这个女人的面容在眼前闪过。我好像听到了某种呼唤，那呼唤像是来自记忆底层的一座重锁的密室。去年国庆节，我们去了一趟四川，沿着省道下去，依稀还能辨别出汶川县城的形态。这里是阿满生活过的地方，曾经的废墟之地，已经矗立起幢幢高楼，这一切的变化仅在几年间发生，不由得让人惊叹。任何一处建筑，都是天地间的大耸立，无数新鲜的生命又在这块土地上重生。车子在临河的公路上奔驰，透过车窗玻璃，我的视线在这片土地停留。淡淡的夕阳下，几个妇女在河边洗衣，她们蹲在巨大的青石板上，听不见捣衣声，只有滔滔的流水声在时间中流过，如同岁月中不断流逝着的喜怒哀乐、生离死别。

九年了，生活已渐成一个平淡的面，那些不可忽略而过的时光细节，一个褶子一个褶子地折过去。逝者已矣，生者还要继续活下去。是夜，我在粤城踏着月光，感觉像踏着一层薄薄的白雪，那一地白月光，在心上，又忍不住回想。

（原载《飞天》2018年第1期）

1998年的望远镜（外二篇）

周齐林

1

多年后，当我把目光重新聚焦在十三岁那年的黄昏，当时的我正在家里津津有味地看着动画片。夜的幕布缓缓落下，闷热的空气里开始有了些微凉意。这个看似普通的黄昏，随后就露出它狰狞的一面。

我目不转睛地盯着荧幕，沉浸在动画片所营造出的欢快世界里。当动画片结束，我从虚拟世界中剥离出来时，突然发现屋子里就我一人，隔壁的叔叔婶婶家都大门紧锁，堂哥堂姐堂妹们都不知踪迹。突然而至的寂静如潮水般朝年幼的我涌过来。寂静加大了我的恐慌，正当我疑惑不解地把目光望向窗外苍茫的大地时，撕心裂肺的哭喊声忽然在村子中央响起。一种不祥的预感在我心底升腾起来。这是至亲去世才会有的哭声。撕心裂肺的哭声裹挟着无边的黑暗向我扑来。我慌乱地锁上门往哭声的源头奔去。仿佛一只落单的鸟，我在黑夜中横冲直撞着，向聚集的人群奔去。

很快，我看见村里人都聚集在枣金婶家门口的空地上，朝不远处黑漆漆的大门内张望着。一盏微弱的灯火在屋内闪烁着，枣金婶的大女儿躺在地上撕心裂肺地哭喊着。我艰难地挤进人群，而后站在哥哥身边。哥哥面无表情地看了我一眼，他像是沉浸在眼前的恐怖气氛里还没缓过神来。

片刻后，屋内出现一阵骚动，紧接着枣金婶僵硬的身体被村里几个年长的人从楼上吊了下来。昏黄灯光的映射下，我看见枣金婶如钟摆般在半空中左右摇晃着。战栗来袭，我哥哥迅速握住了我的左手。我也紧紧握住了他的手。

夜越来越深，黑压压的人群潮水般纷纷往各自的家门拥去。作为枣金婶家的族亲，母亲需要留下来帮忙处理后事。"你们俩先回家睡觉。"母亲把手电筒递给我们哥儿俩，吩咐我们早点回去。曾经与枣金婶在池塘里摸田螺的一幕幕不时浮现在我脑海里，恐慌在我心底弥漫。

回到家，面对家里那张木床，我率先下手，抢到了最里的位置。哥哥看了我一眼，无可奈何的神情，他没有与我争执。窗外洁白的月光透过窗格子映射进来，面窗而睡的哥哥在床上躺了一会儿，又起身把窗户紧闭。屋内的灯一直亮着，我们不敢关灯而睡，飞速旋转着的电风扇在耳边呼呼作响。我紧握着我哥哥的右手，每隔几分钟就会叫一次他。在呢，我还没睡着。哥哥说道。为了让我安心睡觉，我哥哥将我的手握得更紧了。我握着他的手，像是握住了一根救命稻草。

哥哥很快就睡着了，面对我的呼喊，他哼了一声，算是对我的回应。哥哥的声音弱了下去。我再次呼喊哥哥的名字，却得不到任何回应。哥哥完全睡着了。整个世界只留下我面对这苍茫的夜。我无处可藏，只能翻身趴在床上，仔细听着周遭的声音，哥哥熟悉的鼾声在耳畔响起。屋外传来一阵凄惨的猫叫声，我迅速抓过薄薄的被单把自己紧紧裹住，只露出两个眼睛。高度紧张过后换来的是疲惫，我终于昏昏沉沉地睡去。

次日醒来我睁眼一看，哥哥睡的位置已经空了，房间里寂静无声，我抓着衣服一跃而下匆匆跑出了房间，逃到了屋外的那片空地上。明媚的阳光让我从恐慌中回过神来。村里人正聚集在空地上津津有味地议论着昨晚的事情。听说有一团鬼火每晚都会从窗外跃入枣金婶家中。村里人议论纷纷。

这个夜晚的恐惧没有随着时间的流逝而消失殆尽，反而随着时间的推移在我心底生根发芽，慢慢变得浓重起来。

十三岁成了我生命的分水岭，经过那一晚的恐惧后，我的性格变得忧郁敏感，那个曾经大大咧咧调皮捣蛋的小孩早已消失了踪影。

十三岁之前，我觉得生命是一个可以循环往复的圆圈，十三岁的那年夏天，我才知晓生命是一条有终点的短线，而且波澜起伏。生命意识的突然觉醒，让我渐渐感到大地的悲凉。一刹那间，我就长大了。我常背着双手，少年老成地走在故乡的小路上。有次走到村庄中央，我看见村里两家人正为地基建房子的事情而争吵着。"不要吵了，你们迟早都会死的。"看着他们争得面红耳赤的样子，我忽然疾步上前，故作深沉地说道。我刚说完，一巴掌扇在我脸上。我立刻感到脸上火辣辣的。许多年后的今天，我能理解当时的自己说这句话背后的深意。没想到当时的我操之过急，说出了诅咒人的话。

2

火与水如影随形，寂静的水面倒映出火的影子。枣金婶是母亲的闺蜜。我记得每年的中元节，枣金婶都会带着我去靠近三岔路口的池塘边点燃一盏灯火，任其自由漂流，在夜风中摇曳，直至燃烧殆尽，灯火熄灭。池塘边有一条三岔路口，村里每每有人故去，都会把其生前睡过的草席放在三岔路口燃烧。枣金婶下葬那晚，我用坚硬的纸壳折了纸船，而后在上面放了一盏灯火。我蹲在那边，把纸船缓缓放入池塘中。夜风袭来，水面起了波澜，纸船迅速滑行，灯火左右摇曳着。暗夜里，我默默祈祷，看着纸船渐行渐远，朝彼岸漂去。船至池塘中央，夜风变大，灯火骤然间熄灭。属于枣金婶的生命之火已熄灭，她生命的河流在她的三个子女身上依旧彻夜不息地流淌着。

我童年的记忆总是定格在十三岁，如果说枣金婶这盏生命之灯的熄灭是关于火的记忆，那么与水所发生的千丝万缕的关系几乎占据了我的整个童年。

晨曦时分，晨雾弥漫，村里人在池塘边洗衣服，木槌敲打在衣服上发出清脆的响声。池塘被一层淡淡的雾气笼罩着。卖包子的人骑着自行车在云雾里穿梭，清脆的铃声响彻大街小巷，整个村庄被晨露打湿了。到了黄昏，夕阳映射下的池塘波光潋滟，大黄牛在岸边慢悠悠地啃食青草，沾满泥巴的孩子一个个跳入水中，奋力向前游去，他们在比谁先游到岸边。谁输了就要去池塘边水草密集的地方割一竹篮子青草给对方。坐落于故乡中央的十多亩鱼塘是幼时的游乐园。鱼塘的主人凤娇奶和她老公五宝爷每年都会在广阔的鱼塘里不停投放鱼苗。这是一场猫捉老鼠的游戏。当凤娇奶和她老公五宝爷在屋内打盹时，年幼的我们就光着身子在鱼塘里嬉戏，摸田螺、打水仗、网鱼。巴掌大的村庄因了这十几亩水塘的存在而变得充满诗意。

薄暮下，广阔的池塘以平缓之躯走入记忆中的那个盛夏时节。十三岁的我踩着池塘底下柔软的淤泥，在水中穿梭着。烈日高悬，荡漾的水波带着一丝热意，我不时沉入水中，打捞着藏匿在淤泥中的田螺、贝壳。池塘水深一米五，沉入水底的过程，夏日的热意慢慢消失，水底的凉意迎面扑来。在强烈光线的照耀下，池塘底部暗黑的淤泥清晰地呈现在眼前。反复沉入水底打捞下，漂浮在水面上的脸盆渐渐地盛满了田螺。浮出水面的那一刹那，忽然，不远处传来一阵熟悉的咳嗽声。我抓着装满田螺的盆子，迅速往岸上游去。岸上的菜园子里无处可躲藏，去年深秋弥漫着桂花香的桂花树已被挖走。咳嗽声愈来愈近。来不及上岸逃走，情急之下，我沉入水中，躲在了密集的水草下。

水的阵阵波澜差点暴露了我的藏身之处，潜藏在水底的我听见脚步声越来越近，凤娇奶穿过池塘间的小路，来到了菜园子旁的水草边。她迈着碎步，东张西望着走过来。她的那双裹脚走得有点慢，憋在水里几乎窒息的我渴望她走快一点。透过水这面镜子，我看见凤娇奶站在岸上，眼神掠过广阔的池塘，而后眼神停留在水草密集的岸边。远未散去的波澜吸引了她的目光，有那么一瞬，她目不转睛地盯着密集的水草。她拾起几块石头，使出浑身的力气，把石头抛向水中。一块石头险些击中我的头部，一块石头打在我的胳膊上。我忍着疼痛不敢吭声。透过水的缝隙，我看见凤娇奶正欲搬起一块更大的石头，这恐怖的一幕让我倍感恐惧。我正欲浮出水面，缴械投降，广阔的池塘对岸忽然传来一阵小孩子下水嬉闹的声音。嬉闹的声音把凤娇奶吸引了过去，也给几近窒息的我解了围。我迅速上岸，消失在午后的风里。

田螺交给母亲去圩上卖，买田螺的人不多，那时村里山清水秀，每一条水沟里都能找到田螺，快散圩时小镇饭店的老板低价把母亲手中的一篮子田螺全都收了。母亲用卖田螺换来的钱买了一斤猪肉给我们哥儿俩改善伙食。

那个下午摸完田螺后的几天，经常去池塘边转悠的我发现了一个奇怪的现象，以往活蹦乱跳的鱼忽然变得死气沉沉起来，它们有气无力地在水面上游荡着，露出灰黑的脊背。

1998年的盛夏，一望无垠的水面上，十三岁的我站在阁楼的窗前，正盯着一尾摆动着尾巴在池塘边缓缓游动着的草鱼。

我放下手中的望远镜疾步下楼跑到池塘边时，鱼摆动着尾巴又游回到了池塘深处。我失望而归。一整个下午，我仿佛侦察兵一般拿着望远镜盯着水面上的一举一动。鱼在跟我玩着捉迷藏的游戏。反复几次我丢下望远镜下楼，行至池塘的一隅，鱼却不见了踪影。随后的几天，我始终没看见鱼的影子，这是一条脱了鳞的草鱼。又一个烈日暴晒下的午后，我猎人般守在鱼经常出没的地方，等待着鱼的出现。村子里静悄悄的，当午睡的村里人都沉浸在梦乡时，我却如守卫般孤守在岸边的草丛里。我渐渐如泄了气的皮球般欲反身离开时，寂静的水面却突然起了波澜。那条熟悉的草鱼突然浮出水面，出现在我眼前。相比于前几日，这条草鱼游得愈加缓慢了。我看见这条草鱼摇晃着尾巴缓缓游进了池塘浅水边的一角。我怕丢失机会，挽起裤脚，瑟缩着步履走入清凉的水中，小心翼翼地把它赶进了浅水边的墙角处。鱼没有垂死挣扎，我轻易间就抓住了它。它张着嘴巴冒着泡，静静地躺在我的手掌里，仿佛早已做好束手就擒的准备。我迅速躲进了一旁藤蔓纠缠的菜园子里，而后脱下衣服紧紧地包裹着那尾草鱼，迅速往家的方向飞奔而去。

家里捉襟见肘，我渴望多抓几条鱼来减轻母亲的负担。那段时间爱笑的母亲一直眉头紧蹙。

如一尾鱼般逆流而上，前去南方打工的父亲已两个月没有寄回来汇款单。以往每到月底，村里邮递员骑的自行车清脆的铃声就会准时在家门口响起。邮递员递给母亲一张五百元的汇款单，有时是八百元。到了月底，我看见母亲不时地朝门口不远处的小路张望。我倚靠在阁楼的窗户前，手拿着望远镜，注视着小路尽头的一举一动。焦急的等待中，穿着绿衣骑着绿色自行车的邮递员出现在视线里，我紧握望远镜的双手禁不住颤抖起来。邮递员越来越近了，他哼着欢快的歌曲。我和母亲满是期待地看着他。他却没有停下来，而是一闪而过，只留下一句"这个月你家没汇款单"。母亲的眼里明显多了一份焦急，家里只剩五块钱的开支了。几天后，父亲在电话里告诉母亲他们老板暂时发不出工资的事，特意嘱咐母亲一定要去向大伯他们借出一百块，别饿坏了正在长身体的我们。次日太阳快落山时，母亲挎着一个大竹篮出去了。快天黑时，我远远地看见母亲回来了。空空的竹篮里早已盛满饱满的毛豆。

　　在昏黄的灯光下，母亲带着我们开始马不停蹄地剥起来。母亲说要今天晚上把这一竹篮毛豆剥完，明天早上拿到集上卖。昏黄的灯光把母亲弓着的身子折射在满是灰尘的墙壁上，一颤一颤，左右晃动着。

　　剥到十二点，我就支持不住了。母亲看着我一脸疲惫的样子，叫我们哥儿俩赶快上床睡觉。夜半醒来，门檐下的灯依然亮着，我隐约听见母亲剥毛豆发出的声音。第二天晌午时分，我欣喜地看见母亲篮子里的毛豆没了，换来的却是满篮子的生活用品和蔬菜。一篮子的毛豆只能暂时缓解家里的困境，我渴望着在摸田螺之余，能多抓几条鱼上来贴补家用。带着这个天真的想法，我时常晃荡在池塘边。

　　整个村子静悄悄地，抱着草鱼的我慌张的脚步声惊醒了蜷缩在狗洞中的老黄狗，它迅速站起身，一脸茫然地朝我吠了几声。我故作镇静，捡起地上的一块石头做出欲砸过去的姿势。狗咕噜了几声，像是怕了，躺了下来。午后的风疾速从我耳边吹过，我像一阵风一般迅速往家的方向奔去，当我稳妥地把鱼放在狭小的水盆里，终于深深地舒了一口气。母亲揉着惺忪的睡眼打着呵欠走了出来。许多年后我依旧记得那一幕，当母亲看见水盆里躺着五斤重的草鱼时，她无神的眼底忽然冒出一丝光亮。鱼有气无力地在水里游荡着，母亲看了鱼几眼，忽然对我说道，把刀拿来，这鱼染上了脱鳞病，必须尽快杀掉。

　　这条奄奄一息的草鱼在寒光闪闪的菜刀面前也不再挣扎。疾病已把它对死亡的恐惧消耗殆尽。母亲忙活了一整个下午，终于把五斤重的草鱼收拾干净，而后把一大半的草鱼炸成金黄的色泽，一股浓浓的香味弥漫在整个厨房，屋顶上缕缕炊烟缓缓朝天际飘去。那个晚霞满天的黄昏，母亲走进了家里的菜园子里，她从地里摘了一捧新鲜的辣椒，缕缕炊烟之下，屋子里弥漫着辣椒爆炒新鲜草鱼的香味，香气弥漫了整个厨房，让人嘴馋不已。薄暮时分，祖父在院落的梧桐树下支了张桌子，一边喝着母亲去年酿的米酒，一边把一小块炸得金黄的草鱼夹入口中，津津有味地咀嚼起来。因了这条草鱼，平日里在祖父面前小心谨慎的我陡然间也变得肆无忌惮起来。鱼让我暂时获得了家里的话语权。

　　鱼染病的消息不胫而走。次日，午睡时分，当我又来到池塘边晃荡时，看见隔壁的坨坨也像昨日的我一般，坐在池塘边的庙宇边默默注视着水中的一举一动。相遇的那一刻，我们彼此对视了几秒钟，又各自心知肚明地走开了。很快，一条草鱼从池塘中央慢慢朝边沿游过来。我和坨坨正摩拳擦掌准备把猎物抓入囊中时,不远处响起五宝爷熟悉的脚步声。五宝爷早就发现了我们,他抬起拐杖,朝我们指了指。我们对视了一眼,垂头丧气地往回走了。那个寂静的午后,五宝爷把给鱼买的药撒入鱼常出没的地方,而后拄着拐杖围着鱼塘巡视着。这十几亩鱼塘是五宝爷的命根子。我站在阁楼的窗前,用望远镜注视着五宝爷的一举一动。直至夜的幕布降落下来,五宝爷才起身踏上了回家的路。老黄狗跟在他后面,不停地摇着尾巴。

几日后的午后,我就看见那一条条曾在死亡边缘苦苦挣扎的草鱼转瞬间又变得活蹦乱跳起来,仿佛吃了灵丹妙药般。此刻,它们成群结队地在池塘中央冒着泡,仿佛在向我示威,而我则已在一旁废弃的庙宇里打着盹儿。

春去秋来,寒冬迅速降临。那年冬天,村里占地十多亩的鱼塘在经过几个昼夜的抽水之后,新鲜的淤泥露出了水面,一条条草鱼的脊背隐约可见,从池塘边路过的村里人,摩拳擦掌,跃跃欲试,恨不得立刻下去抓几条鱼上来。鱼塘已五六年没有干塘了,乡里人左顾右盼,干塘收鱼的行动迟迟没有动静,抽水机抽水的速度也放缓了。每个人眼底都有一条鱼,时间一长,村里人渐渐泄了气,他们眼中的鱼也渐渐消失。再次经过鱼塘时,看见在鱼塘边转悠的五宝爷,脸上就露出鄙夷之色,心底暗暗骂道,有什么了不起,不就是干鱼塘吗,搞得像防贼似的。五宝爷有自己的算盘,这十几亩苦心经营的鱼塘,每一尾鱼苗,都是他精心挑选,亲自将它们一条条投放到水中的。这是他承包鱼塘的最后一年,年过七旬的他已没有精力再承包下去。他必须抓住这次干鱼塘的机会,来储备足够多的粮食给他们夫妻俩过冬。属于他生命的寒冬已悄悄到来,痛风经常将他折磨得满头虚汗。每一条鱼相当于一根过冬取暖的柴火,他不想旁人抽掉过多的柴火,让他深陷在凛冽的寒风里。

透过记忆的望远镜回望过去,那年冬天再次清晰地呈现在我面前。村里人渐渐等得没了耐心。对于干鱼塘的具体时间,我有了最初的判断,自从抽水机的速度放缓之后,我就将好奇的目光从鱼塘转移到了五宝爷身上。

在故乡,每逢嫁娶、建新房、干鱼塘等大事情,总会挑一个黄道吉日,上三炷香,并三鞠躬,以祈求保佑。许多年过去,这些千百年传承下来的风俗礼仪早已被城市的气息给吞噬得一干二净。

薄暮时分,我拿着灰旧的军用望远镜一路奔跑着回到了老家。每天从学校回来的傍晚,我总会爬上阁楼,透过窗格子注意五宝爷的一举一动。五宝爷的房子就在我家不远的地方,是一栋三层楼的洋房,中间隔着两三栋房子。借助望远镜的放大,五宝爷的一举一动清晰地呈现在我面前。我一下子感觉自己成了监控者,而年迈的五宝爷则成了我眼中的猎物,我久久地注视着,等待最后的精准出击。终于,冬至这天傍晚,通过望远镜,我看见五宝爷在二楼的观音像前上了三炷香，深深地鞠了三个躬。这个意味深长的细节长久地回荡在我的脑海里。这是每次干塘惯有的仪式。五宝爷在观音像前点燃三炷香，祈求着早日归来。

那天晚自习回到家，墙上悬挂着的时钟，时针已经指向十，鱼塘边一点动静都没有。我觉得五宝爷干塘的时间应该会选择在凌晨两点左右。我定下了闹钟，果然，当闹钟将我从睡梦中叫醒过来，推开门，跑到小路上朝鱼塘的方向张望，那边已是灯火一片。干塘的行动比预料中提前了半个小时。我反身叫醒了父母和哥哥，他们兴奋而又焦急地穿上长筒雨靴，纷纷往鱼塘的方向奔去。

屋外寒意袭人。抽干了水的鱼塘裸露出新鲜的淤泥，周遭人影寥落，在黑夜的掩护下，我隐藏在自家菜园子长满藤蔓的一角，慢慢下到鱼塘里，把一条条巴掌大的草鱼抓入随身携带的水桶里。村庄的人陆陆续续从睡梦中醒过来。池塘仿佛一块巨大的磁铁吸引着他们。一条条搁浅在淤泥中的鱼奋力挣扎着往泥土深处躲藏，却始终躲不过村里人狡黠的眼睛。昏黄灯光的映射下，一条条搁浅的鱼露出灰黑的脊背和鱼肚白，它们的面容清晰可见。多年后，当生命的河流慢慢干涸，那一晚在池塘边抓鱼的村里人大都已步入人生的暮年，他们也如搁浅在淤泥中的鱼一般，等待着死神的收割。

那一晚家里收获颇丰，抓了不少草鱼和黄骨鱼，田螺和青灰的小虾子也装满了两水桶。我特意留下了一小饭盒的草鱼带到了学校，送给了自己喜欢的女生兰。

遥远的人和物在望远镜的无限放大下，仿佛就站在自己的眼前。透过记忆的尘埃，我看见十三岁的我拿着望远镜正仔细打量着班上暗地里喜欢的兰。暗恋是一个人的精神游戏，它如空中楼阁般美丽却又虚幻，她近在眼前，却又无法触摸。兰嘴角有一个酒窝，笑起来十分迷人。她的一颦一笑都让我着迷。一天中午我从家里吃完饭匆匆返校，走至校门口，恰好撞见她和她的闺蜜彼此挽着手出校门。羞涩的我扭头假装没看见，待彼此走远我禁不住转身回头张望时，恰好她也回头朝我张望，彼此眼神交会的那一刹那，一股电流在我全身流淌开来。现实当中的回眸迅速延伸到梦境中。随后的几年时间，我时常会梦见这样的场景，彼此擦肩而过，却又同时转身回望，眼神相撞。

记忆的血肉已被时光吞噬，只剩下躯壳。然而那一幕至今仍回荡在我的脑海里，以致每每回忆起来，我都禁不住感到一阵战栗。

面对突然出现在桌子里的草鱼，兰忽然端着鱼站起身，大声说道，这是谁的鱼？班里几个调皮的男生忽然嬉笑着说道，是我的鱼，我的鱼，不吃给我们。他们边说边嬉皮笑脸地伸出了手。"是不是你送的？你昨天不是跟我说刚在池塘里抓到一条草鱼吗？你小子肯定暗恋她。"同桌笑着对我说道。我的脸顿时红了，支支吾吾地予以否认。我面红耳赤地看着眼前的这一切,却低下了头,长久地沉默着。抬头的刹那,我看见兰气冲冲地把炸得金黄的草鱼咔的一声丢在了讲台上。鱼的香味顿时在教室里弥漫开来。很快,饭盒里的鱼被同学们一抢而光。当时的我低着头,面色通红,仿佛被一双无形的手扇了一巴掌。许多年后重新打量过去,我看到了我的胆怯与掩饰。

次日中午在学校食堂吃饭,吃鱼时,一不小心,一根鱼刺卡在了我的喉咙口。我夹菜的筷子忽然停在了半空中,我向身旁的同学指了指自己异常难受的喉咙,而后面色苍白地蹲在地上,呕吐起来。这根鱼刺夹在我的喉咙深处,进退两难,我的呼吸变得急促起来,身旁的同学见状立刻汇报给了班主任,而后我被急匆匆送到镇上的诊所。横亘在喉咙间的鱼刺几乎让我窒息,死亡的阴影潮水般把我淹没。半个小时后,我才从痛苦中解脱出来。鱼刺滑入食道,差点穿破食道壁的血管引起大出血,幸好送来及时,不然就糟糕了。诊所的老医生意味深长地说。多年后,每当我误吞鱼刺,陷入进退两难的境地时,那种熟悉的逼近死亡边缘的窒息感就汹涌而来。那一刻,我就会想起身患食道癌的祖父弥留之际上气不接下气的场景。一根细小的鱼刺,引来了死亡的巨大阴影,它让我一次又一次深刻地练习着人在死亡边缘徘徊的感觉。

我误吞鱼刺险些致死的经历并没有在班里引起多大的波澜。劫后余生的我回到教室里,我观察着兰的一举一动,发现她仿佛没听闻这件事一般。班里一些不相熟的女生用关切的眼神看着我,问我好点没。我渴望着兰能回头给我一个关心的眼神,但什么都没有。

那个星期五的黄昏,晚霞烧红了半边天,晚风吹拂,喧嚣的校园顿时寂静下来。我拿着望远镜快步走到教学楼的顶楼,倚靠在栏杆上,看着她挽着她同桌萍的手一步步朝学校大门的方向走去。此刻,她离我就这么近,近在眼前,仿佛伸手就可以触摸。放下望远镜的刹那,我看见她已走出校门,然后往右拐,消失在我的视野里,一股怅然若失的感觉在我心底流淌开来。

两个月后,兰转校到县城的重点中学读书,熟悉的座位顿时空荡荡的,次日班里一个瘦小的男生坐在了她的位置上。透过望远镜看着她远去的身影,我颇为失落。中考那年,我以两分之差与县里的省重点中学失之交臂,最终被一所普通的高中录取。班里考取县里省重点的有八九个,其他都考取了普通高中。高中三年,在县里省重点高中读书的同学常会来到我所就读的普通高中找曾经的初中同学聚会。倚靠在窗前,我经常能听见兰熟悉的笑声。我想去一睹她的芳颜,却忐忑着始终没迈出一步。每次听到兰咯咯咯的笑声,我总会疾步跑到教学楼顶,掏出望远镜,而后在望远镜中注视她的一举一动。我看到她熟悉的发型,嘴角漂亮的酒窝。她仿佛就在我的怀抱里,触手可及。班上有许多同学有望远镜,他们用它来细细打量自己喜欢的女生。同桌辉暗恋青春性感的英语老师,每晚晚自习后,他总会用望远镜观察昏黄灯光弥漫的房间里老师的一举一动。英语老师丰满的乳房牵引着他日渐躁动的心。

我幻想着暗暗努力能与她考取同样的学校，给她一个惊喜。但最终我只考取了一所很普通的学校，而她则考取了北京的一所重点大学。无形间距离越来越大，我只能不停变换记忆望远镜的焦距，不停打捞她的身影。多年后在初中同学的一次聚会上，兰提起的第一件事就是当年我被鱼刺卡住的事件。我那时好替你担心啊，我还知道那时塞在我抽屉里的草鱼是你送的，只是我那时不敢早恋。兰笑着说道。记忆带着一种魔力，许多年前发生的事情在多年后的今天得到了回应。我以为兰早已忘却。从同学口中我得知兰的老公出轨，现在她正和他闹离婚。一根情感的刺插在她的体内，始终无法拔出。

鱼塘抽完水几年后，年过八旬的凤娇奶得了一种怪病，她身上的皮肤慢慢烂掉，一触摸，皮肤就掉下来，阴暗的房间里弥漫着一股恶臭。玉林婶不时来到我家中，向我母亲讲起凤娇奶的情况，眼中满是恐惧。凤娇奶仿佛池塘中那一条条身染脱鳞病的草鱼，慢慢蜕掉身上的皮囊，往死亡深处游去。

深夜望着故乡哗哗流淌的河流，年幼的我陷入沉思当中。时光的河流也彻夜不息地流淌着，它不管不顾，按照自己固有的节奏往前行走。村里的人都活在时间里。一股无法挣脱的力量裹挟着他们前行。半个月后，埋入泥土深处的凤娇奶挣脱了时间的束缚，她停留下来，固定在时间的某个角落，如琥珀一般。她走出了时间，她在时间之外，而我还在时间的笼子里。我们彼此回望着，时光把我们的距离不断拉大，直至记忆变得模糊。

3

池塘如一面镜子映射出世事的模样。年幼时我对望远镜的喜爱，只不过映射出我对世事的好奇和对远方的渴望。随着时光的流逝，望远镜的意义慢慢变得复杂，成为一种深沉的隐喻。

在成长的步履里，我渐渐离故乡越来越远，如望远镜般把目光投向未知的远方。

世界上第一台望远镜其实叫窥视镜，这个命名简单而直接地抵达事物的内核。望远镜带着一丝窥视别人生活的意味。遥远的事物总是弥漫着陌生感，它容易引起他人的好奇和窥视。当一个人深陷在当下烦琐的事务中，他总是渴望通过对远方的眺望或行走来暂时抽离沉重而琐碎的当下。

人在窥视中得到满足和真相。自从与女友分手后，很长一段时间，好友凯经常失眠。凌晨两三点，当别人响起甜蜜的鼾声，他还在床上翻来覆去。对面那栋出租屋的四楼住着一对年轻的情侣，他们在附近的KTV上班，每天总是凌晨两点多才下班。深夜回到出租屋，年轻情侣在房间里亲热，女人毫无顾忌地呻吟着。声音回荡在寂静的夜空，落入失眠的凯的耳中。此后，每天凌晨两点半，他都会准时拿起望远镜，窥视对面那对年轻人亲热的场景。那对年轻人的一举一动时刻牵引着他躁动的心。他甚至知晓女人屁股上有一颗痣。看着这对幸福的情侣，他就想起过往的自己也曾过着这么水乳交融的日子。只是自从他女友离他而去，屋子里的一桌一椅都变得伤感沉重起来。直至有一天深夜，他看见男的带回来一个新的女人面孔。他忽然下楼，捡起一块石头，狠狠地朝这个男人的出租屋窗户投掷过去。

我忽然想起2020年的奥斯卡最佳获奖短片《邻居的窗》。拥有三个孩子的艾利夫妇深陷在琐碎的生活中，时常感到疲惫。透过望远镜，她看到对面楼上公寓搬来了一对小夫妻，小夫妻没有孩子，搬进来的这一晚忘情地亲热着，窗帘也忘记了拉上。艾利夫妇羡慕他们有着生活的激情和浪漫。于是拿着望远镜窥视这对小夫妻的生活慢慢成了艾利夫妇的生活习惯。对方的快乐和浪漫映射出她的疲惫和麻木。然而有一天，艾利透过望远镜窥视到这个年轻女人的老公正身患绝症，才恍然大悟。当艾利在羡慕对方无忧无虑的生活时，对面公寓的女人却在羡慕她过着拥有三个小孩的平凡而又温馨的家庭生活。

望远镜下的事物如此清晰，却无法抵达它的内核。当你羡慕别人时，别人却在羡慕你。

许多年后，当我从异乡回到故乡，暮色中站在菜园子里，看到曾经水波荡漾的池塘已经夷为平地，一栋栋三层的小洋房矗立在上面。池塘边曾经绿油油的菜园子已是一片荒芜。母亲如钉子般深深钉进故乡的土壤里，已锈迹斑斑。属于她的那块菜园子依旧绿油油一片。她在里面种茄子、辣椒、玉米、白菜、冬瓜。正是寒冬，菜园子里的包菜、蒜苗、葱、白菜薹正郁郁葱葱着。左右两旁紧挨着的两块荒废的菜园子是二叔和三叔家的。二叔和三叔他们全都在深圳打工，二叔在工地上打零工，二婶在酒店里洗碗，三叔在工厂做保安，三婶在工厂的食堂做饭。他们只有年底春节将近时才回来一次。镇里圩上的蔬菜贵，二叔和三叔家每次回来过年都是去母亲勤耕细作的菜园子里摘菜吃。像村里其他户一样，二叔和三叔也把自家的几亩地给了村里的其他人耕种。

菜园子不远处是老屋。推开老屋的大门，我看见年幼时的那台望远镜静静地躺在桌上，它被厚厚的灰尘覆盖着，结满蜘蛛网。世界的焦距千变万化，时光的脚步在这台望远镜里停了下来。走出老屋，回头的一刹那，我看见一只蜘蛛倒挂在梁上的蜘蛛网里，一只误入蜘蛛网中的苍蝇正垂死挣扎着。在时光织就的网里，我也是一只不断挣扎着的苍蝇。

记忆的砂纸打磨，许多事情变得模糊不清。暗夜里回头重新打量过往，曾经看得很重的事情在记忆的天平上已经变轻，在时间的侵袭下，我的记忆力逐渐变弱，头发变白，记忆的重量也跟着变轻。我通过一次次还乡来激发那些潜藏在隐蔽角落的记忆。仿佛手握一台无形的望远镜，只有回到故乡才能找到回忆的焦距，才能让那些模糊的记忆慢慢变得清晰。

深夜，洁白的月光洒满整个村庄，稻田里蛙鸣阵阵，清冽的空气里弥漫着一股稻香。眼前的一幕让我仿佛置身于多年前的那个盛夏，恍惚中，我看见当年的我坐在月光下的田埂上看着溪流慢慢流入干涸的稻田里。在一些场景的激发下，那些温暖的记忆才会如此清晰地再次浮现在我脑海里。时间是很奇怪的东西，它把很远的事情推到你面前，你却束手无策，只能徒增伤感。

　　有许多年未静静仰望夜空了。故乡的夜空寂静、深邃而悠远。我想起年幼时，盛夏的夜晚，我躺在院落弥漫着阵阵凉意的竹席上，目不转睛地望着繁星满天的天空发呆。一旁的父亲已经入睡，均匀的鼾声在耳畔响起。如水的月光洒落在大地上，洒落在一花一草一木上，打湿了寂静的村庄。几只萤火虫在半空中飞舞着，它们在墙头的稻草上停留了一会儿，转瞬又闪着光朝更远的方向飞去，仿佛打着灯笼游玩忘了回家的孩子。村庄深陷在梦境中，不远处的小巷里传来熟悉的犬吠声。整个村庄的人仿佛都睡着了，只留下我独自面对着这苍茫的夜。夜越来越深了，空气中的湿气愈来愈重，凝结成细小的水珠，打湿了入睡人的梦。

　　我深陷在失眠的河流里，时刻渴求着睡意的小舟施救。突然灵机一动的我赶紧跑到阁楼上，取来望远镜，仰躺在凉席上，用望远镜观察着深邃的夜空。简陋的望远镜只让我看到漆黑的夜。透过望远镜，我看见那条匍匐在地的黄狗被一阵风声惊醒，它警觉地站起身，走出了院落。这条与我一样在尘世活了十五年的黄狗，却已走到了它的暮年。它已老眼昏花，双脚无力，跑起来远不如年轻时么步伐矫健。一条步入晚年的狗依然在固守着它作为一条狗的职责。一个人活到十三岁，还处于青少年时期，未来的日子还很漫长，而一条活到十三岁的狗，它的身子已慢慢走入泥土深处。这条老黄狗是凤娇奶家的。我透过望远镜看见出了远门的老黄狗蹲在无边的寂静里，蹲在苍茫的夜色里。它张望着眼前熟悉的夜，像是想起什么，许久才起身回到院落的那个狗洞里。凤娇奶六十岁那年在圩上买下这只狗崽。十五年的时光，狗走完了人生的春夏秋冬。现在，它和凤娇奶一样各自走在生命的暮年，牙齿松动，行动迟缓，视力远不如前。

　　月亮在云层里穿梭，月光照在我稚嫩的脸庞，我看见老黄狗在晚风里把自己蜷缩成一团，渐渐一动不动，沉入梦乡。我在望远镜里打量着一只老态龙钟的狗。月亮慢慢隐匿到云层中去，夜顿时漆黑了几许。院落也跟着暗了下来，院子里的物什适才还能隐约看见轮廓，转瞬都陷入黑暗中。黑夜一层层把我包围，睡意来袭，转眼间将我吞噬。

　　有那么许多年我丢失了对望远镜的热情，甚至遗忘了它的存在。一次返乡，老屋里布满灰尘的老式望远镜勾起了我稚嫩的回忆，再次激发了我对望远镜的热忱。

　　在双十一，我特意从网上购置了一台专业的望远镜。夜幕降临，在阳台上，架起望远镜，透过它，我看到了月球表面上的陨石坑和环形山，看到了浩瀚星空中闪烁着的繁星。我强烈感受到了人的卑微与渺小。白日的疲惫和烦恼在望远镜不断变化的焦距里似乎也跟着消减了许多。对生活日渐麻木的我因为一台望远镜，似乎渐渐找回了仰望星空的心。

夕阳映射下的东江波光粼粼，不远处有一群人在放生。他们每人手里提着一桶子鱼，蹲在江边，一条条地放入水中。我看见一个戴着鸭舌帽的中年男子，手持望远镜追踪着他适才放生至东江的鱼。一直看着鱼摇摆着尾巴游入东江深处，他脸上露出一丝微笑，才放心地转身离去。这是一群信佛的人，每个月的15号，他们都会用善款从集市上买来大量的鱼，而后在这里放生。

一个人闷得慌时，我常独自跑到东江边去垂钓。江面微波荡漾，我常握着钓竿，经常一坐就是大半天，有时收获颇丰，有时空手而归，这些都不打紧，关键通过垂钓，慌乱烦闷的情绪得到了释放和缓解。

放生的人群走后，静坐在东江边的垂钓者迅速把阵地转移到适才放生的地方。我看见一条放生的草鱼缓缓游入东江深处，几分钟后，几米之遥的垂钓者迅疾拉起钓竿，欣喜地将它放入水桶中。一边在放生，一边在杀戮，亦如医院里一边是呱呱坠地的婴儿，一边是太平间里渐渐冰凉僵硬的躯体。

透过记忆的望远镜，我看见自己如一尾鱼般正沿着时光的河流顺流而下，昼夜不息。

一只寻找树的鸟

1

我在一棵树上看见故乡的影子。

年幼时，晚霞满天的黄昏，我看见一棵棵在老家牛角屏山上生活了大半辈子的树被连根拔起，随后被工人小心翼翼地抬上马路边停靠着的大卡车上。在疾驰的汽车里，树被载往遥远的大城市。我和伙伴们经常在树上掏鸟蛋、捉迷藏、荡秋千，一棵树给我们的童年带来许多快乐的时光。看着被搬走的树迅速消失在风中，我感到悲伤，仿佛丢失了一个好朋友。

树被连根拔起的过程中，一些断裂的小树根掉落在树坑里，一些泥土依旧黏附在树根上。树被运走后，留下一个深深的树坑，黄昏时分，一直栖息在树上的鸟在半空中盘旋着，发出阵阵悲鸣。几天后，这些来自老家的树带着故乡的泥土被移植在异乡城市的马路两旁，经受着台风的侵袭和烈日的暴晒。

每个人都是一棵树。一棵没有鸟栖息的树是不完整的。

一个人通过器官的移植来获得生命的新生。身患多年肾炎的发小在进行肾移植手术后，需要终身服用免疫制剂来抗排斥。面对这突然进入体内的异物，他自身的免疫系统如临大敌，群起而攻之。药物化解了这场血淋淋的战争，让它们慢慢和平相处，希望的光芒慢慢降临。

在贫瘠的山村，疾病和贫穷迫使着村民背井离乡。一棵棵背井离乡的树，被一股无形的力量移植到城市的森林里。在风雨和刀具的侵袭与砍伐下，有的被连根拔起，横躺在冰凉的水泥地上，有的伤痕累累。药物只能化解暂时的疼痛和不适，躯干上被锋利的刀刃刻下的一道道醒目的伤痕慢慢渗透到骨子深处，变成精神上的伤痕。他们每一天都过得小心翼翼，兢兢业业地工作，不敢像在故乡一样肆意地施展拳脚，只能在那一丁点儿有限的土壤里试探着深扎下去。他们试图扎进城市的钢筋水泥里，生根发芽，开花结果。

精神上的伤痕加剧着思念的浓度。乡愁的唯一药引就是不断回望。

故乡的父辈们背井离乡离开生活了大半辈子的村庄，远赴陌生的城市给他们的儿女带小孩。临行前，他们紧闭窗户，闩好大门，将圈养的鸡鸭拿到圩上卖掉，将菜园子里一地绿油油的蔬菜托付给亲戚或者邻居，将柜子最里端的存折怀揣在身。种种迹象表明这是一场谋划已久的远行。仿佛，他们已经做好了不再回来的准备，做好了抛弃家园的决定。村庄就这样被掏空了，在孤寂中沉沦。

我所在的这个准一线城市，身边的同事和朋友大都将远在乡下种了一辈子地的父母接到了自己的身边，父辈们发挥着生命的余热，细心地照顾着孙子孙女。在这个密密麻麻住着三万多人的小区，黄昏时分，我看见一个推着孩子的老人散步回来，偶然听见熟悉的乡音方言，忽然驻足下来，兴奋地主动上前问候。仿佛见到了久别的亲人一般，面露惊喜。无法抹去的乡音，时刻提醒着生命的源头和来处。

一个行走他乡的人，他未改的乡音、沾满泥土味的记忆就是那被连根拔起的树根上黏附着的那一小把残余的泥土，骨子里时刻流淌着故土的气息。

2

迁徙早已变得没有国界。从地理、政治、文化和语言土壤来说，跨国的迁徙才是真正意义上的移植，它把对一个原生家庭的撕裂推向了极致。

身边的那些朋友就是这样一个特殊的群体，他们的儿女都在国外定居或者生活。

朋友辉的父母远在美国打工。辉的父母去美国，是缘于他的妹妹。

辉的妹妹是做外贸的，十多年前嫁给了一个比她大十多岁的美国人。围在这个美国人身边的女孩子很多，但是这个美国人是个明白人，选择了处处为他着想的妹妹结婚。妹夫是美国亚利桑那州人，在东莞长安开一个贸易公司。2008年，受金融危机的影响，订单锐减，他妹夫在长安开设的小型家具厂倒闭了。三个月后，他妹妹和妹夫离开了东莞长安，回到了美国亚利桑那州乡村的一个农庄里，并生育了三个可爱漂亮的小孩。

辉的父母在长安靠摆摊卖菜为生。春夏秋冬，每天凌晨三点起来踩着三轮车去批发市场批发新鲜的蔬菜瓜果，然后再拉到租住的小菜市场卖。寒冬时节，风裹着丝丝寒意呼啸着四处游弋，刮在脸上，仿佛刀割一般。辉的父亲弓着背，骑着三轮车，在风雨里穿行着。辉在一个文化公司做策划主管。他老婆只有小学学历，在长安一个老乡的餐馆里做服务员。卖了三年菜下来，他父亲的头发白了很多，脸色发黄，颧骨突出，瘦削的身体在寒风的吹拂下显得愈加单薄。辉在昏黄的灯光下细细端详他父亲的模样，一阵酸楚仿佛打翻的墨瓶迅速在心底涌荡开来。他迅速说服了父母亲放下手中卖菜的营生，自己省吃俭用每个月会给父母一千块钱生活费。

后来他妹妹打来电话，跟他说希望父母过去美国帮忙给她带一下孩子。一个人带三个孩子确实辛苦。"爸妈过来这边到时还可以在附近的中餐馆做服务员，一个月有1500美金，挣一点养老的钱吧。"妹妹打来的这个越洋电话最后只简化成这一句话，像一根细小的针，不时戳中他心底最柔软的地方。

他将妹妹的想法转告给父母。没想到他母亲很快就同意了。"那边工资高，去那里挣点钱养老吧，这样也可以减轻你们的负担。"他父亲一直沉默着。辉的母亲不识字，他父亲是旧时代的老高中生，平常爱看点报纸，肚子里还有点墨水。为了适应美国的生活，辉给他父亲买了一本美国生存录的常用词汇。昏黄的灯光下，辉的父亲拿着书本默默地背诵着。他念得很吃力，好不容易记下一个单词，第二天又忘记了。

虽然准备得很充分，但辉陪着他母亲去了五次美国驻广州的总领事馆面试都没通过，他母亲一面试就紧张得说不出话来，额头直冒汗。一直到第六次，才面试成功，拿到了去往美国的签证。

出发前两天，辉拿着笔苦口婆心地在一张纸上面画下这次奔赴美国的路线图。模糊的灯光下，他父亲耐心地听着。这一幕如此熟悉，仿佛多年前刚考上大学时，临出发的前一晚，他父亲拿着笔在昏黄的灯光下给他画下去学校报到的路线图。转眼间，命运的角色就进行了互换。父母亲需首先从广州白云机场坐飞机到上海浦东机场，然后再从上海浦东机场坐到洛杉矶机场，到了洛杉矶机场后，需在国外转机前往凤凰城机场。他妹妹和妹夫会在凤凰城机场接他们。

深夜，喧嚣的城市寂静无声，马路上泛着灰黄的光。我帮忙提着行李，陪着辉把他父母送到白云机场时已是凌晨三点。辉的父母显得一脸茫然。这对于从未出过国又不懂英文的他们而言，险象环生。看着父母渐渐远去的身影，辉双手合一，默默祈祷。

人生的众多第一次像拦路虎一样集聚在一起，阻隔在他们面前，等待着年迈的他们迈过去。这是他们第一次出国，第一次坐国际航班，第一次在国外转机。语言的障碍让他们对接下来的旅途充满畏惧感。

在洛杉矶机场，在一个年轻留学生的指引下，他们顺利走到了前往凤凰城的登机口。

终于顺利登机，他们兴奋中感到一丝疲惫。一觉醒来，飞机盘旋在凤凰城的上空，脚下灯火辉煌，飞机准备降落了。空乘递给他们一张单子，入境前要填写入境申报单，满屏的英文让他们如堕雾里，他们硬着头皮请求一旁的留学生帮忙。留学生问他们有没有携带违禁药品、枪支弹药等等，他们像拨浪鼓一样使劲地摇头。他们看见眼前这个年轻的留学生大笔一挥，在右边的一栏勾上了"NO"字。

提取完行李，在出关口的检查通道，他们的行李箱被翻了个底朝天。里面携带的笋干、老干妈和腊鱼都被翻了出来，发出鱼腥的味道。那人怒气冲冲地看着他们，指着入境申报单上的NO，又指了指翻出来的腊鱼和笋干。辉的父亲迟疑了许久，终于反应过来，原来是自己没有如实申报携带的东西。他迅速说出一声Sorry，自己都感到十分惊讶。工作人员的态度立刻变得温和起来，他重新签了字，几分钟后，他们终于出了机场。在机场的出口，多年未见的女儿和女婿兴奋地朝他们招手。人高马大的女婿一把从他们手中接过沉重的行李。

凤凰城是一个在废墟上建立起来的城市，紧邻沙漠，是美国亚利桑那州的首府，常年气候干燥，年平均气温是38摄氏度。到了七八月，水汽伴随着季风吹来，弥漫在凤凰城的空气里，使得整个城市异常闷热。次日，当他得知父母亲和妹妹安全会合时，他悬着的心终于放了下来。透过微信视频的镜头，他看见父母亲脸上挂着一丝初到异国他乡的兴奋和不安。

辉的父亲性格内敛，每日感觉如坐针毡。他父亲烟瘾很大，在长安做卖菜生意时，每天要抽两包烟。性格孤僻的人只能与烟为伴。到了美国，他的妹妹和妹夫、三个小孩以及妹妹的公公婆婆一家子住在一个庄园里，他们都不抽烟，也不允许抽烟。语言的障碍，使他的父亲变得更加孤僻，终日不知道跟谁说话。打开电视机，却不知道里面在说什么。每次实在忍不住了，想抽烟，他就躲到一个无人的角落偷偷抽上几口。

到美国没多久，他一直担心的事情还是发生了。命运的狙击手早已潜伏在暗处，准备伺机而动。父亲仿佛在劫难逃。2018年5月，辉突然接到他妹妹的电话。他妹妹说他父亲昨天深夜突然咯血，呼吸困难，叫救护车送到医院，现在正在做一系列的检查。病理化验结果需要一周后才能出来。他的心一下子提到了嗓子眼儿。他想起他父亲烟瘾这么大，一天最厉害的时候要抽两包，一定是肺出了问题。肺癌两个字不停地在他脑海里闪现着，他已经做好了最坏的打算。

远隔重洋的父母加深了辉的担忧。命运没有一下子把他推到悬崖边，给了他喘息的机会。

一周后，病理分析报告出来了，他父亲被查出患有比较严重的尘肺病。虽然没有生命危险，但一旦继续恶化下去就十分危险。他想起他父亲在福建的石雕厂工作了近二十年，打磨石头时没有任何防护工具，坚硬的石头被打磨成粉，石粉弥漫在空气，随风上下浮荡着，也随着空气吸入到他父亲的肺里。尘肺病无疑是在福建工作的那段时间染上的。

"我爸妈一到美国，我妹妹就给他们买了医疗保险，不然一系列的检查费用下来需要十几万，我哪里承受得住。"辉从裤兜里摸出两根烟，递给我一根，而后自己迅速点燃，贪婪地吸了几口。他夹着烟的右手微微颤抖着。

与辉的父亲不一样，康伯和他的老伴都是高中英语老师，他的儿子留学澳大利亚后早已在那边定居下来。退休后他还养成了喜欢运动的习惯，每天绕着小区附近快走一万步，一圈下来，身上大汗淋漓。运动完再回家洗个热水澡，身体十分舒服。康伯是我朋友辉的房东。辉在长安租住的那套86平方米的房子就是康伯的。作为本地人，康伯有两套房子，一套自己住，另外一套本来是给儿子当婚房用的。儿子定居国外后一直没有回来，他就把这套房子出租了出去。

康伯的退休生活很丰富。上午和一帮老朋友在附近的酒店喝早茶，下午跟一帮棋友下棋，晚上快走完看看报纸和电视。周末就跟一帮老友去附近的水库钓鱼。日子过得充实而快乐。

去澳大利亚前，康伯让辉帮忙每个月打扫下房子。和老伴初到澳大利亚的那段时间，康伯陷入巨大的精神空虚里。一种无形的力量一下子把他抛到时间的荒野里。每天和老伴做完家务，只能眼巴巴地等着儿子回家。

为了打发时间，他又将运动的爱好捡了起来。他儿子住的庄园很大，他绕着园子走一圈，而后又在附近的公园快走。他戴着耳机，听着从国内下载过来的怀旧音乐，虽然人在异域，但仿佛又回到了国内的时光。

除了运动，他还和老伴将儿子房间后面的那一亩多的空地开辟成菜园子，种了青菜、土豆、番茄和豆角。这些蔬菜的种子都是他托国内的亲戚快递过来的。他和老伴每天辛勤地给菜地浇水施肥，看着菜园里的蔬菜在异乡的土壤里生根发芽，开花结果，心底涌荡起一股异样的成就感。

榕树有两种根，一种是原根，一种是气根，原根像性器一般深扎在大地的土壤里，而悬挂在半空的气根是通过光合作用吸收养分，多数气根直达地面，试图扎入土壤之中。

远在异域的康伯夫妇就像气根一般，他们十分努力地适应着国外的生活。后来他的老伴查出肠癌，老伴不想死在异国他乡，病情稳定后，他就带着老伴回到了长安。一年后老伴去世，一百四十平方米的房子就剩下他一个人，他又来到了澳大利亚儿子身边。

有一种叫北极燕鸥的鸟，每年秋季展开双翅，飞到寒冷的南极过冬。春天来临后，又重新飞回到北极繁殖。北极燕鸥轻盈的体态，给予了它强大的续航能力。每一年，它要飞行四万公里。漫长的飞行之路，充满着未知的危险，隐匿在暗处的猎人举着猎枪，砰的一声巨响，它们从高空坠落而下，葬身海底。

康伯每年要往返澳大利亚两次，飞行达两万多公里。康伯感觉自己就像一只落单的北极燕鸥。相比于北极燕鸥轻盈的身姿，康伯已人到暮年。每年清明节去墓地祭奠完自己的老伴，他就背上行李踏上前往澳大利亚的飞机，年终老伴忌日的那天，他又从澳大利亚飞回国内，一直在长安偌大的房子里独自待到清明节之后。

去年，在经历一场小手术后，康伯带着他儿子一家一起回到长安，把两套房子的产权都写成了儿子的名字。对于康伯而言，财富于他已是一种负担，他更需要的是亲情的温暖。与康伯相比，身处打工底层的辉一家，亲情和经济的双重重压，加剧着他们这个家庭的撕裂。

康伯说，等孙子再长大一些，上初中了，他就准备回国，那是他的根。"哪一天你走不动了，怎么办？"面对我的问题，康伯一下子陷入沉默中。"到时就进养老院吧，我不想老死在国外。"康伯说着说着，眼睛湿润了。

3

辉被查出尘肺病的父亲出院后，静养了一个多月，在他母亲的陪同下，从美国回到了长安。

辉的父亲归来的那一天中午，辉设宴在家里招待亲朋，为父母亲接风洗尘。在他家里，我见到了他瘦弱内向的父亲。我频频给他父亲敬酒，说着祝福的话，他父亲微笑着看着我，显得内敛害羞，有些不知所措。吃完饭，他父亲独自坐在院落里休息，午后温暖的阳光洒落在他的白发上。望着他父亲瘦削的背影，我就会想起我千里之外的父亲。

在家陪伴了他父亲半个月后，他不识字的母亲又独自一人回到了美国。父亲的疾病加剧了他母亲的挣钱欲望。他难以想象他不识字的母亲从上海浦东机场飞到洛杉矶机场后，是如何独自一人在机场找到去往凤凰城机场的登机口的。他每次询问他母亲在洛杉矶转机的细节，她总是笑呵呵地说没啥，不懂就问了，反正有一张嘴。

父亲回到长安后，整天闷在家里足不出户，仿佛一只被锁在笼子里的鸟。父亲在他面前说话变得小心翼翼，钱也花得很省，他一眼就看穿了父亲的心思。父亲是一个自尊心很强而又十分敏感的人，这几十年他都是这个家庭的顶梁柱。几天后，辉通过朋友给他在镇政府找了一个保安的工作。上班的第一天，父亲是兴奋的，在镇政府当保安，相对轻松一点。在他的帮助下，父亲终于把几十年的烟瘾戒了。保安是两班倒的工作，白班跟夜班。父亲年纪大了，身体又染疾，上不了夜班。为了不让父亲上夜班，他给物业经理送了几瓶好烟和好酒，让他帮忙照顾。

一次他去看望父亲，看着父亲在烈日下执勤站岗的样子，他禁不住内心一阵酸楚。回去的路上，他狠狠地扇了自己一巴掌。他暗暗紧握拳头，咬紧牙根，发誓一定要把父母亲的晚年生活安顿好。发第一个月工资的那一天，父亲2500元的工资，自己留了500元，剩余的都给了他。

日子仿佛又回到了固有的平淡而又安稳的日子。生命的河流看似平静，却暗流涌动。他父亲在镇政府做了两年保安后，由于镇政府与物业单方面解除合同，父亲一下子失业了。

父亲失业后不到一个月，他妻子有一天忽然感到浑身无力，乳房胀痛，食欲骤降。半个月暴瘦了十多斤。去医院检查，却查出早期乳腺癌。辉在嘈杂的医院里打电话给我，哽咽着问我怎么办。这突如其来的消息仿佛晴空霹雳，顿时让我们不知所措。从医院回来后，看着他们夫妻俩面色苍白沉默不语的样子，在他父亲的一再追问下，他如实告诉了他父亲。他父亲一屁股坐在院落的板凳上，长久地沉默着。

半个月后，在他父亲的一再坚持下，他父亲又独自一人踏上了飞往美国的行程。

"我去那边餐馆做服务员，挣点钱。爸在这里只会增加你的负担。"父亲的话一直在他的脑海里盘旋着，挥之不去。

4

十多年前，孩子出国留学在贫瘠偏僻的乡村是十分值得庆祝的事情。2008年，南开大学毕业的表弟拿到美国知名大学录取通知书的消息仿佛一块巨石砸入寂静的湖泊中，掀起阵阵浪花。整个家族都为之沸腾。那年春节，临去美国前，表姑父带着表弟挨家挨户来到亲戚家拜年，每次亲人主动提起表弟即将远赴美国留学的消息，表姑父脸上总是弥漫着灿烂的笑容。表弟像一颗闪闪发光的宝石，瞬间就让我们黯然失色。

生命的繁殖和延续带着苍凉的色彩。老姑和老姑父一直渴望有一个儿子，但事与愿违，他们生了四个女儿。老姑和老姑父都是医生，老姑父穿着白大褂，身上弥漫着福尔马林的气息。老姑和老姑父起初居住在里田镇，后来搬到了县城。年幼时每逢过年我经常会去县城老姑父和老姑妈家拜年。表姑在县城一中做校医。表姑的家就在校园里。与乡村家庭不一样，表姑家里窗明几净，屋子里弥漫着书香的气息。表姑一颦一笑举手投足间尽显东方女人的温柔和贤淑。养儿防老，为了让自己老了以后有个照顾，老姑妈和老姑父没有让表姑远嫁他乡，而是招了一个上门女婿。

多年后的今天，对于当初同意孩子出国留学深造的决定，深陷在疾病旋涡中的表姑在外人眼里表现出的更多的是悔意。自从表弟出国后，他已有八年没有回来了。

此刻，她躺在二楼最里房间的病床上，窗帘紧闭，房门紧关。屋外的阳光洒落在窗前的那棵柳树上，轻柔的柳枝在风的吹拂下左右摇摆着。曾经她喜欢端着一杯铁观音，静静地站在窗前，看着这棵在风里摇曳的柳树。树是六年前儿子去美国留学的那一天种下的。看着这棵柳树，她仿佛就看见了儿子的身影。她微微起身，摁灭灯，整个房间顿时陷入一片漆黑之中。

这些年来，严重的抑郁症加剧着她内心的恐惧，她总感觉着有人在暗处对她窃窃私语，她起身环顾四周，适才耳畔的窃窃私语声又没了。她慢慢变得怕见生，曾经那些熟悉的亲朋在她眼里也慢慢变成了陌生人。

她足不出户，整日待在逼仄的房间里。年迈的老姑和老姑父寸步不离地照顾着她。

根据中国教育部发布的统计数据，1978年至2015年底，我国累计出国留学人数404.21万，年均增长率19.06%。其中2014和2015学年留美的中国学生有304040人，美国《2015门户开放报告》显示，中国连续5年成为向美国输送留学生最多的国家。

像表姑这样的家庭还有很多，她家只是众多孩子留学海外家庭中典型的一例。这样的家庭有着相似的特征，早期大都为了孩子的前途，他们不惜卖房卖车耗费毕生的积蓄供养孩子上学，到老了，当孩子在国外成家立业，他们又不得不承受晚年孩子不在身边所带来的孤独与无奈。

与表姑生活相似的例子，生活中随处可见。佛山一位38岁的单亲妈妈含辛茹苦地将八岁的女儿抚养大，女儿很争气，最终高考以佛山前5名的成绩考入清华大学核物理专业，毕业后又考入美国芝加哥大学，博士毕业后在美国从事研究工作。这位母亲的女婿也是学霸，年纪不大，就已经是芝加哥大学的教授了。在女儿女婿三番五次的求援下，这位退休的母亲终于下了前往芝加哥帮女儿带四岁孩子的决定。

"他们早出晚归，回家只想睡觉，周末不是在家睡觉，就是玩电脑或手机，只有我一个人忙孩子忙家务，好像我就是他们雇来的保姆，做什么都是应该的。在家里，他们无论吃水果还是喝饮品也不会问问我是否需要，因为他们自己的缘故造成了偶尔的剩饭剩菜，那绝对是我一个人全包。在家里他们的行为全是对的，我即使再看不惯，也不可以做任何点评，因为在他们眼里我就是一个没见识和水准的老妇人。到了假期，他们带上孩子出去度假，让我一个人留在家里。我真不知道他们是怎么想的，到底是美国改变了他们？还是独生子女都是这个德行？"

当初这个母亲含辛茹苦把孩子抚养大，她没想到多年后的今天最终换来的是这个结局。"妈妈，这些年您太辛苦了，我以后有出息、有能力一定要好好报答您的。"多年前，收到清华大学录取通知书的那一晚，女儿搂着她泪流满面说出的这句话依旧回荡在她的耳边。

5

命运仿佛要置表姑于死地。表姑身患眼疾，头痛、怕光，经常莫名地流眼泪。这是手术留下的后遗症，每次睁开眼就疼痛得厉害，眼泪止不住流下来。闭上眼睛，无边的黑夜漫过来，加深着她内心的恐慌。远在南昌的一个老姑回来探望她时，她只下楼看了一眼，就重新上楼去了。

属于她生命的黑夜已经来临，那盏微弱的生命灯火忽明忽暗地闪烁着。那年送儿子出国的场景依旧浮现在她的脑海里，清晰如昨。她躲在黑暗的房间里，不停点燃记忆的篝火，火烘烤着她枯槁的身躯，每次火熄灭的那一刻，她总是激动得满身虚汗。大巴车加速疾驰起来，故乡熟悉的风景渐行渐远，在上海浦东机场，她和爱人把儿子送上了前往美国的飞机。儿子稚嫩的脸庞烙印在她的记忆里。远隔重洋，她只能每隔一两个月和儿子打电话或者QQ视频一次，以解相思之愁。

时间加剧着思念的浓度，她时常端详着儿子从美国寄回来的照片沉默不语。

表弟毕业后在美国国防部下属的一家科研机构上班，待遇丰厚，年薪折合人民币有一百多万。他在那边成家立业，定居下来。他准备让他的父母亲移居到美国去。但作为留在家中的长女，表姑要照顾年迈的老姑和老姑父。把一棵伤痕累累，已在岁月的躯干上划下无数个年轮的老树连根拔起，移植到完全陌生的土壤和雨水里，显得残忍而辛酸。离开生活了一辈子的县城，前往人生地不熟又有语言障碍的异国他乡，一切都要从头开始，这对于身体虚弱的表姑而言，比登天还难。

彼此回望是缓解乡愁的唯一药引。在经过烦琐的出国材料准备后，表姑父带着体质虚弱的表姑登上了前往异国他乡的飞机。表姑晕机，在经历十几个小时的漫长飞行后，她直感到头昏脑涨，如临大敌。见到儿子的那一刻，她分外高兴。儿子扶着她，她紧紧握住了儿子的手。下飞机后，她仿佛得了大病一般，在儿子的家里躺了将近半个月才慢慢恢复过来。她从包裹里拿出一小包黑黄的东西递给多年未见的儿子。她儿子拆开一看，疑惑地看着她。她说，这是老家稻田里的泥巴呢。她儿子长久地凝视着手中的泥巴和黄土。那些清晰的岁月就这样在脑海里翻滚起来，夕阳的映射下，她扛着一把锄头带着年幼的孩子在稻田里挖泥鳅。

这次颠簸之后，表姑再也不敢去美国了。

与表姑一样，身边年近七旬的王阿姨是她以前在学校做校医的老同事。王阿姨得过乳腺癌，身体一直很虚弱。她的儿子早已在英国定居，事业和婚姻都很好，虽然儿子定居英国之前征求过她的意见，但人到暮年的她依旧十分纠结，渴望孩子能回来，她经常在梦里梦见儿子。

孩子不在身边了,她成了独居老人。她害怕逢年过节看着别人家儿孙满堂,一家人热热闹闹过节的样子,她就感到分外孤独和凄凉。

为了防止意外,她只能用自己的退休金雇一个阿姨照料自己的生活起居。王阿姨想着以后等自己老了,实在走不动了,就跟身边相同处境的朋友住到敬老院去,抱团取暖。

多年前送学习不太好的儿子去英国留学时,每年要花费四五十万元的学费,他们把家里的一套房都卖掉了。那时他们经济拮据,梦里都想着挣钱。现在老伴已经去世,孩子每个月按时从英国汇给她15000元的人民币,她却花不了。作为老师,每个月八千多块钱的退休金已经够她花了。

"要钱有什么用?我需要的是亲情的温暖。"王阿姨说着说着,忽然流下泪来。

辉的父母、我的表姑以及王阿姨代表的是不同的原生家庭。虽然辉的父母是农民,我的表姑是医生,王阿姨是老师,身份不同,家境也悬殊,但城乡变迁过程中对一个家庭情感的撕裂却是相同的。

6

2019年上半年的一天,原本活泼可爱的十岁的侄女忽然小腹疼痛,身体乏力,额头上冒虚汗,父母亲见了很担心,匆忙送到县人民医院后最终检查出是疝气。在县人民医院住院的十天,父母亲晚上睡在病房窄小的行军床上,寸步不离地照顾着侄女。为了省点钱,父亲去附近的菜市场买了一些小菜,然后走三四里路到老姑妈家借用她家的厨房炒菜。

近二十年过去,老姑和老姑父已经完全苍老下来,在晨风的吹拂下,满头的白发异常醒目。老姑父瘸着腿,步履蹒跚。年迈的他们为深陷疾病中的表姑而愁白了头。

侄女出院后,父亲早早去老屋的院子里抓了一只自家养的老鸭子,然后匆匆去小镇的汽车站坐去往县城的大巴。父亲是特意送这只老鸭子给远在县城的老姑妈和老姑父,以表示感谢。到县城老姑妈和老姑父家后,他们刚吃完早餐。父亲对老姑说,自己窝里养的老鸭子,炖汤给梅娟吃,好补身体。礼轻情意重,老姑见了,很是高兴。

怕生的表姑从楼上下来吃早餐,她看了父亲一眼,眼底露出一丝喜悦,意外地坐了下来。父亲与表姑是同一年代成长起来的人。1971年,表姑在我家附近的文竹小学读到五年级,而后跟随着老姑妈和老姑父去了县城读书。或许是那些弥漫着青春成长气息的时光点燃了表姑生命的些微热忱,她坐下来跟我的父亲聊了一个多小时。

我在父亲对那次探访的复述里感受到了表姑内心的悲凉和无奈。人到暮年而又疾病缠身让她愈加感到生命的无助和苍白。表弟身在美国,六年没有回来了。思念和对自己暮年生活的担忧从某种程度上加剧了她的病情。现实是残酷的，一只无形的巨手把她推到悬崖边缘。父亲离开老姑家时，表姑倚靠在门口目送着他离去。父亲转身回头，看见晨风里她瘦削的身影。像随风飘落的树叶一样，他们这一代人正在慢慢凋零。

父亲再听到表姑的消息已是阴阳两隔。

2019年12月底的一天深夜，我正准备熄灯睡觉，手机忽然尖锐地响了起来，是堂姐。堂姐在电话里说，林林，你知道吗？县城的梅娟姑姑刚刚去世了。我听了倍感震惊。放下电话，陷入一阵恍惚之中。很快我又打电话给堂哥，在堂哥那里，消息再一次得到了确认。

表姑直到去世也没见上远在美国的儿子一面。老姑妈和老姑父已经年逾八旬，纵使女儿在疾病中长久的煎熬已经给他们打了预防针，但是在死亡真正降临的那一刻，他们依旧难以接受这残酷的现实。白发人送黑发人，他们佝偻着身躯，泪眼浑浊。

表姑的遗体火化后，表弟未能如愿从美国回来。心急如焚的他早早地订好了回国的机票，但是签证却没有办下来。表弟是美国花钱培养出来的人才，在美国国防部下面的一个军工研究机构工作，那边不会轻易放他回国。需要提前向安全局申请才能获得批准。表弟长久地跪拜在面向祖国的方向，表达着自己的愧疚。

表姑的骨灰安放在里田镇家里，家里人还在静静地等待着远在美国的表弟回来。只有表弟回来了，他们才能甘心地把表姑的骨灰下葬。地球的那一端，表弟长久地跪拜在地，紧握着当年他母亲带过去的那一小捧泥巴。他想着早日回去用这一把故乡的泥土去告慰母亲的亡灵。

夜幕潮水般降临在整个大地上，参加追悼会的亲朋乘坐县城的大巴纷纷回到了几十里外的乡下。母腹般圆润的陶罐散发着朴素的光泽，里面装着表姑薄凉的骨灰。表姑父独自回到空荡荡的屋子里，静静地抚摸着装着表姑骨灰的陶罐，当年一家三口欢快幸福的时光不时浮现在他的眼前，最终化作他眼角的那滴浑浊的泪。

在社会老龄化日益严峻的今天，老年人的养老问题愈发凸显出来。

每棵树都有倒下的那一刻，每个人都有老的那一天。每一对父母都曾经是一棵枝繁叶茂的树，他们给栖息在树上的孩子遮风挡雨。多年后的今天，人到暮年的父辈们变成了一只只孤独的鸟，他们需要疲惫地飞行万里，才能栖息在异国儿女这棵熟悉而又陌生的树上。

每个人都是一棵树，每个人都是一只迁徙的鸟，在时间这个导演的安排下，不停变换着角色。

（原载《北京文学》2021年第1期）

圆圈

1

在异乡，每一次辞职，似乎都意味着一次颠沛流离。

2009年5月，一场罕见的金融风暴迅速席卷全球，处于暴风眼之下的珠三角，许多工厂陷入裁员和倒闭的边缘。我在虎门北栅综合市场工作的这家港资厂，员工由鼎盛时期的五百多人锐减到一百多人。平常旺季时，一天经手的订单有十多张，每天陀螺一般马不停蹄地穿梭于办公室和嘈杂的车间里，忙得喘不过来气。次贷危机后，通常一个礼拜见不到一个订单。大腹便便的香港老板看我们的眼神也慢慢变得复杂起来，经常无来由地发脾气。我和同事们变得小心翼翼，担心成为裁员的对象，每天战战兢兢，十分恐慌。外表看似风平浪静，内心却包藏着敏感脆弱。我没想到时刻悬在头顶的那把剑迅速就降临到头上了。那天，趁没事做，我偷偷在办公室写小说。正写到高潮时，忽然发现一个黑影站在我身后。猛地一转身，背后一阵发凉，老板正冷眼看着我。他嘴里蹦出一句粗话，甩手而去。整个办公室的人都站了起来，齐刷刷地向我这边张望着。我怔怔地站在原地，颤抖着，咬紧牙根，紧握的双手满是虚汗。

几天之后，我选择了主动辞职。当初从人才市场把我招聘进来的经理做了委婉的挽留，我转身的那一刻，看到他嘴角那一抹狡黠的笑。

在烈日的暴晒下，我背着黑色的行李包，提着绿色塑料水桶和八成新的凉席，穿过工业区一条长长的水泥路，大汗淋漓地坐上了前往广州的大巴车。车在尘土飞扬的路上飞奔着，路上的灰尘激荡而起，又缓缓飘落。路蜿蜒着伸向未知的远方。我静静凝视着尘埃，像是窥视到了如尘般的命运。"广州"这两个普普通通的字，在我内心深处带着别样的情愫，那里有我的至亲，哥哥和嫂子，他们在广州白云区红星市场的一个小鞋厂待了很多年。亲人的存在，让异乡无根的漂泊多了一丝牵挂，让慌乱疲惫的我隐隐感到一丝温暖和踏实。我们彼此想念并拥抱，以此来缓解内心浓浓的乡愁。

在拥挤的广州火车站，密集的人流里，我险些失去方向。广场上悬挂的时钟按照自己的节奏行走。人们偶尔朝悬挂着的时钟张望一眼，眼神焦急而茫然。时钟是时光穿在脚上的鞋，我是攀爬在这只巨鞋里的一只蚂蚁。

841路公交车带着我穿过喧嚣密集的人流，越过一座座高悬的高架桥，让我有一种悬空脱离尘世之感。经过一个多小时的颠簸，公交车抵达红星市场终点站时已近黄昏。刚下车，远远地看见一个熟悉的身影一个劲地朝我挥手。哥灿烂地笑着，伸出细长的胳膊揽住我。哥又瘦了。因为过于瘦弱，原本隐藏在皮肤深处的青筋蚯蚓一般暴露在外，颧骨变得愈加凸出，暗黄的脸色，看了让人心底陡生凉意。

穿过几个污水横流的拐角，来到一栋灰暗潮湿的出租房，哥和嫂住在四楼靠近楼梯口的房间里。住在一楼的房东正在准备摆烧烤摊的食物，一个脏兮兮的孩子正把鲜红的虾串在竹签上，屋外不远处的垃圾堆里，死鱼死虾在阳光的暴晒下散发着恶臭。我紧跟在哥哥身后，捂着鼻子，从一楼匆匆而上。这个房东缺德，廉价买来死鱼死虾做烧烤。哥哥鄙夷地说道。

在狭窄而略显陡峭的台阶上，一路拾级而上，脚落在地上，发出空荡荡的回声。推开门，房间看似凌乱却暗含秩序。房间正中央的桌子上已摆下两盘热气腾腾的家常菜。一墙之隔的厨房里发出炒菜时的嗞嗞响声，很快，一张稚嫩的面孔探出来。是嫂子。她一边端着炒好的菜，一边有点害羞地向我问好。快坐，快坐，吹风扇，天气这么热。嫂子热情地说。

出租屋十分逼仄，屋内放着一床、一桌、两个折叠的小板凳。一台电视机紧挨着墙壁摆放在木柜前，播放时，电视屏幕上发出嗞嗞的雪花点。厨房和卫生间紧挨着，像一对连体婴儿。卫生间里，一滴滴水珠串联成线，从未扭紧的水龙头里，缓缓滴落到塑料桶里，发出啪啪啪的响声。啪啪的响声，日复一日地循环着，没有终点。一天下来，能滴出一两桶水，这些积攒下来的水，嫂子会用于刷牙洗脸冲凉。一个月下来，能省下十几块钱的水费。嫂子稚嫩的脸庞露出一丝羞涩的笑。

屋外的太阳愈来愈毒，阳光透过半掩的窗户斜射进来，席子瞬时变得滚烫。屋内的落地风扇飞速旋转着，不时发出咔嚓的响声。高温让狭小的出租屋顿时变成蒸笼。我们内心却欢愉着。嫂子递给我们一人一把塑料扇子。亲情的存在消解着屋内的阵阵热意。

哥哥把折叠的小木桌伸展开，沿着靠床的位置摆放。木桌狭小，摆放下排骨汤、空心菜和苦瓜炒肉，就满了，哥哥又从屋角找来一个高点的塑料凳拼在桌子旁边，把刚刚炒好的榨菜肉丝和白灼虾放上去。屋内顿时安静下来，适才弥漫着生活气息的炒菜声已经变浓浓的家乡话。哥哥和我紧挨着床沿坐着，嫂子坐在我们对面。刚买来的两瓶冰冻啤酒，哥哥用坚固的牙齿咬开啤酒盖，啤酒盖咔嚓一声掉落在地。哥哥捡起啤酒盖，盯着啤酒盖的内里一看，忽然惊喜地站起来，挥舞着他细长的双臂高呼道，又中奖了。我接过啤酒盖一看，上面写着"再来一瓶"。哥哥迅速拿过放在我脚边的那瓶啤酒，啪的一声打开，他又欣喜地大喊，又是"再来一瓶"。欢快的声音回荡在闷热的出租屋里。我看见哥哥小心翼翼地把两个啤酒盖放进了裤兜里。晚上我们继续喝，哥哥一脸灿烂地说。一阵凉风忽然从窗外吹来，让人备感舒畅。这些细小的欢乐串联在一起，让枯燥而灰暗的异乡生活多了几抹亮色。

哥和嫂子同在一个鞋厂上班，嫂子在包装部刷胶，哥哥在底部搵鞋。刚认识那年，嫂子还未成年，十六岁，哥哥二十四岁。二十三四岁，正是哥哥帅气的年龄，他穿皮鞋，着白衬衫，梳着那个年代特有的中分发型，走到哪里总能吸引来不少女孩的目光。哥帅气，却忠厚老实，每天待在轰鸣的生产车间里，挣加班费贴补家用。一些胆大的女孩子请她吃夜宵，他犹豫着，最后还是害羞地拒绝。

一天深夜下班后，哥哥的徒弟拉着他，让他陪吃夜宵，算是壮胆。到了吃夜宵的地方，才发现徒弟请了两个女孩子。徒弟拉了拉我哥的衣服，示意他帮忙提点意见。没想到一顿夜宵吃下来，那个叫勤的女孩没看上哥哥的徒弟，却看上了我的哥哥，随即对他展开了猛烈的攻势。三个月后，哥哥缴械投降。在南方的工业小镇，甜蜜的爱情让内心坚硬冰凉的钢铁慢慢熔解，让异乡的黑夜闪烁着别样的光亮。爱情让霓虹灯下孤独的身影多了一份长久的陪伴。

2

在广州石井的小鞋厂，酷暑时节，走进车间，像走进一个大蒸笼，刺鼻的胶水味弥漫在空气中。巨大的落地扇飞速旋转着，将燥热黏稠的空气一次次撕裂开，从屋外渗透过来的热气又一次次地把稀释的空气变得黏稠。哥半弓着身子，左手紧握着鞋帮，右手捏着小铁钳，腰身随着每一次敲打弯曲起伏。嫂子在不远处的包装部刷胶，样鞋按照预定的速度从流水线上流过，嫂子必须以最快的速度刷好胶水，样鞋在工位积累多了，不仅会遭到主管的谩骂，还会扣工资。相比于哥哥，嫂子接触胶水的机会明显要多，她坐在高凳子上，用一把变形的牙刷蘸胶水，迅速均匀地涂到鞋面上，再把粘了胶水的鞋面粘贴到样鞋上。

胶水散发着刺鼻的气味，密不透风的生产车间加剧了工作环境的恶劣。嫂子戴着口罩，但这种简单的防护不过是聊胜于无。

从闷热的车间出来，我即刻回到出租屋。我飞速在网上搜索着关于鞋厂胶水职业病的信息。

“官方数据显示，在2005—2011年每年报告的全国职业病统计当中，苯致白血病的有数十人。易业挺认为，苯并不是不可替代：无苯的胶水和油漆早已开发出来，但企业为了节约成本仍在使用，而且现在对企业的监管缺失。”

“联名的五十三名职业病人分散在广州、深圳等地的职业病防治院，他们大多四十岁以下，曾经在珠三角的制鞋、电子、家具等行业工作，由于需要和含苯的胶黏剂、天那水、硬化水、油漆等化学品长期接触而缺乏隔离措施，工作一段时间后出现不同程度的苯中毒，轻者出现白细胞减少，重者罹患白血病甚至游离于死亡边缘，经济负担沉重。”

搜索到的信息让我陷入恐慌。哥哥和嫂子下班后，我把搜索到的信息给他们看，他们陷入沉默，却又露出无可奈何的表情。哥哥还不到三十岁，体质相较于出来打工前差了很多。哥经常感冒，每次感冒总是愈来愈严重，需要半个多月才能好。许多事情我记忆犹新，年幼时哥哥习过一两年武，村里同龄的人没人敢欺负他。彼时，哥哥感冒了也坚持不吃感冒药，多喝点开水之后，坚持几天感冒就好了。

在我的催促下，哥哥和嫂子终于去了附近的白云区人民医院。检查抽血化验之后，紧接着是漫长而难熬的等待。我们仨坐在医院门口的石凳上等待检查结果，像是等待不堪重负的身体长期以来的抗议和审判。经过焦急的等待，白纸黑字上的体检结果显示一切正常。我们相视一笑，露出如释重负的神情。像是庆祝，中午我们仨在医院附近的小餐馆里，每人点了一个可口的木桶饭。

在哥和嫂的住处待了一周，我感到一股深深的负罪感。随着时间的推移，内心渐渐弥漫着灰暗的气息。我孤注一掷，把时间放在了写作上。白天，石井红星工业区的小路上人影稀少，只听见工厂里机器轰鸣的声音。鞋厂独有的气味从闷热的厂房里飘散出来，刺激着人的脾胃。一排排坚硬的厂房密密麻麻地矗立，让人无端感到压抑。从出租屋里出来，漫无目的地游荡在尘土飞扬的工业区小路上，怔怔地望着工厂门口被铁链子拴着的大黄狗发呆。狗警觉地盯着我，像是领地受到了侵犯，它忽然剧烈地吠起来。岗亭里的保安大声训斥了几下，一脸狰狞的狗又乖乖地停下来，匍匐在地。

狗脖子上套着的大拇指粗的铁链，像充满隐喻的符号回荡在我脑海。相对于狗身上的那条铁链，人身上套着的无形枷锁反而显得愈加沉重。

出租屋只能摆下一张床，嫂子说我身有风湿，坚持着让我和哥哥一起睡床上，她睡地铺。我坚决不能同意，他们一天工作十多个小时，已经十分疲惫。工厂、宿舍、食堂形成的三点一线，仿佛无情的绳索，紧紧地把他们拴在一起，勒着他们，让他们喘不过气来。

嫂子见我不容商量，次日下班回来时，带回来一沓塑胶垫，还有一床半旧的被子。嫂子把塑胶垫垫在地板上，上下垫了两层之后又盖上半旧的被子，最后才在被子上铺上凉席。

夜风透过窗格子吹进房内，整个房间顿时有了凉意。夜的凉意拨动了我们内心最柔软的那根弦。我和哥哥回忆着童年的那些旧事。幼时夜半随父亲睡在院落里的竹椅上，繁星满天，萤火虫飞舞，院落里弥漫着花香，不远处的水井里传来母亲打水时发出的哗哗声。我和哥哥平躺着，望着无边的苍穹，在弥漫着花香的凉风里入睡。一切恍若昨日，再回首，已是二十年。此刻，我和哥哥身在异乡逼仄的出租屋里，陪伴在哥哥身旁的是个年轻的女孩，父亲正在百里之外的深圳做装修工。

哥哥和嫂子在石井上班的这个小鞋厂，只有到月底发工资才会休假一天。哥哥是技术工，每天加班到十点，能拿到六千元左右的工资。嫂子做普工，每天加班到很晚，一个月下来只能拿到一千二百元左右。我到广州一个礼拜后，哥和嫂他们厂里发工资了。出粮的时间在晚上，发的都是现金。哥哥拿到工资回到了出租屋。等你嫂子回来，我们一起去外面好好吃一顿。哥一边数钱，一边笑着对我说。然而等了半个小时，将近一个小时，却不见嫂子的身影。哥打过电话去，电话那边却传来嘈杂的声音，像是发生了吵闹。挂掉电话，我跟着哥哥迅速跑到厂里。在二楼会计办公室，我们看见嫂子面红耳赤地站在办公室一旁，身材魁梧的会计露出一脸鄙夷的神情。原来会计少算了二十块钱工资。二十块钱，相当于嫂子半天的收入。会计说，少算的下个月再补上。嫂子担心下个月他忘记了，不愿意。见嫂子受了欺负，哥脸色十分难看，紧握拳头，有想动武的冲动。会计见我们兄弟俩怒气冲冲地看着他，不想将事情闹大，迅速将钱递给了嫂子。干吗要下个月补？他办公桌里一大堆零钱呢。嫂子气呼呼地说。这个人以前追过我，我拒绝了他。嫂子最终说出了理由。

休假这天哥哥和嫂子一觉睡到了早上十点多，吃完早餐已近十一点。薄暮时分，我们仨又到附近的夜市散步。去往夜市的途中，需要经过一片宽阔的菜地。晚风下，绿色的菜叶在夕阳的最后一抹余晖里呈现出朴素的美。戴着斗笠的村民正在菜地里浇水施肥，富有山水田园气息的画面，消解着工业区机器的坚硬和冰凉。要是在这里能有一块属于我们的菜地该多好呀，平常下班之后可以过来种种菜。嫂子指着一旁的菜地，羡慕地说。属于我们的土地在千里之外，而那五六亩地此刻正荒废着，杂草丛生。故乡的地已经无人耕种。

次日清晨七点，闹钟准时响起，一切又恢复到工业生活原有的秩序。我睡眼惺忪地拿着简历坐上了去往天河区人才市场的公交车。寻工半月无果，我开始感到恐慌。几个小时的颠簸辗转，我终于在人才市场拿到一份面试单，面试的职位是记者编辑。在人才市场附近匆匆吃完一份简易快餐，跟着负责招聘的女主管赶往河源的杂志社面试。杂志社办公条件十分简陋，五六个人挤在一间不足二十平方米的办公室里，办公室里乌烟瘴气。一个手臂上有文身的人用异样的眼神打量着我。那是一只老虎的文身，我好奇地紧盯了几秒钟，仿佛看见老虎忽然咆哮着，张开巨嘴，欲把我吞噬干净。我顿时有种落入传销窝的感觉。假装答应着留下来，女老板眼底立刻闪烁着兴奋的光芒，带他去安排宿舍吧。我紧跟在一个肩膀刺了文身的中年男子身后，往几百米之遥的宿舍走去。这明显是一间久无人住的宿舍，两张铁架床上落满了灰尘，一只黑蜘蛛倒挂在墙顶的蜘蛛网上。就是这里了，文身男硬邦邦地扔下一句话，而后一把将我的行李扔在地上，转身就走了。

半小时后，我踏上了返回广州的汽车。在车上，我颤抖着双手发短信给哥哥和嫂子，告诉他们晚上回来住。在异乡，亲人是我唯一能紧紧握住和信赖的稻草。辗转颠簸，抵达广州天河汽车站时，已是晚上十点。手机已经没电了。下了车，已无公交车回去了，我在附近找了一个便宜的旅馆住了下来。一晚三十元，房间里没有电视，床上的被单散发着霉味。一墙之隔的房间传来异样的呻吟，我把耳朵紧贴在墙壁上，听见细微的喘息声。

次日清晨，我赶回到石井时已是上午十点。回到出租屋，充上电，打开手机，发现二十八个来电，都是哥哥和嫂子打过来的。我没想到自己昨晚的一个疏忽，会让哥哥和嫂子陷入极度的担忧之中。中午下班后，嫂子第一个回到屋子里。她看了我一眼，责骂我说，怎么不打个电话？昨晚我们一直拨打你电话，打不通。你哥他很担心，临睡前他都哭了。他只有你一个弟弟，很担心你在外面有什么意外。我坐在床沿默默不语，脑海里浮现出哥哥哭泣的样子。哥是一个生性敏感的人，心思比较重。几分钟后，走廊上响起熟悉的脚步声。哥看见到我，拍了拍我的肩膀，笑着说，你这个家伙，害我们担心一晚上。

半个月后发生的一件事情让哥哥和嫂子像逃亡一般，连夜从待了五六年的石井搬到几十里之外的花都流莲路工业区。

那日晚上，我正在出租屋的电脑前写作，门外忽然响起急促的敲门声。打开门，是住在楼下的阿海，阿海和哥哥同在一个部门。你好好待在房间里，不要再出门。阿海气喘吁吁地说。原来，包装部一个河南籍的中年男人经常骚扰嫂子，上班借着工作是嫂子的上一道程序，经常为难嫂子，下班之后，又经常给嫂子发一些暧昧的短信。哥哥在三番五次警告无果之后，叫上徒弟，将那个男的狠狠地打了一顿。满身戾气的中年男子跪在地上求饶，趁着他们松手的空隙逃了出去。你们俩等着瞧，我饶不了你们。中年男子撂下一句话，消失在夜色之中。

半个小时后，哥哥和徒弟回到出租屋。哥手上满是鲜血，他显得有些激动不安。嫂子坐在一旁的床沿默默不语。我看着自己的亲人被欺负到这种地步，心底燃起怒火。哥哥的几个同事走后，他反锁好房门，开始在厨房里磨着一把锈迹斑斑的小刀。哥哥的异常举动让我感到惶恐不安。刀与血，在异乡的月夜里如此醒目，我担心事情会失控。

凌晨一点，夜色呈现出死一般的寂静，屋内的小风扇飞速旋转着，发出嗒嗒的响声。窗外夜凉如水。睡在一旁的哥哥辗转反侧，一把磨得光亮的水果刀在月光的照耀下，闪烁着刺眼的光芒。五分钟后，门外忽然响起尖锐的敲门声，伴随着叫嚣和吆喝。你妈的给我开门，老子不砍死你才怪。敲门声愈来愈急促，愈来愈重，像是粗重的器物落在单薄的木板上。吵什么吵，还让不让人睡了？起初，楼下的住户还愤怒地抗议。几分钟后，抗议声销声匿迹，整栋大楼死一般的寂静。我和哥哥迅速从暗影里站了起来，一人摸上一把刀。僵持了一分钟，哥哥冷静了一会儿，迅速掏出手机，打了厂里老二的电话。老二是哥哥的同事，同在一个部门，年约四十，跟哥哥关系很好。老二刚到厂里时，摇鞋的技术很差，是在哥哥手把手指导下才慢慢学会的。哥哥之所以打电话给老二，是因为老二曾经干过黑社会，如今虽已金盆洗手，但不少人还是会给他面子。

五分钟后，屋外忽然变得安静下来。阿荣，文哥是我兄弟，你给我一个面子。况且是你这个兄弟错在先，他经常去骚扰人家老婆是什么意思？这不是明摆着欺负人吗？我看他挨打是活该。老二慢慢上了楼，走进人群，忽然啪的一声，一巴掌扇在河南籍中年男子脸上。敢欺负我兄弟。门外响起老二沙哑的声音。老二的一个巴掌，像炸弹扔进人群中。男子捂着火辣辣的脸，敢怒不敢言。

老二的适时出现，解了哥哥的围。电影里经常出现的黑社会打斗场景如今发生在自己的亲人身上，暗夜里，我感到不寒而栗。那帮人走后，哥哥去楼下买了十二瓶冰冻啤酒，外加三斤炒花生。我们把老二请进屋，喝了起来，中途又将住在隔壁的阿华叫了进来。阿华是底部的部门主管，跟我们是老乡，江西萍乡人。

昏黄的灯光下，我看见哥哥紧握啤酒瓶的手颤抖着。阿华建议我们明天就搬到花都去。老二说，怕什么！有我在，谅他们不敢乱来。还是换一个厂吧，这样安全点，出门在外，安全第一。阿华边说边掏出手机，打电话给另外一个在鞋厂做主管的朋友。几分钟后，阿华说，可以去，他们厂正在招人，待遇跟这边差不多。经常骚扰嫂子的那个男的比较极端。阿华劝哥哥还是换个地方。酒一直喝到凌晨四点才散去。老二是最后一个出门的。老二出门的那一刻，哥哥拉住他的衣角，往他裤兜里塞了五百块钱。老二硬推辞了一会儿，最后还是收下了。在昏黄灯光的映射下，哥哥的双眼布满血丝，显得十分憔悴。夜色中，哥哥担忧地看着我和嫂子，一咬牙，嘴里蹦出一个字，搬。

天亮不久，像是逃跑一般，我们仨提着行李，踏上了前往花都的中巴车。重新租房，一切安顿好后已近黄昏，出租房下面是个嘈杂的夜市。嫂子说晚饭就在下面的夜市吃吧。吃饭的间隙，哥哥异常沉默。嫂子没话找话地，想让气氛活跃起来。哥哥却始终一言不发。那一晚，哥哥拉着我喝了很多啤酒，喝到最后竟胡言乱语起来。平常沉默寡言的哥哥在酒精的刺激下变得滔滔不绝。醉眼蒙眬地拉着我的手说，弟，你要好好混，出人头地了才不会受人欺负，家里的希望都寄托在你身上了。我看着哥，能深刻感受到他内心的疼与痛。

2000年，我和哥哥同时以优异的成绩初中毕业，临开学那段时间，哥哥选择了外出打工。家境贫寒，母亲身体又不好，家里只能供一个孩子读书。哥哥从父亲房间里出来的那一刻，流下了伤心的眼泪。多年来这一幕长久地回荡在我脑海里，挥之不去。十六岁那年，哥哥跟随村里的一个熟人来到了广州白云区的鞋厂，这一待就是近二十年。

愈来愈深的夜色里，看着哥哥愈来愈瘦削单薄的身影，我内心涌起一股深深的自责，像蚂蚁一般啃噬着我敏感脆弱的心。这些年我深陷在文学的迷宫里，忘记了亲人的疼与痛。

半个月后，我在广州白云区钟落潭镇的一家家具厂找到一份外贸跟单员的工作。去报到的那天，哥请了两个小时假，一直把我送到小镇的汽车站。车迅速启动了，路上的灰尘迅速激荡开来。汽车开出去很久，我回头，透过车窗，依旧看见哥远远地朝我挥手的身影，他瘦弱的样子远远望去显得愈加瘦小。

3

2011年冬，风雨交加之中，嫂子在江西老家顺利产下了一个女孩。哥兴奋得连夜从广州赶回了老家。母亲从侄女异常浓重的鼻息声里，觉察到什么。四个月后，侄女感冒多日不见好转，送去县人民医院，查出患有先天性心脏病。初为人父的喜悦顿时化为泡影。女儿患病的消息宛若晴天霹雳，哥连续几天沉默不语，怔怔地望着天空发呆，手中的烟灰散落满地。我当初隐隐担忧的事情，没想到会以这样一种方式出现在下一代身上。这与哥哥恶劣的工作环境有着千丝万缕的关系。弥漫在车间的刺鼻的胶水是罪魁祸首，它挟着苯沿着人的肌肤渗透进来，随着血液循环往复，像一滴致命的墨汁，染遍了全身。它潜伏在体内，等待着时机张牙舞爪。

因为身患心脏病，侄女显得异常瘦小。随后，为了孩子的病，哥和嫂子频繁往返于南昌与广州之间。2015年6月，从南昌医院回到吉安火车站已是深夜，父亲、哥还有我三岁多的侄女婷婷，一行三人在火车站附近的宾馆住了下来。哥次日下午要回广州，为了避免婷婷又哭又闹的场面，次日凌晨六点，满头白发的父亲抱着还在熟睡中的孙女去火车站附近坐回县城的大巴。父亲抱着婷婷刚走出宾馆，婷婷突然醒了，一个劲地问爸爸呢，爸爸去哪里了。父亲没吭声，他加快了脚步。婷婷顿时哭了起来，使劲朝宾馆的方向挥着手，大声喊着，爸爸，你快过来啊，你快过来。一向坚强的哥哥，看着不停朝他挥手的孩子，号啕大哭。

年底，哥和嫂带着侄女去省一附医院做先天性心脏病矫正手术。手术前，寂静的病房里，年幼调皮的婷婷捧着哥哥和嫂子给她买的变形金刚有说有笑，欢快的笑声回荡在整个病房里。嫂子问她等下做手术怕不怕呀，她忽然歪着头，停顿了一会儿，忽闪着大眼睛，说，不怕，我要像这个变形金刚一样勇敢。一个小时后，护士笑着走入病房，准备抱侄女进手术室。侄女看着站在一旁的哥哥和嫂子不动，忽然哭起来，嚷着要爸爸妈妈一起进去。她挥舞着双手，蹬着双腿，使劲挣扎着。护士无奈地把她放了下来。手术只得推迟。一个小时后，一个七岁的小女孩，独自跟在护士身后进了手术室。哥哥灵机一动，指着那个小女孩对女儿说，婷婷，你看，这个姐姐多勇敢，一个人跟着阿姨进去了。侄女转身回头看了良久，似懂非懂。两个小时后，侄女终于也大胆地跟着护士进了手术室。进门的那一刻，忽然又转身对哥哥和嫂子说，爸爸妈妈，你们哪里也不要去，记得在门口等我啊。低头的瞬间，仿佛就看见瘦弱的侄女独自躺在手术室里的情景。手术进行得非常顺利，侄女被暂时抱进了重症监护室，次日就进入了普通病房。哥哥和嫂子寸步不离地守护在病床前，布满血丝的双眼，目不转睛地盯着昏睡中的孩子。

侄女的这一番折腾让我母亲陷入浓浓的担忧之中。母亲担心嫂子生二胎后，重蹈覆辙，在极度的担忧下，三番五次劝哥哥早点离开鞋厂。拗不过母亲的劝，这年年底，哥哥终于辞掉了在鞋厂的工作。母亲建议哥哥开个便利店。哥在鞋厂干了十六年，完全抽离这个行业，一切从头开始，异常艰难。就像一个年逾花甲的老人忽然扔掉拄了多年的拐杖，走在泥泞的小路上。

春节过后，经过一夜的颠簸，哥来到了东莞。深夜我们畅聊着，我希望哥哥能在东莞待下来，这样彼此也有一个照应。上班时，想到哥哥在出租屋里安静地待着，我的心底就暖烘烘的。因为有哥的存在，下班之后，我总会匆匆地回家。推开门，屋子里就会传来炒菜的声音，哥哥正在厨房里忙碌着。

愉快的一周倏忽而逝，我和哥哥在南城和万江的大街小巷四处搜寻着店铺转让的信息。开便利店和超市，对没有任何经验的人来说十分艰难。而且开一个小的便利店和超市，转让费要五六万元，外带装修和铺货，加起来也要十几万元了。一下子拿出十几万元，相当于掏空了哥哥打工十多年的积蓄。更重要的是，次贷危机之后的东莞实体经济举步维艰，城市人流量锐减，开超市的想法行不通。二十天过去了，哥哥变得异常焦急。后来，无奈之下我陪他去南城的华坚鞋厂和厚街的绿杨鞋厂应聘底部摇鞋工，面试比较顺利。在南城华坚鞋厂的车间里，熟悉的左姐把我和哥哥带入机器轰鸣的生产车间，向生产主管介绍了一下。主管是福建的，他扫了我们一眼，大概是看着哥哥十分瘦弱的样子，露出一脸不耐烦的样子。主管将哥哥带到一张摆满成品鞋的台面，让他现场敲两双鞋试一下，算是面试吧。我站在哥旁边，看着他娴熟地拿起鞋帮，左手扶住鞋底，右手紧握小铁锤，几道程序下来，就将样品摆在了台面上。生产主管立刻露出惊讶的神情，适才不屑的表情立刻消失得无影无踪。你这样快的速度在我们这里能排到第一。主管竖起了大拇指，一旁的几个师傅都投来好奇的眼神。从主管态度一百八十度的大转弯里，我看见哥哥眼底闪烁着一丝曙光。我心底也顿时变得兴奋起来，南城离我上班的地方坐车只要十五分钟，很近，如果哥哥能留下来，就可以天天见面了。但是工资只有三千五百元，算上加班，才四千元。哥哥在广州花都的鞋厂上班时，每个月下来能拿六七千元。

一个晚上的辗转难眠之后，哥还是决定回广州。次日，回到广州，哥哥就上班了，他回到了花都区流莲路原先的那间工厂。

我忽然想起年幼时，夜幕降临，在田地耕种的父母亲还未归来，昏黄的灯光下，我和哥哥拿着粉笔，在斑驳的墙壁上画着一个又一个蹩脚的圆圈，来打发寂寥的时光。我们相互比着谁画的圆圈最圆，圆圈漂亮的弧度和首尾咬合时完满的结局决定着我们的胜负。我们乐此不疲地重复着，甚至拿出坚硬的圆规，先在墙壁上画下一个圆圈，然后在圆圈的轨迹里填满粉色的粉笔。童年的游戏带着浓浓的隐喻色彩，它是世界时刻向我们昭示的生存法则，亮光一般在黑暗中突然闪现，却又转瞬销声匿迹。我们未曾料想到，年幼时沉溺其中的简单游戏，在许多年后的成年世界里露出残酷的一面。在生活的重压下，我们制造出一个个弥漫着宿命的圆圈。血曝光在空气里，在时间的暴晒下，迅速变成弥漫着哀悼气息的暗紫色。我在这暗紫色里，看见渐行渐远的青春倒影。

到广州上班后的第一天晚上，哥哥给我发来短信：好好照顾自己。我们一起努力，加油。我看着短信，仿佛又看见了哥哥埋头做鞋的样子。无论何时，哥心底始终是积极向上的。哥发来的短信再次感染了我。你必须以昂扬的姿态，才能最终穿透笼罩在人生上空的阴霾。

黑夜的浓度愈浓，我内心深处对阳光的渴望愈加强烈。我不断从泥泞中汲取前行的力量，再次铆足全身的力量，重新做好冲锋陷阵的准备，试图成功逾越一次生活的迷宫。

（原载《作品》2018年第1期）

诗 歌

地理课（外三首）

黎启天

小花最喜欢的是地理课
全班三十六个孩子最感兴趣的
也是地理课

他们歪着脑袋发问
他们只关心
某个省份、某个城市
在什么位置

三十六个人啊
问遍了大半个中国
渴望，期待
眼波，小溪一样流淌

他们围着地图或地球仪
寻找那些挂念中的地名
想象那些看不见的
街道、门牌号、厂名
一次次
心又像小石子般沉落水底

爸爸妈妈在外打工

已有一年没回来了

他们的心，被小溪拉扯着

一次次地流向远方

（原载《新华文摘》2021年第6期）

重量

大伯的三条短信

在手机里存了许多年

他没舍得删

2011年，出嫁外省的大女儿

发给他短信"爹，生日快乐！"

2012年，用尽毕生积蓄

又借了20万元债

为儿子在县城，交完婚房首付

儿子发来短信"爹，操心了！"

2015年，在东莞打工的儿媳

在短信中说"爹，春节快乐！"

耙完地后，他翻着看看

打谷累了，拿出来看看

一个人咬着烟斗时

他翻出来看看

他总会瞅准时机

在别的老人面前，适时地递出

那斑驳的手机屏幕

"这些伢呀，终于还知道

惦记着我……"

短信之外，是大片被遗忘的
时光与空白
他略过了独守乡耕的辛劳
木然又满足地用这三条短信
平衡着生存的重量

（原载《诗探索》2020年第4期）

阿香的屁股，阿丽的屁股

阿香的屁股，是村里最大的屁股
"生孩子像拉泡屎，就是这么轻松"
村里的老光棍都是这样说的
说着说着，就美得不行

阿丽的屁股，是村里最圆的屁股
"割禾时浮出稻浪，移动的岛屿"
村里的老光棍都是这样说的
说着说着，就美得不行

在流水线上的阿香
一天站十二个小时
站久了，站累了
常常，右脚独立，支撑
生活的负重，变形的现实

在缝纫机工位上的阿丽

一天要坐十三个小时,坐着不敢动
一动,线就跑歪,生活
也就找不到方向,时间就被挤压

阿香屁股,是村里
最不对称的屁股
"右半瓣,明显大于,左半瓣"
村里的老光棍,都这么说
说着说着,就哭了

阿丽的屁股,是村里
最平的屁股
"右边扁平,等于,左边扁平,
等于,苹果削去一半"
村里的老光棍,都这么说
说着说着,就老去了
沉默的夜色就来了

(原载《中国诗歌网》2020年4月29日)

偷死

那时,吃都吃不饱
没什么可偷的

偷豆角,挑虫蛀的偷
偷番薯,选细小的偷
偷南瓜,捏着软的偷
埋在土里的,挂在树上的
每户,一季都只偷一次

村西王寡妇家的，烂了也不偷
村东五保户家的，软了也不偷
大郎承认，当年都是他偷的
父亲病卧床上
母亲瘸腿地上
五个弟妹，饿得慌
他便只好去偷了

十三岁去闯深圳，反被人偷几次
身无分文，走投无路
靠乞讨度难，也没再去偷过

现最想做的事，是回去看看
那些，被他偷过的人家
捂着对方已稀稠的手掌
在那些褐色而干枯的胸前
掩头啜泣，忏悔，感恩
并请求原谅

"是你偷的，大伙都明白！"
一息尚存的十七伯婆，絮叨着
"他们都偷偷走了
没有孝子贤孙的哭声
没有唢呐响器，因怕尸体火化
有的死了许多年，都不让外人知道
他们，有的偷偷死在异乡
他们，有的偷偷葬在青山"

（原载中国诗歌网2020年4月29日）

我热爱那片土地（外一首）

莫 寒

路过红绿灯，春天重了不少
我走了几步
暗影跟着左右移动，对面那个参照物白里透红
它被时间遮住神经
我多走了几步
路面突兀了许多，石头被夜晚逼到喉咙深处
一切的不确定性
开始走向松树林
我热爱那片土地

（原载《诗刊》2021年9月下半月刊组诗节选）

秘密

给春天画一个洞
只需容纳两个人的身躯
我们没有任何交集，目光和夜色一样纯粹

你乘我不备，爬出洞穴
在平原上写下了备忘录
雪很快占领我的身体
动物的梅花印越来越
模糊

你消失的轨迹
像春天里的雨水,轻击窗台
随后又没了音讯

春天是有记忆的,它能把夜晚
刻进一场漫无边际的旅程
走出院子的空白,需要多大的
勇气啊

四季桂一直生长在虚拟的院落
它们要在院墙脚下
开越来越多的花儿
毕竟你去了远方
我是时间的岛主

(原载《广州文艺》2022年6月,第563期组诗节选)

蚂蚁之歌（外一首）

易 翔

虫中的马，是虫中跑得最快的，
有一种速度不能用距离衡量。
虫中的义，它们总是一群群
抬着一片树叶，受伤了，
就把兄弟姐妹背在自己肩上。

它们那么小，小到捏它，
都能从手的空隙里逃生。
那么弱，弱到一顶蜜做的王冠
就能让它们扑向大地。

并不可笑，一只蚂蚁
在暴雨来临前，跑得比风还快。
它背负一粒发馊的米饭，
像背负起整个黄昏的天空。

我喜欢的冬天

我喜欢的冬天又一次来临，
准确地说，我喜欢的是它的进攻
和万物的退后。大风吹落叶
回大地，驱赶小兽回洞穴，

寒冷中，人们回到房间，
在炉火旁靠得越来越近，
家变得拥挤而又温暖，
所有的事物都在各归本位。
在冬天，我也要节节败退，
退回到一年忙完后仅有的闲暇中，
退回到日渐苍老的父母身边。
村前的小路再一次收纳
一个游子奔波千里的脚步，
湖水映照我模糊不清的身影，
只有冬天，会允许一个孩子
在大雪纷飞中奔赴家门。

（原载《诗刊》2021年6月下半月刊）

在南方(外两首)

许泽平

在巨大的南方,我们叫喊
喧闹。我们试图遗忘时间的声响
我们把苦涩的咖啡
喝出了城市的美味。我们贩卖冰块
却在夜晚的广场,忽略
寒风中倾泻的悲哀:
那在冰冷的石椅上蜷缩成一团的
是这个繁华时代里
我们凉薄的心脏

十月十三日,南宁,雨

忽然地,雨就下起来。
刚刚还在闹腾中的都市
蓦然回过神来:秋,深了。
碎片一样的花裙子,在雨水中静静熄灭。

这一天即将过去,停不下来。
路口的那棵老树,仿佛一下子就掉光了叶子。
灯火,浓重的暮色,雨声,依次亮起。

此刻,18点30分,每个经过时间巷口的人,你们在想什么？我的头发和胡须在发黄。
我的手指苦涩。我的黑眼圈静静看着这世界。

请原谅我一无所知的愚昧。我这样微笑，
是因为我们都一样被捆绑在什么地方，
深深地。但说不出那些琐碎的伤害。
那些在雨水中渐渐响起的疼痛。

少年

树枝掉下来，打在头上
我抬头，是流动的光斑
天空是蓝的，很高
我们在玩丢石子，我总是
磕到手指。海在远处
穿过这条街，走到尽头
就能听到风声。更多的伤感来自
镇上的招工海报。我总是思索着未来
想去得远一点，再远一点
啊，时间像湿漉漉的羽毛
雨水从不掉下来

（原载《广州文艺》2021年第6期）

在工业区里走过一段田园（外一首）

池沫树

在工业区里走过一段田园
从工厂，穿过厚街大道
走过南丫村的两个工业区
和一个不大不小的被河流隔断的
村落

在村落五六层楼房相望的一块土地上
在宽阔的空间低处，有两条
被篱笆围绕的水泥路
是我每天上班有意绕走的田园之路

这里有一丛丛绿意盎然的
丝瓜、南瓜、豆角、白菜
几棵灌木和香蕉树
还有三株金黄的向日葵

一些不知名的藤状野草
随着夏天已经在路边铺展开来
顺便，开上几朵小花

在风中，我能闻到草叶的清新和
一个打工妹擦肩而过的淡淡的花香

远望东江边的高楼

我常常忘了

一处低矮民房里轰鸣的机器声

（原载《诗刊》上半月刊2018年11月）

一滴水喊着故乡

在上海外滩

我看到一滴水

在东方明珠的塔尖上

我又看到一滴水

在清晨的阳光里

——喊着中国

一滴水住在东海之滨

和游子相遇

一滴水住在奔流的长江里

和母亲相遇

一滴水在清明时节努力溯江洄游

——喊着故乡

一滴水经过南通南京芜湖安庆

一滴水，来到九江

与汉江的　一滴水相会

与湘江的　一滴水相会

与沅江的　一滴水相会

与嘉陵江的　一滴水相会

与乌江的　一滴水相会

与岷江的　一滴水相会

与雅砻江的　一滴水相会

与金沙江的　一滴水相会

一滴水，经过湖口涌入鄱阳湖

与赣江的　一滴水相会

一滴水，在鄱阳湖

与庐山飞瀑的　一滴水相会

一滴水经过赣江口再经过南昌八一大桥

一滴水与赣江11条支流的水相会向右进入锦江

一滴水经过新建高安上高泗溪镇进入棠浦河

一滴水经过棠浦河袁谢村进入宜丰县境内

一滴水经过棠浦镇花桥乡同安乡洞山村

与佛教曹洞宗祖庭的

一滴水相会

一滴水进入棠浦河的支流进入茫茫田野

一滴水跃过黄雀桥游入丰产水库

一滴水在一个孩童的垂钓中带回他的家中

一滴水经历1200余公里山重水复

一滴水经历1780多年溯江洄游

完成了一次游子的归程

（原载《上海诗人》2019年第5期）

一个快递员的微笑（外四首）

杨华之

山楂满枝，柿子低垂，石榴树
挂着红红的小灯笼
它们，好似突现在我眼前
穿街走巷的日子
我竟忽略了这身边的美

我甚至一直忽略
培育它们的：花坛、草地、河流
山川……以及生活中
培育美的一个个人
好心情就这样被我封闭

小小忏悔随着汗珠
在脸上流淌，内心不再有
七月流火的焦灼：
我手捧一个快递，在南涧社区
等一个人从楼上下来，我脸上浮现的
是一束灿烂的微笑

（原载《北京文学》2019年第10期）

最美的月亮

无须脂粉,素颜就是本真
月亮爬上柳梢
雪梨一样挂在枝头
它拒绝灯红酒绿,最美的时刻
它不拒绝我
我躺在木质凉椅上
乡村的夜晚
我只要这样一枚甜甜的月亮

最美的月亮就是
一句最纯真的诺言
它属于乡村
它一直坚守千古约会
而失信的是我
我已在城市丛林中穿行
在霓虹闪烁的今夜
我看到月亮,像谁失血的脸庞

(原载《工人日报》2018年9月24日)

养蚕记

给它春风、等待、一纸温床
四月的桑叶流出奶汁
给它,一个父亲的真情
从一张竹席移到
另一张竹席
像给婴儿换着小小尿片

五月因它而白胖起来

生命如此奇妙：我沉醉于

它由白变黄

爬上六月的小山

抽丝、结茧

沉睡、破窗……为让它顺利蜕变成蛾

我还给它

一把剪刀剪开大门

它终究是没能扇动翅膀

它死了。没能得到

破茧所需的：挣扎

与苦痛……这成长盐分的缺失

是不是

它夭折的原罪

（原载《星星》2020年第4期）

火车穿过山谷

火车穿过山谷，我在山间
感受身体的摇晃
这是兴奋一种
一如鸟雀们飞出山林
叫着喊着
与火车的鸣唱互相应和

不同的是我没有
叫出声来，像一个入侵者
看它们在空中盘旋
山川树木成为

舞台背景，一场生命的
仪式，如此盛大

而短暂：随着一列火车飞速离去
唯有我轻轻战栗……

（原载《星星》2020年第4期）

南丫小村

越鸟来过，胡马来过，无数的
南飞雁来过
孤岛一样的南丫小村
张开双臂拥抱了
那么多，流浪的孩子

她头顶一柄绿荫的大伞
腰缠一匹水流的玉带
手举一树凤凰花的热情
我一头奔向她的怀抱
把道滘口中的这一颗珠宝，当成
最贴心的符号

而我一直舍不得离去
固执地坐在一间临水而居的凉亭里
石桌、石椅，写古老的汉字
故乡的甜糕日渐淡忘
却把他乡一枚裹蒸粽当成
天下美食，把一个个
风轻云淡的日子，当成节日的恩典

（原载《中国校园文学》2021年第10期）

生存书(外二首)

朝歌

天以蓝为佳,地以净为佳
天地万物以生生不息为佳

兽以野性为佳,人以良善为佳
人兽辨分以情理准绳为佳

酒以醇厚为佳,爱以纯真为佳
情爱两难以人性法则为佳

古以汉唐为佳,今以科技为佳
古今之事以相忘于江湖为佳

念去去,时间迢迢
悠来来,未来难来
生存之道以素锦两全为佳

怎样成为更好的人

生活的肉体并没有腐烂
而是你的思想腐烂了

生活在城市里的人

当然愿意成为更好的人

他们的生物钟
决然无法调回过去乡村的
鸡鸣狗吠

从天空的角度下看
城市和乡村也没有太大区别
它们都是土地上的事物
楼房和庄稼并无二样
要收割时都可以收割
要腐烂时都一样腐烂

问题在于怎样成为更好的人
作为每一个受到恩赐的城市人
感受一下脚下的土地
水泥覆盖的下面
掩埋的是曾经的村庄

有多少人还值得我们热爱

那天早晨我从偏僻的小路经过
看到两个奇怪的人在树荫下做饭
他们端出各自的小煤气炉
上面架一口锅,正在煮什么东西
旁边停着两辆改装的三轮小车
左面写着"专修楼房漏水"
右面写着"及时疏通下水道"

他们的车就是他们的家了

车内驾驶室铺着一床被子
凌乱地堆着一些衣服
车窗上还挂着一条破旧的内裤

此情此景,我真想上前跟他们聊聊
听听他们微不足道的生活,如果可以
我还想拥抱一下,像受苦受难的兄弟
但是脚步不听从我的意见
匆匆地从他们身旁走过

(原载《诗歌月刊》2018年第12期)

莞香树（外三首）

青铜

我不幸，长成一棵粗壮的莞香树
无论如何躲藏，都无法逃脱
香农饿鹰般贪婪的眼睛

我恐惧于他们寒铁的钝刀
嚼肉的锯齿，削骨的凿子
鄙视他们行刑的手法

躯体因疼痛而扭曲
血液在伤口流淌，冷却，凝结
我深知，厄运已经降临

我惊恐寂静山林的每一次风吹草动
不再祈求过往的飞鸟和秋蝉
为我呼喊鸣冤

在了无生趣的日子
我开始反思，开始可怜那些
弓着脊骨进山的香农

手指皲裂，脸颊黝黑
额头的褶皱如我肌肤的刀痕

喘息中听见，他们腹中饥肠辘辘

我憎恨，憎恨那些仅仅为了
从我烧焦的躯壳
嗅出味道的人

我用缓慢地生长，发起无声的对抗
暗自庆幸，"种香"人的手艺
衰落成"世界非遗传承"

我死后，请将未腐的遗骸精心打磨
用九九八十一刀或更多刀数
雕刻成一尊慈悲或威严的雕像

（原载《百花洲》2021年第5期）

父亲的咖啡

走进咖啡馆
像父亲带我第一次进深山
新鲜，好奇，神秘

点杯热蓝山
父亲握过犁铧的双手接过
咖啡荡起涟漪

父亲微眯双眼
鼻子抵近咖啡边沿
像淘气可爱又贪婪的小熊
审视面前一罐蜂蜜

轻抿一口，好苦
加糖，加奶，还是苦
细品，笑意抚平脸上褶皱
"这玩意儿嗅着香，喝着苦
不如咱家清明前采的茶
闻着香，喝着更香。"

暖阳透过窗户
微醺，双眼迷蒙
咖啡渐冷，父亲已倦

"爸，我扶您回家。"
伸直佝偻许久的脊骨
端起咖啡，一饮而尽
"苦是苦，别浪费。"

父亲的咖啡
一生仅此一杯

（原载《黄河文学》2021年5月刊）

用温暖的舌头舔舐伤口

由赣江以北，到岭南以南
我与窗外孤独的武陵崖之间就起了沟壑
似早年父亲跟奶奶
从产异蛇的九嶷
到周瑜点将的浔阳

二代人的异乡，成为
我的故土

我从没嫌弃崖上枯树的潦倒
宛如一条骨瘦如柴的狗
从不嫌家贫。藏身街檐阴暗转角
用温暖的舌头舔舐溃烂的伤口
再晚都忍住疼痛，冲着家的方向
一路踉跄前行。像是我这些年
来回四千里迁徙的生活

掌上故乡

摊开握紧的拳头
武陵崖的峭壁在指节间缓缓舒展
反复伸，缩
故乡的山水就在掌中来回起伏

烈日下无数次仔细辨别
纵横交错的沟壑，星星点点
布满父母遗传的汗水
将掌心呈递眼底，隆起的山梁
丰腴的田野。我的头颅为之倾倒

早已习惯坐在城市咖啡馆的角落
翻阅这丢失炊烟的村庄
干枯的脉络总是如此孤寂，有时
我一滴泪
足以让所有的河流泛滥成灾

城市与故乡之间（组诗）

曹启冰

脚印

地板砖，铺着农民工的体温
每走一步，都踩着兄弟的肩膀
它们整齐划一，匍匐在泥土上
一张为亿万人群垫脚的花毯

城市体重庞大，它产生的压力
不像农村砖瓦房那么轻巧
有瓷器的美貌，能承载千百万人群的挤压
喧闹声沸腾，各种方言交织
大江南北的风俗，挂在城市腰肢上
我们，匆匆穿过熟悉与陌生

像蜜蜂一样勤劳
把花粉酿制成钞票
假期，村庄将我们拉回
一身华服和外地故事，花草视而不见
故乡，已陌生
城市，只有脚印

风吹疼了我

哪里飘来的风
一年四季刮个不停
像一个人起伏不定的心情
又像世界各个角落传来的消息
或者社会内部的剧烈运动
以及一场意外战争

源头在哪里,也许
如空气的冷热不均
才有了那么多纠缠和争斗
风,吹开季节的音符
比如冬季的雪春季的绿芽
夏季的闪电秋季的枫叶
穿行在音符中
被它们奏出的旋律迷惑

未来在何处,走出雾
在风中等阳光指引
疼痛的伤口,风用刀一日日加深
挥霍时间,外表和内心
雕满无法回头的皱纹

枯树

枯树坐在城市繁华的街道
春天来了,暖逼他裸露上肢
风抚摸着他黝黑的树皮
浑身衰老的骨头
有节奏地起伏成一串串小山丘

这么多年，城市的富裕
未擦掉他生活的污垢

枯树像个失去土地的老农
破碗，好心的硬币
枯树骨头清脆作响
他弓着脊背，头接近泥土
花白胡须，枯树入土的根

五岁儿子带我过马路

习惯看车不看红绿灯
有车则停下来
无车就往前冲
可是和儿子在一起
再不顾一切地窜
就会有只小手限住我
有声音喝止我
红灯停绿灯行
黄灯面前等一等
儿子命令我慢下来

不管其他人群是否闯红灯
儿子要我等绿灯亮了才通行
他教我不能随波逐流
教我文明守纪律不能耍流氓
此刻我乖乖地
跟着儿子过马路
不能越过他设定的红线
这条父子间的规则

萧瑟

冬天，你开得绚烂
而今天
春已漫过你周围
那一身娇艳
为何默无声息地凋零
让人莫名地落寂

芳菲，目光一再寻觅
你却一身素衣
莫非你看破红尘
收紧了绽放的花絮
多想翻开你一声不吭的沉默
撩动你往日的生机与活泼

季节膨胀的养分
已被城市繁华封锁
你曾收集大地心声
将它们嬗变成满园春色
而今，是谁让你
在明媚的艳阳里如此萧瑟

阳光正好

路过岁月的通道
枯萎的季节逐渐茂盛
有水草的地方能闻到香气
恋人留下的回忆，充满甜蜜

孤独者，来这里散心

看天上的云，听寂静的水

不需与任何人交流

享受自我感觉

将苦闷倾倒在阳光下

晾晒成大地音律，鸟鸣或水流

做一个农人

把故事酿成美酒

春天端出佳肴

犒劳即将投入农忙的朋友

播种养活世人的种子

阳光正好照到人心间，收获

在勤劳者手中

粒

粒

饱满

听风

它们无影无踪地扑向你

吹动你的长发、衣裙

甚至你的心、浮躁的情绪

在风中左右摇摆，漂移不定

像一片落叶挣脱了树的缰绳

像一些流云做着夸张的表情

听，风弹奏春天的旋律

花朵们笑得正酣，河水与山谷交谈

你，做一个吃瓜群众

嗑着秋天的五香瓜子

口渴了，就喝一杯凉开水

淡淡地说：一切都会过去的

（原载《芳草·潮》2018年第4期）

漂泊（组诗）

孔鑫雨

北极光

一条蓝鲸飞过，天地尽头出现裂痕
附身苍崖，欧若拉用谜一样的

针尖，缝合大地的伤口
从她指缝漏出的沙

形成无数光影，隐蔽的尘埃中
漫天钻石点缀夜空，总有一些

看不见的事物萦绕心头
在极地之上，她用眼眶里的空茫

牵动黎明的每一处神经
略带咸湿的珠泪，落下

从银色水晶瓶里，倒出一瓢海水
当天体出浴，一道道流星

把梦幻般的屏幕搬进银河系
她的世界，只是无垠的幻觉

（原载《作品》2021年10月）

漂泊

烟笼锁住天阶,朝露解开松菊
站在异乡的土地上,用一根发丝冥想

携秋风酿酒,挽阳光抚琴
幽赏海棠,不谈生活的苟且

无云的天空,鸟群从西边飞过
没有血性的人啊,你只能漂浮在

冰冷的崖边,被雄鹰啸唾
无名小花举起火把,痛入骨髓的离愁

蔓延在背影中的桃林,那广袤无垠的
苦涩,何以隐匿在我漫长的归期中

(原载《作品》2021年10月)

春风里飘满果实的味道

芦苇轻荡,杨柳吐出嫩芽
春天踏着河水的清澈,追赶
浮出水面的鱼群,走在田垄上

裤脚沾满泥土和油菜花的香息
蜂蝶赶来,与我争夺花期
我们醉倒在金黄的海浪里

田野花随影动,好像对镜梳妆的少女

把青春期的烂漫和溢出泥壤的芬芳
藏进大地的口袋。从天空俯瞰

一垄垄田地,就是被犁耙雕刻出来的
图景,它从千年的烟霞中走来
保持泥土雨露的记忆,鲜活如初

如果把春天比作一首情诗
有写不尽的曦光与岁月的温情
聆听花开的声音,把最美的音符投放在

山岭与密林,若你在星辰露出笑脸时
如期而至,我手捧果实
你将会闻到整个春天的味道

(原载《作品》2021年10月)

思荷

水潭将莲蓬插在一颗星星上
万川披挂月色,为缺席的花朵

补遗。落入掌心的莲子
向露珠能够洒到的地方索要未来

这稚嫩的生命,和我一起阅读
生存法则,春潮带来崭新的词语

从观赏的花朵到入药的药引
她将一生都捐献给了大地与人类

摊开手掌，左手和右手间隔着
一道河流，我与一粒种子的命运

是个平局，仿佛看到了微茫的自身
无法把归宿和归属融合。一枚莲子

承受着生命之重，慢慢浸入水中
靠河流与现实多余的残渣维系生活

（原载《作品》2021年10月）

没有一首情诗不无辜

万千河流在一片树叶的经脉间
涌动，雨季淹没了你的轮廓

云团铺满午后山冈，我将海啸般的
思念，传送给秋天的蝴蝶

从俗事中离身，在咖啡馆的某个角落
追上那束光，书写时空交错的波影

给你。浪花剥蚀曾经遗忘的时光
将早已哀怨的眼神换一个方向

痛楚时并没有黎明，一枚秋叶的爱
并不比春天的吻更轻，却比尘缘更沉

我把丈量爱恨的界限，划清

灵魂和肉体之间隔着孤伤的独白

在拯救与被拯救的造梦中
苏醒,没有一首情诗不无辜

（原载《作品》2021年10月）

垂钓者

在洒满露水的河岸,用一根渔线计算
鱼嘴与山凹的距离。我听见鳟鱼五重奏

在一夜疏风中响起,犹如抒情女诗人
用三分钟梦境,收藏发丝间的呓语

想象力的木筏,用极限奔跑冲向
航行的尽头,那些钓竿上的鱼饵

变成一封垂钓者写给大海的情书
水面冷静,浮萍用流云修改生命符号

芦苇伸出手指,触摸天空的每一处
敏感神经,如同在玄幻小说的迷宫里

炼制意念的灵药。云海以玫瑰般的花瓣
点燃黎明,将思想从时间的永恒中解放

用一根鱼竿钓起你眼眸里的万千星辰
我看见一对睡莲朝着晨光的方向歌唱

（原载《作品》2021年10月）

钢笔

月光,照在窗边的书桌上
蛐蛐噤声,不忍打破我和
一支钢笔独处。夜空飘下

文字的缆绳,试图将我生擒
白纸在笔尖的沙沙声中走向
更深的寂静。手握它蓝色的

腰身,以浓墨轻吐浩渺烟波
内心中那匹黑马奔腾的踪迹
仿佛潜入我们共有的小宇宙

青空洪脉涌动,它在舌痕中
留驻子夜柔情。我凭栏眺望
漫天繁星都像情侣手牵着手

一股暖流越过丘壑蓦然涌向
心头,信笺正悄悄铺开全新
页面,它顺着微风隐出黎明

是谁瞬间白了青丝,在春天
等你如期?我用星夜兼程的
相思,可否饮醉高山流水?

(原载《中国校园文学·青年号》2021年12月上旬刊)

读《百年孤独》

摆放整齐的书架上
那些错落的文字
最容易让我虚构和念旧

抽出读了一半的《百年孤独》
拿起泛黄的书签，阅读的气息
在字里行间进进出出

似乎这一刻它不再"孤独"
我陷入马尔克斯布设了百年的陷阱
与故事中那些陌生人物相遇

和他们一起，为打破孤独
进行过种种探索
畏惧、退缩，抛弃伪装的外衣

浸淫在孤独里的人们
无休止地挣扎逃脱，在尘世中
带着恐惧，去追寻新的疆域

黑蝴蝶的眼睛掠过黄昏的街巷
像是发现了我合在书本里
那永恒的孤傲

抽完最后一根烟
揉着发胀的双眼
我似乎看到了夜空里

独惜的自己，宛若无根的浮萍

在河水的表面漂浮

虚空，是我找到的唯一方向

（原载《中国校园文学·青年号》2021年12月上旬刊）

指尖上的春天

他从雪原来，用冰冷的

手掌抚摸春天

细数被流水带走的柔情

冰冷、寒潮、刺骨……

这些春天无法体会的感觉

在彼此耳语中，敲击着她的内心

仿佛只有期盼已久的邂逅

生命才得以重生

他脱下一袭白衣

为春天染色，大地碧绿如洗

在幽蓝的空寂中

他手捧清风

看千山的花瓣跃上枝头

在逆光中悄然转身

一朵桃花飘落，她珍藏

四散的芬芳，换来短暂的拥抱

用满山的情思送他北归

隐身于苍茫

奉献、索取、迷惘……
当她再次凝眸他冻伤的面容时
天空还在用雷雨泼洒破碎的诗章

她苦笑着释然
用气息和眼泪制作
写不完的帛书

通过夏与秋的传送
让他感受到正从
她心底蔓延的温暖

指尖上跳舞的精灵
瞬息转变，她在长夜中等待
等他将簇新的景致输送给丘壑山峦

（原载《星星·诗歌原创》2021年增刊第1期）

大雅堂雪景

情曲尚未终了，林中空地
已堆满时间碎屑，那些

从天而降的舞者，满头青丝
终于在寒光中凝结成霜发

枯卷的树枝写满青春留言
仿佛少女心胀破梦的衣袂

几束蜡梅噙着被春秋用旧的风水

用一生的香息为大地造像

由季节炼制这白银般的皎洁

勾连着游人抒情的雅兴

天地如镜,站在尘世的屋檐下

我只是一个心思纯净的人

(原载《星星·诗歌理论》2021.01中旬刊)

活着

溪水里的游鱼,用眼中的余波

计量月光扭转向日葵的生命向度

需要耗散多少滴雨露,生命的镜像

并非流于表面。倘若活着只是

为了活着,石头就会保持永恒的

缄默,绝不会推动时空的转轴

让四季轮回,万物复苏

就算在深渊里攀爬,我也要驾驭

思想的奔马,看命运的宣纸开满繁花

(原载《四川诗人》2021年第2期)

路途

赤脚踏入旷野,感受丘峦的
起伏,刨开一片荆棘
就像刨开人生路的云山雾罩

很多时候,并非没有路,而是
没有找到合适的鞋袜,脚印在
泥泞中缺失。暴风雪后的丛林

手握状如白骨的虚无
无鸟的天空下,我在众生
交织的殊途中,查看疮痍的行迹

(原载《四川诗人》2021年第2期)

樱花

一夜春雨,敲开三月的大门
残冬卷携世间忧伤

遁入时节的裂缝
我紧紧咬住嘴唇,像门前的花苞

紧紧咬住庭院的宁静,那株樱花树
贪婪吮吸泥土的甘露,一树繁花

高洁又娇媚,散发羞红的光晕
勤劳的采蜜者,匆忙赶来

采摘她内心的琼浆。由血液渲染的
花瓣，在几页云影下翩舞

她比柳絮还要轻柔，以最美的姿态
飘落，躺在大地的掌心上

与尘土融合，化作春泥
滋养自己的躯干，期盼来年

从梦中辗转醒来
捧起这些花瓣，仿佛被触碰到

如风的心语。当我也零落为骨
谁会藏起山风剪断的花枝

听我长歌当哭？谁会接过夜空
泼洒的雨滴，写下温煦的诗行

纪念这片我生活过的土地
太阳升起又落下，时间如飞剑离弦

春季刚开始，又被流光蹉跎
悄悄散场，正如俏立树梢的花朵

她们还未来得及深爱自己
就飘入下一个轮回

（原载《羊城晚报》2021年7月13日诗歌园地）

亲爱的厨房（外一首）

郝小峰

妻一大早从地里摘回来的新鲜青菜
还静静地挤在菜篮
一簇簇，金黄盛开的菜花
像生活无私的馈赠
引得窗外三两只蜜蜂悄悄飞来
久久萦绕在洒满了晨光的厨房

又是新的一天，又是美好的一天
孩子们都起床了，该洗刷的洗刷
厨房的灶炉喷射着蓝色的火焰
一口锅支起一家人的一日三餐
一位早起的女人在厨房忙碌的背影
给一个家倾注着无声的温暖

一个个烟熏火燎的日子里
一间不足四平方米的厨房
一直以来是妻单枪匹马的战场
很多次我想跑进厨房
伸手轻轻从背后拦腰抱住她——
这位也爱美，更爱生活的女人
给我一个有温度的家，和每日简单的幸福

（原载《星火》2021年第5期）

想到一生

想到一生何其长
大多数的人，喜欢安于现状
或不得不安于现状
想到一生何其短
那些多愁善感的人，又徒生悲凉

事故或疾病，总是突如其来
越来越发现，许多鲜活的生命
其实不堪一击，来不及留恋
心跳便像钟表，戛然而止

说一生，总觉得为时尚早
这么多年来，我们疲于奔命
被金钱捉弄，被时光
渐渐消磨了青春的棱角
爱没爱好，何谈深爱
而恨也总是浅尝辄止

想到一生，我就满怀亏欠与悔意
日子里已多风雨
所幸，自己一直还安全地活着
而人生几多艰辛、动荡
我们必须随奔涌的河流不停向前

（原载《速读》2022年1月合订本）

当年的街坊（组诗）

彭争武

挂在墙上的那个人
再不会走下来
就像我们再也回不到
长长的街坊

很多时候，我们守在这里
与李铁匠打招呼
莫名其妙地喜欢叮当叮当
与猪肉荣讨价还价
一两猪肉幸福三十天
抓着一双鞋子奔跑
也要与新来小学的邓美琪老师
擦肩

我们还喜欢宋寡妇门前杨梅
刘带金的小算盘
陈胜利
魏来、成功、高红利的名字
若他们每天走来
我们就会相见
虽然见着见着，就再也不见

再也不见,也没有遗憾

街上人来人往

我们最后也会搬到墙上

搬的最后一次家,祝愿我们住到永远

岁月

对山有个交代　在它腰上盖个房

对地有个交代　在它胸前种上庄稼

点上旱烟　阳光下吟诗

煮一把糙米　养出一窝儿女

早起的风扶着我走一春秋

晚来的夜给我一生的归宿

围着来来去去的我,还有后代

生死那首歌是嘴唇一泉叮咚

经历

苦难只不过是白天回到房间

晚上占据阳台一夜月光

幸福只不过是白天不出阳台

晚上占据房间一宿天亮

又到凌晨,不问谁的声音

醉与非醉,谁缺一本空白日记

练耙

伟大就站在最显眼的地方
裸露全部的胸膛
等待
对自己，一箭穿心呼啸

这就是爱的代价，为了你的经验
重复的经验
不断受伤，不断挺起胸膛

思考一条河

仅仅　思考一条河
我不会将自己
将家庭　将岁月的沉重
搬到桥上

桥上，桥下

仅仅二米　也是距离
一个静止的，一个流动的

棋如人生

不擅吵架谈道德
不擅酒醉饭饱　谈慈善
更不擅铺官非谈正义

很多时候，二人、三人、几人
就阳光一抹，摆一围龙门
将帅不和帅将和

不谈楚河有汉界

上下三百回合

我们再细语人世间尘尘埃埃

胜负已定胜负亦未定

左肩有山右膀有水

不会像高楼无缘无故冒出来

夜就算迟来也会到来

一切归于宁静

翻转棋盘，人生一白纸

哪有生死可分子夜

胜负休想留痕到天明

大头兵

如果：我宁愿一兵

既然不能左，既然不能右

那么让我踏地三分

举矛而进

天生不需赤兔，来日不寻革车

给我长河乘夜

一越便是楚河

人生苍茫生死敌营

我心无项羽

胸不怀刘邦

纵然万炮齐发

也须城门立木

曰：生死已远，何谈点兵为将

纪念—两个逝去的人

风吹不进你的朋友圈

微信号就躺在网络里

多年了,纹丝不动

你就在这个城市,悄悄失踪

而故乡没有你

没有你邮寄的笑容和往事

举着一部手机行走

都是赶着城市去上班和下班

赶着岁月去体验生老病死

手机里面铺满了

多年不动的微信号

密密,就如夜空不闪的星星

都是一些擦肩的人

谈不上怀念

谈不上记忆某些

你就在这个城市,悄悄失踪

我们总在匆匆刷屏

匆匆删去,不游动的微信号

肯定不会想象,这一天

有意删掉的,不仅是你的温度

还有你返家的脚步

(原载《作品》2022年第9期)

评 论

女式单车、香港衣服与南方乡村认同变迁
——评莫华杰新作《春潮》

刘志珍　申霞艳

1. 女式单车、香港衣服与时代氛围的松动

詹姆逊早就说过不存在单一的"身份"或"民族主义",我们的经验也告诉我们身份总是混杂的、变化的、流动的。提起莫华杰,脑中会自动跳出东莞长安、打工作家等字样。的确,他是从广西桂北南下广东打工并通过写作改变自身命运的作家,他早期的作品也呈现"打工者"的生活场景。《临水南方》《东莞往事》等散文虽以温婉、细腻的笔致叙述了少年成长的隐秘心事,以及其在广东辗转各地打工的辛酸过往,但打工作家只是作家成长的最初印记,其作品并不能简单地冠以打工文学之名。陈启文在《一个尚在验证中的文学预言——莫华杰中短篇小说摭谈》一文中认为:"文学创作是很个人化的,以莫华杰及其小说为例,他从一开始就是一个超越了代际同时也超然于打工身份的写作者,他很少关注打工一族的打拼与苦难,更多的是书写他远离的乡土。"[①]"乡土中国"已经潜入无意识深处规训我们的思维和写作,当我们面对改革所带来的日新月异的大都市时,我们依然会通过写作再现儿时的记忆和愿望。

卡尔维诺认为"每个作家都有一个明确的迫切感,就是要表现他的时代"[②]。出生于80年代的南方作家莫华杰渴望表现的就是他所亲历的改革开放时代,这既是每个人的成长史,也是民族国家的现代变革史。春风吹彻大地,万物欣欣向荣。莫华杰在2002年便南下东莞打工,有着相对丰富的城市生活经验,可他并未以广东这一改革开放的前沿阵地展开叙事,以此来凸显时代的巨大裂变,而是将笔触伸向了自己的故乡广西,以桂北小镇作为主要的叙事空间,通

---
① 陈启文:《一个尚在验证中的文学预言——莫华杰中短篇小说摭谈》,《创作与评论》2014年第23期。
② 伊塔洛·卡尔维诺:《新千年文学备忘录》,译林出版社,2009,第2页。

过冯源、陈嘉南等青年的创业和爱情故事,经由"小人物"的日常生活叙写波澜诡谲的"大时代"。对日常生活细节的捕捉与铺陈始终是莫华杰文学创作一个颇为突出的叙事特点,列斐伏尔认为"日常生活是一切活动的汇聚处、纽带和共同的根基。人类和个人存在的社会关系之总和,只有在日常生活中才能以完整的形态与方式真正体现出来"[①]。《春潮》是莫华杰以人物俗常的生活琐碎掘进历史的纵深处,勘探时代与个人复杂关系的一种尝试。

托尔斯泰曾说:"写你的村庄,你就写了世界。"乡村建构了作家理解世界的方式。即使后来定居东莞,那个"邮票大小"的村庄依然是其魂牵梦绕的所在。难能可贵的是莫华杰对故乡的文学建构既不似鲁迅的批评,也不似沈从文田园牧歌式的审美再现,也没有贾平凹式的乡土挽歌基调,而是以一种在场的情感体验描绘乡村的花鸟虫鱼、人事风物,进而展开乡村与时代的对话。《春潮》的时间跨度并不大,主要叙述了1993到1996年之间同花镇青年的创业图景和情感纠葛。詹姆逊曾强调保持小说是"历史的"方法是对应众所周知的重要历史时间。[②]20世纪80年代是改革开放的探索期,各种思潮频仍,观念交锋十分激烈,世界局势也在80年代末发生了剧烈的动荡。1992年,"邓小平'南方谈话'"最终确定了社会主义市场经济体系和民族国家的发展方向。"邓小平'南方谈话'"让广东沿海地区以得天独厚的地理优势继续启航高速发展,但内陆地区发展相对缓慢,似乎存在一个无形的时间差,这也是莫华杰选择叙事时间的关键点。

面对改革开放这样重大的历史事件,《春潮》以1993年作为小说的起始时间,这不同于张炜的《古船》和路遥的《平凡的世界》。莫华杰选取回忆的叙事视角、日常生活的叙事图景,以人物的衣食住行、娱乐、思想观念的流变来散点勾勒时代的面影。小说开篇通过欧阳娴的出场在交代了叙事时间的同时,也侧面映射出时代的幽微变化。"她骑着一辆女式单车——这还是1993年,农村人骑的几乎都是带大梁的男士单车,那种没有大梁、车架是一个漂亮弧形的女式单车在乡下还很少见。"[③]"春江水暖鸭先知",从某种意义上说,器物是人物身份和社会地位的象征,也是建构自我认同的来源。自行车无疑具有鲜明的时代标志性,与今天不同品牌的汽车相仿,从带大梁的男士单车到车架是漂亮弧形的女式单车,看似不经意的细节化叙述表明了人物的身份。在闭塞僻远的同花镇,这辆自行车是欧阳娴身为小学校长的父亲托了供销社的关系才好不容易买来的,小说由此具象地再现了90年代初期乡村的物质生活水平。除了自行车,摩托车则更具揭示人物身份的象征性。在陈嘉南购买摩托时,他已经通过贩卖"香港衣

---

① 亨利·列斐伏尔:《日常生活批判》,人民文学出版社,2007,第97页。
② 弗雷德里克·詹姆逊:《现实主义的二律背反》,中国人民大学出版社,2020,第270页。
③ 莫华杰:《春潮》,北京十月文艺出版社,2021,第3页。

服"的方式声名鹊起,成为迥异于同花镇人的"香港仔"。就连出生于贫苦山窝子的冯源,也因开着摩托车的缘故,不仅进入教育局的宿舍楼,还不费吹灰之力得知了欧阳才华的房间号码。自行车、摩托车等交通工具意味着时代的加速度,意味着生活空间的扩大和社会地位的提升。女式单车超越了单车的使用价值而彰显出消费价值,成为身份的标记。嘉陵牌摩托车进入乡村则标志着流动性,稳定的乡土中国开始流动起来。

商业文明的种种症候借春潮"飞入寻常百姓家",不仅改变了乡村的衣食住行,而且更新了乡民的思想观念。而价值观的变化离不开信息的刺激,手机、网络等电子媒介的大量普及带来全球信息的极度通畅,但在传统的农业社会,由于交通、科技的制约,某种器物、时尚、潮流等要经过极为漫长的过程,才能由繁华的大城市进入偏远的乡间。90年代初期,除了少数大城市外,中国大部分内陆地区都比较落后,"小镇上的后生们平时都是穿以蓝、灰、绿三种颜色为主的衣服,姑娘家穿的大多是朴实的花布衣服,颜色不会太鲜艳,早就让人产生了审美疲劳。陈嘉南从广州运回来的潮流衣服,冲击了他们的眼球,那时候喇叭裤和条纹服在大城市早已落伍,但在这偏僻小镇上还没有来得及流行,仍让小镇的后生仔吃惊得很。尤其是女性的花裙子和绣着蕾丝花边的衬衫,整个县城不曾见过,必须去梧州和桂林这样的大城市才有的买"。由此我们看到乡村消费的滞后性,时尚的风潮是自上而下,从香港、广州这样的大都市到梧州、桂林,再中转到乡村,时尚普及的速度与交通和通信的速度匹配。西美尔在《时尚的哲学》中指出:"时尚是既定模式的模仿,它满足了社会调试的需要,它把个人引向每个人都在进行的道路,它提供一种把个人行为变成样板的普遍性规则。但同时它又满足了对差异性、变化、个性化的要求。"①穿衣打扮方式是我们寻求社会认同和彰显自我最明显的方式。一方面,衣服有保暖、审美的功效;另一方面,衣服也具有区分阶层和社会地位的作用。在等级森严的古代,对衣服的用色用料有严格的规定,奢靡的宫廷生活促使丝绸等昂贵的织品技艺达到非常高的水准。桑巴特在《奢侈与资本主义》中阐述了人的奢侈欲望在一定程度上刺激了资本主义的发展。

频繁的商业极大地刺激了人们的消费欲望和审美追求,虽然在此之前新式自行车、摩托车等生活用具早已出现,但这些耐用品价格昂贵,只属于富裕人家。脑袋灵活的陈嘉南从广州运回来的各种款式新颖的衣服却因价格适中,更容易得到小镇青年的青睐。尚未回归的香港引领着中国的时尚趣味,港产影视剧让国人对香港产生强烈的向往。陈嘉南很好地利用了大众的这种消费心理,声称自己的衣服是香港货,并挑选了一些自己去香港游玩时拍的照片贴在墙上,以证实自己所言不虚。"香港衣服"的商业噱头具有很大的轰动效应。这批"香港衣服"既新

---

① 西美尔:《时尚的哲学》,文化艺术出版社,2001,第72页。

潮又让小镇青年感受到神秘的热气流。如果说陈嘉南那批衣服的香港标签只是一种商业运营手段、消费符号的话，张学友、刘德华、张国荣、beyond、谭咏麟等香港明星则是更为具体、真切的客观存在。八九十年代，电视、广播等大众媒介伴随改革开放的春风而觉醒，香港影视搭乘时代的快车率先崛起，彻底改变了人们的娱乐方式，而其流行音乐更是火遍大江南北。"同花镇地处偏远，离县城也还有几十里地，信息比较封闭，当时人们听磁带，大多还是喜欢听革命歌曲，或者电视剧《新白娘子传奇》和《雪山飞狐》的主题曲等流行歌曲，香港的歌星也就张学友和刘德华进来，就连beyond的歌曲在小镇都还没有流行，陈嘉南带回来的这些磁带，是相对新潮的。"①八九十年代那些为人熟知的香港明星、香港歌曲，不仅对内地的娱乐文化产生了非常大的影响，也是一个时代的"神话"。陈嘉南像开启潘多拉魔盒般给闭塞、偏僻的同花镇注入了新的活力，丰富了人们原本单调乏味的乡村生活。在欧阳娴去往深圳之后，冯源正是借助这些流行音乐消磨难挨的孤寂时光，浇筑心底无地赴诉的相思之苦的。除了香港明星，金庸、古龙武侠小说和琼瑶言情小说在当时也深受广大青年男女的喜爱，是那个时代人们挥之不去的共同记忆。这些通俗文艺对内地的影响比口号要持久得多，为大家勾勒了富足而轻松的生活愿景。

2. 爱情与创业的交响曲

关于改革开放这样一个重大的社会题材，南方涌现出一批代表性的作家、作品，比如盛可以的《北妹》、王十月的《无碑》和《国家订单》、盛慧的《闯广东》、郭海鸿的《银质青春》，还有塞壬的一系列散文、郑小琼的诗歌，以及一大批出色的非虚构作品。面对这样的时代大潮，莫华杰选取90年代初期人们日常生活中那些极具时代印记的事物和记忆，通过一个接一个的生活"小变化"来侧面映射巨大的时代变革。《春潮》将那些碎片化的生活细节按照记忆的逻辑镶嵌在一起，比较清晰地展现出90年代社会转型时期的整体面貌。创业就像现代文学中的"革命"一样，成为开放时代的"热点"和潮流，当然，创业的青春必然伴随着爱情的交响乐。如何向阳在"大湾区文学新浪潮"广东青年作家作品研讨会上所说，《春潮》既是一个创业的故事，又是一个爱情的故事。

卡尔维诺在《未来千年文学备忘录》的第一篇演讲中就提到轻逸于小说的重要性。陈启文也在访谈中建议莫华杰用心体悟伊凡·克里玛"轻与重的辩证法"，"所谓轻，是如何从一个狭小的侧面揭开一角，而重呢，在克里玛笔下，那看似波澜不惊的生活，却随着国家命运而跌

---

① 莫华杰：《春潮》，北京十月文艺出版社，2021，第221页。

宕起伏"①。克里玛善于捕捉生活中一些具有隐喻意味的细节，通过举重若轻的方式揭示出一个国家、一个民族集体无意识的变化。回看过去的20世纪和最近四十年的改革开放，最大的变化在于流动性。乡土中国是建立在稳定的"熟人社会"基础上的，而改革开放让人、物、观念、资源、金钱以及整个社会都快速流动起来，交通和通信的高速发展尤具标志意味。

在改革浪潮面前，很多人怀揣着发财梦，毅然决然地"下海"。"海"意味着深邃、起伏，也意味着巨大的不确定性，意味着"诗和远方"。城市化、商品化不仅形塑了现代中国的外部面貌，也改变了传统中国的社会结构。大量的农民离开家乡涌入城市，以谋求新的人生出路，由此形成了中国乃至世界历史上最大规模的迁徙潮。农民工这个新词道出了他们新的身份：户籍制度上的农民和实质上的工人。在这场巨大的迁徙中，几乎每个人的身份及认同都更新了。

王十月、郑小琼、塞壬、盛可以等打工作家都凭借自身在场的情感体验，书写城市打工者的生存境遇和精神褶皱。莫华杰走在这条时代大道旁边的小径上，《春潮》避开了对珠三角的正面强攻，着重书写冯源、陈嘉南等人在同花镇的创业经历，李宝军响应改革开放号召，毅然辞去公职成为在同花镇开淀粉厂的民营企业家，梁坤健、欧阳娴等农村青年则随潮流南下深圳打工。《春潮》呈现了一代青年的选择，撷取层层涟漪来侧面反映了时代的海洋。小说的着眼点始终在乡村小镇的今昔变化，城市打工者的生活通过其与同花镇乡亲的情感纠葛来展现。更耐人寻味的是，人物创业的内驱力和最终目标并非现代人一再强调的自我实现和远大抱负，而是基于爱情的怦然心动。

鲁迅对看客文化的发掘对理解中国文化的深层内涵和后世文学创作都有着深远的影响，莫华杰也很好地利用了乡土中国的看客群像，但与鲁迅国民性批判的灵魂透析不同，《春潮》对看客的书写主要是为了制造舆论效应，并经由其思想的转变进一步体现了时代的新变。《孟子·离娄上》云："男女授受不亲，礼也。"冯源表弟罗祥兴在富江大桥因恶作剧将欧阳娴绊倒摔晕，在桥下摸石螺的冯源情急之下穿着一件大裤衩将其送往卫生院求医，这在思想观念保守的乡间小镇是件难得一遇的新闻，又因她男朋友是梁坤健，各种因素将二人推到了舆论的风口浪尖，为了平息这场闹剧，冯源来到李宝军的淀粉厂当捞渣工，认识了因制造假化肥入狱的陈嘉南。与冯源的避难和谋生不同，陈嘉南进入淀粉厂纯粹是为了爱情，这主要源于其在劳改农场一次不经意的抬头。刚进农场的日子对陈嘉南来说如同炼狱，就在这时李素雅如一缕星光点亮了他晦暗的人生。之后为了增进两人的感情，得到李素雅父亲李宝军的认可，陈嘉南与冯源便在同花镇携手创业，并与李素雅终成眷属。冯源也因开话梅坊认识了欧阳娴的妹妹欧阳

---

① 莫华杰、陈启文：《在不经意之间面对自己的灵魂》，《创作与评论》2014年第23期。

慧,以此为契机拉近了与欧阳娴的关系,欧阳娴也不顾家人的反对与性格不合的梁坤健分手,选择了幽默风趣的冯源。但冯源与欧阳娴的爱情最终难敌亲情的重负,在欧阳才华的精心策划和极力劝说下,为了智力只有八九岁的妹妹,欧阳娴忍痛答应了父亲看似荒诞的要求。瓦西列夫曾说"爱情的悲剧是情感冲突和社会冲突的一种特殊形式,是一个人的高尚追求同反对这种高尚追求的外部力量、某种重大的客观障碍之间深刻冲突的一种特殊形式"[①]。总览20世纪中国文学,爱情与家族的关系向来暧昧,家既是心灵的港湾,也是我们前进的壁障。五四以降,家被视为囹圄自由、压抑人性的"罪恶渊薮",对封建家长的反抗始终是青年追求个性解放、恋爱自由的主要路径,但《春潮》中青年与父辈基于爱情的矛盾冲突并非革命、启蒙话语下的时代感召,而是"父母之爱子则为之计深远"的传统乡土人伦与现代人恋爱观念的碰撞。

  小说以创业加爱情的叙事模式,主要讲述了冯源和陈嘉南在同花镇开设话梅坊和打火机厂的创业经历,每一次创业都对其感情起到了一定的促进作用。而陈嘉南人物形象的身份设定具有举足轻重的作用。李宝军的淀粉厂是联结人物关系的重要纽带,冯源与陈嘉南先后进入淀粉厂当捞渣工,这与其梦中情人有着莫大的关联,但陈嘉南是爱情催发下的主动选择,冯源则是梁坤健逼迫下的无奈之举。也正是在当捞渣工期间两人结下了深厚的情谊,为之后的共同创业埋下了伏笔。与冯源这一乡野小伙截然不同,陈嘉南来自最早沐浴改革开放大潮的大城市,有着相对开阔的思想和眼界。他在同花镇贩卖衣服不到一个月便赚了一千六百块钱,这使冯源觉得做服装生意是一个不错的营生,但在陈嘉南看来,"贩卖衣服只能挣点小钱,成不了大器,一年就算赚几千块钱,也不过是一个衣服贩子"[②],只有打开创业之路才能出人头地。但创业需要大量资金,巧妇难为无米之炊,陈嘉南良好的家境又为其提供了一定的经济保障。哥哥陈嘉志在顺德开了家养殖场,赚了不少钱,因而陈嘉南根本不用为钱发愁,这也是他不愿贩卖衣服赚些蝇头小利的原因所在。

  货币作为商品交换的一般等价物,在不同的时代会随着市场供求关系、国家经济趋势和政局变化等因素的影响上下波动。两万块钱创业基金对于今天的我们来说掀不起多大的浪花,但在90年代初期,由于长期的政治运动,尤其十年"文革"浩劫极大地损伤了国家的元气,人们的物质生活水平十分低下,这使得当时的货币价值远高于今天,用两万块钱开一间私人小作坊是不成问题的。李宝军的加入又是话梅坊得以顺利开设的决定性因素,李素雅的舅舅是劳改农场的监区长,母亲以前在供销社上班,借着李家的关系,他们在解决了进料问题的同时,也有了很好的销售渠道。更为重要的是,话梅坊本身就是陈嘉南针对李宝军开设的,目的就是为了

---

① 基·瓦西列夫:《情爱论》,生活·读书·新知三联书店,1985,第376页。
② 莫华杰:《春潮》,北京十月文艺出版社,2021,第147页。

给自己和李素雅的交往创造条件。金钱是人们日常生活绕不开的话题,"在张爱玲和王安忆的都市小说中,叙述话语中的经济话题是直接进入的,并且增进着叙事的趣味"①。王安忆更是强调经济叙事对于再现生活的本真状态,透视人物内心世界的重要作用。语言所指和能指的任意性本身代表着某种不确定性,不同的时代赋予语言不同的所指性意涵,从柳青的《创业史》到莫华杰的《春潮》,"创业"一词在计划经济和市场经济两种时代语境下的意义流变清晰可见。不同于《创业史》中由个人创业走向集体富裕的革命性改变,《春潮》的创业不再带有政治意识形态的阶级话语,而是一种现代意义上的资本运作方式,遵循市场那只看不见的手,以寻求利益的最大公约数为目的,这使得投资成本和利率尤为重要。但陈嘉南和冯源都不懂如何制造话梅,话梅坊只能请有经验的老师傅来指导,并从渡水村招了五名妇女当工人,这无疑增加了话梅的制作成本。三个月下来,"刨去原材料、人工成本、吃饭和烧煤等一切费用,大约能赚九百来块钱,然而,再除去房租六百元,就只有三百块钱的收入,三个股东分,平均每个股东才得一百块钱"②。话梅又是季节性作物,话梅坊只得草草收场。

如果说话梅坊因着时令、天气、产量等各种局限而经营惨淡的话,打火机厂在同花镇的开设可谓天时地利人和,陈嘉南表哥唐世荣顺应改革开放的时代潮流回乡建厂则为其奠定了基础。传统中国是一个以家庭为单位的国家,血缘与地缘的相互依附关系构成了家庭式、民间性的经济形态。当国家以经济建设为中心,大力推行改革开放时,传统乡土工业的生产模式和管理方式迅即抬头,很多企业最初都是从家庭作坊开始做起,一步步发展壮大的,唐世荣的打火机厂也概莫能外。唐世荣初中毕业便跟着父亲做皮鞋生意,由于常年奔波于广州和温州之间,他敏锐地察觉到皮鞋生意的发展空间将会日益窄化。而"广东正处于改革开放的前沿阵地,唐世荣看到深圳、东莞、珠海、佛山、顺德等地方四处建厂房,看样子顺德的发展不比温州差,他于是心里蠢蠢欲动,想回家乡干一番事业,省得东奔西跑"。"目前很多打火机厂的产品都是做出口贸易,还没有重视国内市场,国内很多地方的人们仍用火柴点火,包括烟民,因为买不到充气打火机只能依靠火柴点烟。打火机是消耗品,全国这么多家庭和人口,这里面潜藏着巨大的市场。"③改革开放初期广东各地经济的腾飞为唐世荣创造了良好的创业契机,国内打火机市场的供不应求也使他看到了商机。与话梅坊完全依赖外力运作不同,唐世荣经过一年的打工学艺掌握了打火机的全部技术,根据产品制作的难易程度和顾客的消费能力,将生产目标锁定在最简单的普通滑轮打火机和电子打火机上,很快使打火机作坊步入正轨,进而与陈嘉志合

---

① 高秀芹:《张爱玲、王安忆叙述中的经济话题》,《齐鲁学刊》2003年第6期。
② 莫华杰:《春潮》,北京十月文艺出版社,2021,第270页。
③ 莫华杰:《春潮》,北京十月文艺出版社,2021,第192页。

伙扩大生产规模，将其由小小的家庭作坊升级为企业。

莫华杰注重小说的谋篇布局，人与人、物与物之间相互映衬，环环相扣。顺德市（今佛山市顺德区）消防部门对全市打火机厂和家庭式作坊的全面整顿，是世嘉打火机厂搬迁的直接驱动力，而陈嘉南和冯源开设话梅坊时租用的渡水村公房又为其搬至同花镇提供了可能。虽然同花镇地处偏远，缺乏招商引资的各项优惠政策，但听说广东商人要在同花镇投资建厂，下至渡水村村主任，上至县委都高度重视。正是在当地政府的大力扶持下，打火机厂才很快建成投产，形成了由陈嘉南和冯源负责同花镇分厂的生产管理、唐世荣和陈嘉志驻守顺德总部开拓市场的企业运作机制。而打火机厂从顺德搬迁至同花镇，不仅化解了陈嘉南和李素雅、冯源与欧阳娴异地恋的情感危机，也使同花镇有了真正意义上的现代企业，在解决了许多青年就业问题的同时，极大地带动了周边经济的发展。可以说，陈嘉南不仅激发了冯源创业与追求爱情的欲望和勇气，也如阿基米德杠杆般撬动了同花镇的经济板结，在一定程度上改变了同花镇人的生产方式和生活水平，对两广地区经济共同体产业链的发展也具有一定的促进作用。

3.改革开放的深入与乡镇人物认同的变迁

跟职业小说家偏重叙事不同，莫华杰喜欢讲故事，他就是被讲故事的兴趣带上写作道路的，他曾经泡在网上阅读并写作，"我从写网络小说中学会了怎么编故事，怎么扯人物关系，怎么搭建整体框架，怎么把故事讲得更吸引读者，怎么把人物写得更加活灵活现"①。即使后来写作有所调整，对故事的强烈兴趣依然起着主导作用，这也在一定程度上保证了他作品的可读性。"因为追求故事的新鲜感和吸引力，我的叙述重心往往会偏向于塑造人物和构造故事上，因此削弱了文本的思想，对人物没有更深的思考。不过我并不在意这些，因为我认同'形象大于思想'这个说法，也喜欢金庸先生说的'小说是写给人看的，小说的内容是人'。"②新作《春潮》凸显了作家讲述故事的能力。

在勾画90年代创业剪影中，王十月的《国家订单》通过工厂小老板的一波三折和人生遭遇，"跳出了打工文学以前的局限，从单纯叙写生存之艰与内心之痛，开始转向在全球化背景下审视当今中国的社会发展，表现个人力量在遭遇时代危机时对自己命运的无能为力"③。《春潮》虽然也写到因制造假化肥入狱、捞渣工工作的艰辛、开话梅坊创业的失败，以及打火机厂的生存危机，但作家只选取了其中的一些横截面，而且对于爱情的浪漫想象冲淡了沉重的现

---

① 莫华杰：《我是如何从网络作家成为纯文学作家的》，《广西文学》2021年第8期。
② 莫华杰：《形象大于思考》，《滇池》2020年第10期。
③ 胡磊：《打工文学的叙事向度——以王十月的写作为例》，《当代文坛》2009年第3期。

实苦痛，甜蜜爱恋的沁润也遮掩了创业的挫败感，从而使得爱情成为人物创业的原动力和最终旨归。尤其值得注意的是，打火机厂是在顺德消防审查的外力作用下将易燃易爆的几个车间搬到同花镇的，与《古船》中的勘探队相似，其在给当地带去"福利"的同时，相应的一些隐患也随之滋生。但《春潮》并未由此展开乡村工业化所导致的传统与现代的碰撞冲突，而是在侧面叙述了投资建厂极大地推动广西乡村振兴的同时，将叙事的重心始终放在两对青年男女的爱情上。

莫华杰善于利用突发事件来编织情节，勾连人物之间错综复杂的关系。不论是陈嘉南和李素雅，还是冯源与欧阳娴，他们的相遇都恰似一种偶然的凑巧，实在却蕴藏着某种宿命的必然。陈嘉南的追爱之旅大致分为劳改农场的偶遇、淀粉厂的相识、贩卖衣服和开话梅坊时的热恋，以及开打火机厂之后顺利结婚四个阶段。劳改场宛若月老手中的红线，将陈嘉南和李素雅两个原本毫不相干的人牵引在了一起。而陈嘉南不论是在淀粉厂当捞渣工，还是在同花镇贩卖衣服、开话梅坊，乃至极力说服哥哥将打火机厂搬到同花镇，都是为了成功追到李素雅，得到其家人的认可。冯源和欧阳娴的恋爱经历也与之相仿，小说以冯源救欧阳娴的误会开篇，但迥异于李素雅对陈嘉南渐进式的爱情，欧阳娴对冯源的态度经历了由愤恨到爱恋，再到忍痛分离的曲折过程。也不同于陈嘉南对李素雅奋不顾身的执着追求，冯源与欧阳娴的爱情是多种因素合力的结果。除了欧阳娴与梁坤健性格不合的情感缝隙，陈嘉南和李素雅的大力撮合，尤其欧阳慧的无心插柳都起到巨大作用，话梅坊在渡水村的开设更是功不可没。话梅坊本是陈嘉南为给自己和李素雅提供恋爱场地，避免他人（尤其李素雅家人）的猜忌开设的，却无意中促成了冯源和欧阳娴的爱情。所谓近水楼台先得月，话梅坊与欧阳娴家仅隔一片小树林，为了调节脑部供血，刺激神经，在医生刘见章的建议下欧阳慧每天都会来此地荡秋千，这为冯源接近欧阳娴提供了便利。正是由于欧阳慧这一中介，冯源不仅改变了欧阳娴对其因误会而产生的刻板印象，并最终与之相恋。

如果一味以各种巧合结构情节，自然会使小说落入俗套，从而削弱小说的文学性，降低可读性和对读者的吸引力，莫华杰对此有着较为清醒的认知。《春潮》在诸多的因缘际会之外，也有很多出人意料的叙事，这主要体现在梁坤健与李素雅关系的突转、欧阳才华拆散冯源与欧阳娴的原因，以及琼瑶小说对李素雅和欧阳娴的阅读影响上。劳改犯的前科和外地人的身份使得陈嘉南和李素雅的恋情遭到李宝军的坚决反对，并在李素雅家人的大力帮助下，梁坤健一改往日沉默寡言的性格，以讲故事的方式对其展开追求，李素雅也为他的诚心所打动。但小说并未以此设置三角恋的俗常戏码，而是笔锋一转，不仅将梁坤健变为陈嘉南和李素雅爱情的说客，而且爱情的受挫在一定程度上促成了梁坤健的深圳之行，这也为欧阳才华之后的棒打鸳鸯创造了条件。瓦西列夫认为"根据一个人对爱情的态度就可以判断他总的文明程度","它使人们得以观察到任何时代和任何民族社会生活的本质特征"。①乡土中国的传统观念时刻规训着人们的思维和言行,在向往现代开放自主爱恋的同时,很难彻底斩断传统的"脐带"。正所谓成也萧何败也萧何,与陈嘉南和李素雅基于客观现实的情感波折不同,欧阳才华对冯源与欧阳娴爱情的阻挠不是出于冯源贫寒家境的世俗观念,而是因为欧阳慧。冯源通过智力只有八九岁的欧阳慧成功追到欧阳娴,但也使欧阳慧对他产生了异于常人的依赖,为了让欧阳慧有个好归宿,欧阳才华狠心迫使欧阳娴离开同花镇去往深圳打工。科学研究表明,阅读可以改变大脑的物理结构和化学成分,重塑人的记忆与现实生活,小说多次写到陈嘉南为了给李素雅"洗脑",特地在广州给她买了很多琼瑶小说,李素雅和欧阳娴也的确是琼瑶的忠实读者,这貌似为她们日后为爱情与父母反目埋下了伏笔。但李素雅虽从中深受启发,对父母对其感情的干预有所抗争,但她所受的传统教育一直规训着她,使她从未有过如琼瑶小说主人公般冲破世俗的藩篱,与陈嘉南私奔广州的想法。欧阳娴更是囿于父亲的亲情绑架而毫无招架之力,果决地将冯源让给了妹妹,带着深重的伤痛开始了迷惘的漂泊之旅。超我战胜了本我,爱情的甜蜜与激情最终难敌亲情的温情罗网,小说进而揭示出那个时代纷繁复杂的深层文化蕴涵。

表面看来,冯源是一个酷似路遥《平凡的世界》中孙少平的人物形象,这主要源于他与孙少平有着出生于偏远乡村、因家境贫寒辍学、进入小镇(城市)打工、供弟弟(妹妹)读书等近乎相同的人生轨迹。就连爱情,其也与孙少平有某些相似之处,譬如他们都与家境优越的女性相恋,最终却悲剧收场。但孙少平对人生有自己独特的思考,具有浓郁的"出走"欲望以及与命运抗争的决心和毅力,而冯源人生的反转皆因陈嘉南。受柴叔算卦的影响,冯源从认识陈嘉南那天起,便将其视为自己人生的跳板。也就是说,和孙少平凭借自身的艰苦努力与命运抗争的奋斗历程截然不同,冯源从始至终都将未来的期许寄托在陈嘉南身上,这使他不论是在创业上,还是面对爱情都缺乏一定的自主性。从某种程度而言,陈嘉南代替冯源做出了一个个足以改变命运的决定,但当陈嘉南对欧阳才华精心设计的"阴谋"无计可施时,他便彻底陷入了绝境之中。如果没有陈嘉南,冯源也许一辈子都将是人们眼中山窝子里的穷小子,要么听从欧阳才华的安排成为同花镇中心小学的美术老师,并娶智力残障的欧阳慧为妻;要么为生计所迫,加入无数挣扎于城市底层的农民工行列,而他与欧阳娴之间的爱情便无从谈起了。

《春潮》凸显了莫华杰钩沉90年代初期时代剪影的创作意图,与很多正面书写这一宏大题材的作家不同,莫华杰避开改革开放的前沿阵地,将自己的故乡广西小镇作为叙事的空间场域,采用日常化的叙事视角,以人物的衣食住行、娱乐风尚以及思想观念的新变等侧面再现了

---

① 基·瓦西列夫:《情爱论》,生活·读书·新知三联书店,1985,第412页。

时代的现代变革。在传统的乡土中国，农民是黏着在土地上的，对于土地的依从形成了人们日出而作日落而息、随四季时令变换的劳作和生活方式。波兹曼认为"在芒福德的著作《技艺与文明》中，他向我们展示了从14世纪开始，钟表是怎样使人变成遵守时间的人、节约时间的人和现在被拘役于时间的人。在这个过程中，我们学会了漠视日出日落和季节更替，因为在一个由分分秒秒组成的世界里，大自然的权威已经被取代了"[①]。这同样适用于现代化转型中的中国，改革开放打破了农业文明时代乡村的"熟人"秩序和恒定结构，在商品经济和现代都市的魅惑下，人与土地的关系发生了位移，空间的流动性加强，乡村的经济结构和生活方式也随之发生了裂变。莫华杰敏锐地捕捉到了90年代初期人们日常生活中的这些变化，经由冯源和陈嘉南的创业图景和情感纠葛，再现了时代热气流的猛烈冲击下，乡镇企业的蓬勃发展，以及城市化、工业化进程中农民身份的转变。

[①] 尼尔·波兹曼：《娱乐至死》，广西师范大学出版社，2004，第14页。

今天，我们如何讲述乡村

袁敦卫

2018年春节，我和家人在湖北乡下住了六天。重温儿时踩过的每一寸土地，我最深的感触是——我的乡村正在老去。即便是除夕之夜，全村一百二十多户，亮着灯的也不过三四十户，就像一个垂暮老人，衰朽得连眼皮都无力睁开。据说那些没亮灯的都是没有回来过年的人家，他们有的在大城市安身，有的在镇上或县城买了房子。那些世世代代维持着他们与乡村之血肉联系的土地，如今也流转给别人机械化耕种了。土地，是他们联于乡村的脐带，如今这条脐带正被一路高歌的城市化悄悄地溶解。

最近四十年来，我们的乡村到底发生了什么？谁来记录乡村的变迁？今天，当乡村越来越成为一种模糊和驳杂的记忆，我们该如何讲述乡村？

1. 乡村到底发生了什么

1921年，鲁迅在读者熟知的《故乡》一文中就对浙江的乡村境况有过描述："苍黄的天底下，远近横着几个萧索的荒村，没有一些活气。"30年代，叶圣陶的《多收了三五斗》、茅盾的农村"三部曲"等都是见证乡村变迁的广传之作，可见中国的乡村变迁并不是最近几十年才萌发出来的新问题。早在20世纪20年代初期，中国现代乡村建设理论的开拓者梁漱溟先生就认为："中国近百年史，也可以说是一部乡村破坏史。"[1]这就将中国乡村破坏的历史至少上溯到了鸦片战争前后。鸦片和鸦片战争对中国乡村的破坏既是物质性的，也是精神性的，鸦片对农民有限财富的无限消耗、战争中增加的军费开支、战后付出的巨额赔款，"这些负担最后都落到了农民群众身上"[2]。而鸦片对广大农民身心的伤害，更是触目惊心。如果说近二百年前，中国的乡村破坏主要是由帝国主义的外力侵入导致的，那么今天的中国乡村到底发生了什么？笔

---

[1] 梁漱溟：《乡村建设理论》（又名《中国民族之前途》），商务印书馆，2015，第11页。
[2] 胡绳：《从鸦片战争到五四运动》，华东师范大学出版社，2014，第46页。

者无力对全国的乡村状况展开全面的调查，只能以自己的家乡——湖北省大冶市金山店镇的某村为考察对象，看看最近几十年我的乡村所发生的事。

人口流失。我在读小学五六年级的时候，最乐意干的一件事就是与村里的小伙伴们蹲在池塘边，拿着铅笔头和烟盒纸计算全村的人数。那时候，全村的人数是很方便统计的，因为几乎没有人长期离开村子，每一个人我们都很熟悉，知道他的辈分、房屋的朝向、邻里关系，甚至认得出每一家放养的猪和狗。随着老人去世，小孩出生、姑娘出嫁、新妇入门、我们计算出的全村人数虽然有所浮动，但基本上维持在280至310人之间。那时我们村实行计划生育政策已经好几年了。

从20世纪90年代开始，村民外出务工的现象逐渐多起来。这次春节回家，我让早年外出打工、最近几年住在村里的叔叔帮我一家一家地核算留在村里的人口（包括在近地打工，隔三岔五回家的村民），最后我们得出的数据是73人。其中绝大部分是老人和小孩，十八岁以上、五十岁以下的青年人在村里已经很难见到了。这个数据与我们所观察到的除夕之夜屋里亮灯的情形是基本吻合的。换句话说，这些年来，我们村差不多有四分之三的人口已经长期不住本村了。从目前的状况判断，如果没有什么特殊的强大外力的介入，他们回到本村生活的可能性已微乎其微。

其实不需要太多分析就能发现：我们村人口流失的主因是当前城乡发展的严重不平衡。在家种粮、养猪、种菜、养鸡维持生活与外出务工挣钱养家之间，已经出现了显而易见的落差。在国家政策允许农村人口自由迁徙的现阶段，尤其是当我们看到一部分人已经"先富起来"之后，"人民对美好生活的向往"是刀山火海都阻挡不了的。

在一个基本上只有老人和孩子的乡村，生活只能是"苟且"而非"诗和远方"。对留守的老人来说，给孩子做饭、洗衣服、收拾房前屋后，按时到村口的校车停靠点接送他们，是主要的生活内容，有余力的还可以种点菜、养点鸡鸭，仅此而已。当然前提是老人们的身体必须撑持得住。孩子的主业是读书，成绩好坏取决于他们的禀赋和勤奋程度，既不能指望老人给予他们及时的辅导，也不能指望他们之间有非常充分的交流。他们可以与同村的孩子们玩耍，但留在村里的孩子也越来越少，因此他们放学回到家里，看电视、玩手机和电脑的机会越来越多——这是许多外出的家长所默许的某种心理补偿。摆弄着电子产品长大的孩子，与那些完全没接触过电子产品的爷爷奶奶辈之间，有一种几乎无法跨越的鸿沟。借助中间一代人，这道鸿沟本可以缓慢过渡或局部弥补，但是中间那代人的人格地位在某种程度上被电子产品取代了。我们偶尔回到乡下小住，慢慢体味出祖孙两代人的语言交流充满了喜剧感和荒诞感，即使作为中间一代人，我们仍然感到了某种穿越时空的不适。在我看来，老人一方的语言联于土地，孩子一方的语言联于网络：土地象征着稳定、踏实、四季分明和童叟无欺，而网络则象征着流动、虚幻、以昏为昼和十面埋伏。

还有一种现象或许也值得一说：在外出务工的青年人中，出国务工的人数明显增加了，他们操着一辈子都无法彻底改换的方言土音，带着家乡的泥腥气息远赴蒙古、斯里兰卡、印尼、马来西亚、泰国、日本和新加坡，他们通过微信、电话和邮寄物品给偏僻的乡村传回异域信息的同时，也使得那些无缘出国的务工群体的心理结构更加繁复和芜杂。因为有这样一批出国"打洋工"的人，乡村的人际关系网络和信息来源拓展到了全球，一个三十年前去趟"汉口"（现指武汉）都被认为是"见过世面"的小乡村，如今竟然与斯里兰卡、新加坡这些几乎闻所未闻的外方世界如此接近，不隔纤毫，让村民不得不感叹："世道不同了。"人口持续流失，而关于外界的信息又不断传回乡村，从心理感觉上说，曾经很远的，现在拉近了，曾经很近的，现在却远了。加上新媒体对传统乡村生活的无声渗入，这多重因素共同筑就了一个既封闭又开放、既真实又虚幻、既熟悉又陌生的乡村空间。这一空间的掺杂和暧昧出现前所未有的虚实难辨，让人不由得生出"今夕何夕"之感。

与人口流失的大趋势有些背反的是，近几年我们村里开始有一些年轻人不再外出务工，而是留在村里"啃老"。据我叔叔今年4月底的观察，这样的后生现在有十多个，他们中有几个是我春节期间接触过的。这批年轻人大都感觉外出务工颇受管束，不自由，没有一技之长，工资也低，频繁地换城市换工作，总也体会不到想象中的成就感，于是就干脆回到乡下，反正家里有吃有喝不至于饿死，父母也拿他们没办法。这样一来，他们在村子里又形成了一种乡村留守青年的生活新模式：作息时间不定，手机香烟不离手，隔三岔五相约去钓鱼、打牌、喝酒、串门、逛街，偶尔接受亲友介绍的工作出去工作一段时间，然后又大都出于相似的原因像长期休假一般回到乡村……

环境恶化。乡村环境恶化听起来像是一个矫情的命题，因为大家通常都认定乡村山清水秀、空气清新。但对于我的家乡来说，空气清新已经是十五年前的事了。大概在2003年，离我们村大约三四公里的地方，建起了一座大型的水泥厂，一百多米的高塔不但刺破了村前山岭的天际线，而且时不时喷发出灰白色的浓烟，村里人已经很少看到以前那种瓦蓝瓦蓝的天空了。

更让人忧心的是，在我们村后山背面方圆一二十里的区域，是曾经大名鼎鼎的国有钢铁巨头武汉钢铁公司（"武钢"）下属的一家采矿企业——金山店铁矿，这家铁矿于1958年在当地建成投产，2003至2008年高峰时期曾有上万职工。这些年因为受宏观经济环境的影响，钢铁行业整体低迷，金山店铁矿几乎处于半停顿状态，职工纷纷外流另谋生路，现在只剩下一两千人。当年我们村有五六个年轻人通过招工进入这家企业"做工"，现在都已下岗、退休或离世——其中包括我的父亲，1949年出生，1985年11月在一次车辆事故中遇难。60年来，金山店铁矿留给本村的最大遗产，或许就是后山的背面几乎被掏空后留下来的一截截触目惊心的残岭断坡。那里曾经是我们童年时放牛、郊游、烤红薯和玉米的天堂，现在却是村中小孩的禁足之地，是家长进行生命安全教育的黑色教材。

在离后山大约两三里路的地方，潜伏在地面以下的矿井坑道纵横交错，垂直深度从几十米到三四百米不等，把周围五六百亩的土地变成了随时可能塌陷的死亡地带。这个地带的中心区域原有一座人烟稠密的村庄，因为地下开采正逐渐危及这个村，现在大多数人已经陆续搬迁，还有少数人仍坚守原地，但后续的地理和人文环境如何治理，仍然是那些居住在周边无法逃离的村民心头抹不去的阴影。

这次回乡，还有一个让我惊讶的发现：村舍之间几乎没有一棵我小时候见过的树。我小时候见过的树有梧桐、泡桐、樟树、榆树、桑树、松树、枣树、枞树、梨树、桃树等等，大都秀挺、浓密，随时可以在树下歇凉或上树掏鸟窝。它们一直都是村舍之间的天然屏障，既点染着乡村的自然色彩，也涵养着乡村的朦胧诗意，而现在，几乎连一棵可以遮阴的树都看不到了。问过村中的老人，才知道这些树基本上都被砍掉了，主要原因是村里为响应所谓的"新农村建设"的号召，将村舍之间的空地几乎不留死角地铺上了水泥（我们村三面环山，一面是田，村中空地本就不宽裕）。水泥灰浆带着某种强硬的傲慢，蔓延到乡村的每一个角落，树挡砍树，草挡斩草，全村的路面数日之内变得好像一张灰白的砂纸，与路两侧那些水泥、瓷砖的墙面在视觉上交错、混杂在一起。我的村庄失去了鲜活的、随四季变换的绚丽，只留下单一、贫乏的人工色调。我的村庄陷落在水泥和瓷砖的命运里，那些渗水的泥土、那些腐烂的枝叶、那些按时换装的草木、那些夜间爬过的昆虫，似乎都逃离了它们的出生地，与乡村隔膜重重。

树少了，还有另一个极少有人发现的原因——在调查之前，我有限的想象力显然无法设想这种答案——村里的一些青壮年外出务工，房前屋后的大树无人打理，一旦雷雨天气发生倾倒以至伤人或砸坏邻舍的房子，这些树的主人将面临一个现实的难题：他们必须承担相应的赔偿责任。因此有少数外出的村民干脆未雨绸缪，先砍为妙。不能不说，这里面有一种让人心悸的先见之明，它似乎是那些有过城市生活经验并且熟悉某些法律纠纷的人从村外的世界带回来的，只是我没有料到这种似乎只适用于城市的生活智慧在乡村也发生了如此的变异。

伦理变异。在我们村里，村民每隔二十年左右翻造一次新房是较为普遍的现象。二十世纪八九十年代村民盖新房，都是请本村的人帮工，管饭，但不用给工钱。等到别人家盖房子，自己再去帮忙就行了。但最近二十多年来，这种相互帮工的现象已基本绝迹，现在村民盖房不但要管饭，还得按照当地市场价格支付工钱。以前村民之间因盖房相互欠下的"情感债"如今都及时用货币结清了,村民不再费心去记忆谁给自己家帮过工,自己又该给谁家去"还"工。这种变化自然有其积极的一面:村民从"情感债"——有时这种债务关系会延续几代人——中解放出来,获得了一定程度上的情感自由:我们谁也不欠谁。但在另一个层面,村民之间的情感联系变得"即时"和脆弱,缺乏纵深感和稳定性,因为"两不相欠"或许也意味着"两不相干"吧?

一百多年前,德国文化思想家齐美尔就说过:"货币使一切形形色色的东西得到平衡,通过价格多少的差别来表示事物之间的一切质的区别。货币是不带任何色彩的,是中立的,所以货币便以一切价值的公分母自居,成了最严厉的调解者。货币挖空了事物的核心,挖空了事物的特性、特有的价值和特点,毫无挽回的余地。"① 这种悲伤的论调以及目睹的现实使我不得不承认,在我们村里,村民的文化和命运共同体意识不是在增强,而是在削弱。譬如从同一个祖先繁衍而来的某些年轻人,在同一个村庄里,可以偷窃同姓族人的财物,多年未见的族人逢年过节在路上相遇,可以视若无睹。这些是数百年来以乡情和亲情维系的村庄几乎没有发生过的新时代"变形记"。回乡,难道只是回到另一个陌生人的社会?

制度缺失。这里所说的制度,并不是国家层面从上往下的法律和行政制度,而是——用时髦的话说——乡村社会"共建共治共享"的文化共同体和礼俗制度。三十多年前我们还住在乡下的时候,三小队有队长,马垅大队也有队长(现在叫村委会主任)。我们的小队长外号叫"电话机子",是我的爷爷辈,真名叫什么,我到现在都不知道。他一生没有娶妻生子,当了几十年的队长,临死连棺材钱都没有。据说,没有家室——这是村民乐意选他当队长的重要原因。但毕竟他是村民推选的村主任,大家从内心里还是敬服他,因为他在一定程度上代表着民意赋予的权威,他也乐意为村民担起管理职责。

1988年8月的一天,天气闷热,村口池塘里的鱼全都浮上水面呼吸空气(当地俗话叫"浦头")。村里的半大小孩(我也是其中之一)禁不住诱惑,纷纷扑进水里抓起鱼来,结果全村男女老幼闻声而动,不到半天工夫就把一塘的鲤鱼、鲢鱼、草鱼抓个干净——因为大家都知道那天上午村主任"电话机子"到镇上办事去了。烈日之下,几百米之外都能闻到塘底的淤泥被翻上来的腥臭味。下午村主任从镇上回来,几乎没人敢跟他打照面,大家全都窝在家里,听着他扯着嗓子从前村骂到后村,又从后村骂到前村。大家自知理亏,谁也不敢应声。池塘里的鱼是村集体统一放养的,等着年底好分给大家过年,如今被哄抢一光,算得上是本村历史上的一桩丑闻。村民的这种自责意识,至少证明礼俗制度还未完全失效。

---

① [德]齐美尔:《大城市与精神生活》(1903),见《桥与门》(1957),涯鸿等译,三联书店,1991,第265-266页。

三十年过去了，村民的文化和礼俗制度有何变化？据我所知，"电话机子"（十多年前已经去世）的队长（现在叫村民组长）职位，尽管以前代表着权力和威望，如今却很难找到人来接手了。"村里的工作难做！"这是村干部甚至村民们越来越趋于一致的认识。难就难在：礼俗与时尚、亲情与法规、权利与义务、集体与个人、伦常与利益的边界比以往任何时候都更清晰，因而也更难平衡。三十多年前，有佛教传人在我们村后山原来的林场办公场所的旧址上建起一座寺庙，与村里发生了土地使用权纠葛。尽管村民小组明确表示土地可以无偿提供给对方使用，但几年前庙里的出家人仍然遭到本村几个年轻人私底下的敲诈勒索。

从另一个层面看，如今的行政村（原来的大队）村干部都有了相对稳定的财政工资，他们对乡村的行政和法律治理力度显然是增强了，但似乎还是无法阻止乡村一点一点滑向衰败的泥塘。曾经在很大程度上能支撑乡村社会运行的文化共同体和礼俗制度，如今掺杂了许多新异莫名的因素，因而最近几十年的乡村变迁实际上是一场多重性、全局性的权力结构变异和社会转型。习近平总书记在十九大报告中提出的"乡村振兴战略"，恐怕远远不是一个经济发展和自然生态的问题，更应该是一个社会再造和精神重建的问题。

2. 谁来记录乡村变迁

中国乡村百年变迁，从来不缺乏历史见证者和记录人。仅从最近二三十年来看，1995年5月至1996年11月，社会学者曹锦清先生漫游中州大地，以随访随记的方式调查了河南开封、南阳、邯郸、信阳等地的乡村状况，写下五十余万字的《黄河边的中国》，揭示了中国农村的农负、收支、计划生育、农村市场、人情网络、农民与地方政府的关系等在社会转型期带有根本性、普遍性的问题。2010至2013年，文学研究者梁鸿以一种浓厚的文学情怀，借助诸多当事人的第一人称叙述，先后推出《中国在梁庄》《出梁庄记》两部非虚构作品，记录了河南穰县此前近半个世纪的"历史命运、生存图景和精神图景"[①]。2011年，兼有史学、法学、传播学多学科背景的熊培云出版了他的《一个村庄里的中国》，把江西永修的小堡村当作他"观察时代兴衰与人生沉浮的窗口"，以"理解这个时代以及深藏其中的土生土长的力量"[②]。2016年，报告文学作家周镇明《失落的周庄》以回忆的方式，将湖北监利乡村的"乡匠""农器""农事"系列勾画成篇，一边怀着无限惆怅目睹母亲河——夏水日益"污浊"和"腐烂"，一边为它谱写挽歌。而我对他所说的，那些乡村匠人的手艺"也将像武功绝学一样失传于江湖"[③]，深信不

---

① 梁鸿：《出梁庄记》，花城出版社，2013，第1页。
② 熊培云：《一个村庄里的中国》，新星出版社，2011，第3页。
③ 周镇明：《失落的周庄》，长江文艺出版社，2016，第246页。

疑。2017年，同样是文学研究者的黄灯在她的《大地上的亲人》一书中，记录了湖南、湖北交界处丰三、凤形、隘口三个村庄三十多年来的小农命运和人事代谢，以寄寓一名人文学者对中国当代现实的关怀和追问。

以上所述，只是笔者对中国乡村变迁记录的随机翻检，它显然无法正式回应"谁来记录乡村变迁"的问题。然而从上述有限的记录中，我们不难发现：谁来记录最近几十年来中国乡村的变迁，首先涉及记录者的目的、态度和方法，这些并不是不言自明的问题。譬如说，像曹锦清这样的社会学者特别留意到了田野调查的有效性，讲求社会调查方法，因为他认识到，"官吏的防范和村民的疑虑足以使陌生的调查者裹足难前"，因此调查如何"入场"显得非常关键。①而他也确实充分利用当地熟人关系，尽最大努力靠近调查对象，获得了许多可贵的第一手资料。熊培云既有史学训练的背景，也有法学、传播学的学科素养，兼之在法国的留学经历，使他更便于从不同的理论视角来观察和分析中国乡村的"沦陷"。但从具体文本来看，《一个村庄里的中国》与其说是他对最近几十年中国乡村尤其是土地产权变迁的思考，不如说是他欲借中国乡村之躯来寄托他对中国社会的某种理想。或许，他迫切希望弥合中国现实与他的理想境界之间的裂痕，但两者之间的裂痕究竟是何种性质，现实的可塑性与理想的可行性如何衔接，这些似乎不在他的分析框架中。

尽管作品风格各异，梁鸿、黄灯和周镇明的文字显然与文学更近。梁鸿从不隐藏她的写作底色，坦承"梁庄是我的故乡，它一开始就是情感的、个人的、文学的'梁庄'"②。因此当她重返梁庄时，她更看重的是这块土地上"荒凉而又倔强的生命"，是对梁庄如何"被塑造"的反思以及对"真实"的限制，最终，"'我'是谁""'重返'如何抵达"的问题成了她写作的终极叩问和最后归宿。

黄灯《大地上的亲人》脱胎于2016年春节前她在网络上被广为传阅的一篇长文《一个农村儿媳眼中的乡村图景》，这篇据说阅读量超过一千万的长文，既有文学研究者通常自带的悲悯情怀，也有对农村养老、医疗、留守儿童、外出打工者等真实处境的描绘。只是当她在文章末尾说，"当像哥哥这种家庭的孩子、孙子再也不可能获得任何发声机会，关于这个家庭的叙述自然也无法进入公共视野，那么，关于他们卑微的悲伤，既失去了在场者经验的见证性，从而也永远丧失了历史化的可能"③的时候，我还是感到一些莫名的困惑，比如："在场者经验的见证性"是怎样一种"性"？"历史化的可能"是怎样的"可能"？或许在黄灯看来，以学者的

---

① 曹锦清：《黄河边的中国》（增补本·上），上海文艺出版社，2013，第2页。
② 梁鸿：《中国在梁庄》，中信出版社，2014，第262页。
③ 黄灯：《一个农村儿媳眼中的乡村图景》，《十月》2016年第1期。

文字记录她所熟知的三个村庄的人事，是一种对乡村经验的见证，将其带入"公共视野"，也有可能使这些经验成为历史。这恐怕仍然是一种传统精英知识分子的自说自话，仍然脱不去精英知识分子"为生民立命"的代言逻辑。因为在今天，知识分子被赋予了比代言更为深远的任务，那就是追问——追问为何身在经验旋涡中的当事人不能将自身的经验带到公共领域，成为公共视野中的公共话题，只是因为他们知识水平有限、无法书写吗？无法书写就注定无缘于公共性吗？如果是，这样的"公共性"是否是残缺不全的、虚假的公共性？是"无声者无权"或"无权者无声"的公共性？

美国社会学家桑内特曾经说过："公共"这个词直到18世纪之后才获得其现代意义，"它不仅意味着一个处于家人和好友之外的社会生活领域，还意味着这个由熟人和陌生人构成的公共领域包括了一群相互之间差异比较大的人"[①]。在一个基本由官方媒体、商业自媒体、情怀型自媒体和少数精英知识分子构成的公共领域中，那些大范围、大批量发生着的经验如何更直接、更有效地上升为由经验主体自发、自主提出的公共话题，或许更值得当代知识分子来追问和促成。

因此我认为，知识分子的公共性并不意味着他只负责把私人经验带到公共领域——尽管目前这仍然是许多公共知识分子的主要工作，而是意味着他能秉持公心，以公共价值过滤、解析私人经验，因为他既是公共性的塑造者，也是公共性的守护者，甚至就是公共性本身。从这个意义出发，我觉得凡是不能被公共化的私人经验，在文学上也必然是可疑的。周镇明在《失落的周庄》中所铺开的乡村回望，带有一种直观的私人性，无论是乡匠中的盲人说书者、补锅匠、挦脸婆，还是镰刀、锄头、整田、砍界边、收稻铺等农具农事，都是对个人记忆的单向修复，似乎与现代意义上的公共性若即若离。但这并不能证明作品所呈现的乡村经验有欠缺，它们甚至是非常传神的，就像盲人说书者手中的小铜锣发出的声音"蕴含着神秘的金色禅意"，"它滤去了乡村农事的沉重、生存的艰辛，使村庄清宁得犹如一汪湖水"。这些看似属于纯粹个体经验的乡村回望，其隐含的价值在于，对今日畸形发展的城市化提出了一种公共意义上的沉重质询：我们几千年的农耕文明史，是否最终的结局就是"像一艘无人驾驶的帆船，慢慢消失在时间的河流里"[②]？面对这些几乎已成为历史的稀缺记忆，我们是否只能掩面叹息？或者说，城市的高歌猛进与乡村的黯然衰败，是否真是一个无法在公共领域讨论的历史大势，毫无回旋余地？最起码，习近平总书记在十九大报告中提出"实施乡村振兴战略"，表明国家高层决策者并不认为乡村衰败不可逆转。

---

① 理查德·桑内特：《公共人的衰落》，李继宏译，上海译文出版社，2008，第19页。
② 周镇明：《失落的周庄》，长江文艺出版社，2016，第248页。

在我看来，文学研究者对乡村的记录总是落脚在那些个体的生命和人，他们看到了人，也看到了他们的生存图景和精神图景，但他们对于改变现状的无力感往往强于其他记录者。这或许是因为文学的一大功能就是抒发感慨吧，但文学向来不甘于只是抒发感慨。

3. 如何讲述乡村，如何讲述中国

乡村问题并不只是"乡村的问题"，只有把它放在更为广阔的公共视野中，才能看清中国乡村问题的实质。因此如何讲述乡村，实际上也是如何讲述中国；如何讲述农民，实际上也是如何讲述人本身。差不多一百年前，梁漱溟先生在开展乡村运动的时候就已看到：

> 作乡村运动而不着眼整个中国问题，那便是于乡村问题也没有看清楚……所以乡村建设，实非建设乡村，而意在整个中国社会之建设。[①]

而法国思想家孟德拉斯（H.Mendras）则认定："对于我们整个文明来说，农民依然是人的原型。"[②] 今天，我觉得至少可以从以下三方面来讲述乡村，进而讲述中国。

第一，从中国的权力体系和文化结构中来讲述乡村。在中国数千年的中央集权（皇权）统治格局中，乡村从来都不是一个需要单独考虑的问题，"普天之下，莫非王土"，乡村社会几乎就是权力运作的全部对象。而儒家思想广泛宣扬的"士农工商"的层级秩序，确保了农村和农民在权力视野中的基础性地位。因此在皇权时代，如果不是碰上战乱和灾荒——往往肇端于各种政治斗争，中国的乡村经济和社会生活往往表现得更自足，更富有诗意。

但正因为乡村是权力运作的全部对象，自古以来的中国乡村就不曾逃离过"权力的笼子"。所谓的"皇权不下乡"，不过是在农业社会经济发展水平有限、所能支持的皇权触角也有限的情况下，皇权对县以下的乡村社会做出的适当让步。正是这一出于无奈的让步（任何国家权力的内在本性都在追求"率土之滨，莫非王臣"），在两千多年的帝制时代里，皇权、相权和绅权各有侧重，形成了三权共治的分级体系。在这一权力体系的底部，乡绅、族长等地方权力代表以乡约等礼俗制度来实现乡村自治。然而新中国成立以来，这一权力体系发生了重大改变，国家权力正式下移、渗入乡镇乃至村民小组这一级，逐步改造、替换和瓦解了传统的乡村自治组织，使其成为国家权力链条中最末梢也是最无力的一环。权力逻辑强调的是上行下

[①] 梁漱溟：《乡村建设理论》，商务印书馆，2015，第21—22页。
[②] 孟德拉斯：《农民的终结》，李培林译，社会科学文献出版社，2010，第172页。

效,而不是市场逻辑所遵循的"讨价还价",彼此制衡。新中国成立以来中国乡村走过的历程,大体上是一段被国家权力反复"操练"(各种"运动")和"试错"("摸石头过河")的历程。乡村自治组织的瓦解、公共舆论的衰微,使这种带有一定盲目性的试错和操练几乎畅行无阻。1953年9月11日,身为全国政协常委的梁漱溟因为反对中央决策所依据的基本观念,即"把农民固定在土地上,让他动弹不得,(以)永远种粮食这种方式来实现资金积累",于是在政协常委会第49次扩大会议上提出:"有人说,如今工人的生活在九天,农民的生活在九地,有'九天九地'之差,这话值得引起注意。我们的建国运动如果忽视或遗漏了中国人民的大多数——农民,那是不相宜的。"①因为与当时的政治主流意见相悖,梁漱溟最后被剥夺了在大会上发言的权利。此后,历次的政治运动如"大跃进""上山下乡""文革"等都把乡村当作"前线""后方"或是"避难所"(熊培云语),这基本上取决于上层决策者如何根据政治需要来利用乡村,确保乡村源源不断地向城市输血。换句话说,中国乡村从来都不是"怡然自得"的世外桃源,而是被看得见的政治之手反复揉搓摔打的面团。据社会学者陆学艺分析,从2003年往前推近二十年的时间里,中国"以农补工""以乡养城"的格局基本未变,城乡显著不平等的制度安排,使得"中国9亿农民每年向国家向城市做了2万亿元的贡献,农村怎能不穷?农民怎能不苦?"②

第二,从乡村自身的生长逻辑来讲述乡村。梁漱溟在二十世纪二三十年代对中国乡村建设的构想和局部实践,因为共产党领导的无产阶级革命取得胜利而出现了另一种解决途径,即不再是通过乡村建设来实现自下而上的国家自立自强,而是直接通过建立强有力的国家政权来实现自上而下的乡村变革。对此,梁漱溟自己也承认:"尽管(乡村建设理论)并非全无是处,我诚然错了。"③梁漱溟究竟错了没有呢?回望无产阶级革命成功近七十年来的历程,我认为中国乡村建设的宏大工程并未真正启动,在某些方面甚至有所退步。梁漱溟在二十世纪二三十年代提出的乡村建设的难题,并未随着中国经济社会建设取得重大成就而自动得以解决。这个难题的核心是:无论是从经济发展水平还是价值观念来看,中国乡村与城市之间的撕裂日见拉大,目前还没有找到有效的弥合之径。曹锦清先生则认为,只要中国小农没有学会自我组织并通过各种自我组织表现出必要的自治能力,那么,中国的小农依然是历史上的传统小农,即使他们住进楼房,穿上西装,情况也是如此。④因此,中国乡村建设仍然需要一场尚未启动的

---

① 熊培云:《一个村庄里的中国》,新星出版社,2011,第55-56页。
② 吴怀连:《陆学艺评传:一个社会学家的思想和学术人生》,中国言实出版社,2014,第59页。
③ 梁漱溟:《我致力乡村运动的回忆和反省》,载《梁漱溟全集》(第七卷),山东人民出版社,1993,第428页。
④ 曹锦清:《黄河边的中国》(增补本·下),上海文艺出版社,2013,第715-716页。

革命。晚年对乡村问题仍念兹在兹的梁漱溟不得不再次转向，认为自己当年的乡村建设运动，"所见仍然没有错，只不过是说出来太早了"①。总之，乡村社会与一般社会一样，"有自我拓展的秩序与生长的节奏"（熊培云语），国家权力先入为主地越过必要的界限，把乡村当成可以任意摆弄的工具，只会打破社会生态的内生秩序，造成巨大的城乡失衡。

当然，今天的我们不能再以暴风骤雨式的"革命"或"运动"的方式来推动中国乡村建设，因为运动的短期性、偶发性和主体单一性无法为乡村的自然生长提供适宜的土壤。乡村振兴，最终取决于国家权力能否为乡村提供在政治层面上平等、在经济层面上与城市发展相适应、在社会文化层面保障村民自治自洽的公共资源和公共产品。梁漱溟认为：中国的乡村建设如果不在重建中国新社会构造上有其意义，即等于毫无意义。②他所说的"新社会构造"，是指融合了西方法律精神的"新礼俗"，而不是自上而下的国家法律和行政力量。显然，"新礼俗"突出的是乡村生长的自然逻辑，是对乡村社会发展规律的重新认识和充分尊重。在我看来，习近平总书记在十九大报告中提出的"健全自治、法治、德治相结合的乡村治理体系"，与梁漱溟先生所说的重建中国"新社会构造"基本契合。

第三，从现代公共性的理论视角来讲述乡村。鸦片战争前后，中国乡村所遭受的破坏，帝国主义的侵略是外因，国内政治的失守是内因。道光二十三年（1843），《南京条约》签订的第二年，两江总督耆英在给皇帝的密折中说：现在的地方官员，"不理民事，不问疾苦，动辄与民为难，以致民情涣散，内不自安，何暇攘外？……官与民，民与兵役，已同仇敌"③。从现代公共性的理论视角来看，一个政权体系的任意妄为、消极腐败首先是从以公共舆论为核心的公共空间的衰落开始的。无论是曹锦清的乡村调查、熊培云的社会评论，还是梁鸿、黄灯和周镇明的文学抒怀和精神代言，都是在努力恢复一种失传已久或我们所识不深的公共性。对中国广大乡村来说，如何以"农民命运共同体"的方式维护自己的利益，首要的问题在于谁能在制度上而不是在精英知识分子的文字中为他们代言。"代言"显然不应仅仅是指某种农民身份意义上的"代表"，更应该是他们的"所代之言"具有不可藐视、不被屏蔽的制度效力，而不再像1953年的梁漱溟那样，一不小心就被剥夺了为农民说话的权利。显然，这样的制度能否建立完全取决于我们能否建立起真正涵盖了各方利益、容纳了各种声音的公共空间，并且真正认识到：其中任何一方的缺席和失声都是对公共空间的损害。否则，这样的公共空间就是残缺不全的、虚假的公共空间，是"无权者无声"和"无声者无权"的公共空间。

---

① 李善峰：《一个现代国家建设的系统方案》，载梁漱溟《乡村建设理论》，商务印书馆，2015，第494页。
② 梁漱溟：《乡村建设理论》，商务印书馆，2015，第27页。
③ 胡绳：《从鸦片战争到五四运动》，华东师范大学出版社，2014，第46页。

2018年春节后,从湖北乡下返回"珠三角"的第二天,我在写给乡村的一段随笔中写道:

> 我知道,虽然我的女儿重新发现了属于父辈们的乡下,但她不会在这里停留,因为乡村已经失重了。我盼望着有一天,乡村也能够吸引像我女儿这样的少年人,不是旅游,而是栖居,他们在这里生儿育女,在这里歌舞吟咏,在这里生老病死,也可以像城里人一样有体面的工作和维持尊严的收入。失去了乡村,中国人不会有安宁。《新约》中的使徒保罗说,他们"羡慕一个更美、属天的家乡",而我们都是一生在寻找家乡的人。

(原载《粤海风》2018年第1期)

丁燕：由诗意到现实的笃定与伤痛

王 晖

丁燕的作品对我们这个时代的迁徙者、底层打工群体和边疆少数民族的关注，以深入细致的田野调查行动、注重原生态的人物呈现、艺术化的细节场面描写、启人心智发人深省的非叙事性话语、基于人文关怀的叙述立场等，将人民的"痛"与"爱"呈现出来，将自己对于中国当下发展的认识表达出来。

在当下的非虚构文学创作中，丁燕无疑是其中比较引人注目的一位作家。其实，早在20世纪80年代，丁燕就已经开始了诗歌创作，但真正使其声名鹊起的是2013年以来她所写下的《工厂女孩》《工厂男孩》《双重生活》《沙孜湖》等非虚构作品。由此，丁燕完成了从理想主义诗人到现实主义非虚构作家的转型。有意思的是，丁燕的文学转型与她的生活迁徙之路不谋而合，从新疆到广东，2010年成为其南北生活的分水岭，这一年丁燕举家从乌鲁木齐迁往广东东莞。这一地理上的迁移，不仅促成了作家从物质世界到精神世界的重要改变，同样也使之"放弃以往靠幻想的写作，而更喜欢真实的故事、真实的人物、真实的场景"，由虚构之极端的诗歌创作走向了非虚构的纪实写作。

新疆，遥远广袤的西部，充满诗意和想象；东莞，制造业基地、世界工厂，充满现实意味。丁燕的文学创作基本上是围绕着这两个地域展开。某种意义上，它们暗喻着当代中国由农业文明走向工业文明、从传统社会走向现代社会的基本轨迹，这种对比在丁燕的非虚构作品中比比皆是。现在看来，对于真实生活，特别是底层民众生存状态的关注是丁燕最感同身受的，也是最能够刺痛读者柔软内心的。丁燕不仅是田野调查者和观察者，还是一个身陷其中的亲历者和践行者，更是一个有感而发、不得不发的主动者，因此，她的写作就打上了"公共性""个人性"和"主动性"等鲜明烙印。这些更多听命于内心、身边与故乡的写作，或许不能构成某种新闻性的轰动效应，但它们所触及的对当代中国社会的真实而真切的表达，对中国人"我的梦"的描绘，在我们这个愈来愈同质化、泛娱乐化和浮躁化的时代，或许就会构成一种姿态、一种力量。

当我们深入探析丁燕的非虚构作品时就会发现,她的"工厂"系列更倾向于"潜伏"式的观察与体验他者的生存状态,文字以写实为主。《双重生活》则更靠近"独抒性灵"的散文,在弥漫于全篇的对于作者自己内在心理的描绘中,广泛的艺术性修辞、长镜头般细节与场面描写使叙述节奏放慢,其目的也许在做一种切身感受的对比和选择,当然既是展示作者自己对于"双重生活"的纠结、矛盾、审视和反思,也是在给予读者一种"看"与"思"的兴味。这种叙述方式显然是更为偏重个人化表达的。

在《双重生活》中,我们可以时不时地看到作者对于新疆哈密与乌鲁木齐、广东东莞之间的种种"好"与"不好"的比对,这绝非抽象的比对,而是十分具体具象的描述。在书中,新疆与东莞生活画面不断交叉闪回叠加,构成某种隐喻。但最终,作者所要表达的意思却十分坚定,那就是岭南是"梦"之所在,此"梦"代表着脱离贫困,并为治"穷病"而战。作品的诱人之处正在于它对追梦的书写,所给予读者的感受并非非黑即白的肯定或否定,而是犹疑与坚定、痛苦与欢乐的层层叠加,故乡与新居之间没有完美,只有比较优势。在作品中,作者写出了对于自己出生长大之地的特殊情感——故乡是挥之不去的口味、习惯、风俗、礼仪和伤痛,"当我们的身体离开故乡,故乡并不会心甘情愿地退场,它总会在某个时候,露出藤蔓上的尖刺,让我们痛一下。我们必须承认,故乡对我们的意义重大,它不仅仅是面条和口音,不仅仅是肤色和习性,它将我们与过去相连,又把我们输送到未来,我们后来所收获的一切,都是从故乡这个母体里汲取养料的"。虽然作者并未挑明迁徙南方的具体原因,但摆脱贫困、崇尚自由与现代、探险新生活方式等似乎可以用来解释这种行为。作者对于南方的摩天大楼、厂房、高架桥、通宵大排档等的向往,正是其真实内心的剖白。在这样得风气之先的国际化"气场"吸引下,作者的迁徙之路其实是笃定而清晰的,即使是离乡的伤痛,即使是异地生活的诸多不易与不适应,都变得无足轻重,进而使之义无反顾。

除了描述自己作为一个岭南新移民的种种适应与不适应之外,在《双重生活》里丁燕还花费大量笔墨速写了环绕其上下左右、形形色色的新旧居民,尤其是那些从事各种职业的女性们。譬如,世故冷漠的前女房主,隐形的"芳邻"刘小姐,"拉拉化妆店"里的庆子、艾美、阿萍等,干活只穿雨靴的电子厂女工和她的女儿,由工厂女工到开房产中介公司的教授之女江欣,扎红绳的"莞女"周阿婆,用彩带勒住婴孩的母亲,春运列车里的鹅蛋女等等。作者对于这些人物的描绘,来自于自己作为体验者——套上工装、在啤机前一天干活达十几个小时的女工,或者是作为观察者而得之。《双重生活》所展现的正是当下中国的现实——区域发展的不平衡与人民对美好生活的需要的不断增长之间的矛盾。南方经济发达地区的现代化生活与西部农耕传统生活方式的反差与冲突，正是对当代中国变迁进程的一次形象化写真。也是因为作者所具有的"双重生活"者的身份和感受，才使得这种写真更具真实感、冲击性、说服力。而"双重生活"的另一端——新疆生活的原貌与变迁，我们在丁燕的《沙孜湖》里可以得到更为详尽的了解和解读。作品着重再现托里县和克拉玛依市的哈萨克族和汉族的生活状态，力图表现新疆的民族传统和文化的当下景观，以及自东南沿海开始的社会巨变对于新疆以及广袤西北的大规模辐射与冲击。有意思的是，这部书并不是作者居住在新疆时完成的，而是来到东莞之后写下的。在丁燕看来，尽管新疆与广东相距数千公里，但"当我将车间生活和牧民生活摆在同一水平线上时，惊诧地发现，它们并非没有共同处，不，它们之间的联系，紧密而深刻"。也许这正是一种现实与文学的互文。

如果说，《双重生活》重点从"双重"的角度，交叉描述以广东东莞为代表的南方与以新疆为代表的西北生存与生活的样态，以作对比映衬。那么，《工厂女孩》与《工厂男孩》则将笔触直接对准东莞外资或合资工厂，聚焦在此工作的年轻女工和男工的劳动强度、情感、日常生活、性问题等。

在《工厂女孩》里面，作者以乔装打扮方式进入劳动场景的第一现场，通过"潜伏"式体验、观察与采访，将作者、叙述者和角色混搭为一体。作品聚焦东莞工厂里年轻女工作为城市边缘人、打工者的日常工作和生活状态，作者以身份置换方式，亲身体验女工生活的种种"痛"，对这种人在机器面前失去自由与人性的高强度"异化"劳动表达反思与愤懑。与此同时，作品还以较大篇幅写了这些女工所遭遇的男女比例失调、对性与爱的需求异常强烈等情感困境。显然，作者的叙述立场是鲜明的，那就是关注在工业化流程中求取生存的人，这样的劳作给予女工的身心伤害也是显而易见的，其中的一些章节标题足以表达这一切："身体的极限""捏钳子两千下""煎熬到中午""不能插嘴""断指""全能眼"等等。但即使是这样高强度的劳作，也仍然阻挡不住因为贫困奔向南方的打工者——"没有暴力，没有强制，农业劳动的贬值拉大了城乡差距，让年轻女孩想到城里打工，她们甚至十分清楚工厂生活的实质，可她们还是来到城市，到工厂出卖自己的劳动力。"看上去，这群女工与夏衍《包身工》笔下的"芦柴棒"们有着大不同，但这无疑也揭示了一个严峻的现实，那就是，尽管改革开放已历经40年，但深层次的社会发展不平衡仍然未能得到彻底解决。值得肯定的是，丁燕在作品里以"后勤世界"等章节的描述，再现出工厂基于恶性用工制度而导致的员工流失率增大，进而实行各种人性化管理举措，譬如举办员工卡拉OK、跑步、拔河比赛和生日晚会，不随意罚款、开除员工，在车间安装中央空调、节假日加餐，免费阅读杂志，内部招聘文员和技术员，给予普通工人晋升机会等，这似乎给工厂女孩们的生活抹上了一丝亮色。此外，《工厂女孩》还写到了年轻女工们的情感问题,譬如"上班时间爱聊天、爱闹小情绪、在宿舍里拉帮结派",甚至因为找男朋友导致意外怀孕流产,或者患上各种妇科病。与男工不同的是,女工的情感诉求更复杂,她们"不仅需要性伴侣,更需要情感伴侣",甚至出现了由临时性和流动性所带来的强烈的职业危机感与社会隔绝感。而最为可悲的是,"没有什么人会对女孩子们夭折的青春负责,在她们饱满的躯体内,蕴藏着最荒凉的记忆"。

《工厂男孩》将目光聚焦到东莞打工者的另一性别群体。在作者笔下,这个群体的主体是"90后"男孩,其标志是"脏话、香烟、恋爱、盗窃、手机",与工厂女孩相比,他们的青春荷尔蒙意味更强烈。如果说,在《工厂女孩》里,作者是体验者、观察者和叙述者三位一体的话,《工厂男孩》里的作者则主要是一个观察采访者与叙述者的二合一。她"混进"工厂的女工宿舍住下来,以此为据点观察男工,甚至单刀直入到男工宿舍,与阿坚、高利民、严小强、徐富民等"工厂男孩"对谈,详尽叙述了有关"工厂男孩"工作与生活的方方面面,譬如工装等级、车间管理、宿舍纪律、械斗与偷盗、追求女工等,细节与场面之密植,对话、行动与心理描摹之生动,使这部看上去主题略显沉重的纪实作品有了某种阅读的轻快感和趣味性。作者写出了以"90后"为主体的打工男孩不同于其父辈的"新生代"特点:留守儿童、初中辍学、到父母打工的城市打工,更多地倾向于城市青年的价值观和人生观,衣着发型赶时尚、攀比花钱消费的"追时代"成为其基本生活方式和目标,干活太累太受气不行,总是在寻找机会脱离打工生活,但也不排斥回老家发展。总之,是更少"紧张、愤慨、焦虑",更多崇尚"自由、轻松、愉快"。作品还用了许多篇什书写围绕男工们的其他各色人等,譬如,帮儿子带孙子的老张、做保安的阿勇、带重孙子的张老太、露天饮品店店主老廖、二级批发商老夏、舍友许月芳、林小月与儿子吴宏伟、阿杰与阿林小兄弟等。这使得作品的内涵更趋近于丰满。这些青春年少的"工厂男孩"远离家乡进入城市"追梦"的同时,对于广大的中国农村而言却又是一个巨大的冲击。这一切的书写,在作者看来,都是因为"嗅到了一种自己熟悉的气味",写他人都是为了更好地看清自己、认识自己。当然,也是在另一个层面上认识社会、看清社会。

丁燕的作品对我们这个时代的迁徙者、底层打工群体和边疆少数民族的关注,以深入细致的田野调查行动、注重原生态的人物呈现、艺术化的细节场面描写、启人心智发人深省的非叙事性话语、基于人性人道人文关怀的叙述立场等,将人民的"痛"与"爱"呈现出来,将自己对于中国当下发展的认识表达出来。这也许就是一个作家的情怀、责任与担当,是非虚构文学甚至是整个文学的创作方向。

(原载《文艺报》2018年11月30日)

让人捏一把汗的小说
——读吴诗娴的《汗颜无地》

王 童

近来，电视上报道了许多贪官贪钱被判了的事，这些事有大有小，尺长寸短，有隐有明，当旁观者明了那些贪官的所作所为后，又常常犯嘀咕，这些人贪了那么多，真就问心无愧吗？真就心安理得吗？

吴诗娴的小说《汗颜无地》所涉及的题材恰是深入了这样一个贪官的灵魂深处。把一个贪官当成一个生活中常见之人来描写，是这小说的一个特色。但小说里活着的贪官周宝并不那么安然若素，而是常常受到非法得来20万元拆迁款的困扰。按当下的现状来看，他贪的钱并不算多。但由此他却患上了无汗症，在任何情况下，都不会出汗。这似乎是一个隐喻，这隐喻是生理上的，也是精神上的，与之对应常出虚汗的唐克，及后来为图财绑架他时常大汗淋漓的肖强等人形成了鲜明的对照。这里，出汗与无汗症都构成了一个的心理征兆，诚如小说作品本身所阐明的：每个人都有向往的恶，它是熟练的、轻盈的、疼痛的、欲去还留的，那种恶往来反复、往来彷徨、往来迷茫，揉搓着、挣扎着，像带着苦味的咖啡……由此，我们便窥到这人性暗色中的一面，在这镜面常令人想起鲁迅在《文学与出汗》中引发的：在中国，从道士听论道，从批评家听谈文，都令人毛孔痉挛，汗不敢出。镜面翻转一下，周宝因惊悸而患上了无汗症，必有内鬼在心里挣扎着，使其毛孔痉挛，汗发不出来。

小说围绕着周宝的附赘悬疣这件事，把唐克和肖强加插在身边。三个人虽然表面上相安无事。周宝找身为医生的唐克治无汗症，唐克却同自己妻子何清有染；肖强为周宝装修房子，因而知根知底、熟门熟路误以为他藏有20万元而绑架了他。受尽侮辱和虐待后起死回生的他，在身边的何清离去后，又回到前妻杨白身边时，人性的善恶似乎进行了某种转换，预示着结束，又预示着开始。

这小说可以说情节递进得非常紧凑，虽是生活类的描写，但其悬念感都扣得很紧，内在的张力也拉得很满。小说巧妙地将肖强爬门钻户意外窥到夫妻双方各自的隐私,并将这隐私放大到生活的夹层里让人公听并观,这样就产生了一种异样的偷窥状。也正是在这偷窥状中小说中的点滴细节慢慢凸显了出来,并由此构织出了人物活动的空间。你给他点出来,他也不知所云,仍重蹈前辙,并一而再再而三地冗词赘句。通常写小说不成功者总是没完没了地叙述,人物立不起,情节展不开。吴诗娴的这小说则屏除了这类毛病,熟练的文字叙述将人物的精神状态活灵活现地勾勒了出来。但吴诗娴这小说的弱点在于情景设置得有些过于诡奇,虽说总体上并未脱开生活本身的逻辑,但人性的善恶转换处理得有些简单。前妻在周宝大难过后重回他身边也有些想当然。然这终不是小说致命的症结。如果把这小说拆开来看,便是在一个到处大兴土木的新兴城市里,人们为生存进入的各种怪圈中,这怪圈无论是巧取豪夺、追钱索命、偷情寻爱,都沉淀下人们需要充实的精神世界,这一直是作品也是人们一直想寻找回来的东西。

中医学上认为出汗疗法是应用最早最广泛的一种治疗方法,不仅通经活络,提高精神和恢复体力,而且具有可以调节神经的功能,改善微循环系统,使内邪随蒸发的汗液排出。周宝新生后不知那淤积在身的邪气是否能随汗排出来,人们不得而知,但他终究脱胎换骨了。

双重文化视阈下的微观痛感叙述

——丁燕非虚构写作论

晏杰雄

自2010年《人民文学》开设"非虚构写作"专栏引发写作热潮以来,非虚构写作以其锋利的介入性和真切的个人化表达,开发了生活和历史本身的珍贵矿藏,极大拓展了传统现实主义的疆界,赋予臻于固化的写实艺术以弹性与活力,形成新时代引人注目的一个文学潮流。近十年来,经由"期刊专栏——图书出版——线上平台"的发展路线,非虚构写作方兴未艾,作者群体性涌现,作品丰盛且有质地。正如有的学者所说:"不仅仅局限于一种现象,而在社会上发展成一股声势浩大的浪潮,既催使更多的人走出书斋,与鲜活的现场、与人民大地重新建立实实在在的联系,又促使大家关注更多的社会问题与文化危机。"所谓十年有成,当年参与非虚构写作的一批"新人"作家已经成绩斐然,隆起为本领域的一个个"小高原"。一个有趣的现象是,他们中间不少人不约而同积累完成了"非虚构三部曲",如梁鸿的"梁庄三部曲"、丁燕的"工厂三部曲"、李娟的"'羊道'三部曲"、何伟的"中国三部曲"、王族的"动物三部曲"、章剑华的"故宫三部曲"等,题材涉及基层现实、个体历史、地理生态、文化遗产等多个方面,说明中国非虚构写作已经产生了体系性的成果,已到了做阶段性总结的时候。丁燕①就是这些耸立的"小高原"中的一座,迄今已出版《工厂女孩》《工厂男孩》《工厂爱情》《双重生活》《沙孜湖》《西北偏北,岭南以南》《岭南万户皆春色》等十余部非虚构作品。其中,描写珠三角青工生活的"工厂三部曲",因其严酷的真实性及切肤之感,在社会上产生

---

① 丁燕,女,1970年生,新疆哈密人,1993年起定居乌鲁木齐,2010年起迁居广东东莞。出版有《工厂女孩》《工厂男孩》《工厂爱情》《低天空:珠三角女工的痛与爱》《阳光洒满上学路》《双重生活》《沙孜湖》《王洛宾音乐地图》《午夜葡萄园》《母亲书》等20余部作品。其中,前三部被称为"工厂三部曲"。曾获第六届、第七届鲁迅文学奖提名奖、文津图书奖、徐迟报告文学奖、百花文学奖、《亚洲周刊》年度十大华文非虚构奖、广东省鲁迅文学艺术奖等。2010年,她由诗人转型非虚构写作,与梁鸿、李娟、乔叶等同为非虚构一线实力作家,对这一文学潮流具有标本价值。相对其他作家研究论文数量多而厚重,目前国内学界对丁燕的研究甚少,只有寥寥几篇报纸短评或访谈,这与其创作成果的丰沛与典型性不相称。本文以丁燕创作为中心,试图阐述非虚构写作的基本特征,及其十年来发展所达到的文类形态。

广泛影响,被称为非虚构写作的代表性作品。作为与非虚构写作潮流同步的亲历者和见证者,丁燕在文化迁徙和劳动者体验的基础上,业已形成个人化、感受化、心灵化、文化视阈和细微叙事的独特风格,以现实性强又表述先锋的文本,为非虚构写作文体提供了典型标本,并反证和丰富了非虚构写作的内涵和边界。

近十年来,国内非虚构写作实践一直活跃推进,创作成果丰硕,但关于"非虚构写作"本身却至今仍存争议。它首先是一个舶来词,来源于美国约翰·霍洛韦尔的专著《非虚构小说的写作》,被粗略定义为:"以一种依靠故事的技巧和小说家的直觉洞察力去记录当代事件的非虚构文学作品(nonfiction)的形式。"2010年,《人民文学》杂志借用这个词来倡导新的纪实写作,却给出一个不确定的定位:"非作家、普通人,拿起笔来,写你自己的生活自己的传记。还有诺曼·梅勒、杜鲁门·卡波特所写的那种非虚构小说,还有深入翔实、具有鲜明个人观点和情感的社会调查,大概都是'非虚构'。"张文东针对《人民文学》的定位,为之做了更为明晰的表述:"非虚构是一种创新的叙事策略或模式,这种写作在模糊了文学(小说)与历史、纪实之间界限的意义上,生成了一种具有'中间性'的新的叙事方式。"其中所提出的"中间性",确触及了非虚构写作的核心特征,指出了非虚构写作的跨文体性。从事纪实文学研究较早、在本领域颇有影响的学者王晖也注意到了这种文体的宽幅度,做出一个相对客观、务实的界定:"'非虚构'其实是指一个大的文学类型的集合,而不仅仅是一种具体文体的写作。它既包括非虚构小说和新新闻报道,也包括报告文学、传记……"。而批评家洪治纲则否认非虚构写作的文体概念,认为它表征一种创作主体姿态,"或许更多的只是体现为一种介入性的写作姿态,即作家更多地倚重于某些亲历性的事实或历史现场的写作姿态"。由此可知,国内"非虚构写作"从一诞生开始,其界定便处在一个模糊的多向阐释的状态,只知它来自纪实文学,又与传统报告文学不同,一直没有得到一个公认的、明确的和内涵清晰的界定。概念不明,无法清楚辨析丁燕这样已在业内树起名声的作家。通过总结十年来创作成果和国内外研究现状,最近有学者提出一个颇具规定性的界定:"非虚构写作是作者以鲜明的介入性姿态直面现实尘世、重返历史现场或寻访文化足迹,使文本呈现出无限接近真实、主体亲历性、反思性和跨文体等特质,同时具有作者独立价值向度的一种书写样式。"[①]这个界定吸取了前此诸多说法内涵,相对专业,具信服力,为研究丁燕提供了基本对位的坐标,如"介入性""文化足迹""真实""主体""反思性""跨文体"等特征,与丁燕近年来的写作是高度契合的。

---

① 这个界定来自笔者对沈闪博士的访谈。近年来,沈博士持续研究非虚构写作,熟悉写作现场,博士论文为《碰撞与呈现:新世纪中国"非虚构写作"研究》(2019),对国内外研究现状进行了全面梳理,发表了一系列有影响论文,对"非虚构写作"的认识具有专业性和可靠性。本界定是其最新归纳总结,未发表。

她的双重视阈来自文化迁徙，微观视点使之"无限接近真实"，痛感源于"主体亲历性"。这些关键词照亮了丁燕非虚构写作世界的纯正性，也照亮了一个还未被评论界充分关注的作家形象。从乌鲁木齐来到东莞，从诗人、作家到打工者，从诗歌到非虚构作品，从东莞这座陌生城市的边缘人成为日常生活中的一员，从猜测、观察的旁观位置进入观察对象的内核，丁燕选取小人物平凡生活横切面为微观视点，为小人物立传，写他们的柴米油盐、喜怒哀乐，从中透视中国文明进程中诸多问题的普遍性与复杂性。她在南北两个生活、写作场域中感受不同文化的碰撞与融合，而再次回到新疆，她携带着南方的气息和全新的目光，窥探这片熟悉土地的变与不变，将对两个写作场域的认识从生活细节的差异上升为不同社会形态的透视。

在写作风格上，丁燕充分体现了非虚构写作的介入性，贴近作者自己，贴近生活本身，贴近读者，产生强烈的"真实感"。一般而言，"真实"即新闻写作对客观事实"照相机"式客观全面反映的追求，而"真实感"应该对应于丁燕所说的"创作的过程是主观对客观的超越"。她认为："非虚构作家不是照相机，对现实场景全盘接纳，而应该是画家，用个人主义的目光对现实进行再塑造。删减取舍是必须的。"由于一线作家的经验不是来自教科书，而是来自真刀实枪的创作实践，在写作路径上往往有殊途同归的契合，她的写作理念在著名作家韩少功处也得到印证。①正是由于感性经验的参与，丁燕的文字饱含更充沛、更锐利的主体情感，写自身经历时写出了全部细微感官体验和内在痛感，写各色人物则知人论世，体恤体贴，产生让读者心灵震颤的可交流性，所述人事由此获得了较大程度的真实感。

1. 从微观视点察隐秘之痛

传统纪实文学作者乐于以客观退出的姿态进行写作，不让感性经验主导其写作走向，有时甚至难以察觉作者的行动变化和情感波动，我们更常看到的是一个在暗处观察一切而将自己隐藏起来的轮廓型角色，我们的目光容易聚焦于高光中变动的被观察对象，比如传统的"打工文学"并没有和被观察对象达到完全意义上的身份认同。而丁燕的创作则"近距离""长时间"地进入对象，将细腻到微处的个体感性经验渗透进观察、思考和写作之中。这种渗透不是隐隐约约地从文字背后表达出来，而是以主动参与的姿态贯穿其体验和写作行为之中，以积极昂扬的情绪向周围的一切观察客体伸出好奇和及时反馈的触角。"只有近距离地观察，长时间地观

---

① 2020年12月11日下午，湖南理工学院举办汨罗江文学讲堂第一期"乡村题材写作的人学及美学——再谈《山南水北》"，邀请韩少功与批评家卓今对谈。在讲座中，韩少功就表示："生活的感受是文学的源泉，要善于在生活中观察和感受，保持创作的真实感、生活感"。见张璇、田夏《乡村题材写作要关注百姓的寻常事》，https://new.qq.com/rain/a/20201212a0bvpz00。

察，才能让那个被描述的对象带着内在的、独一无二的特点活起来；也只有在感觉细节和直觉认识达到丰富和饱满的状态下，作家笔下的文本才不会凌空蹈虚，才有温度，才有可触感。"

丁燕试图通过全身心投入自己的感受力，近距离观察微观个体行为，来放大透视当代人生活状态和时代的关系。她几乎以显微镜式的方式对城市事象进行深描，如雷达所言："丁燕以敏锐之眼将岭南市象刻录下来，不仅呈现出它的外部机制，还有其互相吻合和交错的内在肌理。"在《双重生活》中，她讲述了一次公交车上的呕吐事件，并观察各色人物的反应，展开一张自我和他人交织的情绪网。通过公交车这个小天地，将情绪放大，展现波澜不惊下城市里躁动不安的灵魂："我不断打破自己，再从破碎的切口，探寻出希望。我能从现实的街道，一下子拐进冥想的街道。"这里，她设置了一个和现代化进程贴合的透视点，这个透视过程是从"现实"拐向"冥想"的"弧度"，弧度的另一头即冥想的内容，是非真实的，而弧度本身如"印章般，刻在我的身体上。"这个印刻的过程却恰恰体现了真实感，将目之所及的变相重新排列组合，塑造了新鲜血液和灵魂，直戳观察对象的本质。场景无法复刻，而心境却可以重现，作者在公交车上面对众生相进入的浮于现实之上的心境，是大多数人有过却难以描述的体验。而对呕吐事件的描述营造了这种"真实感"，触发了这些隐藏的记忆，从而获得生动的共鸣。作者在一种孤立无援的境地之下，思乡情结催化了孤独，孤独放大了负面情绪，久未舒展的情绪就像一把干枯的柴，而公交车事件就是点燃一切的火星，一瞬间负面情绪燃烧起来将她包裹。再看这一段："那卡夫卡城堡中有股浓郁气味如蛇般攀缘而来——六神花露水。所有空间都被塞爆——所有的。那味道如此之强，像谁把瓶子用力摔在墙上，连空气里都留着香味的牙齿。那香味从鼻孔钻入脑门后，便像煮沸的柏油黏附不去。"这里，作者用通感的手法强行唤起读者的不适体验，将共通的心境无限放大，赤裸裸地展现私人化的负面情感，看似失之偏颇的场景选择实则极具力量。丁燕曾说："也许当一个作家身处颠簸，他就不得不打开所有的细胞和觉知去思考，因为他要把所有的器官都张开来获取信息，他要自保要突围，所以他会把生命的潜流给撞击出来。"这种细微的个体感受力，在面对单个人物时，尤其展示出惊人的丰富性和直觉力，简直只需一眼就把对方掌握了，看透了。在《西北偏北，岭南以南》中，她写到与一名陌生女子迎面对视："她高挑，健壮，果绿低腰短裤，不是软软的水蛇腰，而更硬朗粗粝；丰盈的乳，凸显柚子弧线，把绛紫低胸吊带蕾丝背心撑得滚圆；细长眉，高颧骨，唇的红太异色，只属于一种，吸血鬼德古拉刚吮过人颈的嘴，两片红汁，幽幽发光"。在这里，丁燕完全把那名女子置于自己的感觉场域之中，打开所有感官去体察对方身形、五官、服饰的独特之处。一方面具有琐细精微的写实品格，另一方面又是高度感觉化的，如腰硬朗粗粝，唇红太异色，掺入了自己的直观感觉和理性评价，却显得那么精准。对唇红，用"吸血鬼"这个极致夸张的比喻，放大、增强了普通的感受，给人带来惊悚又鲜明的视觉感。然后进入对女子的直觉描写："她和整个环境：简陋的门板、粗糙的楼道、弥漫在这里的芜杂气息混合成一体，有种奇怪的契合。她不是那种介于少女和成年女之间的洛丽塔，她裹挟着某种来自乡村的混沌、急切、慌乱，身体强壮成熟，流动着一种不可捉摸的活力"。前一句写出人物气质来了，渲染出人物的气场。我们常说的人物气场是可感的，但不可言说，丁燕居然以文字建构了出来。她是借助写人和环境的关系来完成的，形成浓郁氛围，"芜杂气息"一词用得特别精确微妙。后一句体现作者直抵人物、事物本质的直觉力，感受从外在转向内心，富有超强穿透力，能透过女子的都市时尚打扮辨析出女子的来历和乡村生命力状态。对视是一场心理较量，不需说一句话，入木三分的眼神甚至把女子赶跑了。由于是从作者个体感受出发的，描写具体、细微，富有质感，流淌下来的是有生命力和活力的语言，带给我们立体、鲜活、可触摸的阅读感觉。

其次，书中有大量的女性身体书写。脱去了所有的社会身份——诗人、作家、外地人、打工者等，丁燕回到最本真的女性身份，从女性生理和心理经验出发，透视她们在特殊环境下不为人知的隐痛，紧紧扣住痛苦本身进行细节描摹和真相挖掘。"写作作为心脑手并用的脑力和体力劳动，不仅能够解除现存压抑的象征秩序，而且在语言的创造中赋予女性以新生，使她愈加接近生命的本源力量。因为女人可以依靠的只是自己，而承载'自己'的就是既忍受苦痛又尽享欢愉的身体。"在《工厂女孩》中，丁燕描述了工厂女性的生存现状，揭示了工厂环境对女性的身心侵害，以及压抑中隐秘的肉体欲望和精神需求，最大程度还原了她们忍受苦痛又渴望欢愉的生命本相。作者描述了自己工作中"眼睛疼、鼻腔异味、恶心、头昏、供血不足、食欲萎靡"等显性肉体伤害和皮肤病、肺病等潜在危害，以及对女人而言难以启齿的痛经等妇科病症，深切地认识到"从道德上指责女人软弱很容易，亲自去车间干那些可怕的活计，却很难。"丁燕这样描述自己痛经的体验："我已血流如注，腰腹肿痛，脚底像踩着冰块，浑身发凉……肚子空荡，饥饿像老虎的利爪，在腹中猛烈地抓、撕、扯，令五内翻滚。"这里的感官书写是只属于女性讲述的性别语言，基于男性无法感知和理解的生理经验。作家将疼痛和饥饿从身体中抽离出来描述，"血流如注""冰块""利爪""抓、撕、扯"等字眼极具感官冲击力，将私人的生理经验外化，放大为个人与外物的激烈斗争，赤裸裸地剥开女性身体。看似夸张，实则非常贴合濒临崩溃的情绪，是生理经验和心理经验相互作用的独特表达。她还描述了在长时间工作和环境重压之下女工月经不调、停经、绝经等生理疾病，以及女工长期以来习以为常的应对态度，她们已经习惯将自我从疼痛的肉身中剥离，把疼痛看作一件不属于自己的客体来对待，这种软伤害一再出现在丁燕的眼中，在她看来是完全有悖于以往经验的异常现象，而这对于大多数女工而言却是惯性的生理经验，是工厂生活的常态，两种生存经验的对照隐晦地揭露了长年累月的肉体伤害对于女工精神意志的磨损。

作者还擅长在生活"常态"中捕捉城市的"异常"，以体贴入微的敏感揭示这些"异常"带来的心理侵害，而这侵害是习焉不察的。公交车、死老鼠、车祸、拥挤的不断修建的街道……这些都市里习以为常的事物被放大成为血腥的反常异象。《双重生活》里写到东莞街头遍布刺眼的"硕大、粗暴"的妇科、男科、性病广告，这些游走于粉色地带和灰色地带的"词语怪物"，对于大多数人而言几乎是城市的标志之一，已经见怪不怪，但丁燕敏锐地发现这类广告对人的侵害。它不仅仅直观地引起生理不适，一个更严肃严重的事实被大众忽略了：这些广告实际上对女性造成了长期以来的精神侵扰，一些女性潜意识里将生殖系统与广告中传达的概念想象、联系在一起，潜移默化中产生对性的回避与反感。如丁燕从"孕"这个字展开阐述：孕，本用来比喻既存事物中酝酿着新事物，而现代广告将"孕"和妇科疾病、滥交、早孕、不孕不育、打胎联系在一起，被渲染成带有强烈负面色彩的词语，现代人看到这个字会自然而然地联想到羞于启齿的含义。这里写到一个男孩看到广告后一字一顿地将敏感字眼念出来，而身旁的母亲则羞愧难当。丁燕敏锐地看到这些广告经常性地让人陷入尴尬境地，并于潜移默化中刺激、伤害人的神经。

到东莞后不久，丁燕患上了"公交车后遗症"等被迫害妄想症，经常出现血腥暴力的幻想，觉得自己像"被追赶的羚羊"，这些心理异常元素成为埋在作品中的精神痛点。"对丁燕来说，慨叹的基础是坚实的物象，而这物象，又因和自身命运息息相关而有着连骨带肉的痛。正是这种切肤感，构成了她文章的思想脊骨和诗性源泉。"在《双重生活》中，作者被一个未尝谋面的"刘小姐"弄得神经紧张，不得已只能搬家。这个刘小姐"将我、她、那瘦弱的中年男子，在某个瞬间，大力而粗糙地捆绑在一起，让我们倍感疼痛！"这段独白控诉了现代化都市对个人生活和精神空间的压缩，其中的被迫害幻想叙述甚至令人联想到鲁迅的《狂人日记》。鲁迅营造的是封建文化势力合围的可怖氛围，丁燕在这里批判的对象当然不是什么刘小姐，而是商业化的生活空间。无论是狂人还是"我"，两段被迫害幻想的表达都极具渲染力，表现了人在环境胁迫下陷入崩溃、癫狂的精神状态，最后"我"不得不在心中"呐喊"两个字："搬家"。丁燕从不俯视观察对象，而是以平等姿态参与其中，善于观察平淡无奇的对话和细节。在《双重生活》中，她选取化妆店这个小小的生活空间，完整展现了几段服务行业女性看似毫不起眼、毫无逻辑的对话，事无巨细地描写修眉、擦粉、画眉、画眼线、打眼影、涂唇膏等过程，通过看似流水账一般的对话和事件，展现空虚的精神生活和虚无的价值取向，将她们既厌烦目前处境又难以摆脱的矛盾心境完整暴露。这种从大量对话细节展现特殊人群生存境况的写法,和卡佛在日常对话中体现蓝领阶层生存困境有着异曲同工之妙。丁燕以初来乍到的感性经验毫不遮掩、修饰地直面生活细节,揭开都市人已经不痛不痒的伤疤。

2. 从文化立场思南北隔膜

文化相对主义认为:"在别的文化中间发现我们自己,作为一种人类生活中生活形式地方化的地方性的例子,作为众多个案中的一个个案,作为众多世界中的一个世界来看待,这将会是一个十分难能可贵的成就。"从新疆迁徙到东莞,丁燕身上负载着南北两种不同文化基因,天然地具有文化观察的比较心理结构,容易发现不同文化观念的差异。在非虚构写作中,她同时秉持南北文化立场,在比较与互鉴中表现新旧文明糅杂的社会形态,从传统与现代文明冲突中观察南北文化差异。"丁燕在南北对峙中撑开空间,让不同质的文化共居一体,引发深思,既有生存的勇气,又有灵魂的悸动。"在《双重生活》中,面对街道上的高楼林立,作者感到它们"昼夜生活在牢笼中,烦得要命",继而想到新疆充满生命律动的"从未被驯服"的草原;从菜场没有羊肉摊位联系到新疆遍布的羊肉店,又从草龟母鸡炖水蛇汤联想到新疆的烤羊肉串,从中看到南北饮食文化的差异;"阳台"成了区分东莞本地人和外地人的主要标志:越大越漂亮的阳台代表着越高的身份地位,而没有阳台的则大多是外来者的出租屋;南方人有了"房子"才觉得安定,反观新疆,牧民要不断寻找水草生长茂盛之地,住在被称为"白色宫殿"的可移动毡房中,过着居无定所但潇洒自在的生活;南方庄稼人一辈子长在土里,安土重迁,北方游牧人一辈子骑在马背上,逐草而居。从吃、住、行的比较中,丁燕清楚地呈现了南方农耕文明和北方游牧文明的差异。另外,她从广东的大海联想到新疆的沙漠,并从这两种迥异的地理环境中感悟到共通的气息:大海和沙漠各自作为文明传播的载体,曾经分别架起海上和陆地两条丝绸之路,共同将中华文明传播到世界其他地方。

从南方人对新疆的刻板印象出发,丁燕思考南北文化隔膜并对这种隔膜追根溯源。她看到,南方人眼中的新疆是由"民俗的猎奇"和"冒险的表演"两个部分组成的。"你们那里有楼房吗?""你们骑马上班吗?""你们见过电脑吗?""你怎么不像新疆人?"……这些问题体现南方人对新疆的刻板印象:发展落后、能歌善舞、异族面孔,让丁燕感到被异族化的排斥感。看过在东莞的新疆节目表演之后,她意识到,舞台上少数民族面孔实际上就是南方人心里衡量新疆人的标准,而自己这副"滑稽"的面孔暗含对难以化解的南北隔膜的苦笑意味,同时也是对自我身份失落的无奈。她从"舞台"上的种种"细节"联想到自己的"命运",袒露了对于自身命运被抛入群体命运的不安与失落。"舞台"和"我"相关,意味着作者的命运从此紧紧与新疆相连，而这种联系不是作为新疆人与生俱来的血肉联系，而是被粗暴地捆绑在一起。丁燕还讲述了一个男诗人对她离开新疆来到东莞的揣测和暗示，认为丁燕不符合他心中关于新疆风景、歌舞和传奇的设定，新疆人就应该是新疆的一个"地标"，应该生活在新疆的"画框"——所谓的"赛江南"之中，而不是真实的江南。在这里，作者用"画框"和"地标"讽刺了这种刻板印象下个体失去了独立意义，因共同身份而被迫团结在一起，被几个共同的词语压扁。

丁燕进而从文化立场思考这种刻板印象形成的机制和动因。一方面，她反思新疆本土文化输出。《双重生活》中描述了一场东莞剧院的新疆歌舞表演，这种舞蹈类似于"科普读物"，只有"轮廓"而缺少"细节"，迎合了南方人对新疆"能歌善舞"的想象，并将想象加以修饰和完善，将舞蹈强化为新疆"风格"的名片。新疆的"轮廓"在反复强调中被粗糙勾勒，南方人被动接受了"舞蹈的新疆"，而"真实的新疆"在这种"科普"中被消解。另一方面，丁燕基于南方文化心理分析指出："多数情况下我们并不是先理解后定义，而是先定义后理解。置身于庞杂的外部世界，我们一眼就能认出早已为我们定义好的自己的文化，而我们也倾向于按照我们的文化所给定的、我们熟悉的方式去理解。"通过维吾尔族女子演唱的《边疆处处赛江南》，丁燕揭示了根植于南方文化的固定思维模式。对于南方人而言，"江南"不仅是地名，更是聚宝盆、是天堂，"赛江南"一词用"江南"作为衡量边疆的标准，"赛"字意味着向江南这个方向靠齐，将边疆纳入南方文化的话语体系中，"边疆"因为南方文化的"关照"而获得意义的新生，南方人从中获得文化认同和自豪感，而作为新疆人，丁燕敏锐地察觉这种比照实是对新疆特质的否定。

如何打破这种刻板印象？丁燕在此提出了一种解决方式："边疆"就是"边疆"，还原它，而非粉饰，从日常生活的细节之中还原"真实的新疆"。《双重生活》中，丁燕将一场剧院的歌舞表演和南疆农民劳作归来自娱自乐的刀郎舞进行对比，两种舞蹈一个"容不得半点土腥"，一个"土得掉渣"，强烈的对比凸显了作家心中"舞台的新疆"与"真实的新疆"的差距，展现了精心粉饰下的新疆所丢失的生命活力与土地气息，生动再现了原生态艺术与自然的亲密关系，期盼从源于自然、源于民间的艺术中还原新疆本相。作者进而由新疆歌舞联想到王洛宾改编的歌曲，从王洛宾所强调的"日常生活"中发现新疆的真实和丰富，在《沙孜湖》中用大量笔墨描摹被荒漠、戈壁、草原、湖泊、牛羊、毡房等包裹的生活场域，将这些南方人眼中的奇异景观回归于新疆人民的生存经验中，同时，作家写到东疆高速公路，描摹了草原上摩托车逐渐取代马成为代步工具，直面新疆现代化工业化的世俗生活，呈现了现代与传统的混沌发展中的真实面貌。

丁燕还以语言为突破口进入南北文化的深层。"语言是全部思维和感知活动的认知方式，这种活动自古以来就为一个民族代代相传，它在对该民族产生影响的同时，也必然影响到其语言。"丁燕牵起语言与文字、地域与民族、传统与现代文化的深层联系，从中窥探现代工业文明和传统游牧文明烙在南北文化中的印记。在新疆，丁燕看到这样的地名和人名：喀什噶尔的意思是"多颜色的砖房"，阿克苏是"白水河"，克孜勒苏是"红水河"，阿娜尔古丽是"石榴花"，塔吉古丽是"鸡冠花"，吐尔洪是"永生"，艾山江是"潇洒"，迪力夏提是"快乐"，木拉提是"希望"……在这里，多颜色、白、红令人产生明艳活泼的色彩联想，"石榴花、鸡冠花"是大自然产物，"永生、潇洒、快乐、希望"直白质朴，寄予着美好的祝福和朴素的信仰，这些词语说出口就落地生根，不会旁伸出多余的枝节，不会在横向语义上疯狂扩张，但纵向的意蕴深长，传承着新疆人热爱生命、关注自然的民族文化传统，保留了一个民族集体无意识的情感记忆，是融合了游牧民族血液的新疆文化之根。而在南方，她看到这样的商业用语：QC、IC、LED、LCD、ISO……XX世家、XX步行街、XX沐足城、XX汽车、XX专卖店、XX山庄……机械、叉刀、电缆、丝印器材、制鞋设备、鞋机、保护膜、家纺、家具……这些字眼让人联想到大都市、嘈杂的市场、昏暗的生产线、刺鼻的机油味等不断横向扩张的视觉形象，它们产生于现代制造业、工业生产车间的流水线上，其意义依附于消费文化，剥离了消费文化，就失去了独立存在的价值，是与中华传统文化割裂而嫁接于现代工业文明的产物。

丁燕进一步思考语言差异和文化隔膜的内在关系。在《沙孜湖》中，她拜访一位哈萨克族作家时发现："这类作家更注重从口述传统和神话故事中汲取营养，而不像我们，从小就迷信书本，匮乏灵活的口语表述。"他的作品虽然没有被翻译成汉语，但他的文字世界里容纳了一片别样的浩瀚天地，呈现一个浸润了不同文化血脉的文化场域。少数民族的文化资源大多来自草原文化、游牧文明，远离主流文化中心。丁燕意识到，中心世界对于非中心文化缺乏耐心和敬畏，以汉民族为中心的主流文化将其他民族文化无差别地笼统划入"少数民族"范畴，却对这个庞杂的文化场域内部的文化分支缺乏理解。因此，真正走近草原文化、游牧文明才可以获得最大程度的文化认同，从而理解语言本身及所承载的意义。

这种文化隔膜不仅让优秀的文化产品难以流传于世，还对话语权产生影响，丁燕试图在话语权失落后从文字中寻求突围。《工厂女孩》写到女工在工作之余看粤语电视剧学习粤语，在她们看来，掌握了粤语后才有正当的话语权，才真正融入了东莞这座城市。在《双重生活》中，作者"我"初来南方，对于白话、客家话、潮汕话、闽南话的陌生甚至超过了维吾尔语和哈萨克语，而且同样是听不懂的口语，丁燕却觉得前者比后者更为陌生。作为新疆人，她对南方缺少文化认同，而语言差异放大了孤立境况，剥夺了作家的日常表达自由。正是这种不自由，让丁燕愈加渴望在书面文字上表达自我，所以初来东莞的她开始投入非虚构写作，"当我从游牧和农耕文明交织的西北边疆进入工业化的岭南时，深感诗歌的短小精悍，似乎不适合我排山倒海的情绪，所以我选择了非虚构。"丁燕并非特意选取非虚构写作来表达自我，不是形式决定内容，而是内容决定形式，口语表达的不畅让文字成为思想、情感的突破口，这也为丁燕的文字带来强烈的冲击力和浓烈的情感厚度。

3. 从他者眼光析现代症候

进入东莞打工者的世界是一个从自我走向"他国"的过程，也是从这里开始，丁燕的目光从关注自己转而关注"他者"。何谓"他者"？"'他者'（The Other）是相对于'自我'而形成的概念，指自我以外的一切人与事物。凡是外在于自我的存在，不管它以什么形式出现，可看见还是不可看见，可感知还是不可感知，都可以被称为他者。"自从离开新疆踏上迁徙之途时，丁燕就行走在他者的路上了，熟悉的文化共同体消隐了，不管瞻望异乡还是返顾故乡，都是面对着他者。德勒兹说："他者＝一种可能的世界之表现。"意思是，在全球化时代，人类若想保留生存方式的多样性，就应改变文化传统中根深蒂固的党同伐异心理，学会容忍差异，尊崇他者。在跨越南北的"钟摆式"写作中，丁燕获得了一种文化人类学意义上的"他者"眼光，平等看待南方现代文明和西部传统文明，认为两者没有优劣之分，共同构成当代文化的多元生态平衡。在人类学研究中，对于观察"他者"所做的文化比较引出了"主位"与"客位"两种观察方法，前者要求调查者"不受自身文化的束缚，置于被研究者的立场上，去了解、理解和研究问题"。在处理他者策略上，丁燕采用主位和客位相结合的方法，即通常持主位参与的姿态，尊重和体恤笔下的基层劳动者，努力站在他们的角度考虑现实生存问题，同时又拉开一定距离做精细观察。这是其作品有别于大多数打工文学的本质所在。正如王晖所言："丁燕不仅是田野调查者和观察者，还是一个身陷其中的亲历者和践行者，更是一个有感而发、不得不发的主动者"。这形成观察外部世界的双重视界及融合升华：一方面，她携带西北子民的"史前史"，深入工厂内部成为打工者的一员；另一方面，也携带着南方气息重新打量故土，对于曾经熟悉的新疆生活投以客观抽离的眼光。

丁燕的文字从不着眼于社会和时代的大处，而是始终深切注视被长期忽视的平凡个体，认为个人隐痛实际上是植根于经济发展进程中的城市、国家的隐痛，个人精神症结实际上也是这个时代的集体症结。工厂生活的现状既不同于传统乡村生活，又不是彻底的城市生活，而是处于城乡接合部般的芜杂状态。身处其中，丁燕从两代打工者的冲突和隔膜中展现了问题背后盘根错节的复杂性。《工厂男孩》中,丁燕讲述了一对工厂母子的冲突:母亲林小月在外打工八年,儿子成为留守儿童,夫妻省吃俭用存下二十万元决定在老家盖房,却遭到了儿子的强烈反对,他不愿意一辈子待在老家,而想在城市扎根。丁燕笔下的两代打工者有着本质差别。第一代打工者骨子里仍是农民而不是工人,他们大多是老乡、亲戚介绍而来,农村的关系网仍然坚韧地缠绕在他们身上,和农村有着天然的难以分割的血肉联系。丁燕惊讶于林小月一直住在狭小而毫无隐私的集体宿舍,从未有租房的想法,然而在林小月决定回老家盖房后,丁燕忽然意识到,林小月从未把这里当作"自己的屋子",她始终认为老家才是有归属感的家,落叶归根、安土重迁的传统思想扎根在第一代打工者身上。而第二代打工者大多为80、90后,他们很多是留守儿童出身,年纪轻轻就来到城市打工,对城市既熟悉又向往。由于在童年父爱或母爱缺失,缺乏家庭安全感,他们从小学会独立,早早体会到生存的艰辛,也更加迫切地想摆脱现状。丁燕用"生存、安全感、独自、精疲力竭、霉味、改变"等几个关键词,简明扼要地概括了第二代打工者的精神状态和心理诉求。她清醒地看到,两代人的代沟反映的问题不只存在于林小月母子,而是存在于千千万万的留守家庭中,存在于城市文明建设的进程中,将个人、家庭与时代联系成网。

《工厂男孩》中,丁燕还写到了另一个家庭,母亲刘红英在看到儿子写的母子离别文章后大受触动,把儿子从老家接到了东莞,可长时间的工作让夫妻都无暇照顾儿子。一次儿子独自在家,家里电线意外短路引发电视爆炸,震惊之余刘红英几经思量将儿子送回了老家。从农村来到城市,再从城市回到农村,从农村"留守儿童"成为城市"流动儿童",又变回农村"留守儿童"。丁燕笔下的这对母子看上去普通平淡,没有激烈的冲突,但细细想来,其中蕴含的深刻性与复杂性实在耐人寻味。将儿子接来城市,既改善教育环境,又填补了家庭空缺,不至于在未来发展成为前一对母子那样的隔阂,而仅仅因为长时间疏于照料就把孩子送回,这对于非打工人员而言也许难以信服,毕竟对于大多数人而言,工作再忙也可以抽时间照顾家庭。然而,熟悉工厂生活的丁燕很能理解刘红英的处境:现代工厂不同于其他工作环境,基础的八小时工资不过两三千,只能满足基本的生活需求,只有加班加点赚加班费才能存钱,所以把孩子照顾周全和存钱几乎不可兼得。丁燕在这里展露了现代工厂的新型内部关系:夏衍笔下资本家剥削劳苦工人的对立关系一去不复返,大家乐意加班,甚至很多都表示"不加班的工厂会被工人看不起",这完全颠覆了教科书对劳工关系的描述。在这次意外之后,刘红英发现,"沙滩上的城堡"坍塌了。这里"沙滩上的城堡"是为子女为家庭创造更好的生活,是刘红英努力工作的动力和希望,但现在她意识到,儿子在这里的生存发展有很多隐患,自己的希望会在城市里落空。丁燕深切地体会到,对于打工者尤其是第一代打工者而言,真正的苦楚不在于长时间劳作和微薄的收入，而在于对家庭生活的取舍。丁燕从打工者的生存、生活困境与矛盾的心理状态中，透显留守儿童问题的复杂性，牵扯到很多因素。同时，书中列出了2010年城市流动儿童和农村留守儿童数量的惊人数据，通过小人物经历回应大时代数据，从微观和宏观处共同反映留守儿童问题的普遍性与严峻性。

丁燕还在现代工厂的压抑环境中考察人的精神异化过程。她惊讶地看到，在这样混乱无序的生活中，都市人却对现代化带来的副产品习以为常或放弃抵抗，"异化"已经渗入日常生活。马尔库塞说："人们并不在过自己的生活，只是在履行某种事先确立的功能。虽然他们在工作，却不能满足自己的需要和发挥自己的作用。他们是在异化中工作……占据极大部分个体生活时间的劳动时间是痛苦的时间，因为异化劳动是对满足的反动，对快乐原则的否定。"《工厂男孩》的封面有八个字"生存不难，生活不易"，道出了打工者的生存现状：长时间工作和生存压力侵占了生活空间，日复一日的机械劳动压抑了人性，压抑积累到一定程度就转化为其他需求的膨胀，爱欲异化为单纯的性欲。在《工厂女孩》中，丁燕在女工宿舍里发现一本包含情感、两性、生殖、健康内容的医院杂志，从中窥探到看似循规蹈矩、"趋于驯服"的女工体内压抑的性欲。住在"卡夫卡式的城堡"的工厂宿舍里，封闭的半军事化管理将工人的生活删减为简单的工作、吃饭和睡觉，而受教育环境和工作环境中他们形成了自己的价值体系和话语体系，这也间接造成情感生活和交往方式的单一、简化。丁燕观察到，工厂女性的性需求被压抑得更深更久更难以释放，因而更甚于男性，她们需要的不仅是性伴侣，更是情感伴侣，男性往往支撑起了女工的"第二面生命"。"如果日复一日面对着嗡嘤的砂轮机，人的身体是会发生变异的：湿润丧失，弹性溜走，只剩下枯燥、干旱与绝望，这时，唯有尖锐的性爱，可与之抗衡。"丁燕向我们展示了工厂男女一面"机器"、一面"动物"的生存状态，而这种状态不仅仅存在于工厂工人之中，也普遍存在于现代人中。

最让丁燕感到疼痛的，还不是一个西部迁徙者置身南方所遭遇的精神悬搁感，而是走出之后再返顾西部故乡的明辨和隐忧。他者是自我之外，这是很好理解的。存在悖论的是，在从新疆来的丁燕眼里，东莞当然是他者，但从东莞返回的丁燕眼里，新疆也成了他者，无法再以一个当地定居者的眼光去看待故乡。如何处理这种悖论性处境，吉尔兹提供了自己的经验："既不以局外人自况，又不自视为当地人；而是勉力搜求和析验当地的语言、想象、社会制度、人的行为等这类有象征意味的形式，从中去把握一个社会。"也许，丁燕并不熟悉人类学的地方性知识处理方式，但"迁徙—返归"的个人经历自然而然赋予她内外视界。她曾自述："新疆在我，意涵着故乡，但我对它的辨识，却发生在漂泊后再返乡的路途中。这些曾和我的生命紧密相连的食物，只有当我的眼里叠印着异质经验之后，我才能认清它们。"从这个意义说，丁燕称得上是人生经历造就的文学人类学书写者，以他者的眼光，对故乡的传统文明形态、文化性格、精神血脉做了精微细致的剖析。如对出生地哈密的文化分析："作为西域古道上的襟喉之地，这里混杂了宽容精神、人道主义和英雄气概等多种元素，形成了一种独特的江湖义气"。地理封闭性、传统生活方式、精神富有、古道热肠、英雄气概，是作为他者的丁燕返顾故乡时的清晰辨认，由此达到与故乡精神文化上的内部认同。

同时，她也看到了新疆社会乡村景象与工业化、现代化发生的激烈"争执"，现代文明强势介入，生活方式和生产方式发生剧变，影响人们的当下生存境况。这带给丁燕巨大的隐忧和不安，成为她书写故乡的主要命题。《沙孜湖》以沙孜湖为观察点，辐射到周围的托里县、克拉玛依市，展现游牧民族与自然和谐共存的生存状态，以及新疆一些地区半城市化、前工业化的发展面貌。驯马人和千里马"白鸽子"的关系意寓了草原生态系统的循环与平衡，人与马的灵性相通表征游牧民族不断迁移的传统生活方式。他们逐草而居，牛羊吃路边草再排便反哺草的生长，人的生活和动植物的生长维持在平衡的循环系统之中。但是，现代文明以不可阻挡之势渗透进来，家庭作坊式的生产方式被规模生产取代，牧人的生存方式也发生了改变。马作为维系游牧民族社会的基本元素即将被替代，摩托车正成为新的代步工具，可摩托车在沙漠一旦出故障就成为拖累；传统的手工制造业受到流水线作业的冲击，一批批东莞制造的家具被运到托里，小小的县城很难再找到手工家具制作，而在以前制造家具的木匠是认识的人，用着放心；金矿、煤矿、铬矿的不断开采使得牧场和草场面临退化的威胁，风沙、干旱、污染也随之而来；很多牧民在草原退化的情况下成为煤矿工人，与市场经济和市场贸易相适应，游牧民族的血性正在消失；牧人不得不改变原来的生存方式，将迁移变为定居，牧民人口增加，进而带来贫富差距扩大等一系列问题。现代文明以强硬姿态介入新疆社会中，如同"亚欧大陆中心"纪念馆一样格格不入。

如果说对草原、牧场，现代文明还是缓慢地扩张，那么对西部的村庄和城镇，则是加速度地侵入。在《西北偏北，岭南以南》中，在注目古老故乡不变的风物和习俗之后，往往发现一些现代化物象突兀出现，让作者的返乡之旅变得惊骇不安。如高铁的出现："高出半空三四米的地方，陡然横过条巨型水泥长龙，盘旋向前，霸道硕大。"硕大广告词的出现："彩钢房1820""大棚155""亲情网畅快打"。还有气候的变暖："我略感遗憾，这个春节并不冷。"最担心的是人心的变化："豪华烤炉的主人说一串四元的，才是真羊肉，三元的，是牛肉。"在描述故乡种种异变迹象之后，丁燕感慨："工商业联手出局，让二堡这个中国西北的边疆小镇，正日趋复杂化。虽然它远离都市，古风犹存，但新的生产方式正如刀似剑，正颠覆着小农经济，破坏着古老秩序，给各阶层的人民都带来巨变。"在对故乡的双重审视中，丁燕的非虚构写作加入了个人感慨,显露出一个思想者的气质来,反思现代文明之于传统文明的负面性,触及中国现代化进程中的重大命题——如何在发展的同时保护传统。在这里,细碎的感性的语言变为一种宽广格局的思想表述,文字变得精辟,开合有度,逻辑有力,具警醒性,从探析个体的存在通向人类的普遍存在,从个人的喃喃诉说通向对人类命运的普遍关怀。这样的思想片段嵌在丁燕整体性的写实文本之中,提升了其写作的思辨性和前沿性,透露了她的文化迁徙者身份和书写经历。只有经历过南北文化迁徙的人,才能建立双重文化的心理结构,才能从文化高度去发现故乡和异乡的文化症候;而她早年的现代主义诗歌写作及其他文体练习,也决定她的非虚构写作不同于传统作家,不会是通讯报道式的写实,常常加入现代主义的表达技巧,写实的外表下隐藏着个体体验和纯文学追求。看似是写实的,其实是新锐的,隐含着文化自觉和思想对话的冲动。

人类学的理解方式往往存在内外视界的悖论,叶舒宪认为:"关键似乎在于把地方性的知识非地方化。具体的做法是,入乎其内再出乎其外,把文化持有者的感知经验转换成理论家们所熟悉的概括和表现方式"。丁燕是当前少见的具文化人类学内质的非虚构作家,较好地处理了两种视界的协调问题,以平等的目光投视他者,采用主位与客位结合、内部与外部视界结合的叙述方式,把地方性知识转换成现代性话语甚至先锋表述,产生一系列扎实而锐利的非虚构作品,从而透视出当下中国传统与现代"混血"的社会形态,从生活常态中呈现现代人的异化现象。最重要的是,呈现了现代中国文明进程中隐藏在肌理下温热、流动的血液——最易被忽视的平凡人的人生百态,体现了深层次的人文关怀。

在艺术上,与主体介入的写作姿态相对应,丁燕建构了自己"细雨飞花"式的表达方式。正如邱华栋所言:"丁燕的行文似乎保持着一种古典的平衡和清晰,其叙述分外客观、冷静又细致,充满了刀锋般的速度和力量。整本书像一个瑰丽澎湃的立体剧场,每一个独立篇章又像是一场激情演出。"丁燕的语言在文学性与真实性中找到了平衡,兼具真实与幻想的美感,她将夸张的艺术表达融入血腥叙述中,给文字注入了一股浓烈炙热的情感温度。一方面,她的表达拥有强烈的视觉冲击力,用外向性的扩张语言将现实变形;另一方面,她的文字具有强烈的个人色彩,诉说着真实的内在世界。在她笔下,现实被撕下光鲜的外衣,裸露出赤裸裸、血淋淋的血肉。丁燕将这种对现实的还原称作"从现实的秃鹫嘴里,抢夺回滴血的鲜肉。"她以一个新疆人初来乍到的经验与环境交流、碰撞,写出了人与环境的格格不入,体现了环境对人的情感情绪的影响,突出表现为"陌生与惊诧"的心理过程。当看到小孩子在"充满血腥味的空气中",安全感被陌生人打碎,她用夸张的血腥叙述放大了成人世界的冷漠与疏离,与小孩子的脆弱形成强烈反差，讽刺了成人灌输的价值观和世界观对孩子的影响是深刻的。在《双重生活》中，丁燕写到一次连环车祸，把肇事车辆称作妖怪，而将肇事过程用"序幕""第一幕""第二幕""第三幕""落幕"的舞台剧方式展现，将强烈的画面感带给读者。第一幕中肇事车辆撞到两个男人，这里丁燕截取了车祸发生的瞬间，用"触电般""轰然倒地""血溢出来""利刃""砍"等犀利字眼，将一个短的时间面扩张和放大，横向解剖出一系列动作的组合，体现车祸对于丁燕的冲击之强，这种夸张也是其内在情绪的外放。第二幕中肇事车辆撞倒母女三人，"咬""折断"等动词带有强烈的现场性和动态感，凸显了车祸的残酷性。"脂肪、肠子、盆骨、红色汁液"将读者拉入车祸现场中，视觉和味觉被动产生联动反应，感官受到强烈刺激，使人产生不适感，而这种不适感恰恰是对丁燕内心感受的回应。这一段极具戏剧化的情节有一部分是对事实的揣测和臆想，是对现实的艺术化夸张，直观地展现了人在环境影响下的内心异变以及对环境的艺术化再造。此外，丁燕的比喻饱含浓烈的色彩和强烈的情绪，将抽象的情绪具象化，带来鲜明的视觉联想。如描写呕吐过程的心理波动，从"五脏六腑"到"鲜血骨骼"，将自己比作垂死的鱼，耗尽尊严地赤裸地挣扎，直观地传达了作家所受的肉体和精神的双重伤害。这样的比喻富有艺术性，虽然显得夸张，看似脱离现实，实际上恰到好处地表达了作者的临场心境。对于大多数纪实作家而言，理性分析更有客观性与说服力，他们大多是以抽离的"零度"写作姿态介入环境，而丁燕的写作恰恰相反，她不仅用文字介入外在世界，还用文字探索内心世界，并找到一个恰当的表达将内外世界相连，这让她的作品获得了艺术上的真实。

在场的思索与言说

李德南

在广东的青年作家中，周齐林是颇有代表性的一位。他同时从事小说、散文等多种文体的写作，《大地的根须》一书是他近年来在散文创作方面的新收获。

读《大地上的根须》，给我印象最深的，是周齐林具有鲜明的整体视野。尤其是在《日暮乡关何处是》《忧伤的土地》《鼠语》等篇章中，能够看到他对城市与乡村的整体观察。其中，东莞既是周齐林现在工作、生活的地方，也是他着力构建的文学空间。他的写作，持续关注东莞的变化以及这块热土上人们的喜怒哀乐。与此同时，周齐林的目光又不断地望向远方，尤其是他的故乡江西吉安永新。他的故乡在过去与现在所发生的种种，他的亲朋好友的喜怒哀乐，还有命运的幽微转折，始终萦绕着他，也始终是他书写的对象。东莞和他的江西老家，在周齐林的笔下，是互相呼应的叙事空间。由于他的目光既落在城市中，也望向乡村，他的写作就自然而然地具有一种整体视野。周齐林在文中曾写道，"人不是一个孤独的个体，每个人的命运都息息相关着。在孤寂的乡村，这种联系尤为突出。"在中国的城市化进程中，乡村和城市始终是难以割裂的，存在着差别，从更大的范围上看，它们又始终是一个整体的组成部分。在《一只寻找树的鸟》中，周齐林还关注到出国"打洋工"的乡亲们，以细致、沉实的笔墨写他们所遭遇的种种。他的整体视野也由此而得到扩展。在周齐林的写作中，具有整体视野还体现在，他关注城市化进程中的种种问题，不回避这当中所出现的问题，又着意要写出人们的坚韧和信念，写出他们对美好生活的渴望，写出他们对实现梦想的顽强意志。

在《大地上的根须》等作品中，还可以看到，周齐林的写作具有鲜明的贯通感。读他的作品，会觉得这些文字具有一种行动的气质。他的文字是有实感的，而不是向壁虚构的产物。不过，周齐林又绝不停留于简单化的记录和再现，而是在书写中灌注了自己对时代、世界、人生的思考。它的写作，在经验层面与思考层面是贯通的。而这两者，又都诉诸艺术表达。周齐林的散文，往往鲜明的结构意识。比如，《蝉语》《与豆为伴》《生而为桑》等篇章，分别以蝉、毛豆、桑树等意象来贯穿全文。这些结构性的意象，使得这些散文作品既自由，灵活，又始终有清晰的主线。贯通感还体现在，周齐林在散文中既对蝉、毛豆、桑树等事物予以充分的认知和介绍，甚至有一种博物学式的旨趣，同时，这些认知又是与他对社会、历史与人生的认识息息相关的。因此，这些事物既是具体的存在，又是隐喻与象征，是情与理的联结。

《大地的根须》等作品，令我印象深刻之处，还在它们在文体上有自觉的探索。这首先体现在散文与非虚构的深度融合。周齐林的散文，有鲜明的个人印记。他在文章中总是把个人的经验作为书写的对象，时常通过文字来言志，来抒情。可是，散文在周齐林的笔下，又绝不仅是局限于个人情绪的抒发，而是同时蕴含着对社会的观察，蕴含着对他的祖辈父辈、对他的故乡的书写和言说。散文言志和抒情的作用，在他的散文作品中有充分的发挥，与此同时，他又在其中融入了非虚构作品的写法和观察方法。对当下出现的新经验和新现象予以及时的观察与书写，是非虚构作品的追求之一。周齐林在他的写作也自觉地借鉴了非虚构的方法，将之作为散文变革的重要手段。在《一只寻找树的鸟》等篇章中，可以看到，他所选取的题材是非虚构的，不过，他没有完全采用非虚构作品所常用的那种力求客观的、排除作者主体性的言说方式，而是同时呈现散文的文学性、个人性。经由这样的融合，可发现比之于传统的散文，作品的思想容量和长度都显然增加了，比之于非虚构作品，则部分地解决了非虚构作品文学性不强这一问题。

文体上的探索，还体现在周齐林在他的写作中还尝试融合小说和散文的写法。周齐林在散文和小说创作方面都有过尝试，曾出版过小说集《像鸟儿一样飞翔》和散文集《被掏空的村庄》《少年与河流》《跪向土地》。在《大地的根须》中，则可以隐约小说笔法在散文中的运用。这主要体现在，他的散文带有鲜明的叙事色彩。只要读读《1998年的望远镜》《道光癸卯年的血脉》等文章，我们便能轻易地发现这一点。

在当下，如何以文学的方式书写现实，是一个普遍存在的难题。周齐林在题材和文体所做的尝试，都有其值得注意之处。在他的写作中，我们能看到对于当下生活的丰沛的细节，能触摸到毛茸茸的质感，也能够看到他尝试在整体上理解当代生活的努力。这些尝试，充分体现了他作为一个青年作家的实力和潜能。如今，时代的变迁并没有减速，甚至在许多方面都呈现加速的迹象。比之以往，有的变化甚至是根本性的，也是断裂性的。对于写作者来说，这既是挑战，也是机遇。周齐林所生活、工作的东莞，是种种变革最为集中的地方之一，但愿周齐林能够更深入、更决绝地置身其中，应和时代的大音并击出写作的大音。